GOLDMANN

Buch

Indien, um die Mitte des vergangenen Jahrhunderts. In der Garnisonsstadt Bhowani kommandiert Hauptmann Rodney Savage im Dienste der englischen Ostindien-Company ein Regiment indischer Truppen. Da bricht 1857 mit einem Mal, angeheizt von machtgierigen Fürsten und religiösen Fanatikern, der sogenannte Sepoy-Aufstand los, für fast ein Jahrhundert die letzte große Erhebung des indischen Volkes gegen seine Beherrscher.

In einem entsetzlichen Blutbad verliert Savage seine Frau. Als es den Engländern schließlich gelingt, den Aufstand mit beispielloser Grausamkeit niederzuschlagen, ist Savage ein gebrochener Mann. Desillusioniert und von Bitterkeit erfüllt, versucht er mit der jungen Engländerin Caroline Langford ein neues Leben zu beginnen...

Mit großer Einfühlungsgabe und bestechender Objektivität zeichnet John Masters in diesem packenden und faszinierenden, historischen Roman ein farbiges Bild der indischen Kolonialzeit und ihrer brennenden Konflikte; treffsicher weiß er die Inder aller Schichten und Kasten genauso zu charakterisieren wie die englischen Kolonialherren; warmherzig und verständnisvoll geht er auf die Denkweise und die problematische Situation der Inder ein. So entsteht ein großartiges Panorama einer versunkenen Welt, in der kolonialer Glanz und bittere Armut, die Arroganz der weißen Herren und der Stolz der Unterdrückten hart und unversöhnlich aufeinanderprallten.

Autor

John Masters wurde 1914 in Kalkutta geboren und diente als Berufsoffizier in der britischen Indienarmee. Nach der Entlassung Indiens und Pakistans in die Unabhängigkeit ließ sich Masters als Schriftsteller in den USA nieder. Seitdem verfaßte er eine Reihe von überaus erfolgreichen Romanen, die heute als Klassiker der angelsächsischen Indienliteratur gelten.

John Masters lebt mittlerweile als amerikanischer Staatsbürger mit seiner Familie in Santa Fe, New Mexico.

Im August 1988 erscheint von John Masters als Goldmann-Taschenbuch außerdem: *Knotenpunkt Bhowani* (9116).

JOHN MASTERS

Dies ist die Nacht

ROMAN

GOLDMANN VERLAG

Aus dem Englischen übertragen von Richard Kaufmann
Titel der Originalausgabe: »Nightrunners of Bengal«

Der Goldmann Verlag
ist ein Unternehmen der Verlagsgruppe Bertelsmann

Made in Germany · 4/88 · 1. Auflage

Umschlaggestaltung: Design Team München
Druck: Elsnerdruck, Berlin
Verlagsnummer: 8989
G.R. · Herstellung: Sebastian Strohmaier
ISBN 3-442-08989-1

1. KAPITEL

Rodney zügelte sein Pferd, ließ es vom Galopp in Schritt fallen, und seufzte. Eine kleine Ansammlung von Eingeborenen stand in Gruppen und Grüppchen um den Baum des Heiligen Mannes und blockierte die Straße. Er sah ein anderes Pferd, das mit den Zügeln an einem niedrigen Ast des Baumes angehängt war, und seufzte zum zweiten Male; Caroline Langford war überall im Lande zu finden. Er hielt Boomerang an und spähte scharf über die Köpfe der Menge. Seine Tagesarbeit war getan, die Arbeit eines Jahres vorbei; er hatte keine Eile, seinen Bungalow zu erreichen. Also blieb er und sah zu, was sich ereignete.

Männer gähnten in dem Sonnenlicht des Nachmittags, das vom Regen frisch gewaschen schien — gähnten und streckten die Arme. Braune, nackte Kinder tollten in den Regenpfützen herum. Frauen glitten den Abhang zum Fluß hinunter, Kleiderbündel auf den Köpfen. Der Heilige Mann saß auf einer erhobenen Plattform aus Lehm, die mit Hilfe von Steinen rings um einen heiligen Feigenbaum errichtet war. Miß Langford, am Rand der Plattform, betrachtete ihn aufmerksam. Sie war jung, von mittlerer Größe; die Schlankheit ihres Körpers wurde von einem schlichten grauen Jackenkleid betont. Ein harter schwarzer Hut saß in ihrer schmalen Stirn; sie trug eine Reitpeitsche in der Hand, deren Gelenk dünn und zerbrechlich schien. Sie betrachtete den Guru, ohne den Blick von ihm zu wenden; Rodney bemerkte die nachdenkliche Falte, die ständige Willensanspannung zwischen ihre Brauen gesetzt hatte. Gegen die warmen Farben dieses Nachmittags sah sie kalt aus, kalt und überaus englisch. Er entdeckte auch zwei Soldaten seines Regiments in der Menge — Sepoys von den 13. Rifles der Eingeborenen Bengalischen Infanterie. Rodney wartete geduldig.

Der Heilige Mann blickte nach Norden; er saß aufrecht da, die Beine unter dem Leib gekreuzt, Hände und Arme lose herabhängend. Mit Ausnahme eines schmutzigen Lendenschurzes tief unter dem Nabel war er unbekleidet. Ein frischer Wind kam das Flußtal herunter. Regentropfen glitzerten auf seinem nackten Leib. Er atmete langsam, das knochige Gesicht war unbewegt, aber keineswegs friedlich. Seine tiefliegenden Augen starrten, weit aufgerissen — als ob sie ein Ziel jenseits des Raumes suchten, dachte Rodney. Die Augen sahen nichts von dem lebendigen Grün und Braun der mittelindischen Landschaft ringsum. Vielleicht lag das Ziel, das sie suchten, weit hinter den gewellten Ebenen und versteckten Städten des Nordens. Und das blasse Feuer, das in ihnen brannte, mochte ein Widerschein der Gletscher und Schneewälle des fernen Himalaja sein; oder auch ein Glitzern auf den Silbertrompeten eines vergessenen Lamaklosters!

Caroline Langfords Stimme riß Rodney aus seinen Träumen. Sie war erstaunlich tief und bestimmt. Ihre langsamen Worte richteten sich an den Heiligen Mann. Sie sprach Hindustani.

„Man sagt, daß die Tiere dich verstehen? Ist es wahr? Wie machst du es? Ich möchte die Wahrheit wissen!"

Rodney hob bewundernd die Augenbrauen und betrachtete sie mit einer Art Ehrfurcht. Miß Langford war die Cousine der Frau eines Regimentskameraden und nur zu Besuch in Indien. Sechs Monate lang war sie auf Einladung des Radjah von Kishanpur von Bhowani fortgewesen. Sie mußte fleißig gelernt haben in dieser Zeit; denn ihr Hindustani war erstaunlich gut. Rodneys Frau Joanna zum Beispiel kannte nach sechs Jahren Indien nur zwanzig Worte der Sprache — und auch von diesen nur die Befehlsform.

Miß Langford blickte auf und sah die Bewunderung auf seinem Gesicht. Die steile Falte zwischen ihren Brauen vertiefte sich, sie sagte, etwas kurz angebunden: „Guten Tag, Captain Savage!" Jetzt blickten auch die Sepoys auf, erkannten ihn und beeilten sich zu grüßen; beide gehörten seiner Kompanie an, er kannte ihre Namen. Rodney lächelte den Männern zu und kniff ein Auge ein, um ihnen zu zeigen, daß auch er mit der Frage der Miß Sahiba an den Heiligen Mann nicht einverstanden sei.

Der Körper des Heiligen Mannes glomm rötlich im Schein des zerstreuten Lichtes unter den Bäumen. Der Regen hatte Rillen in die Asche und den Schmutz gegraben, mit denen sein Körper eingerieben war; wo die braune Haut sichtbar wurde, leuchtete sie wie zerknittertes Gold. Die Lepraflecken setzten sich glatt und silbern davon ab. Seine Unterarme und Hände waren wie Teile einer glänzenden Statue. Die Menge wartete schweigend. Der Heilige Mann würde antworten, wenn es ihm behagte. Und wenn es ihm behagte, würde seine Antwort der weißen Frau wahrscheinlich nicht gefallen. Warten und Schweigen wurde mit der Zeit unerträglich. Rodneys Augen hingen an dem unnachgiebigen, entschlossenen Profil Carolines. Sie hatte sich da einen Mann für ihre Fragen herausgesucht, dessen Reaktionen niemand voraussagen konnte. Hätte sie sich zum Beispiel an den Jogi gewandt, der am anderen Ende der Stadt lebte, so würde sie überhaupt keine Antwort erhalten haben. Der Jogi brach niemals sein Schweigen, um einer Frau oder einem Manne zu antworten. Es gab auch ein paar Fakire, Scharlatane, die in Gruppen den Pike hinauf- und herunterwanderten — nackt und unverschämt; diese würden ihr eine Rupie abnehmen und ihr einen sarkastischen Segen erteilen. Aber dieser alte Aussätzige war der Silberguru von Bhowani; und er war, auf seine Art, ein echter Guru — ein Lehrer! Es bestand durchaus die Möglichkeit, daß er ihr erklärte, was er wußte; ebensogut war es möglich, daß er sie mit Ironie behandelte oder mit Flüchen und Verwünschungen. Seine Laune war offensichtlich in den letzten Jahren immer schlechter geworden. Die Leute in der Stadt und die Sepoys fürchteten ihn. Aber sie zeigten ihn den Besuchern mit dem Stolz des Eigentümers. Sein Einfluß auf Inder jeden Glaubens war ungeheuer und weitreichend; bis nach Patna im Osten, bis nach Meerut im Norden kannte jedermann den Silberguru von Bhowani.

Rodney ließ den Blick über die Köpfe der Menge wegschweifen. Er sah den Nebeldampf, den die Nachmittagssonne aus den verrotteten Lehm- und Ziegelwänden der Stadt sog; sah die Terrassen unten am Fluß, bunt gesprenkelt von den Kleidern der Frauen, die sich auf ihnen bewegten; die Pariahunde, die als ständige Straßenkehrer die Stadt bevölkerten; sah den Wirbel der Fischschwärme im Fluß unter sich und den leuchtenden Himmel zwischen den Bäumen. Tausend Meter über der Stadt und dem Fluß schwebten zwei Gabelweihen mit langsamen, kreisenden Bewegungen; eine Gruppe von Reisvögeln huschte und raschelte in den Blättern der Bäume und zirpte leise: „Swiewit, swiewit!" Sie waren die einzigen Vögel weit und breit.

Der Silberguru hob eine Hand und wandte die Augen langsam Miß Langford zu. Die Reisvögel verließen den Baum wie ein Wasserfall von roten und goldenen Punkten und flogen davon. Boomerang tänzelte nervös und warf den Kopf zurück; seine Trense klingelte leise. Das Pferd schwitzte und zitterte; es versuchte rückwärts auszubrechen und zerrte an den Zügeln.

Ein Rabe landete auf der Plattform aus Erde, krächzte einmal heiser und faltete seine Schwingen. Er warf den Kopf in den Nacken, seine Augen leuchteten scharf und braun, er hüpfte langsam über die Plattform. Zwei weitere Raben gesellten sich ihm zu, dann drei andere, dann kam wieder ein einzelner. Rodney fühlte, wie seine Haare langsam zu Berge stiegen und blickte sich rasch um. Im Westen und Süden war der Himmel plötzlich gefleckt von schwarzen Punkten, wie Blatternarben anzuschauen. Die Punkte wurden größer und nahmen Form an, als sie näher kamen — alles Raben, die geradewegs auf den Feigenbaum des Heiligen Mannes zuflogen. Sie landeten neben dem Silberguru in Gruppen und Schwadronen, bis es so viele von ihnen gab, daß sie die Plattform überschwemmten. Dann setzten sie sich aufeinander, zu Füßen der wartenden Menge, schlugen schweigend mit den Schwingen und öffneten ihre Schnäbel. In ihren Augen leuchtete schrecklicher Gehorsam.

Rodney wußte plötzlich, daß auf ein einziges Zeichen hin diese rauschenden Schwingen ihn vom Pferd schlagen, diese schmutzigen Schnäbel seine Augen aushacken würden. Die Luft unter dem Baum stank plötzlich nach verwesendem Fleisch.

Der Guru lachte rauh und hob die silbernen Hände über die Menge. „Viele sind gekommen! Seid ihr es alle, ihr Geister der toten Tyrannen? . . . Du? . . . und du? . . . und wo ist er, der heute morgen noch im Osten regierte — wo?"

Als ob seine Stimme ein unsichtbares Band zerschnitten hätte, begann die Menge, die bis dahin still und steif gewesen war, plötzlich durcheinanderzuquirlen. Die Menschen keuchten und kämpften, um wegzukommen, während Boomerang wieherte und Rodney sich weit vorbeugte, um das schnaubende Tier zu halten. Auch jetzt noch zögerte das Mädchen und sah den Guru fragend an.

Rodney schrie sie an: „Seien Sie doch nicht verrückt! Los — aufsitzen!"

Sie ritt bleich und schweigend neben ihm her und sprach kein Wort, bis sie zu der Grenze des Wohnviertels gekommen waren. Dann sagte sie plötzlich: „Ich kann das nicht verstehen!"

„Es wird noch mehr Dinge geben, die Sie nicht verstehen können", erwiderte Rodney etwas barsch.

Ein englisches Mädchen hatte kein Recht, sich mit Gurus und Fakiren abzugeben, dachte er; kein Recht, magischen Dingen nachzugehen! Abgesehen davon hatte er einen Augenblick die Nerven verloren, und sie mußte es bemerkt haben. Er sprach kurz mit ihr, er wollte unhöflich sein; aber sie zeigte keinen Ärger. Sie war nachdenklich und schwieg, bis sie den Fahrweg der Hatton-Dunns erreicht hatten. Dann hob sie den Kopf wieder und sagte: „Ich werde schon herausbekommen, was dahinter steckt!"

Rodney grüßte kühl und trottete den Weg hinunter zu seinem Bungalow. Sein Kinn sank auf die Brust; die schwarze Vision der Raben erschien in den Pfützen der Straße vor ihm. Ein Schauer überlief ihn. Er verstand das nicht. Hatte nicht einmal der alte Bulstrode von etwas Ähnlichem erzählt, das ein Fakir im Jahre 1842 vollbracht hatte — und sagte er damals nicht, daß die Raben sich nur versammelten, wenn eine Katastrophe in der Luft lag?

Als er in den Eingang seines Hausgartens unter den Zweigen eines mächtigen Goldmohurbaumes einbog, rannte ein dickbäuchiges, braunes Kind aus den Büschen und verlegte ihm heulend den Weg. Er zog die Zügel an, sprang vom Pferd und nahm das Kind auf. Es war der jüngste Sohn seines Gärtners. Tränen rannen über sein verzerrtes Gesicht.

Rodney tröstete den Kleinen mit sanfter Stimme: „Hoho, kleiner Mächtiger! Bist du schon lebensmüde geworden? So, so, es ist ja gar nicht so schlimm."

Die Frau des Gärtners stürzte den Weg herunter und nahm das Kind auf. Sie lächelte Rodney kurz und scheu an, ehe sie ihr Gesicht wieder mit dem Zipfel ihres Sari bedeckte. Er warf Boomerang die Zügel über den Hals, sagte mit halblauter Stimme: „Lauf in den Stall, Junge!" — und ging langsam auf das Haus zu.

Der Bungalow lag im Schatten der großen Bäume, niedrig, viereckig und eintönig weiß. Eine drei Meter breite Veranda, mit roten Fliesen gepflastert, umlief das ganze Haus. Kleine Aufgänge aus steinernen Stufen führten vorne, unter dem Dach der Wagenauffahrt, zum Haus empor. Rodneys Sohn Robin, im blauen Anzug, einen großen Strohhut auf dem Kopf, schlich durch das Gras auf der rechten Seite des Fahrweges und schrie das schwarzweiße Kätzchen Harlequin an. Das Kätzchen huschte kreuz und quer, wie ein weißer Federball unter dem gewaltigen Feigenbaum, den buschigen Schweif aufgerichtet. Moti, die Ayah, watschelte plattfüßig am Haus entlang und stocherte mit einem Dornzweig in ihren Zähnen. Ihr Gewand leuchtete scharf weiß gegen das purpurne Rot der Bougainvilea, deren Ranken die Kolonnaden des Hauses umwanden.

Alles war in Ordnung; er vergaß die Raben. Er sah keine Wagen in der Auffahrt hinter dem Hause und pfiff erleichtert vor sich hin. Joannas Schwatz- und Spitzen-Fabrik mußte bereits abgefahren sein.

Sher Dil, der Hausmeister, kam auf rheumatischen Beinen heraus und blieb auf der vorderen Veranda stehen; gebeugt, in würdiger Unbewegtheit, der General einer Armee von Dienstboten. Lachman, der Diener, stürzte heraus, um Rodneys Regenüberwurf entgegenzunehmen. Der Hilfskoch, der Tellerwäscher, der Wasserträger, der Wäscher und der Hundejunge, die friedlich ihre Zigaretten aus gerolltem Tabak im Schatten des Stalles geraucht hatten, rafften sich auf, verbeugten sich und legten beide Hände an die Stirne zum Salaam. Aus der Küche im Inneren des Hauses erscholl die Stimme des Koches: „Der Sahib ist gekommen!“ Achtzig Meter entfernt, im Garten zwischen Rittersporn und rosafarbener Clarkia, erhob sich der Gärtner, streckte seinen steifen Rücken und blieb unbeweglich stehen. Der unberührbare Kehrer, der mit Korb und Besen auf der Veranda vor einem Badezimmer hockte, stand auf und machte Salaam. Jewel, die Bullterrierhündin, den Kopf in einem Oleanderbusch vergraben, blickte kurz auf, bellte zweimal und kehrte zu dem interessanten Geruch zurück.

Robin warf seinen großen Hut ab und schoß begeistert über den Weg, lauthals brüllend: „Daddy! Daddy!“ Zwei weibliche Stimmen riefen hinter ihm her; die eine, schrill und scharf, gehörte der Ayah: „Baba! topi pher lagao! ek dum!“ Die zweite Stimme, nicht weniger bestimmt, sagte den Satz auf englisch: „Robin! Du setzt sofort deinen Hut auf!“

Rodney fing seinen Sohn, warf ihn lang über die Schulter und blickte auf. Seine Frau, Joanna, stand über ihm auf der Treppe der Veranda, das rosige, ovale Gesicht schmollend verzogen. Spätes Sonnenlicht streifte eine goldene Locke ihres Haares, die vom Ohr herab über dem dunkelblauen Kleid hing; mit einer Hand versuchte sie ihre goldblonde Frisur zu bändigen.

„Rodney, setz' ihm bitte den Hut auf! Er wird sonnenverbrannt und braun, wie das Kind eines Angestellten!“

Er setzte den Jungen nieder, stülpte ihm den Hut auf den Kopf und betrat die Veranda. Joanna sagte, als sie ihre Wange zum Kuß darbot: „Er muß immer seinen Hut tragen, wenn er das Haus verläßt; auch wenn die Sonne untergeht!“

Sie schritt vor ihm her durch die Empfangshalle und verschwand in ihrem Salon. Rodney zuckte die Achseln und betrat, den Diener Lachman auf den Fersen, das gegenüberliegende Schlafzimmer; er setzte sich auf die Kante des Bettes und gähnte. Lachman nahm ihm die flaschengrüne Tunika ab, kniete nieder, zog die Reitschuhe mit den Sporen herunter und die grünen Hosen. Dann zog er ihm die Pantoffeln an. Eine Hausjacke aus braunem Samt hing auf dem Stuhl neben ihm, eine Quastenmütze darüber, die Hosen darunter. Rodney blickte auf die Uhr: Noch eine Stunde bis zum Abendessen; drei oder vier, bis er sich zum Ball umkleiden mußte — Zeit genug, um sich zu entspannen. Lachman reichte ihm den Hausanzug zum Anziehen, Stück für Stück. Sher Dil stand in der offenen Tür und beaufsichtigte die feierliche Handlung.

Im Salon des Hauses ließ sich Rodney in einen hartgepolsterten Armstuhl fallen. Der Lampenanzünder, gleichzeitig Nachtwächter des Hauses, schob sich mit einem entschuldigenden Seitenblick durch einen Urwald von Möbeln und zündete die Öllampen an. Ein Feuer brannte im Kamin; Rodney streckte die Füße von sich, blickte in die Flammen und genoß einen Augenblick lang die beruhigende Gewißheit, daß das heiße Wetter erst in einigen Wochen fällig war. Müde wie er war, fiel ihm plötzlich ein, daß er noch kein Wort mit Joanna gesprochen hatte; ja, er hatte sie noch nicht einmal nach den Ereignissen in ihrem Salon gefragt. Nicht, als ob es ihn besonders beunruhigt hätte! Sher Dil hatte den Brandy gebracht; die Flasche stand auf dem Tischchen neben ihm. Er zögerte einen Augenblick, warf einen Blick auf seine Frau, füllte das Glas so geräuschlos wie möglich, goß Wasser dazu und trank.

Joanna sprach, ohne von ihrem kleinen Stickrahmen aufzusehen. „Hast du einen interessanten Tag gehabt, Lieber?“

„Ach, nicht übermäßig — Exerzieren, Parade, Kompaniegeschäfte, — aber ...“ Er versuchte, nicht an die Raben zu denken.

Sie sagte: „Aber? Was heißt aber ...?“

„Etwas sehr Merkwürdiges passierte, als ich nach Hause ritt ...“

Er erzählte ihr die Geschichte und fuhr fort, in dem Wunsch, einem anderen Menschen die grausige Wirklichkeit des Vorganges klarzumachen: „Weißt du, ich habe von meinem Vater und Curry Bulstrode noch merkwürdigere Geschichten gehört; aber niemals eine Erklärung. Was hältst du davon?“

„Sagtest du nicht, daß Miß Langford weder Handschuhe noch einen Überwurf oder einen Schleier trug?“

„Wie? Oh ja — nein — das heißt, ich meine, sie trug nichts dergleichen. Aber ich habe dich gefragt, was du von der Geschichte mit dem Silberguru und den Raben hältst.“

„Ach, das ist sicher nur so ein Trick von ihm. Aber man muß einmal mit der jungen Dame sprechen. Ich bin überrascht, daß es Lady Isobel noch nicht getan hat. Sie darf uns nicht vor den Augen dieser Schwarzen bloßstellen.“ Rodney wurde ärgerlich.

„Joanna, möchtest du bitte einmal darauf achten, die Inder bei ihrer Rasse oder Kaste zu nennen, oder, wenn du sie nicht kennst, einfach Eingeborene?“ Er wurde wütend, wie immer, wenn es um diese alte Streitfrage zwischen ihnen ging; seine Finger schlossen sich fest um das Brandyglas. „Gottverdammmich, du solltest es endlich einmal lernen! Wir sind hier im Dienst der Company. So lange wir arbeiten, leben wir hier. Wir tun unsere Pflicht und haben unser Vergnügen und regieren das ganze Land lediglich durch den guten Willen des durchschnittlichen Eingeborenen — ganz besonders aber des eingeborenen Soldaten, des Sepoy. Wenn du auch nur beleidigend von ihnen denkst, bemerken sie es schon und hassen dich dafür ...“

„Bitte keine Flüche, Rodney! Es tut mir leid. Aber ich

glaube, du bist ein bißchen überempfindlich. Glaubst du nicht, daß du genug getrunken hast?"

Sie warf einen Blick auf die Brandyflasche und machte durchaus nicht den Eindruck, als ob es ihr leid täte. Er goß sich ein neues Glas ein, entschlossen und trotzig.

Einen Augenblick lang war es still zwischen ihnen, dann sprang Joanna plötzlich auf: „Warte einen Augenblick", sagte sie. „Ich zeige dir das Kleid, das ich heute auf dem Ball trage . . ." Sie wand sich zwischen den Möbeln hindurch und glitt hinaus. Die geschwungene Kurve ihrer Brüste wiederholte sich grotesk in der ungeheuren Glocke der Krinoline. Eine Minute später war sie schon wieder da; sie drückte ein Kleid mit tiefer Gürtellinie gegen sich. Das Satinunterkleid schimmerte durch weißen Tüll, drei tiefe Falbeln an der linken Seite wurden von perlenbesetzten Schlingen gehalten.

„Das Ganze wird über einer Krinoline getragen, selbstverständlich! Und dazu ziehe ich meine großen Perlenohrringe an, und die dreifache Halskette mit dem Saphiranhänger. Und im Haar habe ich meinen Stirnreif . . ."

Rodney machte einen kurzen Überschlag im Kopf; fünf Monate seines Gehalts, in Perlen umgesetzt, würden mit diesem Kleid auf dem Ball erscheinen. Es gab wenige Hauptleute in der Eingeborenen Bengalischen Infanterie, die ihre Frauen so verehrten wie er. Vielleicht liebten sie ihre Frauen nicht so; vielleicht hatten sie auch zu verdammt viel gesunden Menschenverstand, um ihre ganzen Ersparnisse in den gesellschaftlichen Wettbewerb zu werfen. Der Wettkampf war ohnehin einseitig: Lady Isobel Hatton-Dunn zum Beispiel besaß ein großes Privatvermögen, anderen Mitgliedern der Gesellschaft wiederum standen finanzielle Quellen offen. Er starrte seine Frau düster an und dachte bei sich: Mein ewiger Widerstand gegen Joannas gesellschaftlichen Ehrgeiz wird mir bald noch ein paar Falten mehr ins Gesicht setzen.

Sie wandte das Kleid nach dieser und jener Seite. Er zwang

sich zu einem Lächeln und sagte: „Mrs. Savage, heute nacht erscheinen Sie wie eine Königin auf dem Ball.“

„Oh, es ist schön, nicht wahr? Und Mr. Dellamain hat drei Walzer auf meiner Karte eingetragen — deine Erlaubnis vorausgesetzt, selbstverständlich, Liebster! Es ist dir doch recht? Lady Isobel hat er nur um zwei Tänze gebeten.“

Füße stolperten durch die Halle, der Türgriff ratterte auf und nieder. Robin stürzte in den Salon, in einem gestickten Nachthemd. Seine langen, platinblonden Locken klebten naß an der Stirn, weil er gebadet worden war. Joanna zog das Ballkleid aus seiner Reichweite und hielt ihm die Wange hin. „Sei vorsichtig! Gute Nacht, mein süßer Kleiner. Lauf' jetzt, vergiß dein Nachtgebet nicht und geh' brav ins Bett.“

Rodney küßte den Jungen; sein Atem war kühl und kindlich-süß, seine weit aufgerissenen Augen suchten nach einem Gegenstand, der ihm erlaubte, noch einen Augenblick bei den Eltern zu bleiben. „Robin will Bandy tinken! Ja?“

Rodney zog ihn sanft am Ohr. „Nein, kleiner Mister Wildfang. Fort mit dir, ins Bett!“

Die Ayah führte ihn hinaus; Rodney goß sich ein neues Glas Brandy ein. Der große Dellamain, dachte er, der Statthalter! Gottvater über eine Million Seelen, erster Preis im Wettkampf weiblicher Intrigen — armer Dellamain, dessen silbernes Tafelgeschirr der Heilige Gral der Gesellschaft war. Der Gedanke gab ihm eine Art boshafter Befriedigung; er konnte Dellamain nicht ausstehen. Eigentlich konnte kein Mann in Bhowani Dellamain ausstehen, und keiner konnte einen Grund für seine Abneigung angeben.

Joanna saß jetzt wieder an ihrem Stickrahmen und schwatzte drauflos: „Ich habe gehört, daß Victoria de Forrest ein kastanienbraunes Kleid tragen wird. Das ist doch das Letzte, was ihr steht... Mrs. Cumming schwört, sie hat gesehen wie Captain Hedges Victorias Hand hielt; gestern nachmittag, sagt sie, um drei Uhr, vor dem Reitplatz der Sechzigsten. Hedges soll Victorias Hand geradezu getätschelt haben. Er ist so ein wilder

Mann und Victoria sieht so sinnlich aus; findest du nicht auch? Ein Jammer, daß ihr Vater nicht wieder geheiratet hat. Es wäre besser für sie gewesen ..."

Rodney nickte schläfrig. Sein Geist wanderte ab auf vertrautere Gebiete: Einzelheiten der Parade am kommenden Freitag ... Wo in aller Welt war Sepoy Manglarams Bajonett hingekommen? ... Wann würde das Regiment endlich das neue Gewehrmodell mit Dum-Dum-Geschossen bekommen? ... Das bedeutete neue Patronen, neue Exerzierreglements ...

Er schlief ein — ein großer Mann von dreißig Jahren, mit schwarzen Koteletten, die bis zu den steilen Backenknochen hinaufragten. Seine rechte Hand, mit den heraussstehenden Sehnen, umklammerte die Lehne des Armstuhls; die Linke hing müßig herab. Die gleiche Zwiespältigkeit von Ruhe und Anspannung war in seinem Gesicht. Der Unterkiefer war hart, der Mund empfindsam; das Haar klassisch schwarz und lang, die Nase adlerartig und unklassisch. Das Feuer warf Bronzelichter auf seine Haut und verwischte das Netzwerk feiner Runzeln in seinen Augenwinkeln. Ein Scheit krachte im Feuer, sofort öffnete er seine Augen; sie waren von eisigem Blau und sehr aufmerksam. Falscher Alarm! Der Raum war friedlich, das Feuer schwieg wieder. Seine Augen wurden glanzlos, die Mundwinkel fielen ein wenig herunter. Nur noch Bauern und Bettler wanderten in diesen Zeiten über den Pike; es gab keine Könige mehr, keine großen Jäger und keine Ritter, die auf verzweifelte Abenteuer ausgingen! An diesem Sylvestertag des Jahres 1856 lag tiefer Friede über Indien. Die Moguln waren verschwunden, Clive seit langem tot. Rodney schlief wieder ein.

2. KAPITEL

In der Kutsche herrschte schlecht verhüllter Glanz von Perlen und Gold; Joannas riesige Röcke bedeckten auch noch die Sitze der gegenüberliegenden Seite. Der Kutscher nickte vor dem Nachthimmel, das Pferd in der Deichsel blies Dampf aus den Nüstern und schnaubte, als es die rauhe Kälte verspürte. Jede Lampe vor dem Quartier der 88. Eingeborenen Bengalischen Infanterie trug einen nebligen Heiligenschein. Die Schildwachen der Sepoys marschierten gravitätisch auf und ab; ihre roten Mäntel und braunen Gesichter waren nur undeutlich zu erkennen, ihre weißen Koppel, Aufschläge und Kragen stachen scharf aus der Nacht heraus. Das Gerichtsgefängnis auf der gegenüberliegenden Seite wölbte sich schwarz gegen die Sterne. Hundert Meter weiter glühten Lampen im Bungalow des Statthalters; die Umrisse des Gebäudes waren gerade noch zu erkennen. Die Lampen stachen scharfe, gelbe Lichtpfade durch Gras und Unterholz des Gartens. Im Schatten der Steinsäulen vor dem Eingang lehnten zwei Wächter auf eisenbeschlagenen Stäben.

Colleen, das Kutschenpferd, trottete ohne jede Neugierde an den gewaltigen, imperatorischen Symbolen der ehrenwerten Ostindien-Company vorbei. Rodney war ein Kind dieses Imperiums, in seinem Bereich geboren und erzogen; dennoch verschlug es ihm jedesmal den Atem, wenn er die Zeichen einer Macht sah, geschaffen von englischen Kaufleuten, die nach Indien kamen, um Herrscher über Prinzen zu werden. Vor zweihundertachtundvierzig Jahren waren die Gesandten nach Agra gekommen und hatten den Großmogul gebeten, eine Handelsstation an der Küste errichten zu dürfen. Noch vor einem Jahrhundert wetteiferten sie um die Gunst des Königs von Oudh. Heute, vom Glück begünstigt, von ihrer eigenen, angriffslustigen Gewandtheit getragen, durch Mut und hartnäckige Entschlossenheit, hatten sie es soweit gebracht, daß allein die Präsidentschaft von Bengalen sich siebzehnhundert Meilen weit erstreckte. Sie reichte von Burma bis Afghanistan, vom Himalaja herab bis nach Nerbuda.

Die beiden anderen Präsidentschaften, Bombay und Madras, hatten den Rest von Indien verschluckt. Der Erbe des Großmoguls bestand nur noch als papierener Titel; er war ein

Rentenempfänger geworden. Der König von Oudh hatte kein Königreich mehr. Die indische Landkarte war ein Geschmier von Britisch-Rot geworden, hier und da betupft mit gelben Klecksen, die die Kleinstaaten der letzten Rajahs bezeichneten. Britannien erlaubte diesen Staaten, sich selbst zu regieren; doch durften sie weder untereinander noch mit fremden Mächten Handel treiben.

Die Company war eine undurchsichtige Mischung von Handelsgesellschaft und Verwaltungsmaschine geworden; die englische Regierung in London kontrollierte sie. Sie trieb Handel nach eigenem Gutdünken und diktierte politische Verträge. Sie münzte das Geld, sie schuf die Gesetze, sie zog die Steuern ein, sie strafte und entschied zivile Prozesse. Sie sorgte für den Frieden — und führte Krieg von Persien bis China. Ihr erster Vertreter in Indien, der Generalgouverneur, hatte direkte und nahezu unbegrenzte Gewalt über hundert Millionen Menschen; seine indirekte Macht erstreckte sich über weitere ungezählte Millionen in den Staaten der Rajahs. Wenn immer der Generalgouverneur seine Stimme erhob, bewegte sich die größte Freiwilligen-Armee der Welt nach seinem Befehl in unabdingbarem Gehorsam.

Genau genommen, standen dem Generalgouverneur drei Armeen zur Verfügung. Jede Präsidentschaft unterhielt eine eigene Truppe: alles in allem 38000 britische und 348000 indische Soldaten, mit insgesamt 524 Feldgeschützen. Die eingeborenen Soldaten, die Sepoys, dienten unter britischen Offizieren in Regimentern, aufgestellt und kontrolliert von der ehrenwerten Ostindien-Company. Die Company unterhielt außerdem in jeder Präsidentschaft einige rein britische Regimenter. Doch gehört die Mehrzahl der weißen Soldaten in Indien zu königlichen Regimentern; diese wurden aufgestellt und kontrolliert von der englischen Königin. Die Regierung in London schickte die königlichen Regimenter in das Reich der Ostindien-Company, wo sie routinemäßig eine gewisse Zeit ihres Dienstes verbrachten — wie in den übrigen britischen Kolonien auch.

Rodney lächelte grimmig. Das Pferd Colleen selbst war ein Symbol — ein eingeborener Kutschengaul, im friedlichen Trott auf einer Straße, die in irgendeiner nebelhaften Vergangenheit von indischen Sklaven erbaut worden war, später neu angelegt und instandgehalten von britischen Ingenieuren; es trottete dahin, klipp-klapp, klipp-klapp, unbeeindruckt von den Geistern der Moguln, der Jäger in ihren Brokatgewändern, der Mahratta-Reiter — unbeeindruckt von Jahrhunderten voll Plünderei und Zerstörung, die diese Straße nach allen Himmelsrichtungen überschwemmt hatten. Doch das gehörte alles der Vergangenheit an. Jetzt lag das Land friedlich unter einer starken Hand. Eisenbahnen krochen westwärts von Kalkutta; Telegraphenmasten stelzten durch die Hirsefelder, Dämme erhoben sich in den Flüssen.

Er fand es merkwürdig, daß er gleichzeitig sein indisches Exil hassen und das Land seiner Verbannung lieben konnte. Sein Blut war rein englisch; war es möglich, daß Generationen von Savages, die hier gearbeitet und geliebt hatten, ihm Indien vor der Geburt ins Blut impften? England war weit weg, über der See und im Norden! Er blickte zu den verwaschenen Sternen empor und seufzte.

Joanna fragte: „Was ist los mit dir? Hast du etwas vergessen?“

„Nein! Ich mußte nur grade daran denken, wie der Schnee unter den Rädern knirschte, als mich Mutter nach Charterhouse mitnahm. Das war nach meinem ersten Weihnachtsurlaub, weißt du — damals in Addiscombe. Die Sterne in England glänzen frostiger als hier! Ich wünschte — ich wünschte, ich könnte viel Geld auf einmal verdienen und den Dienst schnell aufgeben — oder nein! Ich weiß es nicht recht!“

Sie griff nach seiner Hand. „Rodney, warum versuchst du nicht, eine Stelle im Zivildienst zu bekommen? Mr. Dellamain würde dich bestimmt empfehlen — obwohl du nicht gerade höflich gegen ihn bist. Oder geh' in den Stab! Stabsoffiziere werden viel besser bezahlt.“

„Vielleicht!“ Er durchschaute sie. Auf diese Weise würde sich ihre gesellschaftliche Stellung in Indien schnell heben.

Nein, er konnte Joanna niemals bewegen, dieses Leben aufzugeben und in das nichtssagende Dasein der englischen Mittelklasse zurückzukehren. Er persönlich hatte ja auch nicht den Wunsch, sein Regiment und seine Sepoys zu verlassen. Jahr um Jahr wartete er darauf, daß seine große Chance käme. Sein Vater hatte sie gefunden. Es gab nicht viel Menschen in England, die den Namen des Mannes kannten, der die Thugs ausrottete — eine Sekte von religiösen Mördern und Räubern. Und doch — heute gelangten Zehntausende von indischen Reisenden, die vor William Savages Zeit einfach von den Straßen verschwanden, wieder glücklich heim zu Weib und Kind. Vielleicht, dachte er, vielleicht bietet auch mir das Schicksal eine solche Gelegenheit!

Der Wagen rollte jetzt die Auffahrt zum Klub empor; er setzte sich auf die Kante des Lederpolsters und schlug die Hände mit den weißen Handschuhen zusammen. Es war kalt. Chinesische Laternen hingen längs der vorderen Veranda, Streichmusik strömte gedämpft aus geschlossenen Fenstern.

Er wiederholte mit leiser Stimme: „Vielleicht, wer weiß — eines Tages! Aber heute nacht wollen wir in das Neue Jahr achtzehnhundertsiebenundfünfzig hineintanzen. Das zwanzigste Jahr der Regierung unserer Königin; das neunundsechzigste Jahr meines Regiments; das zweihundertachtundfünfzigste Jahr der Company ...“

Sie betraten die Haupthalle. Das erdhafte Dunkel der Nacht war noch in ihren Nüstern, so daß die sanfte Flut von Blumen und Gerüchen ihnen betäubend süß entgegenschlug und das weiche Licht grell schien. Pflanzen standen in Töpfen und Vasen auf den Tischen der Halle, Papierstreifen mit Phantasiemustern verliehen den rosagetünchten Wänden den Anschein improvisierter Fröhlichkeit. Die Decke des Raumes war mit einem großen Tuch verhängt, das den Himmel darstellte. Jemand hatte das Loch gestopft, durch das die Ratte gefallen war, während des Monsuns von 1855. Rodney hing seinen schweren Mantel und Tschako auf, streckte den Hals und zupfte an der Uniform, die eng war wie eine Muschelschale. Dann entspannte er sich und ging langsam durch die Vorhalle zum Tanzsaal.

Überall saßen Engländer in tiefen Stühlen und auf Sofas. Indische Diener, in weißen Roben und leuchtend roten Schärpen, durchquerten auf leisen Sohlen mit vollen Tabletts die Halle. Ihre weiten Gewänder schwangen hinter ihnen her. Jenseits des Tanzsaales hockte eine goanesische Kapelle, die man zu diesem Zweck aus Bombay bestellt hatte, auf einer zwei Fuß hohen Rampe und fiedelte energisch fremdartige Musik. Der Boden dröhnte; Rodney begann, den Takt mit der Fußspitze zu schlagen. Sein Gesicht entspannte sich und wurde vergnügt, seine Augen folgten voll Begeisterung dem bewegten buntfarbigen Bild. Es lag etwas Betäubendes in dem Anblick: Die Offiziere der 60. Bengalischen Leichten Kavallerie kamen ihm wie silbergraue Wogen vor, die um die scharlachroten und weißen Schiffe des 88. Regiments tanzten und sich an den schwarzen und silberfarbenen Felsen seines eigenen 13. Regiments brachen.

Die Frauen trieben dazwischen wie luftiger Schaum — und Victoria de Forrest war eine stumpfbraune Anemone. Das Mädchen sah tatsächlich sinnlich aus. Sie tanzte mit dem blonden Eddie Hedges, dessen harter, entschlossener Mund deutlich verriet, daß ihn nichts in der Welt kümmerte außer seinem eigenen Vergnügen. Rodney fragte sich, ob Joanna mit ihren Anspielungen nicht am Ende recht hatte.

Da kam sie gerade auf ihn zu. Hinter ihr erschien ein junger Mann in der Uniform eines Kavalleristen; er tippte mit dem Programm gegen die Schnüre auf Rodneys Uniformjacke und rief fröhlich: „Tanz Nummer fünf — mein Tanz, Sir!“

Rodney grinste. Oberfähnrich Walter Percy Mervuglio, Spitzname Julio, gehörte einer Familie an, die seit drei Generationen in England lebte. Obwohl er englisch dachte, waren seine Handbewegungen immer noch sizilianisch.

Rodney sagte: „Einen Augenblick, Julio! Kommst du nächste Woche nach dem Dienst zu mir — sagen wir, Donnerstag?"

Das dunkle Gesicht strahlte in einem kurzen Lächeln, während Joanna mit ihrem Fächer durch die Luft fuhr. „Selbstverständlich komme ich. Um drei Uhr in deinem Bungalow, so war es doch? Und darf ich zum Abendessen bei Ihnen bleiben, Mrs. Savage? Captain Savage hilft mir dabei, meine Tigerjagd zusammenzustellen — im nächsten Winter." Er wandte sich zu Rodney. „Du kennst doch meine doppelläufige Büchse, Kaliber Sechzehn mit 26-Zoll-Läufen ..."

Rodney unterbrach ihn lachend: „Um Gotteswillen, Julio — in elf Monaten erst! Deine Tigerjagd hat noch Zeit; Joanna hat keine Zeit!"

Er lächelte und sah den beiden nach. Als er sich umwandte, sah er ein mageres, fünfzehnjähriges Mädchen, das neben ihm stand. Sie betrachtete die Tänzer mit gewollt schläfrigen Augen und tat, als ob sie ihn nicht bemerke. Rodney erwischte einen Zopf von ihr und zog sanft daran.

„Hallo, Rachel!"

Ihre Überraschung war gut gespielt, ihr Seufzer kam von Herzen. „Du lieber Gott, ist das nicht langweilig? Mutter ist in der Vorhalle und redet wie ein Professor mit diesem schrecklichen alten Knochen, Captain Gosse. Papa ist im Rauchzimmer und liest laut in der Bibel, um zu beweisen, daß Tanzen eine Sünde ist — du kannst ihn bis hierher hören — und er ist schon wieder betrunken!"

Rodney zupfte zum letzten Mal an dem Zopf und fragte: „Wann wird dein großer Bruder kommen?"

„William? In ein paar Monaten, denke ich — er bekommt eine Leutnantsstelle in unserem Regiment, dem 88. Das wird großartig. Er ist so ein hübscher Kerl!"

Während Rodney zuhörte, fragte er sich zum hundertsten

Male, was für ein heidnischer Gott wohl zugegen gewesen sein mochte, als Rachel gezeugt wurde. Der freundliche, stumpfsinnige „Zwei-Flaschen-Tom“ Myers, der, wenn immer er betrunken war, mit den Fürsten der Finsternis kämpfte. Und — auf der anderen Seite — „Mutter“ Myers, seit zwanzig Jahren Offiziersfrau, doch in allen Gedanken und Handlungen unverkennbar die Bauerntochter aus Sussex! Aus der Verbindung der beiden war dieser wilde, phantastische, dunkle Kobold hervorgegangen!

Er hätte beinahe aufgelacht. Aber als er die Augen des Mädchens sah, lächelte er nur und ging langsam weiter.

Joanna hatte sich für den Abend mit den Hatton-Dunns verabredet. Er schlenderte gemächlich durch die Menge, blieb hier und dort stehen, grüßte Bekannte, verbeugte sich nach links und rechts. Endlich fand er Geoffrey Hatton-Dunn zurückgelehnt in einem Armstuhl neben seiner Frau, Lady Isobel; das Langford-Mädchen war selbstverständlich bei ihnen. Caroline saß neben Lady Isobel auf dem Sofa; die Familienähnlichkeit war erstaunlich; die gleichen grauen Augen, derselbe Knochenbau, die gleiche blasse Haut; aber Isobel war größer, ihr Gesicht voller, und was bei Caroline Straffheit war, hatte sich bei ihr in entspannte Sicherheit verwandelt. Rodney hatte Isobel sehr gern. Er bemerkte, daß sie den armen Alan Torrance verführt hatte, sich als Begleiter Carolines der kleinen Gesellschaft anzuschließen; und er sah auch, daß Alan Torrance nicht glücklich war in seiner Rolle.

Als die Musik verstummte, gesellte sich Joanna zu ihnen. Schwatzen und Gläserklingen in der Empfangshalle wurden lauter, Geoffrey goß Champagner ein.

Alan Torrance fuhr mit der Hand über sein glattes Haar. „Miß Langford hat uns unterrichtet — ich meine . . . sie erzählte uns von den Raben des Silberguru. Jetzt will sie eine Erklärung dafür haben! Ich verstehe nichts von dem verdammten Guru — weißt du etwas?“

Rodney zuckte die Achseln. Warum von den Raben reden?

Heute nacht sollte man sie vergessen! Denn an diesem Tag versuchten sie ja alle, in einer Art schweigendem Übereinkommen, sich einzubilden, daß die indischen Diener englische Lakaien seien; daß dies nicht Indien, sondern England sei; daß sie Freunde und Nachbarn waren, die sich in einem englischen Landhaus trafen. Aber Caroline Langford war anderer Meinung. Sie unterbrach Joanna, die von der Musik sprach, schlug mit dem Fächer auf den Tisch und erklärte:

„Ich will Ihnen sagen, warum ich es wissen muß. Nachdem ich sechs Monate in Kishanpur gelebt habe, finde ich, daß wir Engländer nur die Oberfläche Indiens kennen. Ich war eine Art Lehrerin der Rani — brachte ihr unseren Lebensstil, unsere englischen Sitten bei und verbesserte ihr Englisch. Dabei sah ich öfters den alten Radjah und unterhielt mich schließlich ganz vernünftig mit ihm! Allerdings mußte ich ihm erst eine kleine Lektion erteilen. Er schien — sie hob den Kopf und schob den Unterkiefer vor —, wie alle Männer der Meinung zu sein, daß eine Unterhaltung mit einer Frau bestenfalls auf eine Art Kindergeschwätz hinausläuft! Nun sind Radjahs so reich und autokratisch; ich hatte eigentlich erwartet, daß er von dem gemeinen Volk noch abgeschlossener sei als etwa wir. Aber es ist nicht so. Es ist anders. Wenn sein Volk über etwas beunruhigt ist, dann fühlt es der Radjah! Sonderbar, nicht wahr! Um nun auf die Raben zu kommen, so glaube ich, daß der Silberguru und seine schwarzen Vögel alle Inder beunruhigt haben, die vor dem Baum standen. Wenn es aber sie beunruhigt, muß es auch uns beunruhigen; denn wir sollen nicht nur ihre Herrscher, wir sollten auch ihre Freunde sein."

Joanna fand diese Worte abgeschmackt; sie sagte: „Oh, Miß Langford, wir müssen bald glauben, daß Sie eine Eingeborene geworden sind. Es ist sinnlos und führt zu nichts, wenn man dem Aberglauben der Inder nachgeht. Das sagt auch mein Mann immer! Nicht wahr, Rodney?"

Rodney fühlte sich in der Falle und war nicht ganz glücklich darüber; denn er meinte in Wirklichkeit etwas ganz anderes, wenn er mitunter sagte, daß es Dinge in Indien gab, die man nicht erklären konnte. Er suchte nach Worten: „Es ist nicht ganz so — es ist vielleicht mehr eine Frage der Größenordnung ...“

Er zögerte und Geoffrey erhob sich. „Größenordnung — ganz gut“, sagte er. „Wenn wir uns über jede verrückte Sache aufregen wollen, die in diesem Lande passiert, dann kommen wir am Schluß nicht mehr dazu, unseren Soldaten das Schießen beizubringen ... Da kommt die Musik — mein Tanz, Isobel, nicht wahr?“

Lady Isobel zog sich an der Lehne des Sofas hoch. Sie ging mit einem deutlichen Hinken; ihr linker Fuß pochte auf den Boden, der orthopädische Schuh an ihrem verkrüppelten Fuß wurde unter dem Saum des Rockes sichtbar. Jemand kam und forderte Joanna auf. Torrance verzog sich lautlos.

Rodney bemerkte kaum, daß alle gingen. Seine Augen hingen an Caroline Langford, die ihrer Cousine nachsah. Unerwartete Sanftheit lag plötzlich auf ihrem Gesicht, ihre Lippen waren etwas geöffnet. Rodney sagte halblaut: „Sie ist eine wundervolle Frau, nicht wahr?“

Das Mädchen bewegte seine Beine, als ärgere es sich darüber, daß sie nicht verkrüppelt waren. Es sagte, ebenfalls halblaut: „Ihr Körper ist so unbeholfen — aber ihr Gesicht ist so ruhig!“ Sie wandte ihm ihre Augen zu. „Ich wünschte, ich wäre so wie sie.“ Der Satz wurde hastig ausgestoßen; sie brach jäh ab und schwieg.

Rodney erhob sich etwas verlegen und forderte sie zum Tanz auf. Die ernsthaften Linien um ihren offenen Mund glätteten sich wieder.

„Bitte, bleiben Sie doch sitzen! Es ist Ihnen lieber, wenn ich Nein sage, nicht wahr? Sie brauchen mir auch nicht zu erklären, warum Geoffrey ein wenig von oben herab über ernste Dinge spricht! Er hätte ein Dichter werden sollen. Außerdem ist er schüchtern. Sagen Sie mir bitte, wo ist der nächste englische Stützpunkt?“

Der unerwartete Wechsel des Gesprächsthemas zeigte ihm, daß sie wieder an ihrem Arbeitstisch saß — unpersönlich wie ein Großinquisitor. Nun, er würde dieses Spiel nicht lange mitspielen. Nicht in dieser Nacht!

„Agra im Norden", sagte er im Plauderton, „hundertunddreißig Meilen entfernt. Gondwara im Süden, hundertundvierzig Meilen von hier. Osten und Westen? Nein, überhaupt nichts — unmögliche Entfernungen über unmögliche Straßen. Nur ein paar Staaten: Kishanpur im Osten, dort, wo Sie gewesen sind! Lalkot im Westen. Die Verbindungen in unserem Gebiet laufen fast nur in der Nord-Süd-Richtung, parallel zu den Flüssen."

„Das heißt also praktisch: Indien ist Euer Palast, aber Ihr schließt Euch in kleine Zimmerchen ein wie dieses Bhowani — und der nächste englische Raum ist irgendwo am anderen Ende des Palastes; nicht wahr?"

Er betrachtete sie aufmerksamer. Eine verrückte Idee; aber sie machte ihn nachdenklich. Nach einer Weile sagte er: „Sie haben gewissermaßen recht. Aber, Sie wissen offenbar nicht, daß wir auch die anderen Räume besuchen — die indischen. Die Zivilbehörde — der Magistrat, die Steuerbehörde, die Verwaltungsleute und so weiter — kommen praktisch in jede Stadt. Der Statthalter ist der Kopf des ganzen Apparates. Haben Sie schon Mr. Dellamain getroffen?"

„Natürlich. Aber besuchen Sie diese indischen Plätze? Besucht Ihre Frau sie, irgendeine Frau? Und dann die ‚Zivilbehörde', wie Sie es nennen — sie kommt also in indische Städte! Aber ich glaube schwerlich, daß sie mit den Indern lebt!"

„Miß Langford, jedermann tut hier sein Bestes! Aber wenn Sie so indisch werden wollen, wie Ihre Freunde in Kishanpur, dann müssen Sie selbst eine Inderin werden. Das heißt: Sie müssen eine Reihe neuer Eigenschaften erwerben und andere dafür ablegen. Als Rasse betrachtet, tun wir das nicht — können es auch gar nicht. Frauen aber, besonders englische

Ladies, müssen sehr vorsichtig sein. Die indischen Sitten sind verschieden von den unseren; Mißverständnisse führen leicht dazu, daß das bestehende Verhältnis zerstört wird." Er vermied ihre Augen. „Was uns Offiziere angeht — wir kennen die Sepoys, und das heißt, daß wir die Klassen und Kasten kennen, aus denen sie sich rekrutieren. Der Bengali-Sepoy ist das Salz der Erde; vielleicht die wunderbarste Persönlichkeit, die man sich denken kann. — Obwohl es selbstverständlich auch prächtige Gestalten in den anderen Präsidentschaften gibt ..."

Er schwieg plötzlich und blickte ihr scharf in die Augen. Er tat das immer, wenn diese verdammten Besucher und Beamten der Königin kamen. Gab ihnen eine Lektion für Anfänger, wenn sie über seine englisch-indische Begeisterung spotteten, wenn sie anfingen, von den „treuen Negern" und der „hündischen Ergebenheit des Eingeborenen" zu sprechen.

Aber ihr Gesicht war nicht spöttisch, sondern voll Interesse. Und obwohl sie das sagte, was alle in diesem Fall zu sagen pflegten, sagte sie es doch ohne die verhaßte Herablassung. Ja, sie formulierte ihre Frage so, daß es klang, als sei sie an seiner persönlichen Auffassung der Dinge besonders interessiert. „Sie lieben sie also, nicht wahr?"

Er zögerte einen Augenblick und dachte sorgfältig über seine Antwort nach.

„Liebe? Das ist ein starkes Wort. Es gibt hier einen Mann, der sie liebt — Oberst Bulstrode, so merkwürdig das klingen mag. Er liebt sie, wie ein Vater einen Stamm schwachsinniger Söhne liebt. Wir anderen aber haben uns daran gewöhnt, zu geben: jeder von uns gibt, ohne nachzurechnen, wieviel er gibt. Sicher existieren Dinge, die wir nicht verstehen können — aber da muß ich Sie wieder fragen: gibt es nicht auch in Ihrem Verhältnis zu Ihrem Vater oder zu Ihrer Cousine Lady Isobel Dinge, die Sie nicht verstehen können? Die Sie gar nicht verstehen wollen? Es ist eine Frage des Vertrauens! Wir vertrauen einander. Wir, das heißt: die weißen Offiziere, die eingeborenen Offiziere und die Sepoys — vertrauen einander; völlig, bedingungslos!“

Ihr Gesichtsausdruck war wieder sanft geworden, als er sprach. Sie sagte mit ihrer freundlichen, tiefen Stimme: „Ja, ich glaube, daß ich das verstehe. Aber fürchten Sie nicht manchmal, daß Sie und die Sepoys eines Tages getrennt werden könnten — vielleicht durch religiöse oder politische Überzeugungen, die sich widersprechen?“

Er mußte laut sprechen und sich zu ihr neigen. Die Polkamusik dröhnte und bumste; ringsherum klang das laute Lachen der Männer.

„Das müßte dann schon etwas sein, was bis an die Wurzeln geht. Und ich weiß nicht, ob unser Glaube — oder unsere Anständigkeit, unser Vertrauen, wie immer Sie es nennen mögen — nicht ausreichen würde, um es offen zu verhandeln. Vergessen Sie nicht, daß jeder Soldat bei uns ein Freiwilliger ist! Das Volk war jahrhundertelang die hilflose Beute in den Krallen einer kleinen Meute bösartiger Radjahs. Nie wieder! Zum erstenmal in der Geschichte Indiens können diese Menschen in eine friedliche Zukunft blicken. Überlegen Sie, was das für einen Mann bedeutet, der seinen ganzen Fleiß, seine Kraft, sein Leben in den Boden, in die Erde steckt!“

„Und weiter will er nichts?“ unterbrach das Mädchen schnell. „Will er nicht auch sein eigener Herr sein? Auf seinem eigenen Boden?“

„Vielleicht, wenn es möglich wäre. Aber das kommt später. Zunächst will er nichts als Frieden und Schutz. Das ist gleichbedeutend mit Macht — und die geben wir ihm.“ Er füllte sein Glas und fuhr fort: „Es ist schon richtig, was ich Ihnen sage — obwohl manche Dinge nicht ohne weiteres zu verstehen sind. Nehmen Sie zum Beispiel dieses Gebiet hier, Bhowani. Früher war es ein Teil des Staates Kishanpur. Sie werden wohl davon gehört haben, als Sie bei Ihrem Freunde, dem Radjah waren. Wir nahmen es mit Gewalt, erzwangen einen ewigen Pachtvertrag — in Wirklichkeit haben wir kein

Recht darauf. Und trotzdem würden die Bauern und die niedrigen Kasten alles andere lieber tun, als freiwillig unter die Herrschaft von Kishanpur zurückzukehren ...“

Das Mädchen blickte über seine Schulter; er brach ab und drehte sich um. Die anderen waren zurückgekehrt, Joanna stand neben seinem Stuhl und preßte die vollen Lippen zusammen. Sein Gesicht war dicht neben Caroline Langfords Wange gewesen. Er erhob sich schnell.

„Wollen wir tanzen, Joanna?“

„Laß sehn ... Nein, Rodney! Major de Forrest hat sich für diesen Tanz eingetragen.“

„Das macht nichts — er soll warten! Komm, wir tanzen!“

Sie folgte ihm mit unverhohlener Freude, einer offen zur Schau getragenen Mischung von Vergnügen und Besitzerstolz. Caroline Langford sprach mit Alan Torrance und sah nicht auf. Rodney fühlte, daß Joannas leichter Triumph etwas gedämpft wurde, weil Caroline Langford gleichgültig blieb.

Er führte sie zum Tanzboden und warf sich in die Musik, ohne weiter nachzudenken. Ob ich wohl ein bißchen betrunken bin, fragte er sich — aber nur zum Teil von Brandy und Champagner ... Die Bauern hatten Frieden, das war nicht mehr als recht und billig — aber oh, welch staubiger Glanz, was für schweigsame Trompeten!

Die Musik schwieg, er bat Joanna um den nächsten Tanz. Diesmal spürte er, daß sie ein wenig schwerer an ihm hing, sah, wie leichte Unzufriedenheit ihre Lippen kräuselte. Offensichtlich wünschte sie, daß er sich gesetzter benähme. Oh Gott, dachte er, ich kann nicht immer in dieser stumpfsinnigen, vernünftigen Art leben! Ich bin einfach nicht so gebaut.

Aber die Erregung wich von ihm, er führte Joanna zurück zu ihrem Platz und begann mit den Pflichttänzen, die seine Ballkarte füllten. Er tanzte mit Mrs. Caversham, Mrs. Bulstrode, Dotty van Steengaard, Victoria de Forrest — und mit Caroline Langford. Sie tanzte erstaunlich gut Walzer. Sie schwatzte nicht beim Tanz, sondern konzentrierte sich darauf, wie auf alles, was sie tat. Aber sie war leicht und sicher auf den Füßen. Während sie sich im Rhythmus des Walzers drehten, dachte er, daß er sich gerne weiter mit ihr unterhalten würde. Sie erregte ihn nicht, aber sie interessierte ihn. Ihr Kleid war ähnlich dem Kleid, das Joanna trug — weißer Tüll, aber weniger Perlen. Das spielte in diesem Fall wohl keine Rolle! Warum entwickeln Frauen solche plötzlichen Vorlieben und Abneigungen? Und warum starrten ihn alle so an? Er war doch noch nicht so betrunken! Nein, jetzt starrte ihn sogar seine Tänzerin an; sie spähte über seine Schulter, über die Tanzfläche und den Gästeraum in die Mittelhalle.

Ein kleiner dunkler Inder stand in der geöffneten Außentür. Sein vornehmes Gewand war mit Schlamm bespritzt, der Hausmeister des Klubs und der Diener versuchten, ihn am Eintreten zu hindern. Rauhe Zugluft blies durch den Gästeraum. Curry Bulstrodes Stimme erhob sich über die Musik in einem heiseren Gebrüll: „Macht die Tür zu — ihr Burschen da!"

Der Hausmeister knallte die Türe zu. Rodney drehte sich im Tanz und konnte nicht sehen, was sich weiter ereignete; aber Miß Langford sagte plötzlich: „Das ist doch der Dewan von Kishanpur! Was will er hier? Und was machen die Diener mit ihm?"

„Die Diener zwingen ihn, seine Schuhe auszuziehen."

„Aber er ist doch Premierminister und General von Kishanpur. Man kann ihn doch nicht so behandeln!"

„Nein? Ich glaube, er würde uns auf dem Bauch kriechen lassen, wenn es nach ihm ginge. Übrigens handeln sie in unserem Auftrag. Ein schmutziger kleiner Pfau, dieser Kerl. Sie bringen ihn in das Billardzimmer. Wir werden gleich hören, was los ist. Schluß damit! — Sie tanzen wirklich wundervoll."

Sie war verwirrt, sagte aber nichts mehr. Das Summen der Unterhaltung schwoll wieder an; die Kapelle hatte keine Minute aufgehört zu spielen; der ganze Zwischenfall hatte die Tänzer unberührt gelassen; denn ein Sylvesterabend im Bhowani-Klub war wesentlich mehr als ein Dutzendball — er war eine Zeremonie! Die Exilengländer würden diesen Abend bis zur letzten Minute genießen. Fünfzehn Minuten später tanzte er mit Rachel Myers. Plötzlich sah er einen Diener, der sich neben Curry Bulstrodes Stuhl im Gästeraum verbeugte. Der Oberst hob seine dreihundert Pfund aus dem Sessel, leerte ein Glas Brandy, leckte den Rand mit der Zunge ab und watschelte fort. Rodney sah den gleichen Diener durch den Saal spähen, bis er Major de Forrest gefunden hatte; sah ihn dann zur Tanzfläche kommen und die Menge der Tänzer durchmustern. Als Rodney in seine Nähe gelangt war, flüsterte der Mann: „Empfehlungen von dem Statthalter-Sahib, Sie möchten bitte in das Billardzimmer kommen, Sir!" Rodney war nicht überrascht. Er hatte sich inzwischen daran erinnert, daß seine Kompanie in dieser Woche Alarmdienst hatte. Er entschuldigte sich, führte Rachel zu ihrer Mutter und ging hinaus.

3. KAPITEL

Eine Gruppe von sechs Männern wartete in dem Halbdunkel hinter dem Billardtisch. Mr. Dellamain, ein großer Mann, Mitte der Vierzig, blickte zur Tür, als Rodney eintrat. Er war der Statthalter, der das Pachtgebiet Bhowani regierte; zweifellos der bedeutendste Beamte in dem Zimmer. Er schien es für nötig zu halten, dem Zwischenfall einen Anstrich pompöser Würde zu verleihen, sonst hätte er sich nicht so gravitätisch in der Mitte der Gruppe aufgestellt. Er war ein schwerer Mann, schwarzgesichtig mit vorquellenden, gefleckten braunen Augen.

Oberst Bulstrode hatte es sich auf dem Tisch bequem gemacht; sein riesiges Hinterteil in enganliegenden blauen Hosen quoll über die Kanten der Tischplatte. Major Swithin de Forrest, Kommandeur der 60. Leichten Bengalischen Kavallerie, in Silber und Grau, saß auf der oberen Zuschauerbank, die mit Leder gepolstert war, und blickte auf die Versammlung hinunter — wie ein schwindsüchtiger Totenkopf. Gerald Peckham, Major der Brigade, saß auf der unteren Bank; ein blonder, gutaussehender Mann. Das Notizbuch des Stabsoffiziers lag aufgeschlagen auf seinen Knien. Eustace Caversham, Rodneys eigener Kommandeur, stand etwas beiseite; er hatte den schmalen Kopf gebeugt, seine Finger tasteten wie immer nervös an den Aufschlägen seiner Jacke herum.

Die sechste Person in diesem Verein war der Mann, den Miß Langford als Dewan von Kishanpur erkannt hatte. Er wandte schnell den Kopf, als sich die Tür öffnete. Rodney sah, daß die Blattern sein dunkles Gesicht mit ihren Hieroglyphen gezeichnet hatten. Weit auseinanderstehende Augen betrachteten Rodney mit einer Art von übertriebener Bereitwilligkeit, die ihm immer als Zeichen innerer Unrast erschienen war. Roter Schlamm und Regen hatten seine gelbe Überjacke und die weißen Jodhpur-Hosen beschmutzt. Ringe funkelten an den Fingern, die mit dem Griff eines juwelenbedeckten Säbels spielten. In der rechten Hand trug er die ausgezogenen Schuhe; auf dem Kopf einen harten schwarzen Filzhut, der wie das Segel einer Dhau in Windstille geformt war: Eine Seite stand hoch, die andere hing nieder; der Hut war mit Perlen und Diamanten verziert.

Caversham sah Rodney entgegen. „Savage? Ihre Kompanie hat Alarmrolle, nicht wahr?"

„Jawohl, Sir."

„Bitte setzen Sie sich, und hören Sie zu."

Mr. Dellamain fuhr mit den dicken Händen unter die Schöße seines Frackes. Seine Stimme forderte Aufmerksamkeit — eine klingende, volle Stimme.

„Meine Herren, in Kürze: Ich habe Bericht erhalten, daß Seine Hoheit, der Radjah von Kishanpur, heute ermordet wurde. Er wurde über die innere Brustwehr der Festung in den Hof gestürzt und war auf der Stelle tot." Rodney warf einen Blick auf die anderen; aber ihre Gesichter waren ausdruckslos. „Allem Anschein nach ist in Kishanpur eine

Verschwörung im Gang; durch die Palastrevolution wollte man sowohl den Radjah als auch seinen einzigen legitimen Sohn — einen Knaben — beseitigen, und an ihre Stelle auf den Gaddi einen wesentlich älteren Sohn des Radjahs mit einer Konkubine setzen. Mir ist, offen gesagt, völlig unklar, auf welche Weise seine Mörder die Anerkennung des neuen Thronfolgers durch den Generalgouverneur zu erhalten hofften. Dieser Gentleman vor Ihnen ist Seine Exzellenz, Shivarao Bholkar, der Dewan von Kishanpur! Ein ergebener Diener und vertrauter Freund des verstorbenen Radjah. Er ist persönlich hergekommen, um mir die traurige Botschaft zu überbringen."

Der Dewan leckte seine Lippen und verbeugte sich unsicher, als ob er nicht ganz imstande sei, den englischen Sätzen zu folgen.

Bulstrode sog an seiner leeren Pfeife und fragte: „Wann hat sich das ereignet, Statthalter?"

„Gegen drei Uhr, heute Nachmittag." Rodney überschlug die Zeit in seinem Kopf. Kishanpur lag siebenundvierzig Meilen ostwärts, auf dem anderen Ufer des Kishan-Flusses. Die Boten hatten den Fluß überqueren und wenigstens einen Teil des Weges nach Einbruch der Dunkelheit zurücklegen müssen; auch schien es sehr unwahrscheinlich, daß sie unmittelbar nach dem Mord abgeritten waren. Er zog die Uhr aus der Tasche; fast Mitternacht — keine schlechte Leistung.

Mr. Dellamain fuhr fort: „Ihre Hoheit, die Rani, war glücklich genug, ihren kleinen Sohn zu retten und die Mörder, sozusagen noch mit blutigen Händen, festsetzen zu lassen. Daraufhin hat sie, wie es scheint, eine beträchtliche — hm, sagen wir — Energie entwickelt. Sie ließ die Schuldigen ohne Verzug erwürgen — fünfunddreißig, glaube ich. Sie sagten doch fünfunddreißig, Exzellenz?"

„Fünfunddreißig Männer, Sahib — und drei Frauen."

Jetzt zog auch Bulstrode eine schwere goldene Uhr aus der Weste, ließ sie aufspringen und knurrte: „Schnelle Arbeit, alle Achtung! Und vor allem, kein Geschwätz ..."

Die Schlehenaugen des Dewans blitzten kurz auf. Rodney fühlte mehr, als er es hörte, ein schwaches Donnern; die Lampen klirrten in ihren Ketten, die Fenster bebten. Mitternacht! Jetzt sangen sie Auld Lang Syne im Chor — der Tanzraum war voller Menschen, die mit verschränkten Armen und stampfenden Füßen schunkelten. Er warf einen Blick auf Eustace Caversham und sah, daß er bleich wurde. Jahr um Jahr, nach einer alten Sitte in Bhowani, ließ sich Caversham von den anderen widerstrebend überreden, den ersten Vers des Liedes solo zu singen. Jetzt war der Höhepunkt des Jahres verloren; er hatte umsonst monatelang gegurgelt und mußte bis 1858 warten.

Der Statthalter warnte Bulstrode mit einem kurzen Seitenblick. „Drei Frauen, Eure Exzellenz? Das ist etwas unglücklich — aber ich denke, Gentlemen, wir können diese Dinge nicht mit unseren Maßstäben messen, nicht wahr?"

Er wanderte nachdenklich auf und ab, den Kopf gesenkt, mit den Fingerspitzen sein Kinn massierend. Bulstrode beobachtete ihn; seine klugen Augen, leuchtend wie blaue Steine, in die Speckfalten seines Gesichtes versenkt, folgten dem Statthalter. Eine Andeutung von Spott verbarg sich in dem grauen und roten Urwald des Bartes um seine Lippen. Der Dewan zupfte nervös an seinem Schnurrbart.

Schließlich blieb Mr. Dellamain stehen und erklärte seine Ansicht. „Der Vertrag von 1809 sagt klar, was ich zu tun habe. Es ist unsere Aufgabe, den Frieden in Kishanpur aufrechtzuhalten, bis wir herausgefunden haben, wer hinter der Palastrevolution steht. Dann werden wir den neuen Herrscher bestätigen und darauf achten, daß er ausreichende Macht besitzt. Betrifft die Revolution Ihre Armee, Dewan?"

„Einen Teil — befürchte ich! Ausgenommen die Leibgarde."

„Aha! Oberst, was für eine Streitmacht benötigen wir? Selbstverständlich werde ich selbst nach Kishanpur gehen. Schon aus diesem Grund halte ich es für angebracht, das

Expeditionskorps so stark zu machen, daß wir auf keinen — unglücklichen Widerstand stoßen."

Bulstrode nahm die Pfeife aus dem Mund. „Es handelt sich ja nur um einen kleinen Bettelstaat. Eine Kompanie Infanterie, eine Schwadron Kavallerie reichen aus. Ich schicke einen Expreßreiter nach Gondwara und lasse den General bitten, um sechs Uhr früh Artillerie bereitzustellen. Kishanpur darf laut Vertrag nur Sechspfünder-Kanonen führen, nicht wahr? Eine Kompanie von unseren Zwölfpfündern wird sie zusammenhauen, wenn es zu einem Gefecht kommen sollte."

Mr. Dellamain streichelte seine Bäckchen. „Ich bin der Meinung, Brigadegeneral Jones würde eine größere Streitmacht geschickt haben, Oberst."

Bulstrode runzelte die Brauen. „Jones war eine alte Gluckhenne — Kerl aus dem königlichen Dienst — kannte nicht den ersten Buchstaben im indischen Alphabet. Ich bin jetzt neununddreißig Jahre hier draußen — zweihundert John Company Sepoys sind mehr als genug für die Lumpenbagage in einem solchen Kleckerstaat. Schicken Sie Ihre Burschen sofort los, de Forrest—Mervuglios Truppe? Ganz recht. Und Sie schicken Savage, wie ich annehme, Caversham? Gut! Er soll bei Sonnenaufgang losmarschieren, Ankunft am anderen Tag. Savage, Sie besprechen die Einzelheiten persönlich mit Julio. Sie sind Kommandeur von Kishanpur, sobald Sie dort ankommen. Führen die Politik des Statthalters aus — nach eigenem Ermessen. Verstanden? Ich denke, das ist alles, Statthalter, nicht wahr? Muß jetzt zu einer Ente mit Currysauce in den Speisesaal."

Ohne eine Antwort abzuwarten, erhob er sich von dem Tisch und watschelte aus dem Raum. Mr. Dellamain starrte ihm nach, Scham und Ärger auf seinem Gesicht. Die anderen Soldaten zögerten und scharrten mit den Füßen; dann folgten sie dem Oberst und ließen den Statthalter wieder allein mit dem Dewan.

Rodney zog sich zurück und setzte die nötigen Befehle auf.

Seine Order war durchaus klar. Mervuglios Truppe, hundert Mann der 60. Leichten Kavallerie, würde sofort nach Kishanpur aufbrechen und den Unruhen begegnen, die sich dort möglicherweise erhoben. Er selbst würde mit dem Fußvolk der 13. folgen und nach seiner Ankunft in Kishanpur den Befehl über die gesamte Streitmacht übernehmen.

Er schlenderte umher und suchte Mervuglio, den er schließlich in einer Ecke der Bar fand, wo er gespannt auf die trockenen Anweisungen de Forrests lauschte. Julio war sichtlich aufgeregt. Als der Major ausgesprochen hatte, klärte Rodney alle Einzelheiten mit dem Oberfähnrich — die Frage des Zusammentreffens, des Nachschubs, des Trosses und die Menge der mitgeführten Reservemunition; dann kehrte er in den Gästeraum zurück.

Die Pause des Abendessens war fast vorbei. Im Ballraum versammelten sich die Musiker wieder auf ihrer Rampe. Rodney saß noch nicht in seinem Stuhl, als ihn schon Torrance mit Fragen überschwemmte; Männer von anderen Tischen kamen heran, um die neuesten Nachrichten zu hören. Er hatte gerade in groben Zügen die Geschichte erzählt, als die Musikkapelle mit einem neuen Schlager loslegte; in wenigen Sekunden waren seine Zuhörer verschwunden. Geoffrey, Isobel, Joanna und Torrance begannen sich zu unterhalten. Miß Langford starrte zur Decke empor.

Im Billardzimmer hatte eine untergründige Spannung geherrscht. Rodney sah, in einer kurzen Vision, einen alten Mann mit grauen Haaren und vornehmen Gewändern, der mit ausgebreiteten Armen und Beinen an den Schießscharten einer roten Steinmauer vorbeifiel und sich in der Luft überschlug. Düstere, blutige Erregung kam aus Kishanpur und füllte seinen Kopf mit phantastischen Vorstellungen. Überflüssige Aufregung, dachte er. Julio und ich werden die Stadt besetzen, und alles wird ruhig bleiben. Seine Hochstimmung verflog. Er dachte, daß es vor allen Dingen wichtig sei, noch ein Auge voll Schlaf zu nehmen.

Caroline Langford senkte ihre Augen in seine. „Wir haben schließlich nicht ganz Kishanpur gepachtet. Warum mischen wir uns ein?"

Rodney antwortete träge: „Wir — das meint die Company — haben ein für allemal Schluß gemacht mit dieser endlosen Folge von Mord und Bürgerkrieg, die in den Radjahstaaten an der Tagesordnung waren. Wir gestatten keinem Radjah, den Gaddi zu besteigen, bevor er nicht bewiesen hat, daß er der pragmatische Erbe seines Staates ist. Außerdem haben wir zahlreichen Staaten, einschließlich Kishanpur, die Aufstellung einer großen Armee verboten; es ist einfach zu gefährlich. Die Folge davon ist sehr einfach: wenn wir einen Radjah daran hindern, sich selbst zu verteidigen, dann müssen wir wohl oder übel seine Verteidigung übernehmen — und eben das tun wir hier."

Torrance unterdrückte ein Gähnen und hob eineAugenbraue bezeichnend zu Joanna. Aber Miß Langford war nicht zufrieden; sie sah Rodney nachdenklich an.

„Ich glaube nicht ein Wort von der Geschichte des Dewan", sagte sie. „Der ältere Sohn — der angebliche Mörder — war harmlos wie eine Maus und kroch vor der Rani. Nun haben die Rani und der Dewan ihn hingerichtet — und mit ihm alle seine kopfscheuen Anhänger, wie ich annehme. Niemand wird je etwas anderes hören als die Darstellung der Rani. Der alte Radjah war ein guter Mann — er erinnerte mich ein wenig an den Herzog von Wellington. Er sagte, sein Vater habe den Freundschaftsvertrag mit uns unterzeichnet und er werde ihn halten, in Wort und Tat — obwohl er uns haßte. Er war hart, altmodisch und, nach unseren Maßstäben, grausam. Aber ein Ehrenmann durch und durch. Ich hatte ihn gern. Ich hätte nicht geglaubt, daß irgend jemand in der Welt ein Interesse habe, ihn umzubringen, mit Ausnahme von . . ."

Ihr Gesicht war ernst und bleich, ihr Kinn entschlossen. So ähnlich mußte sie ausgesehen haben, als sie dem Radjah gegenüber saß, ihn ins Kreuzverhör nahm, mit ihm argumentierte. Rodney betrachtete sie und versuchte, sich die Gefühle des grimmen alten Mannes vorzustellen, eines östlichen Prinzen vom Scheitel bis zur Sohle, der sich plötzlich diesem achten Weltwunder von englischer Weiblichkeit gegenübersah. Er malte sich ihr erstes, förmliches Zusammentreffen aus: Sie stellte Männerfragen; er versuchte, sie mit Gemeinplätzen abzufertigen; sie korrigierte ihn höflich, erregte sein Erstaunen, schließlich sein Interesse. Irgendwann mußte ihm klar geworden sein, daß er hier einer völlig neuen, kämpferischen Ausgabe des Weiblichen gegenüberstand; wahrscheinlich hatte er innerlich über diese Frau gelächelt, die so hartnäckig auf die Waffen verzichtete, die sie ihrem eigenen Geschlecht verdankte.

Joanna betrachtete Miß Langford mit kalten Augen und wandte sich an Rodney. „Dann wird es wohl diesmal nichts mit der Tigerjagd in Kishanpur?"

Rodney hatte es vergessen. Der alte Radjah pflegte Jahr für Jahr eine kleine Gesellschaft aus Bhowani zur Tigerjagd einzuladen. Diesmal waren die Hatton-Dunns und Caroline Langford drangewesen, neben anderen; aber nicht die Savages.

Rodney sagte: „Wir haben nicht darüber gesprochen — aber ich glaube kaum, daß die Rani an Tigerjagden denkt, so kurz nach dem Tod ihres Mannes. Die Jagd ist gewöhnlich im Februar, nicht wahr? Außerdem betrifft sie uns nicht, meine Liebe."

„Aber wenn die Jagd doch abgehalten wird und du bist noch in Kishanpur als Kommandeur, dann müssen sie mich doch auch einladen, oder . . ."

Caroline Langford schlug mit dem Fächer auf ihr Knie. „Ich habe etwas Wichtiges zu sagen. Nein, laß mich bitte aussprechen, Isobel! Captain Savage, erinnern Sie sich an die Worte, die der Silberguru heute nachmittag zu den Raben sprach?"

Es gab Rodney einen Riß. Er entsann sich genau. „Seid Ihr alle da . . . alle Geister der toten Tyrannen? Und welcher von Euch herrschte heute morgen im Osten?" Kishanpur lag im Osten.

Die andern starrten ihn verblüfft an; denn er hatte die Worte laut wiederholt. Er stotterte verwirrt. „Aber — aber — nein, das konnte er doch nicht wissen. Es war gegen fünf Uhr und der Radjah wurde um drei Uhr getötet — und Kishanpur liegt siebenundvierzig Meilen von hier. Nein, ausgeschlossen ..."

„Ganz richtig. Er konnte es nicht wissen, aber er wußte es!"

Sein Geist weigerte sich, dieser gespenstigen Idee nachzugehen. Er zuckte ungeduldig die Schultern.

Miß Langford wurde plötzlich ärgerlich. Ihre Augen, der Ausdruck des ganzen Gesichtes, zeigten Erstaunen, fast Verachtung. Rodney fühlte sich etwas betroffen.

Sie rief aus: „Verstehe ich Sie recht — keiner von Ihnen will sich darum kümmern? Will wenigstens Mr. Dellamain Bericht erstatten über den Vorfall?"

Natürlich hatte sie recht. Dellamain mußte es erfahren, mindenstens auf dem Dienstweg. Aber der Ton, mit dem sie es sagte, reizte ihn.

„Sie verstehen mich ganz richtig, Miß Langford! Es geht mich nichts an, und es geht noch weniger ..."

„Rodney!" Joanna verzuckerte den Vorwurf ihres Ausrufes mit einem kehligen Schnurren der Zustimmung.

„Es geht Sie etwas an, Sir" — das Mädchen machte eine ärgerliche Handbewegung und zeigte auf die Tänzer des Balles — „es geht alle an! Die Eingeborenen verehren diesen Guru geradezu. Sie wissen es. Sogar ich habe es gesehen. Nun ist ein ehrlicher alter Mann ermordet worden und es zeigt sich, daß der Guru in Verbindung steht — entweder mit dem Teufel oder mit einer Bande von Mördern! Trotzdem sagen Sie, es geht Sie nichts an?"

Torrance blickte auf seine Fingernägel und hustete. „Miß Caroline, es ist ein Zufall, glauben Sie mir — das kann alles bis morgen warten!"

Sie hörte nicht auf seine Worte, sprang auf und blickte sich kalt um. Sie mußte laut sprechen, damit man ihre Stimme durch die Musik und das Geschrei von der Tanzfläche hören konnte.

„Dann ist es ganz offenbar meine Pflicht, Mr. Dellamain

davon zu erzählen — und darauf zu dringen, daß dieser Sache nachgegangen wird.“

Rodney, immer noch wütend, sah ihr nach. Plötzlich gewann er seine gute Laune zurück und lächelte: „In einer Minute wird sie rot werden!“

Aber die aufrechte kleine Gestalt durchquerte die große Halle und verschwand in dem Gang, der zu der Bar führte, unter dem Schild mit der Aufschrift: Reserviert für Herren. Rodney fluchte heimlich. Nichts und niemand konnte dieses teuflische Frauenzimmer aufhalten, und ihr Gesicht wurde niemals rot. Der Ton, in dem sie sagte, sie würde ‚darauf dringen‘, daß der Statthalter der Sache mit dem Silberguru nachging! Unglaublich!

Joanna schnurrte: „Sie ist ein liebes, süßes Mädchen, aber so — wie soll ich sagen? — geschäftig. Wirklich, Isobel, sie sollte verheiratet werden, meinst du nicht auch?“

„Ich muß Euch um Entschuldigung bitten, Joanna — und dich, Rodney! Seit meine Cousine mit Miß Nightingale auf der Krim war, ist nichts mehr mit ihr anzufangen. Sie ist hart, fast männlich. Es muß schon eine Katastrophe eintreten, damit man die echte Caroline kennenlernt. Soldaten, die von Skutari zurückkehrten, besuchten unser Haus in London, nur um Caroline zu danken. Und als ich dann meinen Hüftknochen brach und alles drunter und drüber ging — und als jedermann dachte, ich würde sterben — damals hat Caroline sechs Monate lang mein Bett nicht verlassen.“

Joannas Gesicht drückte deutlich aus, daß ein Lobgesang auf Miß Langford sie nicht besonders interessiere. Sie nickte kurz, als Lady Isobel ausgesprochen hatte, und sagte: „Wie lieb und gut von ihr!“

Plötzlich senkte sie die Stimme. „Ich glaube, wir haben einen sehr passenden Ehemann für Caroline in Bhowani.“ Sie deutete leicht mit dem Fächer.

Aus den Augenwinkeln sah Rodney Swithin de Forrest, Victorias Vater, der vorbeischlenderte und seine Lippen mit einem weißen Taschentuch betupfte. Gott im Himmel, Joanna war manchmal wirklich eine Katze! De Forrest hatte eine schmale Nase, ein plattes, blutleeres Gesicht, eine Haut, die unmittelbar auf den Knochen zu sitzen schien; er war ein toter Mann, innerlich und äußerlich, wie ein Stück krebskranken Holzes. Sicher, Caroline Langford war mitunter eine Pest, aber sie war zu jung und zu lebendig, um mit dem Wrack de Forrest verkuppelt zu werden.

Joanna schien äußerst zufrieden mit sich selbst, ihre Augen strahlten ihn warm an. Champagner und Triumph mischten sich in diesem Blick. Was für einen Sieg glaubte sie errungen zu haben, und in welchem Krieg? Trotzdem erregte ihre Schönheit, ihre lächelnde, goldgekrönte Schönheit ihn körperlich und machte ihn atemlos; sie war seine Frau! Heute Nacht würde sie vergessen! Heute Nacht, nach den langen Monaten der Einsamkeit, würden sie von neuem beginnen, würden einen verlorenen Pfad wiederfinden. Heute Nacht würde es keine Entschuldigung geben.

Er sprang auf. „Ich muß noch ein paar Stunden schlafen! Kommst du mit, Joanna?“

Seine Stimme klang nicht sehr bestimmt, als er die Frage stellte. Trotzdem war er fest überzeugt, daß sie halten würde, was ihre Augen versprochen hatten.

Sie lehnte sich zurück in ihrem Stuhl: „Ach nein, eigentlich möchte ich noch ein bißchen bleiben. Das heißt, wenn Lady Isobel nichts dagegen hat, eine Dame zuviel in ihrer Gesellschaft zu haben. Geoffrey kann mich nach Hause bringen. Geht Mr. Dellamain nach Kishanpur?“

Die anderen taten, als ob sie ins Gespräch vertieft seien und nichts hörten. Licht schien auf Geoffreys sandfarbenes Haar und sein langes Pferdegesicht. Rodney wurde rot und antwortete kurz: „Ja, er geht nach Kishanpur, aber ich glaube nicht, daß er den Ball sofort verläßt. Du kannst also deinen letzten Tanz mit ihm haben. Gute Nacht, Joanna! Gute Nacht, alle zusammen.“

Er war nicht aufgewacht, als Joanna nach Hause kam; aber als Lachmans heftiges Zerren an seinem Fuß ihn aus dem Schlaf weckte, lag sie neben ihm. Schwaches Lampenlicht strömte gelblich durch das Schlafzimmer, die leise Stimme des Dieners murmelte: „Huzoor, huzoor, sarhe panchh baje, sarhe panchh baje, huzoor!“

Er erhob sich langsam, rieb die Augen mit dem Handrücken und blickte auf den Taschenwecker, der auf dem Nachttisch tickte. Halb sechs Uhr. Er rührte in der Teetasse neben der Uhr und gähnte herzhaft. In einer Stunde würde seine Kompanie heraustreten. Während er sich schnell ankleidete, hörte er die nackten Füße mehrerer Diener durch das Haus tapsen. Er beugte sich über Joanna, als er fertig war; angenehme, animalische Wärme und der Geruch von Schlaf strömten von ihr. Er konnte ihr nicht mehr böse sein. Er küßte ihre Wange und flüsterte ihr ins Ohr: „Auf Wiedersehen, Darling. Hoffentlich bin ich bald wieder zurück.“

Sie warf sich herum und sprach ins Kissen: „Wie'rsehn — nich' so lang' — bin nich' gern 'llein.“ Sie glitt zurück in ihren tiefen Schlaf, Rodney verließ auf Zehenspitzen den Raum und ging ins Speisezimmer. Zwei Stücke Hammelfleisch in einer steifen Sauce erwarteten ihn auf einem kalten Teller. Der verrückte Koch mußte schon um drei Uhr in der Nacht aufgestanden sein, um sie fertig zu machen. Er betrachtete das Fleisch voll Widerwillen und rührte es nicht an. Stattdessen würgte er eine dicke Brotscheibe hinunter, trank noch eine Tasse Tee und verließ das Haus.

Die Luft war frostig und beißend; seine drei Diener, vermummt in Decken, hockten auf der Ladung des Ochsenkarrens. Er bestieg Boomerang und ritt den Fahrweg hinunter, den Reitknecht an den Steigbügeln; der Ochsenwagen ratterte hinter ihnen her.

Ein Nebelteppich lag über dem Fluß, Nebelstreifen hingen in den Zweigen der Bäume zwischen den Läden des kleinen Bazars. Der Silberguru saß unter seinem Feigenbaum; seine

Augen waren offen und starrten nach Norden. Rodney hätte gute Lust gehabt, anzuhalten und den Alten zu fragen, was für eine Bewandtnis es nun eigentlich mit den Raben gehabt hatte. Er tat es nicht; es wäre sinnlos gewesen. Außerdem wäre er sich wie ein perfekter Narr vorgekommen. Beiläufig dachte er darüber nach, was der Statthalter wohl zu Miß Langford gesagt haben mochte, als sie ihn in der Bar aufsuchte.

Die Kompanie stand angetreten mit Blickwendung auf dem Exerzierplatz und erwartete ihn. Er ließ rühren und rief die beiden eingeborenen Offiziere zu sich — Subadar Narain Pande, seinen Stellvertreter, und Jemadar Godse.

„Ram ram, sirdar log! Alles in Ordnung, Subadar-Sahib?"

Narain war ein großer Mann, mit ernsthaft gewölbten Stirn- und Wangenknochen und einem herabhängenden grauen Schnauzbart. Beförderungen in der Bengal-Armee kamen langsam. Das Alter hatte seinen Rücken gekrümmt. Er grüßte.

„Ja, Sahib. Zwei Sepoys sind krank, sonst ist alles in Ordnung."

„Wie steht es mit dem Troß? Ration für vierzehn Tage? Munition? Einhundert Schuß Reservemunition im Train? Gut! Treten Sie bitte ein."

Die farbigen Offiziere grüßten, machten Rechtsum und marschierten ins Glied. Rodney erhob seine Stimme: „Dritte Kompanie — Stillgestanden! In Linie zu vier Gliedern — angetreten! Links — um! Im Gleichschritt — marsch!"

Er führte sie in nördlicher Richtung zum Pike, kam an dem kleinen Bazar und dem reglosen Guru vorbei und bog rechts in die Hauptstraße Bhowani-Kishanpur ein. Die breite, ungeschotterte Straße, tief ausgewaschen und grasbewachsen, wurde wie die Pike von einer Doppelreihe klobiger schwarzer Bäume gesäumt. Sie verlief gerade ostwärts an den nördlichen Vororten Bhowanis entlang und führte zwischen Äckern und Feldern hin. Die Marschkolonne der Männer stapfte hinter ihm her, schweigend, schläfrig. Ein Flug wilder Enten rauschte über sie weg und fiel klatschend im Fluß ein. Der Regen des

Vortages hatte den Staub gebunden, die Straße erstreckte sich rot und braun vor ihren Augen. Als die Sonne höher über die Sindhya-Hügel stieg, begannen die Sepoys aufzuwachen; blauer Rauch der Morgenfeuer stieg aus den kleinen Hütten in den Feldern.

Ein alter Mann spähte aus einem sauberen weißen Häuschen hervor, hielt die Hand zum Schutz gegen die Sonne vor die Augen, schlüpfte wieselgleich zurück ins Haus und schoß wieder heraus, ein großes Schwert in beiden Händen. Rodney beugte sich vom Pferde, als er vorbeiritt, berührte das Schwert, lächelte und sagte: „Ram ram, Vater. Bleib' gesund!" Jedermann in Bhowani kannte den rheumatischen alten Krieger. Es hieß, daß er über neunzig sei, und das Gerücht mochte wahr sein; denn er war bereits im Jahr 1783 als Sepoy des 24. Bengal-Infanterie-Regimentes dabei gewesen, als die französische Flagge in Cuddalore erobert wurde. Er war aus dem Dienst geschieden mit dem höchsten Rang eines eingeborenen Offiziers, als Subadar-Major — auch das schon lange her! So oft Soldaten vorbeikamen, schlurfte er aus seiner Hütte; bot sich ihm aber einmal Gelegenheit, dann konnte er stundenlang erzählen — von Wellesley, Lake, Combermere, von dem ganzen verschossenen Seidengewebe der Vergangenheit. Es berührte Rodney merkwürdig, als er über seine Marschkolonne zurückblickte und sah, wie der alte Mann mit dem Schwert vor jedem eingeborenen Offizier einen tiefen Salaam machte. Es hätte umgekehrt sein sollen, dachte er. Aber seine Offiziere gehörten einer höheren Kaste an — und das erklärte alles. Trotzdem fand Rodney es nicht ganz in Ordnung.

Die Sonne stand nun hoch. Vor ihnen trennte eine dreißig Meilen breite Welle der Sindhya-Hügel die Täler des Kishan und des Cheetah. Als die Straße anzusteigen begann, schloß sich der Dschungel um sie. Es gab plötzlich Papageien, grüne Schweine und Armeen von Affen in den Bäumen; mitunter trafen sie Männer, die in kleinen, ausgerodeten Kulturstreifen zwischen den Bäumen arbeiteten; auf kleine Ortschaften mit hübschen, scheuen Frauen an den Brunnen. Wasserräder quietschten, während sie von Ochsen gedreht wurden. Von irgendwoher kamen die Töne einer schrillen Hochzeitsmusik. Rodney beschloß, sein Jagdgewehr aus dem Wagen zu holen und Jagd auf Dschungelgeflügel zu machen, sobald das Tagesziel Adhirasta erreicht war. Er zielte in Gedanken bereits auf einen Flug wilder Enten und pfiff unmusikalisch und fröhlich zu dem dumpfen Trommelschlag von Boomerangs Hufen.

Es war ein prächtiger, golden-silberner Morgen; er ritt fort von Bhowani, von seinen Teegesellschaften, Whistgesellschaften, Bésiguegesellschaften; von dem endlosen Geschwätz über Sepoysschuhe, Offiziersgagen und die Tugend der Damen. Cavershams zittriger Tenor blieb zurück mit den Meilensteinen am Wege, Bulstrodes knurrender Baß, McCardles saurer Calvinismus und Geoghegans katholischer Humor. Rodney liebte diese Dinge; sie waren Bhowani, sie waren Anglo-Indien. Trotzdem — ein anderes Indien lag vor ihm, wartete auf ihn, ein königliches, ein indisches Indien. Caroline Langfords Wort kam ihm in den Sinn; wenn er jetzt nicht freiwillig die Augen schloß, dann würde er einen Blick in einen anderen Raum des Palastes werfen.

4. KAPITEL

Am Nachmittag des nächsten Tages, am 2. Januar, wich der Dschungel von der Straße zurück; sie kamen wieder ins offene Land. Kleine Feldstücke glitten sanft hinab zu einem Vorhang von Bäumen. Die Bäume standen am Ufer des Kishan-Flusses, das Gras unter ihnen war besät mit flachen Steinen, schwarzen und grauen Brandstellen von Holzfeuern und kleinen Strohhaufen. Generationen von Reisenden hatten unter diesen Bäumen Rast gehalten und ihre Tiere gefüttert, bevor sie den Fluß überschritten. Eine plumpe Fähre schwamm neben der Uferbank. Drei Fährleute hockten in ihr und sogen an einer

Hukah, die aus einem billigen irdenen Topf bestand und einem Bambusrohr, aus dem der Tabaksrauch kam.

Ein Truppenpferd, gesattelt und kurz geschirrt, nagte an dem Gras. Ein Soldat der 60. Kavallerie trat vor und überreichte einen Umschlag. Rodney las, während der Kavallerist den Fährleuten zuschrie, sie sollten sich fertigmachen:

„Capt. R. Savage, 13. Rif., B. N. I.

Sir: — Der Statthalter hat Maßnahmen für Ihre Kpnie. im Fort getroffen. Meine Truppe kam gestern mittags an und wurde in den Kavalleriebaracken außerhalb der Stadt Kishanpur untergebracht. Ich selbst bin in der Festung. Der Statthalter hat Bericht vom Dewan, daß heute Nacht ein Aufstand in der Stadt sein soll; er läßt Sie um größte Beeilung bitten. Ich selbst betrachte die Situation nicht als ernsthaft.

Ich habe die Ehre zu sein, Sir,

Ihr sehr gehors. Diener
W. P. Mervuglio, Oberfähnrich,
60. B. L. C.

Gegeben am 2. Januar 1857 zu Kishanpur, Festung, 11 Uhr vormittags".

Rodney faltete die Botschaft zusammen und schob sie in die Satteltasche. Er stieg ab. Die Kompanie mußte in drei Zügen übergesetzt werden. Es schien am besten zu sein, wenn er mit dem ersten Zug hinüberging, geradewegs zur Festung Kishanpur ritt und feststellte, wie ängstlich der Statthalter wirklich war. Mit rhythmischen Grunztönen stakten die Fährleute ihr Boot hinaus in den Strom. Rodney stand im Bug zwischen den Pferdeköpfen; in der Mitte des Flusses wechselten sie aus dem Einflußgebiet der ehrenwerten Ostindien-Company in das Dominion des Radjah von Kishanpur über. Bäume auf der anderen Uferseite versteckten die Stadt. Der Kavallerist hatte gesagt, sie läge hinter ihnen. Achthundert Meter stromaufwärts machte der Fluß eine Rechtskurve. Dort blickten die roten Steinblöcke des Rawan-Palastes düster auf das lächelnde Wasser hinab. Die hohen Mauern glitten von den Brüstungen hinunter in den Fluß. Der Hintergrund des Himmels, mit fetten, weißen Wolkentürmen besetzt, betonte die rechteckige, dramatische Wucht des Palastgebäudes.

Wenige Minuten später trottete er schon, den Kavalleristen eine halbe Pferdelänge hinter sich, auf das Fort zu. Sie passierten die schattigen, siebzig Fuß hohen Nordmauern und ritten durch das Haupttor im Osten, dessen doppelte Eisenpforten offen standen. Zwei Kishanpur-Soldaten in gelben Mänteln versuchten einen plumpen Präsentiergriff. Sie kanterten an ihnen vorbei und wurden von dem düsteren Tunnel des Eingangs verschluckt. Zweimal machte der Gang eine Wendung, ehe sie den sonnigen Innenhof erreicht hatten.

Klosterartige Arkaden umgaben ihn, ein Springbrunnen spielte in seiner Mitte. Julio saß auf der Balustrade des Brunnens und zeigte auf irgendetwas in einem Buch, das aufgeschlagen auf seinen Knien lag. Der Inder neben ihm war größer als der Dewan, trug aber die gleiche Art von primelfarbenem Mantel und schwarzem Hut. Er sah zugleich gelangweilt und verwirrt aus; Rodney wußte sofort, daß Julio, begeisterter Amateurornithologe, wieder einmal seinem Steckenpferd nachging und sich nach einem bestimmten Vogel erkundigte. Er hätte gerne darüber gelächelt; aber dies hier war Dienst. Er machte ein ernstes Gesicht und ließ Boomerang zu dem Brunnen tänzeln.

Julio warf das Buch hin, drückte schleunigst die Mütze auf den Kopf und grüßte. „Guten Morgen — ich meine, guten Tag, Sir. Bin froh, daß Sie da sind — hm — dies ist Prithvi Chand, der Hauptmann der Leibgarde Ihrer Hoheit."

„Guten Tag! Guten Tag, Hauptmann." Rodney blickte von seinem Sattel nieder. „Mr. Mervuglio, warum stellen Sie Kishanpur-Soldaten ans Haupttor, wenn Zweifel über ihre Zuverlässigkeit besteht? Wo soll meine Kompanie untergebracht werden?"

Julio machte ein deprimiertes Gesicht. Der Hauptmann versuchte, sich in das Gespräch zu mischen. Rodney hob die Hand. „Später, Hauptmann. Nun?"

Julio erklärte mit weitausholenden Handbewegungen. „Ich war auch dagegen, Sir! Aber der Dewan überzeugte Mr. Dellamain, daß die Soldaten so lange zuverlässig sind, als sie nicht das Gefühl haben, daß man ihnen mißtraut. Der Dewan hat Ihrer Kompanie eine Anzahl Räume dort drüben zugewiesen." Er wies nach dem Südteil, wo Türen und ein dunkler Quergang zu sehen waren.

„Wer zum Teufel ist der Dewan, daß er Bengal-Truppen kommandieren kann? Um Gotteswillen, es ist nicht dein Fehler, Julio, mach nicht so ein Gesicht — wenn die Kerle nicht parieren, dann hauen wir sie in die Pfanne" — er warf einen düsteren Blick auf den Hauptmann — „beim geringsten Zeichen! Ich wünschte nur, die Zivilisten würden ihre langen Nasen aus unserem militärischen Geschäft heraushalten. Wo ist Mr. Dellamain? Nein, warte, ich werde mich bei ihm melden, nachdem ich mich ein wenig umgesehen habe." Er entspannte sein Kinn, wandte sich an Prithvi Chand, und sagte ernst: „Bitte zeigen Sie mir jetzt die Festung, Hauptmann."

Was ihn zunächst interessierte, waren die Quartiere seiner Sepoys. Dunkle Zellen, aber sauber und hoch gewölbt. Ganz sicher nicht schlechter als die altertümlichen Räume in der Bhowani-Kaserne. Dann rief Prithvi Chand nach einer Fackel und rannte selber, um sie zu holen, als man sie nicht sofort brachte. Sie durchwanderten die Festung vom Dach bis zum Keller.

Die unteren Geschosse waren lichtlos und feucht. Auf der einen Seite hatte es vor langer Zeit ein Wasserschloß und ein Fallgatter gegeben, aber nun hing das Gatter verrostet in seinen Schienen und der Weg endete blind an einem Steinwalle, den man vor das Wasserschloß gebaut hatte. Tief unter ihnen, in den ungeheuer dicken Westmauern, waren die Kerker und Oubliettes. Fledermäuse zu Zehntausenden bewohnten die Dunkelheit und krochen an den Decken übereinander. Die dicke Luft stank sauer nach ihrem Urin. Außerdem war es kalt. Selbst im heißesten Monat des Jahres, im Mai, würde es hier unten kalt sein.

In den höheren Geschossen wandten und drehten sich die Gänge; bald bewegten sie sich über dem Innenhof, bald längs der Außenmauern. An einer Stelle, im obersten der vier Stockwerke, hing ein goldener Vorhang quer über die Passage. Eine Schildwache der Leibgarde stand davor und lehnte sich auf eine rostige Donnerbüchse. Der Hauptmann erklärte nervös, daß dies der Eingang zur Zenana und zu den Räumen der Rani sei. Kein männliches Wesen habe Zutritt zu ihnen! Rodney zögerte einen Augenblick — er hielt es für ratsam, auch diese Teile des Schlosses genau zu kennen, für den Fall einer Palastrevolution. Aber als Prithvi Chand, der schon epileptisch zuckte, sich bereit machte, eine Flut von Tränen zu vergießen, ließ er es bewenden. Er konnte warten. Nachdem er noch einen Blick über den breiten Umgang geworfen hatte, der hinter einer Brustwehr mit Schießscharten das ganze Dach umlief, bat er Prithvi Chand, ihn zu der Wohnung des Statthalters im vierten Stock zu führen. Vor der Tür dankte er dem Hauptmann und entließ ihn. Dann klopfte er an und trat ein.

Der Statthalter saß an einem mit Gold eingelegten Tisch, rechterhand von den drei großen Fenstern des Raumes, und schrieb mit einem Gänsekiel. Teppiche aus Isfahan bedeckten den Boden, ein großer Diwan stand unter dem mittleren Fenster. Es war ein helles, reich ausgestattetes Wohnzimmer, ganz offensichtlich für den Besuch englischer Gäste bestimmt. Von dem Fenster aus konnte der Statthalter über den Fluß auf das britische Hoheitsgebiet blicken. Die linke Tür führte offenbar zu einem Badezimmer.

Mr. Dellamain winkte freundlich mit der Hand und wandte sich um, als Rodney mit seinem Bericht begann. Rodney liebte ihn nicht; bevor er den Raum betrat, hatte er nochmals seinen ganzen Widerwillen gesammelt; er war bereit, seinen eigenen Standpunkt bis ins Letzte zu verteidigen. Aber hier, an diesem kühlen, sonnenerleuchteten Platz, vor seiner Arbeit und allein, war der Statthalter kein Mensch, den man unbedingt hassen mußte. Ein Mann in mittleren Jahren, kultiviert, klug, gut erzogen; Rodney fühlte, wie sein Entschluß wankend wurde. Er versuchte, sich durchzusetzen — vergebens: Dellamain erörterte die Frage der Torwache mit so viel Witz und Verstand, daß Rodney schließlich erleichtert nachgab und sich selbst einen Narren nannte.

Nachdem sie sich fast wie Freunde unterhalten hatten, über den Marsch und über die Untersuchung der Festung, fragte Rodney geradezu: „Glauben Sie, daß ein Aufstand bevorsteht, Sir?“ Der Statthalter lehnte sich zurück und rieb sein Kinn. Seine Antwort war einfach und ohne die gefühlvollen Untertöne, die mitunter seine Stimme füllten. Rodney stellte, ein wenig boshaft, fest, daß eine Zuhörerschaft, die nur aus einem Hauptmann bestand, offensichtlich zu klein war, um die vox humana des Statthalters zu ersticken.

„Ich fürchte fast, Savage, die Rani ist ihrer Sache ganz sicher.“

„Schön, wir sind bereit. Kann ich jetzt hinausgehen und die Straßen bei Tageslicht rekognoszieren?“

„Besser nicht. Es könnte als eine Herausforderung betrachtet werden. Wie mir die Rani mitteilt, ist die Stadt in Krisenstimmung. Der Dewan oder Prithvi Chand werden Sie begleiten, wenn es unbedingt sein muß. Wir wollen das Beste hoffen. Darf ich fragen, was Sie vorhaben?“

Rodney hatte die ganze Zeit unaufhörlich über diese Frage nachgedacht und antwortete ohne Zögern. „Wenn Sie mich in den Kampf schicken, Sir, lasse ich meine Nachhut in der Festung und übernehme den Rest. Mervuglios Reiter warten in den Baracken ab; ich werde sie erst einsetzen, wenn ich sehe, daß es unbedingt nötig ist.“

Dellamain nickte und blickte aus dem Fenster. Rodney, der ihm gegenübersaß, sah sein Gesicht schräg von vorne im Schein des diagonalen Lichtes. Und plötzlich, so wie man mitunter in Kaminflammen ein Gesicht zu sehen glaubt, erkannte er in dem Statthalter einen ängstlichen jungen Mann, mit einem weichen Mund. Rodney zuckte zusammen; das Doppelkinn und der dicke Bauch waren offenbar nur Tarnmittel der Natur, von den Jahren geformt, um die natürliche Schüchternheit der Jugend zu verbergen. Hinter diesen Barrikaden aber lebte ein freundlicher, verständiger, kluger, ewig ängstlicher Mensch. Er wunderte sich, daß er auch nur einen Augenblick etwas anderes gedacht haben konnte. Die weichen, gefleckten Augen erzählten die ganze Geschichte. Er sagte höflich: „Sie können sich auf mich verlassen, Sir."

Draußen vor der Tür überkam es ihn, daß er noch nie in seinem Leben zuvor eine solche Theaterphrase gebraucht hatte. Er schüttelte den Kopf und machte, daß er wieder in den Innenhof zurückkam.

*

Als er um Mitternacht auf dem Feldbett in seinem ebenerdigen Zimmer saß, merkte er, daß er sich plötzlich nicht mehr auf die Abenteuer des Marco Polo konzentrieren konnte. Er knallte das Buch zu und marschierte mit klirrenden Sporen in dem Zimmer auf und ab. Seine Kompanie hatte um zwei Uhr nachmittags Quartier bezogen; sie schlief jetzt unter Waffen in den Räumen jenseits des Hofes. Gegen Abend war die Spannung in der Festung gestiegen; Beamte in gelben Mänteln gingen ein und aus mit Botschaften und Befehlen. Bald sollte sich an diesem, bald an jenem Platz eine aufsässige Menschenmenge versammelt haben. Der Dewan hatte langsam die Nerven verloren; aber als Rodney schließlich aufs Dach stieg und von der Brüstung in die weiße Stadt hinabsah, die nur wenige hundert Meter nordostwärts lag, schien alles ruhig zu sein. Er hatte gute Lust, selbst in die Stadt zu gehen und nachzuschauen. Nach Anbruch der Dämmerung sah er die drei merkwürdigen Offiziere der Leibgarde im halblauten Gespräch umherstehen. Außer Prithvi Chand gab es einen säuerlichen Oberleutnant namens Shivcharan und einen schlanken, goldhäutigen Jungen von etwa sechzehn Jahren; offensichtlich war er der Leutnant der Armee von Kishanpur. Rodney hatte wenig genug von ihrer Unterhaltung verstanden, nur zwei- oder dreimal die Worte ‚Rani‘ und ‚Ihre Hoheit‘ aufgefangen. Übrigens schrie auch der Dewan von Zeit zu Zeit, daß ein Befehl ‚von Ihrer Hoheit eigenen Lippen‘ käme, und jedesmal beobachtete Rodney erstaunt, mit welcher Unterwürfigkeit die Männer gehorchten. Sie stritten weder, noch stellten sie Fragen; sie rannten. Mochte das Frauenzimmer auch hinter ihrem goldenen Vorhang sitzen, sie war offenbar doch gleichzeitig überall. Er bedauerte jetzt die harten Worte, die er Prithvi Chand gesagt hatte. Der arme Teufel schlief und wachte offenbar unter ständigen Alpträumen von Strick und Folterkammer.

Um neun Uhr hatte er den Innenhof verlassen, sein Geschrei, sein Schweigen und das unerwartete Rennen von nackten Füßen; er war in seinen Raum gegangen. Aber die Rani war auch hier. Sie füllte jeden Winkel des Zimmers mit jener düsteren, dunkelgoldenen Vorahnung, die ihn zum erstenmal im Billardraum von Bhowani überkommen hatte. Er konnte sich beim besten Willen nicht vorstellen, was für eine Art Frau das war, die die Ketten ihres Geschlechtes und ihrer Witwenschaft zerriß. Gemäß den Gesetzen des Landes hätte sie eine Persönlichkeit ohne Gewicht sein müssen, eine Frau, die als tot betrachtet wurde.

Mitternacht. Er konnte nicht lesen. Die Tür sprang auf, der Dewan und Prithvi Chand stürzten in sein Zimmer, atemlos, aufgeregt. Der Dewan goß einen Wasserfall von Hindustani über Rodney, der sein Schwert anschnallte und lauschte.

„Der Aufstand hat begonnen, Captain-Sahib! Schrecklicher Aufstand in der Stadt! Ich erzähle es dem Statthalter, er sagt, die Sepoys unterdrücken ihn. Er gibt mir einen Zettel für Sie."

Rodney warf einen Blick auf den bekritzelten Papierfetzen und fragte: „Welcher der beiden Herren begleitet mich?" Der Dewan erklärte sich bereit; sie traten zusammen hinaus.

Zwei Minuten später stand die Kompagnie formiert in dem schweigenden Hof; die Bajonette auf den Gewehren leuchteten düster. Der Reitknecht hielt Boomerang fest, während Rodney aufsaß. Als sie auf den Ausgang zumarschierten, öffneten sich die schweren Eisenpforten der Außenmauer mit einem tiefen Läuten.

Er ließ die Truppe zwischen einem Gewirr zusammengebrochener Läden im Außenbezirk der Stadt halten und sprach mit dem Dewan. Er wollte nicht unhöflich gegen den Mann sein. Im Gegenteil, er versuchte, liebenswürdig zu erscheinen; denn der kleine Mann mit den Blatternarben war ein Bholkar, und die Bholkars von Goghri waren einst die größten Familien Mittelindiens gewesen — größer noch als die Rawans. So bedeutend war der Name, daß man das Oberhaupt der Familie schlicht ‚Der Bholkar' nannte. Dieser Shivarao hier mochte als kleines Kind zugegen gewesen sein, als britische Soldaten und die Eingeborene Bombay-Infanterie Goghri stürmte und plünderte. Allerdings — Freundlichkeit würde den Ruhm der Bholkars nicht wiederherstellen; nichts konnte diesen Ruhm wiederherstellen! Und Rodney empfand noch nicht einmal Sympathie. Das Wesen des Dewan, seine Art, abwechselnd zu schmeicheln und zu drohen — und beides nur als Tarnung für etwas, was sich dahinter versteckte — war ihm durchaus zuwider.

Seine Stimme klang rauh, als er fragte: „Wo ist der Aufstand?"

„Dahinten, Sahib! Sie haben das Büro des Steuereinnehmers in Brand gesetzt und eine Scheune, die zur Aufbewahrung des Zehnten dient. Außerdem haben sie viele Beamte getötet."

Rodney rief einen Befehl; die Sepoys marschierten wieder und drangen tiefer in die Stadt ein. Menschenmassen trieben ziellos durch die Straßen. Es war schwer, Einzelheiten zu erkennen, ausgenommen, daß ein Teil weiße Baumwollgewänder trug und ein anderer Teil schwarze, grobe Decken.

Rodney dachte, daß vielleicht Bauern vom Lande in der Menge seien — wahrscheinlich Farmer, die gerade mit Ziegen und Früchten zum Verkauf auf dem Frühmarkt eingetroffen waren. Ein paar Männer warfen Steine gegen eine Haustür, aber sie taten es nicht planmäßig und zeigten keine revolutionäre Wut. Die Sepoys marschierten vorwärts, ein uniformierter Wall von menschlichen Muskeln, der quer über die Straße von einer Häuserfront zur andern reichte; das vorderste Glied hatte die Seitengewehre gefällt. Die Menge brandete vor dem Wall her, wie Fische in einem engen Kanal, und wurde langsam zurückgeworfen. Weiter hinten, wo man noch nicht von der Anwesenheit der Sepoys wußte, verstanden die Menschen nicht, warum sie gedrückt wurden und leisteten hinhaltenden Widerstand.

Der Dewan stand in den Steigbügeln, seine Augen funkelten: „Laß feuern, Sahib, laß feuern! Töte die Hunde!"

Er antwortete nicht. Die schmale Gasse mündete in einen kleinen viereckigen Platz, der auf drei Seiten von baufälligen Holzhütten und auf der vierten von einem langausgestreckten Tempel begrenzt war. Die Menschenmenge war nun so zusammengepreßt, daß sie sich nicht mehr rühren konnte. Ein niedriges Gebäude jenseits des Platzes brannte; der rote Schein beleuchtete die Gesichter der Menschen, die nach oben starrten. Sie schwangen Fackeln in aufgeregten Händen. Andere Fackeln brannten auf den Dächern der Häuser. Rauchstreifen dämpften das zuckende Licht; eine schwarze Wolke, staubig, geladen mit dem Gestank von Abwässern, hing über der Stadt.

Das tiefe Summen der menschlichen Stimmen wurde artikulierter. Worte bildeten sich heraus. Er versuchte, sie zu verstehen, während der Dewan mit schriller Stimme wiederholte: „Sie zerstören das Eigentum der Rani! Sie morden die Beamten! Es ist Ihre Pflicht, feuern zu lassen . . ."

Rodney sagte barsch: „Halts Maul . . ."

. . . widerlicher kleiner Mordhund! — hätte er gerne gesagt. Er verstand jetzt einzelne Worte der Menge.

„Nieder mit der Mörderin!“

Damit meinten sie offenbar die Rani. Die Nachricht von der Ankunft der Sepoys schien sich noch nicht herumgesprochen zu haben; nur die Zunächststehenden sahen die Soldaten. Er klopfte Boomerang mit der flachen Hand auf den Hals und sah die Menschen ruhig an. Es schienen anständige Leute zu sein, verwirrt und aufgeregt. Ein großer alter Mann, mit einem Bart wie weiße Watte, schwang die Fäuste gegen den Dewan und brüllte heiser: „Mörder! Ehebrecher!“

Eine Gruppe von Menschen drängte sich um den Sprecher, zwei Backsteine flogen durch die Luft. Rodney sah, daß man sie nach dem Dewan geworfen hatte, der immer noch neben ihm fluchte; aber sie fielen zwischen seine Soldaten. Ein Sepoy stolperte, spuckte Blut und Zähne auf die Straße. Subadar Narain zischte ihn an: „Steh auf, steh grade!“

Rodney beugte sich zu dem Trompeter an seinem Steigbügel: „Trompeter, blas drei Gs.“

Der Trompeter klemmte das Gewehr zwischen die Knie und setzte die Trompete an, die an seiner Hüfte hing. Er feuchtete die Lippen an, flüsterte „prrp, prrrmp“ in das Mundstück, warf den Kopf zurück und blies.

Als die Messingstimme aufbrüllte, verstummte die Masse. Rodney konnte ihr schweres, keuchendes Atmen hören. Er stellte sich in den Steigbügeln hoch und rief laut: „Ohé, Volk von Kishanpur! Geh ohne Aufruhr nach Hause! Wenn du dich gegen uns wendest, feuern wir!“

Ein zischendes Flüstern lief über den Platz: „Sahib hai — Company ka sahib — Company ka sipahi!“ Dann eine leichte Erregung, als die Masse murmelte: „Dewan bhi!“

Er sah Verwirrung und Unglauben in den Gesichtern, die sich auf ihn richteten. Sie haßten die Rani und den Dewan, sie wollten nicht glauben, daß er und die Sepoys gekommen waren, um das verhaßte Regime zu unterstützen. Er wurde rot vor Scham; aber er erhob seine Stimme und schrie die Aufforderung zum zweitenmal. Ein Bauer, auffällig durch ein weißes Auge und ein zahnloses Gesicht, sprang hoch, legte die Hände an die Stirn zum Salaam und schrie in einem harten Dialekt: „Sahib, befrei uns von der Mörderin — und herrsche über uns — oder sie wird uns alle erwürgen!"

Narain knurrte halblaut: „Schwein!" Der Dewan betrachtete den Sprecher fast liebevoll, aus hungrigen, weitaufgerissenen Augen. Mehr Ziegelsteine krachten gegen die Häuserfronten, ein Stock flog durch die Luft.

„Platz da!" Rodney zwang Boomerang zurück, bis zwei Reihen Soldaten vor ihm waren und er nicht länger in ihrem Schußfeld stand. „Erstes Glied — kniet! Erstes und zweites Glied — legt an! Eine Salve Feuer in die Menge — bereit! Feuererlaubnis, wenn mein Schwert sinkt." Er zog das Schwert aus der Scheide und hielt es gerade vor sich. Der Feldwebel am Flügel des ersten Gliedes beobachtete die Schwertspitze aus den Augenwinkeln.

Ein langgezogener, tiefer Seufzer ging durch die Menge. Sie begann sich wieder zu bewegen, friedlich, ohne Panik oder Eile. Sie wich zur Seite, wich zurück, löste sich auf, verschwand. Eine Staubfahne trieb durch die Reihen der dunklen Soldaten, die immer noch schweigend, in vollkommener Disziplin, warteten. Einer versuchte, einen Hustenreiz zu unterdrücken, und Narain schnarrte ihn an: „Ruhig!" Der Arm, mit dem Rodney sein Schwert hielt, begann zu schmerzen.

Endlich rief er: „Gewehr ab!" und senkte langsam das Schwert, bis es über Boomerangs Mähne lag. Dann atmete er lange aus, mit einem leisen Pfeifen der Zufriedenheit. Der Platz war jetzt menschenleer. Ein paar verlassene Ochsenkarren standen noch dort, ein paar Ziegen meckerten und zerrten an den Stricken, mit denen sie angebunden waren. Er sah keine Leichen und keine Verwundeten auf dem Platz; das Feuer in der Holzhütte gegenüber war von selbst niedergebrannt. Auch die Dächer der Häuser waren leer; nur aus dem Portico des Tempels glomm gelbes Licht. Er senkte seinen Blick und durchforschte sorgfältig die oberen Stockwerke der Häuser.

Er sah geradezu in das Gesicht einer unverschleierten Frau. Sie war unbewegt wie eine Statue und überaus häßlich.

Sie lehnte aus einem offenen Fenster, das etwa zwei Fuß über ihm und höchstens zehn Fuß entfernt war. Sie mochte Ende der Vierzig sein; ihr Gesicht war viereckig und verriet Energie; Reste von Schminke lagen noch darauf. Roter Betelsaft hatte ihre Zähne gefärbt und ihre Lippen zerfressen; dichtes schwarzes Haar, mit grauen Strähnen dazwischen, fiel in Rattenschwänzen um ihr Gesicht. Aus dem verächtlichen Stolz ihrer Haltung entnahm er, daß sie entweder eine Prinzessin oder eine Hure war.

Der Dewan schien sie zu kennen; denn er stieß einen ärgerlichen Ruf aus, als er sie erblickte. Die Frau sah ihn nicht an und sagte verächtlich: „Natürlich haben sie den Radjah getötet. Ich weiß es. Oh, Ihr Engländer — blinde, dumme Narren!“

Der Dewan zog die Pistole aus der Schärpe und ließ das Pferd vorspringen. Die Frau neigte den Kopf, zog die Lippen zusammen und spuckte einen Strahl roten Betelsaft genau in sein Auge; im nächsten Augenblick war sie fort, verschwunden in dem Dunkel hinter ihr. Die Pistole krachte, ein orangefarbener Blitz leuchtete an der Mauer auf. Die Kugel prallte von dem gebrannten Lehm ab und fuhr singend in den Nachthimmel.

Der Dewan schob die Pistole ein und wandte sich um, schnaubend vor Wut. Rodney betrachtete ihn, ohne sich zu rühren. Als die unsicheren Augen des Mannes sich vor seinem Blick gesenkt hatten, stieß er eine Reihe von Befehlen aus. Die Sepoys begannen wieder zu marschieren. Eine Stunde lang durchforschten sie den schweigenden Dschungel der Stadt.

Schließlich hielt er an und wandte sich an den Dewan: „Wo sind die verbrannten Büros, wo sind die toten Beamten? Was ist aus den Leichen geworden?“

Der Dewan hatte wieder Haltung gewonnen, er lächelte schief: „Jemand muß übertrieben haben, Sahib. Aber ein paar Männer starben wirklich, wie mir erzählt wurde. Wenn sie nicht starben, kann man das übrigens morgen nachholen."

Rodney drehte Boomerangs Kopf und führte die Sepoys zurück zur Festung.

Der sogenannte Aufstand hatte irgendeinen geheimen Hintergrund. Nicht genau zu sagen, welchen. Er konnte seinen Ärger kaum mehr unterdrücken, weil er das Gefühl hatte, daß seine dritte Kompanie zu einem faulen Spiel mißbraucht worden war.

Im Hof der Festung hielt er eine Ansprache an seine Männer und entließ sie, mit Ausnahme des Mannes, den der Ziegelstein getroffen hatte. Das Licht war schlecht; nachdem er vergeblich versucht hatte, die Wunde zu erkennen, rief er ungeduldig nach einer Fackel. Niemand antwortete. Die eingeborenen Offiziere gingen wieder ihrem Dienst nach; die Feldwebel und Sepoys trabten geräuschvoll in ihre Quartiere; Rambir, sein Leibdiener, war verschwunden; von den Kishanpur-Offizieren war keiner zu sehen. Sein unterdrückter Ärger entlud sich, er schrie einen Schatten an, der vorüberhuschte: „Du da! Lauf und hol ein Licht; aber schnell!"

Der Schatten verharrte reglos. Nach einer kurzen Pause sagte eine sanfte, weibliche Stimme: „Jemand soll mir ein Licht holen, rasch!"

Fünf Sekunden später kam Prithvi Chand mit einer flackernden Fackel angekeucht. Bei ihrem Schein sah Rodney, daß der Schatten eine weiße Burqa trug, jenes Kleidungsstück aus einem einzigen Stoffstreifen, das vom Kopf bis zu den Zehen reicht und das alle Mohamedanerinnen sowie Hindufrauen der hohen Kasten tragen. Schwarze Augen funkelten ihn aus einem ovalen Sehschlitz an; im nächsten Augenblick war der Schatten verschwunden. Er fragte nicht, wer die Frau gewesen war. Er runzelte die Stirn und wandte sich dem Sepoy zu.

Als die Untersuchung beendet war, stattete er Mr. Dellamain Bericht ab. Der Statthalter saß, völlig angezogen, an seinem

Arbeitstisch. Zwei Reiterpistolen lagen neben dem Tintenfaß, abgekaute Zigarrenstummel füllten die Aschenschale aus Messing, schaler Dunst vom kalten Rauch hing an den Wänden des Raumes. Er warf Rodney einen raschen Blick zu.

„Eine gefährliche Sache?“

Rodney lachte kurz auf. „Blinder Alarm. Irgend jemand hatte eine alte Holzhütte am Marktplatz angezündet, ein paar Leute warfen mit Ziegelsteinen. Es hätte vielleicht schlimmer werden können. Aber der Aufstand, den wir sahen, hätte von den Kishanpur-Soldaten spielend niedergeworfen werden können.“

„Hm. Ist viel geschossen worden? Ich habe nichts gehört; aber der Wind stand vielleicht ungünstig.“

„Kein Schuß. Der Dewan versuchte, eine Frau umzubringen, schoß aber vorbei. Ich glaube nicht, daß irgend jemand verwundet wurde bei der ganzen Geschichte. Ich hatte den starken Eindruck, daß es gar kein richtiger Aufstand war.“

Der Statthalter erhob sich, holte tief Luft und schwoll zu seinem ganzen Umfang an. Seine Stimme war wieder voll und dröhnend, als er mit richterlicher Würde sagte: „Nun, nun, wie kommen Sie denn auf die Idee, daß jemand hier absichtlich einen Aufstand anzettelt — und wer, glauben Sie, ist dazu fähig?“

„Ich habe nichts hinzuzufügen, aber ...“ Er berichtete kurz, wie die Menge sich verhalten hatte, besonders im ersten Augenblick. „Vielleicht waren die Menschen ein bißchen aufgeregt. Meine Meinung ist — der Dewan schwänzte das Ganze ein wenig auf, damit er uns zur Hilfe rufen konnte. Warum? Um zu beweisen, daß wir die Rani unterstützen ...“

Er kannte nun das Muster aus Licht und Schatten, das den anderen Mann hinter den gewichtigen Zügen des Statthalters enthüllte. Er betrachtete ihn aufmerksam und erkannte, daß Dellamain eine geheime Unruhe in sich trug, die er zu verbergen suchte, eine Art Furcht oder Verdacht, — während er Worte der Sicherheit und der vernünftigen Überzeugung dröhnte.

„Nun ja, das mag alles möglich sein. Die Wege des indischen Geistes sind verschlungen. Aber es scheint mir doch reichlich weit hergeholt. Der Dewan ist im Grunde ein anständiger Mann, außergewöhnlich aufrichtig und — hm — hart für einen Inder. Übrigens kann ich nicht finden, daß irgend jemand Unrecht geschehen wäre — selbst wenn der Verdacht zuträfe; aber das ist ein Punkt, wenn ich Sie daran erinnern darf, über den wir nicht die geringste Gewißheit besitzen. Hätte er mich offen darum gebeten, so wäre ich glücklich gewesen, ihm einen Gefallen zu erweisen, indem ich die Truppe zu einem Parademarsch durch die Stadt kommandierte. Auf diese Weise wäre den Untergebenen des jungen Radjah unmißverständlich gezeigt worden, auf wessen Seite wir stehen. Die Company wird ganz sicher den jungen Radjah als Thronfolger bestätigen — und die Rani als Regentin, so lange er minderjährig ist."

„Aber das Volk haßt sie! Ich habe es selbst heute Nacht gehört. Man nennt sie eine Mörderin — das heißt, man glaubt, daß sie ihren Gatten, den alten Radjah, getötet hat. Und sie hassen den Dewan. Sie werden uns genau so hassen und verachten, weil wir die beiden unterstützen. Ein alter Mann rief uns zu, wir sollten den Staat übernehmen ..."

Der Statthalter, der auf und ab durch das Zimmer gegangen war, schüttelte den Kopf, blieb unvermittelt stehen und sagte scharf: „Unsinn! Ein paar Schreihälse und Speichellecker im Mob — bestenfalls!"

Eine Sekunde lang dachte Rodney, der andere Mann im Statthalter würde seine Geduld verlieren. Wieder kämpfte Dellamain hart; versuchte, sich mit der festen Entschlossenheit des Statthalters zu panzern. Es gelang ihm schließlich. Er war wieder der große Statthalter von Bhowani, der eine gütige Hand auf Rodneys Schultern legte und sie fest hielt — eine Geste, die Rodney im Grund der Seele zuwider war.

„Schauen Sie, mein lieber Freund, Sie haben Gemüt, ich bewundere das bei Ihnen. Aber in den Dingen der hohen Politik müssen wir das Herz dem Verstand unterordnen."

Rodney bewegte sich, die Hand des Statthalters glitt von seiner Schulter, während er fortfuhr: „Sie haben Ihre Aufgabe heute Nacht mit Tatkraft und Umsicht durchgeführt — und mit christlicher Barmherzigkeit. Seien Sie versichert, daß ich Ihr Verhalten Oberst Caversham melde, und ich — aha — schmeichle mir, daß ich einigen Einfluß bei ihm besitze. Sie tragen selbst eine schwere Verantwortung in militärischen Dingen. Bitte, laden Sie sich nicht auch noch meine Sorgen auf. Nun, lassen Sie mich nur sorgen. Ich denke, ein oder zwei Worte, im richtigen Augenblick geäußert, bewirken, daß Sie bald nach Bhowani zurückkehren können. Zu der charmanten, liebenswürdigen Mrs. Savage. Gefällt Ihnen das? Caversham könnte einen Offizier zu Ihrer Ablösung schicken. Die Sepoys werden allerdings noch beträchtliche Zeit hierbleiben müssen."

„Tun Sie es bitte nicht, Sir! Es ist meine Kompanie!"

„Nein? Schön! Dann gehen Sie jetzt ins Bett, lieber Freund, Sie müssen übermüdet sein. Übrigens, ich würde es nicht ungern sehen, wenn Sie Ihre Truppen in einem Lager unterbringen könnten — sobald, sagen wir, die unmittelbare Gefahr vorüber ist. Also etwa in einer Woche. Wir dürfen nicht den Eindruck erwecken, als ob wir die — hm — Zügel der Regierung selbst in die Hand genommen hätten."

„Sehr wohl, Sir!"

„Noch etwas: Ihre Hoheit würde es außerordentlich begrüßen, wenn der Offizier, der hier stationiert ist, den Ausbildungsstand Ihrer Armee etwas verbessern würde ..."

„Zu welchem Zweck, Sir?"

Mr. Dellamain hob die Augenbrauen. „Zu ihrer eigenen Verteidigung, und zum Schutze des jungen Radjah nehme ich an. Wahrscheinlich treibt sie auch ein gewisser Stolz. Sie möchte dem Generalgouverneur, wenn er sie besucht, ein besseres militärisches Schauspiel bieten als der Staat Lalkot. Und was mich betrifft, so finde ich: Je besser ihre Armee ist, desto seltener werden wir gezwungen werden einzugreifen — wie jetzt"!

„Sehr wohl, Sir! Gute Nacht!"

„Gute Nacht, mein lieber Freund!"

Rodney salutierte, schritt den Gang hinunter und lief schnell die Wendeltreppe zu seinem eigenen Zimmer hinab. Der Schulterschlag des gravitätischen Statthalters zum Abschied drückte ihn noch; armer, ängstlicher Dellamain mit seinem erzwungenen Lächeln! Ein Doppelmensch, wenn es je einen gegeben hatte! Ein Mann, der das eine sagte und das andere meinte, der berufsmäßig schmutzige politische Geschäfte zu führen hatte, Démarchen schreiben mußte ... ein Zwitterwesen!

Rodney schnallte das Schwert ab und kühlte einen Augenblick seine heiße Wange an der Scheide. Dies war zuverlässig, ehrlich. Grausam — aber sauber.

5. KAPITEL

Rodney betrachtete die Tanzmädchen aus halbgeschlossenen Augen, satt, faul und zufrieden. Seit sieben Wochen war er nun in Kishanpur, und das Leben war von Woche zu Woche angenehmer geworden. Morgen, Samstag, den 21. Februar, würde die schöne Zeit zu Ende gehen — würde abgelöst werden von der trockenen Förmlichkeit des Garnisonlebens. Denn morgen kamen die britischen Gäste an, die zur Thronbesteigung des jungen Radjah und zur Tigerjagd geladen waren. Nach diesen phantastischen Tagen, dieser unbeschwerten und ein wenig formlosen Zeit, konnte er ermessen, zum erstenmal in seinem Leben, was solch ein englischer Besuch für die Inder bedeutete. Nach der Tigerjagd würde er nach Bhowani zurückkehren. Seine Aufgabe war vollbracht.

Es hatte keine Unruhen mehr in der Stadt gegeben, und, soweit ihm bekannt war, auch nirgendwo sonst innerhalb der fünftausend Quadratmeilen, die heute noch zu Kishanpur gehörten. Einmal in der Woche erhielt er einen Brief von

Joanna, gefüllt mit kleinen Neuigkeiten aus Bhowani. Robin hatte sich am Tag seiner Abreise auf einen kleinen Skorpion gesetzt; die Bullterrierhündin Jewel hatte einen Kampf mit einem Schakal bestanden; Joanna hatte sich von einem durchreisenden Händler Stoff für ein Häubchen gekauft und der Schneider hatte es ihr gemacht — Gesamtkosten sechs Rupien, vierzehn Annas. Joanna schrieb außerdem, sie ‚nähme stark an', daß demnächst eine Einladung für sie zur Tigerjagd nach Kishanpur eintreffen würde. Rodney wußte, daß diese Einladung nicht kommen würde, aber es fiel ihm schwer, Joanna darüber vorsichtig aufzuklären. In seinen Briefen schrieb er, ‚er sei der Meinung, daß die Rani den Gedanken einer Einladung überhaupt nicht erwogen habe', und versuchte ihr klar zu machen, daß er, ein englischer Offizier, ‚sich schließlich nicht soweit erniedrigen könne, geradezu um eine Einladung zu betteln'. Das war übrigens gelogen; Sumitra, die Rani, wußte sehr genau um diese Frage der Einladung. Aber jedesmal, wenn er dieses Thema anschnitt, verstand sie ebenso geschickt, ihm auszuweichen. Nach mehreren Versuchen wußte er, daß dies nicht Zufall sondern Absicht war. Die Rani war eine wunderbare Frau — aber eine Prinzessin und Inderin; und er war zu stolz, sie um eine Gunst zu bitten.

Der Statthalter war nach einer Woche mit Julio und seinen Kavalleristen nach Bhowani zurückgekehrt. Eigentlich waren die sechs Wochen, die darauf folgten, schnell vergangen. Rodney hatte alle Hände voll zu tun, um der Armee von Kishanpur ein wenig Schliff beizubringen. Er hatte nicht erwartet, daß er sehr viel in dieser kurzen Zeit erreichen würde und war anfangs nur mit halbem Herzen an die Arbeit gegangen. Sie war nicht uninteressant; aber da er halb überzeugt war, daß die Rani ihren Gatten gemordet hatte, fühlte er einen ausgesprochenen Widerwillen gegen den Gedanken, ihr bei der Vergrößerung ihrer Macht behilflich zu sein.

Dies hatte sich schnell geändert. Die ungeschlachten Tölpel in der Uniform der Kishanpur-Armee hatten den Soldaten in ihm gereizt. Eine kurze Woche später beherrschte ihn nur ein Gedanke: Daß diese militärischen Ignoranten eine wahre Schande für seinen herrlichen Beruf seien; von nun an drillte und exerzierte er sie so unerbittlich wie seine eigenen Sepoys. Ja, er ärgerte sich schließlich darüber, daß er nicht länger in Kishanpur bleiben konnte. Aber das Bewußtsein einer allgemeinen Anerkennung für seine Leistung versüßte ihm den Abschied ein wenig.

Außerdem hatte er sich inzwischen mit Hauptmann Prithvi Chand regelrecht befreundet. Dieser dicke Offizier schien einer der Hofparasiten zu sein. Wenn er überhaupt ein Gewissen besaß, dann versteckte er es geschickt unter einem ewigen Lächeln und einem nicht abreißenden Strom von Kasino-Geschichten. Rodneys barscher militärischer Ton auf dem Exerzierplatz hatte ihn anfangs tödlich erschreckt. Aber nach zwei Wochen sah der Inder ein, daß der gleiche Mann, der ihn so unerbittlich schliff und korrigierte, nach Dienstschluß gemütlich wurde und einem Glas Wein oder einem derben Spaß durchaus nicht abgeneigt war. Prithvi Chand wiederum erinnerte Rodney an einen fetten Schmetterling; jedermann mußte ihn gerne haben. Und bei kleinen Festen, wie diesen hier, gab es keinen besseren Kameraden. Angenehm betrunken von dem süßen Wein, hatte sich der Inder auf der kissenbelegten Bank neben Rodney ausgestreckt. Das Wasser blubberte in dem silbernen Gefäß seiner Hukah. Von Zeit zu Zeit rülpste er vernehmlich; denn er hatte gut gegessen und diese kleinen Kanonenschläge waren der landesübliche Dank dafür.

Rodney sagte zu ihm: „Prithvi, behandelt Ihr eigentlich alle englischen Besucher so wie mich? So liebenswürdig, meine ich. Ich hatte erwartet, Euch reserviert, korrekt zu finden. Aber das hier ist wesentlich mehr — besonders in den letzten Wochen . . .“ Er sprach nicht ganz genau aus, was er meinte; aber Prithvi hatte ihn trotzdem verstanden. Er grinste mit einem schlauen Lächeln zu ihm empor und kratzte sich behaglich am Bauch.

„Wenn Sie damit Ihre Hoheit meinen, Captain — was soll ich dazu sagen? Nein, werden Sie nicht ärgerlich, ich mache ja nur Spaß — aber die Rani schätzt Sie tatsächlich. Eine sehr ungewöhnliche Dame!" Er warf automatisch einen Blick durch den Saal, um sicher zu sein, daß niemand lauschte. Dann sprach er, leicht betrunken und ein wenig stotternd, weiter: „Die altmodischen Drachen am Hof wo-wollten sie für den Rest ihres Lebens einschließen, als der Radjah starb. Man sprach sogar von Witwen-Verbrennung, wollte eine Suttee mit ihr veranstalten ... Wissen Sie übrigens, daß die meisten Fremden schon zur Jagd gekommen sind? Mit ihren Ranis und Mädchen? Ich hab' so 'ne nette Kleine oben bei mir — die s-sagt, daß Benehmen unserer Rani hier am Hof sei einfach unerhört! Alle Weiber sagen das — den ganzen Tag! Schnatter, schnatter!" Er stieß wieder auf und wedelte mit der fetten Hand. „Alles Unsinn! Rani selbst sagt, seit sie ein kleines Mädchen war, so groß, war sie immer anders als die übrigen Frauen. Es gibt keine andere Frau in irgendeiner indischen Familie, die das fertig bringt, was sie fertig bringt. Sie ist wundervoll — schrecklich wundervoll, nicht wahr? Frau wie sie ist wie 'ne Tigerin mit Schwingen — ein Weltwunder, nicht wahr? Hör mal, das wirst du ihr aber nicht sagen! Du, ich bin besoffen wie der Erzgott ..."

Rodney schüttelte beruhigend den Kopf und sog an der Bernsteinspitze seiner eigenen Hukah. Es stimmte alles, was Prithvi sagte. Sie war wie ein Feuer oder wie eine Stahlfeder und geradezu fürchterlich, wenn sie leidenschaftlich wurde. Ihre Wut wirkte wie ein Blitz; und selbst wenn sie ganz stille stand, erweckte sie den Eindruck, als ob auch in ihrer Ruhe Leidenschaft sei. Anfangs hatte er sie gemieden, weil er sich wegen seines nächtlichen Wutanfalles im Hof des Palastes schämte. Dellamain hatte ihn dann der Rani vorgestellt während eines informativen Gespräches. Danach hatte die Rani die Initiative ergriffen. Zunächst versuchte Rodney, kalt und förmlich zu sein; es war unmöglich. Niemand in ihrer

Umgebung konnte sich den Gefühlen entziehen, die sie in ihren Mitmenschen erweckte — ganz gleich, ob es sich um Verachtung, Widerwillen, Mißtrauen, Furcht oder Bewunderung handelte. In den zehn Tagen nach Dellamains Abreise hatte Rodney die ganze Skala durchlaufen, in der genannten Reihenfolge. Die Rani sah ihn zwei oder drei Stunden täglich, bedeckte ihr Gesicht nicht, nahm ihn ins Kreuzverhör über tausend Einzelheiten seiner Arbeit und seines soldatischen Lebens. Ein paarmal wollte sie sogar, daß er sie bei ihrem Namen, Sumitra, nenne, ‚damit ich lerne, englisch zu denken!' Offenbar dachte sie, auf diese Weise schneller hinter sein Geheimnis zu kommen. Trotzdem konnte er den Abstand nicht einen Augenblick vergessen. Es gab keine englische Frau in der Welt, die auch nur entfernt wie Sumitra, die Rani-Regentin von Kishanpur, gewesen wäre.

Die Musik spielte lauter. Die Tänzerinnen schwangen sich im Kreis, ihre beweglichen Finger glitten auf und nieder, die Silberkettchen an ihren Knöcheln klirrten und rasselten. Prithvi Chand erhob seine Stimme. „Was für ein Krach! — Kennen Sie übrigens die Miss-Sahiba — Langford war ihr Name, nicht wahr — die vergangenes Jahr sechs Monate bei uns war? Sie und die Rani haßten sich vom ersten Augenblick an, weil sie sich zu ähnlich waren!" Rodney öffnete den Mund zu einem Protest. Aber Prithvi unterbrach ihn. „Oh doch, Captain, sie sind sich ähnlich! Die eine ist indisch, die andere englisch — die eine kann tun, was sie will, die andere möchte es. Aber, um wieder darauf zu kommen . . . Sie sagen, wir sind liebenswürdig — wissen Sie auch warum? Weil Sie sich unserem Leben anpassen — darum! Natürlich sind Sie trotzdem immer noch ein gottverdammter Engländer — bitte tausendmal um Entschuldigung, Captain!" Rodney lächelte. Vielleicht stimmte das, was Prithvi sagte. Und vielleicht stimmte es nicht und sie hatten ganz andere Gründe, hintergründige — vielleicht wünschten sie, daß er dem Statthalter einen günstigen Report abliefere. Trotzdem, es war nett, was

Prithvi sagte. Er erwiderte: „Danke dir, Prithvi! Ihr habt euch alle so viel Mühe gegeben, mir das Leben angenehm zu machen — und all das Shikar, das ihr mir gezeigt habt . . ."

Prithvi Chand lachte hell wie ein kleines Mädchen. Rodney runzelte einen Augenblick die Stirn, dann entspannte er sich und lachte selbst. Zu Beginn seiner Zeit hatten Prithvi, Shivcharan und sogar der goldene junge Leutnant ihn zur Jagd mitgenommen. Ständig begleitete ihn einer, um ihm zu zeigen, wo die wilden Hühner flogen und der rote Dschungelhahn sein Futter suchte. Die drei hingen sich geradezu an ihn und ließen ihn niemals allein in den Wald; eines Tages wachte er am frühen Morgen auf und verspürte Lust, noch vor Dienstanbruch einen kleinen Pirschgang zu machen. Da er seine Begleiter nicht stören wollte, ging er allein fort. Er war noch nicht weit gekommen, als der säuerliche Shivcharan hinter ihm angetrabt kam. Dabei erfuhr er dann den Grund ihrer Anhänglichkeit. Die Rani hatte den Dewan persönlich verantwortlich gemacht für Rodneys Wohlergehen. Der Dewan seinerseits beauftragte die Offiziere, Rodney nicht aus den Augen zu lassen. Denn er selbst schien meistens unterwegs zu sein; man sah ihn selten.

Das war in den ersten Wochen gewesen. Während des ganzen letzten Monats hatte ihn die Rani persönlich begleitet. Sie sprach pausenlos, sie ließ sich von ihm beibringen, wie man schießt, sie wollte von ihm beraten werden bei der Bestellung von Kanonen in England. Sie mochte ein wenig mehr als fünf Fuß messen, war fest gebaut und hatte große schwarze, bewegliche Augen. Als die Bewohner eines Dorfes Nachricht von einem Leoparden brachten, ging sie mit Rodney auf den Anstand. Sie hatte Glück; ihre Kugel tötete den Leoparden. Er würde nie vergessen, daß die Rani in die Hände klatschte wie ein junges Mädchen, aus Freude über ihren Schuß. Er wollte Prithvi für andere Wohltaten außer der guten Jagd danken. Er machte eine weitläufige Bewegung mit der Hand, die alles umfaßte: Die Tänzerinnen, die Flaschen mit importiertem Brandy auf dem Tisch, die livrierten Lakaien hinter ihm, die zahlreichen Kissen. „Und dann das alles hier ..."

Prithvi lächelte glücklich. „Wir wollten, daß Sie etwas von unserem Leben sehen, Captain. Das hier ist die beste Tanzgruppe von Kishanpur. Aber hören Sie doch auf, ein Gesicht zu machen, als ob Sie auf dem Exerzierplatz wären! Strecken Sie sich mal ein bißchen lang. Wissen Sie überhaupt, was das heißt — sich entspannen? Los, versuchen Sie es, seien Sie einmal ein Prinz — wie Ihr Großvater, Jonathan Savage!"

„Das ist schon achtzig Jahre her, Prithvi!"

„Und jetzt gibt es keine Abenteurer mehr? Nur kleine Teilchen in der pompösen englischen Maschine, was? Los, versuch's nur einmal ..." Er legte sich mit einem neuen Rülpsen zurück und schloß die Augen.

Ich brauchte wirklich nicht so zugeknöpft zu sein, dachte Rodney, ich könnte mich ein wenig gehen lassen. Dellamain und Julio sind fort, kein Engländer weit und breit, der mein Betragen sieht. Er versuchte, musikalisch aufzustoßen und lachte über seinen eigenen Versuch.

An dem Hofe der Rani gab es alte Männer, Märchenerzähler. Wenn die Nacht einbrach, erzählten sie Geschichten aus der Vergangenheit der Rawan-Familie — von ihrer Größe und Pracht, von Falkenjagden und Tigerhetzen, von Krieg, Folter und Zweikampf. Rodney las nicht mehr im Marco Polo; die Geschichten der alten Männer waren ebenso wahr und ebenso aufregend. Die Rani ermutigte sie, die Legenden, die über Rodneys Großvater herrschten, auszuspinnen. Und sie erzählten: Von dem großen Jonathan Savage, der wie ein eingeborener Prinz lebte und der schließlich fortging von Indien mit Beute, Bestechungsgeldern und Geschenken im Werte von einer halben Million Rupien. Rodney lauschte und fragte sich insgeheim, was zum Teufel der alte Herr mit dem Geld angefangen hatte? Ihm, Rodney, hatte er nichts hinterlassen.

Der Raum war warm. Der Überfluß von Gold, Wein und

Musik ging ihm auf die Nerven. Er mußte an seine eigene finanzielle Situation denken. Vierhundert und einige Rupien Gehalt im Monat; Joannas Perlen noch nicht bezahlt; Robin so alt, daß er bald zur Schule gehen mußte — und schließlich sollte Robin nicht ewig allein bleiben, sondern Geschwister haben, sobald Joanna einmal den Schock der ersten Geburt überwunden hatte und die Angst, ihre Figur zu verderben! Warum, fragte er sich, bietet mir niemand Bestechungsgelder? Aber für was wollte er bestochen werden? Was für einen Grund gab es heute noch für irgendeinen Menschen, einen Soldaten zu bestechen? Zivilisten — ja! Der Zivildienst war der Platz, um reich zu werden — und die Mitte des letzten Jahrhunderts war die richtige Zeit gewesen! Damals war Indien noch ein goldener Dschungel und seine eigenen Maßstäbe wären wohl etwas großzügiger gewesen als heute. Jonathan Savage zum Beispiel nahm Bestechungsgelder, ohne sich etwas dabei zu denken. Auch William, Rodneys Vater, der, soweit ihm bekannt war, niemals Bestechungsgelder genommen hatte, betrachtete Käuflichkeit keineswegs als soziales Laster; auch besaß er keine starke Sexualmoral und trank gerne — nur der Mangel an körperlichem Mut erschien ihm verabscheuungswürdig. Das war der Ehrenkodex des achtzehnten Jahrhunderts gewesen, der Ehrenkodex des königlichen Leutnants. Aber dann war der verdammte Albert auf den Thron gekommen und hatte der Königin und ihren Untertanen seine unverdauliche deutsche Moral eingeimpft. Einmal waren die Engländer wilde, aufsässige Abenteurer gewesen. Heute waren sie müde Bürokraten. Zu spät! Er war geboren und erzogen unter den neuen Ansichten. Er konnte kein Bestechungsgeld annehmen — konnte es nicht mehr, selbst wenn er gewollt hätte und wenn er den Idioten gefunden hätte, der es ihm anbot.

Er streifte die Haare zurück, die in seine Stirn gefallen waren und trank nachdenklich und düster. Prithvi Chand lümmelte sich auf den scharlachroten Seidenkissen, schlief und schnarchte mit offenem Mund. Durch halbgeschlossene Augen sah Rodney, daß nur noch eine Lampe in der hinteren Ecke des Saales brannte. Die wenigen anderen Gäste des Festes, Männer übrigens, waren fortgegangen, ohne daß er es merkte. Die Diener waren verschwunden. Das weiche, schummrige Licht der Lampe schien den Raum zu verkleinern, seine goldenen und scharlachroten Draperien schienen ihn einzuhüllen. Der Vorhang vor dem Balkon der Kapelle war zugezogen. Nur noch eine einzelne indische Geige spielte fremdartige Läufe irgendwo im Dunkeln, ein einsamer Trommler schlug mit beiden Händen sein Instrument; jede Hand schlug einen anderen Rhythmus, jeder Rhythmus war verschieden von dem der Violine. Die drei Takte folgten ihren eigenen Pfaden, kamen an einem Punkt zusammen, trennten sich wieder, liefen erneut zusammen. Sechs Mädchen tanzten vor ihm; ihre Handgelenke und Finger wanden sich im Takt der Musik. Jedes Mädchen hatte zwei Fußbänder am rechten Knöchel; sie klingelten und klirrten, tschink-tschink, tschink-tschink! Schilde und Schwerter glommen wie silberne Schriftzeichen an den Mauern. Das Licht ging aus.

Ein braunes Mädchen zitterte im Mittelpunkt des Saales. Sie trug keine Knöchelbänder, keinen wehenden Rock, kein enges Mieder. Wenn sie ihren nackten Körper bewegte, bewegten sich flimmernde Kurven von Licht mit ihr. Prithvi Chand schlief. Dunkelheit hatte die übrigen Tänzerinnen geschluckt. Vielleicht lagen sie jenseits des Lichtscheines, in enger Umschlingung mit Soldaten oder Höflingen — wie die ausgespreizten Weiber der Tempel-Bildwerke und die Götter, die mit vielen Händen nach ihnen griffen — in einer ewigen Umschlingung, in Stein gehauen.

Das Mädchen war ein Pfeil, schlank und gerade. Sie beugte ihren Rücken und war ein Bogen, krumm, bis zum äußersten gespannt. Der Bogen entspannte sich: sie war eine Frau und wand sich in langsamer Extase. Ihre Brüste wiesen den suchenden, kleinen Füßen den Weg; ihre Mundwinkel hingen herab, ihre Lippen waren feucht, ihre Augen blind. Sie umtanzte ihn, ihr ruheloser Körper war so schwach, daß er nicht entfliehen konnte. Er streckte die Arme aus und faßte ihre Hüften; das Fleisch gab nach.

Er blickte in ihre Augen, suchte in ihnen; seine Nüstern waren zusammengekniffen, sein Atem schwer. Der Schlüssel der Leidenschaft lag in ihr, nicht in ihm. Eine schamlose, prachtvolle Leidenschaft würde ihn so lange mitreißen, bis ihre Wünsche gestillt waren. Sie bewegte sich, seine Finger packten zu. Sie hatte braune Augen und in ihren Tiefen eine flache Mauer von — nichts!

Er seufzte leise und ließ sie los. Liebes Mädchen, liebes, liebliches Pfeilmädchen. Du hast dein bestes getan. Er streichelte ihren Körper, lächelte und schob sie sanft von sich. Nach einem langen, erstaunten Zögern, lächelte sie ebenfalls und trat zurück, langsam, Schritt um Schritt, lächelnd — bis die Dunkelheit sie verschluckt hatte. Einen Augenblick sah er sie noch als Eindruck auf seiner Netzhaut — große Augen, dichtes Haar, ein halbes Lächeln und die kleinen, glänzendweißen Zähne. Prithvi Chand schlief.

Das Lied der Violine fiel eine Oktave tiefer. Auf dem tiefsten Ton angekommen, begegnete ihr Rhythmus zum letztenmal dem Takt der Trommel — dann Schweigen. Sein Atem wurde durch den Hemdkragen beengt. Er erhob sich, ging leise aus dem Raum, durchschritt den Gang und stieg über die Treppe zur Brustwehr der Festung empor.

Es war kalt draußen; die Wolken des Tages waren weiter gewandert, der Himmel hing tief, ein Dach voll flackerndem Feuer. Er zündete sich eine Zigarre an und sah, wie der Rauch langsam nach Norden zu den Sternen emportrieb. Fast jede Nacht blies eine leichte Brise den Fluß hinunter. Er betrachtete den Riesenleib der Festung, schwarz, ungeheuerlich, zu seinen Füßen ausgestreckt.

Ein Rawan hatte den Palast neben einem kleineren Hause erbaut, im sechzehnten Jahrhundert, in der Morgenröte der

Moguln. Der Entwurf des Eingangstores zeigte die Hand eines französischen Baumeisters; Prithvi Chand hatte Rodney bestätigt, daß ein anderer Rawan einen Schüler Vaubans damit beauftragte, das Fort im Jahre 1710 auf den neuesten Stand der Festungskunst zu bringen. Mahrattas, Radjputs und Moguln hatten es erobert und zurückerobert; endlich waren die Engländer gekommen. Fünfhundert Jahre lang hatten die Rawans ihr Land von diesem Punkt aus regiert. Manchmal waren sie schwach gewesen; mitunter fest und tyrannisch; aber niemals hatten sie es aufgegeben. Sie waren unabhängige Könige, Vizekönige der Moguln und Vasallen der Mahrattas gewesen; heute waren sie Schoßhündchen der Engländer. Aber die Festung lebte immer noch. Immer noch hielt die Rani ihre Audienzen in dem großen Thronsaal zu ebener Erde ab; Soldaten und Lakaien marschierten durch die Menge; und wenn im Augenblick auch keine Gefangenen ihre dunklen Zellen mit den Fledermäusen teilten, so gab es doch genug Zeichen dafür — Ammoniakgeruch, versteinerte Exkremente —, daß es dort gestern Gefangene gegeben hatte, oder vielleicht im vergangenen Monat; und daß morgen neue Gefangene darinsitzen würden.

Trotzdem — die Festung schlief ihren letzten Schlaf! Trotz ihrer ungeheueren Masse war sie zu einem Gespenst geworden. Rodney umwanderte langsam die ganze Brustwehr und blieb wieder über der Südseite stehen, über der Zenana. Die Springbrunnen schwiegen, die einst für wartende Gattinnen gespielt hatten. Niemand saß mehr auf den Marmorbänken unter den Tropfsteingrotten, die der Architekt von Al Kadhimain übernommen hatte. Die Könige waren tot, die Streitigkeiten vergessen. Die enteignete Menge ringsumher, das unwandelbare Volk, ertrank in den Gezeiten der Geschichte. Was für ein Wunder aus Seide und Stahl mußte dies hier einst gewesen sein.

Er bewegte sich unruhig; das Gewicht des Todes zerrte an seinen Knochen. Er entsann sich der Baumwurzeln, die die gewaltigen Steine der unteren Mauer sprengten, der Lilienfelder und Tanginseln, die das gemauerte Kliff von der Flußseite her umwucherten. Ein halbes Jahrhundert zuvor hatten gepolsterte Barken die Prinzen und ihren Hofstaat über das Wasser getragen. Jetzt wanderten nur noch verwilderte Köter durch die kleinen Pförtchen im Haupttor, hoben respektlos ihre Beine gegen die Marmorfiguren, und der Gestank von Fäkalien trieb an den Nordmauern hoch. Die Uniformen der Leibgarde, einst prächtig und reich verbrämt, hingen jetzt in gelben Fetzen von ihren Körpern.

Die Formen des Landes zeigten sich in einer Schwärze, dunkler als die Nacht, gegen den Horizont. Er sah die Lichter seiner Schildwachen in dem Sepoy-Lager, eine Meile stromaufwärts. Noch nie zuvor hatte er mit ihr bei Nacht gesprochen, und es bestand kein Grund für ihn, sie jetzt zu erwarten.

Er hatte die Arme über die Brustwehr gelegt, um die Landschaft zu betrachten. Als er den Kopf wandte, stand sie neben ihm — ihr Gesicht ein bleiches Oval, ein unbestimmter Schimmer von Gold und Silber. Der Sari fiel in langen Falten über ihre Schultern, die niedrigen Sterne warfen ihr Licht auf das schwarze Haar. Ihre Augen durchbohrten ihn — noch nie hatte er sie so groß, von einem so lebendigen Schwarz gesehen. Auch ihre Lippen waren dunkel gemalt. Sie trug das verschnörkelte rote Kastenzeichen zwischen den Augenbrauen; ein Rubin an einem Finger ihrer rechten Hand schoß Funken in die Nacht. Er wußte im Augenblick, daß auch sie von seiner Gegenwart nicht überrascht war.

Sie lehnte sich neben ihm über die Brüstung und fragte nach einer Minute mit ihrer sanften Stimme: „Wonach halten Sie Ausschau?“

„Nach dem Licht! Es kommt aus meinem Lager!“ Er hob das Kinn und deutete darauf. Sie legte mit einer natürlichen Geste die Hand auf seinen Arm.

„Warum erlauben Sie mir nie, das Lager anzusehen? Dies

hier ist mein Land. Ich möchte so gerne ein Sepoy-Lager bei Tageslicht sehen. Zeigen Sie es mir morgen, bitte!"

Er lächelte und inhalierte den Rauch: „Nein, Madam. Das werde ich nicht tun."

Einen Augenblick wurde sie steif, dann entspannte sie sich wieder. Sie ließ die Hand auf seinem Arm und seufzte. „Tut mir leid! Manchmal vergesse ich, daß ich nicht die Königin Ihrer Kompanie bin. Aber ich möchte alles wissen! Ich bin noch nie in einem Lager gewesen; man ließ mich nicht hinein. Aber wenn ich Montag nach Kishan Falls komme, werde ich es zum erstenmal sehen. Erzählen Sie mir etwas darüber."

Das einsame Licht am Fluß füllte die Dunkelheit; und er war hier, an ihrer Seite. Die Zelte waren in einer einzigen Reihe angeordnet, ihre Ausgänge dem Wasser zugewandt; Schildwachen marschierten mit gemächlichem Schritt auf und ab; Affen schwatzten an der Affenquelle hinter dem Lager; das heisere Husten eines Leoparden quoll aus dem Flußdickicht empor; die Soldaten schliefen. Aber das alles interessierte sie nicht. Sie wollte etwas anderes hören. Er antwortete langsam, damit sie ihn verstand — mit kleinen Pausen zwischen den einzelnen Sätzen.

„Sie werden nicht den besten Teil eines Lagers sehen — die Arbeit, wenn der Lagerplatz ausgesucht und das Lager eingerichtet wird. Bei uns richten die Sepoys ihre Zelte auf, wenn die Trompete das Zeichen gibt — alle gleichzeitig. Und jede Zeltmannschaft versucht zuerst fertig zu sein. Dann graben sie die Regenrinnen um die Zelte, und das muß ihnen äußerst lustig vorkommen; ich weiß nicht warum — aber bei dieser Arbeit lachen sie immer. Ich habe ein Zelt, in dem ich schlafe, und ein anderes für die Dienstgeschäfte; und in diesem ruhe ich mich aus und lese auch mitunter. So lange es nicht regnet, esse ich in der freien Luft. Die Sepoys machen einen Kamin aus Lehm für mich an der Wand meines Zeltes. Die Ordonnanz und der indische Diener breiten meine Matten auf das Gras im Zelt. An dem Tag, als wir dieses Lager da unten

aufschlugen, gab Rambir, mein Diener, eine Vorstellung als Pathan, der Teppichhändler. Vielleicht haben Sie noch keinen Pathan mit Teppichen gesehen, nein? Sie kommen jeden Winter vom Norden herunter. Rambir wedelte mit meinen Matten durch die Luft und schnalzte mit der Zunge — ein Geräusch, als ob Stiefel aus dem Sumpf gezogen werden. Das ist ihre Art, die Sprache der Pathans nachzumachen, und es amüsiert sie königlich; alle Sepoys in Hörweite schüttelten sich vor Lachen, während sie arbeiteten. Aber Rambir ist ein großer Komiker, und sein Ehrgeiz ließ ihn nicht ruhen. Zwischen diesem ganzen Theater sagte er mitunter ein paar Sätze, die jeder verstehen konnte: ‚Schöne Teppiche zu verkaufen — acht Annas das Stück für euch, acht Rupien das Stück für den Sahib!' Alle warfen einen Blick von der Seite auf mich, um zu sehen, ob ich die Pointe verstanden hätte ..."
Er lachte bei der Erinnerung und fuhr nach einer Pause fort:

„Dann wird das Lager von Steinen geräumt, wir richten uns ein und machen es uns bequem. Einige Offiziere haben Glastüren für ihre Zelte dabei. Sie finden das vornehm. Ich selbst liebe es, meine Büchsen zu reinigen, wenn ich sonst nichts zu tun habe. Abends kommen die eingeborenen Offiziere in mein Zelt, ich strecke die Beine aus, knöpfe mein Hemd auf und rede mit ihnen über den Dienst und anderes. Manchmal muß ich den Mantel anziehen, weil es kalt ist."

„Wann beginnt der Dienst am Morgen?"

„Oh, nicht zu früh. Niemand hört bei uns den Kupferschmiedvogel! Für uns fängt das heiße Wetter erst an, wenn es uns so gefällt. Wir wecken erst um sechs Uhr, treten um sieben Uhr an — allerdings, ich werde die Uhr bald eine Stunde vorstellen. Jetzt ist die Sonne um elf Uhr schon ziemlich heiß. Diese Waffenröcke sind dick, müssen Sie wissen, man schwitzt tüchtig in ihnen. Es ist ein gutes Leben; das beste vielleicht, das es gibt. Wenn es dunkel wird, sehe ich den Fledermäusen zu und lausche dem Fluß — von unserem Lager aus gesehen, erscheint diese Festung sehr groß und sehr schwarz. Ich betrachte sie lieber von außen als von innen, muß ich sagen." Sie zog die Hand zurück, die auf seinem Arm gelegen hatte und befestigte den Sari so, daß er ihr Gesicht verhüllte.

„Es wird kalt", sagte sie. „Sonderbar, Sie sehen Indien mit den Augen eines Malers. Dabei sind Sie ein Soldat! Der größte Held unserer Familie war übrigens auch so — Rudraparsad Rawan. Wußten Sie, daß auch ich eine Rawan bin, von einer anderen Linie? Aber Sie sind ein Fremder — oh, es ist nicht wahr! Kein Engländer ist ganz fremd in diesem Land. Ich wünschte, ich würde nicht so denken . . ."

Ihre leise, bekümmerte Stimme schwieg. Als sie eine Minute später wieder sprach, klangen ihre Worte leichthin. „Wissen Sie, aus mir hätte ein Mann werden sollen. Die frische Luft schmeckt mir besser als dieser Weibergeruch in der Zenana — puh! Erinnern Sie sich noch an die Jagd mit dem Cheetah, war es nicht herrlich, Rodney?"

Er nickte. Das war Ende Januar gewesen. Die Jagdgesellschaft hatte sich um sechs Uhr morgens im Hof versammelt. Er glaubte noch das Raunen des Brunnens zu hören, das dumpfe Tapsen, das die Füße der rastlosen Jagdelefanten machten, das Klatschen ihrer großen Rüssel. Die Felder neben dem Weg zum Jagdgrund waren ruhig, die schwerfälligen Elefanten stampften und rollten durch eine seichte Nebelsee. Der erste Sonnenstrahl vergoldete die Festung hinter ihnen. Die Howdahs knarrten unter ihnen, die Hütten und Zweige trieben vorbei, niemand sprach. Sumitra hatte die Hände um den geflochtenen Rand des Tragsessels gelegt und die Nasenflügel weit geöffnet für die scharfe Kälte des Morgens.

Nach einer Meile Weges waren sie durch eine Senke gekommen, in der sieben große Bäume und sieben kleinere standen — unmittelbar hinter seinem Lager. Sie hieß die Affenquelle. Trümmer von der Einfassung eines zerstörten Brunnens lagen rechts und links des Pfades. Eine Rotte langschwänziger, grauer Languraffen schwatzte und kreischte in den Ästen; ihre Vorfahren hatten dem Platz seinen Namen gegeben. Sumitra zeigte schweigend auf den Brunnen: nur ein Kopf war dort sichtbar, tieforangebraun, der unruhig von einer Seite zur anderen fuhr. Die Kehle des Mantelpavians verfärbte sich zu einem goldenen Gelb, sein olivgrüner, weißgezackter Rücken kam außer Sicht zwischen den Steinen. Den Mantel voll ausgebreitet, hockte er da und beobachtete die Karawane. Später hatte Rodney die aufgerollte Schlange gesehen, die bei ihrem Anblick wie ein grünes Tau durch den Staub davonglitt. Er glaubte, noch das Schnattern der Affen zu hören. Ob er sich an alles das erinnerte? Wenn sie ihn ‚Rodney' nannte, dann war das eine Art Code und bedeutete, daß sie versuchte, aus sich selbst herauszutreten, die Welt mit seinen Augen, mit englischen Augen zu betrachten.

Er nickte wieder. „Natürlich erinnere ich mich. Wissen Sie übrigens, Sumitra, was mich immer wieder an diese Jagd erinnert? Die Tapeten in Ihrem Thronsaal!"

Durch das Fernglas hatte er an jenem Tag die Jagd beobachtet. Sie war der Jagd auf der Tapete ähnlich. Der Schwarzbock rannte, der Gepard rannte — und der Pardel ist das schnellste aller Lebewesen! Nein, es war keine sportliche Jagd gewesen. Aber sie war schön. Voll Gesetzmäßigkeit, voll Schönheit der Bewegung; nur die steife Formalität des Vorganges war jetzt noch in seinem Gedächtnis. Es hatte keinen Schrecken gegeben, sondern die Darstellung des Schreckens in der Morgensonne; keine Bewegung, sondern ein Abbild des Rennens auf Leben und Tod in einer Erdfalte. Vielleicht waren diese Figuren, die er im Fernglas gesehen hatte, immer noch eingestickt in jenes Tal, vielleicht rannte der Schwarzbock immer noch — ein lebendiges Bild.

Er sagte: „Das alles ist jetzt bald vorbei. Ich muß zurück nach Bhowani. Es wird mir öde erscheinen nach dem, was ich hier gesehen habe. Ihnen verdanke ich das alles, Sumitra. Aber es gibt nichts, womit ich Ihnen danken könnte."

Sie antwortete nicht.

Es war nicht ‚bald vorbei'; es war schon vorbei! Es hatte

aufgehört zu sein, als die Radjahs zur Tigerjagd eintrafen. Seit Tagen trafen immer neue Gäste ein — mit Pferden, Elefanten, mit geschmückten Wagen. Der große Jamalpur war von Süden gekommen. Gangoh, Tikri, Gohana, Kiloi, Makhera und Ganeshghar aus dem Osten; die Familien Sikh, Phillora und Tam Taran aus dem Pundjab, dem Land der fünf nördlichen Flüsse. Auch die mohammedanischen Nawabs von Jalalabad und Purkhas waren erschienen. Und von Lalkot zahlreiche Gäste — keine weite Reise! Denn es lag nur das Pachtgebiet von Bhowani zwischen Kishanpur und Lalkot. Einst waren die beiden Staaten Grenznachbarn gewesen.

Zu seines Vaters Zeiten hätte man eine solche Massenversammlung von Prinzen nicht geduldet. Sie hätte Revolution oder Krieg bedeuten können. Heute — nun, die Company war stark, die Prinzen mußten sich amüsieren. Warum nicht mit Tigerjagden?

Die Rani sagte plötzlich: „Morgen kommt die ganze englische Gesellschaft auf einmal. Den stellvertretenden Gouverneur von Agra kenne ich bereits; Mr. Dellamain selbstverständlich auch. Den fetten Oberst — wie heißt er noch? — Bulstrode, habe ich wohl schon einmal gesehen; aber die anderen! Ein Generalmajor von Gondwara ist gemeldet. Was ist das für ein Mann?"

Rodney betrachtete angestrengt die Asche seiner Zigarre. Ich wünschte, ich wüßte, was sie wirklich denkt, sagte er zu sich; irgendetwas Undurchsichtiges! Na, vielleicht ist es besser, nicht zuviel zu wissen. Vielleicht will sie mir auch nur eine Gelegenheit geben, über meine eigene Traurigkeit hinwegzukommen, meine gerührte Stimmung zu überwinden — will mir Gelegenheit zu ein paar leichtsinnigen Worten geben. Er antwortete:

„Sir Hector Pierce? Der ist erst seit November letzten Jahres Kommandeur von Gondwara. Königlicher Offizier. Infanterist, so viel ich weiß. Er reicht Ihnen etwa bis zum Knie, Madam, und hat verschiedene Spitznamen: Barönchen, Napoleon der Unsichtbare ..."

„Ist er ein guter General?“

Er war ein wenig erstaunt über die schlecht verhohlene Neugierde der Frage. Er hatte keine Ahnung, was für ein General Pierce war. Auf der Krim war er offenbar nicht gewesen, und in Indien hatte er noch keinen Feldzug geführt. Rodney erwiderte: „Weiß nicht. Er wirkt sehr irreführend, so viel kann ich Ihnen verraten. Habe ihn selbst nur einmal gesehen. Ich exerzierte meine Männer auf dem Platz in Bhowani und hatte keine Ahnung, daß der General von Gondwara gekommen war. Auf einmal sah ich den viereckigen Zwerg, kleiner als Sie, Sumitra, in einem braunen Zivilanzug, einen hohen schwarzen Hut auf dem Kopf. Er stand auf einem Schemel, den sein Leibdiener überallhin mitnehmen muß. Er hatte einen zusammengerollten Regenschirm wie ein Schwert über die eine Schulter gelegt. Die andere steckte in der Jacke; sein Kopf war etwas vorgeschoben — genau wie Napoleon auf den Bildern. Der Leibdiener hinter ihm hielt das Pferd — einen riesigen grauen Hengst. Zwei meiner Sepoys, die vom Dienst befreit waren, hockten vor ihm und betrachteten ihn ängstlich; ich konnte es ihnen nicht übel nehmen. Übrigens bemerkte er sie gar nicht. Er hat ein dickliches Gesicht, eine Hakennase und trägt den Bart viereckig geschnitten. Natürlich wußte ich sofort, wer der Mann war. Denn man erzählt sich über ihn die tollsten Geschichten. Ich hätte laut herauslachen können.“ Er wandte sich und warf den Zigarrenstummel über die Brüstung.

„Ich meldete mich bei ihm, und als ich das getan hatte, war mir das Lachen vergangen. Er hat Augen wie Steine. Er ist sehr höflich — spricht nie lauter als im Flüsterton — lächelt geziert, aber mit einer Art von Reserve, die kein Mensch durchschaut. Wir sprachen miteinander, dann krabbelte er wie ein Floh auf den kolossalen Gaul und ritt die Pike hinauf, den zusammengerollten Regenschirm auf der Schulter. Ich sah ihm nach. Ich weiß heute noch nicht, ob ich große Lust habe, ihm öfters zu begegnen . . .“ Rodney hörte auf zu sprechen. Er konnte beim besten Willen nicht mehr über Sir Hector sprechen, der ihn in diesem Augenblick durchaus nicht interessierte. Er wollte Gute Nacht sagen und in das Lager zurückreiten. Sumitra stand neben ihm, warm und vertraut; die vergangenen Wochen hatten ganz natürlich dazu geführt, daß sie sich ohne Mißverständnis bei Nacht an diesem Platz treffen konnten. Sie kannten einander und waren Freunde — selbstverständlich innerhalb der unausgesprochenen Grenzen. Die Frage, ob sie ihren Gatten ermordet hatte, interessierte ihn nicht mehr. Hier in Kishanpur war der Gedanke an Mord nichts Abwegiges. Und vielleicht hatte auch der alte Radjah versucht, ihr irgendeinen gemeinen Schimpf zuzufügen; aber das wußte nur sie allein, und sie würde nicht darüber sprechen. Er zweifelte nicht daran, daß sie genug Entschlossenheit besaß, einen Menschen zu töten — in der Wut, vielleicht auch aus Liebe, oder für das Erbe von Kishanpur. Für eine kaltblütige Mörderin hielt er sie nicht.

Es gab Grenzen in ihren freundschaftlichen Beziehungen. Sie vermied es, Probleme ihres Staates mit ihm zu besprechen. Rodney hätte ein solches Gespräch begrüßt, er wußte, wie sehr sei an Kishanpur hing. Einmal hatte er beobachtet, wie sie den rauhen Felsen der Brüstung mit den Händen liebkoste, als sei es die Haut ihres Kindes. Sicher fürchtete sie sich davor, einem britischen Offizier zu viel Einblick in ihre Politik zu geben und hielt sich deswegen so zurück.

Es gab noch eine andere Grenze, die nicht überschritten wurde, eine natürliche Grenze: die Verschiedenheit des Geschlechts. Anfangs hatte er sie sorgfältiger beachtet als Sumitra. Heute war nicht mehr genau festzustellen, wer von beiden vorsichtiger war. In der ersten Zeit war ihm ihr Benehmen als Herausforderung erschienen — kleine Gesten, zufällige, oder auch absichtliche Bewegungen ihres Körpers, eine flüchtige Berührung. Es hatte ihn verwirrt. Später glaubte er sie besser zu kennen. Vielleicht witterte sie den Rassenstolz des Engländers in ihm. Vielleicht trieb sie nichts anderes als der uralte weibliche Ehrgeiz: Er sollte anerkennen, daß indische Frauen den englischen an Schönheit nicht unterlegen waren. Ein anderer Engländer wäre von dieser naiven Zumutung schockiert gewesen. Er war es nicht. Vielleicht hatte sie sogar die Absicht gehabt — wenigstens zeitweise — ihn in ihren Bann zu ziehen. Mochte sie! Das eine oder andere Mal hatte er versucht, ihre Gefühle aus ihren schwarzen Augen zu lesen — aber jedesmal war er auf den gleichen Wall gestoßen, das gleiche, absolute Nichts, das er vor einer halben Stunde erst in den Augen des Nautch-Mädchens entdeckt hatte.

Mach dir nichts daraus, tröstete er sich. Du hast selbst genug Schwächen! Du weißt, was für eine Leidenschaft du für Frauenkörper hast, und Joanna will — oder kann? — diese Leidenschaft nicht beruhigen. Eine verteufelte Situation! Er runzelte die Brauen. Übrigens war ihm aufgefallen, daß Sumitra seit einigen Tagen geradezu scheu war. Sie gestattete ihm keinen Blick in ihre Augen mehr.

Er riß sich zusammen, um kurz und spröde Auf Wiedersehen zu sagen. Er wollte einen guten Abschluß für diese intime Stunde in der einsamen Nachtluft finden. Hier, in diesem Augenblick, sollte der Zauber enden; aber er fand kein Wort, mit dem er sich aus der seltsamen Stimmung befreien konnte. Alles was er sagte, war schließlich ihr Name: „Sumitra!"

Sie fuhr zusammen und unterbrach ihn fast unhöflich: „Captain Savage, ich möchte meinen Dewan freistellen für andere Aufgaben. Ich wünsche, daß Sie an seiner Stelle die Führung meiner Armee übernehmen. Ich habe Sie bei Ihrer Arbeit gesehen — kein anderer englischer Offizier ist so fähig wie Sie. Keiner außer Ihnen kann aus meiner Armee eine Mustertruppe machen. Und das brauche ich . . ."

„Warum?" Die erstaunte Frage war heraus, bevor er noch darüber nachgedacht hatte.

„Warum? Nennen Sie es Stolz. Meine Truppe soll gut sein! Können Sie das nicht verstehen?" Er nickte beschämt. Es war fast wörtlich dasselbe, was ihm Dellamain gesagt hatte.

Es klang so einfach, trotzdem konnte er es nicht glauben. Irgendetwas in ihm sagte ihm, daß die Erklärung zu einfach sei. Sumitra fuhr inzwischen fort: „Sie sind ein guter Offizier. Ich habe mit Erstaunen gesehen, wie Sie aus meinen Offizieren Soldaten machten. Ich biete Ihnen einen Vertrag für zehn Jahre an. Vielleicht überlegen Sie es sich inzwischen und entschließen sich, ganz in Kishanpur zu bleiben. Die Zeit ändert vieles. Ich biete Ihnen den Rang eines Generalmajors, eine Gage von viertausend Rupien im Monat. Überlegen Sie sich alles in Ruhe und lassen Sie mich Ihre Meinung wissen, wenn die Tigerjagd vorbei ist."

Ihre Stimme klang rauh und spröde bei den letzten Worten. Sie glitt über das Dach davon, er blieb stehen und lauschte auf das Geräusch ihrer Hausschuhe, das die Treppe hinunter verklang.

6. KAPITEL

Ist es nicht wie in einem kleinen Boot auf See? Schau doch, dahinten liegt die Stadt am Ufer; dort im Hafen sind die Fischerboote verankert; und vor uns ist der offene Ozean — große, schwarze Wellen und die Sonne scheint auf die weißen Brecher.

Geoffrey Hatton-Dunns weitausholende Armbewegung umfaßte die Festung hinter ihnen, die Strohhütten in den nebligen Hirsefeldern und die Hügelwellen des Dschungels, die sich vor ihnen zu bewegen schienen. Rodney lächelte. Lady Isobel war begeistert: „Du bist ein Dichter, Geoffrey!" rief sie aus. „Ein bezaubernder Gedanke!"

Der Elefant unter ihnen schwankte stetig. Der Mahout, der mit gekreuzten Beinen auf seinem Nacken saß, döste vor sich hin. Geoffreys Phantasie war beflügelt. Freude glänzte in seinem langen Gesicht. Seine Frau und sein Freund lauschten, lächelten ein wenig und Geoffrey vergaß völlig, daß er ein Snob war.

„Verdammt noch mal!“ sagte er. „Wir sind gar nicht in einem kleinen Boot. Wir sind Schlachtschiffe, die in der Linie fahren. Findet Ihr nicht auch: Nachdem der stellvertretende Gouverneur abgefahren ist, wäre es eigentlich Dellamains Pflicht, wie Nelson ein Signal zu hissen: ‚England erwartet, daß jedermann seine Pflicht tut . . .‘ Er könnte es meinetwegen an der Stange des Sonnenschirms hochziehen, den sie auf seinem Tragsessel befestigt haben. Von mir aus kann er es auch seinem Elefanten an den Schwanz binden — ein paar Meter Signalleine mit bunten Fähnchen dran . . .“ Er lehnte sich weit aus dem Korb, deutete mit beiden Händen; das Monokel war vergessen, es schwang an seiner schwarzen Seidenschnur und klimperte gegen die Perlenknöpfe an seinem gutsitzenden braunen Mantel.

„Nein“, sagte er. „Eine Flotte allein reicht nicht aus. Wir haben alle Arten von Flotten bei uns. Seht doch — vor uns, auf dem nächsten Elefant: de Forrest — ist er nicht ganz offenbar der arme Franklin, von Eis eingeschlossen irgendwo in der Nordwest-Passage? Caroline — sie ist ganz sicher Captain Bligh, der die Meuterei auf der Bounty unterdrücken will und doch nicht kann. Ich hoffe nur, Sir Hector läßt sie nicht kielholen. Und dann Sir Hector — hm — er ist ganz er selbst. Ob Napoleon auf Helena wohl auch so einen hohen Biberhut getragen hat? Wir könnten ihn als eine kleine Gallionsfigur an der großen indischen Fregatte bezeichnen. Hinter uns kommt Oberst Bulstrode, der tapfere Mariner, wenn es je einen gegeben hat; er spuckt über die Reling in die See und stochert seine Zähne mit einem fußlangen Marlspieker. Was ist es denn wirklich? Verdammt, es ist sein Jagdmesser! Und dann Mrs. Bulstrode — die vollkommene Dame, gekleidet für eine Elefantenjagd — ich meine natürlich für ein Schiff, an einem schönen Morgen, und alle Radjahs erscheinen ihr so romantisch und fürstlich, hach! Sie hat acht Hutnadeln durch ihren Hut geschoben, sie kann nichts erkennen durch den Schleier, den sie vor den Augen hat, und was tut sie? —

Mein Gott! Wahrhaftig, sie strickt dem Oberst eine rote, wollene Leibbinde! Wir wollen sie die Besitzerin eines Gemüsebootes nennen ...“

„Geoffrey! Das klingt aber wirklich nicht höflich!“

„Irrtum, meine Liebe! Aber gut, wenn du willst, nennen wir sie Hamilton, die Geliebte Nelsons. Übrigens ist Victoria bei ihnen. Sie ist eine Gefahr für die Soldaten und wird demnächst vergewaltigt werden — Gottverdammich, ich glaube, es ist die höchste Zeit für sie!“

„Geoffrey!“

Sie kamen durch die Senke bei der Affenquelle, und Rodney schaute nach dem Mantelpavian aus, konnte ihn aber nicht finden. Er versuchte, gleichzeitig nachzudenken und sich dabei an dem Gespräch der anderen zu beteiligen. Aber Isobel kannte ihn zu gut. Sie hatte ihn schon mehrmals in den vergangenen zwei Tagen nachdenklich angeblickt. Er wußte nicht, warum er ihr sein Problem verschwieg. Vielleicht deshalb, weil es der Rani angenehmer sein würde, wenn es ein Geheimnis blieb; wenigstens so lange, bis er sich selbst entschieden hatte.

Eine verteufelte Sache, dachte er — verteufelt deswegen, weil auch Joanna ein gewichtiges Wort bei seinem Entschluß mitzureden hatte. Die Vorteile waren klar genug und verlockten ihn. Die Nachteile waren nicht so klar und betrafen zumeist Joanna. Er brauchte ein paar Stunden Einsamkeit, um in Ruhe nachdenken zu können. Vielleicht wäre es auch gut, mit Oberst Bulstrode über die Angelegenheit zu sprechen. Von Bulstrode würde er jedenfalls eine kluge und völlig unvoreingenommene Ansicht hören; denn der Oberst war einer der besten Kenner Indiens weit und breit. Später mußte er natürlich auch mit Mr. Dellamain darüber sprechen. Vermutlich würde die Sache sogar noch weitere Kreise ziehen. Alles hing davon ab, ob die Politiker wünschten, daß Kishanpur die Unterstützung eines britischen Offiziers erhielt. Wünschten sie es, dann würden sie ihn vermutlich so lange, wie es ihm paßte, nach Kishanpur gehen lassen und die Stelle in seinem Regiment für ihn offen halten. War ihnen Kishanpur aber gleichgültig, dann würden sie ihn vielleicht zwingen, seinen Abschied zu nehmen, bevor er annehmen durfte. Dies war ein großer Nachteil, der größte vielleicht: Er hatte keine Lust, für immer aus dem Regiment auszuscheiden.

Plötzlich merkte er, daß Lady Isobel mit ihm sprach. „Rodney, Joanna fühlt sich ein wenig — zurückgesetzt, daß sie keine Einladung erhielt, obwohl du hier bist."

Er zuckte die Achseln und murmelte, daß er getan habe, was in seinen Kräften stand, mit Ausnahme von schlichtem Betteln.

Lady Isobel schien damit nicht zufrieden. „Ja", sagte sie, „aber ich finde es doch sehr ungehörig von der Rani. Man kann für gewöhnlich nicht sagen, daß sie schlechte Manieren hat . . ." Glücklicherweise schaltete sich Geoffrey wieder in das Gespräch. „Du siehst ein bißchen spitz aus, alter Junge! Hast wohl zuviel gearbeitet? Bhowani ist lustig wie immer. Glücklich in seinem Dolcefarniente — während du dich hier abgerackert hast. Twinkle hat den ersten Preis der Kutschenpferde gewonnen. Zwei-Flaschen-Tom hat jetzt glücklich sein Delirium tremens; John McCurdle nahm ihm das alte Testament weg und sagt, er wird sich bald erholen. Louisa Bell hat einen Jungen bekommen; Mrs. Caversham versucht wie eine glückliche Großmutter auszusehen — immerhin, man tut gut, sie nicht zu oft daran zu erinnern. Dotty van Steengaards erwartet ihr Baby im Mai. Eddie Hedges setzt Victoria hart zu — armes Mädchen! Aber das hast du sicher schon von Joanna gehört. Wir haben noch keine Gelegenheit gehabt, uns richtig zu unterhalten, außer bei dem großen Essen am Samstag. Und da wurdest du von Cousine Caroline belagert, mit Fragen über den Aufstand . . ."

Rodney antwortete hastig. Er fürchtete, Isobel könnte noch einmal von der Unhöflichkeit der Rani sprechen. „Himmel, ja", sagte er, „das war ein richtiges Kreuzverhör, was? Selbst de Forrest schien interessiert an der Geschichte — oder tat wenigstens so. Was ist eigentlich mit ihm los? Stimmt es, daß er mit Cousine Langford gestern in der Stadt war? Sie sagte mir, sie hätte die Absicht."

Lady Isobel erwiderte mit leichtem Vorwurf in der Stimme: „Es stimmt. Die beiden versäumten dadurch die Thronbesteigung. Es wäre wirklich genug Zeit dazu vorher oder nachher gewesen ..."

„Die Thronbesteigung oder Inauguration oder wie du es nennen willst, war der beste Zirkus, den ich je gesehen habe", unterbrach Geoffrey eifrig. „Wißt ihr, was mir am besten gefallen hat? Die Goldstreifen an den Hosen des stellvertretenden Gouverneurs und Dellamains. Übrigens, diese Radjahs und Maharadjahs, Nawabs und Höflinge und das ganze übrige Volk waren auch großartig, blendend — aber doch ein wenig formlos. Aber der Gouverneur und Dellamain in der vordersten Reihe, in ihren einfachen blauen Zivilanzügen — und wenn man die Augen halb schloß, sah man doch nur noch diese breiten Goldstreifen an ihren Hosen — breit, leuchtend! Es wirkte so — wie soll ich sagen? — so diszipliniert!"

Lady Isobel sagte: „Mir gefiel der kleine Junge am besten. Er sah so rührend aus, mit seinen Juwelen und dem kleinen Schwert — und den großen schwarzen Augen. Du kennst doch die Rani, Rodney. Sieht er seiner Mutter ähnlich?"

„Ja."

Während der Thronbesteigung hatte Sumitra den indischen Bräuchen Rechnung getragen und von einem verschleierten Balkon aus zugesehen. Rodney hatte ein paarmal hinaufgeschaut; aber es brannte kein Licht auf dem Balkon und die Prinzessinnen konnten durch den Gazeschleier über den Urwald von glitzernden Lüstern hinwegschauen, ohne selbst gesehen zu werden.

Die Unterhaltung schlief ein. Der Pfad wand sich südwärts, dem Flusse folgend, so daß man mitunter das Wasser zwischen den Bäumen aufblitzen sah. Die Gegend, seit Jahrhunderten

Jagdgebiet der Radjahs von Kishanpur, war typisch für die trockene Dschungellandschaft Mittelindiens. Hänge voll Unterholz, unterbrochen von rohen erratischen Blöcken, dehnten sich nach allen Seiten in dem rauchigen Glast. In freundlichem Schweigen rollten sie durch eine große Lichtung, dann kam wieder eine Meile Weges durch einen Bestand von Zwergteak, dessen große, trockene Blätter unter den Füßen der Elefanten zerkrachten, dann wieder offenes Land, gelblich, mit hartem Gras bewachsen, aus dem hier und dort, wie eine Schildwache, ein einsamer Dornbusch herausragte.

Neun Meilen von der Festung entfernt lag Kishan Falls. Lady Isobel blickte auf und griff nach dem Arm ihres Gatten; Rodney pfiff erstaunt vor sich hin; Geoffrey starrte einen Augenblick verblüfft, faßte sich dann und klemmte gelassen das Monokel ins Auge.

Eine Zeltstadt lag in einer Parklandschaft oberhalb des steilen Flußufers. Mit einem einzigen Schritt der Elefanten waren sie aus dem stumpfen Grün und Gelb des Dschungels in den Glanz der Geschichte getreten. Berittene Schildwachen, gelbgekleidet, hohe Eisenhelme auf den Köpfen, altertümliche Speere in den Fäusten, bewachten die Eingänge der Stadt. Vielfarbige Zelte standen zerstreut zwischen breiten Prachtstraßen. Bis zu hundert Fuß lang, bis zu vierzig Fuß breit und dreißig Fuß hoch, erhoben sie sich aus dem Gras. Vorhänge aus buntem Leinen trennten einige Zeltgruppen von den anderen, schufen kleine Städte innerhalb der Stadt; so daß jeder Radjah sich nach Belieben in seine eigene Häuslichkeit zurückziehen konnte, um sich nach eigenem Ermessen zu amüsieren. Hier konnte Philora die zwanzig Brüste seiner zehn Tänzerinnen streicheln, die zu seinem Gefolge gehörten — und von den sechshundertvierundvierzig Brüsten träumen, die ungestreichelt in seinem fernen Palast auf ihn harrten. Hier konnte Kiloi Opium rauchen und der Zithermusik lauschen. Hier konnte Purkhas kaltes Wasser trinken und Apophtegmatas im persischen Stil dichten. Und hier würde der kleine Junge, der Kishanpur regierte, mit einer Samtpuppe spielen und Sumitra an den Haaren ziehen.

In der stillen Luft hingen die Standarten und Banner von den Fahnenstangen, die an den Zeltpfählen befestigt waren. Über alle hinaus ragte, wie es sich auch geziemte, die Fahne mit der gelben Schlüsselblume von Kishanpur. Daneben das dunkle Purpurrot von Jamalpur, schläfrig und gebieterisch wie der Staat selbst. Die unregelmäßigen Tigerstreifen von Lalkot, dessen Geschichte ein düsteres Buch von Mord, Verrat und Tyrannei war. Über dem Zelt des Statthalters in der britischen Stadt blähte ein Windhauch den größten Union Jack, den Rodney je gesehen hatte; er lachte plötzlich auf und stieß Geoffrey an: die Flagge hing verkehrt am Mast. Die Elefanten hielten an; die Mahouts riefen und schimpften. Die Elefanten scharrten mit den Füßen und knieten langsam nieder. Sie waren angekommen.

Später, bei Sonnenuntergang, verließ Rodney sein Zelt und ging durch das Lager zum Fluß hinunter. Von einem kleinen Hügel über den Wasserfällen konnte man den Blick über eine Meile des Flusses schweifen lassen. Er setzte sich unter einen wilden Pampelmusenbaum und ließ seine schweißnassen Haare vom Wind trocknen. Weiter stromaufwärts lief der Fluß vierhundert Meter an niedrigen, bewaldeten Ufern entlang, sah harmlos und seicht aus. Plötzlich, in seiner ganzen Breite, stürzte er über eine Barrikade in den felsigen Abgrund hinein — ein kaltgrüner, zischender Vorhang von mehr als dreißig Meter Höhe. Weiter unten schlossen sich die Ufer zusammen und zwangen den gequälten Fluß durch eine steile Schlucht. Die letzten Sonnenstrahlen schienen auf Rodneys Gesicht und vergoldeten die Säume des Nebels, der über dem Wasserfall hing.

Jenseits des Flusses arbeitete ein Mann mit einer Sichel, um ein armseliges Feld zu mähen, das gemächlich zur Kante des Wasserfalles abschwang. Dort mußte seine Hütte stehen, dachte Rodney — dreihundert Meter oberhalb des Wasserfalles, auf dem entfernteren Ufer; dort, wo ein Rauchstreifen aus dem Kamin kam und in nördlicher Richtung davontrieb. Er beobachtete einen Ochsenwagen, der an der Hütte vorbeikam und hörte das schwache „Eh! eh!“ des Treibers, der die Ochsen in das Wasser zwang. Vermutlich war eine Furt an dieser Stelle. Der Wagen zog eine Staubwolke hinter sich her. Er ließ den Blick an der diesseitigen Uferbank emporwandern — richtig — hier stand eine andere Hütte, der ersten gegenüber: sicheres Zeichen einer Furt. Vermutlich konnte man sie nur in den zwei oder drei trockenen Monaten des Jahres passieren. Einen Augenblick fragte er sich müßig, wieviel Menschen wohl schon versucht hatten, die Furt zu durchqueren, wenn das Wasser hochging, und wieviele mitgerissen und den Fall hinuntergespült worden waren. Er biß das Ende seiner Zigarre ab und schloß seine Augen halb . . .

. . . Kommandierender General in der Armee Ihrer Hoheit, der Radjah-Memsahib von Kishanpur. Generalmajor Rodney Savage. Generalmajor Sir Rodney Savage, Ritter des Bath-Ordens vielleicht, wenn die Königin mit seiner Arbeit in Kishanpur zufrieden war. Viertausend Rupien. Vierhundert plus vierhundert plus vierhundert . . . es hörte überhaupt nicht auf. Zuviel Geld — eine zu prächtige Stellung! Nein, er konnte es nicht tun!

Verdammt, er konnte es tun, und er konnte es gut tun. Er würde ja auch kein Untergebener dieses Sodomiten von einem Dewan sein, er unterstand nur Sumitra. Nun, auch das mußte bedacht werden: das Volk haßte sie — je besser er seine Arbeit tat, desto fester stabilisierte er die verhaßte Macht, die auf das Volk drückte. Nein, es war falsch, die Dinge so zu betrachten. Wenn die Company sie weiterhin als Regentin unterstützte (schließlich hatte der Generalgouverneur diese Absicht gerade erst durch seinen Stellvertreter verkünden lassen), dann war nichts auf Gottes weitem Erdboden stark genug, den Thron von Kishanpur zu erschüttern. Er, Rodney, würde weiter seiner militärischen Pflicht nachgehen; und wahrscheinlich würde sein Aufgabenbereich größer als jemals im Dienst der Company sein. Er würde einfach dreißig lähmende Dienstjahre überspringen, dreißig Jahre hinkfüßiger Beförderung; er würde an die große Arbeit gehen, während er noch jung und voll Eifer war. Ja, es würde eine große Arbeit werden, eine aufregende Arbeit, die seine ganzen Fähigkeiten verlangte: Korruption auszurotten in einer Brutstätte der Korruption (Sumitra hatte gewiß keine Vorstellung, wie erpresserisch und pervers das Gemüt ihres Dewan war; sonst hätte sie ihn schon lange entlassen); aus diesen wenigen tausend Mann eine zufriedene, schlagfertige Armee zu machen, eine Streitmacht, zusammengeschweißt durch Kameradschaft, Vertrauen und Pflichtgefühl, wie seine Sepoysoldaten. Ein Heer, das es zur gegebenen Stunde auch einmal mit einem Feind aufnehmen konnte.

Er unterbrach seine Gedanken kurz und schüttelte den Kopf, ein wenig verwundert. Kishanpur hatte gar keine Feinde. Vor einem Jahrhundert oder noch früher wäre die Situation allerdings anders gewesen: damals hatte England noch nicht den riesigen Machtapparat aufgebaut, Indien war noch ein Aufruhrherd voll kriegerischer Radjahs. Damals, dachte er — damals, bei Gott, hätte es für ihn noch wirkliche Arbeit gegeben. Arbeit als Gentleman und Abenteurer! Franzosen, Italiener, Holländer, Portugiesen, Iren — sie hatten alle ihre eigenen Namen und die Namen ihrer Auftraggeber mit Blut über ganz Indien geschrieben. Heute bedeutete eine Armee in Kishanpur nicht mehr als eine Zirkustruppe — das Spielzeug eines Radjahs, kostspielig und sinnlos. Eigentlich, dachte er, entspricht dies nicht ganz dem Bild der Rani. Wieder schüttelte er den Kopf.

Gleichgültig, alles gleichgültig! Er konnte in Glanz und Pracht leben und sich eines Tages gravitätisch zurückziehen, mit den Orden der Regentin von Kishanpur auf der Brust — und vielleicht sogar mit dem roten Band des Bath-Ordens.

Aber wie würde Joanna darüber denken? Wie würde Robin

aufwachsen, einsam, abgeschnitten von jeder Verbindung mit englischen Menschen — in all den Jahren, bevor sie heimkehrten? Rodney konnte die beiden nach England schicken, augenblicklich . . . Wieder hielt er inne und starrte hinunter auf das Wasser. Joanna hatte keine Sehnsucht nach England, und er besaß kein Recht, sie wider ihren Willen nach Hause zu schicken. Sicher, das Geld würde ihr gefallen! Aber die Vorstellung, als einzige Engländerin in Kishanpur leben zu müssen, würde ihr verhaßt sein. Er schob die Gedanken wie Schachfiguren hin und her — unbequeme Gedanken. Er hatte zum Beispiel das Gefühl, daß es der Rani gleichgültig war, ob Joanna jemals nach Kishanpur kam.

Und schließlich Robin ohne englische Spielkameraden. Und der vertraute Dienst bei den 13. Rifles für immer dahin. Ja, er konnte sicherlich etwas aus der Armee von Kishanpur machen; aber er konnte niemals die 13. Rifles aus ihnen machen. Das gab den Ausschlag.

„Captain Savage, darf ich mit Ihnen sprechen?"

Er fuhr zusammen, blickte auf und unterdrückte knapp einen lauten Fluch. Caroline Langford stand in einem braunroten Kleid neben seinem Baum. Er zog die Beine an, um sich zu erheben, aber sie schüttelte den Kopf und hockte sich neben ihn. Genau wie er ließ sie ihren Blick gemächlich über die leuchtenden Zelte, den grünen Wasserfall und das rote Abendleuchten am Himmel schweifen.

Sie sagte: „Ob es im hundertjährigen Krieg romantischer zugegangen ist? Aber darüber wollte ich eigentlich nicht mit Ihnen reden. Major de Forrest und ich benutzten gestern die Gelegenheit, als sich alles zur Thronbesteigung versammelt hatte, und besichtigten die Stadt. Wir gingen zu Sitaparas Haus."

Rodney legte die Arme unter die Knie und das Kinn darauf. Sitapara war die Frau, die dem Dewan so geschickt roten Betelsaft ins Auge zu spucken verstand, während des Aufstands von Kishanpur. Rodney hatte am nächsten Tag ihren

Namen erfahren. Denn jedermann kannte sie als die Madame eines erstklassigen Hurenhauses. Als er am Samstag abends die Geschichte des Aufstandes erzählte, hatte er wohl ihren Namen erwähnt, nicht aber ihren Beruf. Immerhin, de Forrest hätte es sich denken müssen, ehe er die junge Dame hinführte.

Miß Langford fuhr fort: „Natürlich habe ich schon von ihr gehört, als ich damals in Kishanpur war; aber ich war nie mit ihr zusammengetroffen. Wir fragten die Leute nach dem Weg und fanden das Haus ohne Schwierigkeit. Ein kleiner Mann folgte uns. Er sah ein wenig bekümmert aus, versuchte aber nicht, uns anzuhalten. Sitapara ist eine sehr anziehende Frau — und sie war offensichtlich nicht überrascht darüber, uns bei sich zu sehen. Wir unterhielten uns französisch."

„Französisch?"

„Ja. Sie war früher ein Straßenmädchen in Chandernagor. Captain Savage, möchten Sie nicht lieber aufhören auszusehen, als ob Sie schockiert seien. Ich bin eine erwachsene Frau und verbrachte zwei Jahre in einem Hospital in Skutari. Die Soldaten waren zur Hälfte Verwundete von der Krim — die anderen waren Geschlechtskranke, die sich in türkischen Bordells angesteckt hatten. Ich habe die Absicht, mich klar auszudrücken. Bitte merken Sie sich das! Sitapara war die Geliebte des französischen Gouverneurs von Chandernagor und sie spricht französisch mindestens so gut wie ich. Als ich sie besuchte, hoffte ich, von ihr die Beweise zu erhalten, daß die Rani und der Dewan den alten Radjah ermordet haben."

Rodney starrte auf das dunkelwerdende Wasser und dachte: Warum muß sie damit zu mir kommen? Aber es war richtig! Fünfzig Stunden nach der Begrüßung der britischen Gäste erschien ihm Mord wieder als ein schmutziges Verbrechen! Ganz gleich, aus welchen Motiven er begangen wurde. Und im Grund seiner Seele wußte er, daß die Rani einen Mord begangen hatte. Trotzdem hatte er diesen Gedanken nicht berücksichtigt, als er über die Gründe nachdachte, die für und gegen die Annahme des Postens als Kommandierender General von Kishanpur sprachen. Sein Geist hatte ganz andere Gründe ins Treffen geführt, um die Stellung abzulehnen. Weniger wichtige Gründe — warum? Weil er sich scheute, die häßliche Vorstellung eines Mordes, begangen durch die Rani, aus dem tiefen Verlies seines Unterbewußtseins hervorzuholen.

Er murmelte. „Ach, warum die ganze Aufregung, warum diesen Dreck wieder aufwühlen? Niemand kümmert es. Die Company hat sich entschlossen, sie zu unterstützen!"

„Warum? Das ist leicht gesagt. Weil der alte Radjah mein Freund war, weil ich am Samstag abend von Ihnen hörte, daß der weißäugige Mann, der Ihnen während des Aufstandes etwas zurief, drei Tage später vor Ihren Augen an einem Galgen hing. Weil der Dewan Sitapara zu erschießen versuchte. Weil der Statthalter mir keine befriedigende Antwort gab, als ich ihm von dem Silberguru und den Raben erzählte. Und die Company — glauben Sie nicht, daß sie der Rani ihre Unterstützung entzieht, wenn ich beweisen kann, daß sie eine Mörderin ist?"

Er schaute sie immer noch nicht an; es war fast dunkel. Jenseits des Flusses war nichts mehr zu erkennen. Caroline beherrschte ihre Aufregung und sprach weiter, weniger leidenschaftlich. „Unglücklicherweise hat Sitapara keine juristischen Beweise in der Hand."

„Was für Beweise hat sie denn?"

„Nun, sie kannte den alten Radjah sehr gut; er war ihr Vater. Auch das hatte ich schon früher gehört, und Sitapara bestätigte mir nur ein Gerücht. Ihre Mutter war eine berühmte Kurtisane. Der alte Radjah verliebte sich in sie, als er ein junger Mann war — und sie verliebte sich in ihn, sagt Sitapara. Aber das ist nicht so wichtig. Wichtig ist, daß Sitapara sehr viel hört, und daß ihre Mädchen die Ohren offen halten, wenn die Offiziere vom Hof kommen. Sie hat zwölf Mädchen, und die meisten Offiziere reden zu viel, wenn sie betrunken sind; sie wollen beweisen, daß sie dem inneren Kreis des Hofes angehören. Einer von ihnen sah mit eigenen Augen, wie die

Rani ihren Gatten von der Brustwehr stieß. Dabei weiß kein Mensch, warum sie ihn umgebracht hat. Sie besaß eine ungeheure Gewalt durch ihren Mann. Ihr kleiner Sohn ist der einzige Erbe, den die Company praktisch bestätigen mußte. Sitapara meint, daß die Rani eine schlechte Frau ist, geradezu liebestoll — eine von der Art, die Dutzende Liebhaber gleichzeitig hat — und daß der Radjah es erfuhr."

Rodney zog den Kopf zwischen die Schultern und knurrte: „Das glaube ich nicht!" — dann, als die Worte heraus waren, biß er sich auf die Zunge.

Carolines Stimme blieb gleichmäßig ausdruckslos. „Sitapara glaubt es auch nicht, im Grund ihres Herzens. Und so bleibt der Mord und die Standgerichte, die auf ihn folgten, ein Mysterium — es sei denn, man will annehmen, die Rani hat eine geradezu sadistische Lust, zu morden und zu herrschen. Das wäre auch ein Motiv ..."

Rodney saß, die Arme um die Knie, und dachte wehmütig an Sumitra und an die goldenen Wochen seit dem 2. Januar. Über dem Wasserfall war die Oberfläche des Flusses stumpfer, polierter Stahl; Fledermäuse huschten durch die Nacht, der Fluß murmelte und rauschte durch die Dunkelheit. Er fragte: „Haben Sie sonst noch etwas erfahren?"

„Sitapara konnte uns nichts über den Silberguru sagen. Sie glaubt wie ich, daß er irgend etwas erfahren hat; aber sie ist der festen Meinung, daß der Guru ein wahrer Heiliger ist. Sie sagt, sie kann sich keinen Grund denken, der stark genug wäre, den Silberguru mit Verbrechern wie der Rani und dem Dewan zusammenarbeiten zu lassen. Es war keine Größe in der Tat, sagt sie. Und dann erzählte sie uns, daß gespenstige Dinge geschehen seit dem Anfang des Jahres. Die Menschen sind nervös und furchtsam. Sie flüstern von Sternen, die auf die Erde fallen, von Hunden ohne Köpfe, die durch die Straßen laufen, von Geiern, die in Geschwadern zu dreien nachts durch den Mond fliegen — naja, eben von solchen Dingen. Niemand weiß, wer die Gerüchte in Umlauf setzt.

Und — ihr Kopf fuhr plötzlich herum, sie sah ihn scharf an — „ein junger Offizier behauptete einmal nachts in Sitaparas Haus, daß einer der Obersten Drei im Palast — entweder der alte Radjah, die Rani oder der Dewan — Mr. Dellamain bestochen hätten; daß er schon seit langer Zeit bestochen würde."

Das war nun wieder glaubhaft, besonders für Rodney, der das Doppelgesicht des Statthalters kannte. Gesetzt den Fall, die Bestechung dauerte schon geraume Zeit — dann mochte der Mord eine langgeplante Sache sein, und Dellamains Kaufsumme der Preis für seine Unterstützung der Rani bei seinen Vorgesetzten. Tatsächlich, es machte einen großen Unterschied, wenn man darüber nachdachte, wer tatsächlich Dellamain bestochen hatte. Aber immer wieder die eine Frage: Warum der Mord? Wer verdiente dabei? Das Bestechungsgeld konnte auch für etwas ganz anderes gegeben worden sein. Da war zum Beispiel das Salzmonopol, das den Schmugglern geradezu in die Hände arbeitete. Da waren Radjahs, die britischen Beamten Juwelen in die Tasche steckten, damit sie ‚vergaßen', den Generalgouverneur über ihre schändlichen Laster und Erpressungen zu informieren. Das Mädchen hatte einen ganzen Misthaufen bloßgelegt durch ihre Entschlossenheit, Sumitras Verbrechen aufzudecken. Und was, fragte er sich — was wußte sie von den näheren Umständen, um so selbstgerecht zu sein?

Auch er blickte sie jetzt an und sagte ein wenig boshaft: „Der Stellvertreter des Gouverneurs war gestern noch in Kishanpur. Warum haben Sie ihm nicht die ganze Geschichte erzählt?"

In der Dunkelheit erschien ihr Gesicht sanfter, weicher, sein Ausdruck weniger rücksichtslos und selbstsicher. Sie antwortete bedächtig. „Das habe ich mir sehr genau überlegt. Mein Onkel, Lord Claygate — Lady Isobels Vater — ist ein bedeutender Mann, der Stellvertreter des Gouverneurs hätte mich mindestens anhören — und etwas unternehmen müssen, wenn ich ihm feste Beweise geben konnte. Ich bin einfach noch nicht so weit! Nun weiß aber jedermann hier, daß ich verrückt bin. Ohne Beweis unternimmt niemand etwas auf mein Wort hin. Trotzdem — ich werde die Beweise schaffen! Sitapara ist genau so entschlossen wie ich. Sie hat mir versprochen, mich zu benachrichtigen, sobald sie etwas gehört hat. Etwas Sicheres, mit dem wir arbeiten können."

„Wir? Damit meinen Sie wohl sich und Major de Forrest?"

„Major de Forrest? Ach nein! Der hat mich nur in die Stadt begleitet. Ich meine jeden, der mir helfen will."

Ganz klar, sie meinte ihn, Rodney! Sie wollte ihn in ihren Kreuzzug hineinziehen; einen wunderbaren Kreuzzug! Sie, Caroline, als Peter der Einsiedler an der Spitze; die Madame von dem Hurenhaus als ihre Vertraute; und die Rani und der Statthalter als die Ungläubigen.

Natürlich, dachte er, wenn ich Kommandierender General von Kishanpur werde, kann ich das alles herausfinden — und kann Sumitra vernichten, die mir die Stelle angeboten hat, weil sie mich gerne an ihrem Hof sieht. Joanna würde es ein tolles Vergnügen machen, Dellamains Geheimnisse auszuspionieren. Aber selbst wenn er einen großen Skandal ans Tageslicht zerrte, war der Erfolg zweifelhaft. Man würde ihn als einen geschäftigen Wichtigtuer über die Schulter ansehen. Die Company war zu groß, um alles zu wissen, zu mächtig, um Geschmack daran zu finden, daß ihre eigenen Untergebenen sich gegenseitig die Hölle heiß machten. Nein, er wollte sowieso das Angebot der Rani ablehnen. Und wenn Miß Langford soviel von Major de Forrest hielt, dann mochte sie mit ihm selig werden. Gar nichts konnte geschehen, bis Sitapara ihre Botschaft sandte; dann waren es Tatsachen, nicht Vermutungen, und er konnte sich nach ihnen richten.

Caroline sagte plötzlich: „Es ist Ihre Pflicht, Sir!"

Rodney klappte erstaunt den Mund zu, dann sagte er kalt: „Ich bin kein Spion, der die schmutzige Wäsche von anderen Leuten wäscht. Der Statthalter und die Rani interessieren mich nicht. Darf ich Sie jetzt zum Lager zurückbringen?"

Sie antwortete nicht. Er sprang auf, half ihr, sich zu erheben, ging neben ihr vom Fluß weg zum Lager zurück. Sie waren kaum ein paar Meter gegangen, als sie beinahe über Victoria de Forrest fielen; sie mußte so nahe gewesen sein, daß sie mindestens das Murmeln der Unterhaltung hörte und die Silhouetten der beiden Gestalten vor dem Fluß erkannt hatte. Ihre Augen leuchteten merkwürdig, als er sich verbeugte und um Entschuldigung bat. Gütiger Himmel, dachte er, glaubt das dumme Luder vielleicht, ich flirte — ausgerechnet mit Caroline Langford? Schade — sie hätte aus meinem Gesicht alles lesen können, wenn es ein wenig heller gewesen wäre ...

7. KAPITEL

Freitag, der 27. Februar, war der vierte und letzte Tag der Tigerjagd. Viele Tiger waren bereits getötet worden; die Vorbereitungen des Gemetzels klappten wie auf dem Exerzierplatz. Jeden Morgen um vier Uhr schwärmten die nackten Treiber zu Hunderten aus, um das Jagdgebiet des Tages zu umzingeln. Um sieben Uhr marschierten die Elefanten in der Prachtstraße zwischen den Zelten auf. Zu dieser Stunde tropfte der Tau vom Gras. Kniehoher Nebel lag zwischen den Zelten, die Sonne schien auf die leuchtenden Flaggen an den Masten.

Um halb acht begann der Auszug zur Jagd. Fünf Minuten später hatten die Bäume das Donnern und Zischen des Wasserfalles verschluckt. Dreißig bis vierzig Minuten später erreichten die Jäger die Schußlinie und schwärmten nach rechts und links aus; dann begann das Treiben.

An diesem Tag ritt Rodney mit Geoffrey Hatton-Dunn auf einem Elefanten im Zentrum der Linie. Der Mahout war nackt bis auf einen Turban und ein Lendentuch. Er saß vor und unter ihnen rittlings auf dem Hals des Elefanten. Ein Shikari, eine Art Förster des Staates, kauerte neben ihnen in der Howdah; er trug einen geflickten schwarzen Mantel und ein Lendentuch; und er stank nach Knoblauch. Zwanzig Meter rechts von ihnen teilten sich die Maharadjahs von Tigri und Gohana in den nächsten Elefanten. Jenseits von ihnen kamen de Forrest und Caroline Langford. Auf der linken Seite befand sich die Rani mit Mr. Dellamain und dem ersten Shikari des Staates; sie saßen auf Sumitras Lieblingselefantin Durga. Nach beiden Seiten streckte sich die Linie der Jäger durch ein offenes Waldstück; das Kakhi und Grau der Jagdsättel war bunt verziert mit den fröhlichen Farben der Prinzen. Die Elefanten waren stumpfschwarz, die Bäume grün und gelb, die Schatten von einem warmen Blau.

Rodney murmelte: „Das wäre etwas für Julio gewesen, was?"

Geoffrey sagte gelangweilt: „Julio wäre bestimmt übergeschnappt, alter Junge; wahrscheinlich hätte er den Mahout erschossen."

Der erste Shikari spähte zur Sonne empor und lauschte einen Augenblick auf das Schweigen in dem Wald vor ihnen. Zu dieser Stunde sollten die Treiber sich formiert haben. Die Rani sagte etwas zu ihm. Der alte Mann nickte, legte die Hände um den Mund und schrie mit quäkender Stimme, während sein Bocksbart auf und nieder schwang: „Meine Lords — vorwärts!"

Jeder Mahout knurrte, stieß den Elefanten mit den nackten Absätzen und zückte seinen Ankus. Jeder Elefant hob langsam einen Fuß, wedelte mit dem Rüssel und setzte sich in Marsch. Das gelbe Tigergras knisterte gegen ihre Flanken; die Teakäste fuhren über ihre Rücken und zerrten an den Howdahs; der Teppich von trockenem Teaklaub krachte unter ihren Füßen wie Pistolensalven. Rodney stand vorne in dem niedrigen Jagdsattel; gespannt und erwartungsvoll, sein Lieblingsgewehr in der Hand, eine doppelläufige, zehnkalibrige Büchse, die Rundkugeln feuerte. Geoffrey, ähnlich bewaffnet, stand hinten. Zwischen ihnen hielt der Shikari zwei geladene Reservegewehre bereit; Pulverflaschen und kleine Beutel mit Munition hingen über seinen Schultern. Rodney warf einen kurzen Blick zur Rani hinüber und sah, daß sie ihn anlächelte. Heute Nacht erwartete sie seinen Bescheid. Bis jetzt hatte er es fertiggebracht, ihr auszuweichen; aber heute fiel die Entscheidung.

Unbestimmte Geräusche vor ihnen zeigten an, daß die Treiber sich ans Werk gemacht hatten. Die Frage lag nahe, ob nach diesem Massenmord an Großwild überhaupt noch ein einziger Tiger übriggeblieben war; aber die Shikaris hatten schon lange vor der Jagd begonnen, im ganzen Kishanpurgebiet Tiger in großen Kastenfallen zu fangen. Hungrig, wütend und nervös, hockten die gestreiften Katzen jetzt in Erdlöchern mit Falltüren, von denen Stricke aufwärts in die Baumkronen führten, wo nackte Männer saßen, die auf den Ruf des ersten Shikari hin an dem Strick zogen. Die Klappe öffnete sich, der Tiger war frei. Hinter ihm war das Klopfen und Schreien der Treiber, vor ihm nur das schwache Geräusch der Elefanten. Also bewegte er sich von den Treibern weg auf die Jäger zu. Ja, der Staat von Kishanpur hatte es an nichts fehlen lassen, um seine mordlüsternen, tigerhungrigen, berühmten Besucher zufriedenzustellen. Corriger la fortune! Schließlich waren sie von weither gekommen, um Tiger zu jagen.

Die Elefanten stampften vorwärts in einer gebrochenen Linie. Das Geräusch der Treiber vor ihnen wurde lauter, dumpfes Bumbum und der hellere Klang der großen Pfannen, die von einzelnen Treibern unablässig geschlagen wurden.

Durga blieb plötzlich stehen. Der Mahout stieß die Spitze seines Ankus in die Haut hinter ihrem Kopf. Rodney konnte die zusammengebissenen Zähne des Mannes sehen, die Schweißperlen auf seinen Schultern und die flammenden Augen der Rani. Durga machte drei weitere, vorsichtige Schritte und blieb wieder stehen. Sie rollte den Rüssel ein, ihr schwerer Kopf pendelte von einer Seite zur anderen. Auf beiden Seiten hielten die Mahouts ihre Elefanten, um in Linie zu blieben.

Hinter Rodney murrte der Shikari in blumigem Indisch:

„Hurenkind einer großen Sau. Kann nicht verstehen, warum Ihre Hoheit Durga behält. Jeden Tag versucht sie, uns einen Streich zu spielen ..."

Die Luft war windstill, der Dschungel roch heiß und trocken. Vor ihnen fiel das Gelände etwa hundert Meter ab, dann erhob es sich zu einem langen, gleichmäßigen Hang. Die Sonnenstrahlen vor ihnen leuchteten mitunter kurz im weißen Lendentuch eines Treibers auf. Der Shikari zischte plötzlich: „Sahib, Sahib, schau dort drüben."

Ein bengalischer Königstiger — ein Männchen, mehr als zehn Fuß lang, schwergebaut, mit weißen Bartspitzen — rannte gebückt an einem Baum vorbei. Er hatte Kopf und Schwanz zur Erde gedrückt; die Ellenbogengelenke standen hoch heraus, der Bauch berührte fast den Grund. Nur die wogenden Grasspitzen verrieten jetzt, wo er lief. Die Elefanten begannen unruhig zu werden, nervös gemacht durch die Leitelefantin Durga, die gegen den Ankus ihres Mahout auszubrechen versuchte. Der Treiber hatte den spitzen Stock durch ihr Ohr geschlagen und zerrte an dem Fleisch; Durga rollte ihren Rüssel auf, hielt ihn wie ein großes S in die Luft, öffnete ihr Maul und trompetete. Alle Mahouts stießen mit dem Ankus und schimpften. Alle Elefanten versuchten, nach der Seite auszubrechen und trompeteten. Das Geräusch lief wie ein Donner die Linie entlang; es zerrte an den Nerven der Jäger und prickelte in ihren Hirnen, so daß sie die Köpfe senkten und die Gesichter verzogen. Auf dem linken Flügel krachte der erste Schuß; ein anderer folgte mit dröhnendem, tiefem Bumm. Das Echo der Schüsse wurde von den Baumreihen voraus zurückgeworfen. Rodney, der sich weit über seine Howdah lehnte und das Gras absuchte, sah einen schwarzen Körper im Schatten eines Gebüsches und hob sein Gewehr.

Der Tiger brach hinter einem Dornbusch vor. Das Licht der Sonne fiel voll auf ihn, machte eine gestreifte Pracht von Gold und Schwarz aus seinem Fell, legte einen goldigen Heiligenschein um die weißen Spitzen seines Backenbartes.

Er lief jetzt schneller, er floß heran, wie ein Strom im Sonnenlicht, Kopf hoch, Rachen halb geöffnet. Geoffrey flüsterte, während er zielte: „Tiger! Tiger . . .“

Aber ehe er feuern konnte, warf sich der Tiger zur Seite und preschte unter dem Gewehr durch zwischen die Beine ihres Elefanten. Geoffrey fuhr herum, um die Hinterpartie der Howdah abzudecken. Der Tiger machte einen Satz aus seiner Deckung heraus, grub die Klauen seiner Vorderpfoten in die Rückenhaut des Elefanten und suchte mit den Hinterfüßen Halt an der losen Haut zwischen den Beinen des Elefanten. Er hatte das Maul aufgerissen und brüllte so wild, daß ein Hauch der Verwesung sie zugleich mit dem Gebrüll traf. Es war wie ein Vulkanausbruch. Immer noch an den Vorderklauen hängend, brüllte er zum zweitenmal; seine gelben Augen funkelten wütend, die Klauen der Hinterfüße rissen lange Streifen rohen Fleisches aus den Lenden des Elefanten.

Geoffrey hielt sein Gewehr an die Brust des Tigers und feuerte beide Läufe ab. Der Tiger hustete, gab ein ersticktes Geräusch von sich und fiel hinunter. Der Mahout schrie und gebrauchte den Ankus mit aller Kraft; aber jetzt konnte er den Elefanten nicht mehr mit dem Gesicht zur Feuerlinie halten. Das Tier senkte den Kopf und schwang herum, die Howdah auf seinem Rücken bewegte sich wie eine Schiffschaukel. Es stieß mit seinen verzierten Stoßzähnen nach dem sterbenden Tiger und trompetete. Dann trat der Elefant einen halben Schritt vor und ließ seine elftausend Pfund mit beiden Knien auf den Tiger niedersausen. Der Atem ging mit einem einzigen rauhen Stöhnen aus der Raubkatze heraus. Der Mahout klammerte sich an, die beiden Jäger und der Shikari hingen an den Wänden des Jagdkorbes; Fleischbüchsen, Pakete mit Butterbroten und beide Reservegewehre prasselten in einem einzigen Wasserfall am Kopf des Mahout vorbei auf den Leib des Tigers.

Geoffrey stieß schmerzlich aus: „Das Fell, Mahout, rette mir das Fell!“

Der Mahout war unfähig, etwas zu tun. Er hielt sich mit aller Kraft, die Knie hinter den Ohren des Elefanten verschränkt, während das Tier trompetete und den glänzenden, schwarzgoldenen Leib unter sich zu einem Matsch von Fell und Fleisch zerstampfte — so lange, bis das Blut aus den Nüstern des Tigers rann und seine Zähne verfärbte; und bis die Gedärme aus dem geöffneten Leib herausquollen.

Der Elefant schrie zum letztenmal triumphierend auf, erhob sich und stellte sich wieder in die Feuerlinie. Rodney ließ den geflochtenen Korbrand los und blickte sich um. Er fühlte sich seekrank. Niemand hatte ihr Abenteuer beobachtet. Er sah Tiger überall; sie huschten und zickzackten über den Hang, vielleicht ein halbes Dutzend. Die Jagdgesellschaft war jetzt ein Pandämonium der Aufregung.

Eine schlanke Tigerin schoß aus dem Gras heraus, hob ihren Schwanz und griff die Leitelefantin Durga an. Rodney zielte und verfolgte das Tier über Kimme und Korn. Er schoß nicht; dies war Dellamains Tiger! Dellamain lehnte sich weit über den Korb, sein großes Gesicht war weiß und voller Falten. Das Gewehr zitterte in seiner Hand; er feuerte zweimal.

Die Tigerin schrie auf; ihr schrecklicher Schrei klang durch das Geräusch der Schüsse, Trompetenstöße und das wilde Röhren der Elefanten hindurch. Sie machte einen Riesensatz vorwärts, alle Klauen herausgestreckt, den Rachen weit geöffnet und landete genau auf Durgas breiter Stirn. Der Mahout ließ sich an der Seite herunterrollen und riß aus, als seine Füße den Grund berührten. Durga schloß ihre Augen, senkte den Kopf und rannte mit aller Gewalt gegen einen Baum, der zehn Meter vor ihr stand. Als die Stirn des Elefanten gegen den Baum krachte, verlor die Tigerin ihren Sitz, kam aber aus dem Zusammenstoß heraus. Der Baum krachte, splitterte, brach auseinander und schlug langsam um. Die Haltegurte der Howdah platzten. Die Rani, Dellamain und der Obershikari purzelten übereinander auf den Grund.

Die Tigerin wurde tollwütig. Sie sprang fast vier Meter senkrecht in die Luft, fiel nieder, rollte ein paar Mal über, biß sich selbst in den Rücken und fauchte. Sie biß in die Erde und riß mit den Krallen an dem umgefallenen Baum. Holzsplitter, zerfetzte Zweige und Staub wirbelten durch die Luft. Rodney zielte scharf; aber die Katze war ein rasender Dämon. Er feuerte. Das schwere Geschoß warf sie über den Baumstumpf, als ob sie ein Kätzchen wäre, tötete sie aber nicht. Durga wandte sich um und rannte davon. Die Howdah tanzte an ihrer Seite, halb zerbrochen. Rodney hatte den Finger am Drücker und wollte zum zweitenmal schießen, als der Elefant sich zwischen ihn und die Tigerin schob. Die wippende Howdah streifte die Rani und schlug sie nieder. Als die Sicht wieder frei war, sah er die Tigerin nicht mehr. Mit einem Seitenblick stellte er fest, daß Dellamain sein Gewehr weggeworfen hatte und um sein Leben rannte. Der Obershikari wälzte sich auf den Blättern, hielt sein Knie und stöhnte vor Schmerz. Die Rani erhob sich langsam wieder.

Plötzlich entdeckte er die Tigerin wieder; sie kroch durch eine Erdfurche hinter dem gestürzten Baum. Rodney konnte nur ihre zuckende Schwanzspitze sehen; Sumitra stand direkt im Schuß. Ihre Arme hingen lose herab, der Sari verhüllte ihre Schultern, ihr Kopf war aufgerichtet. Sie mußte der Tigerin gerade ins Auge blicken; denn beide waren knapp drei Meter voneinander entfernt.

Rodney legte eine Hand auf die Kante des Jagdkorbes und schwang sich hinaus. Geoffreys Warnruf verklang in seinen Ohren. Er fiel — fiel — und die ganze Zeit hindurch beobachtete er die Tigerin! Ich muß auf die Füße fallen, dachte er. Ich darf nicht stolpern, nicht für den Bruchteil einer Sekunde! Ich muß auf die Füße fallen, ausbalanziert, das Gewehr an der Schulter, den Finger am Drücker — zehn Fuß tief, ohne den Blick von der zuckenden Schwanzspitze zu wenden! Die Erde krachte gegen seine Füße, das Gewehr flog an seine Backe, die gelben Augen erschienen über Kimme und Korn.

Die gelben Augen flogen an Sumitra vorbei, die immer noch still wie ein Standbild aus Seide stand, flogen auf ihn zu. Er hörte nicht das heisere Gebrüll des Angriffs, alles in ihm hatte sich konzentriert auf das, was er sah — das große V der springenden Tigerin, ihre schmale Silhouette, ihre feurigen Augen. Er schoß direkt in ihre Zähne. Der Rückstoß warf ihn um, eine Vierteltonne goldenen Pelzwerks überschlug sich und krachte direkt auf ihn nieder. Die Sonne ging unter — alles war ganz schmerzlos, dunkel, und ohne Atem ...

Sonnenschein auf seinen geschlossenen Lidern ... Kreisende Funken in seinem Kopf ... Dunkle Männerstimmen! Sie zogen die Tigerin von ihm herunter, jeder Atemzug stach wie ein eisiger Speer in seine Lungen. Sumitra stand immer noch neben ihm, die Arme lose herabhängend, genau so, wie sie vor der angreifenden Tigerin gestanden hatte. Aber ihre Augen lagen jetzt auf ihm. Plötzlich sank sie schwach gegen einen Baum; ein paar Männer rannten, um ihr zu helfen.

Geoffreys Arm lag unter seinen Schultern, half ihm hoch und hielt ihn, als er auf den Füßen stand. Er betastete seine Knochen, schlenkerte die Beine und lachte unsicher. Die Rippen schmerzten, sonst nichts. Die Prinzen versammelten sich um ihn, versuchten ihn zu berühren, murmelten; Lady Isobel hinkte heran und küßte ihn; Geoffrey stammelte Unsinn. Die Rani dankte ihm überaus förmlich, ohne ihn anzusehen. Sir Hector Pierce marschierte durch eine schmale Gasse der ehrfurchtsvollen Menge heran und blieb einen Meter vor Rodney stehen, der zwischen Geoffrey und Isobel wartete. Sir Hector trug karierte Hosen, einen braunen Schoßrock und, wie gewöhnlich, seinen hohen Biberhut. Er schwang den Hut vom Kopf und sprach mit leiser, lispelnder Stimme, die trotzdem, wie ein Pistolenschuß, die übrigen zum Schweigen brachte.

„Captain Savage, die Hand des Allmächtigen führte Sie und half Ihnen.“ Ein stolzes Lächeln bildete sich um seinen Mund; ein Heer von Fältchen legte sich um eine Augen. Rodney fühlte plötzlich die überwältigende Persönlichkeit des kleinen Mannes, der ihm seine Anerkennung aussprach. Er errötete wie ein kleines Mädchen, als der General fortfuhr: „Ich betrachte es als einen Vorzug, Ihre Bekanntschaft gemacht zu haben, Sir."

Sir Hector drückte den Hut, über den so viele Anekdoten umliefen, wieder auf den Kopf, verschränkte die Arme auf dem Rücken und stolzierte davon. Niemand lächelte.

Er hörte de Forrests Stimme, der von irgendwoher einen Glückwunsch aussprach. Caroline Langford sah Rodney an, ohne etwas zu sagen; sie schien zu weinen. Lady Isobel weinte ganz sicher. Er tätschelte ihre Schulter und sagte: „Es ist doch alles gut, Isobel, mir fehlt nichts! Gar kein Grund zum Weinen . . ."

Sie schluchzte: „Ich — ich weiß — aber wir sind doch alle so stolz auf dich!"

Sie brachten ihn zurück in die Zeltstadt.

Er schlief bis abends sieben Uhr. Als er erwachte, hatte er einen Muskelkater und befand sich im übrigen wohl. Der Radjah von Mamakhera schickte seinen Barbier, der ihn massierte; während der Inder ihn knetete, erzählte ihm Geoffrey, der auf einem Langstuhl neben dem Bett saß, die Neuigkeiten des Tages.

Mr. Dellamain hatte sich in sein Zelt zurückgezogen und verbreiten lassen, daß sein Knöchel ernsthaft verletzt sei. Daraufhin war ihm eine Reihe von glatten, nichtssagenden Kondolenzbotschaften zugegangen. Der Nawab von Purkhas hatte seine Worte in die Form eines elegischen, persischen Vierzeilers gekleidet. Der Dewan hatte dem Chef-Mahout zur Strafe die rechte Hand abhacken lassen und beabsichtigte, in dieser Art fortzufahren — jeden Tag die rechte Hand eines Mahouts, bis alle Hände ab waren.

Rodney sprang wütend auf, kritzelte eine ärgerliche Note an die Rani. Rambir mußte den Zettel abliefern. Geoffrey verließ ihn. Rodney aß zu Abend und döste wieder ein.

Sein Leibdiener Lachman schüttelte ihn. „Sahib, ek admi a-gya.“ Rodney erhob sich auf die Ellenbogen, starrte in das Licht der Lampe und dann auf die Uhr — eine Stunde vor Mitternacht. Er fragte schläfrig: „Was für ein Mann will mich sprechen? Oh, verflucht, es spielt keine Rolle! Schick ihn rein.“

Der Besucher war ein Diener des Hofstaates von Kishanpur. Er trat hinter Lachman in das Zelt, machte seinen Salaam und sagte: „Sahib-Bahadur, seine Exzellenz der Dewan läßt fragen, ob Sie eine Minute Zeit haben, eine dringende Angelegenheit mit ihm zu besprechen. Es handelt sich um Ihre Sepoys.“

Rodney erhob sich und kleidete sich an. Lachman hatte schweigend einen schwarzen Anzug und ein weißes Hemd herausgelegt. Er konnte sich nicht vorstellen, was in seiner Kompanie vorgefallen sein mochte. Die Sepoys lagen immer noch in dem Lager flußabwärts. Narain führte das Kommando und schickte jeden zweiten Tag einen Boten mit einem kurzen Rapport. Bis heute hatte sich nichts Ungewöhnliches ereignet. Andererseits konnte natürlich in der Zwischenzeit allerhand geschehen sein — eine Feuersbrunst, ein unglücklicher Schuß beim Gewehrreinigen; vielleicht war ein Mann Amok gelaufen oder beim Baden ertrunken. Oder vielleicht die Cholera — oh Gott, dachte er, nicht jetzt, nicht so bald! Er schritt eilig hinter dem Diener her, an dunklen Zeltwänden vorbei. Endlich hielt der Mann vor einer kleinen Straße, die mit einem Vorhang verhängt war. Erst in diesem Augenblick kam ihm der Gedanke, daß es höflicher vom Dewan gewesen wäre, zu ihm zu kommen, anstatt ihn um elf Uhr nachts durch die halbe Stadt zu hetzen. Er dachte darüber nach — aber jetzt war es zu spät. Er schlug die Markise zurück und trat ein.

Die Leinenwände des Zeltes waren rotbraun gebeizt — in der Farbe der Festungsmauern von Kishanpur. Einige kleine Gobelins zierten die Wände, Täbris-Teppiche, grau und blau gemustert, bedeckten das Gras. Eine einsame, schwarze und goldene Gestalt saß mit gekreuzten Beinen zwischen einem Gebirge von scharlachroten Kissen: die Rani! Sein Schritt wurde langsamer, die Absätze seiner Stiefel knallten nicht mehr auf den Grund.

Sie saß in einem Kreis von bernsteingelbem Licht unter dem höchsten Punkt des Zeltes. Auf einem Tischchen neben ihr stand die Lampe, stand eine getriebene Metalldose, eine Emailvase und eine flache Schüssel mit Wasser, auf dem Jasminblüten schwammen. In den Ecken des Zeltes glühten Holzkohlen in flachen Schalen; die Luft war warm und ein wenig rauchig. Die Rani beobachtete ihn schweigend, als er näher trat. Ihr Gesichtsausdruck war verschlossen; es war nicht zu erkennen, was sie dachte. Plötzlich merkte er, daß er den Mund zusammengekniffen hatte, wie immer, wenn er ärgerlich war.

Nun, da er bei ihr war, konnte er ihr seine Entscheidung mitteilen — aber nicht sofort; es war besser, ein wenig zu warten. Wenn er sofort sprach, mußte sie nach seinem Gesichtsausdruck annehmen, daß er wütend auf sie war; und das war er nicht. Er entspannte die Muskeln seines Gesichtes, lächelte und blieb neben dem Tischchen stehen. Er blickte auf sie hinunter und fragte beiläufig: „Nun?"

Sie senkte den Blick: „Es war nicht der Dewan, der Sie um eine Zusammenkunft bat."

„Daran hatte ich schon gezweifelt, als ich Sie erblickte, Madam."

„Ich habe den Diener geschickt. Ich wollte Ihnen danken. Ich hatte Angst, Sie würden vielleicht nicht kommen, wenn ich es dringend machte. Deshalb ließ ich Ihnen ausrichten, es handele sich um Ihre Kompanie."

„Das war durchaus nicht nötig, Madam. Ich mußte Sie sowieso heute oder morgen aufsuchen, und ..." Sie unterbrach ihn mit einer Handbewegung, legte ihren Sari in neue Falten und stieß dabei die goldene Dose von dem Tisch. Sie öffnete sich; ein paar Ringe und einzelne Edelsteine — Smaragden und Rubine — rollten über den Teppich.

„Oh, wie ungeschickt! Warten Sie, ich helfe Ihnen.“

Sie erhob sich von den Kissen, kniete neben ihm und sammelte die Steine in die Dose. Während Rodney immer noch kniete und Ausschau hielt nach einem Stein, den man vielleicht übersehen hatte, sagte sie: „Darf ich Ihnen ein Glas Pfirsich-Sherbet anbieten? Es ist kalt draußen! Aber im Zelt ist es heiß, nicht wahr? Und hier sind Süßigkeiten; wir wollen auf Ihre Gesundheit mit Brandy trinken. Bitte nehmen Sie doch Platz!“

Er ließ sich auf ein Kissen nieder und verschränkte die Beine. Die Rani klatschte zweimal in die Hände und wartete. Niemand kam. Sie zuckte gleichgültig die Schultern. „Eine Frau ohne Ehemann wird immer schlecht bedient. Ich werde es selbst holen.“

Sie verließ das Zelt durch die Markise und erschien eine Sekunde später schon wieder, ein Tablett aus goldener und schwarzer Jaipur-Email-Arbeit in den Händen. Eine Flasche Courvoisier-Kognak, Originalabfüllung, stand neben der Karaffe mit Sherbet, den Trinkbechern und einer honigfarbenen venezianischen Glasschale mit Süßigkeiten. Eine Dose voll Zigarren stand daneben. Es waren die kleinen burmesischen Cheeroots, die er gewöhnlich rauchte; er nahm eine. Mit schnellen Bewegungen goß sie Kognak und Sherbet in jedes Glas, drückte ihm die gefüllten Gläser in die Hand, holte eine glühende Kohle mit einem Zängchen aus der Glutschale und hielt sie an seine Zigarre. Er konnte sich weder rühren, noch konnte er sprechen — und er verspürte zu beidem keine große Lust. Wärme in ihm und ringsum besänftigte seine Zweifel und seine Muskelschmerzen.

Endlich ließ sie sich nieder, ein wenig entfernt von ihm, und nahm ihr Glas aus seinen Händen. Seit seinem ersten Wort hatte sie ihn nicht mehr angeblickt. Auch er fühlte sich schüchtern und wußte nicht, wie er ihr seinen Entschluß mitteilen sollte. Sie blickte in das Glas und versetzte seinen Inhalt in kreisende Bewegungen. „Wie dankt man in England einem Menschen, der einem das Leben gerettet hat?“

„Nun — man sagt vielleicht: ‚Es war außergewöhnlich höflich von Ihnen.' Möglicherweise schüttelt man dem anderen die Hand. Das hängt davon ab, ob man ihm bereits vorgestellt ist."

„Dann darf ich es also tun? Es war ungewöhnlich höflich von Ihnen, heute mein Leben zu retten, Sir! War das richtig?"

„Vollkommen, Madam."

„Danke sehr. Und wenn es sich um eine englische Lady handelt — über was würde sie sich dann mit dem Mann unterhalten, der ihr das Leben gerettet hat? Ich meine, vorausgesetzt, die beiden sind einander vorgestellt."

„Oh — vielleicht über sich selbst! Oder nein — wahrscheinlich über das Wetter. Sie würde vielleicht sagen: ‚Haben wir nicht seit einiger Zeit prächtiges Wetter gehabt? Schon das ganze letzte Jahr?' Sie kann aber auch über Dienstboten sprechen."

„Nun, über Dienstboten habe ich bereits gesprochen, nicht wahr? Über mich selbst habe ich nichts zu sagen. Und was das Wetter angeht . . ." Sie hielt das leere Glas im Schoß und wandte sich, um es zu füllen. Als sie ihm einen kurzen Augenblick ins Gesicht blickte, sah er, wie die Striche eines Zeichners auf einem schönen Bild, dünne Linien der Anstrengung in ihren Augenwinkeln und an ihrem Mund. In diesem Augenblick wurde ihm klar, wie grauenhaft es für sie gewesen sein mußte, der Tigerin ohne Waffe ins Auge zu blicken. Sie vermied seinen Blick. „Was kann ich über das Wetter sagen?" fragte sie.

„Oh — ‚es ist ungewöhnlich heiß — oder kalt'. "

„Weiter nichts?"

„Das ist das übliche, Madam."

„Also schön. Es ist ungewöhnlich heiß oder kalt heute abend, nicht wahr, Captain Savage?"

„Nein, nein — nur eins von beiden."

„Aber es stimmt doch! Es ist heiß und kalt in dieser Jahreszeit. Aus diesem Grund halten wir die Tigerjagden immer in diesem Monat ab. Übrigens habe ich Ihren Zettel erhalten, den der Leibdiener brachte — den Zettel wegen meines Dewans. Ich habe ihm sofort befohlen, die Bestrafung der Mahouts einzustellen. Ich selbst wußte nichts davon."

„Das war mir klar, Madam. Sumitra, ich habe über Ihren Vorschlag nachgedacht . . ."

Sie hob die Hand, wandte den Kopf zur Seite und sagte scharf: „Scht! Sunta nahin!"

Er lauschte, konnte aber nicht feststellen, ob jemand versuchte, in das Zelt zu treten. Er flüsterte: „Ich kann nichts hören!"

„Aber ich! Warte — ich schaue nach!"

Sie glitt geräuschlos zum Eingang und zog den Vorhang zurück. Über ihre Schulter konnte er sehen, daß niemand in dem Gang zwischen den Zelten war; einsame Sterne glitten durch weißblaue Wolken über den Bäumen. Kalte Luft brachte die Lampe zum Flackern. Sie schloß den Vorhang, setzte sich wieder auf ihr Kissen, zuckte die Achseln.

„Nichts! Wie sonderbar! Ich habe ganz bestimmt ein Geräusch gehört. Bitte, nehmen Sie noch etwas von dem Sherbet. Der Kognak ist gut, nicht wahr? Ich habe mir ihn von England schicken lassen." Sie füllte sein Glas und verschüttete einige Tropfen. „Der Kognak kommt von einem Geschäft in England. Der Radjah pflegte dort zu kaufen. Der Statthalter, der vor Mr. Dellamain in Bhowani war, gab ihm die Adresse — er hieß Mr. Coulson. Ich habe ihn einmal kennengelernt, ein kleiner Mann mit hellen Haaren! Er benahm sich nicht sehr gut, aber der Radjah hatte eine Vorliebe für ihn. Schmeckt Ihnen der Kognak? Ich verstehe nichts davon. Unser Geschmack ist verschieden, nicht wahr? Miß Langford gab mir Unterricht — sie sprach von Goldornamenten, Teppichen und zu viel Bildern an den Wänden — irgend etwas! Es hing, glaube ich, mit dem Geschmack zusammen; aber ich verstand sie nicht. Sie stammt aus einer berühmten Familie, sagen Sie? Sie ist, wenn ich nicht irre, mit der hinkenden Lady verwandt. Ich glaube, sie ist nicht sehr klug. Übrigens finde ich sie auch nicht schön. Diese Trinkbecher haben wir aus Venedig kommen lassen. Der Statthalter vor Mr. Coulson hieß . . ."

„Sumitra, was Ihr Angebot angeht . . ."

Der Strom ihrer Worte brach ab. Die nervöse Erregung verließ ihr Gesicht. Es war plötzlich völlig leer, nur die Augen darin waren groß und hungrig. In einer fließenden Bewegung glitt sie von ihrem Kissen und kniete vor ihm nieder. Er blickte auf ihr gesenktes Haupt, auf das rote Kastenzeichen zwischen Augenbrauen und Haar; sie duftete leicht nach Sandelholz und Jasminwasser. Sie legte ihre Handflächen vor das Gesicht, fuhr damit hinauf zur Stirn und wieder hinunter zum Kinn in der Geste, die man namaste nennt. Dann streckte sie die rechte Hand aus und berührte sein rechtes Knie und seinen Fuß, während sie die linke Hand unter den rechten Ellenbogen legte. Dies war das Zeichen der Ergebenheit eines Sklaven; Rodneys Augen wurden dunkel. Der Traum im Sonnenlicht hat zu lange gedauert, dachte er. Der Zwischenfall mit der Tigerin hat sie aus dem Gleichgewicht gebracht.

Sie hob die Augen und sagte: „Mein Lord, ich kann nicht länger schauspielern. Ich bin keine Engländerin. Ich weiß noch nicht einmal, wie ich Ihnen danken soll, daß Sie mir das Leben gerettet haben. Du bist mein Lord und kannst mich retten oder verlassen, wie du willst. Nur — blicke freundlich auf mich!"

Seine Rippen schmerzten plötzlich. Er setzte langsam das Glas ab, legte die Zigarre fort, und hob ihr Kinn mit der Hand.

„Sumitra, sprich nicht so zu mir. Ich kann nicht . . ."

„Nein! Nein!"

Sie warf sich gegen ihn. Er bog den Kopf zur Seite; aber ihr Mund war offen, weich und feucht; ein Krampf zog die Muskeln seines Rückens zusammen. Er gab nach und legte die Arme um sie. Sie bog sich zurück und atmete durch den offenen Mund. Sie hatte sich hingegeben — war in einer

Sekunde von einer Königin zu einer Frau geworden. Wirklich? Oder hatte sie vielleicht einen Sieg errungen? Was für einen Sieg? Er lockerte seinen Griff; sie seufzte auf — seltsam freudig, triumphierend, erleichtert. Dann hing sie sich schwer in seinen Arm.

Mißtrauen stieg plötzlich in Rodney auf. Etwas an ihrem Verhalten war falsch, störte ihn. Liebe oder nicht Liebe, in diesem Augenblick benutzte sie ihr Geschlecht, kalt, berechnend, um etwas zu erreichen, was nicht Befriedigung hieß. Trotz ihrer Leidenschaft verfolgte sie ein geheimes Ziel! Was für ein Ziel? Wie ein Schatten stieg plötzlich das Bildnis Joannas vor ihm auf — Joanna vor sechs Monaten! Ärgerlich erinnerte er sich, daß sie damals das gleiche Spiel mit ihm getrieben hatte.

Er griff plötzlich zu und drückte Sumitra brutal an sich; sie schnappte nach Luft und öffnete erstaunt die Augen. Ein Wutanfall hatte Rodney gepackt — eine Art Raserei, in der er nicht mehr auf die zarte Gestalt in seinen Armen achtete. Niemand soll mich zum Narren halten, dachte er, während er sie roh an sich riß. Diesmal werde ich es sein, der kalt und ungerührt zuschaut, wie ihre Leidenschaft bis zum äußersten Punkt steigt; dann stehe ich auf und sage: ‚Wünschten Sie etwas von mir, Madam?' Keine Frau soll mich wieder zum Narren halten! — wie Joanna. Verdammt, verdammt, verdammt ...

Sie kämpfte schweigend in seinen Armen; aber er lockerte seinen Griff nicht. Endlich, mit einer verzweifelten Anstrengung, gewann sie einen Zoll Raum und versuchte, etwas zu sagen. Aber nur ihr Atem pfiff in kurzen, heftigen Stößen aus dem Mund, ihre Augen leuchteten weit und schwarz. Das Wort wurde nie gesprochen; er schloß ihren Mund mit seiner Zunge und warf sie rücklings auf die Kissen.

Diesmal war ihre Hingabe nicht gespielt. Selbst in seiner Wut spürte er, daß sie keine anderen Absichten mehr hatte. Jetzt war sie voll Hilflosigkeit, voll rührender Weichheit, zitterte und stöhnte unter ihm. Jetzt war sie alle Frauen des Ostens und Westens in einer — und die Leidenschaft und Not aller Frauen! Sie war Sandelholz und Jasmin, scharfer Moschus und leichter Hauch von Kognak. Er hob den Kopf und blickte in ihre Augen: Dies hier war endlich Sumitra, die ihn liebte. Hier lag der Schlüssel zu einer neuen Macht; einer Macht — so überwältigend, so unbegrenzt, daß er zart mit ihr sein mußte. Er fuhr mit der Hand unter die Falten ihres Sari, schloß sie um den Hügel ihrer Brust und berührte die zitternde kleine Erhebung in der Mitte mit dem Finger. Er küßte ihre Augen und fühlte, daß sie an den Säumen ihres Gewandes zog. Ihre nackten Hüften waren warm, ihre Hände glitten über ihn. Sie hob ihr Gesicht dem seinen entgegen und flüsterte: „Mein Lord, ich liebe dich — ich liebe dich! Ich habe Unrecht getan! Du weißt es nicht. Mach weiter — mach weiter! Ich liebe dich!“

Das Übermaß von Liebe in ihrer Stimme war wie eine Erschütterung. Eine Welle von Zärtlichkeit überflutete ihn, er legte seine Wange an die ihre und konnte nicht sprechen. Süße Sumitra, dachte er, ich werde dir nicht wehtun; süße, sanfte Tigerin, die ihre Krallen verloren hat. Mit der ungeheueren Macht, die du mir verliehen hast, muß ich behutsam verfahren — behutsam verfahren . . .

Gegen drei Uhr morgens erwachte er. Sumitra kam in das Zelt, sie ging langsam, als ob angenehme Gewichte an ihren Hüften hingen, und lächelte vor sich hin. Er legte einen Arm um sie, als sie an ihm vorüberging. Sie setzte sich neben ihn und streichelte sein Haar. Beide schwiegen mehrere Minuten; endlich sagte er: „Ich sollte um Entschuldigung bitten, Sumitra; aber ich kann es nicht.“

Sie küßte sein Ohr. „Dummkopf! Ich bin eine Königin und du bist mein König. Vor wem sollen wir um Entschuldigung bitten?“

Er packte ihre Handgelenke und sah sie an. Ihr Gesicht war jetzt glücklich — erfüllt, erleichtert.

Er fragte plötzlich: „Bevor das . . . ich meine, als ich in das Zelt kam, hattest du doch etwas vor. An was dachtest du?"

„Ich hatte Angst, du würdest nicht mehr zu mir kommen. Es gab so viel, was ich dir schenken wollte. Ich war eine Närrin, ich weiß, aber die vergangenen Wochen waren schrecklich, unerträglich! Ich liebte dich und mußte dich so förmlich behandeln! Jetzt bin ich glücklich — jetzt, da ich weiß, daß du mich auch liebst und wieder zu mir kommst."

Er blickte auf das glänzende, schwarze Seidengewand über seinen Knien und wußte nicht, was er sagen sollte. Als sie zum erstenmal vor ihm kniete, wußte er, daß sie ihn liebte, ganz gleich, was für geheime Absichten sie im Schilde führte. Und er wußte auch, daß er sie bewunderte und gern hatte und ein körperliches Verlangen nach ihr spürte — aber er wußte nicht, ob er sie liebte. Vielleicht wußte er überhaupt nicht, was das war: Liebe! Dies hier hatte ganz gewiß nichts damit zu tun. In einer plötzlichen Klarsicht erkannte er den ungeheuren Abstand der beiden Planeten, von denen sie herabgetaumelt waren, um sich für einen Augenblick zu begegnen — für einen Moment der Vereinigung auf den scharlachroten Kissen. Sie war eine Königin des Ostens. Sie liebte und glaubte, daß er sie auch liebte. Das war das ganze Geheimnis. Es war schon zu viel! Weib, Kind, Beruf — alles hatte sich vor ihr zu verneigen, hatte sich einzuordnen, mußte geehrt sein durch die neue Entwicklung. Was war er? Ein Engländer, ein verheirateter Hauptmann der Eingeborenen Bengal-Infanterie. Selbstverständlich wußte sie — sie mußte es wissen, daß dieses Spiel nur kurze Zeit währen konnte! Ein wunderbares Spiel, aber unter Ausschluß der Öffentlichkeit und geheim für immer. Wußte sie es wirklich? Erkannte sie die Notwendigkeit, an diesem Punkt der Entwicklung aufzuhören? Angst packte ihn. Er schämte sich, daß er so blind gewesen war. Ich bewundere sie so und ich bilde mir ein, Indien zu kennen, dachte er traurig — aber es ist wahr: sie lebt in einem anderen Raum des Palastes!

Verstört, tiefunglücklich, murmelte er: „Ich weiß nicht, ob ich dich liebe oder nicht liebe, Sumitra. Aber ich kann nie wieder zu dir zurückkehren.“

Die Worte kamen flach und endgültig heraus. Ihre Hände krampften sich zusammen. Sie kämpfte um Selbstbeherrschung; aber sie war erschöpft von der Liebe, sie konnte sich nicht mehr beherrschen. Sie sank auf die Kissen neben ihm und blieb still liegen, während Tränen lautlos über ihre Wangen liefen. Der Kampf hörte nicht auf; Rodney betrachtete sie traurig und bewunderte ihre Stärke. Oh, auch er kannte etwas von dieser Hölle; Joanna hatte früher ausgezeichnet verstanden, ihn in den gleichen Zustand zu versetzen. Plötzlich richtete sich Sumitra auf, umklammerte seinen Arm und schrie: „Mein Lord Rodney, du mußt — verstehst du nicht — du mußt zu mir kommen. Ich muß dich bei mir haben — dich, deine Frau und dein Kind — alles was du liebst. Oh, Gott ist grausam! Alles ist viel zu weit gediehen, als daß man es noch aufhalten könnte. Ich kann die Dinge nicht mehr aufhalten!“ Sie zuckte vor Verzweiflung. „Mein Lord, du mußt Bhowani verlassen und bei mir in meiner Festung leben, jetzt gleich, bevor es zu spät ist! — Jetzt! Ich gebe dir so viel Geld wie du willst, alles, was deine Frau haben will — zehntausend Morgen Land. Du brauchst mich auch nie wieder zu treffen! Wir werden uns nur noch vor den Augen der Menschen begegnen. Selbst damit will ich einverstanden sein, und ich bin eine Königin! Glaubst du mir noch immer nicht? Beweisen meine Worte gar nichts?“

Sie lief zu einer eisenbeschlagenen Kiste neben der Zeltwand, wühlte hastig darin herum und zog einen elfenbeingelben Seidenbeutel heraus. Sie kehrte zu ihm zurück, keuchend, und ließ einen Wasserfall von Diamanten und Perlen in seine Hände laufen, so daß sie den Überfluß nicht halten konnten und das glitzernde Feuer der Edelsteine über die

Teppiche strömte. Rodney wurde von ihrer Panik angesteckt; er fürchtete, den Verstand zu verlieren. Sumitra war eine durchaus furchtlose Frau — etwas Schreckliches mußte geschehen, wenn sie derart ihre Haltung verlor. Er hatte Angst, daß er selbst in der nächsten Sekunde anfangen würde, vor Schreck zu keuchen, ohne den Grund zu wissen. Er biß die Zähne aufeinander und preßte die Handflächen gegen die Edelsteine: dies konnte nicht sein, dies hier war durchaus unenglisch. Man benahm sich nicht so! Es war ausgeschlossen, daß ein Mann so viel für eine Frau bedeutete — nicht die Juwelen, aber diese verrückte Panik.

„Nimm, was du willst, frag nicht, was du willst, aber versprich, sprich!" Sie kniete vor ihm, legte den Kopf auf seine Knie und schluchzte.

Er glättete ihr verwirrtes Haar und sagte mit heiserer Stimme: „Sumitra, ich bin gemein. Mehr kann ich nicht sagen! Ich wußte nicht, wieviel — ich hatte keine Ahnung, daß — oh, Heiland, ich bin ein gemeines Vieh. Ich darf dich nie wiedersehen!"

Sie blickte auf und erkannte, daß er sie dazu verdammt hatte, unter ewigen Alpträumen zu leben. Warum das so war, konnte er nicht sagen; aber er erkannte, daß es so war. Sie erhob sich langsam, stand auf ihren Füßen, schwankte leise über ihm. Er wartete auf die Raserei, auf den wilden Gefühlsausbruch. Er sehnte sich danach: denn das würde die wirkliche, die stolze Sumitra sein, die er kannte. Vielleicht würde es ihm den Trost geben, daß sie am Ende nicht ganz so verletzt war, wie er jetzt glaubte. Vielleicht trug sie auch ein Messer mit sich, unter ihrem Gewand!

Sie sprach, ihre Stimme war sanft, entspannt: „Sehr wohl, mein Lord. Dies ist meine Strafe dafür, daß ich dich zu meinem Werkzeug machen wollte. Die Götter verwirren die geraden Pfade, auf denen unsere Füße wandern, und breiten Nägel unter sie. Jetzt sehe ich, daß meine Liebe dir so wenig bedeutet, wie der Körper des Tanzmädchens. Sie hatte Glück;

wenn ihr gelungen wäre, was ich ihr zu tun befahl, würde sie jetzt keine Brüste mehr haben und keine Nase . . ."

„Was ist das? — Hast du uns damals beobachtet?"

„Selbstverständlich! Ich sehe ja auch zu, wenn die Hengste und Stuten sich paaren. Ich sehe zu, wenn die Männer auf dem Schafott sterben. Erinnerst du dich? — es war vor genau einer Woche. Und noch damals, Gott ist mein Zeuge, wollte ich nicht zugeben, daß ich dich liebte — dich, einen Engländer! Ich wollte dich bewundern; du warst der brillante Truppenführer, den ich für meine Armee brauchte. Es mußte etwas anderes sein — nicht Liebe! Ich betete darum, daß das Mädchen mich von allem befreien würde, daß sie stark genug sei, meinen Platz einzunehmen — obwohl ich so eifersüchtig war — aber sie konnte es nicht. Dann, in der ganzen vergangenen Woche, als ich mit den Prinzen sprach . . ." Sie brach ab und schauderte. „Nein, du wirst nie verstehen, was für eine Hölle ich durchmachen mußte." Ihre Stimme wurde tiefer. „Es ist vorbei! Vergiß, daß ich dich liebte! Aber behalte dies zur Erinnerung — an die Tigerin und an Sumitra . . ."

Sie zog den Rubinring von dem Finger, den er in der Nacht auf der Brustwehr zum erstenmal gesehen hatte. Sie schob ihn über den kleinen Finger seiner linken Hand und drückte die Hand an ihre feuchte Wange.

„Behalte ihn immer am Finger. Eines Nachts, wenn du Zeit hast, wirst du dich daran erinnern, daß ich dir viel mehr angeboten habe. Ich weiß, daß es sinnlos ist, es auszusprechen — trotzdem sage ich nochmals: Vergiß nie, daß die Stellung offen bleibt für dich... immer! Warte! Sag meinem kleinen Sohn noch Auf Wiedersehen. Alles, was geschieht, geschieht nur für ihn!"

Sie glitt aus dem Zelt und kehrte zurück, den jungen Radjah im Arm. Das Kind schlief; Rodney fuhr mit den Fingerspitzen sanft durch das glatte schwarze Haar, neigte sich und küßte seine Wangen. Sanft wie ein Blütenblatt — wie Robins Wangen, dachte er. Das Kind war etwa im gleichen Alter; aber nicht so kräftig wie Robin.

Er sah ihre brennenden Augen und dachte, wie schön die Mutterliebe sie machte. Aber ihre Worte überraschten ihn: „Wenn er ein König ist, werde ich ihm erzählen, was für ein Mann der war, den ich seinetwegen ermordete."

Die Worte trafen und verletzten ihn. Es schien so überflüssig, daß sie jetzt zu ihm von ihren Morden sprach. Aber nun weinte sie wieder, entspannt, mit offenen Augen — wie ein Mensch, der den Kampf aufgegeben hat. Plötzlich fühlte er, daß alle Erregung, und mit ihr alle Stärke, ihn verlassen hatte. Er stolperte kraftlos über die Teppiche, spürte Edelsteine hart unter seinen Fußsohlen, ging zurück in sein Zelt . . .

8. KAPITEL

Auf dem Rückmarsch nach Bhowani gab er den Sepoys Marscherleichterung und ließ sie die Kragen öffnen. Er selbst marschierte an der Spitze seiner Kompanie; eine unsichtbare Last drückte auf seine Schultern. Ein Glanz von Heimweh hatte immer über dem Aufenthalt in Kishanpur gelegen, trotz aller harten Arbeit. Die Tage in Kishan Falls machten eine Ausnahme; sie waren wie eine Explosion menschlicher Gefühle gewesen. Die lebhaften Szenen, die er dort erlebt hatte — unerträglich süß, unerträglich bitter —, verdunkelten die süße Melancholie der früheren Tage. Nur ich — ich ganz allein — bin schuld an dem Gewicht auf meinen Schultern. Ah, es war am besten, alles zu vergessen, was geschehen war, wenn er es vermochte. Aber die Gedanken ließen sich nicht bändigen. Sie umwirbelten ihn, weckten tausend Erinnerungen, während er dahinschritt. Die Straße streckte sich eintönig, gleichförmig vor ihm aus. Bevor er Müdigkeit spürte, war es ein Uhr und sie hatten die Tagesstation Adhirasta erreicht. Fünfundzwanzig Meilen lagen jetzt hinter, dreiundzwanzig noch vor ihnen. Ehe er die Kompanie wegtreten ließ, warf er einen prüfenden Blick über seine Sepoys. Sie schwitzten und hatten rote

Gesichter, bewegten sich aber mit der lässigen Gewandtheit von Männern, die nicht erschöpft sind. Offensichtlich sehnten sie sich danach, in ihre Baracken zurückzukehren. Daraufhin setzte er fest, daß der Rückmarsch um neun Uhr abends, nach ausgiebiger Rast und einer Mahlzeit, fortgesetzt werden sollte — die ganze Nacht hindurch. Dann ließ er sie wegtreten. Die Sepoys lagerten sich unter den schattigen Bäumen, grinsten und schwatzten; einige schwangen vergnügt ihre Gewehre. Prächtige rote Urwaldblumen wuchsen an dem Lagerplatz; der Himmel über ihnen war klar und blau. Rodney gab Rambir Koppel und Schwert, ließ sich die Schuhe herunterziehen, legte sich an den Fuß eines einzelnen Salbaumes und zwang sich einzuschlafen.

Um neun Uhr abends marschierten sie wieder westwärts auf der Straße. Er hörte das harte, rhythmische Ruff-ruff-ruff der marschierenden Soldaten hinter sich und war zufrieden. Sie waren gesund und leistungsfähig, er nicht minder — soweit also hatte seine Arbeit doch Früchte getragen. Das Stampfen der Füße, das Klappern der Seitengewehre und Brotbeutel schläferte ihn ein. Hier vorne, wo er marschierte, trocknete klare Nachtluft den Schweiß auf seinem Gesicht; in den hinteren Gliedern mußten sie Taschentücher vor den Mund binden: der Staub, der von der Straße aufwirbelte, färbte die flaschengrünen Uniformen zu einem Ziegelrot, das man sogar im Schein der Sterne erkennen konnte. Der Mond, im ersten Viertel, glitt hoch über ihnen. Er marschierte mit der Selbstverständlichkeit des berufsmäßigen Infanteristen, dessen Gedanken meilenweit von der Tätigkeit, einen Fuß vor den anderen zu setzen, entfernt sind. Er beobachtete das Wandern der Sterne, bestimmte die Gerüche, die aus der Nacht zu ihm kamen, dachte an Robin, Sumitra und an Geld, und fragte sich insgeheim, worüber wohl seine Sepoys nachdächten. Aber ein anderer Rodney in ihm, pflichtbewußter und völlig unabhängig von diesem Teil seines Wesens, wußte in jeder Sekunde genau, wieviel Uhr es war, wo sie sich befanden, und hörte jedes

Stolpern, jedes Zögern im Schritt eines Soldaten der Marschkolonne.

Eine Stunde nach Mitternacht entschloß er sich, die Hauptstraße zu verlassen und einen kürzeren Dschungelweg einzuschlagen. Der Staub konnte im Dschungel nicht schlimmer sein — die weiche Erde aber würde ihren Wirbelknochen wesentlich besser bekommen als der harte Straßenschotter, der hier begann. Eine Stunde später erkannte er vertraute Züge der Landschaft wieder; sie näherten sich einer kleinen Stadt namens Devra. Hier endete der Dschungel; Ackerland begann und mit ihm die letzten acht Meilen Flachland bis Bhowani.

Der Mond stand tief im Westen. Etwas entfernt von ihm, zu seiner Linken, tanzten Schatten durch die Nacht. Sofort wurde er wachsam und spähte in den Dschungel, während er weitermarschierte. Der tanzende Schatten nahm Form an, wurde zu einem Mann, der unter den großen Bäumen dahinrannte, leichtfüßig — bald im Mondschein, bald im tiefen Schatten der großen Bäume. Sein Weg führte ihn von der Seite auf die marschierenden Sepoys zu; ganz offensichtlich hörte er das dumpfe Geräusch ihrer Füße auf dem Pfad nicht, sah auch nicht die Staubwolke, die sie aufwirbelten. Der Vorgang hatte etwas durchaus Verrücktes an sich: die Einwohner der Stadt gehen nur ungern nachts in den Dschungel; obendrein ging dieser Mann nicht, er lief! Rodney blieb stehen und hob die Hand. Seine Soldaten hinter ihm hielten wortlos.

Der Mann kam heran, den Blick zur Erde gesenkt, um nicht über die Baumwurzeln zu stolpern — kam heran und lief geradewegs in Rodneys Arme. Er schrie schrill auf und brach voll Schreck in die Knie. Er verdrehte die Augen, als er die Sepoys sah, die groß und drohend unter ihren hohen Tschakos um ihn herumstanden, und brabbelte ein Hindugebet. Rodney hatte ihn anfangs für einen der Postläufer des Distriktes gehalten, der seine Glocke zu Hause vergessen hatte; bei näherem Zusehen erkannte er, daß der Mann weder Briefbeutel noch Abzeichen oder Glocke besaß. Er war ein ganz simpler

Mann mit einem Lendenschurz, am ganzen Leib naß von Schweiß. In der rechten Hand hielt er zwei dicke, runde Brotfladen, die aus ungesäuertem Teig hergestellt werden und bei den Indern Chupattis heißen.

Das Gesicht des Mannes verlor etwas von dem blanken Schrecken der ersten Sekunden, als er die Sepoys und ihren englischen Offizier erkannte. Eine Art angespannter Ängstlichkeit trat an die Stelle der Furcht. Er raffte sich auf die Füße und versuchte wegzulaufen. Zwei Sepoys im vordersten Glied halfen Rodney, den Widerspenstigen zu bändigen.

„Was ist los, Bruder? Können wir dir helfen? Sind die Tiger hinter dir her?"

Rodney lachte und zeigte auf die Chupattis. „Deine Frau zu Hause wird ganz bestimmt nicht so hungrig sein, daß du ihr dies hier bei Nacht im Laufschritt bringen mußt ..."

Der Mann versuchte, die Chupattis hinter seinem Rücken zu verbergen. Rodney legte seine Finger um das dünne Genick, riß ihm die diskusförmigen Brote weg und betrachtete sie mißtrauisch. Die Geschichte wurde immer geheimnisvoller; ein Durchschnittsinder hätte bereitwillig über seinen nächtlichen Botengang geschwatzt, über seine Herde, über den Regen oder die Trockenheit — über jedes Thema, mit dem man sich die Zeit vertreiben konnte.

„Was hast du in den Broten? Gestohlene Edelsteine?" Er tastete sie mit der Hand ab, knetete sie durch; der Bursche konnte ein Dacoit sein — ein bewaffneter Bandit, der irgendwo eine Frau ermordet hatte. Es war möglich, daß er ihre Ringe und ihren Goldschmuck in die Chupattis eingebacken und seine Waffen vergraben hatte, um sie herauszuholen, wenn er sie wieder benötigte. Solche Dinge geschahen immer wieder. Aber er konnte keinen harten Gegenstand in dem weichen Brot finden. „Du kannst das Brot nicht essen, nachdem ich es in der Hand gehalten habe — wenn du nicht ein Unberührbarer bist! Bist du das?" Die Sepoys zogen erschreckt die Hände zurück. Aber der Mann schüttelte energisch den Kopf, und Rodney zuckte die Achseln. „Dann ist es deine eigene Schuld! Jetzt raus mit der Sprache: Was tust du hier?“

Der Mann winselte: „Nichts — nichts ist in den Broten! Gib sie zurück, Sahib-Bahadur! Ich tue niemand etwas Böses!“

„Erst erzählst du mir, warum du dich wie ein Räuber benimmst; dann laß ich dich gehen. Was willst du mit den Broten? Sie können dir nichts mehr nützen!“

Subadar Narain war vom Ende der Marschkolonne nach vorne gekommen, um den Grund der Marschpause zu erfahren und stand jetzt neben Rodney. Er nahm einem Sepoy das Gewehr aus der Hand und ließ den Kolben kurz und energisch auf die Zehen des nächtlichen Wanderers fallen. „Antworte dem Sahib, du Bauer!“

Der Mann tanzte und heulte: „Gnade, Gnade! Ich tue nichts Böses, ich bringe nur diese Chupattis zu dem Wächter von Devra. Sie sind für seine Stadt bestimmt. Bitte, laßt mich gehen!“

Rodney machte ein verblüfftes Gesicht. „Nun sag' mir nur in Gottes Namen — laß den Kerl gehen, Subadar-Sahib! —, wozu in aller Welt braucht der Nachtwächter von Devra zwei Chupattis? Was sind zwei Chupattis für eine ganze Stadt? Selbst, wenn sie so dick sind wie diese?“

„Ich muß sie dorthin bringen, Sahib.“

„Warum?“

„Der Wächter von Pathoda hat mir den Befehl gebracht.“

„Und wer, beim Teufel, bist du?“

„Ich bin der Wächter von Bharru. Das ist eine kleine Stadt, vier Meilen östlich von hier. Pathoda aber liegt . . .“

„Ich weiß, wo Pathoda liegt. Wir sind vor drei oder vier Stunden auf der Hauptstraße durchgekommen. Sprich weiter.“

„Der Mann von Pathoda kam in den ersten Nachtstunden zu mir und brachte mir zwei Chupattis. Er befahl mir, sechs neue zu backen und sie zu den vier nächsten Ortschaften westlich, südlich und nördlich von meiner zu bringen — geradeso, wie er es gemacht hatte. Zwei zu jeder Stadt.“

„Und was ist der Grund? Los, raus jetzt mit der Sprache, oder wir nehmen dich mit ins Gefängnis von Bhowani!“

„Ich weiß nicht, was es bedeutet, Sahib — ich weiß nur, daß es getan werden muß. Der Mann, der mir die Brote brachte, sagte: Pashupatti im Osten backte die ersten Brote; Yama ist in dem einen, Varuna in dem anderen. Der Zorn Shivas wird ganz gewiß jeden treffen, der die Kette unterbricht.“ Rodney nickte, dies war alles klar genug. Denn die Namen, die er genannt hatte, waren alle Verkörperungen oder Eigenschaften von Shiva dem Zerstörer — Pashupatti war Feuer, Yama Gerechtigkeit und Varuna Strafe.

Der Mann fuhr fort, etwas ruhiger: „Wenn ich in eine Stadt komme, suche ich den Wächter auf und wenn ich ihn gefunden habe, sage ich: Fern aus dem Osten — hin zu dem Norden, dem Westen, dem Süden! Dann gebe ich ihm die beiden Chupattis, nachdem ich das erste Brot in fünf gleiche Teile und das zweite in zehn gleiche Teile zerbrochen habe. Und dann schwöre ich Feuer, Gerechtigkeit und Strafe auf seine Stadt nieder, wenn er versäumt, in dieser oder der nächsten Nacht sechs weitere Brote zu machen und sie weiterzugeben nach Norden, Westen und Süden. Laß mich gehen, Sahib. Die Nacht ist bald herum; ich habe die Städte im Norden und Süden bereits aufgesucht. Nur Devra ist noch übriggeblieben.“

Die Sepoys bewegten unsicher die Füße. Ein Murmeln lief durch die Reihen, als die Männer in den vorderen Reihen den anderen zuflüsterten, was geschehen war. Subadar Narain knurrte mit unterdrückter Stimme: „Ich glaube, es ist besser, ihn gehen zu lassen, Sahib. Shivas Zorn ist nichts, womit man spielen sollte!“

„Er wird alle treffen, die die Weitergabe der Chupattis verhindern“, fiel der Läufer bedeutungsvoll ein.

Rodney faßte einen kurzen Entschluß. Er konnte den Zwischenfall Caversham oder Dellamain melden. Der Mann hier beging kein Verbrechen irgendeiner bekannten Art; man hatte kein Recht, ihn festzuhalten. Möglicherweise interessierte sich die Zivilbehörde für ihn; vielleicht auch nicht. Höchstwahrscheinlich würde sie die Sache als ein weiteres, äußerst reizloses Geheimnis behandeln und fallen lassen.

Er winkte den Sepoys zu; sie lockerten ihren Griff, der Mann verschwand lautlos. Rodney beobachtete ihn eine Weile, wie er auf dem Pfad nach Devra durch Mondlicht und Schatten glitt, schüttelte nachdenklich den Kopf, rückte sein Schwert zurecht und marschierte weiter. Nach kurzem Zögern fiel die Kompanie hinter ihm wieder in ihren Marschtritt; aber er klang jetzt nicht mehr so zuversichtlich. Er hörte das Murmeln in den Reihen und wußte, daß die Geschichte des Läufers von Devra die Männer beunruhigt hatte. Sie betrachteten die Angelegenheit nicht als phantastisch. Aus dem fernen Osten sandte Gott Shiva Botschaften über die Erde. Irgendjemand drohte Feuer, Gerechtigkeit und Strafe. Es mochte sein, daß die Botschaft die Sepoys betraf. Eines Tages würde die Wahrheit herauskommen — oder schreckliche Ereignisse würden den Sinn der Botschaft des Zerstörers erhellen.

Als sie das Kasernement bei Tagesanbruch erreicht hatten, war er froh, daß er wegtreten lassen konnte. Er sah zu, wie sie zugweise die Quartiere aufsuchten. Sie waren jetzt müde und schleppten die Füße nach. Er stand mit Rambir neben einer Hütte; die Männer tauchten aus der Dunkelheit auf wie grünliche Staubgespenster, scharrten mit den Füßen, verschwanden wieder.

An der Ecke einer Baracke stolperte ein Straßenkehrer, den niemand gesehen hatte, und berührte einen Sepoy. Der Sepoy fluchte, nahm einen Stein von der Erde und schrie ihn an. „Hut! Affe einer niedrigen Kaste. Lump aus der Gosse!"

Der Straßenkehrer wich dem fliegenden Stein aus und spottete: „Affe einer niedrigen Kaste? Lump aus der Gosse? Hört ihn an, den Schwätzer! Bei Shiva, er hat selbst keine Kaste — dieser Kerl, der das Fett der Kühe leckt! Rindertalgfresser!"

Der Sepoy packte das Gewehr wie eine Keule beim Lauf, um ihn niederzuschlagen; Rodney sprang dazwischen. „Schluß damit! Ruhe — wir sind alle müde. Geht in euere Betten!"

Die Männer stapften verdrossen weiter. Als sie verschwunden waren, schickte Rodney nach Boomerang, stieg auf und ritt über die Pike seiner Wohnung zu.

Er beschloß, anderen Tags mit dem eingeborenen Offizier über den Vorfall zu sprechen. Die Zwischenfälle mehrten sich in der letzten Zeit. Er mußte herausbekommen, was der Straßenkehrer mit seinen Worten gemeint hatte, und versuchen, ihn zu beschützen. Es war ein Zufall gewesen. Aber eine unsagbar grausame Strafe würde den unberührbaren Kehrer treffen, der den Sepoy gestreift hatte, falls man den Soldat nicht überreden konnte, den Vorfall als nicht geschehen zu betrachten. Wer war der Sepoy gewesen? Ramlall Pande — ein Brahmane, seit acht Jahren im Dienst; ein armer Hund aus einer Stadt in der Nähe von Cawnpore. Vielleicht hatte er versehentlich Rindertalg oder Kuhfleisch gegessen, und der Straßenkehrer hatte es erfahren. Diese ganze Angelegenheit mußte mit Takt behandelt werden! Wenn er nicht vorsichtig war, konnte er möglicherweise einen Skandal aufdecken, den jedermann bisher zu vertuschen versuchte; er konnte viel Schaden anrichten. Das Benehmen des Straßenkehrers war seltsam genug gewesen — genau so seltsam wie das Benehmen des Nachtläufers. Ein Straßenkehrer war das niedrigste aller niedrigen Wesen, ein Outcast, ein Unberührbarer auf Lebenszeit, von Geburt an dazu verdammt, nur mit menschlichen Exkrementen zu arbeiten. Der Sepoy war ein Brahmane, ein Wiedergeborener, der Höchste unter den hohen Menschen. Es war geradezu undenkbar, daß ein simpler Straßenkehrer seine Stimme gegen einen Brahmanen erhob.

Rodney riß ungeduldig an den Zügeln. Er hatte nicht die Absicht, die Grundlagen der menschlichen Gesellschaft zu zerstören; aber er war fest entschlossen, dem Straßenkehrer zu helfen. Guter Wille und gesunder Menschenverstand der

Männer waren die Grundlage der Bengalarmee — aber das Kastenwesen tat wenig dazu, diese Grundlage zu stützen. Er hatte oft genug erlebt, wie eingeborene Offiziere und Feldwebel aus mittleren Kasten vor brahmanischen Sepoygefreiten krochen. Brahmanen wurden auch niemals bestraft — es sei denn, ein britischer Offizier sah ihr Vergehen und bestand auf Bestrafung. Und selbst dann fühlte sich jedermann unangenehm berührt. Immer noch murrten die Sepoys insgeheim darüber, daß die Engländer den Zivilkodex und das Strafgesetz auch auf Mitglieder der Brahmanenkaste ausdehnten; ja, daß sie die Brahmanen verurteilten und sogar aufhängten, gleich jedem gewöhnlichen Menschen, wenn sie des Mordes für schuldig befunden wurden. Plötzlich dachte er wieder an den uralten Mehnat Ram, den ehemaligen Subadar-Major, der jungen Offizieren seine Reverenz erwies, weil sie einer höheren Kaste angehörten. Das war am frühen Morgen des ersten Januar gewesen. Heute war der dritte März.

Was in aller Welt bedeuteten die Chupattis, fragte er sich — warum das eine Brot in fünf, das andere in zehn Teile zerbrechen? Er ritt unter dem Goldmohurbaum vor dem Eingang seiner Auffahrt durch, sah seinen Bungalow und schob die Gedanken zur Seite.

Er schlief den ganzen Tag, nur einmal gestört von dem Geschnatter der Damen, die sich gegen Mittag in Joannas Kaffeesalon trafen. Dann badete er, aß, spielte mit Robin, wurde stürmisch von Jewel und Harlequin begrüßt, besichtigte den Stall, unterhielt sich mit Hausmeister Sher Dil und konnte schließlich keinen weiteren Grund finden, um einem Gespräch mit Joanna auszuweichen. Immer noch suchte er nach einem vernünftigen Grund, der ihm das Recht gab, das Angebot der Rani vor Joanna zu verschweigen. Hätte er das Angebot angenommen, so wäre damit das Leben seiner Frau und sein eigenes völlig geändert worden. Nein, er mußte es ihr erzählen.

Die Bucharateppiche seines Vaters lagen wieder in der großen

Halle. Ein gestickter Vorhang verdeckte jetzt den leeren Kamin im Salon, die Doppeltüren in der Ostmauer standen weit offen zu der dunklen Veranda hin. Ein Moskito summte hell in seinen Ohren. Das heiße Wetter hatte begonnen. Er fühlte sich schüchtern und schuldig — wußte nicht, wie er die Debatte eröffnen sollte und goß sich aus diesem Grund einen kräftigen Schuß Brandy ins Glas. Joanna saß ihm gegenüber und strickte. Ihre zusammengekniffenen Lippen verrieten, daß sie genau gesehen hatte, wieviel Alkohol in seinem Glas war.

Als er ihr die Nachricht eröffnete, kam sie ziemlich unvermittelt heraus: „Joanna, die Rani bot mir eine Stelle als Kommandierender General in ihrer Armee mit einer Gage von viertausend Rupien monatlich an. Rang eines Generalmajors! Ich habe es übrigens abgelehnt."

Das helle Geräusch der Stricknadeln verstummte. Sie legte ihre Arbeit langsam nieder. „Abgelehnt? Generalmajor? Du hast viertausend Rupien im Monat und eine Generalsstelle abgelehnt? Rodney, das ist doch nicht dein Ernst!"

„Es ist mein Ernst. Die Geschichte hatte einige große Haken. Wenn man eine Zeitlang darüber nachdenkt, kommt man darauf."

Sie nahm die Wolle gedankenlos auf, hielt sie müßig in der Hand und starrte ihn immer noch fassungslos an. „Wir hätten einen zweiten Wagen halten können und die Kleider kaufen, die ich brauche — im Augenblick habe ich nur noch Fetzen am Leib — und den Statthalter einladen, so oft es uns behagte, und den besten Sekt halten. Robin hätte nach Eaton gehen können. Ich hätte überall Vortritt gehabt."

„Robin geht nach Charterhouse. Und es ist mir nicht ganz klar, vor wem du den Vortritt haben willst, Liebste. Es gibt keine Engländer in Kishanpur, und die hohen Beamten bei Hofe sind wesentlich reicher, als wir jemals sein werden."

Das war nicht ganz richtig. Er wußte genau, welch phantastische Reichtümer die Rani ihm geboten hatte. Es stand ihm immer noch offen, der reichste Mann im Staate Kishanpur zu werden.

Joannas Stimme war voll Tränen: „Rodney, bitte, darüber ist doch noch nicht das letzte Wort gesprochen, oder? Hat sie schon jemand anderen? Vielleicht Geoffrey? Nein, das wäre unerträglich — die Hatton-Dunns sind doch schon so reich! Oder etwa Major de Forrest? Rodney, sei nicht hirnverbrannt! Ich weiß ja, was du denkst, ich weiß alles — daß Robin keine Spielgefährten in Kishanpur hat, keine englischen Kameraden. Aber er und ich könnten doch weiter in Bhowani leben, und du könntest zu uns herüberkommen, so oft es dir gefällt. So groß kann die Arbeit bei der Kishanpur-Armee doch nicht sein! Sicher handelt es sich doch nur darum, daß die Rani einen weißen Mann hat, dem sie Befehle erteilen kann — und natürlich erwartet sie, daß ich mich wie eine Hofdame vor ihr benehme. Das kommt natürlich nicht in Frage. Aber es ist ja auch gar nicht nötig, wenn ich hierbleibe. Rodney, du mußt einfach ihr Angebot annehmen!"

Er fühlte sich in die Enge getrieben und kämpfte verzweifelt, um den Hauptgrund seiner Ablehnung verborgen zu halten.

Er sagte barsch: „Du willst, daß ich annehme, damit du von April bis September in Simla und von September bis April hier wohnen und mit deinem Herrn Dellamain in der Sonne herumliegen kannst! Möchtest du nicht so freundlich sein und mir einmal rundheraus erklären, warum du unter dem gleichen Dach mit mir wohnst? Weil du mich liebst — oder weil du nicht willst, daß die Leute schwatzen. In den vier Monaten vor meiner Abreise nach Kishanpur hast du nicht in meinem Bett geschlafen — nicht einmal am letzten Abend. Wenn du eine Scheidung willst, dann sag' es offen."

„Rodney, um Gotteswillen! Wie abgeschmackt! Ich — ich fürchte mich einfach vor einem neuen Baby. Du weißt, wie Robin mir zugesetzt hat."

Jetzt weinte sie wirklich; aber ihre Tränen machten ihm nicht mehr so viel aus wie im ersten Jahr ihrer Ehe. Er sagte bissig: „Schön, ich habe das Baby nicht bekommen, ich muß dir also glauben. Aber ich glaube auch den Ärzten — und sie sagten, es sei keine schwere Geburt gewesen. Außerdem hast du seit Robins Geburt öfters gesagt, daß du mehr Kinder willst! Du lieber Gott, wie gleichgültig! Es gehört überhaupt nicht hierher. Ich bitte um Entschuldigung. Wie sind wir nur darauf gekommen? Wir sprachen von der Stelle in Kishanpur, und ich habe sie, um es nochmals zu sagen, abgelehnt!"

Er fühlte Sumitras Arm um seinen Hals, ihre Wärme, die ihn einhüllte, sah den glücklichen Schimmer auf ihrem Gesicht. Er betrachtete seine Frau mit kalten, glitzernden Augen. Nein, es stimmte nicht, daß er ihretwegen alles aufgegeben hatte. Robin war ihm wichtiger gewesen als Joanna. Das Regiment war wichtiger gewesen; aber er hatte sich wenigstens um ihre Wünsche gekümmert und ihren Launen nachgegeben. Und sie war auch das nicht wert gewesen.

Joanna verlor nun jede Selbstbeherrschung. Sie suchte nach Worten, mit denen sie ihn verletzen konnte.

„Du Biest", sagte sie. „Ich weiß genau, warum du nicht nach Kishanpur gehen willst: wegen diesem Langford-Mädchen. Du hast mir das alles nur erzählt, damit ich weiß, was für Dinge ich nicht bekommen kann. Du hast auch diese Negerfürstin beschwatzt, daß sie mich nicht zur Tigerjagd einlud; und ich hatte zwei Kostüme fertig — extra gemacht für die Tigerjagd —, weil ich ganz sicher war, daß sie mich einladen mußte, solange du da warst. Und ich habe es den andern erzählt — wie ein Idiot bin ich mir vorgekommen, wenn ich Mrs. Cavershams spöttisches Gesicht ansehen mußte! Durch deine Schuld! Nur durch deine Schuld!"

Alles, was Rodney von ihren Worten aufgenommen hatte, war der Name Caroline Langford. Caroline? Was, zum Teufel, hatte sie damit zu tun? Er starrte Joanna verblüfft an. Plötzlich erinnerte er sich an Victoria de Forrest bei den Wasserfällen. Er sprang aus dem Stuhl und packte Joanna bei den Schultern.

„Halt den Mund!" Er schüttelte sie hart. „Hör zu! Damit du es genau weißt: Caroline Langford rennt mir nach mit irgendeinem idiotischen Geschwätz über den alten Radjah und den Silberguru, und ich kann sie nicht abschütteln! Das ist alles. Sie interessiert mich nicht! Sie ist mir geradezu unangenehm. Außerdem solltest du wissen, daß de Forrest sie stark poussiert.“

Sie blickte auf und sah ihn schlau an. „Das ist nicht lächerlicher als deine gemeinen Anspielungen auf Mr. Dellamain. Und er ist auch kein Feigling; er hat sich tatsächlich den Knöchel verstaucht.“

„Das glaube ich durchaus“, lachte Rodney sauer. „Aber erst warf er sein Gewehr weg, dessen einer Lauf noch geladen war, und dann machte er einen Hundertmeterspurt in außergewöhnlich guter Zeit für einen Mann von seinem Alter und Gewicht.“

„Aber du — du mußtest natürlich ein Held sein! Für mich hättest du das nicht getan. Was für eine Pension hätte ich bekommen, wenn du draufgegangen wärst? Nicht einen Pfennig! Ich hätte Näherin werden können, und Robins Zukunft wäre dir auch gleichgültig gewesen. Aber so bist du immer — ohne Gedanken, ohne Verantwortung! Und warum trägst du überhaupt diesen lächerlichen großen Rubin? Hat sie ihn dir gegeben? Man hat mir schon erzählt, daß sie hinter dir her war!“

„Hast du wieder etwas Neues gefunden?“ Diesmal saß ihr Hieb besser, näher am Ziel; aber er war trotzdem entschlossen, den Ring zu tragen — trotz Joanna! Er nahm sich zusammen, senkte seine Stimme und versuchte, ohne Erregung zu sprechen. „Joanna, du kannst es so und so nicht haben. Wenn ich so bezaubert von der Rani wäre, wie du annimmst — warum, glaubst du, habe ich die Stelle nicht angenommen? Erst recht, nachdem es sich herausstellt, daß du so scharf darauf bist, mich mit ihr in Kishanpur allein zu lassen?“

„Ja — aber das wußtest du ja noch nicht, als du die Stelle ablehntest.“

Er ließ ihre Schultern los und erhob sich. Sein Mund zitterte, er biß die Zähne aufeinander.

„Joanna — ich verstehe das alles nicht mehr. Laß uns doch vernünftig sein . . .“

„Aber ich verstehe jetzt alles ganz genau. Du bist ein Junge — Rodney — unreif! Du wirst nie erwachsen. Das ist mir jetzt klar. Außerdem trinkst du zuviel! Jedermann spricht darüber."

Sein Ärger war plötzlich verflogen, er war schwach und gleichgültig. Während er sich wieder in seinen Stuhl warf, sagte er: „Tut mir leid, Joanna. Ich weiß, daß ich ruhelos bin. Eine Zeitlang geht es gut — immer so lange, als ich mir selbst einreden kann, daß die ganze Routine und der militärische Kleinkram ihren Sinn haben. Aber dann kommt es wieder über mich, und ich fühle plötzlich, daß ich nicht weiterkomme, und daß ich niemals weiterkomme. Und dann trinke ich. Als ich in Kishanpur war, habe ich kaum getrunken. Warum? Weil ich etwas zu tun hatte, was der Mühe wert war — weil es aufregend war."

„Was regt dich in Kishanpur auf? Was gibt es in Kishanpur Besonderes? Und wenn die Arbeit dir gefiel, warum hast du die Stelle abgelehnt?"

„Ich mußte."

Er wollte noch mehr sagen; er wollte alles herausschreien, was er in den letzten Wochen gedacht und getan hatte, wollte ihr seine geheimsten Gedanken erzählen, wollte ihr erklären, wie schmerzlich er Sumitra verletzt hatte. Aber er hätte nur Joanna verletzt, ohne Sumitra damit zu helfen. Joanna würde glauben, daß er sie erniedrigen wollte, indem er seine Untreue zugab.

Er fuhr fort. „Was du aber von Miß Langford sagst — schön, schau sie doch einmal genauer an!"

Joanna hörte auf zu schluchzen; die Unruhe verließ ihr Gesicht, als er von Caroline Langfords Aussehen sprach. Er wußte, daß es ein gemeiner Trick war. Eine Stimme in seinem Kopf sagte monoton: „Du bist ein Schwein! Du bist ein Schwein!" Denn Caroline war ja gar nicht so uninteressant, wie er jetzt tat! Sicher — sie war keine Schönheit; aber sie war gut gebaut, trotz ihres knochigen Äußeren; und sie würde eines Tages eine wunderbare, eindrucksvolle alte Dame werden. Trotzdem gehörte sie nicht in dieses Gespräch. Nur Victoria de Forrests Geschwätz hatte sie überhaupt hineingebracht. Die Frau, mit der er leben mußte, bis zum Ende seiner Tage, war Joanna. Sie war es, die er glücklich machen mußte. Und alles war fair in diesem Kampf, wenn es dazu half, ihn und Joanna aus dieser trüben Verstrickung zu lösen. Er sagte: „Schau sie dir doch bitte an! Sie ist geradezu häßlich! Und ich habe dich doch — wenigstens manchmal. Übrigens habe ich ihr gesagt, daß ich nichts mit dem ganzen Unsinn zu tun haben will, dem sie nachrennt. Ich habe Schluß mit allem gemacht — auch mit Kishanpur. Ich will versuchen, ein gesetzter Mann zu werden, wirklich, Joanna."

„Oh, Rodney, versprich es mir. Und versprich mir, daß du von jetzt an respektvoller gegenüber Mr. Dellamain bist! Er könnte so viel für uns tun! Liebling, ich bin müde. Wollen wir ins Bett gehen?"

Sie streckte die linke Hand aus, und er griff langsam mit seiner rechten zu und bedeckte sie damit. Schamröte stieg an seinem Hals empor, verbreitete sich über sein Gesicht. Er hob seine Augen zu ihr empor, freundlich, in der Hoffnung, daß sie ebenso freundlich sein möge. Er fürchtete sich davor, etwas in ihrem Blick zu finden — Liebe vielleicht, oder sogar Sehnsucht! Er fürchtete den Schmerz, den er ihr bereiten mußte; denn nun war es zu spät, und er hatte sie für alle Zeiten verlassen. Er biß sich auf die Lippen und blies das Licht schnell aus. Alles war in Ordnung. Hinter dem tiefen, schwimmenden Blau ihrer Augen war — nichts!

9. KAPITEL

Zehn Tage nach seiner Rückkehr schien Kishanpur tausend Meilen entfernt. Und hundert Jahre waren vergangen, seit ein Mann seines Namens eine Tigerin getötet und neben Sumitra auf scharlachroten Kissen gelegen hatte. Er sah wenig von den Hatton-Dunns und überhaupt nichts von Caroline Langford. Die verzwickte Maschinerie des Garnisonlebens mahlte weiter, Victorias Geschwätz über ihn und Caroline wurde vergessen, neue Gerüchte kreisten ebenso emsig wie die alten: de Forrests Bemühungen um Caroline Langford; Victorias Verhältnis mit Hedges; Geoghegans neue indische Maitresse; ‚Zwei-Flaschen-Toms' Genesung vom Delirium tremens; und die Vision seiner Tochter Rachel Myers, die einen Engel gesehen hatte.

Es wurde jetzt immer heißer. Offiziere und Mannschaften schwitzten in ihren schweren Serge-Uniformen; schwarze Schweißflecken bildeten sich unter Koppeln und Schulterriemen. Weiße Hosen aus rauhem Baumwolldrell ersetzten die schwereren Kaltwetter-Uniformen in allen drei Regimentern. Die 60. Kavallerie setzte ihre spitzen Mützen mit den weißen Nackenschützern auf. Die beiden Infanterie-Regimenter nahmen unverdrossen im siebenten Jahr den Kampf auf, um ihre schweren Tschakos mit den neuen, weißen Kilmarnock-Mützen der Armee vertauschen zu dürfen — und auch im siebenten Jahr mußten sie erfahren, daß die Mützen für sie noch nicht ausgegeben werden konnten. Die Paraden begannen früher, die Nachmittagsruhe dauerte länger; es wurde immer schwieriger, vor Mitternacht Schlaf zu finden. Der Klub war vor fünf oder sechs Uhr nachmittags ein sonnenglühendes Mausoleum; Tag für Tag trafen sich abends die Mitglieder der Garnison in ihm, tauschten Klatsch aus, spielten Whist, Cribbage oder Crocket. Ein Teil der Damen betrieb mit ungemeinem Eifer die Kunst der Bogenschützen. Denn am 4. April pünktlich 4.30 Uhr nachmittags sollte das Sommerturnier der Toxophilisten (Abteilung: Damen) des Klubs stattfinden. Das war an einem Samstag; und Mr. Dellamain hatte versprochen, persönlich der Siegerin den ersten Preis, einen silbernen Pfeil, zu überreichen.

Rodney und Joanna erreichten den Klub am Nachmittag dieses Tages kurz nach vier Uhr. Der schlechte Nachgeschmack eines Schlafes in der Mittagshitze war noch nicht ganz aus Rodneys Mund gewichen. Die Schatten der großen Bäume streckten sich schon ein wenig; aber der Rasen war immer noch hart und glühend, die Luft trocken, heiß und reglos. Graue Eichhörnchen huschten über die Zweige, von weither kam über die Clive-Road der Schlag des Kupferschmiedvogels, wie das Ticken eines Metronoms — wie das Symbol des heißen Wetters: dong dong dong — dong dong — dong dong dong dong dong. Der Mann, der die Treffer anzuzeigen hatte, bewegte sich bereits durch die Reihe der aufgestellten Zielscheiben; sein Turban saß auf dem Hinterkopf, er hatte einen Ballen Twist in der Hand. Etwa ein Dutzend Engländer stand in Gruppen auf der schattigen Frontveranda, unterhielt sich und nahm Bogen und Pfeile aus den Transportkästen.

Victoria de Forrest bemühte sich kaum, Rodneys kurzen Gruß zu erwidern; das Mädchen hatte eine neue, unangenehme Selbstsicherheit gewonnen, seit Hedges sie aufmerksam und unablässig verfolgte. Er stand neben ihr und Major Anderson, dem stellvertretenden Kommandeur des 13. Regiments. Rodney lauschte mit halbem Ohr auf die Unterhaltung, während Joanna ihren Bogen herausnahm, um die Sehne zu wachsen.

Victoria sagte: „Mein lieber Major, ich bin sogar ganz sicher, daß ich nicht mehr lange die erste Dame im Haus meines Vaters bleibe. Sie werden bald eine neue Gastgeberin erhalten, die die Parties der 60. Kavallerie in die Hand nimmt . . .“

„Und was ist mit Eddie? Wird er sich auch eine erste Dame in seinem Haus zulegen? Sozusagen als Wettbewerb?“ Dies war Andersons Stimme; ohne hinzuschauen, wußte Rodney, daß der Major jetzt seine Oberlippe kratzte und mit den kleinen Augen bedeutsam zwinkerte.

„Sie sollen mich nicht immer necken, Major. Im Ernst, ich finde, Vater sollte sich ein wenig mehr um die Grenzen der Schicklichkeit kümmern, die es selbst in Indien gibt. Diese

Reitpartien zu zweit — doch, doch, sie sind beide wieder unterwegs im Augenblick. Wenigstens ist mein Vater unterwegs, und ich kann mir nicht vorstellen, mit wem sonst er reiten sollte."

„Wohin reiten sie denn, Victoria, und" — die Stimme des Majors wurde leiser — „wie lange bleiben sie aus?" Das Mädchen kicherte. Schmutzige kleine Giftkröte! Diese Geschichte von de Forrests Reitpartien mit Miß Langford war Rodney bisher unbekannt gewesen. Joannas Anspielung auf dem Ball, daß die beiden gut zueinander passen würden, schien wahr zu werden.

Victoria sagte: „Woher soll ich wissen, wohin sie reiten. Vater sagt kein Wort zu mir. Sie reiten zu zweit los, in der heißesten Tageszeit, und sie kommen um sieben oder acht Uhr abends, und manchmal noch später, zurück. Natürlich haben sie einen Reitknecht dabei. Aber es ist nicht meine Art, Dienstboten auszufragen."

„Wirklich nicht, Liebste? Ich habe immer bewundert, wie gut du dich mit eingeborenen Dienern verstehst."

Rodney neigte den Kopf und lächelte heimlich; das war Lady Isobels Stimme, kalt und sanft. Sie konnte wehtun, wenn sie wollte. Victorias unsauberes Geschwätz über ihren Vater und über Isobels Cousine mochte sie verletzt haben. Ihr Hieb saß; ebenso viel Menschen hatten Isobels Bemerkung gehört wie Victorias Geschwätz. Und natürlich wußte jedermann, daß Victoria sich ein Vergnügen daraus machte, die Ayahs über die Hebammengeheimnisse von Bhowani auszufragen.

Victoria schwieg. Rodney warf einen Seitenblick auf sie und sah, daß ihr flaches Gesicht ärgerlich und flammendrot geworden war. Lady Isobel hinkte vorbei und blinzelte ihm lächelnd zu. Joanna lachte laut auf. Das war ein Fehler von Joanna; Victoria fühlte ihr gegenüber keine Minderwertigkeitskomplexe. Es gehörte der Charakter und Titel der Lady Isobel dazu, um sie aus der Fassung zu bringen.

Victoria sagte klar und deutlich: „Sollen wir schon auf den Schießstand gehen, Eddie? Wir müßten allerdings unglaublich schlecht schießen, wenn der Statthalter Gelegenheit finden sollte, den richtigen Preis der richtigen Dame auszuhändigen!"

Joanna preßte die Lippen aufeinander, bog wild den Bogen und befestigte die Schlinge der Sehne. Dieser kleine Hieb schmerzte sie. Er schmerzte auch Rodney. Es ärgerte ihn, daß sie sich vor Victoria de Forrest bloßgestellt hatte. Was für ein Platz, dachte er, was für eine Meute von giftigen Frauenzimmern. Gesenkten Hauptes befestigte er den ledernen Armschutz an Joannas linkem Unterarm und ging dann schnell mit ihr die Stufen hinunter auf den vertrockneten, pergamentartigen Rasen.

Dann verkündete Eustace Caversham mit höflicher, leiser Stimme den Beginn des Turniers, und das Schießen begann. Joannas erster Pfeil saß nicht gut; die anderen hätten wahrhaftig miserable Schützen sein müssen, wenn sie keine besseren Ergebnisse erzielten. Sie warteten ab, bis die Schützen mit dem ersten Durchgang fertig waren; dann kam wieder Cavershams hohle Stimme: „Alles durch? Jetzt zur anderen Seite, bitte!"

Rodney trug einen Strohhut mit breitem Rand, einen hellgrauen Anzug und einen langen Staubmantel. Er knöpfte den Mantel auf, schob den Hut über die Augen und schlenderte hinter Joanna und ihrer Partnerin, Mrs. Bulstrode, her. Die Pfeile flogen, die Schützen und die Zuschauer wanderten von der einen Seite des Platzes zur anderen. Seine Gedanken waren viele tausend Meilen entfernt. Wenn das Gras hier nur dick und reich wäre, der Rasen fest wie der Rasen im Hyde-Park; wenn die Themse oder der Avon an dem Rasen vorbeiflösse; wenn sich Forellen unter einem römischen Brückenbogen versteckten, ja wenn irgendwo eine englische Kathedrale hoch in einen englischen Himmel mit englischen Wolken hineinragte!

Sie gingen bis zum Ostrand des Platzes; die Koppel mit

den Köchern schnürten die Taillen der Damen ein und ließen die Röcke grotesk vorspringen. Die Pfeile flogen, fuhren mit dumpfem Geräusch in das Ziel aus Preßstroh. Sie marschierten wieder nach Westen, die gefiederten Pfeilenden ragten aus den Köchertaschen an der rechten Hüftseite der Damen. Die Pfeile flogen — die Frauen hätten kleine lustige Hütchen tragen sollen, mit gerollten Rändern und großen Federbüschen darauf; aber sie trugen weitausladende Sonnenhüte, in denen sich die Bogensehnen verfingen. Und im Hintergrund rollten die Sindhya-Hügel nieder in die glutgefüllte Ebene wie ein zerkrumpelter Teppich; und der Kupferschmiedvogel hämmerte monoton Nieten in die Kupferplatten des Himmels. Und die Weiber schwatzten.

„Soviel ich gehört habe, sitzt Captain Hedges schon so gut wie fest an der Leine ...“

„Oh, mein Gott, Mrs. Savage — so würde ich das doch nicht ausdrücken. Ich finde es ein wenig hart! Victoria ist jung. Ich glaube, sie wird eine prächtige Frau werden, wenn sie eines Tages Mr. Richtig gefunden hat ...“

„Sie verstehen mich falsch, Mrs. Bulstrode. Ich meine, Captain Hedges ist tatsächlich Mr. — der richtige Mann. Er verdient es nicht besser!“

Wieder ein Fehler Joannas: Mrs. Bulstrode bewunderte Eddie Hedges — wegen seiner Wildheit, wegen seiner großartigen Gleichgültigkeit gegen alle gesellschaftlichen Gesetze. Vielleicht fand sie, daß er dem George Bulstrode ähnlich sah, den sie vor dreißig Jahren gekannt hatte. Ja, selbst Mrs. Bulstrode konnte sich gegen Joanna verteidigen. Sie tat es, indem sie sich, über Joanna weg an Rodney wandte. „Das ist ein wundervoller Ring an Ihrem Finger, Captain Savage. Ein selten schönes Stück. Nicht wahr, die Rani hat Ihnen den Ring geschenkt, weil Sie ihr das Leben retteten? Wir waren ja alle so stolz auf Sie!“

Rodney murmelte „Ja“, trat verlegen von einem Fuß auf den anderen und entschuldigte sich bei den Damen. Er machte, daß er weiterkam, während Joanna mit Mrs. Bulstrode allein blieb und versuchte, einen Gegenstoß bei der Frau des Obersten anzubringen.

Als er ein paar Meter gegangen war, stellte er sich hinter einen Baum, fünf Meter hinter der Linie der Zielscheiben, und zündete sich eine Cheroot an. In seiner Nähe schoß Mrs. Atkinson, unter der Aufsicht ihrer Partnerin Mrs. Cumming und zweier Zuschauerinnen — Louisa Bell (geborene Caversham) und ihrer Mutter. Harriet Caversham hielt, wie er wußte, Bogenschießen für unweiblich; außerdem hatte Louisa Bell erst vor kurzem entbunden und konnte aus diesem Grund nicht mitschießen; sie sah blaß und müde aus. Es war eine Narrheit von ihr gewesen, so schnell nach der Geburt aufzustehen und in den Klub zu gehen. Aber sie war eben eine Närrin — weiter nichts.

Mrs. Atkinson sprach gerade: „Meine Zwillinge sind in wundervoller Form zur Zeit. Tom bringt das Pony über eine zweieinhalb Fuß hohe Mauer.“ Kleine Pause. Twang — whirr — clunk. „Wie ärgerlich! Ein schwarzer Ring, glaube ich. Stellen Sie sich doch bitte vor, der Reitknecht hatte die Stirn, eine Rupie extra im Monat zu verlangen, weil er den Zwillingen das Reiten beibringt! Dabei bekommt er schon fünfeinhalb Rupien im Monat.“

„Ihr Gatte hat es ihm doch hoffentlich nicht gegeben?“

„Selbstverständlich nicht, Mrs. Cumming. Da! Der sitzt besser, ein roter Ring! Ich habe gehört“ — sie senkte ihre Stimme ein wenig, aber nicht zu sehr — „daß Mrs. Herrold ein kleines Geschwisterchen für Ursula im Dezember erwartet . . .“

Das Streichholz verbrannte Rodneys Finger; er rechnete schnell. Im Dezember, sagte sie — und jetzt war es Anfang April. Es ist unmöglich, dachte er — unmöglich! Tom und Ruth Herrold konnten das Bett noch nicht verlassen haben, während diese Weiber schon von dem Kind sprachen, daß darin gezeugt worden war. Er versuchte, den geheimen

Kanälen des Nachrichtendienstes zu folgen: Der Sweeper des Hauses Herrold hatte die Entdeckung gemacht; er gab sie den übrigen Angestellten des Herroldschen Haushaltes weiter; die Ayah erzählte es der Ayah von Atkinsons, von der wiederum hatte es Mrs. Atkinson. Was für ein Land! Man konnte genau so gut seine intimsten Dinge auf dem Exerzierplatz von Bhowani stattfinden lassen. Er warf das Streichholz weg. Mrs. Atkinson sprach wieder mit normaler Stimme; denn der Rest ihrer Neuigkeiten trug keinen exklusiven Charakter.

„Dotty van Steengaards Kind bewegt sich kaum. Mr. McCardle meint, es wird wohl eine Steißgeburt werden. Er will versuchen, in etwa drei Wochen das Kind zu wenden."

„Oh, nein."

„Ja, Mrs. Bell. Das ist eine äußerst anstrengende und unangenehme Operation. Ich habe sie selbst durchgemacht, bevor Billy geboren wurde . . . Der war gut! Ein goldener Ring!"

Louisa Bell sagte: „Ich weiß nicht, ich kann einen goldenen Ring so wenig treffen, wie ich mir goldene Haare wachsen lassen kann!"

„Bogenschießen ist nicht so schwierig, Mrs. Bell. Man muß es nur ernsthaft betreiben!" Das war Mrs. Cumming.

Mrs. Atkinson griff in die Debatte ein. „Oh, für manche Menschen ist es doch wohl schwierig, Mrs. Cumming, so sehr sie es immer versuchen. Es ist ein Trick dabei, verstehen Sie, wie — ach, sagen wir, wie beim Reiten."

Mörderisches Schweigen; Rodney zog sich diskret zurück. Der Rasen war Schauplatz zweier Turniere; nur das eine wurde mit hölzernen Pfeilen geführt — das andere aber mit Worten. Das Ergebnis des ersten Turniers war leicht auszurechnen: Mrs. Cumming zum Beispiel hatte drei Pfeile auf ein Ziel geschossen und einen schwarzen, einen roten und einen goldenen Ring erzielt; Gesamtergebnis neunzehn Punkte. Um die Treffer in dem zweiten, giftigeren Turnier aufzurechnen, mußte man schon etwas von Bhowanis interner Geschichte wissen. Louisa Bell hatte angefangen, als sie die Bemerkung über goldenes Haar machte (Mrs. Atkinson färbte, was jedermann wußte, ihre Haare) — ein wenig billig, rechnen wir es als einen schwarzen Ring für Louisa — drei Punkte. Unverzüglich hatte Mrs. Cumming einen zweiten Schuß abgefeuert, der Louisa unvorbereitet traf; aber um ihn würdigen zu können, mußte man wissen, daß die Gesellschaft von Bhowani die Bells für ein etwas dilettantisches und gefühlvolles Ehepaar hielt, das nicht ernsthaft genug lebte — rechnen wir fünf Punkte. Mrs. Atkinson, die sich erstaunlich schnell von Louisas erstem Angriff erholt hatte, schlug jetzt Mrs. Cumming mit einer indirekten, aber überaus wirksamen Bemerkung nieder („Captain Ernest Cumming vom 88. Regiment ist ihr Gatte; wir wissen alle, daß er ein Pferd nicht mit Anstand reiten kann, soviel Mühe er sich auch immer gibt; Reiten aber ist eine Fertigkeit — oder ein Trick — mit dem alle echten Gentlemen geboren werden; daher ist Ihr Gatte kein Gentleman; daher sind Sie keine Lady!"). Ausgezeichnete Arbeit, schnelle Arbeit — und dabei war der Hieb gegen eine Person gerichtet, die gerade die Angreiferin von Mrs. Atkinson angriff und daher eher auf Dankbarkeit als auf eine neue Beleidigung rechnen dürfte — neun goldene Punkte, ohne Frage! Mrs. Caversham hatte die Punkte noch nicht aufgerechnet; aber sie würde, sie würde . . .

Er kam zu dem Ende der Ziele und erwischte einen kleinen fahlblonden Mann beim Ärmel, der schnell dahinging. Er rief ihn an: „John McCardle! Lauf nicht weg, sondern sprich mit mir. Du schwätzt nicht und fluchst nicht, du bist immer ernsthaft und weißt, was du sagst. Du bist ein Mensch!"

McCardle hatte ein viereckiges Gesicht und jene sommersprossige Haut, die man so oft bei Menschen mit sandfarbenen Haaren und Augenbrauen findet. Seine Sommersprossen hatten sich etwas über die schlaffe weiße Haut seines Gesichts erhoben; sie wirkten wie kleine Narben einer überstandenen Krankheit.

„Laß mich los, Rodney, ich habe sehr schlechte Nachrichten! Kann de Forrest nicht finden, suche Gosse. Kein Zweck mehr, die Geschichte geheimzuhalten. Julio ist tot.“

Rodneys Hände sanken langsam herunter. „Julio? tot? John, was sprichst du da. Vor ein paar Tagen waren wir erst beim Angeln. Er sagte zu mir, er wollte Father D'Aubriac besuchen.“

„'s war eine Lüge, Mann. Er ist tot. Hydrophobia. Wasserscheu. Tollwut.“

„Jesus Christus!“

„Aye, Jesus Christus — ER hatte keine Gnade. Rodney, versprich mir, daß du dich heute mit mir sinnlos besäufst! Willst du? Hab mein ganzes Leben lang keinen Tropfen getrunken. Bleibe hier und warte auf dich, wenn das Turnier vorbei ist.“

„Aber John — wie konnte es denn geschehen?“

McCardles Gesicht war eine Larve der steinernen Wut. Seine blauen Augen waren von geheimer Furcht erfüllt: „Wie, zum Teufel, soll ich das wissen. Julios Hund fehlt nichts. Das Gift kann ruhen — sechs Monate — ein Jahr! Jeder von uns kann es in sich tragen. Jeder Hund in Bhowani kann es haben. War nicht eine Beißerei zwischen deiner Bullterrierhündin Jewel und einem Schakal? Im Januar? Es kann Jewel gewesen sein! Wir wissen es nicht! Und es gibt kein Heilmittel dagegen.“

Die Worte strömten aus ihm heraus, ohne Punkt und Komma, er bewegte kaum die Lippen oder die Zähne. „Ja, Julio ist tot. War er nicht ein bißchen nervös und flatterig, als Ihr beim Angeln wart? Redete immerfort? Aye, so fängt es immer an. Wir brachten ihn in mein kleines Hospital, ganz im geheimen. Er schäumte nicht, das ist alles Quatsch. Er lag still und hatte Kopfschmerzen, immer schlimmere Kopfschmerzen, und er blickte aus dem Fenster — es ist kein Baumwuchs vor meinem Hospital, und drinnen ist es heißer als in der Hölle. Er war schrecklich durstig, konnte aber nicht trinken. Jedesmal, wenn er es versuchte, erstickte es ihn beinahe. Dann brach er schwarzes Zeug, und von Zeit zu Zeit hatte er einen Starrkrampf — aber zwischendurch wußte er genau, was mit ihm los war. Und ich und Miß Langford und fünf Sanitätsgäste mußten ihn festhalten — Christus, dieses Mädchen ist ein Engel; aber ich — ich konnte nicht das Geringste für ihn tun — Heiland, Rodney, ob du es glaubst oder nicht, ich schickte eine Ordonnanz nach meiner Pistole; aber ich hatte nicht so viel Mut wie ein Kaninchen und konnte es nicht tun! Rodney, er brach sich fast die Wirbelsäule in seinen Krämpfen — bog sich jedesmal weiter zurück, immer weiter — ohne ein Wort zu sprechen! Aber er wußte Bescheid! Wußte genau Bescheid! Ich will jetzt nur noch eins, Rodney: Saufen! Ich habe geheult an Miß Langfords Schultern, und ich möchte wieder bei ihr sein und heulen — aber sie ist völlig erschöpft, halbtot!"

McCardle ging, als ob er schon betrunken wäre — stolperte hinüber zu Captain Gosse. Plötzlich hörte Rodney einen zitternden Seufzer neben sich, fuhr herum und sah Rachel Myers tödlich erschrockenes Gesicht. Sie hatte offenbar wieder eine Vision, und sie zitterte, wie in Krämpfen. Auch das noch! Er legte den Arm um sie und rief nach Hilfe. Mrs. Caversham kam schnell zu ihnen. Der Mann, der die Treffer anzeigte, lief fort und suchte Mrs. Myers auf dem Schießplatz. Das Turnier wurde eingestellt, ein Schwarm von Weibern versammelte sich um sie. Rodney drängte sich aus dem Haufen, mit einem schwachen Gefühl im Magen. Hinter ihm blieben Rachels stöhnende Worte zurück, mit denen sie ihre Vision beschrieb. „Er sagte schreckliche Dinge zu mir — ich verstand sie nicht. — Oh, wie konnte er!"

Er biß die Zähne aufeinander und schlenderte ziellos umher. McCardle, dachte er, der Mann, der niemals fluchte, der düstere Schotte, der mit aller Welt Frieden hielt. Selbst er! Mörderisches, unheimliches Indien — Folterkammer des weißen Mannes, die ihn zwingt, seiner Bitterkeit in schmutzigen

Worten Luft zu machen! Glückliche Rachel, verloren in jugendlichen Visionen der Glückseligkeit! Armer John McCardle! Julio — Tage in der Hölle, viele Tage! Ob Christus bei ihm gewesen war? Nein, nur dieses naseweise Frauenzimmer, Caroline Langford. Warum hatte ihm niemand Bescheid gegeben — ihm, Rodney?

Lady Isobel stand plötzlich neben ihm und legte eine Hand auf seinen Arm. „Ist es geschehen, Rodney?"

„Julio ist tot! Tollwut!"

„Mein Lieber, ich wußte es. Gottseidank, daß es vorbei ist. Caroline hat ihn zwei Tage lang gepflegt. Julio ließ Mr. McCardle schwören, es geheimzuhalten. Er dachte an uns alle. Er wollte nicht, daß das Bogenschießen ausfallen sollte — wollte nicht, daß wir uns darüber grämten, was mit ihm geschah! Er dachte in erster Linie an dich, Rodney! Er wünschte nicht, daß du etwas erführest, bevor alles vorbei war."

Sie schlug ein Kreuz und schwieg eine Minute lang. Ihr schweigendes Mitgefühl half ihm ein wenig. Aber — Caroline Langford war das härteste Stück Weges mit Julio gegangen, an seiner Stelle! Sie war nicht mit de Forrest ausgeritten, wenigstens in den letzten zwei Tagen nicht. Er war eifersüchtig auf sie.

Isobel sagte: „Ich fürchte, diesmal wird es ein schlimmer Sommer. Weiter nordwärts, an der Pike, ist Cholera gemeldet. Und unter den Dienern der Bells sollen die Pocken ausgebrochen sein, wie ich hörte."

Rodney wurde plötzlich so wütend, daß er am ganzen Leib zitterte. „Pocken!" rief er. „Und Max und Louisa haben die Stirn, hierherzukommen, verflucht und zugenäht! Entschuldige, Isobel, aber das ist zu viel. Sie können schon angesteckt sein, und wir stecken uns an ihnen an und nehmen es mit nach Hause zu unseren Kindern! Stell dir vor, wenn Robin die Pocken bekäme!"

Sie sah ihn ruhig an: „Rodney, ich verstehe dich; aber

vergiß bitte nicht, daß wir alle diese Gefahren auf uns nehmen müssen. Wir würden verrückt werden, wir würden zu Selbstmördern, wenn wir uns von der Gesellschaft ausschließen wollten, sobald irgendwo eine Krankheit ausbricht."

Er stieß die geballten Fäuste in die Taschen seines Jacketts: „Vermutlich hast du recht, meine Liebe, wie immer. Wo ist Joanna? Sie soll sofort nach Hause fahren! Ich weiß, es ist dumm. Wir können nichts tun. Aber sie soll nach Hause fahren. Denn ich muß mich um John McCardle kümmern; wir wollen uns beide heute nacht besaufen. Wenn ich nur daran denke, dann möchte ich — ich weiß noch nicht einmal, was ich möchte — und er ist immerhin ein Arzt!"

Er drückte ihr die Hand und ging schnell durch die flüsternde Menge davon, ohne aufzublicken. Er wollte John eine Flasche Brandy einflößen, sofort, und sich selbst eine andere. Diese Weiber, dachte er. Diese hinterlistigen . . . hinterlistigen . . .! Dieser viehische Kleinkrieg, den sie dauernd führten! Aber vielleicht wiederum kein überflüssiger Krieg. Denn sie wappneten damit ihre Herzen gegen das schmutzige Land. Sie quälten einander mit spitzen Nadeln, um die unaussprechlichen Dinge zu vergessen, die ihr gesamtes Leben Tag und Nacht erfüllten. Sie hatten Häuser, Ehegatten, kleine Kinder und Diener; und jedes Tier, das sie hielten, jedes grüne Salatblatt, das sie aßen, jeder Tropfen Wasser, den sie tranken — die Sonne im Himmel, der Bettler auf der Straße, die Luft in ihren Lungen — konnte sie morgen schon zerstören! Heiland, dachte er, Caroline Langford hat Nerven!

Im Geist sah er Robin, seinen kleinen Robin, ausgestreckt im Bett. Der Rücken des Kindes bog sich, bog sich unerträglich weit zurück; seine kleinen weißen Zähne knirschten aufeinander; schwarzer Schleim tropfte über sein Nachthemd. Unter Rodneys Füßen zerbrach ein Zweig; es war Robins Rückgrat, das zerbrach.

Er rannte zur vorderen Auffahrt. Eine bleiche, ängstliche Joanna bestieg gerade die Kutsche. Er packte den Kutscher beim Arm und flüsterte wild: „Mangu, sag Rambir, daß er Jewel erschießen soll — ja, und Harlequin — sofort, sobald du nach Hause kommst. Hast du mich verstanden? Wenn sie nicht in einer halben Stunde tot und begraben sind, erschieße ich euch! Hast du mich verstanden? Joanna, heute abend bin ich nicht bei den Gosses — sie denken nicht daran, ihre Whistpartie abzusagen. Sag ihnen, was du willst, meinetwegen, daß ich betrunken bin — wieder einmal."

Er rannte zum Klub hinauf und fand McCardle in der Bar. Eine Flasche Exshaw's No. 1 stand halbleer vor ihm; aber er war nüchtern und kalt wie ein Stein.

10. KAPITEL

Die Offiziere hatten sich schon zu der Montagmorgen-Sitzung versammelt, als Rodney den Raum erreichte. Der Montag war immer ein schlechter Tag gewesen. Dieser Montag würde besonders schlecht werden, nach dem Begräbnis Julios am gestrigen Tage. Er grüßte kurz, setzte sich und warf einen Blick über die Runde. Oberstleutnant Caversham saß an der Spitze des Tisches; es folgten — im Uhrzeigersinn — Major Anderson, der stellvertretende Kommandeur; drei Hauptleute — Old Sculley, Geoffrey Hatton-Dunn, der Adjutant, und Rodney selbst; dann zwei Oberleutnants — Atkinson und Quartiermeister Sanders; drei Leutnants — Torrance, Simpkin und Neville. King, der Regimentsfeldwebel, und Toombs, der Feldwebel des Quartiermeisters, vervollständigten die Tafelrunde. Regimentsarzt Hackett war auf Urlaub und nicht vor Ende Juli zurückzuerwarten.

Alles in allem zehn Infanterieoffiziere anwesend, an Stelle der sechsundzwanzig, die laut Stammrolle zum Regiment gehörten. Rodney überschlug im Geist die Differenz, während die anderen leise miteinander sprachen und Caversham seine Notizen ordnete. Das 13. Regiment war außergewöhnlich schwach besetzt mit britischen Offizieren. Die Mehrzahl jener Offiziere, die sollmäßig dazu gehörten, waren von Leadenhall Street abkommandiert und anderweitig eingesetzt worden; niemand dachte daran, Ersatz an ihre Stelle zu schicken. Übrigens wußte er, daß das 88. und 60. Regiment — wie jedes Eingeborenen-Regiment des Landes — genau so schlecht daran waren.

Wie immer, wenn diese Gedanken ihn einmal überfielen, fragte er sich erstaunt, wie es die Englische Armee fertigbrachte, überhaupt eine Armee zu sein. Sechsundzwanzig weiße Offiziere gehörten sollmäßig zu einem Regiment der Eingeborenen Bengal-Infanterie — und meinetwegen nur fünfundzwanzig, wenn man den Oberst abrechnete, der sowieso meistens abwesend war. Nur sieben Offiziere von diesen fünfundzwanzig sollten im Höchstfalle gleichzeitig abwesend sein. Aber diese Meute von geldgierigen Zivilisten in Leadenhall Street besetzte ein Eingeborenen-Regiment mit ganzen zehn Offizieren und sparte auf diese Weise die Gagen von fünfzehn Offizieren; die eingesparten Offiziere mußten irgendwo unmilitärische Aufgaben verrichten und sparten Leadenhall Street weitere zivile Hilfskräfte, die ebenfalls Geld kosteten. Inzwischen wurden die Sepoys langsam ihrer Offiziere müde, die durchaus nicht das waren, was sie sein sollten. Unbeweglich über den Dingen stehend, wie die alten Schattenbäume in den Städten. Für die Kaufleute der Company war es schlechterdings unbegreiflich, daß ein Infanterie-Offizier auch im Frieden mit seinem Regiment leben muß, um das Vertrauensverhältnis aufzubauen, das im Krieg die Siege gewinnt. Sie übersahen noch etwas anderes, das ebenso typisch für Indien war: daß es dem indischen Sepoy im Grund gleichgültig ist, ob der Offizier, der ihn führt, etwas taugt oder nicht; daß er aber erwartet, ihn Jahrzehnte zu kennen, dauernd mit ihm zusammenzuleben.

Cavershams Stimme dröhnte monoton — er sprach jetzt über freiwillige Spenden für die Musikkapelle. Rodney spielte mit dem Bleistift und zog einen sauberen Kreis auf das Blatt, das vor ihm lag. Zerfetzte Spinnweben pendelten im Luftzug von der einen Ecke des blanken, weißgetünchten Raumes; Schmutzwasser füllte die Sprünge und Löcher in den Steinplatten des Fußbodens. Der Raum war gereinigt worden; aber, wie immer, nicht gründlich genug. Die schmutzigen Fenster standen offen; Fliegen brummten herein und hinaus. Er konnte eine Reihe Sepoys sehen — Ordonnanzen, Schreiber, Angestellte der Lager — die auf ihren Fersen hockten, längs der Veranda. Eine lange Latte hing von drei Eisenhaken an der Ecke herab; eine Schnur, im Mittelpunkt der Latte angebracht, führte durch ein Loch oben in der Mauer hinaus; ein Streifen Leinwand war an der Latte befestigt und hing über der Tafel. Dies war die Punkah. Nur der Turban des Punkah-Boys war durch das Glasfenster sichtbar; in einem angenehmen Neunzehntelschlaf ruckste er auf seinen nackten Fersen hin und zurück und bediente dabei, wie ein Galeerensklave sein Schlagruder, die Schnur der Punkah. Die Haken quietschten leise, die Schnur knarrte, das Tuch wedelte zischend hin und her. Dies war die Grundmelodie Indiens, die alle Gedanken und Unterhaltungen in der heißen Periode durchsetzte und untermalte. Rodney hatte Kopfschmerzen ...

„Hat jemand etwas einzuwenden? ...“

Er hatte nicht hingehört. Der Oberst hatte vorgeschlagen, die freiwilligen Spenden der Offiziere für die Musikkapelle zu erhöhen, da die Musiker neue Anzüge brauchten und ein paar Instrumente ersetzt werden mußten. Das klang ganz gesund, Rodney hatte keine Einwände. Aber er warf einen Blick über den Tisch auf Simpkin. Das runde Gesicht des Leutnants war bleich; er äußerte zwar keinen Einwand, hielt aber den Blick gesenkt. Rodney fragte sich, ob Caversham wohl wußte, daß dieser einundzwanzigjährige Junge von einem Leutnant eine fünfunddreißigjährige Bardame in England geheiratet hatte, ehe er nach Indien ging, und daß er fast sein gesamtes Geld nach Hause schickte. Eines Nachmittags hatte Rodney den Jungen in seinem Bungalow gefunden, die Pistole auf dem Tisch vor sich. Er hatte unverbrüchliches Schweigen gelobt, und dann hatte der Leutnant ausgepackt. Es endete damit, daß er versprach, nicht mehr an Selbstmord zu denken. Neben allen anderen sei es auch äußerst unfair gegen seine Frau. „Ich halte es für meine Pflicht als Gentleman, Emma zu unterstützen", sagte er. Auch einer von denen, die es erwischt hat, bevor sie trocken hinter den Ohren waren, dachte Rodney und fing einen Blick des Leutnants auf. Er lächelte und zuckte die Achseln. Simpkin lächelte etwas mühsam zurück.

Atkinson, immer darauf bedacht, die Dinge von der juristischen Seite zu betrachten, hustete bedeutungsvoll: „Ist eine Entscheidung darüber erreicht worden, Sir, aus welchem Fond das Holz und Öl bezahlt wird, das man braucht, um die Leichen der Sepoys zu verbrennen, welche an einer Krankheit gestorben sind, die sie sich im Dienst, aber nicht auf dem Schlachtfeld zuzogen?" Rodney hatte bereits früher dem Quartiermeister seine Ansicht über diesen Punkt ausführlich erläutert; er benutzte die Gelegenheit, um in einen anderen Traum zu versinken.

Leichen, dachte er — Julios Begräbnis, das schrecklichste Begräbnis, das er je erlebt hatte. Während der Nacht von Samstag auf Sonntag war er nicht ins Bett gekommen, und John McCardle war trotz aller Anstrengungen nüchtern geblieben. Als er um sieben Uhr morgens hinter dem gedämpften Trommeln her von der Kaserne zum Friedhof marschierte, hätte er sich beinahe übergeben. Es gab keine Kirche in Bhowani, nur einen großen Friedhof, der von einem hohen Wall eingefaßt war. Alle lebenden Engländer Bhowanis hatten sich um das Loch in der Erde versammelt; trotz allem bildeten sie einen kleinen Haufen, verlassen und einsam zwischen den Grabsteinen. Zwei Soldaten des 60. Regiments waren vierzig Meilen weit geritten, um Father D'Aubriac von seiner einsamen Missionshütte heranzuholen, und er war gekommen. D'Aubriac stammte aus Saint Flour in den Bergen der

Auvergne; ein kleiner, runder, schwarzbärtiger Mann mit ruhigen Augen. Rodney hatte ihn gern. Zwei- oder dreimal im Jahr verließ er seine Zwergvölker im Dschungel des Südens und kam zum Bhowani-Klub, um zu trinken und sich über das miserable Essen zu beschweren.

John McCardle war auch gekommen — obwohl Rodney ihn beschworen hatte, der Feier fern zu bleiben — und natürlich hatte er sich im Schutz der Friedhofsmauer übergeben müssen; und alles endete damit, daß er lästerlich auf Gott im Himmel und Father D'Aubriac auf Erden fluchte. Niemand hörte, was der Priester in der Ecke des Friedhofs zu ihm sagte; aber er stolperte nach Hause, und Father D'Aubriac lächelte hinter ihm her.

Rodney stand zwischen Rachel Myers und dem alten Gosse am Grab. Wenige Meter hinter ihm war eine der zahlreichen kleinen Erhebungen, und Rodney hatte die Inschrift des Steines auf dem Hügel gelesen: ‚Gewidmet dem heiligen Angedenken von Elisabeth Gosse, die aus diesem Tal der Tränen schied, am neunten Tage des Juni, 1850, im neunten Jahr ihres Alters. R. I. P.' Natürlich wußte jedermann, daß dies hier unter dem Hügel Gosses einziges Kind gewesen war; aber die alte Tatsache traf ihn plötzlich mit neuer Gewalt. Gosse war glatzköpfig und fett, und er hatte wässerige Augen, die mit einem leichten Lächeln über Rodney hinweg auf Rachel Myers starrten. Rachel haßte die Art, wie er sie mit Blicken tätschelte und liebkoste. Aber das Kind unter dem Stein, dachte Rodney, wäre jetzt auch fünfzehn Jahre alt gewesen.

Plötzlich stolperte Hedges unter der Last auf seinen Schultern, und die anderen Träger ließen den schwarzen Sarg fallen. Rodney wußte zufällig, daß Hedges am Abend zuvor die kostspieligste Hure von ganz Bhowani zu sich befohlen hatte, und konnte sich vorstellen, daß der Sarg nach der Überanstrengung jener Nacht für Eddie zu schwer geworden war. Unter anderen Umständen würde der Zwischenfall nicht so viel bedeutet haben; aber dies war die heiße Jahreszeit, und die Eingeborenen hatten den Sarg schlecht zusammengenagelt; er brach auf — glücklicherweise verhüllte das weiße Leintuch die Gestalt des Toten. Joanna und Mrs. Bell wurden ohnmächtig, die weiße Mumie lag offen in dem flachen Licht. Und die ganze Zeit über tschilpte ein Schwarm Feldspatzen fröhlich in den Baumwollbäumen.

Rodney zog bedachtsam ein gleichseitiges Dreieck in den Kreis auf dem Papier. Als er heute früh zum Exerzierplatz hinausritt, hatte er eine große Volksmenge unter dem Feigenbaum des Silberguru gesehen. Der Guru stimmte Verwünschungen und Drohungen an, sprach von Ruin und Untergang — irgend etwas von den Chupattis und von der Notwendigkeit des Gebetes. Ein krummbeiniger, bebrillter Händler hatte am Rand der Menge gesessen; er war beritten, seine fetten Füße trafen sich unter dem Bauch des Ponys. Der Kerl hatte Rodney angeblickt, mit einem Lächeln unerhörter Überlegenheit, als ob er sagen wollte: „Diese abergläubischen Bauern! Du und ich, wir wissen es besser, nicht wahr, Sahib? Denn wir sind gebildete Menschen.“ Rodney kannte diesen Typ gut und fand ihn gewöhnlich widerlich. Einer von der Sorte, die typisch war für Bengalen, vermutlich aus Kalkutta; er schröpfte die örtlichen Geldverleiher, die ihrerseits die Einwohner der Stadt schröpften und — wenn die britischen Offiziere nichts dagegen unternahmen — auch die Sepoys. Immerhin, der Kerl hatte seinen Schirm geschlossen, war plump vom Pferd gestiegen, um ein tiefes Salaam zu machen, höflich und unterwürfig. Rodney erwiderte es mit einem Nicken und einem halben Lächeln. Wie immer, war ihm auch dieser Gruß zuwider gewesen; aber er konnte nicht in der kalten, unberührten Art der Maharadjahs und der anderen britischen Offiziere vorbeireiten. Im Gegenteil, er sagte: „Ram ram, babuji. Es ist weit von Kalkutta bis hierher, nicht wahr?“ Das Benehmen des Dicken war nichts anderes gewesen als etwa das Benehmen eines kleinen indischen Landbesitzers oder eines ungebildeten Zwergadligen — und ganz sicher schuldete er diesen Gruß einem bestallten Offizier der Company. Trotzdem war ihm irgend etwas merkwürdig vorgekommen. Der Spott auf dem Gesicht des Mannes hätte, wenn er nur ein wenig ausgesprochener gewesen wäre, Rodney in den Kreis ‚dieser Bauern‘ mit einbezogen.

Wessen Stimme war es, die da sprach — hohl aber deutlich, mit einem Klang von Streitlust und Schärfe? Er unterdrückte ein Lächeln: Kein anderer als Eustace Caversham, der eine kleine Vorstellung darüber gab, wer der Kommandierende Offizier der 13. Rifles war. Einmal in der Woche verstrickte sich Caversham fruchtlos fünf Minuten lang in dieses Schauspiel. Ein Kaninchen in der Haut eines Leoparden! Der Oberstleutnant schlug mit der Faust auf den Tisch; ein Schwarm Fliegen erhob sich aufgeregt.

„Und ich sage es nochmals: Die Zeit ist vorbei, da irgendein Offizier im Dienste der Company Paraden abhalten konnte oder Dienstgeschäfte führen durfte, während er auf seinem Bett in seiner Veranda lag. Diese Sitte ist in Madras entstanden — in unserer Präsidentschaft ist sie nie heimisch geworden. Es macht einen schlechten Eindruck, und ich will es einfach nicht haben!“

Anderson schnaufte kurz durch die Nase. Dieser Schuß war auf ihn gezielt worden. Er verhandelte Disziplinarstrafen, während er auf dem Bett lag; er würde auch in Zukunft nicht darauf verzichten. Der rauhe Ton in Cavershams Stimme schmolz, er sprach weiter, wie üblich, höflich und unsicher — irgend etwas über Barackeneinrichtungen und neue Quartiere. Der Quartiermeister gab ein bekümmertes Dementi von sich.

Rodney verfolgte die Verhandlung mit halbem Ohr. Ich habe es von Anfang an gewußt, daß diese Chupatti-Geschichte stinkt, dachte er. Er hatte Geoffrey den Zwischenfall gemeldet, von dort war er auf dem Dienstweg zu Dellamain weitergegangen, der nach Rodney schickte, um die Angelegenheit mit ihm zu besprechen. Seit dem Zwischenfall mit der Tigerin bei Kishan Falls hatte Rodney den Statthalter nicht mehr gesehen und eigentlich erwartet, ihn gravitätischer denn je zu finden. Es war ein Irrtum; Dellamain interessierte sich für die Chupattis, war aufmerksam und durchaus nicht aufgeblasen. Er sagte Rodney, daß diese mysteriösen Chupattis äußerst wichtig sein könnten, daß er eine scharfe Untersuchung angeordnet habe und inzwischen den stellvertretenden Gouverneur von Indien über diese Geschichte auf dem Laufenden hielte. Soweit war alles gut gewesen, bis heute früh.

Heute aber, vor der Montagmorgensitzung der Offiziere, waren zwei Sepoys zum Rapport vor Rodney erschienen: Ramdass und Harisingh, die beide fünf Tage über den Urlaub geblieben waren. Unzertrennliche Freunde, dabei durchaus verschiedene Charaktere. Ramdass, ein pfiffiger, geschwätziger Kleinstädter aus Bareilly; Harisingh, ein wahrer Ochse von einem Bauern, der am Fuß der hohen Berge des Kotdwaradistrikts geboren war. Sie brachten sich immer gegenseitig in Ungelegenheiten. Harisingh erklärte sich sofort mit der Strafe einverstanden und ließ sich nicht näher über seine Verfehlung aus; Ramdass aber erzählte eine Geschichte aus Tausendundeine Nacht, von der Rodney in normalen Zeiten kein Wort geglaubt haben würde. Diesmal glaubte er sie von Anfang bis Ende. Ramdass sagte, sie seien beide von einem Besuch bei einem väterlichen Onkel Harisinghs in Cawnpore zurückgekehrt und hätten die Jumnafähre in Kalpi auch rechtzeitig erreicht. Aber die Fähre war nicht an ihrem Ort, so daß die beiden mit einer Menge anderer Reisender drei Tage am Ufer warten mußten.

Schließlich war der Fährmann erschienen und hatte ihnen gesagt, er hätte sich drei Tage lang verstecken müssen. Wieso verstecken? Nun, ein Wächter der Stadt hatte zwei Chupattis über den Fluß bringen wollen und verlangt, daß man ihn umsonst übersetze, da er momentan ein Botschafter des Gottes Shiva sei. Die Fährleute lehnten das ab. Der Wächter begann mit ihnen zu streiten. Schließlich warfen sie ihn in den Fluß, wo er ertrank. Darauf versteckten sie sich, weil sie Shivas äußersten Zorn fürchteten. Als sie nach drei Tagen immer noch lebten, schlossen sie, daß Shiva möglicherweise die ganze Geschichte vergessen habe und kehrten etwas nervös zu ihrer Arbeit zurück.

Die Sepoys konnten jetzt den Fluß überqueren; aber sie verbrachten zwei weitere Tage vor einer kleinen Kapelle an der Straße im Gebet, da sie fürchteten, Gott Shiva könnte möglicherweise auf den Gedanken kommen, sie hätten etwas mit dem Tod seines Botschafters zu tun gehabt.

Rodney verurteilte jeden der beiden zu dem Verlust einer halben Dekade Wehrsold. Als sie hinausgegangen waren, lehnte er sich im Stuhl zurück und dachte scharf nach. Die Chupattis hatten also schon die Ebene zwischen Ganges und Jumna durchquert. Sie mochten bereits ganz Indien überzogen haben.

Er riß sich zusammen und lauschte aufmerksam. Gerade sagte der Oberstleutnant: „. . . von mehreren Feuersbrünsten, die in Barrackpore, speziell im Bereich der 34. B.N.I., ausgebrochen sind. Es klingt ungewöhnlich, aber General Hearsey in Barrackpore glaubt, daß diese ganzen Zwischenfälle ihren Ausgang nehmen von einer lächerlichen Auseinandersetzung zwischen einem Sepoy der Vierunddreißigsten und einem Kuli der niedrigsten Klasse, der in der Dum-Dum-Munitionsfabrik beschäftigt ist. Soweit man bis jetzt erfahren konnte, verspottete der Kuli den Sepoy, daß die Patronen für die neuen Gewehre mit einer Mischung von Kuh- und Schweinefett eingerieben seien. Da die Sepoys gewöhnlich das Ende der Patronen abbeißen, um das Pulver in den Lauf zu schütten, hat die Geschichte beträchtliches Aufsehen erregt. Diese Fettmischung bedeutet für Hindus und Mohammedaner die gleiche Beleidigung. Praktisch wäre die gesamte Eingeborenenarmee betroffen, wenn der Kuli die Wahrheit gesagt hat . . .“ „Hat er!“ stieß Rodney aus. Er erinnerte sich an den Zwischenfall in seiner eigenen Kompanie, als der unberührbare Kehrer den brahmanischen Sepoy verspottete, am Morgen nach ihrer Rückkehr von Kishanpur. Ein paar Männer seiner Kompanie hatten bereits Ende Dezember die neuen Enfieldgewehre und die dazugehörigen Patronen bekommen; inzwischen waren alle damit ausgerüstet worden. Barrackpore und Dum-Dum lagen im Weichbild von Kalkutta; aber Nachrichten dieser Art wanderten schnell durch das ganze Land. Und die Flüsterpropaganda unter den Männern würde nur wenige Tage in Anspruch nehmen. Was für eine unbegreifliche Torheit! Dabei durchaus möglich! Er sah geradezu den gottverdammten Bürokraten vor sich — vermutlich hatte man ihn von England hierhergeschickt, damit er endlich einmal etwas gegen den Schlendrian der Anglo-Indischen Armee unternehme — sah ihn vor seinen Zahlen und Berechnungen sitzen und vor Freude strahlen, daß er den zweitausendsten Teil eines Pice, der niedrigsten Münze Indiens, an jeder Patrone sparen konnte.

Sanfter Ärger füllte die Stimme des Oberst. „Ersuche freundlich, mich nicht unterbrechen zu wollen, Captain Savage. Danke sehr. Was ich sagen wollte ... Die Truppenkommandeure sind angehalten, ihren Männern klarzumachen, daß das Fett keine Beleidigung darstellt und daß das Gerücht unwahr ist. Man hat angeregt, daß den Sepoys in Zukunft gestattet werden soll, die Patronen mit der Hand aufzubrechen, anstatt sie aufzubeißen. Möglicherweise wird man ihnen auch erlauben müssen, die Patronen mit ihrem eigenen Fett zu schmieren — wenigstens so lange, bis die ganze Geschichte durchgekämpft ist."

„Ich hoffe, sie wird bald durchgekämpft, Sir", sagte Rodney. „Das hier scheint mir gerade eine dieser Sachen zu sein, die sich verdammt gefährlich auswirken können. Und die Anregung, daß man die Männer ihre Patronen selbst fetten läßt, nützt uns gar nichts. Was bisher ausgegeben wurde, ist bereits gefettet. Die Sepoys könnten bestenfalls ihre Ghi, oder was sie sonst dazu nehmen, über das andere Fett schmieren ..."

„Verdammtes Gekakel!" schrie Major Anderson. „Johnny

Sepoy tut, was wir ihm sagen — hat es immer getan, wird es immer tun. Wenn jemand Gerüchte in Umlauf setzt, dann sind es immer russische Agenten — oder Franzosen. Unsere Pflicht, ihnen beizubringen, wie sie mit den neuen Patronen umzugehen haben, und daß sie gerne mit ihnen umzugehen haben — so steht's in der Dienstvorschrift. Wer sich widersetzt, wird wegen Meuterei erschossen. Die einzige Art, wie man mit Agenten umspringt."

Caversham machte ein schiefes Gesicht. „Sagen Sie, Mr. Sanders, sind da nicht noch Kisten mit den alten Patronen auf Lager?"

„Nein, Sir, kein Stück! Übrigens nützen sie uns auch nichts, da sie nicht in die neuen Gewehre passen — und das jährliche Scharfschießen soll Ende des Monats beginnen."

„Teufel, Teufel, das ist dumm. Ganz sicher, daß wir keine von den alten mehr haben?"

„Durchaus sicher, Sir." Munro Sanders sprach, obwohl Schotte wie McCardle, reines, exaktes Schulenglisch. Ein langer, schlaksiger Hochländer, der Sohn eines Farmers von Caithness; das musikalische Element der keltischen Sprache schwang in seiner Stimme.

Caversham drehte eine Kugel aus seinem Taschentuch und hob die Augen skeptisch. „Was schlagen Sie vor, Major?"

„Scharfschießen wie gewöhnlich, Colonel. Wir schwören, wenn es sein muß, daß die Patronen nicht mit diesem Fett geschmiert sind. Danach aber, bei Gott, bestehen wir auf Disziplin. Was im 34. Regiment passierte, interessiert uns nicht. Dieses Regiment ist jedenfalls in Ordnung!"

Rodney konnte sich nicht länger zurückhalten; er lehnte sich über den Tisch, um die Aufmerksamkeit des Oberstleutnants auf sich zu ziehen. „Bitte ums Wort, Sir. Danke sehr. Ich halte dafür, daß diese Geschichte bedenklich ist. Seit ein paar Jahren wird die Welt des Sepoy immer mehr durcheinandergebracht. Ich erinnere daran, daß seit einiger Zeit die periodischen Geldzuwendungen für die Garnisonen in neueroberten Gebieten, die als eine Art Sanktion betrachtet wurden, wegfallen. Über diese Maßnahme wird immer noch heftig gestritten. Die Rechtsfrage steht dabei gar nicht zur Debatte; es war ein Gebrauch, daß die Soldaten das Geld erhielten. In diesem Land darf man nicht mit Bräuchen spielen. Jahr für Jahr gewinnt die Company immer mehr die Oberhand. Dazu gehört, daß man die Regimenter immer weiter vom Wohnsitz der Männer stationiert."

Er holte tief Luft und stellte erstaunt fest, daß er vor dem Tisch stand und fast brüllte. Die Hitze hat mich erwischt, dachte er. Die anderen blickten auf den Tisch und schämten sich für ihn. Er sprach weiter, mit erhobener Stimme. „Wenn wir einmal von diesen Dingen absehen, die sich in der Armee abspielen, dann stoßen wir auf die Änderungen, über die sich die zivilen Inder erregen — ich meine die Inder von der Klasse und Kaste unserer Sepoys: Witwenverbrennung wurde verboten, das Aussetzen von Kindern wurde verboten, die Brahmanen wurden dem Strafgesetz unterworfen. Wir glauben, daß diese Ideen gut und gerecht sind. Das ist möglich; aber die Sepoys glauben es nicht. Früher sprachen sie mit uns darüber, versuchten unseren Standpunkt zu begreifen; heute schweigen sie. Die Männer meiner Kompanie sind unruhig, schon seit mehreren Wochen. Es ist mir bekannt, daß andere Kompanien das gleiche beobachtet haben — überall, wo britische Offiziere Eingeborene führen. Ich glaube nicht, daß es gerade in unserem Regiment zu einer plötzlichen Explosion kommt; aber ich bin dafür, daß man die Sepoys nicht weiter beunruhigt. Man könnte zum Beispiel das Scharfschießen verlegen, auf die Periode nach der Regenzeit; bis dahin wird das Durcheinander hoffentlich geklärt sein. Schließlich handelt es sich nur um zehn Schuß pro Mann ..."

„Wenn Ihre Männer unruhig sind", sagte Anderson maliziös, „dann beweist das nur, daß Sie sich nicht genug um die Kompanie kümmern."

„Ich kümmere mich um meine Kompanie!" erwiderte

Rodney und setzte etwas anzüglich hinzu, „und ich führe das Kommando auch nicht vom Bett aus, Sir."

Seine Wut stieg; sie mußten ihn einfach verstehen. Er hatte in letzter Zeit öfters mit Narain und Godse gesprochen; die Unsicherheit, die er von diesen Gesprächen mit nach Hause genommen hatte, wollte er Caversham mitteilen. Narain zum Beispiel strich über seinen herabhängenden grauen Schnauzbart und betrachtete seinen Hauptmann mit alten, weisen Augen. Ein oder das andere Mal hatte er Dinge angedeutet, die ihm offenbar sehr zu Herzen gingen — aber es war immer bei der Andeutung geblieben. Und dann fügte er rasch hinzu, es müßte die Hitze sein; die Sepoys seien zufrieden; er wisse keinen Grund zur Unzufriedenheit, er würde sie nochmals fragen, mit ihnen darüber sprechen, wenn es der Sahib wünsche. Rodney hatte versucht, einzelne Sepoys ins Gespräch zu ziehen; aber sie zogen sich höflich in ihr eigenes Zimmer zurück und schlossen die Tür hinter sich — um mit Caroline Langford zu reden.

„Übrigens gibt es noch ganz andere Dinge, die sie beunruhigen, Sir. Denken Sie noch an die Chupattis? Die Männer sind über diese geheimnisvolle Geschichte verstört. Erst heute morgen hatte ich wieder so einen Fall . . ."

„Was, im Himmel, haben die Chupattis mit unseren Patronen zu tun? Überhaupt nichts", schnarrte Anderson. „Captain Savage läßt Berge kreißen, damit eine Maus geboren wird, Sir. Nicht zum erstenmal! Sie haben ja bereits alle Befehle ausgegeben. Die Debatte ist überflüssig. Wir sollten von wichtigeren Dingen sprechen." Caversham hatte noch gar keinen Befehl ausgegeben; aber Anderson wußte, wie er seinen Oberstleutnant zu behandeln hatte.

Rodney versuchte es zum letztenmal. „Da ist noch etwas anderes: Major Myers nimmt eine Bibel mit zu seinen Männern, wenn er — hm — nicht ganz nüchtern ist. Versucht, sie zum Christentum zu bekehren, schwatzt mit ihnen stundenlang über den Zorn Gottes. Erst dieser Tage hörte ich, wie ein Sepoy Narain fragte, ob es wahr sei, daß wir sie alle mit Gewalt taufen wollen. Auch das kann sehr ernsthaft werden — wenn es sich weiter herumspricht.“

„Himmel nochmal, Savage! Jetzt hören Sie aber auf. Major Myers ist ein Narr, aber er gehört zum Achtundachtzigsten!“ Anderson war außer sich vor Wut. „Was Myers macht, interessiert Bulstrode, aber doch nicht uns, verflucht und zugenäht!“

„Wollen Sie gütigst etwas weniger fluchen, Major Anderson.“

„Bitte tausendmal um Entschuldigung, Sir — aber es mußte einmal gesagt werden. Übrigens, Sir, stimmt es, daß die Gage der Feldoffiziere um vierzig Rupien monatlich erhöht wird? Da sollte man doch ...“

„Und was ist mit den Hauptleuten? Ich habe gehört ...“

Der Sturm im Wasserglas war vorüber. Sie waren wieder bei Thema Eins. Rodney setzte sich tief in seinen Stuhl, biß die Lippen zusammen, blickte auf den Tisch. Die Wogen des Garnisongeschwätzes umspülten ihn, während er wütend mit dem Bleistift nach dem Papier hackte, bis zu allem Überfluß die Bleistiftspitze abbrach. Scully, Geoffrey, Sanders, Atkinson, Torrance — jeder kam an die Reihe, einer nach dem andern. Alle gute Burschen; alle ohne jedes Verständnis. Glaubten sie ihm nicht? Dachten sie im Ernst, er sei zu aufgeregt, er mache blinden Alarm? Was redeten sie da? Geschwätz! Er lauschte, seine Wut wurde nicht geringer.

„Als Ihr Adjutant, Sir, ist es meine Pflicht, darauf hinzuweisen, daß es Offiziere gibt, die ihren Männern erlauben, Stiefelwichse im Bazar zu kaufen, anstatt im ...“ — „Mein Warenlager wird bald zu klein für die Menge der Ausrüstung, die ich darin unterbringen muß, Sir. Ich brauche eine neue Baracke dafür. Das letzte Gebäude von der 2. Kompanie wäre ausgezeichnet ...“ — „Ich brauche jeden Quadratzentimeter Raum, den ich habe. Der Quartiermeister scheint nicht einsehen zu wollen ...“ — „Mr. Atkinson will einfach nicht verstehen . . ." — „Wieviel Tage Urlaub darf ich den Männern für die Zeit des Holi versprechen?" Rund und rund und rund ging das Karussell — bis sein Waffenrock an den Schultern klebte, sein Kopf trommelte und brauste und das unablässige Quietschen der Punkah ihn körperlich schmerzte, als ob jemand versuche, ihm eine rostige Schraube in den Schädel zu drehen. Alle waren bleich vor Erregung, alle waren redselig. Schlimmer als die Weiber im Klub, dachte Rodney — und mit weniger Grund!

Auch diese Konferenz ging einmal zu Ende, ohne daß irgend etwas erreicht worden war. Rodney erhob sich, schoß aus dem Raum, sprang auf Boomerang und trieb ihm die Sporen in die Weichen, daß er im gestreckten Galopp die Pike hinaufkanterte. Das weiße Licht wurde von der Straße zurückgeworfen und brannte in seinen Augen, Staub knirschte zwischen seinen Zähnen. Nichts war beschlossen worden — außer daß die Sepoys ihre neuen Patronen benutzen mußten. Wahrhaftig, Caroline Langford hatte schon recht. Zu viele Räume in Indien, die voneinander getrennt waren — und zu wenig Fenster in ihnen.

Da war zum Beispiel die Sache mit dem kleinen Schreiner der 3. Kompanie. Bewies sie nicht geradezu die Richtigkeit seines Wortes — oder nein, eigentlich war es Caroline Langfords Wort. Heute morgen, nach dem Rapport der beiden Sepoys, die fünf Tage zu spät vom Urlaub gekommen waren, hatte man Piroo, den Schreiner, in sein Zimmer gebracht. Piroo hatte einen Wunsch, er war Angestellter der Kompanie und nicht gerade ein schlechter Schreiner. Persönlich schätzte Rodney ihn nicht besonders, weil er immer mit gesenktem Haupt umherlief, niemand gerade in die Augen blicken konnte und ständig vor sich hin jammerte und schimpfte. Wenn er durch einen Raum oder eine Baracke ging, hielt er sich immer dicht an den Wänden. Er war stets bis zur Hüfte nackt; unter einem dünnen Flaum von grauen Haaren lagen Narben dicht nebeneinander auf seiner Brust, die glänzend und dunkel war.

Seine langen Ohren schienen nur dazu geschaffen, den wackelnden Turban an seinem Platz zu halten. Seine Augen waren die eines Wiederkäuers — dunkel, entzündet, tief in dem knochigen, zurückspringenden Schädel liegend. Sein Adamsapfel vollführte dauernd einen merkwürdigen Tanz zwischen den Sehnen seiner Kehle. Manchmal trug er einen Lendenschurz, manchmal war es eine aufgerollte grüne Sepoyhose, zwei Nummern zu weit, die irgendwann ein Soldat weggeworfen hatte; aber immer lugte ein sauberes schwarzes Seidentuch aus dem Hosenbund heraus — ein völlig nutzloses und unpassendes Ornament an dieser schäbigen Figur. Denn er benutzte es niemals, sondern schneuzte seine Nase mit den Fingern, wie jeder andere Inder. Er zählte zum Hilfspersonal — Schreiner, Mädchen für alles, Trainsoldat — und war von niedriger Kaste. Heute, nach Minuten kriecherischer Selbsterniedrigung, hatte Piroo den Kompaniechef um Urlaub gebeten; er wolle nach Hause gehen und sein Haus aufbauen, das eingefallen war. Diese Forderung hatte zwei interessante Haken. Erster Haken: Der Mann mußte über eine ziemlich große Portion Frechheit verfügen. Jeder Sepoy und selbstverständlich auch jeder Gefolgsmann der Kompanie besaß ein Haus, das einmal im Jahr ‚einfiel', zumeist während des großen Monsunregen; also baten die Sepoys und Nichtkämpfer während oder nach der Monsunzeit um Urlaub für das Haus; dies war eine feste Tradition. Aber anzukündigen, daß das Haus eingefallen sei, und aus diesem Grund um Urlaub zu bitten, wenn jedermann wußte, daß bisher nur ein paar Mangoschauer niedergegangen waren — dazu gehörte, wie gesagt, eine ordentliche Portion Frechheit! Haken zwo: Piroo behauptete, sein Haus liege in Devra, acht Meilen entfernt, und er besäße Land rings um das Haus. Rodney hatte Subadar Narains Gesicht betrachtet und erkannt, daß sein indischer Offizier genau so erstaunt über diese Behauptung war wie er selbst. Der kleine Schreiner zählte im Regiment zu den verachteten Mitgliedern der niedrigsten Kaste; war es möglich, daß er, sobald er die

Hintertür der Garnison verlassen hatte, sich in einen angesehenen Landbesitzer mit hundert Morgen Land verwandelte — und daß niemand in der ganzen Kompanie etwas davon wußte?

Ja, jedermann hatte hier seinen eigenen Raum. Jedermann liebte seinen Raum und verschloß ihn und dachte geheime Gedanken in ihm.

Schneller! Zum Teufel mit der Hitze und dem Staub! Samstag betrunken mit McCardle, morgen wieder betrunken auf einer Einladung der 60. Kavallerie — übermorgen vielleicht schon tot, wie Julio. Oder vielleicht war Robin tot, und vielleicht war jedermann tot, in diesem Jahrmarktbetrieb voll billiger Sensationen. Schneller! Schneller! Boomerang streckte sich und schnellte elastisch dahin. Rodney trieb ihm die Sporen in die Flanken und fluchte unaufhörlich. Spaziergänger auf der Pike sprangen zur Seite und suchten Schutz hinter den dicken Bäumen, wenn sie die beiden heranstürmen sahen, und blickten ihm nach, die Zipfel ihrer Saris oder Turbans über den Mund gelegt, um dem Staub zu entgehen, den die Hufe des Pferdes aufwirbelten.

11. KAPITEL

In dem Augenblick, als er den Fuß in die Offiziersmesse der 60. Kavallerie setzte, hatte er das Gefühl, daß diese Nacht lang und hektisch, aber nicht eigentlich fröhlich verlaufen würde. Julio hatte diesem Regiment angehört. Als ob ihm jemand den Befehl dazu ins Ohr gebrüllt hätte, wußte Rodney sofort, daß diese Nacht eine gemeinsame, entschlossene Anstrengung aller Beteiligten war, die Erinnerung an Julios Tod in einem einzigen tollen Wirbel zu ertränken — die düstere Wolke von Angst und Übellaunigkeit, die über Bhowani hing, zu vertreiben — die Pocken in der Wohnung der Bells und die Cholera an der Pike zu vergessen.

Weiße Deckchen verhüllten die Brandflecken in den Ledersofas des Vorraumes; die grauen und silbernen Messejacken der 60. Kavallerie erzeugten einen angenehmen Eindruck von Kühle. Der Eindruck war durchaus irreführend; was an Luft durch die weitgeöffneten Doppeltüren und Fenster hereinströmte, war heiß und glühend. Die Männer hatten gerötete, schweißnasse Gesichter und waren schon teilweise betrunken. Es war jetzt sechs Uhr. Das Essen würde nicht vor acht Uhr serviert werden; und das war immer noch eine Stunde früher, als es die Routine der heißen Periode vorschrieb. Rodney liebte diesen Raum. Er war hoch und weiß, im Stil des König Georges, nachlässig elegant mit jenem unnachahmlichen Spritzer von Leichtigkeit, der auch in dem Regimentsnamen lag: Bengal Light Cavalry. Bilder von fuchsjagenden Prinzen hingen in weiten Abständen an den Wänden, dazwischen aber Standarten und Fähnlein, die bei Lakes Feldzug in Mittelindien erobert worden waren. Er stand in der Haupttür, bewegte die Schultern im Jackett und betrachtete prüfend die Gäste, um sich bei seinem Gastgeber zu melden.

Jedermann kannte jeden in Bhowani. Nur ein Offizier des 60. Regimentes war nicht anwesend. Die anderen waren alle da: Gosse, Russell, Hedges, Willie van Steengaard, sein Gastgeber; Long, Bates, Smith, Waugh, Geoghegan, der Veterinär, Herrold, der Stabsarzt — der in etwa neun Monaten Vater werden sollte. Nur der gegenwärtige Kommandeur des Regiments, Major Swithin de Forrest, war nicht anwesend. Während er umherblickte, sah Rodney auch die anderen geladenen Gäste des Regiments: Sanders, von seinem eigenen Regiment; Bell, vom 88., der sehr vorsichtig trank (Ehefrau Louisa und Schwiegermutter Harriett Caversham würden ihm die Hölle heiß machen, so oder so; warum trank der Idiot nicht richtig?); und ein großer, frischer Junge von ungefähr siebzehn Jahren mit blendenden Zähnen und gelocktem, sandfarbenem Haar. Er trug die rote, weißeingefaßte Uniform der Achtundachtziger — und da Rodney ihn nicht persönlich kannte, schloß er, daß es sich um den jungen Myers, Rachels Heldenbruder, handeln müsse, der gestern von Addiscombe gekommen war.

Da das 60. Regiment keinen Oberst oder Oberstleutnant hatte und de Forrest offenbar zu Hause speiste, war Gosse das älteste Mitglied der Tafel. Rodney sah sich nach dem Kahlkopf um, fand ihn, ging hinüber, verbeugte sich und sagte förmlich: „Guten Abend, Sir!"

„'n Abend, Savage. He, Willie! Dein Gast ist da. Wie ist es, wollen wir alle einen nehmen?"

Rodney entspannte sich, die Vorstellung war vorüber. Draußen auf dem Rasen spielte die Musikkapelle des Regiments, diesmal nicht zu Pferde, sondern abgesessen, englische und irische Weisen. Livrierte Messediener rannten mit silbernen Kühlern und Tabletts herum. Zunächst mußte er sich etwas Mühe geben, um sprechen zu können, mußte sich zu einem herzhaften Gelächter aufraffen; aber der Champagner prickelte kalt an seinem Gaumen, und auf einmal merkte er, daß er praktisch über alles reden konnte. Er stritt und fluchte lebhaft und wedelte mit dem Glas, wenn es leer war; und der Champagner floß in Strömen — Kübel voll Champagner, nichts als Champagner — goldene Schaumperlen — Bengal Light Cavalry!

Endlich das Essen; Grau und Silber schwammen jetzt schon zusammen in seinem Hirn. Das Leben war ein schimmernder Kreis, eine glänzende Musik. Das Regiment besaß eine lange Messetafel aus Ebenholz, glatt poliert. Eine endlose Reihe von dorischen Leuchtern mit Kerzen drin, ernsthaft wie die Säulen des Parthenon, marschierte über die ganze Länge dieser Tafel; Silber, Kristall und weißer Damast fluteten in ihrem warmen Licht, fingen die Strahlen der Kerzen und reflektierten sie. Nicht die verschwommenen Mauern und die entfernte Decke des Zimmers — die Kerzen waren es, die die Intimität dieses Platzes schufen. Die Diener standen bereit, außerhalb des goldenen Lichtes; sie tauchten hinein, gleich Genien, um eine Platte oder eine Flasche zu servieren, traten zurück und waren wieder verschwunden. Außerhalb dieses hellen Kerzenschimmers war die Welt düster und verschwiegen, und vermutlich sogar kalt; es war, als ob das Geräusch der Bestecke auf dem Porzellan und das wilde, unbeherrschte Gelächter unhörbar werden müßten, dort, wo das Licht der Kerzen starb. Von außen spähten sie in diesen Raum der Glückseligkeit und betrachteten verwundert die mystische Kommunion, die darin vollzogen wurde. Eine geheimnisvolle Verschmelzung der Offiziere mit dem unsterblichen Körper ihres Regiments und mit dem Blut, das in seinen Schlachten vergossen worden war. Der Exerzierplatz und die Büros waren Stätten der Arbeit, Plätze einer mehr mechanischen Wirksamkeit. Aber hier vollzog sich die Vermählung zwischen Vergangenheit und Gegenwart; die Offiziere, die daran teilnahmen, waren imstande, der Cholera zu widerstehen, Julios Geist und den verschleierten Feinden zukünftiger Schlachten. Ein silberner Trompeter auf einem Aufsatz, das Mittelstück der Tafel, galoppierte über die grundlose Schwärze des Ebenholzes weg, den Kopf gedreht und zurückgeworfen, die schweigende Trompete angesetzt zu einem unhörbaren Stoß, der zu den Giebelbalken des Daches emporschallte. Der lange Schweif seines Hengstes strömte im Wind seines vorgetäuschten Rittes dahin; sein Dolman flog hinter ihm her. Er übersprang eine zerbrochene, umgeworfene Kanone. Zwei Kanoniere hingen tot und reglos über Rohr und Schildzapfen. Hinter diesem Trompeter hatte die Leichte Bengal-Kavallerie angegriffen in ihren ruhmreichen Schlachten. Ja, die Kavallerie selbst war der Ruhm der Schlacht. Aber sie war nicht hier, nicht einmal in Silber — nur ihr Geist war anwesend und er leuchtete auf den Gesichtern der Offiziere an der Tafelrunde. Der junge Trompeter galoppierte alleine, wie damals bei Laswari.

Rodney beugte sich vor und warf einen Blick auf die Inschrift: ‚Zur Erinnerung an Trompeter Shahbaz Khan, 60. Bengalische Leichte Kavallerie, gefallen im Kampf am 1. November

1803, auf dem Feld von Laswari.‘ Die Worte verschwammen, er hatte sie schon so oft gelesen — er fixierte seinen Blick auf einen scharlachroten Fleck gegenüber. Er dachte unzusammenhängend: Scharlachrot — ist nicht Bell — muß Jung-Myers sein — scharlachrotes Gesicht — Junge wird bald unterm Tisch liegen — ertrunken in einer grauen und silbernen See.

Um elf Uhr trank er Brandy in dem Vorraum und beteiligte sich an den wilden Spielen, die bei einem solchen Liebesmahl üblich waren: speziell an menschlichen Hahnenkämpfen. Der Mond schien auf den Rasen, die Musikkapelle spielte, alles war vergessen mit Ausnahme der Freuden des Weines, der Entspanntheit, der Kameradschaft. Die Diener lächelten heimlich über die geradezu mondsüchtige Energie, die von den weißen Herren aufgebracht wurde.

Gegen Mitternacht klirrte zerbrochenes Glas, verworrenes Pochen mischte sich mit dem Geschrei von Stimmen. Rodney erhob sich, schüttelte einige betrunkene Gestalten ab und schrie begeistert: „Schau doch nur!“

Eddie Hedges ritt durch den Vorraum auf einem wildgewordenen Pferd der Musikkapelle. Es brach nach der Seite aus, schlug um sich, stieß Stühle und Tische um. Hedges setzte ein Jagdhorn an die Lippen und blies schmetternd das Angriffssignal der Kavallerie. Er setzte die Trompete ab und schrie: „Vorwärts, ihr müden Knochen — Steeplechase — Mitternachtsjagd!“

„Guter alter Hedges! Auf ihn kann man sich verlassen! Der findet immer die richtige Idee.“

„Aufgesessen! Raus mit euch, ihr müden Krämer! Raus! Raus!“

Das Jagdhorn erscholl wieder, sie stolperten hinaus, brüllend und schreiend, hinaus auf den Rasen.

„He, warte mal! Wo, zum Teufel, wollen wir denn überhaupt hin?“

„Weiß nicht, Willie — was denkst du?“

„Hö- hö- hör mal zu, — wie wärs, wenn wir die alte Pike rausreiten, bis zum Tempel. Wißt Ihr — wißt Ihr alle Bescheid? Rund um den Brunnen von Bargaon — dann wieder zurück!“

„Wieviel? Sechs Meilen? Gut! Trommler, halt mal den verdammten Gaul fest — hup! Achcha, chor do! Mein Gott, da kommt die Infanterie, ha, ha!“

„Klar komme ich. Habt ihr noch niemals von dem Kavallerieoffizier gehört, der — der so dämlich war, daß — daß es sogar seine Kameraden merkten?“

Rodney lachte über seinen eigenen Scherz, bis ihm die Tränen über die Backen liefen. Sie saßen jetzt alle zu Pferde, mit Ausnahme von Sanders und dem alten Norman Gosse, die von der Veranda aus zusahen. Die Musiker lachten im Schatten der Bäume. Eine Riesenfledermaus, von dem Lärm aufgestört, flog ärgerlich aus den Zweigen und hinein in das weiße Mondlicht. Sie hatten schon früher ihre Jacken, Westen und Sporen abgelegt; den meisten hing das Hemd hinten heraus. Geoghegan hatte seine Hosen verloren und trug keine Unterhosen. „Fertig, Ihr Affen? Los gehts!“

Die weißen Hemden flatterten über den Rasen davon. Die Gesellschaft setzte geschlossen über den niedrigen Wall und schwenkte, die Luft mit ihrem Kriegsgeheul füllend, nach Norden herum. Gosse und Sanders kehrten in die Messe zurück; die siebenunddreißig Musiker nahmen die Instrumente auf und begannen, für sie aufzuspielen.

Anfangs hielten sich die Reiter zusammen. Sie feuerten sich gegenseitig an und stießen Jagdrufe aus; sie weckten Offiziere und ihre Frauen, die unter Moskitonetzen lagen und schliefen. Der Hufschlag dröhnte dumpf von den Bäumen zurück, die die Garnison umgaben. Einige Minuten später hatten sie den Nordausgang der Stadt erreicht, passierten den Exerzierplatz des 60. Regiments und kamen ins offene Land. Hier begann sich die Linie auseinanderzuziehen. Einer nach dem anderen verließ die Pike in der Nähe des alten Tempels und ritt langsamer weiter. Als Rodney die mondbeglänzten Felder erreichte, wurde er etwas nüchterner. Die klare Schönheit seiner ekstatischen Freude wurde von Überlegungen getrübt. Was sie hier taten, war höllisch gefährlich; diese Felder waren ein wildes Durcheinander von unmarkierten Lehmgruben, Brunnen ohne Zäune, Hohlwegen und breiten Dornbüschen. Er ließ sein Pferd in Trab fallen, versuchte, die Wolle in seinem Schädel loszuwerden und ritt exakter, vorsichtiger. Weiße Hemdzipfel tanzten undeutlich vor ihm im Mondschein, anzusehen wie Geister, die zum Friedhof heimreiten, gejagt vom Hahnenschrei. Nachtwind streifte über ihn, trocknete den Schweiß und wirkte kühl. Alles roch nach Pferden, Sattelleder und vertrautem indischem Staub. Der mächtige Rhythmus der Pferdehufe half ihm, einen klaren Kopf zu bekommen und beruhigte die aufsteigende Seekrankheit in seinem Magen. Nein, er war noch jung und würde nicht wie Julio sterben, noch nicht! Er lachte laut über seine eigene Tollheit. Eine gute Sache, dachte er, daß man an solchen Abenden nicht zu erklären braucht, warum man das tut, was man gerade tut. Rodney erinnerte sich plötzlich, daß er den jungen Myers nicht unter den Reitern gesehen hatte. Auch nicht auf der Veranda mit Gosse und Sanders. Die Diener würden ihn vermutlich unter der Messetafel finden, wenn sie am Morgen kamen, um aufzuräumen. Sie würden ihn nach Hause bringen, seinem Leibdiener aushändigen und tun, als ob es niemals geschehen wäre. Auf diese Weise hatte er selbst seinen Einzug in die Bengal-Armee gehalten.

Am Brunnen von Bargaon sah er, daß nur noch Hedges, Willie van Steengaard und Jimmy Waugh vor ihm waren. Er dachte gerade, daß seine gegenwärtige Position in der Gruppe der Reiter keine Schande für sein Regiment oder die Infanterie im allgemeinen bedeute, als Hufschläge hinter ihm dröhnten und Geoghegan vorbeigaloppierte, fluchend und singend. Er hatte sein Hemd heruntergerissen und war, mit Ausnahme der Reitstiefel, splitternackt. Vor ihm verklang das Jagdhorn leiser und leiser. Rodney zügelte sein Pferd zu einem handlichen Trab und blickte sich um. Er war jetzt etwa eine Meile östlich der Garnison; das Benares-Tor der Stadt Bhowani lag nicht weit von seiner Linken. Er beugte sich tief über den Hals des Pferdes und sah Silhouetten von Häusern gegen den Himmel; seine Annahme war richtig. In wenigen Augenblicken mußte er auf einer Hügelspitze sein, durch die ein Hohlweg in die Felder führte. Als er sich in den Steigbügeln erhob, sah er den Hohlweg. Er bemerkte auch, daß sich etwas auf ihm bewegte. Weißes Mondlicht leuchtete auf die Leinwandplane eines Ochsenwagens. Nicht eines — nein, zehn oder zwölf Wagen von der seltenen, vierräderigen Sorte, die hintereinander herrollten, jeder von vier Bullocks gezogen, die Nasen der vordersten Ochsen immer einen Zoll vom nächsten Wagen entfernt. Er grinste, stieß einen wilden Schrei aus und trieb das ausgeliehene Trompeterpferd zum Galopp. An dem Hohlweg angekommen, gab er Schenkelhilfe und schrie wieder. Das Pferd setzte an, hob sich in die Luft und flog in einem weiten Bogen über Hohlweg, Ochsen, Karren und Treiber hinweg.

Der riesige, schwarze Schatten segelte durch den glänzenden Mondhimmel; der Bullocks des vordersten Wagens schnaufte wild auf, warf die Schultern gegen das Joch und brach aus. Er und seine Gefährten donnerten in das Feld hinein, der Wagen tanzte und knatterte hinter ihnen her; und Rodney trabte ihnen nach, immer noch lauthals lachend. Der Karrentreiber schien wach zu sein, was etwas ungewöhnlich war. Er hielt sich am Sitz fest und schrie die scheuen Ochsen an, während der Wagen über Ackerfurchen holperte. Am Ende des Feldes war ein Dickicht; die Ochsen versuchten, einem Baumstamm auszuweichen und rannten dabei den Wagen gegen einen anderen Baum. Das linke Vorderrad brach ab und flog von der Achse. Die Deichsel fiel herunter, der Fahrer rollte vom Sitz, der Planwagen fiel um. Ein halbes Dutzend Holzkisten und Fässer wurde herausgeworfen und brach auf.

Ein Mann schoß wie aus einem Katapult durch einen Spalt der Plane, flog durch die Luft und landete mit ausgestreckten Armen und Beinen im Unterholz. Die ganze Zeit über fluchte er.

Ein breites Band von weißem Mondlicht lief durch das Dickicht, glänzte auf die Büsche und auf die kleinen runden Gegenstände, die plötzlich zwischen ihnen lagen. Rodney starrte fassungslos — Granaten lagen vor ihm! Keine soliden Rundschüsse, nein, moderne Explosivgeschosse, vermutlich für Zwölfpfünderkanonen. Er lehnte sich rasch vor. Neben den Granaten rann Pulver aus einem großen Faß. Der Mann im Dickicht raffte sich auf und suchte verzweifelt mit beiden Händen am Boden herum. Obwohl er das schlichte, weiße Gewand eines Mannes aus dem Mittelstand trug, war er unverkennbar der Dewan von Kishanpur.

Noch während er diese Eindrücke aufnahm, trieb Rodney sein Pferd vorwärts. Es war ein Dummerjungenstreich gewesen — so jedenfalls hatte er selbst es betrachtet. Die Leute, denen er den Streich gespielt hatte, konnten sich nicht dagegen wehren; gerade das hatte ihn beschämt. Er hatte kein Geld bei sich. Aus diesem Grund wollte er den Ochsentreiber mit nach Hause nehmen und ihm Geld für den Schaden geben, und vielleicht noch ein kleines Schmerzensgeld obendrauf.

Als er den Dewan erblickte, gab er diesen Gedanken auf. Im gleichen Augenblick schien der Dewan gefunden zu haben, was er suchte, und erhob sich. Eine Pistole glänzte in seiner Hand. Der Ochsentreiber neben ihm hatte eine Pistole; nackte Füße klatschten über das Feld, von der Stelle her, wo der Wagenzug angehalten hatte. Was waren das für Männer — alle bewaffnet?

Der Dewan starrte schlitzäugig empor zu ihm; er versuchte auszumachen, wer der graue Schatten auf dem weißen Pferd in der Nacht war. Als er die Pistole erhob und auf Rodney zuging und der Ochsentreiber sich ihm anschloß, riß Rodney sein Pferd herum. Er warf sich flach über den Hals und ließ den Gaul zur Garnison zurückgaloppieren. Kein Schuß folgte ihm.

Er hielt es für das klügste, sofort zu Statthalter Dellamain zu reiten und den Vorfall zu melden. Im Ernstfall konnte er als Verbindungsmann dienen, wenn Dellamain Kavallerie einsetzen wollte. Er riß das Pferd über die niedrige Kaktushecke, die Auckland Road, die die Ostgrenze der Garnison abschloß. Zwei Fußgänger erschienen unter ihm; offenbar waren sie aus entgegengesetzter Richtung gekommen. Er sah das Mondlicht auf weißen Gewändern leuchten, riß wild am Zügel und zwang das Pferd, etwas neben den Reitern aufzusetzen. Wütend schrie er: „Hut! bahin ka chute!"

Sicher waren es zwei Diener, die mit irgendeinem trüben Auftrag heimlich die Stadt verließen. Irgend etwas, das mit dem kommenden Holi-Fest in Verbindung stand. Er schlug die Hacken in die Flanken des Pferdes; aber eine Frauenstimme schrie in englischer Sprache zu ihm empor: „Captain Savage, Sie? Schnell! Haben Sie Shivarao gesehen, den Dewan von Kishanpur — draußen im Feld? Wir müssen ihn fangen."

Es war Caroline Langford mit Swithin de Forrest. Rodney stieg ab und erzählte in kurzen Sätzen, was er gesehen hatte. Die ganze Zeit über betrachtete er sie scharf, denn sie waren verwirrt und durcheinander. De Forrest trug weiße Hosen und Hemd, Caroline ein tief ausgeschnittenes Baumwollkleid und einen Überwurf, der bis zu den Ellenbogen reichte. De Forrest trat von einem Fuß auf den anderen, hielt den Kopf gesenkt und zeigte kein Interesse an der Geschichte.

Rodney schloß: „Ich reite zum Statthalter! Hab' noch nie zuvor bewaffnete Ochsentreiber gesehen! Und ich weiß, daß die Kishanpur-Armee keine Explosivgeschosse führen darf und nur Sechspfünderkanonen. Ich erfuhr es, als ich draußen war — es ist eine Klausel in dem Vertrag, die man in Kishanpur als eine Beleidigung empfindet. Aber das ist ihre Sache. Diese Wagen können nur nach Kishanpur gehen. Ich kann mir nicht vorstellen, was dahintersteckt. Aber ich glaube, es ist höchste Zeit, daß Dellamain es erfährt.“

De Forrest sprach noch immer nicht. Caroline hob die Hand. „Es ist sinnlos, zu Mr. Dellamain zu gehen. Er steckt bis über die Ohren in der ganzen Geschichte. Erinnern Sie sich an Sitapara, die mir Nachricht geben wollte, wenn sie etwas hörte? Sitapara, die Kurtisane? Heute nacht kam ein Mann von ihr mit einer Botschaft — nein, nicht geschrieben, eine mündliche Botschaft. Ich sollte heute nacht den Bungalow des Statthalters beobachten.“

„Oh — weiter nichts?“

„Weiter nichts; aber unterbrechen Sie mich bitte nicht. Wir haben nur wenig Zeit. Wir, das heißt Major de Forrest und ich, versteckten uns — im Gebüsch des Statthaltergartens. Etwa vor dreiviertel Stunden kroch ein Mann über die Mauer des Gartens. Anfangs hielt ich ihn für einen Diener; aber er verhielt sich still, bis der Nachtwächter weitergegangen war, glitt dann in das Haus und klopfte an ein Fenster. Mr. Dellamain kam sofort heraus — ich erkannte ihn im Mondlicht — und nahm einen kleinen Beutel aus der Hand des Mannes. Dann verschwand er wieder.“

„Und dieser Mann war der Dewan?“

Er verstand jetzt, warum de Forrest nicht an dem Liebesmahl seines Regiments teilgenommen hatte. Es wäre Rodney lieber gewesen, wenn der Major etwas gesagt hätte, anstatt wie ein verdorrter Baum neben ihm zu stehen. Er war schließlich der ältere Offizier. Die Geschichte hatte jetzt einen amtlichen Anstrich; es wäre richtig gewesen, wenn de Forrest das Kommando übernommen hätte.

Das Mädchen beantwortete Rodneys Frage: „Ja, es war der Dewan. Wir folgten ihm vorsichtig, verloren ihn aber auf der Auckland Road. Wir suchten eine Weile und wollten gerade aufgeben, als wir Ihnen begegneten.“

Rodney erinnerte sich an das Versprechen, das er Joanna gegeben hatte. Es gab verschiedene Möglichkeiten für ihn;

keine war ausgesprochen ‚respektvoll' gegenüber Mr. Dellamain. Außerdem würde ihn jede von ihnen in Caroline Langfords geheimnisvolle Pläne verwickeln. Er hätte gerne gewußt, vor was Dellamain sich fürchtete. Aber jetzt war nicht die Zeit, darüber nachzudenken.

Er wandte sich an de Forrest. „Scheint wenig Sinn zu haben, Sir, daß ich die Geschichte Dellamain melde! Ihre Genehmigung vorausgesetzt, werde ich einen Zug — oder eine Schwadron — Ihres Regiments mit hinausnehmen, die Leute verhaften und sofort Oberst Bulstrode als Standortkommandanten vorführen. Er kann dann die Zeugen im Militärgefängnis festsetzen lassen, bis der stellvertretende Gouverneur jemand von Agra schickt, der die Geschichte untersucht."

De Forrest blickte auf. Schweißperlen standen auf seinem Gesicht. Er sprach ruhig, trocken, ohne jede Erregung. „Nein, Captain, ich bin nicht einverstanden. Ich habe den Dewan von Kishanpur heute nacht nicht gesehen, noch Mr. Dellamain. Aus diesem Grund habe ich auch nicht beobachten können, daß Mr. Dellamain etwas ausgehändigt wurde. Ich kehre zu meinem Bungalow zurück und empfehle Ihnen dringend, dasselbe zu tun. Gute Nacht. Gute Nacht, Miß Langford."

Er wandte sich um und ging schweigend die Straße hinunter. Rodney folgte ihm mit den Augen, bis die Schatten ihn verschluckt hatten. Das Mädchen war müde und nervös, ihre Stimme klang plötzlich grob.

„Kümmern Sie sich nicht um ihn, Captain Savage, ich erkläre alles später. Können wir diese Leute nicht verhaften, wenn wir uns ein zweites Pferd und ein Paar Pistolen besorgen?"

Rodney warf ihr einen Blick der Bewunderung zu; in ihrer Entschlossenheit war sie fast schön zu nennen. Er sprach zu ihr wie zu einem Mann: „Es wäre nicht sehr klug, Miß Caroline. Wir gehen besser zu Colonel Bulstrode." Sie machte ein finsteres Gesicht, und er fügte hinzu: „Es bleibt uns gar nichts anderes übrig. Übrigens ist Bulstrode eine ganze Portion gerissener, als er aussieht."

Sie zog den Umhang fester über ihre Brust, die Form ihrer Brüste zeigte sich deutlich unter dem Stoff. Dummes Ding, dachte er, sie hat keine Ahnung, daß sie mit dem Feuer spielt. „Gut! Wenn es sein muß! Dann aber schnell!"

Sie wollte sich nicht auf das Pferd setzen, Rodney führte es also am Zügel. Sie marschierten schnell den Damm entlang, ihre leichten Schuhe klapperten durch den Staub. Jetzt war es so weit, daß sie eine Erklärung über Major de Forrest abgeben mußte; Rodney wußte nicht, wie er ihr helfen sollte.

Unvermittelt blickte sie ihn plötzlich an und sprach, bittere Enttäuschung in ihrer Stimme: „Sie denken natürlich, ich tue das alles nur, um die Rani zur Strecke zu bringen. Weil ich sie hasse, denken Sie, nicht wahr? Sie denken, es macht mir Vergnügen. Es macht mir kein Vergnügen. Ich glaube an Pflichten, die über unseren persönlichen Leidenschaften stehen. Wir sind nicht in dieser Welt zu unserem eigenen Vergnügen — wir sind hier, um Gottes Gesetze zu unterstützen. Der alte Radjah war mein Freund; aber ich hoffe, ich würde diesen Dienst auch einem Feind erweisen. Weil ich Hilfe brauchte, wandte ich mich an Major de Forrest. Er schien interessiert. Er ist nicht so leicht aus der Ruhe zu bringen wie Sie, und das paßte mir — ich kämpfe nicht gegen Menschen, sondern gegen die Falschheit; und ich will niemand hassen. Der Major tat, worum ich ihn bat." Sie fragte halblaut: „Wie weit noch?"

„Ein paar Minuten."

Sie gingen langsamer. Offenbar mußte sie diese Bürde los werden; die Ochsenkarren würden ohnehin nicht weglaufen.

„Heute abend machte er mir einen Heiratsantrag — in Isobels Garten. Ich traute meinen Ohren nicht — hatte nicht im Traum daran gedacht. Ich kenne keinen einzigen Mann, den ich heiraten möchte, keinen einzigen! Ich war zu überrascht, um sprechen zu können. Später sagte ich ‚nein' und er meinte, vielleicht sei ich im Recht. Dann kam plötzlich der Botschafter von Sitapara. Ich dachte nicht, daß der abgelehnte Antrag so viel ausmachen würde; also bat ich den

Major, mich zu begleiten — und er lehnte ab. Darauf fragte ich ihn, ob er mir nur wegen des Antrages bisher geholfen habe, und er sagte ,ja, nur wegen des Antrages!' Er sagte, er habe angenommen, wir zwei könnten ein ungestörtes Leben nebeneinander führen, da ich über die Zeit der gefühlvollen Dummheiten hinweg sei. Sagte dann, meine Reaktion auf die Botschaft habe ihm gezeigt, daß diese Annahme falsch sei — daß ich zwar nicht von Menschen, aber wohl von Ideen aufgeregt würde. Sagte, er sei Victoria als Haushälterin gerne los geworden, aber nicht um diesen Preis. Das war alles."

Rodney räusperte sich. „Da ist das Haus des Oberst. Es brennt noch ein Licht."

Warum erzählte sie ihm alles? Damit er ihr die verworrene Geschichte über den Zwischenfall im Garten des Statthalters glaubte — damit er glaubte, daß de Forrest einen Grund hatte zu lügen? Überflüssige Mühe — und ganz sicher wußte sie es auch! Oder wollte sie erklären, was sie mit de Forrest zusammengeführt hatte, um dem Klatsch vorzubeugen? Sie gehörte nicht zu den Menschen, die sich um Klatsch kümmern; und ihm war es gleich, ob der Klatsch zutraf oder nicht. Soviel sollte sie eigentlich wissen.

„Ich bin jetzt beinahe fertig. Als er das zu mir sagte, wurde ich plötzlich sehr wütend. Er hatte gedacht, ich sei wie er — unfähig, überhaupt etwas zu fühlen. Er wollte mich heiraten, um Victoria durch eine tüchtige Haushälterin zu ersetzen. Er ist gefühllos. Nein, er hat ein Gefühl in sich — Haß gegen Victoria. Nun war die Botschaft so bedeutend, daß ich ihn unbedingt als Zeugen bei mir haben wollte, wenigstens dieses eine Mal noch. Es gelang mir; aber er ist ein durch und durch verlogener Mensch. Sie haben gehört, was er sagte."

Sie gingen die Auffahrt zu Oberst Bulstrodes Haus hinauf. Es war nach ein Uhr nachts, Rodney fühlte ein leichtes Unbehagen bei dem Gedanken, wie sie empfangen würden, wenn der alte Mann gerade im ersten Schlaf lag, nach dem Genuß eines Gebirges Curry-Fleisch und einer Gallone Bier. Das

Mädchen ging wortlos neben ihm her; die Hufeisen des Trompeterpferdes klirrten gegen den Kies.

„Er wollte mich benutzen“, hatte sie gesagt. Machte sie sich eigentlich klar, daß de Forrest mit ebensoviel Recht dachte, daß sie ihn benutzen wollte? Daß gewöhnliche Menschen — einschließlich Rodney — es haßten, als ein Werkzeug benutzt zu werden, mit dem sie wirksamer die Schönheiten eines göttlichen Prinzips enthüllen konnte. Es gab noch etwas anderes in ihrer Geschichte, etwas Interessanteres: An einer bestimmten Stelle hatte ihre Stimme gezittert vor ehrlicher, weiblicher Wut. Nicht daß de Forrest so taub gegen abstrakte Prinzipien war, hatte sie wütend gemacht — nein, daß er sie heiraten wollte, weil er sie für eine reizlose Frau ohne Gefühle hielt. Sie kennt sich selbst bei weitem nicht so gut, wie sie glaubt, dachte er, und ich mag sie eigentlich deswegen nur noch besser leiden. Das, was sie wirklich ist, erscheint mir wesentlich interessanter als das, was sie sein möchte — oder vielleicht auch werden möchte.

Das Licht kam von Bulstrodes Veranda. Von der Kurve der Auffahrt aus konnten sie den Oberst in einem geflochtenen Langstuhl sehen, ausgestreckt unter einer fahrbaren Markise. Ein halbes Dutzend leerer Bierflaschen stand im Kies, ein Diener hockte in einem Blumenbeet neben ihm. Bulstrode trug Sandalen, schmutzige weiße Hosen und ein Frackhemd — das letztere war aufgeknöpft und hing über die Hosen. Er grunzte, als er sie erblickte, zeigte aber weder Neigung, sich zu erheben, noch Überraschung.

„Ha! Guten Morgen, Ihr beiden. Chokra, binde das Pferd des Sahibs an den Baum und bring Bier. Miß Langford, trinken Sie auch Bier? Ja? Gutes Mädchen! So — da ich weiß, daß Ihr beide nicht genug Verstand habt, um zu wissen, daß dies die beste Zeit für einen Besuch ist — — was ist los?“

Er bewegte sich ein wenig im Stuhl, seine kleinen Augen leuchteten Rodney an. Der erzählte seine Geschichte, erst zögernd, dann mit wachsender Sicherheit; als er fertig war, berichtete Caroline, was sie wußte.

Der Oberst lauschte aufmerksam und bewegte sich nur, wenn er das Gesicht in den Bierkrug senkte. Als die beiden schwiegen, wischte er den Schaum vom Bart, räusperte sich tief, spuckte und traf einen schwarzroten Nachtfalter, der auf einer Säule hockte. Er kratzte bedächtig die dichten Haare auf seiner Brust: „Eins nach dem andern. Keinen Zweck, mitten in der Nacht hinter diesen Fellachen herzureiten. Ochsenkarren, langsames Geschäft. Müssen siebenundvierzig Meilen weit ziehen — kriegen sie morgen noch, wenn wir wollen. Dewan ist sowieso über alle Berge. Hat ein Pferd irgendwo im Dschungel. Stimmt? Klar! Jetzt Dellamain — wird todsicher bestochen. Weiß es seit zwei Jahren. Woher? Weil er nach Hause will, Sitz im Parlament kaufen. Will sein Buch herausgeben — ‚Steuerpolitik und Grundbesitz', oder etwas Ähnliches; versteht eine Menge davon — na, glaube, irgend jemand muß etwas davon verstehen. Kerl träumt Tag und Nacht davon, seinen Namen in der Times zu lesen — Der sehr Ehrenwerte Sir Charles Dellamain, P. C. etcetera, etcetera. Würde ihn auch in der Times lesen, wenn er zu Hause Politik machte — sehr tüchtiger Bursche, geradeaus, wie ein Korkenzieher." Er verlegte die Tätigkeit seines Zeigefingers hinunter zu den Speckfalten seines Magens. „Kann den Kerl nicht riechen — kümmere mich einen Dreck um Bestechungen; aber er ist nichts weiter als ein öliger, schlappschwänziger Zuhälter. Feige! Bewies es in Kishan Falls, was? Aber wie er in diese Sache hineingerutscht ist, ist mir schleierhaft. Ein paar Diamanten von einem Radjah zu nehmen, damit man seine kleinen Laster übersieht — Witwe lebendig zu verbrennen oder einen Stall voll Lustknaben zu halten — sowas ist menschlich. Aber den Burschen mit Kanonen zu helfen, ist was ganz anderes, und verdammt gefährlich obendrein. Hätte nicht gedacht, daß er soviel Schneid hat. Jedenfalls, er wird mit allen Mitteln verhindern, daß wir die Ochsenkarren verfolgen

— aus Angst, daß die Ochsentreiber das Maul aufmachen. Wenn ich darauf bestehe, wird er mich irgendwie abschütteln — sagen, daß er später seine eigenen Untersuchungen anstellt."

Er brach ab und starrte gebannt in das Blumenbeet: „Seht ihr die kleine Schlange da! Die da grade runterkommt? — eine Erdschlange, sie heißt Murari Sanp. Eingeborene sind verdammt abergläubisch! Werfen sie in die Luft, um sie zu töten, erschlagen sie mit einem Stein, nennen es Suraj dekhana — ‚Zeig ihr die Sonne'. Die Gonds im Süden essen sie. Ich übrigens auch; schmeckt ausgezeichnet. Da ist noch was anderes: Dellamain arbeitet möglicherweise an geheimen Regierungssachen, die mit den Ochsenkarren in Verbindung stehen. Regieren in Indien ist mitunter ein undurchsichtiges Geschäft — muß es sein, muß es sein, damit die Inder überhaupt Respekt vor uns haben. Bin jetzt neununddreißig Jahre hier — habe gelernt, Zivilisten und Politiker ihren eigenen Kohl kochen zu lassen. Kümmere mich nicht drum, wenn es irgend geht."

Er machte wieder eine Pause und verfolgte die Schlange.

„Inder schwören darauf, daß sie nachts in die Häuser geht und den Frauen die Milch aus den Brüsten saugt. Brauchen es nicht zu glauben, Miß. Wo war ich stehengeblieben? Oh, ja, laß die Politiker ihren eigenen Kohl kochen. Aber diesmal kann ich's nicht. Zu verdammt ernsthaft! Stimmt's? Klar! Befehl an de Forrest: Eine Schwadron der Sechzigsten zu Ihrer Verfügung. Sechs Uhr vor Ihrem Bungalow. Werde ihm sagen, daß er den Mund hält — Sie bitte auch, Miß! Savage, Sie führen die Schwadron, erzählen den Männern, daß Sie hinter Dacoits her sind. Die Truppen sind Mohammedaner, feiern keinen Holi, bekommen aber ein oder zwei Tage Urlaub stattdessen; versuchen Sie also, die Kerle bald zurückzubringen. Schon mal ein Holi gesehen, Miß? Schaun Sie sich's besser nicht an. Scheußlicher Anblick! Ich sehe ihn gerne! Und, Savage, führen Sie die Truppen auf keinen Fall nach Kishanpur hinein — sonst ist der Teufel los. Verstanden?

Bericht direkt an mich, wenn Sie zurückkommen. Mit ihrem Kommandeur spreche ich selber. Jetzt geht in Euer Bett — ich meine, Eure Betten, ha!"

Er nickte ihnen zu, lachte donnernd und rief nach Bier — einer Flasche.

Als sie wieder auf der Straße waren, sagte Caroline Langford: „Ich kann jetzt allein nach Hause gehen, danke schön. Ich bestehe darauf. Noch etwas: Was ich Ihnen eigentlich erzählen wollte, war, warum Major de Forrest und ich ausgeritten sind. Wir wollten herausfinden, woher die Chupattis kamen. Ich habe die Geschichte gehört, sie erschien mir geradezu gespenstisch. Erinnerte mich an die Worte des Silbergurus zu den Raben. Eigentlich sogar noch ein bißchen schlimmer."

„Ich fürchte, Sie haben Ihre Zeit verschwendet. Die Geschichte hat irgendwo, weit jenseits eines Tagesrittes, angefangen. Ich hatte gerade gestern einen Fall in meiner Kompanie, der bewies, daß die Chupattis aus dem Osten nach Kalpi kommen — und das ist einhundertfünfzig Meilen nordostwärts von hier."

„Oh, das war mir unbekannt. Aber ich kann Ihnen etwas anderes dafür erzählen, was Sie bestimmt noch nicht wissen: Die Wächter transportieren neuerdings statt der Chupattis eine Handvoll rohes Fleisch. Haben Sie schon davon gehört? Drei Stücke Ziegenfleisch — die Haut ist noch dran, die Haare sind sorgfältig heruntergekratzt, so daß es auf einer Seite leuchtend weiß ist und rohes Fleisch auf der anderen Seite. Ein Stück ist immer sehr groß, eins etwas kleiner, das letzte sehr klein. Das erscheint mir alles ziemlich unmenschlich — einem Mann nach Sonnenuntergang zu begegnen, der mit blutigen Händen läuft und nicht weiß, was er tut, oder warum er es tut — angetrieben von der Furcht vor unbekannten Gewalten. Major de Forrest sagte, er wollte es dem Statthalter erzählen; aber ich glaube, ich muß mich jetzt selber darum kümmern. Ich danke Ihnen, und — Gute Nacht!"

Sie wandte sich kurz ab. Rodney sagte „Gute Nacht" zu ihrem Rücken, schwang sich in den Sattel und trabte nach Hause. Er hätte gerne mit ihr über Julio gesprochen — vielleicht auch nicht. Jetzt war es jedenfalls zu spät.

Ein weißer Schein auf dem Rasen zeigte, wo das Moskitonetz sein Doppelbett bedeckte. Er hoffte, Joanna würde schlafen und nicht aufwachen. Er mußte sie sowieso in aller Frühe wecken und ihr sagen, daß er hinter Dacoits her war. Das würde nicht ganz leicht sein; selbstverständlich würde Joanna denken, daß er etwas ausgefressen habe und zur Strafe während der Holi-Feiertage, die heute begannen, auf Streife geschickt wurde. In Wirklichkeit war etwas anderes merkwürdig bei der ganzen Angelegenheit: Daß er, ein Infanterieoffizier, eine Kavallerie-Patrouille führte. Joanna würde das vermutlich nicht auffallen! Anderen Leuten sicher! Nun, das war jetzt Bulstrodes Angelegenheit.

Er übergab das Pferd dem Nachtwächter, befahl ihm, einen Reitknecht zu wecken und es zum 60. Regiment zu führen. Sher Dil, der den leichten Schlaf alter Männer hatte, kam auf weichen Knien ins Haus gestolpert, wenige Sekunden nachdem Rodney eingetroffen war. Er schüttelte vorwurfsvoll den Kopf, als Rodney ihm sagte, was alles am nächsten Morgen bereit sein müßte und brummte schließlich: „Dacoits, Thugs, fünf Uhr früh! Gerade wie bei Ihrem Vater Savage-Sahib. Warum gehen Sie nicht in den Stabsdienst und führen ein friedliches Leben, Rodney-Sahib?"

Er schüttelte den alten Hausmeister sanft am Arm und flüsterte: „Schon recht, schon recht. Ich weiß, du brauchst eine scharlachrote Bauchbinde. Wo, zum Teufel, hat Lachman mein Nachthemd hingesteckt?"

Das Ticken der Uhr im Salon klang durch das ganze Haus — irgendwo draußen im Feld stimmte ein Pack Schakale seinen verrückten Chorgesang an. Er zog die Stiefel über die Füße zum Schutz gegen Schlangen und Skorpione und schlich auf Zehenspitzen zu Robin, um festzustellen, ob der Lärm seiner

Ankunft ihn erweckt habe. Das Bettchen war auf der Nordveranda; das Feldbett der Ayah an seinem Fußende. Ayah schlief, eingerollt in ein leinenes Tuch, und Robin schlief auch. Rodney schlich auf Zehenspitzen durch die Halle und hinaus auf das Gras des Rasenplatzes. Auch Joanna schlief.

Er streckte sich vorsichtig neben ihr aus und hoffte, die Schakale würden nicht in seinen Garten kommen. Drunten in Monghyr, im Jahr 51, wachte Gerry Curtiss eines Nachts auf, hörte ein Geräusch, zog das Moskitonetz beiseite, um nachzusehen und fuhr mit seinem Gesicht in einen Schakal. Der Schakal biß ihn in die Nase — 50 oder 51 mußte es gewesen sein — verdammt glücklicher Zufall, daß er keine Tollwut bekam — Tollwut — Julio . . .

Er schlief ein.

12. KAPITEL

„Huzoor, huzoor, panchh baje, panchh baje."

Dämmeriges Licht, Lachmans rundes Gesicht, Nachgeschmack von zuviel Champagner im Mund, fünf Uhr früh. Er nahm die Tasse heißen Tees in die Hände, die noch leicht zitterten und lauschte auf das Tschilpen der Feldspatzen in den Zweigen über ihm. Das Leben lief wieder weiter in seinen bunten Kreisen — aber diesmal würde etwas mehr als ein Routinemarsch nach Kishanpur dabei herauskommen. Heute mochte es wirklich so werden, wie er immer geträumt hatte — daß das Schicksal eines Weltreiches von seinem Verstand und seinem Mut abhing. Als er seinen Tee ausgetrunken hatte, schüttelte er Joanna. Sie war verschlafen und ärgerlich, wie er nicht anders erwartet hatte. Er schwang die Beine aus dem Moskitonetz, fand seine Stiefel, marschierte über das nasse Gras und hinein in den Bungalow.

Um fünf Minuten vor sechs trabte eine Schwadron Kavallerie klirrend die Straße herauf und hielt vor seiner Auffahrt.

Boomerang stand im Garten bereit, Rodney warf einen Blick über das Pferd, um festzustellen, ob alles bereit sei für den langen Ritt: Übermantel und Decke gerollt hinter dem Sattelbogen; Verpflegung in den Satteltaschen; Futterbeutel voll Korn, gut zugeschnürt; Tränkeimer aus Segeltuch, Zeltpfähle und Leinen, Ersatzhufeisen. Er selbst trug: Säbel, Säbeltasche, Pistole, Munition und Eßbesteck. Geld? Kein Engländer in Indien nahm gewöhnlich Geld mit. Aber diesmal war es anders; er konnte nicht gut in einem einsamen Dschungeldorf um Essen bitten, ein halbes Dutzend Chupattis essen nebst einer Schüssel Gemüse in Curry-Sauce und dann dem Mann zur Bezahlung eine schriftliche Anweisung auf den Klub von Bhowani geben. Möglicherweise mußte er auch Essen für seine Soldaten kaufen. Er schickte Sher Dil ins Haus und ließ sich zwanzig Rupien Kleingeld bringen.

Als er die Männer auf der Straße ansah, erkannte er den Eingeborenen-Offizier, der sie führte — einen Jemadar namens Pir Baksh, einen gutrasierten dunklen Mann, schmalschultrig und lang. Er rief den Offizier zur Seite und erzählte ihm die Fabel von den Dacoits, die er mit Oberst Bulstrode ausgemacht hatte. Der Jemadar hörte sehr genau zu; mehrmals warf er scharfe, forschende Blicke auf Rodney. Dieser war sich nicht ganz gewiß, wie weit seine Geschichte Glauben gefunden hatte; aber er tat, als störe es ihn nicht, holte eine Karte hervor, versuchte ausfindig zu machen, wie weit die Ochsenkarren inzwischen gekommen sein konnten. Rodney entschied sich dazu, die Schwadron in zwei Hälften von je zwölf Mann zu teilen — eine unter seinem Kommando, die andere unter dem Kommando des Jemadars, und legte die Suchgebiete für beide Hälften fest. Nachdem sie einen Treffpunkt am Nachmittag ausgemacht hatten, ließ er die Kavalleristen herumschließen und erklärte ihnen den Plan. Sie lauschten mit einer Art hölzerner Aufmerksamkeit, es war nicht zu erkennen, ob sie etwas Bemerkenswertes an seiner Geschichte fanden. Die beiden Züge ritten um zwanzig Minuten vor sieben am Morgen ab und trennten sich fast unmittelbar darauf, um nach verschiedenen Richtungen auszuschwärmen.

Das Rendezvous war auf vier Uhr nachmittag in dem Städtchen Mornauli, fünfundzwanzig Meilen ostwärts Bhowani, angesetzt. Mornauli war eine Sammlung von Holzhütten, die sich in einer Lichtung des Urwalds zusammendrückten; Rodney betrat es wenige Minuten nach vier Uhr. Seine Soldaten folgten, müde, in Dreierreihen hinter ihm. Die andere Hälfte war bereits angekommen. Er glaubte, noch nie in seinem Leben soviel Staub und Hitze ausgestanden zu haben, noch nie soviel Verlangen nach einem endlosen kühlen Trunk gespürt zu haben; sein geschwollener Hals schmerzte. Er krächzte mit heiserer Stimme den Befehl, abzusitzen — rief nach Wasser, befahl, daß die Männer essen und ruhen sollten, und warf sich auf den Rücken unter einem Baum neben dem Dorfbrunnen.

Jemadar Pir Baksh stelzte steifbeinig heran und berichtete, daß seine Abteilung nichts gefunden hatte. So wenig wie Rodneys; er setzte sich auf und versuchte nachzudenken. Wo, in aller Welt, konnten die Hunde hingegangen sein? Er und seine Männer hatten fast fünfzig Meilen Dschungelpfad abgesucht, in jeder Stadt Recherchen gehalten, rund hundert Ochsenkarren durchsucht, von denen nur wenige vierräderig waren. Pir Baksh schüttelte den Kopf und sagte grimmig, daß er selbst genau dasselbe getan habe.

Rodney zog die Uhr heraus. „Keine Bewegung vor fünf Uhr, Jemadar-Sahib. Befehl in einer halben Stunde! Nicht absatteln! Locker schnallen und ausruhen!“

Der Jemadar machte ein Gesicht, als habe er gute Lust zu protestieren; Rodney entließ ihn mit einer kurzen Handbewegung. Er wußte, daß die Männer erschöpft und die Pferde steif waren; während des ganzen Tages hatte die Temperatur um 40 Grad im Schatten gelegen — und der Zwergteak gab wenig Schatten; aber die Ochsenkarren mußten trotzdem gefunden werden. Er war selbst halbtot, sein Gesicht brannte wie Feuer. Er trank aus seinem Becher, füllte ihn aus dem Brunnen, setzte sich wieder und lehnte den Rücken gegen den Baumstamm. Zwei nackte kleine Mädchen und ein großhörniger Wasserbüffel kamen aus dem Dorf, um ihn anzustarren, und blieben einen Meter vor ihm stehen. Er warf jedem Kind einen Anna hin und öffnete eine Packung Keks.

Er mußte sich scharf konzentrieren. Der Dewan und sein Hilfsvolk wußten, daß ein Fremder die Granaten gesehen hatte, als der Karren umwarf. Es war durchaus möglich, daß sie sich irgendwo im Dschungel verkrochen hatten, für Tage, und wenn dem so war, konnte er sie nicht finden. Aber es war gefährlich für sie, sich zu verstecken; früher oder später mußten sie den Kishan überqueren, und ein Pikett Reiter konnte die Furt jederzeit vor ihnen erreichen. Wahrscheinlich erschien es, daß sie alles darangesetzt hatten, über den Fluß hinüber ins Gebiet von Kishanpur zu entkommen. Rodney hatte die Bewegungen seiner kleinen Streitmacht auf diese Annahme aufgebaut; etwa eine Minute lang fragte er sich unruhig, ob er und Pir Baksh nicht doch einen Fehler gemacht hatten, als sie ihren Plan entwarfen.

Er kaute wütend. Natürlich hatte er einen Fehler gemacht, und jetzt blieb ihm nur noch der Kishan-Fluß, um sie abzufangen. Er zog die Karte aus der Säbeltasche, legte sie über die Knie und begann zu rechnen. Die Karren hatten Bhowani um, sagen wir, ein Uhr nachts verlassen; sie hatten siebenundvierzig Meilen Wegs und konnten pro Stunde zweieinhalb Meilen zurücklegen. Wenn sie keine Pausen einlegten, würden sie Kishanpur nach neunzehn Stunden erreichen — also gegen acht Uhr abends. Aber es war physisch unmöglich für die Ochsen, diese Strecke in der Hitze ohne eine Pause durchzustehen — ohne Wasser und Stroh. Sie mußten wenigstens drei Stunden Rast machen, und das bedeutete, daß es elf Uhr in der Nacht war, ehe sie den Kishan erreichten.

Er kritzelte mit dem Bleistift Berechnungen auf den Rand der Karte. Hier war Mornauli — zweiundzwanzig oder dreiundzwanzig Meilen vom Fluß entfernt, je nachdem, welchen Weg er wählte. In der Verfassung, in der sich seine Männer und Pferde im Augenblick befanden, konnte er nicht mehr als sechs höchstens sieben Meilen in der Stunde zurücklegen; alle Zwischenfälle eingerechnet, brauchte er vier Stunden bis zum Fluß. Wenn sie um fünf Uhr dreißig abmarschierten, würden sie gegen neun Uhr dreißig am Fluß sein, wahrscheinlich sogar etwas früher. Das wäre gerade Zeit genug, um die Karren mit Sicherheit abzufangen.

Nächste Frage: Wo würden die Wagen über den Kishan setzen? Die Karte zeigte nur eine Fähre — die Hauptfähre der Straße Bhowani-Kishanpur — und keine Furten.

Eine Erinnerung stieg vor ihm auf. Er blickte verwirrt auf die Karte, suchte, erinnerte sich plötzlich. Kishan Falls: zwei Hütten, die sich an den Ufern gegenüberlagen, ein Ochsenkarren, der die staubige Straße hinunterkroch und durch den Fluß zog. Dies war eine Furt, nicht eingetragen auf der Karte; es mochte mehr von ihnen geben. Ich muß es riskieren, dachte er; vielleicht erfahre ich von den Flußbewohnern, wo die übrigen Furten sind. Diese Urwaldbewohner in Mornauli wissen es ganz bestimmt nicht. Natürlich blieb die Frage offen, für was sich die Ochsenkarren schließlich entscheiden würden. Furt oder Fähre? Zweifellos war eine Furt geeigneter für ein so geheimes Geschäft.

Er entschloß sich kurz; Pir Baksh sollte mit seinen Männern zur Fähre reiten, er selbst würde nach Kishan Falls reiten — Abmarsch beider Abteilungen um fünf Uhr dreißig.

Um elf Uhr nachts erreichte er die Furt von Kishan Falls. Schweiß und Staub waren auf seiner Uniform und auf der Haut zusammengebacken; sein Kopf schmerzte, eine gefährliche, kalte Wut saß in ihm. Einmal war er aus der Richtung gekommen und eine ganze Meile nach Süden geritten, bevor ihm am Stand der sinkenden Sonne klar wurde, daß sie verkehrt ritten. Dies war sein eigener Fehler und niemandes sonst. Aber was sonst geschehen war — alle diese Unglücksfälle, die den Ritt zu einem einzigen Alpdruck machten —, das alles konnte nicht sein Fehler gewesen sein, wenn ihn nicht der Haß der Götter verfolgte.

Es begann damit, daß ein Soldat meldete, sein Pferd sei wundgeritten. Rodney ließ den Mann zurück und befahl dem Daffadar-Feldwebel, den Namen aufzuschreiben, damit der Mann wegen Nachlässigkeit im Dienst bestraft würde. Dann verlor das Pferd eines anderen Reiters ein Hufeisen. Sie arbeiteten eine Weile daran herum, dann ließ Rodney auch diesen Mann zurück. Der Vorgang wiederholte sich; diesmal mußte gewartet werden, bis das Tier kalt beschlagen war; denn die Abteilung schmolz sichtlich zusammen, und er konnte nicht wissen, wieviel bewaffnete Männer bei den Karren waren. Dann bockte das Pferd des Daffadars und warf ihn ab; ein Aufenthalt von zehn Minuten, um den Daffadar ins Leben zu rufen und das Pferd zu fangen. Im Dunkel des Dschungels konnte Rodney den Feldwebel nicht genau erkennen; aber er hatte einen Verdacht, als ob der Daffadar nicht so schlimm verletzt wäre, wie er tat; ganz sicher hatte er keinen Knochen gebrochen. Zweimal nach Anbruch der Dunkelheit schrien die Kavalleristen von hinten, daß Kamerad So-und-so versprengt sei. Dann stampften die Pferde unruhig unter den Bäumen herum, bis der abgängige Mann gefunden war, und dann ging der Ritt weiter. Einmal stellte Rodney plötzlich fest, daß er allein war und die ganze Abteilung hinter ihm verschwunden; er mußte zwanzig Minuten wie ein Verrückter durch den Urwald galoppieren, um sie wieder aufzufinden. Diesmal riß ihm die Geduld, er überschüttete sie mit wilden Flüchen; aber das half gar nichts. Die Männer waren zweifellos sehr müde; war das vielleicht eine Entschuldigung dafür, daß sie sich dümmer als Rekruten anstellten?

Als sich sein Ohr an das Gebrüll der Wasserfälle gewöhnt hatte, blickte er auf die Uhr — fünf Minuten vor elf. Er ritt geradewegs zu der Hütte, die er an jenem fernen Februartag am Ufer gesehen hatte, lehnte sich vom Sattel herunter, schlug mit der Faust an die niedrige Tür und wartete eine Minute, bis ein ängstlicher kleiner Mann herauslugte.

Rodney hätte gerne geflucht und geschrien. Aber das wäre in diesem Fall eine gänzlich verfehlte Taktik gewesen. Er hätte nichts von dem Hüttenbesitzer erfahren. „Hab' keine Angst, Bruder", sagte er darum mit sanfter Stimme. „Ich bin von der Kavallerie der Company, komme von Bhowani. Was ich wissen will, ist, ob ein Geleitzug von Ochsenkarren in den letzten zwei Stunden diese Furt gekreuzt hat — in dieser Richtung. Es müssen meistens vierräderige Karren gewesen sein."

Er beugte sich gespannt vor. Der Mund des Inders stand offen, er starrte blöde den Halbkreis von Reitern an, der sich um die Hütte versammelt hatte. Rodney mußte sich beherrschen, um nicht einen aufmunternden Pistolenschuß neben dem Ohr des Mannes abzufeuern. Er wartete geduldig; schließlich sprach der Mann.

„Karren, Sahib, Karren? Oh ja, Deshu, der ein Stück weiter die Straße hinauf wohnt, kreuzte den Fluß bei Sonnenuntergang, zusammen mit seiner Frau; aber er kam von Kishanpur, verstehst du? Falsche Richtung, nicht wahr? Und — richtig — Parmanand kam wenig später mit einer Ladung Stroh; aber auch er kam aus Kishanpur. Falsche Richtung, nicht wahr? Und ihre Wagen haben nur zwei Räder. Man kann sie auch kaum einen Geleitzug nennen — jeder hat nur einen Wagen, nicht wahr? Und dann kamen dreizehn lange, von der großen, vierräderigen Art, und diese gingen nach Kishanpur, nicht wahr? Ich kenne sie nicht — es müssen Ausländer sein, nicht wahr? Alles geht hier über den Fluß. Und dann kam ..."

„Ich danke dir, Bruder. Hier" — Rodney warf eine Rupie auf die Erde — „nimm das und sage niemand, daß ich dich gefragt habe. Sonst stecke ich dich ins Gefängnis von Bhowani, verstanden?"

Er schnarrte die letzten Worte, spürte aber wenig Spaß dabei. Der Wagenzug war also über den Fluß; ‚Ausländer' bedeutete nur, daß die Ochsentreiber mehr als eine Tagereise von der Hütte des Sprechers wohnten. Er wandte sich müde ab und hockte niedergeschlagen im Sattel. So war das also. Er haßte Niederlagen — vor allem, wenn sie auf so überflüssige Weise entstanden, durch diese miserablen Kavalleristen — aber das war alles keine Entschuldigung für ihn. Er hatte einen Auftrag erhalten, und er hatte versagt. Seine Gedanken arbeiteten wild. Die Ochsenkarren, nunmehr im Gebiet des Staates Kishanpur, konnten möglicherweise irgendein geheimes Arsenal aufsuchen; trotzdem schien es wahrscheinlicher, daß sie geradewegs zur Festung fuhren. Natürlich konnte er die Halbschwadron durch den Kishan schwimmen lassen und sie auf der Straße anhalten — sagen wir, bei dem Affenbrunnen — aber das hieß, Oberst Bulstrode ernsthafte Ungelegenheiten zu bereiten. Es gab noch eine andere Möglichkeit; er konnte allein hinüberreiten. Er war jetzt bewaffnet und hatte keine Angst vor den geheimnisvollen Ochsenkarren des Dewans. Dies war eine gute Idee; seine Aufgabe schrieb vor, genau herauszufinden, wo die Karren abgeblieben waren, und dann Bulstrode Bericht zu erstatten.

Er zwang Boomerang zu einem schnellen Trab. Eine Stunde später befand er sich gegenüber einer typischen Formation des Ufers, die er als sein altes Sepoylager erkannte. Er hielt an, rief den Daffadar zu sich und sagte ihm halblaut:

„Biwak an dieser Stelle, außer Sicht des Flusses. Ich gehe allein hinüber. Du sprichst zu niemand darüber, wo ich bin. Wenn ich bis morgen Nacht zur gleichen Zeit nicht zurückgekehrt bin, reitest du nach Bhowani und erstattest unmittelbar Bericht bei Colonel Bulstrode. Verstanden?“

Er stieg ab und gab einem Soldaten Boomerangs Zügel. Dann entledigte er sich der Sporen, des Tschakos, des Leibriemens und der Tunika. Er befestigte den Pistolengurt um den Hosenbund und betete heimlich, daß das Wasser die Patronen nicht unbrauchbar machen würde. Dann glitt er in den Fluß. Das Wasser war warm, floß aber wunderbar kühl und sänftigend über seine ausgedörrte Haut.

Er war viel erschöpfter, als er gedacht hatte und mußte sich am anderen Ufer ein paar Minuten ins Gras legen. Die leuchtende Farbe seines weißen Hemdes störte ihn; er schmierte Lehm auf den Stoff und auf sein Gesicht. Vor ihm ragten die sieben hohen Bäume des Affenbrunnens hoch über ein dunkles Feld. Er kreuzte einen Streifen Urwald und entsann sich genau an die Einzelheiten; hier war sein Zeltlager gewesen. Er bückte sich und arbeitete sich am Rand eines Dorngestrüpps zur Affenquelle vor.

Unter den Bäumen angekommen, bewegte er sich noch vorsichtiger. Kein Wind, kein Geräusch. Im Mondlicht wirkte der zerstörte Brunnen wie der schattenumströmte Altar eines ausgestorbenen Volkes. Vorsichtig setzte er seine Füße, suchte den Boden ab mit den Augen, bevor er den nächsten Schritt machte; denn hier war das Königreich des großen Mantelpavians. Plötzlich begannen die Affen — die Langurs, die er ganz vergessen hatte — wild über ihm zu schreien, zu zetern und von Zweig zu Zweig zu hüpfen. Ein Schauer von Blättern und Zweigen regnete aus dem Pandämonium in der Dunkelheit über ihm. Er ging die letzten Schritte schneller und warf sich auf den Bauch. Ein Glück, daß niemand außer ihm hier war.

Er atmete tief aus und entspannte sich. Flußwasser tropfte aus dem Kragen seines Hemdes und gluckerte auf die Erde.

Irgendjemand war schon hier. So wie man in einem Vexierbild plötzlich die gesuchte Figur findet, zeichnete sich die Gestalt des Silberguru mit einem Mal zwischen den verflochtenen Schatten des Brunnens ab. Rodney hob den Kopf; denn die kalten Augen blickten starr auf ihn. Die Brust des heiligen Lehrers schien von keinem Atemzug bewegt; der Leib war gerade aufgerichtet, die Beine gekreuzt. Die Gestalt war starr wie ein Standbild; tropfendes Licht warf Lepraflecke auf seine Haut.

Rodney sank wieder zu Boden und wagte nicht zu atmen. Er konnte nicht glauben, daß der Guru ihn nicht erkannt hatte.

Auf das äußerste konzentriert, beobachtete er den stillen Umriß des Mannes gegenüber, bis ein neues Gezeter in den Baumwipfeln über ihm ausbrach. Unendlich behutsam wandte er den Kopf. Es war der Dewan, der auf einem Pferd in die Senke hineintrabte, aus der Richtung von Kishan Falls.

Rodney seufzte beinahe vor Erleichterung; das hier war besser, entsprach mehr seinen Erwartungen. Er schob die Hand mit der Pistole vorsichtig nach vorne.

Der Dewan zügelte sein Pferd zu langsamer Gangart und ließ seinen Blick umherwandern, während er, brummend vor unterdrücktem Ärger, sagte: „Wo ist dieser verdammte Scharlatan von einem Engländer? Will er nicht endlich aufhören, den Hanswurst zu spielen!" Das Pferd scheute plötzlich. „Hut! Der Guru! Kerl, du siehst wie eine Schlange aus! Verflucht! Was für einen Lärm diese Affen machen."

Er stieg ab, der Guru sagte ruhig: „Die Affen haben mehrfach heute Nacht geschrien. Der große Mantelpavian ist in der Nähe, paß auf, wohin du deinen Fuß setzt. Ihr seht erregt aus, Euer Gnaden. Was ist los?"

„Los? Einer deiner Landsleute, betrunken wie ein Schwein, ritt bei Nacht außerhalb Bhowani umher, erschreckte einen Ochsen und sah, was in dem Karren war! Sie schickten Kavallerie hinter uns her. Ich nehme an, Dellamain konnte es nicht verhindern. Glücklicherweise war es der ..."

„Jetzt nicht, Exzellenz! Um drei Uhr!"

„Ist das die Zeit, die ausgemacht wurde? Ich werde dasein. Die Ochsenkarren sind auf dem Weg zum See; aber die Mädchen bereiten uns Ärger. Ich muß dafür sorgen, daß sie sofort weggebracht werden, und das andere Zeug auch. Mein Gott, bin ich froh, wenn das alles vorbei ist. Ich freue mich schon auf das Gemetzel. Es juckt mich in den Fingern, anzufangen."

Er stieg wieder auf das Pferd, riß hart an der Trense und trabte in Richtung Kishanpur davon. Rodney lag reglos und beobachtete den Guru. Also steckte er auch in dieser

Geschichte, war verwickelt in eine Sache, die mit einem Gemetzel enden sollte — und war ein Engländer! Lepra, Sonnenbräune und Wind hatten die ursprüngliche Farbe seiner Haut verwischt. Unter dem Lendenschurz mochte er sich mit irgendeiner Farbe beschmiert haben; außerdem pflegte er sich gewöhnlich mit Asche einzureiben. Seine Augen hätten ihn verraten können; aber es gab genug Männer im äußersten Nordwesten Indiens, deren Augen genau so hell waren. Er mußte ziemlich schnell gereist sein; noch am Montag hatte er unter dem Feigenbaum bei dem kleinen Bazar gesessen und über Chupattis gesprochen — als der dicke Händler auf ihn lauschte.

Die Ochsenkarren waren ‚auf dem Weg zum See'; wo das war, konnte niemand sagen! Zuviel kleine und große Seen lagen im Staat Kishanpur; es schien ausgeschlossen, daß Rodney sie heute nacht finden konnte. Aber er konnte dem Silberguru folgen und ein wenig mehr erfahren für seinen Bericht an Bulstrode. Des Dewans Worte über ‚die Mädchen' und ‚das andere Zeug' waren ihm unverständlich.

Fünf Minuten später erhob sich der Silberguru mit einem leisen Geräusch. Er trug die hölzerne Bettlerschale in der rechten Hand und schritt auf der Mitte des Pfades, der zur Stadt führte. Als er nur noch als hoher Schatten im Mondlicht zu erkennen war, stand Rodney auf und folgte ihm. Die Affen schrien; die Felder lagen geisterhaft grau auf beiden Seiten.

Bald darauf erhob sich, ein dunkler Fleck im niedrigen Himmel zu seiner Linken, die Festung der Rawans vor ihm; undeutliches Gemurmel aus der Stadt klang an sein Ohr. Das mußten die Feierlichkeiten des Holi-Tages sein. Vielleicht waren sie nützlich für seine Zwecke, vielleicht auch nicht. Die Masse des Volkes würde sich auf dem viereckigen Platz und in den Hauptstraßen zusammendrängen; die Gäßchen der Elendsviertel waren dann voraussichtlich leer. Aber Schwärme von verzückten Gläubigen würden überall umherschweifen und konnten ihm in den Weg geraten. Es schien unwahrscheinlich, daß sie ihn belästigen würden, außer in einem Anfall vergnügter Raserei; aber sie konnten die Verfolgung des Guru verhindern.

Der Schatten vor ihm betrat die äußersten Straßen der Stadt, und Rodney verringerte den Abstand. Die Straße hier hatte keine Beleuchtung, die Abflußrinne war verstopft mit Unrat. Wenn er sich dicht an die Häuser hielt, wurden seine Fußtritte von einem Teppich aus Staub und getrocknetem Kuhmist aufgefangen. Ein übler Dunst füllte die Luft. Einmal fiel ein betrunkener Bauer aus einem Haus, an dem er gerade vorbeikam, und flog gegen Rodney. Der hielt seinen Atem an — aber der Mann war zu betrunken, um Notiz von ihm zu nehmen. Das Geräusch vor ihm wurde lauter. Bei jeder Biegung der Straße wartete er, bis der Guru um die nächste Straßenecke bog; dann rannte er, und dann wartete er wieder.

Als er um die Ecke eines leeren Ladens spähte, entdeckte er, daß die Straße dreißig Meter vor ihm breiter wurde, eingerahmt von dreistöckigen Häusern. An ihrem Ende stand ein helles Licht. Ein Schwarm von Menschen brüllte und blies auf Hörnern. Hier berührte der Weg die Hauptstraße von Kishanpur. Er erinnerte sich an die Nacht des Aufstandes. So, wie er jetzt stand, mußte Sitaparas Haus irgendwo zu seiner Linken sein, der Tempel zu seiner Rechten.

Gerade als er in den breiteren Teil der Straße eingetreten war, machte der Guru eine scharfe Wendung nach rechts und verschwand. Rodney rannte und fand die Stelle, wo er ihn zuletzt gesehen hatte. Ein schmales Gäßchen führte zwischen fensterlosen Mauern hindurch, vermutlich zur hinteren Seite des Tempels. Er wartete; er wagte nicht, dem Guru jetzt zu folgen: Dort, wo er jetzt stand, hatte er freien Ausblick auf den großen Platz und war vor dem unsicheren Licht der Lampe geschützt.

Ein Schwarm Gläubiger löste sich aus der Menge und lief schreiend die Straße herunter auf ihn zu. Sie trugen Messingkrüge voll rotgefärbten Wassers, Messingspritzen und Tüten voll rotem und blauem Pulver. Während sie liefen, spritzten sie das Wasser über die Haustüren und übereinander in einem Ritus, der die monatlichen Blutungen der Frauen symbolisierte. Dazu schrien sie unanständige Worte; denn gemäß einer Legende war ein weiblicher Dämon einst durch die obszönen Worte der Bewohner von einer Stadt verjagt worden. Der Führer der Gruppe hatte sich einen hölzernen Phallus von zwei Fuß Länge um die Hüften geschnürt. Mit einer Hand hielt er den zinnoberroten Knauf von seinem Kinn ab, mit der anderen läutete er unentwegt eine kleine Glocke. Rodney preßte sich mit dem Rücken gegen die Wand und hoffte, daß sie ihn nicht bemerken würden; denn in ihren Augen glomm eine Mischung von Schnaps, Opium und Geilheit. Alle zusammen versuchten gleichzeitig, in den schmaleren Teil des Weges einzutreten. Dies war nicht gut möglich; das Geschrei verdoppelte sich, rotes Wasser spritzte, buntes Pulver flog durch die Luft, und Sternschnuppenschwärme von glühenden Funken sprühten aus den qualmenden Fackeln in den Himmel. Auf der einen Seite der Gruppe lehnte sich ein Kuli-Weib in schwarzrotem Rock und kleinem Mieder, kichernd vor Betrunkenheit, gegen die Mauer. Ein Mann stolperte vorbei und spritzte einen Mund voll Wasser über sie. Sie fiel hilflos um, lag vor Rodneys Füßen und breitete die Knie auseinander; der Mann ließ seinen Messingkrug fallen, versuchte ihr Mieder aufzureißen und fiel dabei über sie. Sein Kopf schlug auf Rodneys Hüfte, er blickte auf und rülpste. „Weg da, Freund. Die hier gehört mir."

Plötzlich erkannte er ihn. Rodney sah, wie die schwimmenden, unsicheren Augen aufwärtswanderten — über seine Hosen, über sein Hemd, über sein Gesicht. Der Mann schrie: „Ein englischer Sahib! Sahib! Sahib! Er ist zu unserem Holi gekommen." Der Mann meinte es nicht böse. Einen kurzen Augenblick dachte Rodney, er wolle ihm die Vorhand bei dem Mädchen lassen; aber die Menge der Gläubigen hatte den Schrei gehört und wandte sich um. Fackeln flammten vor seinem Gesicht. Er stieß den Betrunkenen hart zur Seite, duckte sich und rannte in die schmale Straße hinein, die der Guru vor ihm betreten hatte. Die Menge der Gläubigen schrie auf und verfolgte ihn. Der Mann mit dem Phallus führte sie an.

Vierzig Meter weiter hörten die Häuser zur Linken auf. Ein Streifen Unland lag hier. Gegenüber erhob sich ein großes Gebäude mit der typischen Architektur des Tempels. Der Silberguru war verschwunden; sicher war er in den Tempel gegangen. Rodney setzte über eine niedrige Mauer und rannte zur nächsten Tür. Er stieß sie auf, sprang hinein, schlug die Tür wieder zu und lehnte sich keuchend dagegen.

Ein verräuchertes kleines Zimmer, gefüllt mit Männern, lag vor ihm. Zehn oder zwölf an der Zahl — alle trugen Lendenschurz, Baumwollhemd und Turban; alle kamen ihm irgendwie vertraut vor. Die Männer starrten ihn verwundert an.

Wahrscheinlich hätte die Menge vor dem Tempel ihm nichts getan, solange er die Nerven behielt und nicht die Pistole zog. Aber ganz sicher war das nicht. Es gab zuviel Betrunkene unter ihnen, die zu einem schlechten Scherz aufgelegt waren. Auf jeden Fall wäre es unangenehm genug gewesen. Dann aber tat sein Herz einen schnellen Schlag: er erkannte, wem die Männer in dem Raum vor ihm ähnlich sahen. Da war Naik Parasiya von seiner eigenen Kompanie; ein oder zwei Männer von seinem Regiment; ein großer alter Bursche, von dem er wußte, daß er ein Subadar des 88. Regiments war. Rodney kannte nicht alle von Angesicht, und sie trugen auch keine Uniform; aber sein erster schneller Blick sagte ihm — schon aus der militärischen Haltung, in der sie vor ihm standen —, daß jeder von ihnen ein Sepoy, ein Feldwebel oder Offizier der Bengal-Armee war. Er lächelte und ging langsam auf sie zu.

Sie kamen ihm entgegen — kamen langsam über den Steinboden auf ihn zu, wie Männer, die irgend etwas auf das Äußerste erschüttert hat. Einige hatten den Mund offen, einigen zitterten die Lippen. Ihre Stimmen zischten erschreckt:

„Es ist ein Sahib, es ist ein Sahib! Es ist Savage-Sahib . . .“

Eine Tür in der hinteren Mauer des Raumes flog auf, der Silber-Guru trat hastig ein. Er rief: „Rettet den Sahib! Schließt die Tür! Die Verrückten draußen wollen ihn umbringen!“

Rodney sah ihn über die Köpfe der Sepoys hin erstaunt an. Der Mob war ihm nicht so gefährlich vorgekommen; aber das mochte ein Irrtum sein, denn die Leute waren betrunken und unberechenbar. Die Sepoys blieben wie angenagelt stehen; Naik Parasiya blickte sich nach dem Guru um und wiederholte plötzlich dessen Ruf: „Rettet den Sahib!“

Die Sepoys wandten sich von ihm ab und rannten an Rodney vorbei zur Tür. Ein vierschrötiger Kerl mit langen Armen, dem Kinn eines Boxers und platten Nüstern, öffnete die Tür ein wenig und schrie durch den Spalt: „Geht weg! Hier ist kein Sahib!“

„Aber wir sahen ihn, als er hineinging. Er schändet den Tempel!“

Ihre Wut war also tatsächlich gefährlich gewesen. Der Affenmensch schrie sie mit einem heiseren Laut nieder: „Hut! Kein Sahib hier! Fort, ihr betrunkenen Eulen!“

Der oberste Brahmane des Tempels watschelte in den Raum. Seine Stirn war in der Mitte mit einem roten Strich gezeichnet; der Heilige Faden schlang sich quer über die Speckwülste seines nackten Bauches; sein Gesicht war grau vor Angst. Er flüsterte dem Guru etwas zu.

Der Guru wandte sich an Rodney: „Kommen Sie mit — hierherum! Diese Passage führt zu dem viereckigen Platz; aber hier vermutet Sie niemand. Bleiben Sie dicht hinter mir!“

Rodney hatte eine flüchtige Vision von dem Marktplatz — rotgefleckte Gesichter, wehende Gewänder, zitterndes Licht über den entfernteren Häuserfronten. Das Ganze wie ein Gemälde von Brueghel, das plötzlich zum Leben erwacht war. Dunkle Zwerggestalten schrien überall und rannten in Gruppen umher; manche trugen die gigantischen hölzernen Phalli. Große Scheiterhaufen warfen unnatürliche Blitze und Farben in die Luft, wenn jemand Pulver in sie streute; Raketen zischten mit großen Rauchschwänzen in den Himmel; Glocken erklangen; Muschelhörner quäkten. Unberührt von allem stand ein buckliger weißer Ochse auf den Stufen des Tempels, ließ Wasser in dickem Strahl und kaute an der schweren Girlande aus Zinnia, Bambusblüten und Jasmin, die um seinen Hals hing.

Sie passierten wieder eine offene Tür; der Silberguru verriegelte sie hinter sich.

Dieser Raum war etwa sieben Meter breit und ebenso lang. Fußboden und Mauern bestanden aus roten Steinblöcken, Zeichnungen in Schwarz und Gelb schmückten die Decke. Sechs Säulen standen reliefartig aus jeder Mauer heraus, und zwei Türen führten in den Raum — die eine, durch die sie eingetreten waren, die andere aber auf das Unland vor dem Tempel hinaus, das Rodney schon vorher gesehen hatte. Die Bande von Betrunkenen, die ihn gehetzt hatte, war müde geworden und auseinandergelaufen. Die heißen Windstöße trugen nur noch schwache Geräusche von der Menge auf dem Marktplatz heran.

Rund durch den Saal, getragen von den Kapitellen der Säulen, lief ein steinerner Fries mit den Darstellungen der Abenteuer des Gottes Shiva in seinem Heim auf dem Himalajagipfel Kailas. Ein fußhoher Phallus, aus rotem Sandstein gemeißelt, erhob sich aus dem Fußboden in der Mitte des Raumes; der Künstler hatte Gesicht und Körper Shiwas in den Stein gemeißelt, irgend jemand hatte das Ganze mit Zinnober beschmiert. Baumwolldochte in irdenen Ölkrügen verbreiteten rauchiges Licht — je eine Lampe in drei Ecken des Raumes; in der vierten stand die Lampe auf dem Sockel eines kleinen Standbildes, das einen achtarmigen Gott darstellte. Der Gott saß mit gekreuzten Beinen; Knie und Schenkel lagen flach auf dem Boden. Er hielt mit zwei Armen eine winzige

Frauenfigur an sich gepreßt. Ihre geometrisch runden Brüste drückten sich gegen ihn — ihre Arme und Beine umschlangen ihn, und die in Stein gehauenen Geschlechtsteile schienen sich an ihm festzusaugen. Blütenblätter von Jasmin und getrockneter Kuhmist lagen auf dem Boden; offenbar war der heilige Stier auch hier gewesen.

Rodney lehnte sich gegen die Mauer und wischte den Schweiß von seiner Stirn. Er betrachtete mit Abscheu die blauen und roten Farbspritzer auf seiner Uniform und fragte plötzlich in Hindustani: „Was machen diese Sepoys hier, ohne Uniform?" Der Guru hatte sich auf den Fußboden niedergelassen, in seiner gewöhnlichen aufgerichteten Stellung. „Sie erhalten von ihren Vorgesetzten Urlaub für die Festtage des Holi, nicht wahr? Dies hier ist ein berühmter Tempel des Shiva, der gut für die Bedürfnisse des Fleisches sorgt. Ich weiß nicht, warum sie ihre Uniform abgelegt haben. Eine andere Frage scheint mir naheliegender: Was haben Sie in diesem Tempel zu schaffen?"

Rodney entsann sich nun, daß er tatsächlich Parasiya beurlaubt hatte. Auch die anderen waren vermutlich auf ihrem regulären Urlaub nach Kishanpur gekommen. Höchstwahrscheinlich hatten sie zusammengelegt und ein Fahrzeug für die Reise gemietet. Das alles war durchaus in Ordnung.

Er blickte den Guru scharf an und dachte nach. Noch vor einer halben Stunde hatte er nur an die geheimnisvollen Ochsenkarren gedacht und sich genau so benommen, wie man es von einem Offizier im Dienst der Company erwarten konnte. Jetzt war alles anders. Seine Kleider waren zerfetzt, eine Atmosphäre von explodierender Geilheit umgab ihn; die sexuellen Ausschweifungen dieser Nacht unter dem Vollmondhimmel warteten ringsum. Alles schien darauf abzuzielen, ihn vergessen zu lassen, daß er ein Engländer war und mit dem blutigen Recht des Eroberers hier stand. Aber er durfte es nicht vergessen. Er war im Dienst!

Er sprach jetzt Englisch. „Guru-ji," sagte er, „ich war

derjenige deiner Landsleute, betrunken wie ein Schwein, der bei Nacht außerhalb Bhowani umherritt — nur war ich nicht betrunken genug, um die Granaten nicht zu erkennen. Ich handele auf Befehl. Erkläre mir sofort und wahrheitsgetreu, was für ein geheimer Anschlag das ist, in den du, Mr. Dellamain und die Regierung von Kishanpur verwickelt sind. Und sprich englisch."

Insgeheim fragte er sich, was er tun würde, wenn der Guru sich weigerte, zu sprechen. Er konnte die Pistole ziehen und versuchen, ihn mit Hilfe der Sepoys über den Fluß zu schaffen. Der Guru wandte den Oberkörper, so daß seine Augen, die immer geradeausblickten, Rodneys Blick begegneten. Rodney starrte ihn grimmig an; und die beiden hellen Augenpaare — eines blau, das andere grau — leuchteten in dem trüben Schein der Lampen. Als der Guru endlich sprach, blickte Rodney zur Seite. Er hatte gewonnen.

„Ich werde es dir erzählen, und was du damit anfängst, kümmert mich nicht. Alles begann damit, daß die Rani den alten Radjah ermordete. Ich wußte, daß es geschehen würde; aber zu dieser Zeit ging es mich nichts an und ich versuchte nicht, es zu verhindern." Sein Englisch war zögernd und nicht ganz sicher, als ob er es verlernt hätte; es war ohne einen Akzent, der auf eine Klasse oder einen Heimatort schließen ließ.

„Warum brachte sie ihn um?"

„Aus Angst — und aus Geilheit. Sie gehört zu jenen Weibern, die ein Feuer in ihren Lenden tragen; sicherlich wird sie einmal in der Hölle von diesem Feuer verzehrt werden. Aber in diesem Leben bedarf es vieler Männer, um ein solches Feuer zu löschen. Der Radjah erfuhr es. Wollte es anfangs nicht glauben — so wenig, wie du es jetzt glauben willst. Ich sehe es dir an. Endlich wurde er gezwungen, die Wahrheit einzusehen. Daraufhin brachte sie ihn um."

Rodney sah dem Rauch zu, der in kräuselnden Wölkchen von den Lampen hochstieg. Das steinerne Weib umklammerte den Gott, ohne sich zu rühren; aber ihr rasendes Verlangen durchdrang die Schatten, die der Rauch um sie legte.

„Sprich weiter!"

„Der Dewan hoffte auf eine Gelegenheit, die ganze Macht, die seine Familie einmal besaß, wieder zu erwerben — du weißt, daß er ein Bholkar ist, von den Bholkars in Goghri? Er begann, eine Revolution vorzubereiten, welche die Rani stürzen und ihn zum Regenten des Staates machen sollte — mit irgendeinem Rawan als Puppenkönig unter ihm. Vermutlich dachte er an den Jungen."

„Er konnte unmöglich die ganzen Vorbereitungen treffen und die Kanonen von Übersee einführen — alles in der kurzen Zeit seit dem 1. Januar."

Der Guru machte eine merkliche Pause. „Seine Pläne sind viel älter. Er wußte, daß die Rani eher oder später zur Mörderin würde. Auch kommen die Waffen nicht sämtlich aus Übersee. Es gibt genug geheime Lager in den Palästen und Festungen der Maharadjahs, auf und nieder in Indien."

„Also, die Rani und ihr Gefolge sollen ermordet werden? Das ist das Gemetzel, auf das sich der Dewan freut? Ihr könnt sie doch nicht einfach umbringen!"

„Warum nicht? Was bedeutet der Tod? Was bedeutet mir der Tod?" Er streckte die schuppigen Arme von sich und lachte — ein helles, perlendes Gelächter, das grauenhaft war, weil es den Umständen so wenig entsprach. „Sie wird sterben. Auch du wirst eines Tages sterben." Er kam Rodneys Frage zuvor. „Dellamain-Sahib — Mister Dellamain, wie er in deiner Sprache heißt, ist in den Plan des Dewans verstrickt; aber nicht aus freiem Willen. Lange, ehe der Mord geschah — seit über drei Jahren — wird er von den Fürsten bestochen, damit er sie Opium, Salz und Kinder von den Hurenstämmen durch sein Gebiet schmuggeln läßt. Das war seit je die größte Einnahmequelle von Kishanpur — dieser Staat war das Bank- und Warenhaus für Mittelindien. Heute führt der Staat ‚Schutzgeld' an einen britischen Beamten ab anstatt an einen Satrapen der Moguln. Diese Summe — in Diamanten — wurde Mr. Dellamain von verschiedenen Seiten ausgehändigt; aber immer auf Befehl des alten Radjah — und neuerdings der Rani. Der Dewan hat nichts anderes getan, als Waffen mit den Wagen hereinzuschmuggeln, die für gewöhnlich Opium und Mädchen bringen. Er erpreßte Mr. Dellamain, indem er drohte, seine Karriere durch die Aufdeckung eines riesigen Bestechungsskandals für immer zu ruinieren — und fügte von sich aus noch eine höhere Bestechung hinzu."

„Du willst sagen: Dellamain wird von der Rani bestochen, um ein Auge zuzudrücken, wenn sie schmuggelt. Gleichzeitig aber läßt er zu, daß der Dewan ihre Schmuggelfahrzeuge dazu benutzt, um sie zu vernichten?"

„Ja. Mr. Dellamain tat einen falschen Schritt in seinem Leben; den Rest des Weges wurde er getrieben. Übrigens ist da noch ein anderer Punkt in der ganzen Geschichte, der für Dellamain spricht. Er weiß es, ich weiß es, und viele andere wissen es ebenfalls, daß der Generalgouverneur keine Träne vergießt, wenn die Rani ermordet wird. Selbstverständlich würde Lord Canning Dellamain niemals geradezu befehlen, die Rani umbringen zu lassen — etwas, was ein Mogul getan haben würde. Wir aber sind eine heuchlerische Rasse, Sir. Warum man die Rani loswerden möchte? Weil sie sehr unbeliebt bei ihrem Volk ist. Weil eine Palastrevolution besser ist als die Revolution eines ganzen Volkes. Weil eine Palastrevolution nichts ist, was die übrigen Radjahs zum Eingreifen zwingt. Denken Sie einmal darüber nach, und Sie werden erkennen, daß ich recht habe."

Rodney mußte, widerwillig und mit einem bitteren Geschmack auf der Zunge, nicken. Wenn das Volk in Kishanpur sich erhob und die Rani absetzte, würde es als nächstes die Engländer auffordern, die Regierung zu übernehmen — denn die kleinen Inder würden sich niemals einbilden, selbst regieren zu können. Dann mußte England, um Anarchie zu verhindern, die Macht ergreifen; und niemand konnte die übrigen Fürsten jemals davon überzeugen, daß die Engländer nicht ihre Finger im Spiel hatten — daß nicht vom ersten bis zum letzten Streich alles von ihnen geplant und in Szene gesetzt worden war. Die Verschwörung des Dewan aber konnte praktisch nur in einer Palastrevolution enden; diese würde weder das Verhältnis zwischen Staat Kishanpur und Company ändern noch die übrigen Prinzen Indiens erregen. Warum auch? Der Dewan war selbst ein Prinz!

Er sah ein, wie durchaus wahrscheinlich die Darstellung des Guru war. Nichts entschuldigte Dellamains Untreue gegen die Rani. Aber ein ehrgeiziger und schwacher Mensch wie er konnte unter diesen Umständen leicht zu dem Entschluß verführt werden, sich so zu verhalten, wie er es tat — den Kopf einzuziehen und nichts gegen diese neue Kombination von Erpressung und Bestechung zu unternehmen. Das bedeutete, daß auch Bulstrode sehr vorsichtig handeln würde, sobald er Rodneys Bericht erhielt. Ein einziger Umstand paßte nicht ganz in die Rechnung des Guru: der Dewan war ebenso verhaßt wie die Rani und konnte ebenso leicht wie sie das Ziel einer Revolution werden. Aber vermutlich, dachte Rodney, kann man immer nur an eine Sache auf einmal denken. Das ganze war im höchsten Grade widerlich.

Rodney wandte sich wieder dem Guru zu. „Woher weißt du so viel? Wer bist du? Ich weiß, daß du kein echter Heiliger bist, viel eher ein echter Mörder — aber wer warst du?“

„Ein Gefreiter im einhundertvierundzwanzigsten Fußregiment Seiner Majestät — nur hieß die Majestät damals George IV. — als ich desertierte. Das war vor dreißig Jahren, etwa in der Zeit, als du geboren wurdest. Du wunderst dich, daß ich nicht den Akzent eines gemeinen Gefreiten spreche, nicht wahr? Nun, nicht alle Gefreiten sind der Abschaum der Gosse — so hat Wellington sie doch einmal genannt, nicht wahr? Ich wurde geboren als Edelmann — vielleicht sogar noch als etwas Besseres. Seit vielen Jahren habe ich Englisch nur noch gehört, wenn die Offiziere sich vor meinem Baum in Bhowani unterhielten. Meine Zunge ist spröde geworden; aber ich spreche englisch mit mir selbst, ich spreche englisch in meinem Kopf und wiederhole den Klang der Worte, die ich gehört habe. Einmal war ich ein guter Soldat! Du könntest es in meinem Führungsbuch nachlesen, wenn ich dir meinen Namen nennen würde — was ich nicht tun werde. Und ich war jung — jünger als du — und ich hurte und trank in den Städten bei Nacht mit meinen Kameraden. Eines Tages — dies hier!“

Wieder streckte er seine Hände von sich.

„Ein Fleck — an dieser Stelle. Und am gleichen Tag fünfzig Peitschenhiebe wegen Urlaubsüberschreitung. Ich desertierte. Indien hatte mich berührt — hier! — Und ich gehöre jetzt zu ihm.“

„Aber du bist doch ein Christ!“

„Was ist ein Christ? Was ist ein Fakir? Was ein Sadhu? Ist nicht die Lepra eine Religion? Zwei Jahre lang lebte ich mit der Witwe eines Unberührbaren in den Elendsvierteln von Benares. Fünf Jahre wanderte ich als Bettler über die Straßen und lernte die Geheimnisse der Fakirs — oh, die Krähen waren wirklich; ich könnte dir noch andere, schrecklichere Dinge zeigen. Ich las ihre heiligen Bücher, ich sprach und stritt mit ihren heiligen Männern in dem Staub vor den Tempeln und Moscheen und den Gurdwaras der Sikhs. Die Lepra wurde schlimmer. Vier Jahre lang studierte ich einsam in einem Tempel bei Badrinath im Himalaja. Dann kam ich nach Bhowani und setzte mich unter den Feigenbaum — das ist fast neunzehn Jahre her.“

„Warum hast du dich mit diesen schmutzigen Verschwörern verbunden? Was gewinnst du dabei? Weißt du nicht, daß nur Böses dabei herauskommt?“

Der Guru starrte auf die Mauern und antwortete lange nicht. Als er endlich sprach, war seine Stimme sanfter geworden. „Captain Savage, ich kenne Sie. Ich habe gesehen, wie Sie die Pike hinaufgaloppierten, wie Sie lachten und scherzten mit den anderen Offizieren. Ich weiß, daß Sie von großen Abenteuern träumen. Ich weiß auch, daß es nicht die Pflicht allein war, die Sie antrieb, über den Kishan zu schwimmen und mir in diesen Tempel zu folgen. Es ist das rote Blut, das Sie antreibt. Können Sie sich nicht vorstellen, daß etwas Ähnliches auch in mir steckt? Auch ich habe Inselblut in mir, und ich entdeckte, in den langen Jahren auf der Straße, daß ich es nicht unterdrücken konnte. Mein eigenes Volk hat mich ausgestoßen." Er hob die Hände und senkte sie langsam. „Ich muß im Abfall wühlen, um mein Gold zu finden. Für mich ist es reines Gold, Lepra zu haben und unter diesem Feigenbaum zu sitzen, und aus der Welt des Leprakranken — die eine Welt für sich alleine ist — vorzustoßen in die Welt der anderen Menschen. Dies hier ist nicht mein erstes Abenteuer — meine erste Verschwörung, wie immer Sie es nennen wollen — aber ich glaube, es wird mein letztes sein. Denn ich werde alt."

Rodney schritt unruhig durch den Tempel und wieder zurück. Am einen Ende angekommen, blickte er hinaus auf das Unland und die niedrigen Mauern; am anderen Ende betrachtete er den Gott und das Weib, verschlungen in steinerner Umarmung. Der Luftzug seiner schnellen Schritte sog an den Flammen, sie qualmten und zischten über den Ölkrügen, während flüchtige Schatten über die Decke hinweghuschten. Qualm und Holzrauch füllten die heiße Luft, von fernher kam das Stampfen der Tänzer. Wenn er auf der einen Seite des Tempels angekommen war, sah er den geraden Rücken des Guru und sein verfilztes Haar; vom anderen Ende aus die starren Augen des Mannes.

Es waren Nordsee-Augen, graue Augen aus dem englischen Kanal. Und unauslöschlich eingebrannt in sie waren dreißig Jahre seines Lebens — dreißig Jahre voll erstickendem Schmutz, voll krankheitsschwangerem, keimgeladenem Staub, dreißig Jahre mit kreisenden Geiern, unter grauen, glühenden

Himmeln, in dampfendheißem Regen, zwischen Exzessen toller Lust — und dreißig Jahre mit einer silbernen Haut. Vielleicht war er ein Junge mit einem frischen Gesicht gewesen, wie Leutnant Myers. Ein hochgewachsener junger Mann im scharlachroten Drell, der starken Rum mit den Regimentskameraden trank, Pökelfleisch aß und die monotonen Flüche der Soldaten gebrauchte. Indien berührte ihn; aber nicht mit der heißen Hand des Todes. Das hätte den Körper in einer Schlammgrube hinter den Mauern eines Friedhofes versinken lassen — entstellt, geschrumpft, entfärbt; aber für immer aufgehoben in seinen englischen Gedanken. ‚Hier liegt Gefreiter X., Seiner Majestät 124. Fußregiment. Gestorben an der Cholera, an einem Tag des Jahres 1827, im sovielten Jahre seines Lebens' — einem sehr jungen Jahr. Rodney hatte genug solcher Inschriften gelesen. Diese Toten waren Engländer, würden ewig Engländer bleiben, unter indischer Sonne und indischen Bäumen. Und am Ende der Ewigkeit würde man sich ihrer erinnern, zusammen mit den Toten in der See und den Mädchen, die unter den Hügeln von Devon schlummerten.

Dieser Mann gehörte nicht mehr zu ihnen. Denn nun hatte ihn Indien berührt und sein Weiß in Silber verkehrt. Hatte ihn abgetrennt von den anderen, hatte ihn gebrandmarkt — so daß er schamerfüllt aus dem englischen Raum floh, hinaus in die Dunkelheit und in die weißlich strahlende Sonne. Danach konnte er keinen Vorgesetzten, keinen Diener, keine Geliebte außer Indien haben; und da es ihn zärtlich gestreichelt hatte und er die Spuren seiner Zärtlichkeit an sich trug, verehrte ihn das Volk.

Rodney fühlte brennende Tränen in seinen Augen. Licht glänzte auf dem Rücken des Guru, setzte die knochigen Schulterblätter scharf von den Schatten hinter ihm ab. Indien hatte ihn genommen, hatte ihm keine Wahl gelassen. Als Inder war er geistig zurechnungsfähig, weise, vielleicht sogar barmherzig. Rodney zwinkerte und preßte die Zähne aufeinander; als Engländer war der Guru vielleicht verrückt, sicherlich grausam. Sie wollten also Sumitra töten! In jener Nacht hatte sie sich selbst vergessen — bei den Wasserfällen, hinter der Markise, als sie Worte stammelte, die ihm sinnlos schienen: ‚Alles ist jetzt viel zu weit gediehen; ich kann es nicht mehr aufhalten.‘ Jetzt verstand er sie. Sie wußte von der Verschwörung; als er sie zurückstieß, verurteilte er sie und ihren kleinen Jungen zum Tod.

„Die Rani bat mich, ihre Armee zu führen. Sie kennt eure geheimen Absichten. Warum nimmt sie nicht einen anderen Engländer an meiner Stelle?“

„Es ist möglich, daß sie etwas weiß; aber sie ist hilflos. Vor einiger Zeit hätte sie sicherlich jeden Engländer genommen. Jetzt hofft sie nur noch, daß Sie zu ihr zurückkehren — über ihre Gründe brauche ich wohl weiter nichts zu sagen.“

Rodney durchquerte nochmals den Raum und faßte einen Entschluß. „Also gut. Ich werde jetzt zu ihr gehen und ihr alles erzählen, was ich weiß. Wenn sie es wünscht, bringe ich sie sicher auf englisches Gebiet. Ich kümmere mich nicht um das, was sie getan hat; sie soll nicht von einer kleinen Ratte wie dem Dewan ermordet werden. Ich werde alles dem Offizier berichten, der mich hergeschickt hat, selbstverständlich. Wenn er dich sprechen will, werden wir dich finden, wo immer du dich auch versteckst!“

Seit einer Viertelstunde beunruhigte ihn ein geheimer Gedanke — ein Gedanke, der für ihn persönlich äußerst wichtig war. Jetzt endlich begriff er ihn. Jeder Fürst in Indien wußte, daß er seine Unterwerfung der Schlagkraft und dem Geschick der Eingeborenentruppen verdankte, die von der Company aufgestellt worden waren; ohne sie hätten sich die kleinen britischen Garnisonen niemals durchsetzen können. Eingeborene Soldaten und Offiziere aus der Armee der Company, die sich bereit erklärten, an einer Palastrevolution teilzunehmen, konnten sich unter Umständen teuer verkaufen. War das hier geschehen?

„Was ist mit den eingeborenen Offizieren und Sepoys?“

fragte er. „Versucht Ihr, sie zur Desertion zu verführen? Wollt Ihr sie zu Gehilfen Eurer Revolution machen? Etwa, indem Ihr ihnen Sonderrechte versprecht — Beute, hohe Löhnung und so weiter?"

„Nein, Sir! Diese Männer weilen hier, weil sie gleichzeitig ihrem Geschlechtstrieb und ihrer unsterblichen Seele dienen wollen, wie ich Ihnen bereits sagte. Sie denken nicht daran, zu desertieren. Sie wissen das selbst."

Das war richtig. Sepoys desertierten selten, um Dienst in einem Radjahstaat zu nehmen. Nur Männer, die pensioniert waren, oder Soldaten, die aus irgendeinem Grund ihre Entlassung erhalten hatten, traten in den Dienst eines Radjah ein, der sie gewöhnlich hoch bezahlte.

Die Augen des Silberguru hatten plötzlich kein Ziel mehr. Rodney wußte, daß er nichts weiter bei ihm erreichen konnte. Er mußte jetzt die Rani finden, sie warnen und über den Fluß zurückschwimmen. Er sagte: „Ich gehe jetzt, und — soll ich nicht versuchen, einen Doktor für Sie zu finden, wenn ich nach Bhowani komme?"

Aber er wußte, daß kein Mensch dem Guru helfen konnte, auch kein Arzt. Der Guru antwortete nicht. Rodney warf einen letzten, hilflosen Blick auf den genarbten Rücken des Mannes und ging hinaus auf das Unland. Ein Hund schnüffelte an einem Abfallhaufen; ein Mann schlief an einer niedrigen Mauer, eingehüllt in ein Tuch. Rodney warf einen Blick auf die Sterne, schwang sich zurück in die Gasse und verfolgte die Straße, die er gekommen war, in entgegengesetzter Richtung. Die Straßen waren leer und totenstill; nur das Murmeln der Gläubigen auf dem Marktplatz war gedämpft zu hören. Blaue Mondschatten lagen auf den Wänden der Häuser; Flammenschein von den entfernten Scheiterhaufen zuckte über die Stadt, färbte Dächer und Giebel rot. Die Spuren von blauem und rotem Wasser lagen auf den verriegelten Türen und auf den geschlossenen Läden der Fenster.

Er ging schnell durch den Staub neben den Hauswänden,

sah sich oft um, hielt an jeder Querstraße. Im Augenblick brauchte er nicht vorsichtig zu sein; aber seine Nerven waren überreizt und er wäre am liebsten davongerannt. Es war jetzt ein wenig vor drei Uhr morgens. Er versuchte, sich auszudenken, was er zu Sumitra sagen würde. Vor der Stadt angekommen, blieb er stehen und fragte sich, ob er tatsächlich zum Palast der Rawans gehen sollte.

Eine weiße Gestalt glitt um die Ecke und stieß gegen ihn. Er packte hart zu, der Schreck verdoppelte seine Stärke. Die Gestalt schnappte nach Luft, und er sah, daß sie eine Frau war, von Kopf bis Fuß in eine Burqa gehüllt. Sie richtete sich auf und zischte wild: „Laß mich los, betrunkenes Schwein!"

Er kannte die Stimme. Die Stimme und die Autorität, die aus ihr sprach. Er kannte auch das schwarze Glitzern hinter dem Augenschlitz der Burqa. Sie schien ihn im selben Augenblick zu erkennen. Er packte ihre Ellenbogen und zog sie in eine Toreinfahrt.

Sie sagte mit sanfter Stimme: „Nun?"

„Was tust du hier, Sumitra?"

Sie betrachtete ihn einen Augenblick. Er spürte, wie sie die Schultern hob, dann zeigte sie auf die roten Flecken auf seinem Hemd. „Mir scheint, wir beide suchen zur Zeit dasselbe."

„Was soll das heißen?"

„Das Holi-Fest, Dummkopf!" Sie zitterte unter seiner Hand. Ihre Stimme wurde hart. Ärger sprach aus ihr. „Bist du ein Kind oder ein Mann? Muß ich es dir noch erklären? Wenn du eine braune Frau haben willst, warum nimmst du mich nicht? Wenn ich dir nicht anständig genug bin, warum hast du nicht deinen Anzug gewechselt? Ich tat es. Mein Gewand verrät mich nicht!"

Er riß die Pistole aus der Halfter. Ihm war so übel, daß er sich beinahe übergeben hätte. Dieses zarte Fleisch gab sich ihm hin — ihm so gut wie jedem Mann in dieser Nacht. Dies hier, das für ihn Jasmin und Sandelholz gewesen war, kroch nächtlich in die schändlichen Gemächer des Tempels. Er wußte, was ihre Worte bedeuteten. Unter der Burqa trug sie das Gewand der Tänzerinnen, der erblichen Straßenhuren. In der Dunkelheit würde niemand ihr Gesicht erkennen. Er knurrte auf vor Wut und stieß ihr die Pistole unter die Rippen. Tränen glänzten in ihren schwarzen Augen, als seine Finger nach dem Drücker suchten.

Er knirschte mit den Zähnen. „Heute nacht wirst du nicht zu deinem Dreck gehen. Dein Dewan und der Silberguru wollen dich ermorden. Sie verfügen über ein geheimes Waffenlager und haben vermutlich deine Armee in der Hand. Geh zurück zur Festung, nimm deinen Sohn und flieh' in britisches Gebiet, so schnell du kannst. Dies sage ich dir, weil es meine Pflicht ist. Du hast mir einmal etwas bedeutet, du warst für mich eine Verkörperung von Mut und Reinheit. Damals dachte ich, ich hätte mich wie ein Vieh gegen dich benommen — du dreckiges Luder!"

Er trat einen Schritt zurück. Als die Entfernung zwischen ihnen größer wurde, strömten ihre Tränen schneller und sie stöhnte auf. Er schlug sie mit aller Kraft ins Gesicht. Sie fiel in den Abflußgraben und blieb liegen, Arme und Beine von sich gestreckt, hoffnungslos weinend. Er riß den Rubin von seinem Finger und warf ihn hinter ihr her. Dann wandte er sich und rannte die Straße hinunter, das Echo seiner eigenen Tritte in den Ohren. Bilder, Vorstellungen stiegen vor seinen Augen auf: Sie lag auf dem Kissen und roch nach Moschus; sie kroch in einen dunklen Tempelraum, betrunkene Gläubige kamen, warfen den Priestern Geld in den Schoß und betraten den Raum, in dem sie wartete; streichelten sie, betasteten sie — zwanzigmal zwischen jetzt und dem Tagesgrauen — suchende Hände, tastende Hände, Schweiß und Kampf; stockbetrunkene, nach ihren Kühen riechende Bauern, die vom Pflug kamen; syphilitische Offiziere ihrer Armee; starke Kulis, fette Händler, Sepoys. Und sie lag im Dunkeln, stöhnend, in ekstatischen Krümmungen.

Er keuchte, ihm war übel — von der Anstrengung des

Laufens und von den aufsteigenden Visionen. Laß dieses viehische Volk in seinem eigenen Mist ersticken — in Verrat und Rache, Revolution und Konterrevolution; in Niedertracht, Erwerb, Mord, Rausch und Sadismus! Immer endet es damit, daß die eine Hälfte sich ausgeweidet und sterbend auf der Erde krümmt, während die andere mit wilder, sexueller Freude zuschaut. Dann beginnt alles wieder von vorne.

Wo die Straße in die Felder mündete, traf er auf einen fetten Mann in weißen Gewändern. Auch ihn hatte er schon früher gesehen; es war der Händler aus Kalkutta, den er am Montagmorgen in Bhowani getroffen hatte — auf seinem Weg zurück zum Osten, in Eile jetzt, um den Tempel zu erreichen, die Frauen, Sumitra! Rodney rannte an ihm vorbei und sah den erschreckten Gesichtsausdruck des Mannes — natürlich, die Pistole lag ja noch in seiner Hand. Er stieß sie zurück in die Halfter.

Laß sie ersticken! Rote Flecken würden seine Haut von jetzt an bis zu seinem Ende färben. Alles, wonach ihn verlangte, war seine saubere Wohnung. Er wollte seine Kleider verbrennen und wieder ein Engländer sein — glücklich und ahnungslos.

14. KAPITEL

„. . . und hier sind die drei Kopien von Captain Savages Bericht, Sir."

Major Peckham, makellos in roter und weißer Uniform, arbeitete an dem Faden, mit dem die Papiere zusammengebunden waren. Bulstrode wartete. Er hatte die Hand ausgestreckt und betrachtete den Major mit kritischen Augen; er selbst trug die weißen Hosen der Tropenuniform, hatte aber den Waffenrock abgelegt. Plötzlich sagte er: „Dritter Knopf von oben, Major! Sorgen Sie dafür, daß es nicht wieder vorkommt. Danke Ihnen."

Er nahm die Papiere mit einem Augenzwinkern zu Rodney entgegen und sank grunzend in den Langstuhl. Die anderen saßen um ihn herum — zu seiner Linken Rodney und Peckham, der rot geworden war, zu seiner Rechten Caroline. Als der Oberst die Seiten einer Kopie überflogen hatte, brüllte er plötzlich: „Prunella!"

Geräusche, die von einer kleinen Maus zu kommen schienen, schwiegen plötzlich im Haus. Tritte huschten über den Gang, Mrs. Bulstrode trabte auf die Veranda. Sie trat an den Stuhl ihres Gatten und blieb erwartungsvoll stehen, den Kopf gebeugt und die Hände gefaltet: „Ja, Lieber?"

Ohne aufzublicken sagte er: „Frühstück. Laß es wegräumen. Das Steak — zu scharf gebraten. Spitz' sie an in der Küche!"

„Ja, Lieber." Mrs. Bulstrode trabte zurück ins Haus. Sie sah nervöser aus als gewöhnlich, aber keineswegs beschämt oder ärgerlich.

Bulstrode las weiter und zupfte an seinem Ohrläppchen, während Caroline ihn mit ärgerlichen Blicken betrachtete. Der Diener kam und trug das schmutzige Geschirr ab. Aus den Überresten schloß Rodney, daß der Oberst zum Frühstück Geflügelsuppe mit Curry zu sich genommen hatte, anschließend ein Beefsteak mit feingehackten Nierchen und sehr viel Pfeffer, und daß er dazu eine Flasche Claret getrunken hatte. Mrs. Bulstrodes Frühstück schien aus einer Tasse Tee bestanden zu haben.

Er betrachtete eine Vase mit Farnen, die an Ketten von der Decke herabhing. Matten aus Kokosfaser hingen an den Wänden, Wasser tropfte aus ihnen auf die Steine des Flurs. Draußen brannte die Sonne auf einen schlafenden Garten; aber hier im Zimmer herrschte das düstere Licht, das man in einer Krypta zu finden pflegt, Licht ohne Schatten. Die Luft schien so dicht, daß sie die Geräusche erstickte — das Rauschen des Wassers, wenn der Wasserträger die Kokosmatten wieder anfeuchtete, das Quietschen einer Punkah im Haus, das

Klopfen eines Spechtes an einem Baum. Bulstrodes Hemd war naß. Schweißtropfen bildeten sich auf seinem kahlen Kopf und liefen über sein Gesicht in den dichten Bart; ein indischer Junge stand hinter seinem Stuhl, wedelte ihm mit einem Handfächer aus Gras Luft zu und blies den scharfen Geruch seines nassen Hemdes den anderen in die Nase. Der Diener erschien wieder und stellte eine Schale voll Nagpurorangen auf den Tisch. Bulstrode legte die Papiere zur Seite und begann, eine Orange zu schälen.

„Fühlen sich besser jetzt, Savage? Gestern ziemlich kaputt, was?"

„Ich war müde, Sir."

Es war der elfte April! Nach seiner Begegnung mit Sumitra in dem Vorort von Kishanpur hatte er die Halbschwadron in ihrem Dschungelbiwak gegen vier Uhr am Donnerstagmorgen erreicht. Den größeren Teil des Tages hatte er geschlafen, war um vier Uhr nachmittags aufgebrochen und am Freitagmorgen um drei Uhr heimgekommen. Vier Stunden später begab er sich zu Bulstrodes Bungalow, um Bericht zu erstatten; der Oberst hatte Caroline und Peckham kommen lassen, damit auch sie seinen Bericht hörten. Sicherlich war er sehr müde gewesen; er war hundertunddreißig Meilen in Temperaturen zwischen fünfunddreißig und vierzig Grad im Schatten geritten und hatte zweimal den Kishan durchschwommen. Aber es war nicht die körperliche Erschöpfung, die sein Gesicht im Spiegel hager erscheinen ließ und scharfe Falten der Ermüdung in seine Mundwinkel setzte. Er hatte eine Unterwelt menschlicher Gefühle erforscht, und dies waren die Spuren seiner neuen Erfahrung. Er hatte geglaubt, die anderen würden es vielleicht nicht bemerken. Aber Bulstrodes Augen waren immer klug und durchdringend; und das Mädchen hatte geradezu unerwartete Kundgebungen der Sympathie von sich gegeben. Beide hatten schnell herausgefunden, daß er sich in einem Zustand geistiger Erschöpfung befand. Das war gestern gewesen. Heute fühlte er sich etwas weniger müde; dafür war er gleichgültiger. Die Zeit der Tätigkeit war vorbei. Bulstrode hatte einen Tag und eine Nacht Zeit gehabt, darüber nachzudenken, was geschehen sollte. Jetzt waren sie wieder in seinem Bungalow zusammengekommen, um seine Entscheidung zu hören.

Bulstrode sagte: „Sie waren mehr als müde, Junge. Das war gute Arbeit. Wenn auch nicht ganz nach den Befehlen. Jetzt zu dem Bericht — wissen Sie sicher, daß die Rani begriffen hat, daß diese Burschen sie umbringen wollen?"

„Ja, Sir."

Er hatte gestern nur gesagt, daß er die Rani vor der Gefahr gewarnt hatte; über den Platz und die anderen Umstände der Zusammenkunft hatte er nicht gesprochen. Sein Blick wich den Augen des Obersten aus; stattdessen stellte er fest, daß in dieser Beleuchtung die blauen Venen auf Carolines Handrücken deutlicher vorsprangen. Bulstrode fuhr fort:

„Gut. Möchte nicht das Gefühl haben, daß wir es sind, die sie umbringen. Jetzt kann sie im eigenen Saft kochen oder die andern im eigenen Saft kochen lassen, wie? Hat vermutlich schon einige Bäume voll Menschen gehängt, wenn Sie meine Meinung hören wollen ..."

Ein Diener kam aus dem Haus und hob die Orangenschalen auf, die Bulstrode auf den Fußboden warf, während er aß. Er kaute und fuhr fort:

„Sehr schade, daß Sie nicht mit Purshottam Dass sprechen konnten — Chefbrahmane des Tempels. Der fette Bursche mit dem roten Strich auf der Stirn. Die in dem Tempel sind Shaivas — das bedeutet, sie verehren Shiwa als Hauptmacht der Schöpfung und der Wiederkehr sowie der Zerstörung. Haben dort eine wunderbare, alte, farbig illustrierte Kopie des Shiwa Purana — einer Liste der tausendundacht Namen des Gottes Shiwa. Haben Sie den Dämonenfries, den Pramathas, gesehen? Bestes Stückchen Bildhauerei zwischen Delhi und Nagpur. Schade! Na ja, denke, Sie hatten zuviel zu tun. Stimmt, was?

— Nun zu dem Bericht. Situation ist folgende: Entweder, Silberguru oder Gefreiter Soundso lügt! Oder er sagt die Wahrheit! Nicht wahr? Nehmen wir an, er sagt die Wahrheit. Damit gehen wir zu Dellamain. Er schwört, daß alles amtliches Geheimnis ist, viel zu geheim für Weiber und solche Tölpel von Soldaten, wie wir es sind — und, bei Gott, er hat vielleicht damit recht. Sehr oft müssen diese Burschen — Statthalter, Steuereinnehmer, Residenten — geradezu erraten, wie die große Politik läuft, sind auf ihre eigene Initiative, ihr eigenes Urteil, angewiesen. Wenn sie falsch urteilen — das schlimmste von allem: wenn sie zuviel Fragen nach oben stellen und ihre Vorgesetzten zwingen zu handeln — dann kriegen sie einen Tritt in den Hintern und können zwanzig Jahre lang als Steuereinnehmer von Rumblebellypore versauern. Denken Sie daran, daß Dellamain bereits einen Mißerfolg hinter sich haben muß. Sonst säß' er nicht heute in diesem Loch, mit seinem Köpfchen.

— Für uns ergibt sich daraus: Laßt die Burschen allein, solange es geht. Wir sind Soldaten, nur ein Teil von dieser großen, verdammten Maschine. Halt' deine Finger draußen, du weißt nie, was daraus werden kann. Mir persönlich völlig wurscht, ob Dellamain sich von heute bis zum St. Nimmerleinstag bestechen läßt. Und was die Rani angeht, die verdient nichts Besseres, als daß sie ermordet wird!

— Meine Pflicht: Dafür sorgen, daß Dellamain die Tatsachen erfährt, und einen Privatbericht an den General schicken. Dann laß Dellamain tun, was er nicht lassen kann — ist berechtigt, jeden Schritt zu ergreifen, den er für richtig hält. Dürfen nicht vergessen, daß dieses Gebiet hier Pachtgebiet ist. Statthalter hier hat zwei Berufe, die anderswo von zwei verschiedenen Männern ausgefüllt werden. Der General kann tun, was er für richtig findet. Vielleicht schreibt er einen Brief an den Chef, damit er erfährt, daß irgend etwas Seltsames in Kishanpur vor sich geht. Verstehen Sie, was dann geschieht? — Brief geht vom Chef zum stellvertretenden Gouverneur, wieder runter zu Dellamain, alles ganz geheim. Erfolg? Eine saure Zitrone. Richtig? Das alles unter der Voraussetzung, daß der Guru die Wahrheit sagt.

— Jetzt laßt uns annehmen, er lügt! Die Kanonen sind nicht für die Verschwörung des Dewan bestimmt. Darüber läßt sich einiges sagen; wir müssen es scharf bedenken; denn Dellamain würde es nicht wissen. Sie könnten ihn ebenso leicht belügen wie Captain Savage — leichter! Dann aber, in Gottes Namen: für wen sind die verdammten Kanonen? Nur eine vernünftige Antwort: Für den Staat, die Rani oder den Dewan in seiner offiziellen Stellung. Wozu? Drei Antworten: Erstens Prestige; zweitens Angst; drittens Ehrgeiz. Punkt eins: Prestige — je größer des Radjahs Kanonen, desto größer der Radjah selbst. Aber jedermann weiß, daß es heute zu verdammt gefährlich ist, Kanonen ins Land zu schmuggeln, nur weil man angeben will. Das fällt also weg. Punkt zwei: Angst — Angst vor wem? Vor uns? Ein paar Kanönchen können da auch nicht mehr helfen. Ein anderer Staat? Sie wissen, daß wir den Staaten keine Privatkriege mehr erlauben. Das fällt ebenfalls flach. Dritter Punkt: Ehrgeiz — sie wollen selbst angreifen! Wen? Einen anderen Staat? Das lassen wir nicht zu. Uns? Die Idee ist geradezu phantastisch. Gottverdammmich, sämtliche Staaten dieser Präsidentschaft könnten keine fünf Minuten gegen die Bengal-Armee antreten, und das wissen sie. All diese verschiedenen Lösungen sind möglich, aber so unwahrscheinlich, daß man die Geschichte des Silberguru fast mit Sicherheit als wahr bezeichnen kann. Und dann, vergessen Sie nicht, er ist ein Engländer — verrückt, das geb' ich zu; aber wenn irgendeine dieser Theorien zuträfe, dann wäre er ein Verräter und ein Gehilfe von Verrätern. Kein Engländer in Indien kann ein Verräter werden, ganz gleich, wie verrückt er ist — ist noch nie geschehen, wird nie geschehen! Noch ein Punkt: Sie haben nicht versucht, Sie umzubringen, Savage. Wenn etwas Ernsthaftes vorgelegen hätte, würde man das sicherlich versucht haben ...“

Rodney dachte an die Nacht in Kishanpur. Nur einen Augenblick lang hatte er das Gefühl gehabt, in unmittelbarer Lebensgefahr zu schweben — als er in den Tempel hineinlief; und daran mochte die panische Stimmung des Silberguru schuld gewesen sein. Sie hatte sich ihm mitgeteilt. Etwas anderes konnte es nicht gewesen sein; denn gleich darauf erkannte er seine Sepoys, und er wußte, daß er mit einem Dutzend von ihnen jede Menschenmenge beruhigen und auseinandertreiben konnte. Bulstrode hatte inzwischen weitergesprochen.

„. . . sind mir verschiedene Dinge noch nicht ganz klar. Warum machte der Guru die Bemerkung über den Tod des Tyrannen, über die Miß Langford hier stolperte und die praktisch alles ins Rollen brachte? Einzig denkbare Antwort heißt: Eitelkeit — Kerl muß eitel wie ein Pfau sein. Nicht ohne Erfolg; sein Wort an die Raben ging rund; heute behandeln sie ihn wie einen der großen Propheten. Dann Sitaparas Botschaft an Sie, Miß, den Bungalow des Statthalters im Auge zu behalten. Erinnere mich, daß Sitapara Ausschau halten wollte nach den Mördern des alten Radjah. Sie handeln nach der Botschaft, entdecken eine Bestechung Dellamains und Schmuggel von Kanonen. Schaue selbst da noch nicht ganz durch. Dauert vielleicht noch eine Weile, bis ich dahinterkomme." Er sah plötzlich Caroline Langford an. „Und de Forrest, Miß? Steckt der auch drin?"

Wahrscheinlich hatte sie diese Frage erwartet, denn ihre Antwort kam ohne Zögern. „Nein, Colonel, ganz bestimmt nicht. Er sah alles, was ich sah; aber sein einziges Motiv, warum er nachher leugnete, war Ärger darüber, daß . . ." Sie schwieg.

„Ärger über was?"

„. . . daß ich ihm einen Korb gab!"

„Hm — davon hatten Sie mir noch nichts erzählt. Ich glaube, das entlastet ihn."

Rodney betrachtete das blasse Gesicht des Mädchens. Tat es ihr leid, daß sie de Forrests Geheimnis verraten hatte?

War sie ihm böse, weil er verhindert hatte, daß die Rani auf dem Altar der Gehässigkeit geopfert wurde? Dachte sie darüber nach, auf welche Weise sie Dellamain vor den Richter bringen konnte?

Bulstrode starrte gedankenverloren zur Decke empor. „Ich hab' keine Moral, Miß — glaube auch nicht daran — aber, bei Gott, ich kenne dieses verdammte Land. Diese Chupattis und Botschaften mit Fleischstückchen — viel interessanter als der ganze Unsinn von Kishanpur. Beunruhigt mich wirklich. Sitze dem Statthalter Tag und Nacht im Genick, daß er etwas darüber herausfindet. Man tut sein Bestes, ich weiß — findet aber nichts heraus. Dann beunruhigt mich auch dieser betrunkene Hanswurst in meinem eigenen Stall, mein Kommandeurstellvertreter, Myers, und sein verdammter Gott. Habe ihm schon in aller Form gesagt, daß ich ihn vor ein Kriegsgericht stelle, wenn er noch einmal mit den Soldaten über Religion spricht; die Kerls haben eine tadellose Religion und brauchen keine andere. Dann die Sache mit den neuen Patronen — Geschichte ist mir selbst unheimlich; stecke aber in einer Falle, genau wie Dellamain. Entweder ich sage, die Dinge sind unsauber, und gebe damit so gut wie zu, daß die Company es mal wieder versucht hat, um zu sehen, wie weit sie es mit den Sepoys treiben kann — oder ich sage, sie sind es nicht; und dann erzähle ich eine Lüge, die eher oder später herauskommt — denn, bei Gott, ich glaube selbst, die Dinge sind unsauber. Mag das alles nicht. Kenne meine Soldaten und weiß, daß sie in einer verdammt merkwürdigen Stimmung sind. Habe sie noch nie zuvor so gesehen!"

Er senkte den Blick von der Decke und betrachtete nachdenklich Miß Langford. Es war offenbar, daß er seine eigenen Gedanken ausführlich enthüllte, um sie zu überzeugen. Denn Peckham und Rodney waren Soldaten, die nicht überzeugt werden mußten; sie erhielten Befehle und gehorchten.

„Sehen Sie, Miß, Sie sind eine Privatperson. Wenn Sie mit mir nicht einverstanden sind, steht es Ihnen frei, zu Mr. Colvin, dem Gouverneurstellvertreter in Agra zu gehen. Wenn Sie das tun, dann aus einem von drei Gründen: um die Rani zu ruinieren, weil sie den alten Radjah umbrachte; um Dellamain zu ruinieren, weil er sich bestechen läßt; um die Verschwörung in die Luft zu jagen, weil Sie glauben, daß es sich um Hochverrat handelt. Erste zwei Gründe liegen völlig bei Ihnen; wegen des dritten habe ich schon meine Meinung gesagt — unter Umständen können Sie England mehr Schaden zufügen als Nutzen. Na?"

Caroline blickte in ihren Schoß. „Könnten wir nicht Mr. Dellamain helfen, aus diesem Kreis von Bestechung und Erpressung herauszukommen? Irgendwie?"

Rodney blickte erstaunt auf; Peckham sah sie freundlich an. Bulstrodes Gesicht zeigte keinen Ausdruck.

„Nicht ohne ihm das Genick zu brechen, Miß! Immerhin, in Kishanpur ist jetzt die Katze aus dem Sack; es ist durchaus möglich, daß die Rani und Dewan sich inzwischen auf diese oder jene Weise verständigt haben. Damit erledigt sich die Erpressung von selbst."

Sie dachte nochmals nach und sagte dann: „Es ist nicht leicht. Ich tue es auch nicht gerne; aber ich will mich voll und ganz Ihrem Entschluß unterwerfen."

„Das ist recht. Gehen wir also zu Dellamain. In einer Minute bin ich wieder da."

Er wälzte sich aus dem Stuhl und watschelte in den Bungalow. Peckham nahm die Papiere auf und tat, als würde er darin lesen. Caroline blieb mit gesenkten Augen in ihrem Stuhl sitzen. Rodney stand auf, packte das Gestell seines Schwertes und ging langsam die Veranda hinunter. Caroline war jetzt in einer Falle; ihr abstrakter Idealismus wirkte, wenn sie darauf bestand, als reine Rachsucht. Sie hatte übrigens diese unerwartete Konsequenz erkannt. Schließlich hat sie sich doch als ein menschliches Wesen entpuppt, dachte Rodney, so menschlich wie jeder andere hier — und das macht sie nun unglücklich! Er hätte ihr gerne etwas Freundliches gesagt.

Aber das war vielleicht nicht so wichtig — vor ihnen lag jetzt eine unerfreuliche Stunde bei Dellamain; die Stunde, deren Erwartung ihn den ganzen Morgen mit einem unangenehmen Vorgefühl erfüllt hatte. Dann erst war alles vorbei.

Bulstrode kam heraus, stieß die Matte zur Seite und drückte den Tschako auf den Kopf. „Kommt jetzt! Nehmen Sie die Papiere mit, Peckham!"

Der Portier vor dem Bungalow des Statthalters trug eine Uniform in Scharlachrot und Gold, einen scharlachroten und goldenen Turban und eine Dienstpfeife, die an einem Silberkettchen von seinem Hals hing. Er führte sie über die Veranda, an einer Reihe tiefgrüßender Inder vorbei, hinein in den Salon. Sie saßen in einem Halbkreis von Stühlen, sprachen nicht und warteten. Eine Unzahl von Mahagonimöbeln füllte den hohen Raum; eine dreifache Punkah quietschte über ihren Köpfen und schien dem Staub nicht allzuviel auszumachen. Bulstrode streckte die Beine aus und döste vor sich hin. Rodney vermied es, Caroline ins Gesicht zu blicken. Der Statthalter ließ sie warten; vermutlich wollte er auf die Inder draußen Eindruck machen und ihnen zeigen, daß er der Chef von Bulstrode und der Armee war.

Mehrere Besucher hatten sein Zimmer betreten und verlassen, als endlich der Portier feierlich verkündigte, daß der Statthalter-esahib geschmeichelt sei, den Colonel-esahib, den Major-esahib, den Captain-esahib und die Miß-esahiba zu empfangen.

Dellamain stand hinter seinem riesigen Arbeitstisch. Er trug einen offiziellen, tiefgrauen Gehrock, weiße Hosen, weißes Hemd und einen schmalen, schwarzen Schlips. Rodney fand seine alte Ansicht bestätigt, daß der Statthalter ein großer und intelligenter Mann sei, der sich vor etwas fürchtete. Trotzdem hatte er volle Kontrolle über sich selbst; er begrüßte sie leutselig, obwohl er längst gemerkt haben mußte, daß dies ein außergewöhnlicher Besuch war.

„Miß Langford, Colonel, Major, Captain; ich bin erfreut,

Sie zu sehen. Bitte, machen Sie es sich bequem. Hier sind Zigarren, meine Herren. Miß Langford hat wohl nichts gegen unser Kraut einzuwenden. Nein? Übrigens muß ich um Entschuldigung bitten, daß ich Sie so lange warten ließ; aber ich hatte einige wichtige Besucher, die mir nicht von der Haut weichen wollten. Das Geheimnis bei der Behandlung eines indischen Besuchers ist, daß man sich niemals hinsetzt; dann darf er sich nämlich auch nicht hinsetzen. Ich denke, Sie halten es nicht viel anders in ihrem Büro, Oberst?" Bulstrode grunzte nur und stieß mit der Säbelscheide gegen das Stuhlbein. Dellamains Worte flossen glatt weiter. „Haben Sie die beiden letzten gesehen, die das Zimmer verließen? Es waren die Oberaufseher der Bodenreform, zu der ich die Regierung in diesem Gebiet überreden konnte — es hat lange genug gedauert!"

Caroline unterbrach: „Was ist Bodenreform?" Bulstrode machte ein finsteres Gesicht, Rodney biß sich auf die Lippen. Dies war ihre Krankheit — sie mußte überall Fragen stellen! Dann sah er an ihrem Gesichtsausdruck, daß sie diesmal wohl von dem Wunsch getrieben wurde, das Gespräch etwas weniger peinlich für Dellamain zu machen.

Der Statthalter war entzückt. „Bodenreform, Miß Langford, heißt in diesem Fall eine Neuerfassung des Landbesitzes zwecks neuer Verteilung der Steuern für die Landwirtschaft — praktisch also ein neuer Steuerplan. Im Verlauf unserer Bodenreform entdecken wir grundsätzlich neue Tatsachen über die ländlichen Besitzverhältnisse. Eine sehr, sehr lange Arbeit — dieses Gebiet umfaßt sechstausendneunhundertdreiundachtzig Quadratmeilen! Die Arbeit wird erst lange nach meiner Amtstätigkeit abgeschlossen werden können. Aber sie ist überaus wichtig. Zur Stunde arbeiten wir noch nach den Tabellen, die wir von den Radjahs von Kishanpur übernahmen, und diese sind unglaublich ungenau. Wir müssen den Bodenwert jeder einzelnen Wirtschaft feststellen und schätzen, um wieviel er seit der letzten Bestandsaufnahme durch verbesserte Straßenverhältnisse und Drainagen an Wert gewonnen hat. Als wir im Jahre 1809 dieses Gebiet von den Rawans pachteten, war das alte Drainagesystem praktisch zusammengebrochen. Wir haben einiges repariert und mit dem Neubau eines verbesserten Systems begonnen. Über dies und hundert andere Einzelheiten muß in dem Bericht über die Bodenreform genau Buch geführt werden. Eine sehr interessante Arbeit. Schauen Sie her!"

Er deutete mit der Hand auf die große Wandkarte, verfiel plötzlich in ein durchaus natürliches Englisch und informierte seine Zuhörer mit ein paar klugen Sätzen über Landbesitz, Steuer und Erbfolge in den ländlichen Gebieten Bhowanis. Er war gleichzeitig geistreich und trocken; selbst Bulstrode mußte anerkennend nicken. Die Wirkung seines Vortrages auf Caroline war anders, als Rodney erwartet hatte. Sicherlich war sie interessiert an seinen Worten; aber sie schien gleichzeitig ein wenig eifersüchtig auf Dellamain. Sie verstand alles und wünschte lebhaft, ihren eigenen Verstand in der gleichen Weise gebrauchen zu dürfen wie er — für Probleme, die so groß und bedeutsam waren wie die indische Bodenreform. Aber sie wußte auch, daß sie in einer schlimmeren Falle steckte als Dellamain. Der konnte nach England gehen — sobald er genug Geld hatte — und Anerkennung auf der großen Parlamentarischen Bühne suchen. Der Tag mochte nicht fern sein, an dem ein Palmerstone, Gladstone oder Disraeli ihn öffentlich begrüßte. Sie aber war eine Frau, die die Grenzen ihres Geschlechtes nicht überspringen konnte; die Handschellen der Tradition setzten ihren Fähigkeiten eine Grenze.

Bulstrode erhob sich in seinem Stuhl, raschelte mit seinen Papieren und stieß kurz auf. In das Schweigen, das darauf folgte, sagte er: „Bitte um Entschuldigung, muß interessanten Vortrag unterbrechen, Statthalter. Habe sehr wichtige Mitteilungen zu machen. Miß Langford, schießen Sie los."

Dellamain setzte sich ziemlich plötzlich hin. Als ob eine unsichtbare Hand über sein Gesicht gestreift habe, veränderte es sich, wurde richterlich und bedeutend. Zum drittenmal in dieser Woche erzählte Caroline ihre Geschichte. Rodney lauschte, ohne Dellamain anzusehen; er haßte es, einen Menschen kaltblütig zu verwunden oder zuzusehen, wie sich der Verwundete in Schmerzen wand. Trotzdem bemerkte er natürlich, wie bleich der Statthalter während des Vortrags wurde. Endlich überflog eine fleckige Röte sein Gesicht. Er hob die herausquellenden Augen zu Bulstrode und fragte leise: „Und Sie, Colonel, haben das erlaubt? Sie haben hinter meinem Rücken Kavallerie ausgeschickt?"

George Bulstrode lutschte kurz an seinen Zähnen, warf seinen dicken Bauch herum, sah den Statthalter offen an und sagte schlicht: „Ja!"

Ein knisterndes Schweigen folgte. Rodney betrachtete seine Fußspitzen. Er wußte genau, was Dellamain sagen würde. Als die lange Pause vorüber war, sagte er es auch.

Er sprach fest und überzeugt. Wenn seine plumpen Finger nicht unablässig mit einem runden Zeigestock aus Ebenholz gespielt hätten, der auf seinem Tisch lag; wenn seine Stimme etwas weniger von diesem kanonischen Wohlklang besessen hätte; wenn Bulstrode nicht so präzise vorausgesagt hätte, wie diese Geschichte klingen würde — dann hätte Rodney ihm ohne weiteres und bereitwillig jedes Wort geglaubt. Aber Caroline hatte recht: Dellamain brauchte Hilfe. Bulstrode hatte recht: die Bestechung war an sich unwesentlich. Denn Charles Dellamain verwaltete das Pachtgebiet von Bhowani besser als irgendein anderer Mensch; der geheime, der ängstliche Dellamain kannte irgendwie Land und Leute. Diese Unmasse von Menschen, über die er herrschte, kümmerte sich den Teufel um die Höhe der Bestechungssummen, die er erhielt; er schützte sie, gab ihnen Frieden und Gerechtigkeit. Was bedeuteten die Vorwürfe gegenüber solchen Aufgaben wie der Bodenreform und der Wiederherstellung von Vertrauen und Wohlhabenheit unter der Bevölkerung?

Dellamain sprach nicht sehr lange. Er leugnete rund ab,

jemals Bestechungsgelder entgegengenommen, jemals irgendeiner Form des Schmuggels Vorschub geleistet zu haben. Was den Transport der Kanonen betraf, erklärte er, so sei er von Anfang an darüber informiert gewesen; aber dieser Waffentransport hinge unmittelbar mit einer politischen Angelegenheit zusammen, die so geheim und delikat sei, daß man sie nicht einmal schriftlich niederzulegen wage. Das einzige, was ihn wirklich überrasche, sei die Nachricht von der englischen Staatsangehörigkeit des Silberguru; übrigens eine sehr erfreuliche Nachricht. Denn der Guru sei ein wichtiges Glied in der Kette seiner geheimen Verhandlungen. Und diese Nachricht beweise ihm, Dellamain, daß das Vertrauen, welches er bisher auf den Silberguru gesetzt habe, durchaus berechtigt sei.

Erst zum Schluß begann er den Gegenangriff. Er blickte von Rodney auf Caroline, übersah Major Peckham und sprach mit donnernder Autorität: „Ich kann mir nicht helfen, ich habe den Eindruck, daß Sie beide, ermuntert von Colonel Bulstrode, wie ungezogene kleine Kinder mit Pulver gespielt haben — auf eine sehr unglückliche Art und Weise. Dieser Versuch, als Amateurdetektiv einzugreifen, kann möglicherweise die ganze Stellung Englands in Indien in Frage stellen — und das ist keine Übertreibung. Ich habe alles versucht, um Sie abzuhalten; das einzige, was ich nicht tun konnte, war, Ihnen Dinge zu erzählen, die Sie durchaus nichts angingen. Sie, Sir", — sein Blick wanderte von Caroline zu Rodney — „sind ein Offizier und tragen deshalb weniger Verantwortung als Ihre Vorgesetzten. Aber ich sehe klar, daß eine gewisse abenteuerliche Veranlagung, ein Mangel an Gleichgewicht Sie zu einem willigen Werkzeug gemacht haben." Sein Blick wanderte wieder zu Caroline. „Und Sie, Miß Langford, muß ich wohl als den eigentlichen Urheber dieser ganzen Narrenstreiche betrachten. Weiß Gott, ich habe versucht, Sie von dieser Sache abzubringen. Ich habe genug Andeutungen fallenlassen gegenüber Ihrer Cousine Lady Isobel; ich bin überzeugt, daß sie Ihnen weitergegeben wurden. Ich habe, leider völlig vergeblich, immer wieder an Ihren Glauben, Ihren guten Willen, an Ihren gesunden Menschenverstand zu appellieren versucht. Aber offenbar haben Sie Ihren Glauben nur für indische Radjahs übrig; sie stolperten unnachgiebig von einer Dummheit in die andere. Colonel Bulstrode, Ihr Verhalten in dieser Angelegenheit hinterläßt bei mir den Eindruck, daß Ihnen der Sinn für die Verhältnisse abgeht, den man bei Ihrem hohen Rang eigentlich voraussetzen sollte. Und nun" — er hatte wieder seine Selbstsicherheit zurückgewonnen, da niemand ihm widersprach — „wollen wir das alles vergessen und zu unseren verschiedenen Pflichten zurückkehren. Es würde mir sehr leid tun, sollten meine letzten sechs Monate im Dienst der Company getrübt werden durch Vorwürfe, Gerüchte oder wechselseitige Denunziationen im Zusammenhang mit dieser unglücklichen Geschichte."

„Sie verlassen Indien in sechs Monaten? Das wußte ich nicht."

„Miß Langford, wenn ich meine Worte von vorhin noch einmal wiederholen darf: Sie wissen tatsächlich nicht alles! Ja, ich gehe. Ich stehe seit längerer Zeit mit einigen Parlamentariern in England in Berührung. Es ist meine Absicht, mich ganz der Politik zu widmen."

Seine Stimme hatte sich kaum geändert; trotzdem glaubte jeder der drei, aus den letzten Sätzen die unmißverständliche Bitte herauszuhören: Ich stehe so dicht vor der glücklichen Flucht aus diesem Labyrinth. Seid großmütig!

Bulstrode, der die Augen wieder geschlossen hatte, als der Statthalter sein Philippika losließ, warf einen Stoß Papiere auf den Tisch: „Mein dienstlicher Bericht an Sie — zwei Abschriften. Unterschreiben Sie bitte eine als Quittung, Statthalter, und geben Sie sie mir zurück."

Dellamain ergriff die Feder und kritzelte ärgerlich seinen Namen. Bulstrode warf einen kurzen Blick auf das Geschriebene und schüttelte den Kopf. „Uhrzeit und Datum bitte nicht vergessen, wenn ich bitten darf, Statthalter."

Als auch dieses eingetragen war, gab er die quittierte Abschrift Peckham und rollte mit einem Kopfnicken des Abschieds hinaus. Die andern folgten ihm. Der Statthalter von Bhowani saß, plötzlich zusammengeschrumpft, auf seinem Stuhl und starrte auf die weißen Bögen, die auf seinem Tisch lagen.

Bulstrode und Peckham wanderten zum Büro des Ortskommandanten zurück. Rodney und Caroline gingen langsam nebeneinander her durch die Anlagen der Garnison nach Norden. Ein paar Männer sprengten die Straße mit Wasser aus Ziegenhäuten, um den Staub zu binden; die Luft roch klar und frisch.

Caroline sagte: „Es geht immer tiefer hinunter, Schicht um Schicht; und jede ist übler als die vorige. Ich wünschte, ich dürfte glauben — ernsthaft glauben —, daß wir bei der untersten Schicht angekommen sind. Aber ich kann es nicht. Können Sie es?“

Rodney wußte, daß auch er es nicht konnte. Drunten in der Tiefe gab es Leidenschaften — unbestimmte, schattenhafte Phantome, Mißtrauen und schrecklichen Verdacht. Alles was er wußte, war, daß sein Wissen ihn bedrückte und beschämte.

Er sagte nichts; das Mädchen fuhr fort, mit einsamer, trauriger Stimme: „Man hat mir erzählt, daß der Generalgouverneur in Kalkutta ein großes Haus im englischen Stil besitzt, und daß sein Empfangszimmer in Weiß und Gold gehalten ist. Ich kann ihn vor mir sehen — armer Mensch — armer Mensch —, er sitzt an einem großen Tisch, blickt hinaus in den Garten und fragt sich, was geschehen wird, wenn es eine Revolution in Kishanpur gibt. Und dann vergißt er es wieder. Es gibt zu viel, worüber er sich Gedanken machen muß. Vielleicht kennt er Mr. Dellamains Namen. Aber er weiß nicht, wer dieser Mann ist.“

Rodney nickte. Der Generalgouverneur würde niemals etwas von der Natur, dem Charakter Charles Dellamains erfahren, der ihm diente — von seinen Fähigkeiten, seinem vulkanischen Ehrgeiz, seiner Bestechlichkeit.

„Und inzwischen macht die Rani ihre geheimen Anschläge, macht der Dewan seine geheimen Anschläge, plant der Silberguru Verschwörung und Aufstand. Mr. Dellamain gerät mit einem Fuß in den Malstrom und wird immer tiefer hineingerissen. Und in der Tiefe sind andere kleine Leute, die Anschläge planen und bestechen ...“

Und noch weiter unten — was kam da? Sie war noch nicht so tief unten gewesen; sie wußte nicht, daß es dort unten ganz unmöglich wurde, gut und böse voneinander zu trennen. Er hatte es versucht; er hatte den achtarmigen Gott gesehen, war plötzlich in Berührung gekommen mit seinen schrecklichen Leidenschaften, die sich nach ihrer eigenen Wertskala richteten. Der bucklige weiße Stier leckte mit einer rauhen Zunge; die Nacht roch nach Weibern und getrocknetem Urin; Rauchschwaden umtanzten einen Fries — ein steinernes Band endloser sexueller Vereinigung; irgendwo stand ein Mann in einem hellen Mantel, der einen Falken und ein Messer in der Hand trug, und andere warfen rotes und blaues Pulver auf ihn. Wo war Recht, wo Unrecht?

„Für uns Engländer gibt es nicht zwei Maßstäbe — nur einen einzigen. Wir müssen uns an diesen Maßstab halten, oder wir müssen nach Hause gehen. Wir dürfen nicht, wie es jetzt geschieht, Unberührbarkeit erlauben und Witwenverbrennung verbieten; Tyrannei in einem Staat ausrotten und in dem anderen unterstützen; unsere rechte Hand nach östlichen, unsere linke nach westlichen Gesetzen handeln lassen. Es ist nicht wahr, daß Indien verdorben ist; es hat nur seine eigenen Gesetze. Wenn wir herrschen wollen, müssen wir herrschen, als ob wir Inder wären — oder wir müssen Engländer aus den Indern machen. Aber wir tun keins von beiden; wir sind alle kleine Mr. Dellamains. Der große Malstrom hat uns alle beim Fuß. Eines Tages, davon bin ich überzeugt, wird ein noch größerer kommen, uns hinunterreißen und ertränken. Gott wird uns bestrafen, weil wir uns nicht entscheiden konnten. So wie er mich bestrafen wird!“

Sie wandte sich plötzlich von ihm weg und betrat den Garten der Hatton-Dunns; Rodney ging allein weiter. Caroline trug an diesem Tag ein blaßblaues Kleid und einen breiten Strohhut. Ihre Handgelenke waren zu zerbrechlich, ihre Schultern zu zart, um das Gewicht der Verantwortung tragen zu können, die sie sich selbst auflud. In letzter Zeit hatte er ihr Gesicht öfter betrachtet und verstand nicht, daß ihm seine Schönheit nicht sofort aufgefallen war; vielleicht rührte das daher, daß es ein starkes Gesicht war, immer ernsthaft — ganz besonders die Augen. Sie sollte diesen Ernst nicht verlieren — er wußte zu genau, wie ausdruckslos Menschen wirkten, die gar keinen Ernst besaßen; — aber sie mußte lernen, mitunter ihrem eigenen Ernst zu entschlüpfen und zu lachen. Sie hatte kein Recht, schon in ihrem Alter jeden Sinn für die leichte, komische Seite des Lebens zu verlernen; gnadenlos ihr ganzes Dasein der Förderung von Gottes Zielen zu verschreiben. Hatte nicht Gott auch das Lachen geschaffen? Aber sie war um so vieles liebenswürdiger, als sie zugeben wollte. Er hätte ihr gerne geholfen.

Wieder lag das Leben in der Garnison vor ihm, wie nach seiner letzten Rückkehr aus Kishanpur. Damals hatte er eine Zeitlang widerstanden; diesmal freute er sich darauf, im Alltag zu versinken. Exerzieren, Drill, Paraden, der Klub; alles sollte ihm diesmal das sein, was es schon früher gewesen war — die kräftige, wenn auch etwas farblose Kette im bunten Gewebe seines Lebens.

Elfter April! Aprilschauer, Mangoschauer, leichte Brisen in der Dämmerstunde. Mai, der blendende Mittag des heißen indischen Tages; im Mai war der Himmel klar und blau, beschattete sich am frühen Nachmittag zu einer Art Stahlgrau. Mai — das waren atemlose Nächte auf dem Rasenplatz und die Moskitonetze wie die Schleier eines Geistes über ihnen; oder ein Staubsturm am Abend und Schlaf auf der Veranda, während der Diener die ganze Nacht hindurch Wasser über die Kokosmatten goß; oder eine Brise um Mitternacht, wenn die Luft zu rauschen begann und die Erde unter den Zweigen abkühlte, während die Blüten im Garten nickten. Mai, das hieß eine vertrocknete, pergamentene Kehle um Mittag, fünfundvierzig Grad im Schatten, eine Sonne, die auf den Exerzierplatz knallte und wie ein Peitschenhieb zurück in die Augen sprang.

Im Juni aber würde die Luft von Tag zu Tag feuchter werden, während große Wolkengebirge von Südwesten nach Nordosten über das Land wegsegelten. Der Monsun erreichte Bhowani nach der Mitte des Monats — am zwanzigsten Juni im letzten Jahr, am neunzehnten Juni im Jahr 55, am dreiundzwanzigsten Juni 54, am achtzehnten Juni 53. Rodney kannte, wie jedermann, den genauen Monsun-Kalender der vergangenen Jahre. Es begann mit elektrischen Stürmen einige Tage zuvor — viel Wind, Donner und Staub, vereinzelte schwere Regentropfen. Dann, am ersten Monsuntag, ein fürchterlicher Regensturm, der Stunden dauerte. Halbtägige Pause — ein neuer Sturm; Pause — Sturm. Der Regen begann mit einzelnen schweren Tropfen, die zögernd fielen, dann schneller, immer dichter, bis der Regen fast wie ein Wasserfall herunterströmte. Der Regen fiel so schnell, daß die Erde ihn nicht aufnehmen konnte; er durchdrang die oberste Staubschicht, füllte die Flüsse und legte einen Teppich von schleimigem Schlamm über die harte Erdkruste. Später ließ seine Gewalt nach; aber er fiel trotzdem einige Stunden täglich, den ganzen Juli und August hindurch. Zwischen den einzelnen Stürmen segelten wieder die weißen Kumuluswolken über den Himmel; die Temperatur lag nicht viel über dreißig Grad; die Luft war reingewaschen und regenschwanger und überall das Gluckern von laufendem Wasser.

Im September tröpfelte es noch manchmal, aber der Regen hörte auf. Wasser glitzerte auf Straßen und Feldern, und jede Krankheit in Indien stand jetzt in voller Blüte. Die Erde war weich bis in ihre tiefsten Tiefen, vollgesogen wie ein Schwamm. Die kleinen Flüßchen und die Bäche gefüllt, die Flüsse und Ströme voll Hochwasser, sechs, zehn, zwanzig Meter über dem Normalpegel, je nach der Form des Ufers. Das ehemals braune Gras, das Dach des Urwaldes — alles leuchtend grün! Die Nächte geheimnisvoll lebendig durch das Schwirren von Faltern und fliegenden Käfern.

Oktober und November — goldene Sonne und kühle Nächte. Rauch von Holzfeuern, duftende Abende; Ruhe legte sich wie ein edler Hauch von Reife über das tägliche Leben, verlieh der Routine in den Baracken und Bungalows Wärme und Menschlichkeit. Endlich das kalte Wetter: Dezember, Januar, Februar. Warme englische Kleidung, ein Feuer im Kamin; und die Punkahs schwiegen. Manöver, Zelte in einem Mangoheim; sonnige Nachmittage, rauhe Nächte und frostbeißende Morgen. Entenjagd und Schnepfenstrich, und der Anstand auf den Leopard im Dschungel.

Er hörte ein Gerücht, daß das Regiment im Januar Quartier wechseln würde und nach Dinapore kommen sollte — vierhundert Meilen entfernt. Das hieß sechs Wochen Marsch; und was für einen Aufruhr es geben würde nach fünf Jahren Bhowani! Das ganze Regiment auf dem Marsch! Frauen und Kinder, Möbel, Schoßtiere und Spielzeug, alles reiste mit, in Ponywagen und auf Ochsenkarren.

Bis dahin aber: Sicherheit in dem festen Griff des monotonen Garnisonlebens. Scharfschießen mit den neuen Patronen; sein Geburtstag gegen Ende des Monats; eine Kinderparty des Klubs im Mai — die letzte Freiluftveranstaltung bis September. Was hatte Sumitra einmal zu ihm gesagt, einmal, an einem Tag, der lange, lange zurücklag? „Du wirst in England als Oberstleutnant i. R. Savage, B.N.I., sterben — ausgetrocknet und aufgerieben. Man hat mir erzählt, wie das ist. Sie lachen heimlich über dich, weil du Curry ißt, und immer, wenn du den Versuch machst, ihnen zu erzählen, was dies hier bedeutet, lachen sie dich aus.“ Ihre Hand deutete über das weite Rund des glänzenden Dschungels. „Und dann sagen sie, daß du unglücklich bist, weil du keine schwarzen Diener hast, die du herumkommandieren kannst.“

Sumitra hatte recht behalten. Ihre Schilderung stimmte genau. Es gab nichts wirklich Großes zu tun, und wenn doch, dann lachten seine Landsleute in England schallend. Aber erst, wenn es getan worden war.

15. KAPITEL

Das weiße Klubhaus schlummerte in dem dichten blauen Schatten seines Strohdaches. Rodney trat ein und sah George Bulstrodes rotes Gesicht mit den blutunterlaufenen Augen, das ihm aus der düsteren Klubhalle entgegenzuschweben schien. Samstags pflegte der alte Mann gewöhnlich ein verspätetes Tiffin im Klub zu nehmen, nachdem er von zehn bis zwei Uhr in der Bar getrunken hatte.

„Hallo, Savage. Dienst heute? Hm ja — blöde Kinderparty. Na, Bettzeit für mich.“ Er wandte sich ab und brüllte in den Gang: „Koi hai! Mein Pferd!“

Die Tür schlug hinter ihm ins Schloß. Rodneys Augen gewöhnten sich an das Halbdunkel; er studierte müßig die Bekanntmachungen, die unordentlich übereinander an das schwarze Brett geheftet waren. Eine von ihnen, auf der Oberfläche des Papiergewirrs, lautete:

‚Das Komitee des Bhowaniklubs hat Samstag, den 9. Mai (4,30 Uhr), für die Abhaltung der jährlichen Kinderparty in der heißen Jahreszeit bestimmt. Neue Mitglieder werden gebeten, zur Kenntnis zu nehmen, daß es nicht üblich ist, die Kinder von ihren Ayahs begleiten zu lassen, noch sollten Kinder unter zwei Jahren zu dem Fest geschickt werden.

13. Februar 1857 W. O. Ransome-Frome
Sekretär h.c.‘

Er zog die Uhr aus der Tasche: zwei Uhr nachmittags. Zeit genug. Er rief nach einem Diener: „Koi hai!"

Nichts geschah. In seiner Schläfe klopfte eine Ader rhythmisch. Schweigen erstickte seinen Ruf. Draußen, im Hintergarten des Klubs, glänzte die harte Erde in weißlichem Feuer. Ein magerer Hund kratzte in seinem räudigen Fell nach Flöhen, stand auf und hinkte davon. Rodney fuhr mit dem Finger durch den Kragen seines Waffenrocks, gähnte und machte sich auf die Suche nach dem Steward. Er fand ihn ausgestreckt auf den kühlen Steinen unter der Bar, tief schlafend und schnarchend. Rodney lehnte sich über den Schenktisch und schnarrte: „Koi hai!"

Der Steward blinzelte und erhob sich schwerfällig, offensichtlich mit einem schlechten Geschmack im Mund. Rodney fühlte eine Art düsterer Zuneigung zu dem Mann, geboren aus Kameradschaft —, ausgerechnet um zwei Uhr nachmittags an einem Samstag im Mai Dienst zu haben! Er gähnte wieder. „Ist das Arbeitskommando von den 13. Rifles schon gekommen?"

Es brauchte einige Zeit, bis die Frage den Hitzeschleier, der das Hirn des Mannes einhüllte, durchdrungen hatte. „Ich glaube, sie warten draußen, huzoor. Soll ich den Jemadar-Sahib rufen?"

„Nein, ich gehe selbst zu ihnen!"

Er schritt die Stufen hinunter, zuckte zusammen und tauchte in die Gluthitze der offenen Luft. Die Sepoys warteten verstreut unter den Bäumen im hinteren Teil des Gartens. Als der Jemadar, der die Gruppe führte, Rodney erblickte, gab er einen Befehl und schritt gravitätisch durch das braungrüne Gras auf den Offizier zu.

„Sir! Jemadar Godse, zwei Unteroffiziere, neunzehn Sepoys, ein Schreiner, als Arbeitskommando zur Stelle — vollzählig, Sir!"

Rodney beantwortete den Gruß mit einer Handbewegung und trat in den Schatten unter den Stämmen. Die Männer machten ihm Platz.

„Lassen Sie bitte rühren!"

Godse gab den Befehl weiter, Rodney zog eine Cheroot aus der Tasche. „Also, wie wollen wir die Sache arrangieren? Habt Ihr das Gerümpel mitgebracht?"

Der Jemadar wies auf einen Stapel von Holzpfählen, Planken, Zeltleinen und Stricken.

„Gut. Was machen wir jetzt damit?"

Sie standen nebeneinander, blickten auf den Rasen, die verstreuten Bäume, die Beete voll verstaubter Ringelblumen und vertrockneter Zinnien. Godse räusperte sich. „Letztes Jahr haben wir die Schaukeln unter dem Baum da hinten aufgestellt und die Sonnensegel da vorne. Sollen wir es dieses Jahr genau so machen?"

Die Sepoys standen hölzern und schwiegen. Rodney versuchte, sie zum Lächeln zu bringen. Er sagte scherzhaft: „Und wie wurde es im Jahre 1805 gemacht, Jemadar-Sahib?"

Es war kein besonders toller Scherz; zu anderen Zeiten würden die Männer darüber gelacht haben. Diesmal lachten sie nicht. Er betrachtete ihre Gesichter und fragte sich wieder einmal, was wohl hinter ihnen steckte. Der Schreiner Piroo stand etwas abseits von den Sepoys und verbeugte sich tief, als Rodney ihn ansah.

Er winkte mit seiner Cheroot. „Also gut. Macht es wie Ihr wollt. Ich lasse inzwischen die Stühle von den Kellnern heraustragen. Achtet nur darauf, daß das Sonnensegel ziemlich dicht vor der Veranda ist, damit der Zauberkünstler unter der Tamarinde stehen kann. Vielleicht will er irgend etwas aus den Zweigen erscheinen lassen, nicht wahr? Verstanden? Oh, und noch eins — haltet auf jeden Fall den Krocketplatz frei — da, wo die kleinen Eisenbögen sind."

Die Gruppe löste sich auf; die Männer nahmen die Planken auf. Piroo, der Schreiner, trabte hinter ihnen her, einen Hammer und eine Tüte Nägel schwingend. Eine Minute lang stand Rodney einsam im Schatten des Baumes und sah ihnen zu. Dann trieb ihn sein Verantwortungsgefühl, wenigstens einen Teil ihrer Qual zu teilen, und er folgte ihnen über das Gras ins offene Sonnenlicht. Die Männer vor ihm begannen, das Rahmenwerk für die Schaukeln aufzurichten. Sie arbeiteten hart.

Während der Arbeit sprachen sie leise miteinander und bemerkten nicht, daß er näherkam. Einer von ihnen, der einen Pfosten senkrecht hielt, sagte: „Naik, stimmt es, daß der Silberguru gelobt hat, schweigend zu fasten?“

Der Feldwebel war Naik Parasiya, der in der Nacht des Holi im Tempel von Kishanpur gewesen war. Er stand tief gebückt und zog eine Halteleine fest. Rodney hörte seine Antwort: „Es stimmt.“

„Wie lange will er fasten? Und warum?“

„Er sagt: Bis die Vernichtung, die die Götter versprachen, alle Sünder zerschmettert hat.“

Der Naik erhob sich, sah Rodney und murmelte: „Ruhig jetzt! Mach weiter mit der Arbeit.“

Das Uhrwerk in Rodneys Hirn tickte müßig. Der Waffenrock glühte auf seinen Schultern. Der Kragen brannte am Hals. Er bewegte sich hin und her, fühlte sich unbehaglich, fragte sich, was in aller Welt der Guru wohl meinte. Eines Tages, etwa eine Woche nach dem Holifest, war der Leprakranke wieder in dem kleinen Bazar erschienen, was den Schluß zuließ, daß man die Streitigkeiten in Kishanpur ohne Blutvergießen beigelegt hatte. Vielleicht hatte der Guru überhaupt den Gedanken an weitere Konspirationen fallen gelassen. Diese Bemerkung über die Vernichtung der Sünder und das Gelöbnis zu fasten klang wie eine Phrase, dazu bestimmt, die Aufmerksamkeit der Menschen auf den Teil seines Lebens zu lenken, der sich unter dem Feigenbaum im kleinen Bazar abspielte. Andere Schritte des Guru ließen den gleichen Schluß zu — so zum Beispiel die Tatsache, daß er in der Frage der eingefetteten Patronen die Partei der englischen Regierung ergriff. Rodney entschied, daß es müßig sei, sich über den Guru den Kopf zu zerbrechen.

Er sah, daß die Arbeit rüstig fortschritt und kehrte in den Klub zurück. Ein einsames Glas Whisky oder zwei, mit viel kaltem Wasser, würden ihm helfen, die Zeit zu vertreiben; der Arbeitsdienst draußen würde sowieso zwei Stunden dauern, und dann würde die englische Bevölkerung von Bhowani in den Klub strömen, die gesamte Garnison — mit Ausnahme von Colonel Bulstrode, der schnarchend in seinem Bungalow lag. Rodneys eigenes Tiffin, bestehend aus gehacktem Hammel, Mangogemüse und Bier, drückte schwer in seinem Magen.

Er stand in dem düsteren Barraum, hielt das Brandyglas in einer Hand und prüfte die Stühle mit der anderen. Manchmal waren die Lederstühle auch in dieser Jahreszeit trotz ihrer größeren Hitze bequemer, manchmal auch nicht. Er schüttelte den Kopf. Heute war ein Rohrstuhl vorzuziehen. Er legte sich zurück, stellte das Glas in dem dazu bestimmten Loch der Armlehne ab, schob mit einer kurzen Bewegung die Fußrasten heraus, legte seine Stiefel sorgsam darauf und starrte zur Decke empor.

Eine Minute später sprang er auf und blätterte in den englischen Zeitschriften, von denen keine jünger als vier Monate war. Sie füllten einen kleinen Tisch an der Rückwand des Klubzimmers. Er spürte kein Bedürfnis, eine von ihnen zu lesen. Er hatte jede mindestens schon zweimal gelesen. Schließlich setzte er sich wieder.

Ein einsamer Vogel begann auf einem Baum im Garten zu singen. Es war ein Brainfever — so genannt nach seinem hektischen, aufgeregt hochsteigenden Schlag. Er sang: Höher, höher, höher — Bruch, Pause, neuer Beginn: pippeha pippeha pippeha pippeha, ha ha ha, pippeha pippeha — höher, höher! Hitze sinterte in den Raum durch die dicken Wälle und die geschlossenen Fenster, die Luft in der dunklen Bar schien zu glühen. Er nahm einen langen Zug, leckte seine Lippen ab. Sei vorsichtig mit diesem Stoff, sagte er zu sich. Du gewöhnst dich daran. Nein, nicht vorsichtig — such' dir eine Aufgabe, die deine volle Kraft verlangt, alles was in dir drinsteckt;

das ist die einzige vernünftige Antwort. Soldatenleben sollte genug Abenteuer bringen. Aber das stimmte nicht; heutzutage konnte ein Offizier nicht mehr den Handschuh seiner Dame an die Lanzenspitze binden und hinausreiten in die Welt, um nach Abenteuern zu suchen.

Auch das war nicht ganz richtig. Denn irgendwo, in einem Schubfach seines Schreibtisches, lag ein viereckiges Stück Papier. Ein Mann in Bauernkleidung hatte es ihm in die Hand gedrückt, als er vor einer Woche durch den kleinen Bazar ritt. Als er die kurze Botschaft gelesen hatte, war der Mann bereits in der Menge untergetaucht. Das Blatt war englisch beschrieben, mit großen, schwarzen Schriftzügen: ‚Posten immer noch unbesetzt. Bitte, komm sofort. S.' Bitte war dreimal unterstrichen. Sie hatte wahrhaftig die Stirn, so zu tun, als ob die Nacht des Holi niemals gewesen wäre. Er hatte nicht die Absicht, ihr zu antworten.

Etwas, was sich nicht näher bestimmen ließ, lag in der Luft. Weiter im Osten hatte das 19. B.N.I. in Berhampore sich geweigert, die Perkussionszünder in Empfang zu nehmen. Man hatte sie entlassen müssen — und die Männer waren friedlich nach Hause gezogen, hatten sogar dem alten General Hearsey zugejubelt, als sie ihm begegneten. Er war auch ein prächtiger alter Haudegen. Trotzdem, ein verrücktes Ende für ein so gutes Regiment. Aber es war unmöglich gewesen, den Männern einzureden, daß die Dum-Dum-Geschosse in Ordnung waren. Oh verdammt, dachte Rodney, wir wußten von Anfang an, wie es ausgehen würde — wir kennen ja unsere Sepoys. Gott sei Dank, daß das Scharfschießen hier wenigstens gut abgelaufen ist. Ein Wort vom Silberguru, und alles ist in Ordnung. Möchte gerne wissen, wer dieses Regiment wirklich kommandiert — Anderson oder der Guru? Na, Caversham ganz bestimmt nicht. Nein, der nicht!

Er bewegte ärgerlich den Kopf. Schweißtropfen liefen zusammen und bildeten eine kleine Rinne hinab zu seinem linken Auge. Das Summen der großen Fliegen ärgerte ihn plötzlich, er schrie wütend: „Punkah wallah! Wach auf und tu etwas, Himmel noch mal!"

Er hörte das leise Geräusch des Knaben, der plötzlich aufwachte; über ihm begann der Rahmen mit der Leinwand zu quietschen. Staub fiel auf ihn nieder — winzige, heiße Staubkörnchen . . .

Gelächter von Männern weckte ihn, er öffnete langsam die Augen. Abel Geoghegan lehnte mit dem Rücken gegen die Bar und sah ihn lachend an. Neben dem Veterinär stand Allan Torrance und grinste. Beide Männer waren nach dem letzten Schrei der Mode gekleidet — wie die Stutzer, dachte Rodney. Torrance trug hellbraune Hosen, eine grasgrüne Weste, einen einreihigen, braunen Schoßrock, der fast bis zu den Knien hinunterging, und eine ungeheure Krawatte, schwarz, mit grünen Flecken. Geoghegan trug Hosen in feinen schwarzweißen Karos, einen zweireihigen grauen Frack mit dünnem, gelbem Binder. Torrance, jung und von der satanischen Hübschheit des weiland Lord Byron, stand der Anzug geradezu vollkommen. Geoghegan hingegen sah wie der erfolgreiche Anreißer eines Rennplatzes aus — ein Eindruck, der von der Heiserkeit seiner Stimme noch merkwürdig unterstrichen wurde.

„Schau doch hin, Torrance, mein Junge. So sieht das aus, wenn der Hauptmann vom Garnisondienst auf Wache steht! Nun merk dir mal, wie man's macht! Das ist der Weg zum Erfolg in der Bengal-Armee — und ich wette, der Bursche hat einen Mund, so trocken wie die Achselhöhle eines Barmädchens."

Rodney setzte sich auf. „Oh, halt's Maul, du brüllender Irländer. Ihr seid verdammt früh hier, scheint mir."

„Es ist gleich halb fünf Uhr", sagte Torrance. „Die Damen können jede Minute kommen. Mrs. Caversham hat uns gebeten, bei den Schaukeln zu helfen."

„Ihr seid mir schöne Narren. Kommt, wir wollen einen nehmen. Koi hai!"

Die Welt ringsum streckte sich, wurde wieder lebendig.

Geräusche erhoben sich im Haus, die Blätter an den Bäumen begannen zu rascheln, nackte Füße patschten irgendwo auf Steinfliesen. Neue Energie rieselte durch Rodneys Körper. Er schlug mit der Hand nach einer Fliege, die ihn ärgerte.

Geoghegan, der ihm zugesehen hatte, schüttelte den Kopf. „Laß das, Rodney, es hat doch keinen Zweck — und in fünfzig Jahren ist alles vorbei. Spätestens! Weißt du schon, daß ich nächstes Jahr auf Urlaub gehe. Dann könnt ihr alle an mich denken, wie ich bei Liffey sitze und mir die angenehmen Lüfte um die Nase wehen lasse — ja, und in der Brauerei von Mr. Guinness!" Er kräuselte die Nase. „Vielleicht komm' ich auch nicht mehr zurück; kein Staub mehr, keinen de Forrest mehr — och, der Mann geht mir auf die Nerven, er hat nicht mehr Gefühl als eine Schlange. Wenn ich ihm erzähle, daß ein Pferd kastriert werden muß . . ."

Rodney sagte: „Ich wette, du kommst wieder zurück."

„Klar komme ich zurück. Und ich muß ja! Du weißt, wie es mit mir steht — solange es meiner teuren, alten Großtante einfällt, mir mein Erbteil vorzuenthalten, indem sie nicht stirbt, kann ich zu Hause nicht in dem Stil leben, der mir behagt — keine Pferde, keine jungen Damen, nichts!"

Rodney dachte: Wetten, daß du dich nach Bhowani sehnst, von der Stunde deiner Ankunft in Dublin an? Aber warum sollte er ihm den Spaß verderben? Das ganze Geheimnis von Indien bestand darin, daß man zehn Jahre lang in einem ekstatischen elften Zukunftsjahr lebte, dem Jahr des Urlaubs. Und wenn die Zukunft kam, wenn es gar nicht ekstatisch war, sondern langweilig, dann freute man sich eben wieder auf Indien. Niemand lebte das Jetzt richtig aus — mit Ausnahme vielleicht von Caroline Langford; und die war nur eine Besucherin in Indien. Rodney selbst verstand es nicht, die Gegenwart zu genießen.

Torrance sagte, indem er erstaunlicherweise Rodneys Gedanken laut fortsetzte: „Mann — zehn Jahre! — zehn solide, endlose Jahre!"

„Oh, du bist noch jung, mein Junge. Du hast noch keinen Grund, dich mit überflüssigen Gedanken zu plagen."

„Ich bekomm' schon eine Gänsehaut, wenn ich nur daran denke, daß ich in zehn Jahren — im gesegneten Jahr 1867 — daß ich dann immer noch hier bin, oder in einem anderen Klub, der genau so ist wie dieser, und Whisky trinke an einem Mainachmittag. Mensch, ich bin dann . . ."

„. . . genau so alt wie ich", sagte Rodney grimmig. „Und du wirst dir gar nicht als altes Wrack vorkommen, glaub' mir mal! Wenn du einundzwanzig Jahre alt bist, erscheinen dir die nächsten zehn Jahre wie eine Ewigkeit. Aber wenn du einunddreißig bist, dann merkst du, daß sie im Flug vergangen sind."

Geoghegan strich mit der Hand über sein braunes Haar; sein bewegliches irisches Gesicht nahm plötzlich einen gravitätischen Ausdruck an.

„Und das waren des Kardinal-Erzbischofs letzte Worte!" sagte er und grinste plötzlich vergnügt. Seine ungleichen, tabakfleckigen Zähne zeigten sich. „Hört mal alle her! Habt Ihr schon die letzten Nachrichten gehört? Wißt Ihr überhaupt schon, um was der Kampf diesen Sommer in Bhowani geführt wird?"

Er hatte die Fähigkeit des geborenen Raconteurs, er konnte seine Begeisterung auf die Zuhörer übertragen. „Ihr wißt doch, die alte Mutter Myers hatte vor drei oder vier Monaten Kolik. Klar, weiß ja jeder! Schön, was ihr nicht wißt, ist, daß sie sich ein Stechbecken ausborgte, ganz privat natürlich, aus den Beständen des Hospitals, das von unserem kleinen Hilfsarzt John McCardle geführt wird. Denn es ist irgendwie beschämend für eine große, fette Lady wie sie, zu wissen, daß jedermann sich vorstellt, wie sie vierkant auf einem Stechbecken hockt — wie ein kleiner Walfisch, nicht wahr?"

„Hör auf", sagte Torrance und wurde rot. „Ich würde es mir nicht einmal im Traum vorstellen."

„Du vielleicht nicht! Aber andere, kannst du glauben!

Aber, was ich sagen wollte, sie erholt sich also und vergißt vollständig, daß sie ja immer noch das Stechbecken besitzt, das dem Hospital gehört. Und wer hat einen Monat später einen kleinen Anfall von Dysenterie? — na, wer anderes als die hochwohlgeborene Mrs. Cumming, niemand geringeres. Und sie trägt die Nase so hoch, daß nicht einmal der kleine McCardle wissen darf, was ihr fehlt. Also schickt sie ihren Diener zu Mutter Myers, um das Stechbecken auszuborgen; er geht, Mutter Myers ist nicht zu Hause. Er findet das Stechbecken, nimmt es mit, und niemand sagt ihr, daß das Stechbecken aus ihrem Haus verschwunden ist. Habt Ihr das begriffen? Seht Ihr ein, was für wunderbare Wege die Natur beschritten hat, um die Ladies von Bhowani für den Rest der Heißwetterzeit einschließlich Monsun glücklich zu machen?"

„Ich will gehängt werden, wenn ich ein Wort begriffen habe." Rodney beobachtete einen Gecko, der sechs Zoll an der Mauer hochkroch und eine Fliege mit der Zunge fing.

„Nu' hör mal einer den an! Paß auf! Unser John McCardle ist ein sehr, sehr ernster Schotte; vergangene Woche macht er Inventur im Hospital und braucht dazu sein Stechbecken. Er schickt zu Mutter Myers, die schickt den Burschen zurück und läßt ausrichten, sie hat das Stechbecken nicht mehr, aber sie hat gehört, daß Mrs. Hochwohlgeboren Cumming ihr das Stechbecken gestohlen hat. Aber John McCardle will ihr nicht glauben und erkundigt sich, äußerst steif, wer ihr Erlaubnis gegeben hat, sein Stechbecken zu verleihen. Das erfährt Mrs. Cumming und verfällt in eine Art panische Angst — kein Mensch weiß genau, warum. Sie erklärt, sie habe niemals ein Stechbecken im Haus gehabt, läßt das schändliche Instrument um Mitternacht von ihrem Leibdiener begraben und beschwört sämtliche Diener im Haus, teils mit Geld und teils mit schrecklichen Drohungen, für ewig darüber zu schweigen."

Von der Kiesauffahrt des Klubs kam das Stampfen von Pferdehufen und hallte von den Wänden wieder. Frauenstimmen, hell und klar, erklangen auf der Veranda; dazwischen das aufgeregte Jubeln eines Kindes. Torrance trat unruhig von einem Fuß auf den andern. Sein etwas mürrisches Gesicht und die herausgewölbten, vollen Lippen verrieten, daß Geoghegans saftiger, allzu menschlicher Humor ihm gegen den Strich ging.

Geoghegan fuhr mit einem großen Leinentaschentuch über die Stirn. „Da kommen die Unterröcke. Torrance, mein Junge, die Pflicht ruft! Jetzt fragt mich nur nicht, von wem ich die ganze Stechbeckengeschichte habe . . ."

Er zwinkerte mit einem Auge. Rodney entsann sich plötzlich mit einem gewissen Mißfallen, daß das braune, fünfzehnjährige Mädchen, das Geoghegans Lager teilte, angeblich die Tochter des Hausmeisters der Familie Cumming war.

„. . . aber ist sie nicht perfekt? Das wird eine Fehde, kann ich euch sagen — eine Fehde, die nie endet! Die Damen sammeln bereits ihre Streitkräfte. Dotty van Steengaards Steißgeburt ist vergessen; dabei kann das arme Hühnchen jeden Moment niederkommen. Versteht Ihr, die verheirateten Frauen kennen alle die Geschichte mit dem Stechbecken. Aber keine denkt auch nur daran, etwas ihrem Gatten zu erzählen — weil das doch zu unanständig wäre, nicht wahr? Abgesehen davon, glaube ich, würden die Männer diese Angelegenheit in drei Minuten bereinigt haben. Aber — und das ist die Pointe der ganzen Geschichte — jedermann in Bhowani wird von jetzt an in diesem oder jenem Feldlager stehen, ohne es zu wissen; das hängt davon ab, wessen Einladung er in den nächsten zwei, drei Wochen annimmt. Und das alles im guten Glauben, ohne jede Ahnung, an was für einer furchtbaren Fehde er teilnimmt. Wenn das nicht großartig ist! Aber kein Wort zu den anderen, versteht ihr mich? Ich habe es nur euch beiden erzählt, damit Ihr Bescheid wißt und beobachten könnt, wie die Damen ans Werk gehen. Los, Torrance, die Pflicht ruft!"

Er trank sein Glas aus, schmatzte mit den Lippen und ging lachend hinaus. Torrance begleitete ihn; er lächelte unsicher. Rodney ließ den Whisky in seinem Glas kreisen und schüttelte den Kopf. Die Geschichte war gleichzeitig komisch und tragisch; er wußte, daß Geoghegan recht hatte. Die Damen von Bhowani würden sich monatelang über diesen lächerlichen Vorfall ereifern — und insgeheim glücklich sein, wie Hunde über einen vergrabenen Knochen. Es war das bedeutsamste Ereignis dieses Jahres; es war die Kerze, die noch in vielen späteren Jahren das Gedächtnis an das Jahr 1857 freundlich erhellen würde.

Das Arbeitskommando mußte inzwischen fertig sein. Er drückte den Tschako auf den Kopf und kniff die Augen zu, als er in den hellen Nachmittag trat. Die Sepoys warteten darauf, entlassen zu werden; sie standen oder hockten wieder unter denselben Bäumen, unter denen sie ihn zum erstenmal erwartet hatten. Godse ließ sie Front machen zur Meldung. Rodney dankte mit der Hand am Tschako und trat zu ihnen in den Schatten der Bäume.

„Rühren! Danke, Jemadar-Sahib. Die Arbeit scheint sehr ordentlich ausgeführt.“ Er blickte sich um. „Ich bin zufrieden! Sagen Sie es, bitte, den Männern.“

Wagen um Wagen rollte jetzt die Auffahrt zum Klub hinauf. Godse ließ die Sepoys zum Abmarsch antreten. Als sie in Marschkolonne vor ihm standen, betrachtete Rodney ihre dunklen, schweißglänzenden Gesichter aus der Nähe und merkte, daß ihre Augen den Kutschen und den Kindern folgten. Ihre Gesichter waren merkwürdig angespannt; aber er schob es darauf, daß die Sepoys gewöhnlich die weißen Kinder und die Feste liebten. Ein Kinderfest mußte sie ganz natürlich aufs äußerste interessieren.

Impulsiv sagte er: „Jemadar-Sahib, sag' ihnen, daß jeder, der die Kinderparty ansehen will, hier bleiben darf — er soll sich nur außer Sicht halten, irgendwo hinten am Ende des Rasens. Führen Sie den Rest bitte in die Baracken zurück!“

Sie scharrten mit den Füßen, ungewiß, was sie tun sollten. Rodney wiederholte seine Erlaubnis und fügte mit einem Lächeln hinzu: „Also, meine Söhne! Bleibt hier! Sicher findet ihr Spielzeug für eure Kinder auf dem Rasen, wenn das Fest vorbei ist." Ein paar Männer wollten das Glied verlassen, andere versuchten, sie festzuhalten. Jemadar Godse preßte die Lippen aufeinander und sagte nichts. Naik Parasiya aber, im Ton einer seltsamen, unterdrückten Leidenschaft, beschwor alle, zu den Baracken zu gehen, da sie hier nur den Sahibs lästig fielen. Schließlich entschlossen sich vier oder fünf Mann zu bleiben; der Rest marschierte im Geschwindschritt der Rifles ab. Ihre weißen Hosen leuchteten im gleichen Takt; ihre Knie waren nie ganz durchgedrückt — wie bei allen indischen Soldaten.

Als er sich umdrehte, hörte Rodney die weinerliche Stimme des Schreiners hinter sich. „Euer Majestät, Euer Hoheit, Sie sind mein Vater und meine Mutter . . ."

„Was ist los, Piroo?"

„Euer Ehren sind ein allmächtiger Jäger. Würden Euer Ehren die Gnade haben, heute nacht nach Devra zu kommen und einen Tiger zu schießen?"

Die Bitte wurde in der gebräuchlichen Form vorgetragen; aber die Stimme war merkwürdig drängend. Ja, sie klang, als liege ein versteckter Befehl darin.

Rodney starrte den verschrumpelten Gnom an. „Woher weißt du, daß ein Tiger bei Devra ist? Oh ja, ich erinnere mich, du hast Land dort, nicht wahr? Aber heute nacht? Ausgeschlossen. Wenn er das nächste Mal etwas schlägt, komme ich gerne, Piroo."

„Nein! Komm heut nacht!"

Piroos Stimme klang rauh; er benutzte weder die üblichen Titel noch die vorgeschriebenen Formen. Zum erstenmal in all den Jahren, seit Rodney ihn kannte, war keine kriecherische Unterwürfigkeit in seiner Stimme. Er zwinkerte erstaunt und ärgerlich. „Ausgeschlossen! Wegtreten!"

Er nickte kurz und ging zur Wagenauffahrt hinüber.

Auf der obersten Treppenstufe standen die Mitglieder des weiblichen Empfangskomitees und begrüßten die Gäste. Wie

Marmorbilder standen sie, setzten ihre Worte mit eisiger Höflichkeit — und das alles zu Menschen, die sie Jahr für Jahr täglich gesehen hatten und die sie Jahr für Jahr täglich sehen würden. Mrs. Bulstrode trug rostbraun; ihre Augenränder waren, wie gewöhnlich, ein wenig rot. Mrs. Caversham glitzerte in einem elektrischen Blau, das die knochigen Ecken ihres Körpers noch unterstrich; sie hatte ihre Lippen vorgeschoben und blickte wie eine säuerliche Lehrerin drein. Victoria de Forrest stand bei ihnen; der Platz im Empfangskomitee stand ihr als Hausdame eines Majors, der ein Regiment führte, zu. Jungfräuliches Weiß unterstrich ihre überreifen Formen. Der Klatsch über ihr Verhältnis mit Eddie Hedges war inzwischen sehr lebhaft geworden, und Victoria hatte vielleicht deswegen den Kopf in den Nacken geworfen. Alle drei trugen Hüte mit Spitzen, die ihnen verschieden gut standen. Mrs. Bulstrode fingerte nervös an einem seidenen Netz herum.

Als Rodney die Veranda betrat, stiegen Captain und Mrs. Ernest Cumming vom 88. Regiment aus ihrem Landauer und kamen langsam die Treppe herauf. Ein freundliches, etwas scheues Paar, dachte er, einander trotz seiner Kinderlosigkeit zärtlich zugetan — aber tatsächlich trug Mrs. Cumming ihre Nase in der Luft, als sei sie hochwohlgeboren; so weit stimmte Geoghegans Bemerkung. Vielleicht tat sie es, weil ihr Gatte nicht ein Pferd reiten konnte wie ein Gentleman. Vielleicht, wenn Captain Cumming ein brillanter Reiter gewesen wäre, hätte seine Frau sich in der ganzen Stechbeckenangelegenheit weniger töricht benommen!

Seltsame Unterströme schienen durch das Empfangskomitee zu laufen. Mrs. Caversham wurde starr wie Lots Weib und betrachtete die Cummings wie unartige Kinder, die etwas angestellt haben. Mrs. Bulstrode schoß vor und stammelte überaus herzliche Begrüßungsworte. Victoria de Forrest öffnete und schloß ihren Mund; sie sah aus wie ein wollüstiger Schellfisch, den ein Angler halb betäubt in sein Boot gezogen hat. Rodney lächelte skeptisch. Bei Gott, dachte er, diesmal hat

Geoghegan die Wahrheit gesagt, die ganze Wahrheit, ohne etwas hinzuzufügen oder zu verschweigen. Ein Blick auf die Damen genügt: Die Schlacht um das Stechbecken ist im vollen Gang.

Die sechsjährigen Zwillinge Atkinson, Tom und Prissy, rannten auf ihn zu und packten ihn am Arm: „Onkel Rodney, Onkel Rodney — wann kommt Robin? Wir wollen mit Robin spielen."

Ihr Eifer tat ihm wohl; er war nicht mit ihnen verwandt; aber in Indien nannten alle englischen Kinder die englischen Erwachsenen Onkel oder Tante. Tom und Prissy betrachteten Robin als eine ganz besonders wunderbare Art von Puppe. Rodney lachte sie freundlich an.

„Bald! Kommt, wir gehen zur Schaukel. Da können wir auf Robin warten."

„Oh fein! Hast du die Schaukeln aufgestellt?"

„Ich nicht, Prissy — die Sepoys! Ich sagte ihnen — eh — was sie zu tun hätten!"

Sie zerrten ihn eifrig zwischen den Gruppen hindurch, die sich mittlerweile auf dem Rasen gebildet hatten. Zwei-Flaschen-Tom, zitternd und übelaussehend, von ungesund weißer Hautfarbe, marschierte hinter der imposanten Gestalt seiner Frau her. Mutter Myers, rot im Gesicht vor Freude, hing am Arm ihres Sohnes und wäre vielleicht noch glücklicher gewesen, hätte er, wie Rodney, an diesem Nachmittag seine Uniform tragen dürfen. Bei der Schaukel angekommen, übergab Rodney die Zwillinge Geoghegan und warf sich in einen Stuhl. Auch Rachel Myers war hier. Sie starrte abwechselnd Torrance und Geoghegan an; und jeder Blick von ihr war geladen mit seelischem Dynamit. Nur ein Kenner konnte die Natur dieser Blicke unterscheiden — konnte feststellen, daß sie Torrance in einem Schimmer ätherischer Verklärung sah, während sie für Geoghegan nur Mitleid und Verachtung übrig hatte. Aber Geoghegan war Tierarzt und kein Kenner menschlicher Seelenkräfte: von Zeit zu Zeit warf er einen unruhigen Seitenblick auf das Mädchen und tastete heimlich über seinen

Anzug, immer unter dem furchtbaren Verdacht, daß irgendwo bei ihm ein Knopf offenstehe.

Die Kinder schaukelten und schrien; ihr Geschrei machte Rodney zugleich nachdenklich und traurig. Woher kommt diese gefährliche Begeisterung, fragte er sich. Und wann, zu welchem Zeitpunkt verlieren wir sie? Oder ist es so, daß wir sie gar nicht in einem bestimmten Augenblick unseres Lebens verlieren — daß sie vielmehr langsam, langsam aus uns schwindet, unbemerkt, bis wir eines Tages erwachen und feststellen, daß es nichts mehr gibt, das uns wirklich begeistert? Ist es kindisch, sich über das Hufklappern eines galoppierenden Pferdes zu freuen? Er fuhr mit der Zunge über die Lippen. Er hätte gern etwas getrunken.

Wagen um Wagen rollte vor. Jede Frau brauchte für sich und ihre Krinoline einen Sitzplatz, der für drei Menschen genügt hätte. Gatte und Kinder drängten sich auf den Plätzen gegenüber zusammen. Das Komitee begrüßte sie, dann kamen sie heraus auf den Rasen, und wenn sie ganz dicht heran waren, konnte man erkennen, daß ihre Gesichter naß von Schweiß waren, ihre Hände feucht und die Kleider bereits ein wenig zerknittert. Ein oder zwei Minuten lang trippelten die Kinder ernsthaft neben ihren Eltern her. Sobald die Erwachsenen stehenblieben, um sich zu unterhalten, stahlen sie sich von ihnen weg, rannten jubelnd zwischen den Blumenbeeten herum, riefen sich zu in einem Gemisch von hindustanisch und englisch, bis ihre schrille Freude auch die hinterste Ecke des Rasens erfüllte. Niemand konnte von einem Kind unter sechs Jahren sagen, ob es ein Knabe oder ein Mädchen war, wenn er es nicht persönlich kannte; denn sie trugen alle weiße Kleider mit Unterkleidern, und allen flatterten die gleichen langen Locken über die Schultern. Die älteren Mädchen sahen aus wie Puppen aus den Spielschränken ihrer Großmütter; sie trugen altertümliche Moden — kürzere Röcke, nicht so auftragend wie die modernen Krinolinen, und zeigten ihre Pantalettes darunter.

Die älteren Knaben machten mürrische Gesichter, wenn die ‚Tanten' sich allzu begeistert über die Einzelheiten ihrer Kleidung ausließen. Peter Peckham zum Beispiel, sieben Jahre alt, trug braune Stiefel mit elastischen Einsätzen, blaugrün gestreifte Baumwollstrümpfe, gebauschte karierte Hosen, die einzeln unter dem Knie endeten; darüber eine Ginghambluse, ebenfalls kariert, und auf dem Kopf eine Schottenkappe mit engem Rand, über den der weiche Stoff fiel; das ganze gekrönt von einer bunten Hahnenfeder. Diese Mütze hieß nach dem Helden eines Gedichtes von Burnes Tam O'Shanter und war eine Zeitlang sehr à la mode gewesen. Er umklammerte die Hand seiner Mutter und starrte wütend in den Rasen. Master William Osbert Ransome-Frome, zehn Jahre, trug einen Matrosenanzug und einen Strohhut mit Bändern. Master Timothy Osbert Ransome-Frome, acht Jahre, trug Strümpfe und ein schottisches Kilt in einem kränklichen Karomuster, das volle Ornat eines Hochländers, und Rodney wünschte seinetwegen, die Königin hätte niemals von Balmoral gehört. Albert Bulstrode, neun Jahre, trug einen blauen Holländeranzug; eine riesige, kastanienbraune Samtkappe, mit kurzer Spitze und langer Troddel, stand durchaus nicht zu seinem gelben Haar und sommersprossigen Gesicht . . .

Endlich kam Joanna und brachte Robin zu den Schaukeln. Sie verschwand unmittelbar darauf wieder mit der Erklärung, sie habe dem Statthalter eine Partie Krocket versprochen. Die Zwillinge fielen über Robin her und brachten ihm Puppen. Aber, seinem Alter entsprechend, bewies er durchaus kein Interesse an Puppen, sondern wurde äußerst geschäftig auf dem Rasen, hob Zweige auf und legte sie einen halben Meter weiter wieder weg; und die ganze Zeit brabbelte er unablässig vor sich hin.

Rodney beobachtete ihn fasziniert; er hätte alles dafür gegeben, wenn er gewußt hätte, was in diesen kleinen Köpfen vor sich geht. Ein Wirbel von Kindern füllte jetzt den Platz; man merkte immer erst, wieviel von ihnen es in Bhowani gab, wenn sie auf einem solchen Kinderfest zusammenkamen. Die Stimmen der Mütter wurden immer öfter schrill und vorwurfsvoll. Kellner kamen aus dem Klub mit Tabletts voll Kuchen, Mangofrüchten und Gläsern mit abgekochter Milch. An dem Vorherrschen des weiblichen Elements konnte er sehen, daß sich die meisten Männer bereits zur Bar weggestohlen hatten.

Lady Isobel legte die Hand leicht auf seinen Arm. „Rodney, du kannst mir Robin eine Weile überlassen. Ich passe schon gut auf! Amüsier' dich ein bißchen!“ Er dankte ihr mit einem Lächeln und schlenderte zum Krocketplatz hinüber.

Ein gemischtes Doppel — zwei Herren und zwei Damen — wanderte langsam von Bogen zu Bogen und trieb abwechselnd die bunten Krocketbälle vor sich her. Rodney glaubte, noch nie ein so gemischtes Doppel gesehen zu haben. Joanna spielte an der Seite von Mr. Dellamain gegen Mrs. Hatch und Swithin de Forrest. Dellamain spielte ausgezeichnet, ohne sich sonderlich auf das Spiel zu konzentrieren. Dauernd zuckten die Finger seiner linken Hand nach dem Rand seines Zylinders, bereit, ihn freundlich zu lüften, wenn jemand ihm einen Gruß darbrachte. Sein Blick glitt über Rodneys Gesicht, und Rodney salutierte. Der graue Hut wurde gelüftet, die vollen Lippen lächelten, die Augen waren traurig und bekümmert.

Joanna tat einen guten Schlag, und Rodney beteiligte sich lebhaft an dem Beifall, während sie in einer hübschen Pose stehenblieb, beide Hände auf dem Stiel ihres Hammers. Mrs. Myers rollte vorbei und verbeugte sich tief; Joanna brachte es fertig, gleichzeitig Mr. Dellamain zuzulächeln und Mrs. Myers mit einem eiskalten Blick zu streifen. Rodney war rot, als er den Spielern zum nächsten Bogen folgte. Wenn er gezwungen wurde, Partei zu ergreifen in der großen Stechbeckenschlacht, dann würde er sich lieber in Mutter Myers Lager schlagen als in das Lager ihrer Gegnerinnen. Swithin de Forrest spielte ein völlig leidenschaftsloses und erträglich gutes Spiel und sprach nur, wenn er seiner Partnerin, Mrs. Hatch, einen kalten Ratschlag erteilte. Rodney sah, daß

Joannas Benehmen darauf abgestellt war, Amelia Hatch zu beweisen, daß sie kein Recht habe, an diesem Spiel teilzunehmen; daß sie nicht in Bhowani war, daß sie überhaupt nicht existierte. Eine geheime Wut brannte in ihr. Sie verstand nicht, warum Dellamain die Frau eines Stabsfeldwebels zu einem gemeinsamen Spiel aufgefordert hatte. Und sie verstand nicht, großmütig zu sein.

„Mrs. Hatch scheint ein wenig fehl am Platz, nicht wahr?"

Das war Caroline Langfords Stimme; sie klang seltsam gespreizt. Offenbar stand sie gerade hinter ihm. Während seiner Geburtstagsgesellschaft vor zehn Tagen hatte sie versucht, mit ihm über Kishanpur zu sprechen; aber er konnte nicht mit ihr darüber sprechen. Er wußte, daß sie sich über ihn geärgert hatte! Da stand sie wieder und würde sicherlich das alte Problem zur Sprache bringen, wenn es ihm nicht gelang, ihr auszuweichen. Er sagte kurz: „Das scheint sie allerdings."

Er wollte sich nicht umdrehen; er wollte alle seine Gedanken auf Mrs. Hatch konzentrieren und auf das gesellschaftliche Problem, das sie darstellte. Jedes eingeborene Regiment hatte, außer den britischen Offizieren, einen englischen Stabsfeldwebel und einen Feldwebel des Quartiermeisters. Sie waren die einzigen Engländer in Uniform, die nicht im Offiziersrang standen und gehörten also, den Anschauungen der Zeit entsprechend, nicht der oberen Klasse an. Von den sechs Feldwebeln in Bhowani hatte nur Tom Hatch vom 88. Regiment eine weiße Frau geheiratet; die übrigen hielten sich indische Maitressen. Hatch war ein vielbeschäftigter Mann; seine Frau Amelia aber hatte nichts zu tun als Gin zu trinken und über die Unzuverlässigkeit der indischen Diener zu schimpfen. Sie hatte nie zuvor Diener oder Dienerinnen gehabt und sie wußte, daß sie die Arbeit selbst viel besser verrichten konnte, wenn man es ihr nur gestattet hätte. Außerdem haßte sie die Einsamkeit ihres Bungalow und den leutseligen Ton, mit dem man ihr auf solchen Gesellschaften begegnete. Sie hätte gerne ein wenig geklatscht, und sie war gewiß keine üble Erscheinung; trotzdem vergingen oft Wochen, in denen sie mit keiner Engländerin sprach. Die linkischen, halberwachsenen Hatchkinder schlugen ihre Purzelbäume abseits von den übrigen Kindern, obwohl Lady Isobel dauernd versuchte, sie mit ins Spiel zu bringen; dabei waren sie genau so sauber und prächtig angezogen wie die übrigen Kinder.

Mrs. Hatch hatte keine Mühe gescheut, um ebenso gut gekleidet wie die Offiziersfrauen zu erscheinen. Ihr stupsnäsiges Cockneygesicht leuchtete frisch und rot über einer kastanienbraunen Pelisse aus gekräuseltem Kaschmir. Ihre Krinoline aus lila Satin war ungeheuer gebauscht. Ihr Spitzenhut, ebenfalls aus lila Satin, reichlich verziert mit künstlichen Blumen, wurde auf dem Hinterkopf gehalten von einem breiten, kastanienbraunen Seidenband, das unter ihrem Kinn schloß. Haarlocken, graubraun an den Wurzeln, im übrigen aber hennarot gefärbt, fielen ihr über Stirn und Ohren. Der Dutt unter dem Hut hatte sich gelöst. Große, schwarze Knöpfschuhe kamen unter dem Rock hervor. Selbst von dieser Entfernung konnte Rodney den Gin in ihrem Atem riechen; und das erklärte, auf welche Weise Mrs. Hatch es fertig brachte, sich hier zu amüsieren.

Sie rannte hilflos von Bogen zu Bogen, wurde rot, kicherte, knickste mitunter vor de Forrest und Dellamain, betrachtete Joanna mit wilden Blicken und fluchte leise. Rodney grinste plötzlich, als er sah, wie geschickt Mrs. Hatch Joannas eigene Tricks benutzte, um sich gegen sie durchzusetzen. Während sie de Forrest ein geziertes Lächeln zuwarf, sagte sie mit einer Stimme, kalt wie der Nordwind: „Ick weeß nich, ick weeß nich, wat will de Missis Sevvitsch ejentlich in dieset Spiel?“

Es half ihm nichts; Caroline stand immer noch hinter seinem Rücken. Er wußte nicht, was er sagen sollte. Er wollte sie nicht ansehen. Sie sagte so laut, daß jedermann es hören konnte: „Ich verlasse Dienstag Bhowani, Captain Savage.“

Er fuhr erstaunt herum und blickte sie an. Warum in aller

Welt wollte sie plötzlich davonlaufen? Warum entspannte sie sich nicht einmal? Man hätte sich so wundervoll mit ihr unterhalten können! Er sagte: „Das tut mir aber sehr leid!"

Licht blitzte hinter ihren Augen auf und erlosch wieder. Sie sagte: „Das glaube ich nicht! — Oh, Entschuldigung! Doch, ich glaube es."

Eine kleine Hand zog an seinem Waffenrock, er blickte hinunter. Robin, des Spieles überdrüssig, hatte ihn gesucht und stand jetzt neben ihm, das Gesicht schüchtern gegen Rodneys Hose gepreßt. Er legte die Hand auf seine Schulter und streichelte ihn.

Caroline sagte: „Wenn ich Ihnen Ungelegenheiten bereitet habe, tut es mir leid. Aber vielleicht ist jetzt alles vorbei, wie Colonel Bulstrode sagte. Ich renne jetzt weg, wirklich — ich weiß, daß es dumm ist, denn ich kann nicht vor mir selbst weglaufen."

Er lächelte. Warum nahm sie es nicht leichter? Es war schwierig, sie anzulächeln; denn sie sprach schlicht und war sehr verletzt. Während er sie ansah, fragte er sich, ob sie wohl irgendwo in der Welt einen Platz finden würde, eine Aufgabe, die sie ganz zufriedenstellte. Nein, sie würde es nie finden, solange sie nicht lernte zu lachen! Sie war das Gegenstück von ihm, sein Widerpart. Er hätte ihr das Lachen beibringen können, wenn er nur genug Zeit gehabt hätte — es spielte jetzt keine Rolle mehr; denn sie ging weg.

Und vielleicht war dies auch ganz gut. Wenn man es genau bedachte, hatte sie eine Menge Ärger nach Bhowani gebracht. Ein Mann, die meisten Männer konnten sie nur ertragen, solange sie Scheuklappen trugen; und es war Carolines Lieblingsbeschäftigung, ihnen die Scheuklappen abzureißen.

Joanna trat zu ihm; das Spiel war zu Ende. Sie tat, als ob Caroline Langford nicht da sei, beugte sich über Robin und flüsterte Babyworte in seine Ohren. In Carolines tiefen Augen glomm ein seltsames graues Feuer, während sie die Gruppe betrachtete. Instinktiv legte Rodney die Hand fester auf die

Schulter seines Sohnes und sah dem Mädchen scharf in die Augen. Sie drehte sich um, ging fort und ließ sie allein.

Er fluchte lautlos, ging hinauf zum Klub und schlenderte durch die Bar. Sie war voll von Männern, die für einen Drink hereingekommen waren, um sich einen kurzen Augenblick von ihrer Pflicht als Gatten und Väter freizumachen. Bei dieser besonderen Gelegenheit wurde, wie am Weihnachtstag, den Feldwebeln der Zutritt zur Offiziersbar gestattet. Sie waren alle anwesend und wurden von den Offizieren ihrer Regimenter freigehalten. Tom Hatchs freundliches, rundes Gesicht strahlte verlegen; er war leicht betrunken. Rodney zog sich mit einem Glas Whisky in eine weniger bevölkerte Ecke des Raumes zurück.

Eine Hand fiel schwer auf seine Schulter; er blickte ärgerlich auf. Major Anderson stand vor ihm: „Na, Savage? Sie sehen, das Scharfschießen wurde also doch abgehalten, nicht wahr?"

„Dank der freundlichen Vermittlung des Silberguru, Sir." Er sah dem Major gerade ins Gesicht, das nur wenige Zoll von seinem entfernt war. „Ich habe vorher mit den Männern meiner Kompanie gesprochen; habe sie daran erinnert, wie lange wir uns kennen — habe sie gefragt, ob sie glauben, daß ich oder einer von uns Offizieren ihre Religion zerstören will — habe sie gebeten, mir zu vertrauen! Später fand ich heraus, daß sie den Silberguru um Rat fragten."

„Verstocktes Volk! Und was sagte er?"

„Er befahl ihnen, den Befehlen zu gehorchen — machte ihnen klar, daß, wenn die Gerüchte über das Fett auf Wahrheit beruhten, sicherlich ein Gericht kommen würde über die Täter und Absolution für die anderen." Rodney ließ den Brandy in dem Glas kreisen und wandte sein Gesicht ab; denn Andersons Atem roch sauer. Das Eingreifen des Silberguru schien merkwürdig genug. Vielleicht war es aus Gründen der Politik geschehen. Vielleicht hatte der Guru, der sein halbes Leben als Prophet verbracht hatte, Angst gehabt, jemand möchte verraten, daß er ein geborener Engländer und ein politischer Intrigant war. Rodney wurde wieder ärgerlich, blickte auf und sagte, ein wenig disziplinlos: „Die ganze Geschichte war ziemlich überflüssig.“ Denn dies war der Punkt, der ihn wirklich ärgerte. Man hätte das Scharfschießen ohne weiteres verschieben können, bis die Luft rein war. Es bestand auch durchaus kein Grund für den Befehl, daß die Patronen abgebissen werden mußten, Anderson hatte ihn durchgesetzt. Man konnte sie ebensogut mit der Hand abbrechen. Das Abbeißen war sowieso schon aus dem neuen Exerzierreglement verschwunden.

Anderson hob bedeutungsvoll einen Finger und fuhr ihm damit vor der Nase herum. „Es war nötig, Junge! Es mußte sein. Du wirst es noch lernen. Gib ihnen den kleinen Finger, und sie nehmen die ganze Hand. Ich bin froh, daß ich nicht locker gelassen habe. Eines Tages wirst du auch lernen, hart zu sein.“

Er verschwand in der Menge, Rodney kehrte zu seinem Whisky zurück. Bruchstücke der Unterhaltung erreichten seine Ohren. „Das Derby? Vier Turniere, soviel ich weiß! Gleesinger tausend zu fünfzehn, Blink Bonny steht zwanzig, aber wer hat Lust, sein Geld für ein halbes Füllen wegzuwerfen.“ — „Unsere Mannschaftsquartiere sind die reine Schande. Ich möchte kein Schwein darin unterbringen, geschweige einen Sepoy von der Company. Warum . . .?“ — „Nächstes Jahr gehen wir nach Simla. Meine Frau besteht darauf, und Thos Jos ist nichts dagegen.“ — „Ich sage Ihnen, Hedges, ich möchte nicht für doppelten Sold in einem königlichen Regiment dienen. Fünfundzwanzig Jahre bin ich jetzt in Indien, und ich versichere Sie, Johnny Sepoy ist der prächtigste Soldat . . .“ — „Kleine Fische, kleine Fische! Zwei Verrückte in der 4. Kompanie. Curry Bulstrode ließ sie in Eisen legen. Kriegsgericht Dienstag. Was? Nein, nein, hat nichts mit dem Fett zu tun, so weit ich weiß. Die beiden weigerten sich nur, ihre Perkussionszünder zu empfangen, gestern früh. Wollen wir noch einen nehmen?“ — „Ein Stechbecken?

Deswegen brauchen Sie doch nicht zu flüstern! Sie haben noch Glück, Sir. Wissen Sie, was meine Frau einmal getan hat? Sie nahm die verkehrten Blumen und — du liebe Güte . . .“ — „Wenn Janki Upadhya der nächstälteste Naik ist, dann muß er einfach befördert werden — Rheumatismus hin und her. Die Dienstvorschrift läßt sich nicht umgehen, und das ist verdammt gut.“

Rodney, der düster von seinem Whisky nippte, blickte auf und fing einen merkwürdig freundlichen Blick Willie van Steengaards auf. Willie? Seine Frau konnte jeden Augenblick niederkommen! Hatte der Bursche noch nicht genug eigene Sorgen? Rodney antwortete mit einem finsteren Blick, knallte sein Glas auf den Tisch und benutzte die Ellenbogen, um aus dem Raum zu kommen.

Die Vorführung des Zauberers war fast beendet. Seine beschwörenden Worte mischten Hindustani mit gebrochenem Englisch. Die Kinder sahen bleich und kränklich aus; wie sollten die armen Teufel auch widerstandsfähig werden, in diesem schmutzigen Klima, bei diesem elenden Essen? Der Zauberer wedelte mit der Hand: drei Tauben flogen aus seinem Turban. Ein paar Kinder schrien auf, einige weinten, die meisten aber starrten verblüfft auf die Tauben, die jetzt nebeneinander auf einem Ast über dem Zauberer saßen.

Robin sagte mit sehr deutlicher Stimme: „Tauben werden gleich maila auf den Zauberer machen.“

Die Tauben standen nicht an, es zu machen. Sie ließen ihren Schmutz auf den Zauberer fallen. Das kleine Auditorium brach in eine hysterische Lachsalve aus. Es gab Tränen und Drohung mit Prügeln. Die Meute der Ayahs brach geschlossen um die Ecke des Klubhauses, watschelnd und unablässig quäkend: „Sarhe chhe, baba, ghusl, nini, sab hogya, baba.“ „Halb sieben, Baby, Badezeit, Bettzeit, alles zu Ende, Baby!“

Auch Robin wurde fortgeführt; er sang immer noch monoton vor sich hin: „Taube wirklich maila auf Zauberer machen.“ Rodney folgte ihm zum Landauer. Er wollte Boomerang holen lassen und nach Hause reiten. Er warf einen Blick auf den Himmel und dachte im Stillen, daß sie wohl über Nacht einen Staubsturm haben würden. Der Himmel war jetzt dunkel und farblos, die Blätter in den Bäumen sehr still. Dann kam Joanna und teilte ihm mit, daß sie noch zu bleiben wünsche, um sich mit Mrs. Cumming über ein Nähkränzchen zu unterhalten, das am nächsten Mittwoch abgehalten werden sollte. Ob er ihr wohl den Wagen vor dem Klub lassen könnte? Die Ayah konnte warten. Rodney war das eben recht. Er würde Robin vor sich auf den Sattel nehmen und mit ihm allein nach Hause reiten.

Die Zwillinge Atkinson und die kleine Ursula Herrold entdeckten plötzlich die vier Sepoys, die geblieben waren, um der Kinderparty zuzusehen. Sie tanzten Hand in Hand eine Art Ringelreihen um sie, wollten Huckepack genommen werden — alles eine letzte, verzweifelte Kriegslist, um den Armen der Ayahs zu entgehen. Naik Parasiya war aus irgendeinem Grund zurückgekehrt und stand mit gequältem Gesichtsausdruck und zusammengekniffener Nase neben der Szene. Rodney entschloß sich, den Mann bei nächster Gelegenheit zu fragen, ob er krank sei. Er sah ausgesprochen schlecht aus.

Plötzlich hatte ihn die alte Unruhe wieder gepackt, er fühlte sich erschöpft, und das Aussehen seines Naik kümmerte ihn nicht mehr. Jedermann hatte sich auf dem Fest amüsiert, so gut er eben konnte; es war jetzt Zeit, nach Hause zu gehen. Aber die Affäre von Kishanpur lebte immer noch, trotz der Aussprache bei Dellamain, und obwohl Rodney versucht hatte, sich selbst einzureden, sie sei ein für allemal erledigt. Nein, solange Caroline Langford in Bhowani weilte, war immer noch das Auftauchen eines neuen Mysteriums zu fürchten. Caroline war der rote Faden, der durch all seine Gedanken lief — selbst während der ersten Wochen in Kishanpur hatte er immer versucht, sich selbst zu beweisen, daß sie Unrecht hatte. Immer sah sie ihm über die Schulter; selbst als er bei Sumitra war, flüsterte ihm ihre Stimme zu, daß die Rani eine Mörderin sei.

Heute hatte er sie zum letztenmal gesehen. Der Faden war abgerissen.

Er schwang Robin vor sich auf Boomerangs Sattel und setzte sich zurecht. Einen Arm um den Jungen geschlungen, ritt er davon; die schmalen Schultern vor ihm zuckten begeistert. Dies hier ist die vollkommene Freude, weil sie nicht mit Erinnerungen verknüpft ist. Dieses Kind, diese Freude, beide waren erst zwei Jahre alt; er selbst aber war einunddreißig! Zeit nach Hause zu gehen, Zeit, sich zu entspannen und das Alter kommen zu lassen — Zeit, in die sichere Unendlichkeit der Wiederholung zu sinken: kaltes Wetter, heißes Wetter, Regenzeit, Sonnenzeit; und die endlose Folge der Sonnenuntergänge hinter den Hügeln von Lalkot. Aber die Sonne würde immer wieder aufgehen — immer wieder, über eine Million goldener Morgenstunden. Er spürte plötzlich das Gewicht der unbekannten, zukünftigen Jahre auf seinen Schultern. Ein Schauer durchrieselte ihn.

16. KAPITEL

Die Sonne sank, ein dunkelroter Teller, von dem zerfetzte, grüne, goldene, blaue und safrangelbe Wimpel und Fähnchen über den tiefen Himmel flatterten. Die Glut erstarb hinter dem heißen, reglosen Staubdom, der über dem Land stand; die Luft war tot. Der Staubsturm lief südlich an ihm vorbei. Düsteres, elektrisches Zwielicht lag wie eine Drohung in seiner Spur. Plötzlich erhob sich das Wort und lief über das Land. Es war nicht einmal ein genaues Wort; es war wie ein Fluch und eine Warnung: Dies ist die Nacht! Das Wort lief über die Ebenen, sprang über die weiten Ströme und raste durch Dschungel wie ein Wildfeuer im trockenen Holz. Eine Frau klopfte an die Mauer einer Stadt und flüsterte es ihrem Nachbar ins Ohr. Ein Ochsentreiber schrie es einem anderen zu, als ihre Karren im Feld aneinander vorbeirollten. Es strahlte nach Sonnenuntergang aus von jedem Platz, wo Sepoys stationiert waren; es wanderte in allen Himmelsrichtungen; und noch ehe der Morgen des Sonntags, 10. Mai 1857, angebrochen war, war das Wort schon hundertmal durchs ganze Land auf und nieder gelaufen und über seine eigenen Spuren gesprungen. Die Menschen rannten nach Hause, wenn sie das Wort hörten, oder sie verriegelten ihre Türen und warteten. Sie wußten nicht, wem die Gefahr galt in dieser Nacht; sie selbst konnten von ihr betroffen sein. Einige beteten; einige zuckten die Achseln; ein paar flohen in die Wildnis.

Shivarao Bholkar, Dewan von Kishanpur, hielt die Piquekönigin in der Hand, steckte sie zurück zwischen die anderen Karten und spielte statt dessen den Karokönig aus. Plötzlich sagte er: „Ich kann nicht mehr spielen. Dies ist die Nacht!" Prithvi Chand grinste dumm und fragte: „Was für eine Nacht, Exzellenz?" — Er begann leise das alte Liebeslied der Pathans zu singen, das da heißt ‚Das verwundete Herz' und beginnt mit den Worten: „Jenseits des Flusses sitzt ein Knabe, seine Hüften sind wie Pfirsiche . . ." Der Dewan warf ihm die Karten ins Gesicht, und er hörte auf zu singen. Der Dewan sprang auf, blieb neben der Lampe stehen, starrte in Prithvis Gesicht, sagte: „Dies ist die Nacht. Willst du behaupten, daß du nichts von ihr weißt? Unsere Hoffnungen haben sich erfüllt, weit über jede Erwartung. Hör zu: Heute nacht werden die Engländer sterben — alle Engländer. Die Sepoys werden meutern und sie töten. Morgen wird der Name Kishanpur wieder sein, was er früher bedeutete — etwas, was Indien vergessen hat, ja, was selbst du vergessen hast. Niemand wird mehr hinter meinem Rücken spöttisch lächeln, wenn diese Nacht vorüber ist. Vielleicht werde ich heute nacht nicht immer wünschen, wach zu sein. Vielleicht werde ich nicht wünschen, in jeder Minute dieser Nacht an meine Mutter zu denken. Ich habe gebetet, daß diese Nacht kommen möge, und jetzt — Gott, jetzt wünschte ich beinahe, ich könnte schlafen!" Prithvi Chands fettes Gesicht zuckte, der ungläubige Ausdruck wich von ihm. Er begann am ganzen Leibe zu zittern und fragte mit gequetschter Stimme: „Alle Engländer? Die Frauen und die Kinder? Captain Savage? Im Dunkeln ermordet? Oh Indien! Indien!" Der Dewan sagte: „Heute nacht verstehe ich, was du empfindest. Morgen werde ich es nicht mehr verstehen." Er ging langsam aus dem Raum; Prithvi Chand legte seinen Kopf auf das Kartenspiel und begann zu weinen.

Der Silberguru wartete, bis die Stufen der Ufertreppe zu seiner Linken in dem Dunkel unsichtbar geworden waren. Keine Menschenmenge war jetzt unter seinem Feigenbaum versammelt, die Pike war einsam nach Norden und Süden. Die Luft war so still, das Schweigen über dem Land so dicht, daß er die Cavershams und ihre Gäste in der Garnison singen hörte: „Trink mir zu, mit deinen Augen." Er erhob sich, nahm seine hölzerne Bettlerschale auf und ging mit weitausgreifenden Schritten nach Osten durch die Felder davon. Er blickte weder nach links noch nach rechts.

Piroo, der Schreiner, entzündete eine Lampe in seiner kleinen Hütte. Seine Bewegungen waren zielbewußt; zweimal warf er einen Blick aus dem einzigen Fenster, einem rußigen Glasviereck in der rückwärtigen Mauer. Er streifte die alten, grünen Sepoyhosen ab und ersetzte sie durch ein schmutziges Lendentuch. Seine Beine waren lang und sehr dünn. Er faltete ein schwarzes, seidenes Taschentuch, fast ein Meter im Quadrat, zusammen und schob es in den Lendenschurz, so daß nur eine Ecke einen Zoll breit herausragte. Dann zog er eine Holzkiste unter dem Feldbett hervor, löste das Schloß, öffnete sie und zog ein kleines Handbeil heraus, gut geölt und glänzend poliert — ein Beil mit einem leichten, zwei Fuß langen Stiel. Er legte die Hand auf den Türriegel, krümmte sich zusammen und wurde ein anderer Mensch — der Mensch, den die Sepoys kannten und niemals beachteten. Dieser Mann öffnete die Tür und schlürfte über den Exerzierplatz, überquerte die Pike und ging fort durch die Felder nach Osten, ohne nach links oder rechts zu blicken.

Um zehn Uhr abends erreichte das Wort den alten Mehnat Ram, vor langer Zeit Subadar-Major der Eingeborenen Bengal-Infanterie, jetzt im Ruhestand. Er war dreiundneunzig Jahre alt und lag auf einer Koje im Vorderzimmer seines Hauses an der Straße zwischen Bhowani und Kishanpur. Seine Haut war braun, glänzend und dünn wie Papier, Knoten standen überall heraus, wo seine Gelenke waren; er war nackt bis auf ein Paar Baumwollhosen. Ein Mann, der zu später Stunde aus der Stadt gekommen war, rannte vorbei und flüsterte der Enkelin des Alten das Wort zu. Sie war fünfzig Jahre alt und lebte in dem gleichen Haus mit ihrem Gatten; die beiden bestellten das Land, das sie einmal zu erben hofften. Auch der Subadar-Major hörte das Wort; denn er schlief nicht. Er lag lange still auf seinem Bett und versuchte nachzudenken; aber immer, nach zehn oder fünfzehn Sekunden, verwirrten sich seine Gedanken und wanderten ab — zu seinen Kühen ... zu dem Samen für die Wintersaat, zu dem Öl für seine Lampe ... zu der Hand voll getrockneter Linsen, die er einmal geteilt hatte, mit dem kleinen Leutnant-Sahib bei dem Sturmangriff auf Turkhipura. Was für eine Nacht war das gewesen. Wie hieß noch der Leutnant — Eshmit, Eshmoot, Eshmyte — so ähnlich, nicht wahr? Dies ist die Nacht! Er erhob sich und zog mühsam die alte, scharlachrote Uniformjacke an; die Hosen der Uniform waren längst zerfallen; aber seine weißen Baumwollhosen würden es auch tun. Keine Stiefel — Sandalen mit spitzen, aufgewölbten Kappen. Sein Schwert hing an der Mauer unter einem Stahlstich von Lord Lake. Ein Sahib in seinem Regiment schenkte ihm den Stich, als er entlassen wurde — ein großer, schlanker Sahib. Wie war noch sein Name? Auch vergessen! Dies ist die Nacht, die Nacht der Infanterie ... Das schwarze Kalb ist krank. Ein Schakal hat es gebissen. Bei Gott, er konnte sich jetzt nicht um schwarze Kälber kümmern. Jetzt brauchten sie einen

Mann, der auf die Warenhäuser aufpaßte und vielleicht auch auf die Frauen und Kinder, während die Sahibs die jungen Sepoys anführten. Niemand würde Anstoß an seiner niedrigen Kaste nehmen, nicht heute nacht ... Die Priester — man braucht Geld für die Priester, oder sie lehnen es ab, einen ordentlich zu verbrennen. Er stieß den Arm seiner Enkelin beiseite. „Albernes Frauenzimmer, bleib in der Hütte mit diesem anderen Weib, das du deinen Gatten nennst, und kümmere dich um mein Eigentum. Infanteristen werden heute Nacht gebraucht!" Er ging schnell in westlicher Richtung durch die dunklen Felder auf Bhowani zu. Vielleicht waren Kavallerie-Vedetten auf der Straße oder jene Schweine von Kishanpur — höchste Zeit, daß man Schluß mit ihnen machte. Er kannte die Felder so gut wie seine eigene, sehnige Hand; es war ein angenehmes Gefühl ... Während er ging, dachte er an Sholingur, an Bhurtpore, an die düstere Nacht von Gwalior vor ihnen, an Lord Lake. Er dachte an Cuddalore, an das schwarze 24. Regiment und an die weißen englischen Soldaten, die Schulter an Schulter stürmten — junges Blut, Ströme von Feuer, ein geneigtes Glacis und den Feuerschein der Raketen.

Das Wort ging durch die Kasernen der Regimenter. Es war in ihnen entstanden. Aber das wußten nur die wenigsten — ausgenommen ein oder zwei Mann in jeder Kompanie und jeder Schwadron. Die Sepoys versammelten sich in den Barackenräumen, wo die Lichter gelöscht waren oder nur ganz niedrig brannten und die Fenster verhängt mit schweren Säcken. Keine Luftbewegung war darin und die Temperatur auch bei Nacht über vierzig Grad. Sie lehnten sich, schweißüberströmt, gegeneinander und flüsterten: „Was ist los? Was ist los?" Furcht und Hitze ließen die Unterschiede zwischen den Dienstgraden schmelzen. In diesen schwarzen Öfen, in denen sich die Sepoys versammelten, erkannten sie nicht immer, wer es war, der die Führung übernommen hatte und sprach; aber in jeder Versammlung tat es ein Mann — unter anderen Jemadar Pir Baksh vom 60. Regiment und Naik Parasiya von den 13. Rifles. Die Stimmen der Sprecher waren immer scharf und beschwörend; die Zuhörer waren ängstlich, als die Versammlung anfing, und terrorisiert, wenn sie eine Weile gelauscht hatten. Die Stimme sagte: „Dies ist die Nacht. Shiwa — oder Allah — hat Vernichtung versprochen; dies ist die Nacht der Vernichtung. Der Silberguru sagte: ‚... bis zu der von Gott versprochenen Vernichtung der Sünder.' Wer sind die Sünder? Wir sind die Sünder! Denn wir haben unsere Götter nicht verteidigt! Die Engländer haben Brahmanen gehängt, Prinzen nackt ausgezogen, unsere Götter in den Tempeln angegriffen — und wir taten nichts. Wir halfen ihnen. Jetzt wollen sie uns töten. Sie wollen uns töten, weil wir die einzigen sind, die die alten Götter noch schützen können, welche die Engländer verachten. Wir haben geflüstert und gewarnt; aber Ihr wolltet nicht glauben. Jetzt haben sie angefangen — ja, jawohl, sie haben wirklich angefangen! Habt ihr es noch nicht gehört? Sie entwaffneten letzte Nacht eure Brüder in Gondwara, bliesen sie mit Kanonen in die Luft. Englische Soldaten schossen sie nieder wie Hunde. Darum ist das Wort ausgegeben worden. Schon kommen die Kanonen die Pike herauf und mit ihnen die englischen Soldaten, die uns töten sollen." Die Zuhörer drängten sich aneinander und murmelten leise: „Ich werde noch verrückt in dieser Hitze. Ich kann es nicht glauben. Godse-Sahib? Savage-Sahib? Caversham-Sahib? Uns töten?!" — „Ja, es ist wahr — es ist, wie ich euch sage. Fußtritt um Fußtritt haben sie uns zermalmt. Jetzt wollen sie uns auf den schwarzen Wassern segeln lassen; jetzt wollen sie unsere alten Rechte zerbrechen, wie sie schon das Beuterecht des Soldaten zerbrochen haben. Ihr müßt glauben oder Ihr werdet sterben; alle werden sterben. Sterben in Schande! Gedenkt an Mangal Pande. Sie logen; wir wissen, daß die Patronen mit unreinem Fett beschmiert sind; wir wissen es. Sie töteten Mangal Pande und trieben seine Kameraden zu Paaren. Zwei unserer Brüder sind jetzt im Gefängnis des 88. Regiments. Sie werden sie töten, wenn die Kanonen gekommen sind, sie werden uns in die Felder treiben und mit den Kanonen töten. Seid Ihr unfähig, die Botschaft zu verstehen? Töten oder getötet werden! Wollt Ihr, daß man euch in die Haut eines Schweines näht und auf euch spuckt? Töten oder getötet werden! Die Kanonen kommen die Pike herauf. Die Zugpferde galoppieren die ganze Nacht. Seid Ihr unfähig, die Botschaft zu verstehen? Ein Chupatti in fünf Teilen, das heißt der fünfte Monat. Ein Chupatti in zehn Teilen, das heißt der zehnte Tag. Fleisch, weißhäutig auf der einen, roh auf der anderen Seite — ein großes Stück für einen Sahib, ein kleineres Stück für eine Mem-Sahib, ein ganz kleines Stück für ein Kind. Am zehnten Mai tötet alle Weißhäutigen — oder sie töten uns." . . . Sterben, elender als ein unberührbarer Kehrer, entehrt, hoffnungslos in aller Ewigkeit. Ich bin jetzt seit Stunden in diesem Raum und ich werde verrückt! Ich schwitze und zittere, hundert Augenpaare ringsum rollen, wir knirschen mit den Zähnen. Und die Kanonen galoppieren die Pike herauf. Raus hier, raus hier, um Himmelswillen, laßt mich raus! — „Wir sind die Herren. Denkt Ihr noch an den Schnee in Afghanistan und wie wir im Schnee starben, obwohl sie uns führten! Denkt an Chillianwallah! Sie sind keine Götter. Treibt sie zu Paaren. Wir zünden das Gerichtsgebäude an, damit sie herauskommen, und töten sie dann. Töten die anderen in ihren Bungalows. Tötet die Sahibs, die Ihr nicht kennt, damit Mitleid eure Hände nicht zittern mache. Habt eine Sekunde Mitleid — und Ihr sterbt! Gedenkt an Mangal Pande! Haben nicht auch wir Frauen und Kinder? Wer nicht mit uns ist, ist gegen uns. Bewaffnet euch selbst! Rennt, rennt zum Gerichtsgebäude. Diesen Weg! Du kommst mit mir! Du gehst zum Gerichtsgebäude, du zu diesem Bungalow, du zu jenem! Schweigt und beeilt euch. Denkt an Mangal Pande! Das wird das Zeichen sein — lauscht darauf, wartet darauf: ‚Denkt an Mangal Pande!' "

Rodney erwachte um Mitternacht aus einem leichten Schlummer. Sie schliefen wegen des drohenden Staubsturms im Inneren des Hauses. Jenseits der offenen Fenster lag sein Garten atemlos unter dem Licht des vollen Mondes. Hinter der entfernten Mauer raschelten die Blätter eines Feigenbaums und ihre Schatten legten ein Teppichmuster auf Rasen und Blumenbeete. In dem Raum schimmerte jedes Stück Möbel in dem Dämmerlicht.

Joanna lag neben ihm unter dem Leintuch. Ihr Mund stand offen, ihr Haar war wie ein gelber Heiligenschein auf dem Kissen. Ihr Gesicht glänzte von Schweiß. Das Mondlicht, das von den weißgetünchten Wänden und der rohen Decke zurückfiel, glättete die Linien, die ständige Selbstbedauerung in ihr Gesicht gegraben hatte, und verwischte das Schmollen ihrer Lippen. Er blickte auf einen Geist, einen bleichen, ätherischen Geist, der keine menschlichen Leidenschaften kannte. Die leichten Atemzüge drückten ihre Brüste von unten gegen das Tuch. Dies war sein Weib für alle Zeiten, Robins Mutter, eine schlafende Frau; und er liebte sie nicht.

Er schwang die Füße aus dem Bett, tastete nach den Hausschuhen, goß sich ein Glas kalten Wassers aus dem irdenen Krug ein, der auf dem Tisch stand. Vielleicht war Robin wach; wenn der Mond schien, lag er manchmal in seinem Bettchen und starrte auf die Wände oder hinaus auf die Bäume.

Rodney ging schweigend in das nächste Zimmer. Ayah schlief auf ihrem Bett, den Kopf in den Zipfel des Sari gehüllt. Er betrachtete das formlose, weiße Bündel; sie würde sich nicht rühren, wenn das Haus über ihr in Flammen aufging. Dann beugte er sich lächelnd über Robins Bettchen. Augen wanderten langsam herum, immer noch große Babyaugen, sahen ihn kurz an, sahen wieder fort, zur Decke empor; um den Mund spielte ein leichtes Lächeln — das Lächeln über einen geheimen Scherz. Sein Vater küßte ihn; sofort schlossen sich die Augen.

Rodney kehrte in sein großes Zimmer zurück und schlüpfte

ins Bett. Schweiß rann seinen Rücken herunter und zwischen seine Schenkel. Der Mond schien wie eine nächtliche Sonne — nicht klar und kalt, sondern fett und lebendig. Robin hatte sich prächtig benommen auf dem Kinderfest. Er war noch nie zuvor auf einem Fest gewesen; wenn man berücksichtigte, was für ein Durcheinander es dort gab, dann hatte er sich schon hervorragend benommen, hatte nicht geschrien und keinen Wutanfall bekommen, wie andere Kinder. Der Ritt nach Hause war wie der Triumphzug eines römischen Konsuls gewesen; er tanzte auf und nieder auf dem Sattelbogen, lachte, rief seinen Freunden, den Sepoys, hindustanische Worte zu, wenn sie ihnen auf den Straßen der Garnison begegneten. Für gewöhnlich erwiesen ihm die Sepoys grinsend eine Ehrenbezeugung und sagten dazu: ‚Salaam, Buddha-Sahib'; diesmal hatten sie es nicht getan. Sie waren zu sehr damit beschäftigt, strammzustehen und eine ernsthafte Ehrenbezeugung für Rodney zu machen. Buddha — ‚alt'. Mitunter benahm sich das Kind wie ein kleiner Patriarch. Kleiner Patriarch — das war auch der Kosename gewesen, den Rambir ihm gab, als er noch im Körbchen lag; damals pflegte er nachdenklich und sorgenvoll die Stirn zu runzeln.

Plötzlich packte Liebe ihn mit krankhafter Macht, wie ein Schlag in die Magengrube — Liebe zu seinem Sohn, der zwei Jahre alt war und einen Heiligenschein um seine aschblonden Locken trug. Immer sollten die Lichter in seinen Augen und in seinen Haaren glänzen, immer sollte er so leben wie heute — ein kleiner Junge, der das Pferd seines Vaters ritt, geschützt vom Arm des Vaters hinter ihm.

Das Leintuch brannte ihn, er konnte nicht schlafen. Er lag ganz still, während seine Gedanken umherwanderten. Vor dem Einschlafen hatte er erzählt, daß Caroline Langford Bhowani verließ. Joanna hatte schlicht geantwortet: „Natürlich. Sie hat eingesehen, daß sie de Forrest nicht haben kann und daß sie dich nicht haben kann." Als er fragte, was sie damit sagen wollte, sagte sie: „Hast du nicht ihr Gesicht gesehen, als sie dich und Robin betrachtete? Sie ist eine schlechte, eifersüchtige Frau."

Er versuchte wieder, sich das Gesicht des Mädchens vorzustellen; merkwürdig war es gewesen, schrecklich verletzt — aber nicht eifersüchtig, bei Gott nicht eifersüchtig. Er versuchte plötzlich, sich Carolinens Körper vorzustellen, ihre Schenkel. Atemlos warf er sich herum und hielt das Leintuch in beiden Händen. Christus, dachte er, Christus, das Schwert steckt in meinen Lenden! Ist dies die Strafe für mich?

Er blickte aus dem Fenster. Der Garten lag ausgestreckt unter der Hitze, die vom Mond zu kommen schien. Neben Joannas Atemzügen konnte er kein anderes Geräusch hören; und doch zitterte die Nacht, und unhörbare Geräuschwellen ließen die Blätter rascheln. Er schloß die Augen.

Joanna. Sie war nicht vollkommen, aber das war er auch nicht. Er glaubte, daß ein unendlicher Zeuge sein Leben beobachtete, und er versuchte zu leben, wie es einem Manne anstand. Sie nannte ihn ruhelos und verrückt und weinte darüber, daß niemals etwas aus ihm würde. Er würde nie der Gatte ihrer Träume werden — und sie nicht die Frau seiner Träume...

Robin mußte nach England im Jahre 60 oder 61. Joannas Mutter hielt einen Raum für ihn bereit in ihrem Haus bei Bellham. Drei Jahre konnte er noch in Indien bleiben; aber nicht länger. Er sah jetzt schon blaß aus. Joanna konnte mit ihm nach Simla reisen, in der nächsten Heißwetterperiode, oder zu dem kleinen neuen Platz, von dem Max Bell gesprochen hatte — Almora; dort würde es noch billiger sein. Dann, wenn er etwas Geld borgte oder in den Stabsdienst ging, konnte er sie beide mit nach Hause nehmen, bei seinem nächsten Urlaub 1860, und sie dort lassen, wenn er nach Indien zurückging. Achtzehnhundertsechzig! Das hieß dreizehn Jahre in Indien ohne Unterbrechung. Sein Vater hatte es auf vierundvierzig Jahre gebracht und war hier gestorben, ein ausgebrannter Mann. Vierundvierzig Jahre waren zu viel.

Sein Vater hätte ein paarmal Urlaub nehmen können; aber vielleicht verstrichen vierundvierzig Jahre wie ein Tag, wenn man, wie er, einen Kreuzzug gegen die Thugs führt. Vielleicht dachte man dann an nichts anderes als an die Aufgabe, die vor einem lag, und man konzentrierte sich und schürte das Feuer, das in einem brannte, und war glücklich dabei. My Lords, Ladies h'and Gentlemen — Colonel William Savage, der Vernichter der Thugs. Und sein Sohn Captain Rodney Savage, der Vermittler von Kishanpur! — Er lächelte vor sich hin.

Er hätte gerne geschlafen. Schon seit langem bereiteten die eingeborenen Offiziere und Sepoys seiner Kompanie eine Freiluftparty für morgen, den 10. Mai, vor; sie hatten ihn dazu eingeladen. Die Gebräuche ihrer Kasten gestatteten ihnen nicht, mit ihm zu essen — sie aßen nicht einmal miteinander, aus dem gleichen Grund — aber er würde später erscheinen und den Jongleuren zuschauen oder den Geschichten lauschen, die sie erzählten. Sie würden ihre gerollten Zigaretten rauchen, die Hukahs würden gurgeln, das Gespräch würde von Vieh und Ernte handeln. Alle Parties in der Kaserne ähnelten sich auf angenehme Weise, und er wußte bereits, daß er auf einem harten Stuhl rechts von Subadar Narain sitzen, zuhören und mitunter nicken würde. Die Sepoys hatten sich den Bauch mit Chupattis und Linsen vollgeschlagen; sie waren zufrieden. Rambir, sein Diener, der noch keiner Fliege etwas zuleide getan hatte, würde großmäulig erzählen, wie er mit nackten Händen den riesigen Sikh-Kanonier bei der Schlacht von Chillianwallah erdrosselt hatte, und jedermann würde dabei lachen; denn sie liebten die alten Scherze am meisten. Dann würde Narain von dem afghanischen Krieg im Jahr 39 erzählen, von der Zeit, als er ein Havildar mit drei Streifen war; von dem Schnee in den nordwestlichen Pässen im Jahr 42. Er würde erzählen, was er zu General Napier gesagte hatte, was General Wellesley zu seinem Vater gesagt hatte; wie sein Großvater den Arm bei Plassey im Kampf gegen die Engländer verlor. Plassey, 23. Juni 1757, als Clive die Grundlagen des Weltreichs legte — und Jonathan Savage mit ihm — fast auf den Tag vor hundert Jahren.

Himmel, es war heiß, und jetzt war es auch nicht mehr ruhig. Etwas dröhnte deutlich durch die Nacht. Rotes Licht flackerte über den Rasen ...

... flackerte über die Mauern. Als ob jemand einen Eimer kalten Wassers über ihn gegossen hätte, erwachte er und spannte die Muskeln in den Augenwinkeln. Er betrachtete den Raum, den Vorhang über seinem Kopf. Die Lichter an der Decke, an den Wänden, auf dem Fußboden tanzten und hatten eine rötliche Farbe. Wellen von Rot, bleich und dunkel, schossen durch den Raum, über das Bett, über Joannas Körper. Das Zimmer war nicht länger fest, es tanzte. Einen Augenblick lang lag er reglos, angespannt, die breiten Feuerbänder betrachtend, die sich ausdehnten und zusammenrollten. Der Mond war untergegangen; Flammenspuren säumten den schwarzen Himmel.

Er sprang aus dem Bett, fuhr in Hosen und Stiefel, rannte hinaus auf die Veranda, ein weißes Hemd in der Hand.

Jenseits der Feigenbäume rannten Männer durch den Staub der Straße. Der Klang ihrer Tritte war verschieden; er konnte einzelne Geräusche ausmachen: nackte Füße — patsch-patsch im weichen Staub der Straße; Stiefel — ein festeres ruff-ruff-ruff; Metall — Klingeln und Klimpern von Stahl auf Stein und Stahl auf Stahl; Pferdehufe — alles im vollen Lauf. Sie schienen zu wissen, wohin sie liefen; sie rannten stetig durch die dunkle Nacht und gaben kein anderes Geräusch von sich. Niemand schrie, hustete, rief. Rauchgeruch fuhr ihm plötzlich in die Nase.

Über die Dächer anderer Bungalowas und über die Bäume erhob sich das Dach der Messe des 88. Regiments — eine saubere, viereckige Silhouette vor dem lodernden Himmel. Irgend etwas jenseits der Messe brannte. Das Feuer mußte in der Gegend des Gerichtsgebäudes und des Gefängnisses ausgebrochen sein.

Seine Spannung lockerte sich etwas. Jedermann wußte, was zu geschehen hatte, wenn ein Feuer ausbrach. Er wunderte sich ein wenig, daß er keine Feuerhörner und Trompetensignale gehört hatte. Die hintere Wache des 88. Regiments lag direkt gegenüber dem Gerichtsgebäude, jenseits der Pike. Jedenfalls mußte er jetzt gehen. Er beschloß, nicht zu reiten; ein Pferd würde angesichts des Feuers nur scheu werden und ihn hindern. Er rannte zurück ins Schlafzimmer und schüttelte Joanna. Die Uhr auf dem Nachttisch neben dem Bett zeigte halb vier — ein Sonntagmorgen, der 10. Mai 1857. Joanna bewegte sich schwerfällig und setzte sich schließlich auf. Sie fragte mit belegter Stimme: „Wa-was ist los?"

„Es brennt! Ein Großfeuer beim Gerichtsgebäude, nehme ich an. Ich muß sofort hin!"

„Sind wir hier sicher? Warum gehst du fort?"

„Ja, ihr seid völlig sicher, und ich bin diese Woche Hauptmann vom Dienst! Du weißt das ganz genau."

Sie sprach vorwurfsvoll, immer noch halb im Schlaf: „Na schön, mach schnell und komme wieder zurück. Bin nicht gern allein hier in der Nacht — bei all diesen Negern. Und wenn Robin aufwacht, wird er Angst haben."

Er sagte kurz und scharf: „Zieh die Vorhänge in Robins Raum zu. Weck die Ayah und sag ihr, was los ist. Ich muß laufen!"

An der Tür blieb er stehen und warf einen Blick zurück. Ihr Gesicht leuchtete dunkelrot im Feuerschein. Er wußte, sie war zu faul, um aufzustehen. Als er sich umwandte, rieb sie sich die Augen, runzelte die Stirn nachdenklich und ließ sich mit einem Seufzer zurück in die Kissen sinken.

Flammenzungen leckten hinter der Messe hoch und erleuchteten den Himmel; die Bougainvillea an seiner Veranda schien gebadet in dünnem Feuer. Krachen und Gemurmel kam als Echo von Mauern und Bäumen zurück. Jetzt hörte er auch zum erstenmal die Stimmen von Männern, leise Stimmen, die von weither aus allen Teilen der Garnison zu rufen schienen. Rechts von ihm trommelten die Schläge galoppierender Hufe metallisch gegen den Schotter der Straße. Wind, gefüllt mit Fackelqualm, schoß über die Ebene, raschelte in den Blättern, schüttelte die Stauden und blies ihm ins Genick. Wind, Männer, Pferde, alles raste zum Feuer hin.

Die Läufer auf der Straße hatten eine Staubwolke zurückgelassen, so dicht, daß er kaum fünf Meter weit sehen konnte. Die meisten waren Soldaten der 60. Leichten Kavallerie, unberitten; aber es waren auch Männer der 88. B.N.I. dazwischen und einige Sepoys seines Regiments. Die Frage schoß ihm durch den Kopf, warum sie hier entlang liefen — nach Süden! — da doch die Kasernen der 13. Rifles pikeabwärts und jenseits des Feuers lagen. Die laufenden Männer hatten ihre Waffenröcke zugeknöpft und die Tschakos vorschriftsmäßig aufgesetzt. Sie erschienen irgendwoher aus dem Dunkel, Feuerschein leuchtete einen Augenblick rot und schwarz auf den schweißglänzenden Gesichtern — dann waren sie wieder verschwunden. Im Laufen rissen sie die Knie hoch, und alle trugen Waffen — Gewehre und Bajonette, Pistolen, Säbel und Karabiner. Sie wandten nicht den Kopf, wenn sie an ihm vorbeischossen; aber sie betrachteten ihn verstohlen aus den Augenwinkeln und schauten schnell wieder weg. Rechts und links von ihm lagen die Bungalows der Offiziere. Frieden umgab die kleinen, baum- und rasenbestandenen Parzellen. In einigen Häusern sah er Lichter und Schatten, die sich hinter Vorhängen bewegten.

Die drei Gebäude des Gerichts umschlossen einen freien Platz, jenseits der Pike, hinter dem rückwärtigen Wachhaus des 88. Regiments. Das Gerichtsgebäude selbst stand parallel zur Pike, ein wenig abgesetzt von ihr. Die beiden anderen Häuserblocks sprangen in rechten Winkeln von den Enden des Gerichtshauses vor. Im Südflügel lagen die Büros, im Nordflügel war das Gefängnis. Das Bürogebäude brannte von einem Ende bis zum anderen. Flammen züngelten an den Außenwänden hoch und leckten durch das Dach, das bereits skelettiert war. Funkenleitern kletterten in den Himmel. Rauch bäumte sich auf und rollte langsam gen Norden davon. Die Luft roch süßlich nach dem Holzmehl aus wurmzerfressenen Balken und verstaubten Aktenschränken. Was brannte, waren die statistischen Büros des Statthalters; mit ihnen ging die mühsame Arbeit zahlloser Männer während unzähliger Jahre in Rauch und Flammen auf. Alles verbrannte — all die Worte, die tote Bauern gesprochen hatten, all die Pläne, von toten Beamten entworfen.

Das Feuer im Gerichtsgebäude war noch nicht so weit fortgeschritten; aber einzelne Fenster leuchteten wie Tigeraugen bei Nacht, und der Rauch quoll dick unter den Dachrinnen hervor. Das Gefängnis war noch unberührt; nur der Feuerschein von den anderen Gebäuden huschte über seine bleichen Mauern und vergitterten Fenster; die Gefangenen mußten bereits in Sicherheit gebracht worden sein.

Von seinem jetzigen Standpunkt, westlich des Feuers, konnte Rodney die gesamte Szenerie deutlich überschauen. Sie erinnerte ihn an einen prunkvollen, historischen Festaufzug, mit Fackellicht und begeisterten Zuschauern. Denn die Sepoys taten nichts dazu, um das Feuer zu löschen, ja, viele blickten nicht einmal hin. Sie bildeten dichte Klumpen auf der Pike und flüsterten heimlich miteinander. Er fluchte, als er feststellte, daß auch hier alle Männer ihre Waffen trugen. Keiner hatte eine Axt, Pickhacke, Schaufel oder ein Brecheisen mitgebracht — die Werkzeuge, die sie befehlsgemäß bei Ausbruch eines Großfeuers zu ergreifen hatten. Offenbar hatte ein verrückter Trompeter Alarm geblasen anstatt Feueralarm. Es wäre nicht das erstemal in der Geschichte Bhowanis gewesen. Erst vor drei Jahren hatte sich genau derselbe Fall ereignet, und er mußte einen Augenblick lächeln, als er daran dachte: achthundert aufgeregte Sepoys, bis an die Zähne bewaffnet, umstanden völlig nutzlos einen brennenden Heuschober.

Trompeter Birendra Nath wurde von seinen Kameraden noch heute deswegen verspottet und trug seitdem den Spitznamen ‚Der Alarm-Wallah'.

Die Lampen auf der Veranda der Wache brannten schwach und konnten sich nicht gegen den gewaltigen Feuerschein durchsetzen. Die Sepoys der Wache, voll ausgerüstet und bewaffnet, standen auf der Plattform und blickten auf die Menge hinab. Die Schildwachen standen gleichmütig, in Rührt-Euch-Stellung, vor ihren Schilderhäusern, mit aufgepflanzten Seitengewehren. Der Jemadar vom Dienst marschierte auf und ab, nervöse Finger am Griff des Schwertes. Einige andere britische Offiziere waren inzwischen erschienen und riefen zur Ordnung; jeder versuchte, die nächststehenden Männer zu organisieren. Es gelang ihnen nicht.

Ein heiserer Ruf traf Rodneys Ohr; er versuchte, über die Tschakos wegzuschauen. Ein rotgeflecktes Gesicht über einem offenen, scharlachroten Waffenrock wogte über die Pike heran. Das schwere Kaltblutpferd unter ihm verdrehte die Augen und biß auf die Trense. Das Murmeln der Menge erstarb, das Krachen und Prasseln des Feuers klang um so lauter.

Bulstrode zwang sein Pferd heran und rief die Männer seines 88. Regiments bei Namen. Wieder lächelte Rodney; denn dies war ein vertrauter Anblick — der Curry-Oberst, erhitzt bis zum Schlaganfall, der seine Männer zur Ordnung rief.

„Govindu Ram, schaff diese Männer hinter die Pike und erwarte meine Befehle. Rudra, nimm zwanzig Mann und schaff Feuereimer heran! Pyari Lall, laß die Männer eine Feuerkette bilden. Eulenpisse, verfluchte! Nicht dorthin! Weg da! Wo zum Teufel steckt Mr. Dellamain? Das ist sein Feuer!"

Seine blutunterlaufenen Augen fielen auf Captain Bell: „Bell, lassen Sie den Trompeter der Wache ‚Antreten' blasen! Warum hat dieser Schweinearsch von einem Jemadar es noch nicht getan?"

Männer formierten sich in kleinen Gruppen unter ihren

eingeborenen Offizieren und Feldwebeln. Nur für einen Augenblick — dann wirbelten sie wieder auseinander und verschwanden in der immer größer werdenden Schar der Zuschauer. Ordnung bildete sich an einer Stelle und verwandelte sich an einer anderen wieder in Chaos. Rodney hatte noch nie zuvor Sepoys gesehen, die sich so täppisch benahmen. Ihre Köpfe fuhren aufgeregt hin und her, als warteten sie auf das Erscheinen eines Unbekannten. Ihre Gesichter glänzten im Feuerschein, dunkel und ängstlich. Sie waren ihm fremd geworden, fremd wie Hottentotten; er konnte keinen Kontakt mit ihnen finden. Was Oberst Bulstrode an Geduld und Mäßigung besaß, zerbrach bei diesem Anblick. Er röhrte los wie ein Elefantenbulle und begann mit der Reitpeitsche auf die Schultern der Männer loszuprügeln. Rodney stieß und puffte die Männer, die vor ihm standen, und schrie sie an, über die Pike zurückzugehen. Nutzloses Unterfangen! Zum erstenmal in seinem Leben schlug er einen Sepoy. Er hieb ihm mit der Faust ins Gesicht; aber der Mann schien den Schlag nicht zu bemerken — nicht mehr als die anderen Bulstrodes Peitschenhiebe.

Etwas Gespenstiges, Unheimliches war an der ganzen Sache — wie an dem Feuer. Er betrachtete das Gerichtsgebäude, das jetzt von einem bis zum anderen Ende glühte und dumpf dröhnte, und er fragte sich plötzlich, ob es Brandstiftung sein könnte. Der Rauch, der fortgetrieben war, lag wie ein schwarzer Vorhang über der Garnison, seine unteren Ränder waren rotbestrahlt.

Als er eine andere englische Stimme hinter sich rufen hörte, wandte er sich um und sah Geoffrey Hatton-Dunn langsam auf einem Polopony durch den Mob herankommen. Geoffrey schwankte im Sattel, sein Haar fiel in weichen Strähnen über seine Stirn. Ein schmutziger, dunkler Klecks färbte sein Hemd vorne, sein Monokel schwang frei am Ende des Bandes. Er stieß unverständliche Worte aus, in die Rodney keinen Sinn bringen konnte. Das Meer von Tschakos ringsum nickte.

Über die Tschakos hinweg glitt das weiße Hemd — das auf dem Rücken denselben schwarzen Fleck trug — auf die rote Tunika Oberst Bulstrodes zu.

Die linke Schildwache, die zwanzig Meter weiter stand, hob plötzlich das Gewehr. Jedermann in der Menge, alle Männer mit den ängstlichen, unruhigen Augen sahen die Bewegung — alle, mit Ausnahme von Hatton-Dunn und dem brüllenden Oberst.

Auf der hohen Veranda des Wachhauses standen die Sepoys und verfolgten das Tun ihres Kameraden. Er schlug das Gewehr an, zielte einen Augenblick sorgfältig und riß ab. Seine Schulter wurde zurückgeworfen, als das Gewehr losging. Der weiße Feuerschein schluckte den orangefarbenen Blitz. Eine schwarze Pulverwolke quoll aus der Mündung des Gewehrs. Ein neuer dunkler Klecks, diesmal niedriger und mehr in der Mitte des Hemdes, zeigte sich über Geoffreys Magen. Sein langer Körper sackte vornüber auf den Hals des Pferdes, seine blonden Haare vermischten sich mit seiner Mähne. Die Schildwache lud das Gewehr mit schnellen, geübten Bewegungen. Rodney sah stumpf zu. Die neuen Patronen, dachte er — äußerst wirksam, wahrhaftig. Die Schildwache zielte, zog ab, ein neuer Schuß ging hinaus. Rodneys Beine wollten sich nicht bewegen; niemand konnte sich bewegen; der Mann im Trommelfeuer bewegt sich nicht!

Geoffrey fiel jetzt kopfüber in die Menge. Rodney sah sein Gesicht, ehe es für immer unterging. Noch im Tod versuchte es zu sprechen, konnte es aber nicht. Das Pony scheute und wieherte, und hundert Hände packten zu. Sie rissen wahrhaftig Geoffrey vom Pferd. ‚Nein, nein‘, sagte er zu sich selbst, ‚das kann nicht sein, sie wollen ihn nur auffangen‘. Er schüttelte wild den Kopf, sein Herz klopfte im Hals. Die Mäuler der Sepoys öffneten sich weit und blieben offen — so offen, daß man das Rote in ihren Kehlen sehen konnte. Der Wutschrei der Menge fuhr hoch und erstickte die einzelnen Rufe.

Ein wilder Blitz auf dem Dach des Gefängnisses ließ ihn

aufschrecken; soweit war das Feuer inzwischen gekommen! Im Licht der brennenden Büros auf der anderen Seite des Platzes erkannte er Gesichter hinter den Gitterstäben und Arme, die sich verzweiflungsvoll ausstreckten. Die Gefangenen waren also doch nicht abgeführt worden. Er fuhr wieder herum.

Oberst Bulstrode schwang seinen schweren Australiergaul auf der Hinterhand herum. Er entriß einem Sepoy der Menge den Kavalleriesäbel, lehnte sich vor und ritt Attacke auf die Schildwache. Rodney nickte unwillkürlich Zustimmung. Alles geschah so, wie es in der Dienstvorschrift festgelegt war; man wußte, was man zu tun hatte. George Bulstrode wußte es, und er tat es.

„Wenn ein bewaffneter eingeborener Soldat Amok läuft, wird er auf der Stelle erschossen oder niedergeschlagen, ohne jede Verhandlung, damit nicht andere unter seiner Tollheit zu leiden haben."

Auch der Jemadar und die übrigen Bewaffneten kannten diesen Befehl. Aber die Anwesenheit eines Amokläufers schien auch den vernünftigsten Inder verrückt zu machen. Amoklaufen war ansteckend. Es war leicht möglich, daß andere Soldaten auf der Plattform des Wachhauses ebenfalls tollwütig waren.

Bulstrode trieb das Kaltblutpferd die Stufen gewaltsam empor. Sein kahler Kopf leuchtete, die Muskeln seines Halses traten als Knoten heraus. Der Verrückte hielt immer noch das Gewehr in beiden Fäusten und versuchte nicht sich zu verteidigen. Er schrie: „Gedenkt an Mangal Pande! Denkt an Mangal Pande!"

Bulstrode holte aus, der Arm, der den Säbel trug, war steif. Die Nähte seiner roten Jacke platzten hinten auf; das Pferd stolperte auf der obersten Stufe, und dreihundert Pfund flogen hinter dem zuschlagenden Säbel her. Bulstrode knallte auf die Pflastersteine vor dem Wachgebäude mit einem Krach, der das ganze Haus erschütterte. Der Säbel hatte den Posten am Hals getroffen, gerade über dem Kragen der Jacke. Sein Ruf erstickte in einem pfeifenden Kreischen. Sein Kopf flog hoch und zwanzig Fuß weit in die Masse hinein. Ein Strahl Blut schoß aus dem Hals, das Gewehr knatterte auf die Steine, die Knie gaben nach, der Leib knickte zusammen, überschlug sich immer wieder, die ganze Länge der Treppe hinunter.

Wer war Mangal Pande? Rodney wußte, daß er den Namen erst kürzlich gehört hatte — war es der Sepoy vom 34. Regiment in Barrackpore, der Amok lief und einen Offizier umbrachte? Der Fall sollte angeblich etwas mit den gefetteten Patronen zu tun haben. Und nun war dieser arme Teufel von einem Posten verrückt geworden und hatte es ihm nachgemacht. Diese Wache hier benahm sich fast ebenso schlecht wie die Wache des 34. Regiments an jenem Tag; und in den Zellen des Gefängnisses saßen zwei Sepoys, die sich geweigert hatten, ihre Perkussionszünder zu empfangen. Er blickte sich sehnsüchtig um und wünschte, er könnte einen Zug seiner eigenen 13. Rifles sammeln. Dann wollte er allen Dingen ruhig ins Gesicht schauen.

Bulstrode packte einen Pfeiler des Hauses, zog sich daran empor und starrte wütend den Jemadar an. Das Murmeln in der Menge wurde lauter. Die Männer schwankten hinüber und herüber wie reife Ähren im Wind. Es war glühendheiß, weit über fünfzig Grad vor den brennenden Gebäuden. Das Feuer wurde plötzlich wieder lebendig. Flammenströme ergossen sich aus dem Dach des Gefängnisses und röhrten unheilverkündend in den Himmel. Die Stimmen der Gefangenen vereinigten sich zu einem grauenhaften Aufschrei; Rodney sah plötzlich wieder die Arme, die sich durch die Gitterstäbe wanden. Er riß sich zusammen, schob sich mit verzweifelter Anstrengung durch die Masse und rannte auf das Gefängnis zu.

Die Hitze, die das brennende Gerichtsgebäude ausströmte, versengte sein Gesicht, verkohlte seine Brauen und seinen Bart. Die Luft brannte in seinen Lungen, drückte auf seine

Augen. Er rannte weiter, spürte, daß andere Männer hinter ihm herrannten, blindlings, ihre Hände auf seinen Schultern. Er wußte auch, daß es Sepoys mit grünen Waffenröcken waren, Sepoys des 13. Regiments, die ihm in die lodernde Höllenküche folgten. Mit einem schnellen Seitenblick erkannte er sie: Ramdass und Harisingh, die Unzertrennlichen.

Er tastete sich an der Mauer entlang und suchte die Schlüssel. Funkenströme prasselten gegen die Deckenbalken, Flammenströme leckten in sein Gesicht, Rauch erstickte ihn. Er fand den Schlüsselring an dem Nagel, ziemlich weit hinten im Gang, und spürte die Hitze des Eisens wie einen Messerschnitt. Ungeduldig stieß er Schlüssel um Schlüssel in das Schloß der nächsten Zelle, während Ramdass und Harisingh mit den rostigen Riegeln kämpften. Schließlich paßte ein Schlüssel; alle drei stemmten sich hustend gegen die Tür. Sie schwang auf — fünf halbnackte Männer stolperten heraus. Rodney rannte weiter auf brennenden Füßen, zur nächsten Zelle. Diesmal fand er den Schlüssel schneller — vier Gefangene mehr. Weiter zur nächsten Zelle ...

Hinter ihnen brach das Dach des Gerichtsgebäudes zusammen und schickte eine See von Flammen über sie weg in den Himmel. Eine Sekunde lang standen sie mitten im Feuersturm. Aber es war die letzte Zelle. Kein Schlüssel paßte in die Tür, sie schlugen in ohnmächtiger Wut mit den Fäusten gegen das Holz. Gesichter preßten sich von innen gegen das Gitterfenster, Stimmen heulten schrecklich. Ramdass hielt sein Gewehr an das Schloß und zerschoß es. Ein Dutzend schnatternder Vogelscheuchen fiel heraus — Mörder, Wegelagerer und Dakoits, immer noch in Handschellen und mit eisernen Kugeln an den Beinen.

Draußen auf der Pike, die plötzlich kühl erschien, stolperte Rodney gegen einen eingeborenen Offizier der Kavallerie und erkannte Pir Baksh. Er schnaufte und gab ihm den Befehl, die Gefangenen zu sammeln und bewachen zu lassen. Pir Baksh salutierte und veranlaßte nichts. Rodneys Kopf brannte.

Er krächzte ärgerlich, wiederholte seinen Befehl. Niemand hörte auf ihn. Jemadar Pir Baksh starrte, wie alle anderen Männer auf der Pike, hinüber zur Wache des 88. Regiments.

Die Reste des Gerichtsgebäudes und das Gefängnis explodierten jetzt wie Kanonensalven. Scharfer Wind, vom Feuer angesogen, fuhr hinein und wirbelte einen Orkan von Funken und brennenden Holzsplittern über die Pike. Der leuchtende Feuerregen ergoß sich über die Masse, stürzte nieder auf das Wachhaus, auf die Warenhäuser und Magazine dahinter. Eine halbe Minute lang konnte Rodney nichts von dem Gewehrfeuer hören, das plötzlich einsetzte.

Alle Männer des 88. Regiments feuerten jetzt — die Sepoys in der Menge und die Sepoys auf der Plattform des Wachhauses. Ihre scharlachroten Tunikas hoben sich deutlich von dem Grün des 13. Regiments und dem französischen Taubengrau des 60. ab. Er sah einen Naik, der Oberst Bulstrode in den Rücken schoß. Eine ganze Salve schlug den Fähnrich Jimmy Waugh nieder; er sank auf die Knie und starb. Ein scharlachroter Tintenfisch von Armen riß Max Bell von der Veranda. Die Arme erhoben sich und fielen, die Bajonette blitzten. Andere feuerten in die Luft; alle aber schrien in einem einzigen, wahnwitzigen Chorgesang:

„Gedenkt an Mangal Pande! Mangal Pande! Dies ist die Nacht des rohen Fleisches . . . Tötet! Die Kanonen kommen. Tötet sie alle! Tötet — oder ihr werdet gehängt! Gedenkt an Mangal Pande!“

Es war nicht mehr daran zu rütteln: Das 88. Regiment hat gemeutert. Er sah, daß fast jeder Soldat in seiner Nachbarschaft das Grün der 13. Rifles trug. Er fühlte immer noch schmerzhaft den Druck des Rockkragens an seinem verbrannten Hals; aber es war Erleichterung in seiner Stimme, als er die Sepoys seines Regiments bei Namen rief.

„Manlall, Badri Narain, Thaman, Vishnu! Kommt her, kommt zu mir. Das achtundachtzigste hat gemeutert. Alle Männer vom Dreizehnten zu mir!“

Er dankte Gott, daß sie ihre Gewehre mitgebracht hatten. Kampfleidenschaft packte ihn, löschte alle anderen Gefühle aus, Müdigkeit, Schmerzen, alles. Ja, er war stolz auf sein Regiment, als er seine Männer zu sich rief — stolz auf die Erinnerung, die er daran knüpfte: Den Trotz, mit dem sie bei Chillianwallah den Angriffen des Gegners standgehalten hatten; stolz, wenn er daran dachte, wie sie gemeinsam in den Eiswüsten des Pundschab gelegen und den Meteoren gelauscht hatten, die nächtlich auf sie niederprasselten; stolz auf die beiden Männer, die ihm gerade erst ins Feuer des Gefängnisses gefolgt waren. Seit hundert Jahren hatten Inder und Weiße, beide anständig, beide einander ebenbürtig, die Tradition des Regiments aufgebaut, das wie eine Flut über alle Feinde weggebraust war.

„Dreizehnte Rifles — zu mir, zu mir!"

Ihre Gesichter wandten sich ihm langsam zu; Gesichter von Fremden, blindäugig, verloren. Lippen zuckten, Finger suchten den Abzug der Gewehre.

Neben ihm stand Allan Torrance und flüsterte: „Sie sind verrückt geworden. Heiland Jesus Christus — sie sind alle verrückt geworden." Die fremden Männer in den vertrauten grünen Uniformen schlossen sich dichter um sie. Ein Zoll von seinem Ohr entfernt knallte der Schuß eines Gewehrs. Die Kugel fuhr in Torrances bleiches Gesicht, riß die Nase ab, pflügte zwischen den Augen hindurch in die Stirn hinein und trat aus der Schädeldecke wieder heraus. Der Junge, der einmal wie Lord Byron ausgesehen hatte, wälzte sich im Staub, kollernd wie ein Truthahn, und spuckte Blut und Hirn. Die Fremden rückten näher. Füße stampften, Bajonettspitzen tasteten sich heran, die Geräusche wurden schwächer. Sie waren verrückt, sie wollten töten; aber sie schluchzten dabei.

Rodney packte ein Gefühl, als ob sein Herz sich überschlagen habe, riesenhaft angeschwollen und schließlich gebrochen sei. Sein Stolz auf das Regiment ging in einem einzigen tiefen, stöhnenden Atemzug aus ihm heraus; zurück blieb — nichts! Er fühlte sich schweißnaß, kalt und elend. Das da vor ihm war einmal Sepoy Shyamsingh gewesen, dieses Wesen mit den verdrehten, weiß leuchtenden Augenbällen — Shyamoo, der ruhige Bauer, Shyamoo, der den trockenen Witz des Landmannes besaß, Shyamoo, der jetzt wie ein Hund knurrte und sein Bajonett in Allans Eingeweide stieß.

Rodney spürte keine Furcht. In diesem Augenblick beherrschte ihn nur ein Gefühl: Erniedrigung und namenlose Schande. Er stand zwischen ihnen und versank in einem schleimigen See von Scham. Alles, was er in seinem Leben gewesen war, stellte sich nun als Fehlschlag heraus — jeder ließ den andern im Stich! Die Engländer in Indien ließen England im Stich; die Bengal-Armee ließ ihre Treue im Stich, sein Regiment seinen Stolz; er hatte die Männer im Stich gelassen, und sie ließen sich jetzt selber im Stich, obwohl sie ein Teil von ihm selber waren.

Robin! Alle die Frauen und Kinder allein in ihren Bungalows! Joanna! Er wußte jetzt, was Geoffrey Hatton-Dunn in seinem Tod zu sagen versucht hatte. Rodney hob die Arme und schrie auf englisch, seine Stimme voll Schande, Gram und Grauen: „Hört auf! Im Namen Gottes, hört auf!" Seine Stimme brach.

Es war sinnlos, um Gnade zu bitten oder sie mit Namen zu nennen. Sie wurden nur noch wütender, wenn sie merkten, daß er sie kannte — nur noch eifriger, ihn zu töten; sie wollten, daß niemand, der diesen Augenblick erlebt hatte, am Leben bleiben sollte, um später zu erzählen, was er gesehen hatte. Aber er mußte leben, er mußte Robin retten. Panische Angst schnürte seine Kehle zusammen. Die dunklen Gesichter schoben sich näher.

Plötzlich riß die Nacht auseinander und verdunkelte das Feuer. Ein violetter Blitz fuhr auf, erfüllte den Horizont ringsum und den ganzen Himmel. Feste, weißglühende Luft drückte gegen die Trommelfelle, warf ihn schmerzlos in den

Staub. Lange Feuerschwänze von Raketen rasten hinauf in die schwarzen Rauchwolken. Ein furchtbares Geräusch begann, ein Brüllen, ein Erdbeben ohne Ende — ja, die Erde bebte. Ziegelsteine und Felsen regneten aus dem Himmel in die Masse. Ungeheure, formlose Dinge brummten über ihre Köpfe und zerbrachen entfernte Baumstämme. Der obere Teil eines rotrückigen Sepoytorso schlug neben ihm auf und glitt weiter in Richtung auf das Gefängnis. Das Pulvermagazin war in die Luft gegangen.

Tom und Prissy Atkinson erwachten gleichzeitig, unvermittelt. Toms Stimme zitterte. „Ayah, kya hogya?" Große dunkle Schatten bewegten sich durch ihren Raum, und Mutti war nicht zu Hause; sie war fortgegangen, um dem Storch zu helfen, der Tante Dotty ein neues Baby brachte. Schüsse und Blitze waren draußen auf der Straße, und große, häßliche Dinge in dem Raum, rußig und unbestimmt durch das Moskitonetz über ihnen, und die Ayah antwortete nicht. Prissy begann zu weinen: Der schwarze Mann ist gekommen, der schwarze Mann, von dem die Ayah immer erzählt hat — mit dem roten Gesicht und dem schwarzen Hut und den Stahlklauen. Sie schrie in einem hohen, schluchzenden Crescendo, rhythmisch, hysterisch. Das Moskitonetz riß entzwei.

Victoria de Forrest lag wach, nackt und unbedeckt, auf ihrem Bett. Schläfrige Zärtlichkeit hatte sie erfaßt, machte ihr Gesicht lieblich; sie berührte ihre Haut hier und da mit den Fingerspitzen, ihre Zunge bewegte sich. Eddie Hedges, nackt und schlafend, lag mit dem Rücken gegen sie; seine Lippen, die sie nicht sehen konnte, hatten sich zu einem spöttischen Lächeln zusammengezogen. Sie betrachtete im Dunkeln seinen schlanken Kopf. Seine Kleider waren über den Fußboden des halben Zimmers verstreut. Ihr Vater würde zwar niemals ihren Raum betreten; aber vielleicht, dachte sie, war es doch besser, wenn Eddie jetzt ging — irgendwo mußte ein Feuer ausgebrochen sein, und die Luft war voller unbestimmter, flüsternder Geräusche. Er mußte sie heiraten, sie liebte ihn so;

aber er sagte, seine Schulden seien noch zu groß und er sei ehrgeizig. Eines Tages würde er ein berühmter Mann sein, und die alten Knochen, die ihn jetzt immer zu demütigen versuchten, würden eifersüchtig auf ihn sein. Niemand kannte ihn so gut wie sie. Sie konnte warten. Das hier war alles in der Welt wert, sogar seinen Spott — dies hier. Sie bewegte sich und fühlte die Wärme des neuen Lebens, hier und hier und hier. Sie war nicht unglücklich darüber. Er mußte sie heiraten, wenn es wahr war, und sie wußte, daß es wahr war, weil sie es im Innersten ihres Leibes fühlte. Sie würde die beste Frau in der Welt werden — für ihn; sie würde ihn versorgen; und er würde ein gesetzter Mann werden und nicht mehr daran denken, in der Welt umherzuschweifen ... Das Geräusch war plötzlich ganz in der Nähe, auf der Veranda, vor dem Fenster, Schüsse und Schreie. Bewaffnete Männer brachen ins Zimmer und schossen, ehe sie Hand oder Fuß bewegen konnte. Eddie setzte sich auf, nackt, das spöttische Lächeln vertiefte sich in seinem Gesicht. Er fiel tot auf den Rücken, Victoria fiel über ihn. Ein Sepoy wandte die Leichen mit dem Bajonett um; ein anderer spie auf den Fußboden und sagte: „Dreckige Hure! Aber er war wie ein guter, wilder Falke, nicht wahr?“

Major Anderson, Kommandeurstellvertreter der 13. Rifles, war ein Junggeselle und lebte allein. Irgendetwas weckte ihn; er setzte sich auf im Bett, zog das Moskitonetz zur Seite und schob den Kopf heraus. Im Dunkeln suchte er nach Streichhölzern und schnarrte dabei: „Was, zum Teufel, soll der ganze Krach? Wer ist da? Was ist denn los, verflucht noch mal?“ Er riß ein Streichholz an. Augen glitzerten bösartig in dem aufflammenden Licht. Er sah graue und silberne Geisteruniformen. Ein Soldat hob den Karabiner und trat vor. Andersons Atem stockte, etwas würgte seine Kehle. Er war allein, und sein Herz schrie auf: Nicht ich, nicht ich, nicht mich! Das ist unmöglich! Das Streichholz verbrannte seine Finger. Er war allein mit einem schwachen Licht, allein in einer ungeheuren Masse Menschen, allein im Grab, allein für immer in den heulenden Wüsten der Ewigkeit. Er liebte weder Mann noch Kind noch Frau. Das Streichholz erlosch, der Soldat feuerte.

Moti, die Ayah der Savages, hatte nicht geschlafen. Das Wort war bei Sonnenuntergang zu ihr gekommen, sie lag und zitterte, den Kopf in den Sari gehüllt. Sie hörte, wie Rodney eintrat und sie anblickte. Dies ist die Nacht! Die Ayah wollte nicht sterben. Die Götter hatten herausgefunden, daß sie im vergangenen Jahr einen Trunk aus Mutterkorn gemischt hatte, um der Savage-Memsahib zu einem Abgang zu helfen. Irgendjemand mußte es dem Sahib erzählt haben. Es war eine Sünde gewesen; die Götter würden sie jetzt dafür töten, oder vielleicht würde sie auch der Sahib töten. Die Nacht bebte, ihre Zähne klapperten. In der Stadt waren Rachegeister unterwegs, Spukgestalten und Kobolde. Der Sahib tötete sie auch diesmal nicht, er war nur gekommen, um sich zu überzeugen, daß sie da war und daß er sie töten konnte, sobald es ihm gefiel. Als der Feuerschein den Raum erleuchtete, erhob sie sich schweigend und glitt aus dem Haus. In den Feldern angekommen, wandte sie sich nach Süden und stolperte auf die Stadt zu. Sie wollte bei einer Bekannten bleiben, der Frau eines Kornhändlers. Morgen, wenn alles in Ordnung war, würde sie zurückkehren. Sie gedachte, der Memsahib zu erzählen, daß sie einen Anfall von Malaria gehabt und ihr Gedächtnis verloren hatte.

Lady Isobel Hatton -Dunn krampfte ihre Hände zusammen, bis die Fingernägel ihre Handflächen zerschnitten, und lag still mit geschlossenen Augen. Sie schrie unaufhörlich, aber nicht sehr laut. Sie und Priscilla Atkinson waren geradewegs von der Party zu den van Steengaards gegangen, um bei Dottys Niederkunft behilflich zu sein. Allmächtiger und sehr gnädiger Gott, gib mir deine Kraft und Gnade. Es war dunkel, Priscilla lag in einer Ecke, verkrümmt, halbnackt, vergewaltigt und tot. Hilfsarzt Herrold war tot. Das Blut der beiden rann glitzernd über den Fußboden und unter das Bett, wo Dotty sich versteckt hatte. Das Baby war noch nicht gekommen. Die Fruchtblase war vor einer Stunde gesprungen, die Wehen hatten mit aller Kraft eingesetzt. Solange sie, Isobel, Geräusche machen konnte, würden die Männer Dottys Stöhnen nicht hören. Lady Isobel schrie immer weiter; sie spürte nichts von dem Mann, der auf ihr lag, dicht vor dem Orgasmus. Schrei weiter, dachte sie, schrei vorsichtig, schrei grade in der richtigen Lautstärke. Laß einen anderen Sepoy an Stelle des ersten treten — nein, des vierten, hieß das. Schrei vorsichtig weiter, schrei richtig. Geoffrey ist sicher schon tot, Willie ist tot, Priscilla ist tot, Rodney ist tot. Schrei, aber nicht zu wild — schrei richtig, damit sie weitermachen und mich nicht töten und meine Schreie ersticken. Sie öffnete plötzlich die Augen. Jemand zerrte Dottys unförmigen Leib unter dem Bett hervor. Lady Isobel hörte auf zu schreien und kämpfte mit verzweifeltem Schweigen. Der Mann rollte von ihr herunter, ohne sich zu wehren. Das Geräusch des Kampfes in dem Zimmer hörte auf, alle sahen zu, wie ein Kind geboren wurde. Sie lag keuchend auf dem Bett und versuchte zu hoffen. Die Gesichter der Sepoys waren plötzlich weich. Schließlich waren sie Bauern! Ein Licht erhellte ihre Gesichter. Einer kniete nieder, um dem Mädchen mit dem Kind zu helfen. Dann sprang ein anderer mit verzerrtem Gesicht aus dem Schatten heraus. Er fluchte, trat dem Helfer in die Rippen, feuerte seinen Karabiner ab und trampelte mit den schweren Stiefeln auf etwas. Isobel beobachtete die Gewehrmündung, die herumschwang und fühlte das Bajonett, dessen Spitze in ihren Körper fuhr.

Subadar Narain lag halb betäubt in der Menge vor dem Gerichtsgebäude, dicht neben Rodney. Er sah, wie Rodney sich erhob und wegrannte, und hob seine Pistole, um zu zielen; dann senkte er sie langsam wieder. Als er sich umdrehte, sah er Naik Parasiyas wütende Augen vor sich. Der Naik sagte mit zusammengebissenen Zähnen: „Wir müssen sie jetzt töten, Subadar-Sahib. Wer nicht mit uns ist, ist gegen uns." Die Mohammedaner des 60. Regiments rannten in einem Haufen dahin, mit schäumendem Mund, monoton schreiend: „Din! Din! Din!" Der Subadar erhob sich mit weichen Knien. Wahnsinn! Was konnte er tun, wenn dies in ganz Indien geschah? Abwarten, — weiter nichts — und versuchen, die Dinge unter Kontrolle zu bekommen, wenn der erste Sturm vorüber war.

Fünfzig Meter weiter starb Leutnant Horace Simpkin schnell. Seine Uniform war ihm vom Leib gerissen, Brandblasen bedeckten die Vorderseite des Körpers, von der Stirne bis zu den Füßen. Ein blinder, sterbender Mann — der Union Jack flatterte irgendwo über ihm in einer von Blitzen zerrissenen Finsternis der Schmerzen. Als er erkannte, daß das 88. Regiment meuterte, rannte er davon, um ihr Magazin in die Luft zu jagen. Das würde ihnen die Kraft nehmen; das 13. und 60. Regiment gewannen eine Pause, um zum Entsatz anzurücken; er würde Bhowani für England retten. Er wollte es. Aber ein Stückchen brennenden Holzes, vom Feuersturm hochgerissen, tat es eine Sekunde vor ihm. Das Pulvermagazin explodierte ihm ins Gesicht. Noch im Tod erinnerte er sich an seine Schulden. Es war seine Pflicht als Offizier und Gentleman, den Wucherern zurückzugeben, was er von ihnen geliehen hatte, einschließlich der monatlichen Zinsen von zwölf Prozent. Captain Savage hatte ihm einmal fünfzig Rupien geliehen. Sein Besitz war nicht groß genug, um alles zu decken. Er wand sich auf dem Boden und stöhnte. Emma, dachte er — es ist meine Pflicht, sie zu unterstützen; und sie schreibt immer, daß sie am Verhungern ist. Der Union Jack über ihm wurde undeutlich. Jetzt war es nur noch das blutrote St. Georgs-Kreuz von England, das in einem Sturm des Todeskampfes über ihm flatterte und gegen den Flaggenmast schlug, während schwarzer Rauch ringsherum aufstieg.

Harriet Caversham wurde von dem Brandgeruch geweckt. Sie setzte sich auf, schnupperte und stieß ihren Gatten fest an: „Eustace, es brennt. Steh' sofort auf und schau nach." Oberstleutnant Caversham sang im Traum eine Arie mit einer goldenen Tenorstimme; Tausende füllten den riesigen Saal, in dem er sang, und klatschten Beifall. Er hörte seine Frau und gehorchte, immer noch dreiviertel schlafend, im Geist immer noch die Arie singend. Eine Flammenspur rannte behende über den Vorhang, der Dachbalken des Hauses brannte schon. Blinzelnd führte er seine Frau vor sich her zur Veranda, so daß die Sepoys unter den Bäumen sie zuerst erschossen. Sie fiel tot in seine Arme. Er blickte erstaunt auf sie und hinaus auf den Rasen. Die Flammen machten seine Silhouette deutlich; er war ein vollkommenes Ziel — aber sie brauchten trotzdem drei weitere Schüsse. Bis zum letzten Augenblick begriff er nicht, was für Fäuste das waren, die dauernd in seinen Magen und in seine Brust hämmerten.

Zwei-Flaschen-Tom Myers war in seinem privaten Schlafzimmer. Seine Frau und Rachel schliefen im nächsten Raum; mitunter kam jemand und setzte sich zu ihm, heute aber war er allein. Er lag voll angekleidet auf dem Bett, hatte das Bambusrohr des Lagers umklammert und betrachtete die Decke. Gott, der All-Schreckliche, trat vor ihn in einer Wolke von Feuer, verbrämt mit Scharlachrot und Grau. Gott, der strafende Vater, kam wie ein Skorpion über ihn, und der Skorpion kroch über seinen Kopf, krümmte seinen giftigen Schweif, wurde größer und größer, grau und schwarz, mit Scharlachrot verbrämt. Laß keine Gnade walten, oh Herr! Laß meinen Schweiß und mein Blut fließen, laß den schweigenden Skorpion zustoßen mit seinem riesigen Stachel. Ich habe gesündigt gegen den Himmel und in dein Angesicht hinein, und ich bin nicht länger wert, dein Sohn zu heißen. Andere sehen mich und folgen meiner Spur. Und siehe, ich sterbe nicht. Stoß zu! Der Grimm Gottes fuhr nieder im Licht. Sein Glanz blendete und versengte ihn. Die Hand Gottes kam aus dem violetten Licht, preßte ihn nieder und schmorte ihn. Seine Galle und seine Eingeweide wehrten sich, er zuckte einmal auf und schloß die Augen mit einem Lächeln. Die Sepoys, die eine Sekunde später den stinkenden Raum betraten und mit einer Lampe leuchteten, berührten ihn nicht, denn er war ganz offensichtlich tot. Die Sepoys verstanden es nicht; keiner von ihren geheimen Führern war in dem Raum; sie murmelten Gebete und machten, daß sie aus dem Bungalow herauskamen. Mutter Myers und Rachel umschlangen sich in dem nächsten Raum und lauschten auf das Schweigen.

Lachman, der Leibdiener, rannte durch die Garnison, so schnell ihn seine Füße tragen konnten, das große Tranchiermesser des Kochs in der Faust. Er dachte schnell und unablässig: Da war der Goldschmied in der Straße der Metallarbeiter; er hatte einen Hinterraum, in dem sie ein paar Tage unterkommen konnten; und er würde ihnen ein Pferd besorgen. Sher Dil war alles in allem kein schlechter Mann gewesen — wenn man bedachte, daß er nur Mohammedaner war —, aber in den letzten zwei Jahren war er doch sehr alt geworden. Er nahm sich zuviel heraus! Es war nicht recht und billig, daß der große Captain Savage-Sahib immer noch Rodney-Sahib genannt wurde, wie ein Baby. Jetzt, nachdem die Sepoys den alten Narren getötet hatten, würde Savage-Sahib ihn, Lachman, sicherlich zum Hausmeister befördern. Dann konnte er dem Sahib für den Rest seines Lebens dienen, konnte immer bei ihm sein; und auch die Arbeit würde ordentlich getan. Die Sepoys dachte er, diese verräterischen Schweine — na, Savage-Sahib würde es ihnen schon geben, wenn es erst soweit war. Aber Lachman mußte ihn vor allen Dingen finden und verstecken, sonst brachten sie ihn um. Er hatte an alles gedacht: an das Messer, an Geld — seine gesamten Ersparnisse und den goldenen Schmuck seiner Frau —, eine versteckte Pistole und Munition, ein Eingeborenengewand. Oh ja, er würde den Sahib schon wegbringen. Sepoys hielten ihn von Zeit zu Zeit an, und er antwortete jedesmal: „Ich suche meinen Sahib! Ich will ihn umbringen oder wenigstens dies hier in seine Leiche stecken! Dieses unreine weiße Schwein!"

Ursula Herrold hielt sich an den Seitenwänden ihres Bettchens und kicherte. Sie liebte die Tschakos und die dunklen Gesichter — und die hübschen harten Hände, die sie hochhoben und durch die Luft schwangen und kitzelten; viel besser und härter als Ayah es konnte, fast so gut wie Daddy. Sie gurgelte und schrie. Damit brachte sie sie immer zum Lachen, sie wurde von ihnen aufgenommen, wenn sie mit der Ayah ausging und den Sepoys begegnete. „Kom'anie! Links-szei-tei-fie." Sie stampfte mit den nackten Füßen im Takt zu ihrem eigenen Ruf und krähte mit ihrem Kindergeschrei die Gewehrmündungen nieder, die sich auf sie bereits gerichtet hatten.

Die Rani von Kishanpur stand auf der Brustwehr ihrer Festung in einer schweigenden Nacht. Ein Staubsturm war bei Dämmerung über den Palast weggestrichen, hatte die Bäume in wilder Wut gepeitscht und kühlere Luft zurückgelassen. Sie blickte nach Westen, die Hände um die Kanten der Steine verkrampft — mitunter die rauhe Oberfläche streichelnd. Sie sah nichts von dem, was sich im Westen ereignete, und wußte, sie würde von hier nie etwas anderes sehen als den schweigenden Fluß und den Dschungel. Sie schluckte von Zeit zu Zeit und stand still auf der Brustwehr und wartete, bis die Sonne hinter ihr aufging. Dann lief sie hinab zu ihrem Sohn, warf sich neben ihn auf die Kissen und preßte ihn zärtlich an sich; den ganzen Tag über verließ sie nicht ihren Raum.

Der Krach der Explosion war vorüber. Rodney hörte das Schreien der Männer: „Din! Din!"; andere Männer lagen atemlos, mit offenem Mund neben ihm, das Gesicht in die Erde gepreßt. Er kroch auf die Füße, stolperte und rannte um das Gerichtsgebäude herum und nordwärts davon durch die Gärten. Hinter ihm schnaufte die Menge, gleichzeitig wie ein einziges, riesiges Tier; aber niemand verfolgte ihn. Er glaubte nicht, daß jemand gesehen habe, wie er sich erhob und fortlief.

Er arbeitete sich immer weiter, so schnell er konnte, bis er die Bungalows erreichte; er stolperte, kletterte plump über

Mauern, schob stieren Blickes an Gebäuden vorbei. Er hatte keine Waffe bei sich; eins nach dem anderen, eins nach dem anderen — erst mußte er Robin und Joanna finden.

Sein Kopf schmerzte scheußlich, seine Augen standen heraus; die Überraschung und die körperliche Anstrengung schmerzten ihn ebensosehr wie die Brandwunden, die er am ganzen Leib hatte. Er wußte plötzlich, in einer Art grundloser Gewißheit, daß in dieser Nacht ganz Indien in Rauch und Feuer aufgegangen war; daß hundert Millionen Menschen seine Todfeinde waren; daß er nicht Gnade noch Schutz in den Dschungeln oder Ebenen finden würde. Rechts und links von ihm brannten die Bungalows. Wer sich vor ihnen bewegte, war nur als Silhouette zu erkennen. Manche Schatten schrien begeistert und feuerten Gewehre ab; andere wiederum hatten die erste furchtbare Panik überwunden; sie standen in Grüppchen umher und flüsterten.

Und überall, grotesk kniend in den niedrigen Abflußgräben, mit dem Gesicht nach unten, über Brunnenrändern hängend, mit ausgebreiteten Armen und Beinen in den Blumenbeeten, verkrümmt auf staubigen Pfaden, lagen die Gebrochenen und die Toten. Weiße und braune Körper, Herren, Diener und Sepoys. Ein zerhackter Körper am Fuß der Gartenmauer vor dem Haus der Sculleys; ein Mädchen im Nachthemd, ohne Arme, unter einer Jacaranda; ein Sepoy quer über ihr, aufgespießt von einem Bajonett; lodernde Flammen auf einem Bungalow, Todesschrei einer Frau, die lebendig verbrannte. Sepoys mit den Karabinern im Anschlag davor. Das war das Haus der Cummings. Isobel war vermutlich bei Dotty van Steengaard; Caroline wohl ebenfalls. Er wäre gerne einen Augenblick stehengeblieben — aber er konnte nicht. Eine Welle verrückter Erwartung verwandelte seinen Schmerz in Vergnügen. Er wollte einen Sepoy mit einem Küchenmesser aufschlitzen, mit irgendeinem stählernen Instrument, das eine scharfe Kante besaß — er wollte ihm die Gedärme herausreißen, langsam, eine Handvoll nach der anderen, während der Mann noch lebte. Seine Augen flackerten in dem verrußten Gesicht; Blut rann unter seinen Fingernägeln hervor.

An der unteren Gartenmauer seines Besitzes angekommen, sah er, daß der Bungalow, das Dienerhaus und die Ställe lichterloh brannten. Er hörte den Todesschrei der Pferde und das Donnern ihrer Hufe gegen Mauern und Türen. Etwas Weißes lag auf seinem Rücken neben der Wagenauffahrt; er sah scharf hin und glaubte, den Leichnam Sher Dils zu erkennen. Zehn oder elf Sepoys des 88. Regiments wanderten durch den Garten und suchten ziellos umher. Im Flammenschein sah er ihre roten Röcke, weißen Hosen, weißen Patronenriemen; sah die ungeheuer hohen, schwarzen Tschakos, sah das Glitzern auf Litzen und Knöpfen. Er hatte sie oft schon so gesehen, etwa, wenn sie rund um ein Lagerfeuer saßen. Er rannte geradewegs auf sie zu, Hände geöffnet, Finger gespreizt.

Der Aufschrei in seiner Kehle erstickte — er kniete hastig nieder. Unter seinen Füßen glänzte ein dunkles, feuchtes Gesicht in einem Beet von blauen Zinnien. Die stumpfblauen Blüten waren zerdrückt, neben dem Gesicht lag ein weißes Bündel. Er streckte zögernd die Hand aus und berührte, was er gefunden hatte. Sein Bursche Rambir, in Kehle und Brust geschossen, lag auf dem Rücken, die Hände zum Himmel gestreckt. Sein Sohn Robin lag neben Rambir, das Gesicht zur Erde, nur mit dem Nachthemd bekleidet, ein Geschmier von schwarzem Blut am Hinterkopf. Rodney tastete den Schädel vorsichtig ab und fühlte, daß er nicht gebrochen war. Immer noch kam Blut unter dem blonden Haar hervor und tröpfelte auf die Erde. Wahrscheinlich hatten sie ihn bei den Füßen gepackt und einmal mit dem Kopf gegen eine Mauer oder einen Baum geschlagen — und dann für tot liegengelassen. Rodney hob ihn auf, drückte ihn an sich, küßte das runde Gesicht und die rotglänzenden Lider. Der Junge atmete kurz und schnell. Die Sepoys wanderten immer noch über den Rasen.

Ein Sepoy blieb unter dem Banyanbaum stehen und spähte scharf in sein Geäst. Plötzlich rief er den anderen etwas zu, und alle versammelten sich unter den hängenden Luftwurzeln des Stammes. Der erste Mann schwang sich in die unterste Astgabel und kletterte weiter hinauf. Blätter raschelten, eine Frau schrie auf. Joanna fiel aus den Zweigen und schlug seitlich auf die harte Erde. Rodney hielt seinen Sohn fest. Zwei gleich starke Überlegungen rissen ihn hin und her. Er mußte ihr helfen; aber sein Sohn lag lebend in seinen Armen. Er mußte rennen; seine Arme beugten sich etwas; aber er konnte seine Muskeln nicht zum Gehorsam zwingen. Mit einer übermenschlichen Anstrengung legte er schließlich seinen Sohn in das Blumenbeet, sanft, ganz sanft. Er erhob sich und stürzte auf die Sepoys zu.

Aber nach dem ersten Schritt fiel etwas schwer gegen seinen Schädel, und er stürzte vornüber auf die Erde. Er kämpfte, um bei Bewußtsein zu bleiben — kämpfte mit mörderischer Wut, um weiterzukommen. Immer noch rannten seine Füße, immer noch starrten seine Augen nach vorn. Ein zweiter Schlag fiel gegen seinen Schädel. Schwere Körper warfen sich auf seinen Rücken. Eine Hand, die nach Rauch und Schweiß schmeckte, schloß ihm den Mund. Er biß zu, seine Zähne durchdrangen das Fleisch, Knochen knirschten zwischen ihnen.

Zwei Sepoys rissen Joanna bei den Knöcheln über den Rasen. Ihr Haar strömte hinter ihr her, das gestickte Nachthemd glitt über ihre Hüften empor. Sie schrie und stöhnte, während die anderen Sepoys sie unablässig mit den Bajonetts in die Brüste, in den Bauch und ins Gesicht stießen.

Wieder war er auf den Knien, rannte auf den Knien, immer weiter, zu ihr, zu ihr! Ein dritter Schlag explodierte in seinem Schädel, und die Welt wurde plötzlich größer. Er konnte nur noch Joanna sehen, dreißig Meter vor ihm, nackt, sterbend unter den Körpern der Männer. Ein Mann schluchzte in sein Ohr: „Lieg still, lieg still! Schau nicht hin!“

Aber er konnte die Augen nicht schließen. Eine rauhe

Stimme schrie: „Genug!“ Sie mußte jetzt bewußtlos sein und fast tot — Joanna, der er vor dem Altar geschworen hatte, daß er sie lieben und beschützen wolle, im Guten und Bösen. Joanna, die er in Wirklichkeit nicht liebte und die er nicht geschützt hatte, sein Weib und Robins Mutter, deren letztes Wort gewesen war, daß sie nicht gerne allein unter den Indern zurückblieb.

„Lieg still, Sahib, oder wir müssen alle sterben — auch das Baby! Sie sind wie tolle Hunde!“

Blut füllte seinen Mund. Die Hand lag zermalmt und unbeweglich zwischen seinen zusammengepreßten Zähnen.

Ihr zerfetzter Körper bewegte sich nicht mehr. Ein Sepoy beugte sich über sie und setzte die Mündung seines Karabiners an ihr Ohr. Noch immer konnte Rodney nicht die Augen schließen. Als die Explosion kam, hüllte eine Welle der Dunkelheit ihn gnädig ein.

Als er wieder erwachte, war alles wie vorher; aber erträglicher. Männer saßen auf seinem Rücken und hielten ihn am Boden. Das war in Ordnung; er fühlte sich ganz wohl dabei. Eine zermalmte Hand lag in seinem festgeschlossenen Mund; sie schmeckte süßlich nach Blut, er spie sie aus. Eine wunderschöne Nacht, dachte er, heiß, aber wunderschön und feurig rot. Irgend jemand hatte ihm das Gesicht mit einer Fackel verbrannt. Die Gebäude prasselten fröhlich im Feuer, die Sepoys gafften in das warme Licht. Joanna hatte vorgezogen, nackt auf dem Rasen zu schlafen. Aus dem Rascheln der Blätter entnahm er, daß der Tag nicht mehr fern war. Er erinnerte sich dunkel an sinnlose Kämpfe in der Nacht; aber jetzt war alles in Ordnung. Er hörte den vertrauten Marschrhythmus seiner Männer und Trompetensignale — Sammeln! — zweimal irgendwoher aus der Kaserne des 60. Regiments. Es war wirklich eine wundervolle, raucherfüllte, scharlachrote Nacht.

Ein Mann auf seinem Rücken murmelte aufgeregt irgend

etwas über Tagesanbruch; der andere grunzte Zustimmung. Rodney erkannte die Stimme und das Grunzen — sie gehörten dem eingebildeten kleinen Kampfhahn Ramdass und dem freundlichen, düsteren, schweigenden Harisingh.

Er sagte: „Ramdass, Harisingh, was treibt Ihr eigentlich da? Es ist lange nach Zapfenstreich!“ Warme Tränen auf seinem Nacken . . . Ramdass’ Stimme, flüsternd: „Pssst! Schau!“

Druck auf seinem Kopf . . . Er blickte in den Feuerschein. Hinter ihm lagen immer noch Robin und Rambir nebeneinander in den Zinnien. Seine Zähne klapperten plötzlich, er versuchte wieder, sich zu erheben. Aber die beiden Männer auf seinem Rücken hielten ihn fest.

„Lieg still! Es ist jetzt vorbei! Wir konnten nicht zulassen, daß sie dich töteten! Wir folgten dir, als das Magazin in die Luft geflogen war.“

Ramdass führte das Gespräch; Harisingh grunzte nur hin und wieder sanfte Zustimmung. Rodneys Kopf lag wieder auf der harten Erde.

Ramdass flüsterte: „Zieh Rambirs Uniform an, Sahib! Wir suchen dir inzwischen einen Sack für das Kind.“

Rodney antwortete nicht. Die heisere Stimme flüsterte weiter.

„Und, Sahib, du sollst wissen, daß wir nichts von dem geglaubt haben, was sie zu uns sagten. Erinnere dich an uns, wenn die Tollheit vorüber ist. Wir ziehen die Uniformen aus, sobald wir können, und gehen in unsere Dörfer. Aber jetzt würden sie uns töten, wenn wir nicht zu ihnen hielten. Laß uns nicht im Stich! Denk an uns, später!“

Sie glitten von seinem Rücken, Ramdass half ihm, in den schwarzen Schatten des Feigenbaums an der Gartenmauer zu kriechen. Harisingh zog Rambirs Leiche an den Armen heran, so daß seine Stiefel zusammenknallten, ging dann zurück und holte auch Robin. Ramdass zog dem toten Burschen Ledergürtel und Waffenrock aus. Harisingh streichelte seine zerbissene Hand und suchte zwischen den Blumen nach dem

Tschako. Endlich rollten sie den nackten Körper neben die Mauer und bedeckten ihn mit Erde.

Ramdass flüsterte: „Weiter hatte er keine Ausrüstung. Hier ist eine Pistole von dir, mit der er kämpfte. Hier ist etwas Munition, die in seiner Hosentasche war. Willst du auch mein Gewehr haben?"

Rodney schüttelte langsam den Kopf; er hatte schon genug zu schleppen. Die Vögel zwitscherten und sangen seit einiger Zeit, aufgeweckt von dem falschen Sonnenaufgang des Feuers. Er hatte keine Uhr bei sich; aber er wußte, daß das Tageslicht bald kommen würde.

Die beiden Sepoys krochen zehn Meter weit im Schatten der Mauer, erhoben sich und gingen langsam auf die anderen zu. Rodney hörte eine freudige Begrüßung und die deutliche Frage: „Haben sie Savage-Sahib schon getötet?"

Harisinghs tiefe Stimme sprach zum erstenmal: „Ich glaube schon. Unten, beim Gerichtsgebäude."

„Na ja, wir haben seine Madam und den kleinen Köter umgelegt, was?"

Der Sprecher lachte gefühllos. Ein paar Minuten lang folgte die Gruppe der Sepoys Ramdass und Harisingh, stellte Fragen über Rodneys Tod und die Vorgänge beim Gerichtsgebäude. Rodney konnte nicht genau sagen, wie seine beiden Helfer sich von den Sepoys befreiten; aber er sah, daß die Mörder auf der Straße verschwanden, während die beiden Grünröcke auf de Forrests Besitz zugingen und in dem Garten verschwanden. De Forrests Bungalow war nicht niedergebrannt worden.

Langsam, Stück für Stück, zog er Rambirs Uniform an. Die feuchten Blutflecken an Kragen und Brust berührten kalt seine Haut. Außerdem war der Bursche fetter und etwas kleiner als er gewesen, so daß der Waffenrock an einer Stelle eng anlag und sich anderswo bauschte. Als er fertig war, kaute er so lange, bis er ein wenig Speichel im Mund hatte, und befeuchtete seine Brandwunden damit. Dann lag er flach, lauschte auf

Robins Atem, starrte auf den weißen Fleck, der Joanna gewesen war, auf dem Rasen.

Die beiden Sepoys sprangen plötzlich über die Mauer neben ihn. In einem Lichtstrahl von irgendwoher sah er die Brandwunden auf ihren Gesichtern und die verkohlten Röcke. Ramdass trug einen unförmigen Leinwandsack auf der Schulter, eine Art Seesack. Er legte den Sack nieder und ging neben Harisingh weiter; eine Sekunde später waren sie verschwunden. Rodney nahm das Stroh heraus, das sie in den Sack gesteckt hatten, und stellte fest, daß die kleinen, mit Metall eingefaßten Löcher am oberen Ende des Sackes Robin Luft zum Atmen lassen würden. Bis jetzt hatte er, in einer Art dumpfer Betäubung, alles für einen Traum gehalten. Aber als er die kleinen Löcher betrachtete, durch die sein Sohn Luft schöpfen sollte, packte ihn eine schreckliche Angst. Die Wirklichkeit überfiel ihn, seine Hände zitterten. Er hob den Jungen hoch und legte ihn vorsichtig in den Sack. Die Umrisse des Sackes verrieten deutlich, daß ein Mensch darin war; besonders die Stelle, wo der Kopf war. Er füllte die leeren Stellen und stopfte alles mit Stroh aus, schloß den Sack lose und betete zu Gott, daß Robin nicht schreien würde. Dann warf er den Sack über die Schulter und steckte die Pistole handlich in den Gürtel. Tageslicht kam und malte lebhafte, graugrüne Streifen auf die Rauchwolke über Bhowani.

Er strengte seinen Verstand an und überlegte, was er als nächstes tun sollte. Eins nach dem andern. Im Westen lag der Cheetahfluß. Er konnte ihn nicht mit Robin durchschwimmen, und er wagte auch nicht, die Fähre zu nehmen. Im Norden und Süden würden Banden der Meuterer die Deccan-Pike durchstreifen. Er mußte nach Osten gehen. Es gab keine andere Wahl.

Im ersten Tagesgrauen war das Grün der Bäume noch frisch, der Staub der Nacht ein wenig gebunden. Seine Ställe waren niedergebrannt, seine Pferde bei lebendigem Leib geröstet. Sein Bungalow war eine schwarze und rotglühende Ruine, die

Bougainvillea war mit ihm verbrannt. Der Goldmohurbaum am Eingang glänzte kalt in orangenen, goldenen und scharlachroten Farbtönen. Wenn die Sonne ihn streifte, würde seine glitzernde Pracht unerträglich für die Augen sein. Tiefgebeugt unter dem Gewicht des Sackes klomm er über den Wall und kroch an ihm entlang, vorbei an de Forrests Garten. Weiter, immer weiter stampfte er ostwärts durch die Gärten, ein einsamer Sepoy mit einem schwarzen, blutigen Gesicht, mörderischen Augen, einen Beutesack auf der Schulter. Wer ihn sah, hielt ihn nicht an.

Im bleichen Licht des Morgens erkannte er deutlich, was er während des Chaos der Nacht nur geahnt hatte. Rechts und links von ihm stieg Rauch aus ausgehöhlten Bungalows empor; süßlicher, übelkeiterregender Geruch von verbranntem Haar und Fleisch hing in der Luft. Zerbrochene Sofas und Stühle bedeckten die Rasenplätze; ihre Bezüge waren zerfetzt, die Roßhaarfüllung hing heraus. Kinderspielzeug lag auf den Straßen umher, zwischen Tassen, Uhren und zerrissenen Kleidern. Einige Männer von niedriger Kaste wälzten sich betrunken unter den Bäumen.

Eine Bande Sepoys des 88. Regiments marschierte vorbei und zog den Körper einer weißen Frau an den Beinen hinter sich her. Er kannte die Männer nicht und er kannte nicht die Frau; denn sie hatte keinen Kopf mehr. Der Kopf, der triumphierend auf einem Seitengewehr der Gruppe nachgetragen wurde, vom Rumpf getrennt durch hundert plumpe, ungeschickte Schnitte, war der Kopf eines Mannes — Major Swithin de Forrest von der 60. Leichten Bengal-Kavallerie. Sein Mund war schmal und lächelte höhnisch, wie er während seines ganzen Lebens gelächelt hatte. Unter den Pulverspuren auf der Stirn blickten die Augen verächtlich.

Schakale trieben sich scheu umher. Gewöhnlich pflegten sie bei Tag zu verschwinden und nur nachts durch die Garnison zu streifen, schrille, verrückte Chöre bildend. In dieser Nacht waren sie still gewesen; die Geräusche und der Feuerschein hatten sie erschreckt. Selbst jetzt waren sie noch unsicher und wollten nicht glauben, daß alle diese wunderbaren Leichen tatsächlich ihnen gehörten. Aber ihr Geruchsinn würde sie sicher machen, sobald die Maisonne emporstieg; und schon jetzt waren sie aus den Erdlöchern heraus, schnupperten und wunderten sich. Sie rannten von Busch zu Busch, sie sprangen krummrückig, mit hängenden Schwänzen, zwischen Kakteen hindurch und arbeiteten sich immer näher heran an die Leichen in Feld und Garten, in Straßen und Gassen, in Höfen und Hinterhöfen. Reihen von Geiern hockten auf den Ästen der Bäume, streckten die nackten Hälse aus und warteten.

Der Silberguru hätte ihm helfen können — aber das hätte bedeutet, daß er dicht an die Stadt heranging und in den kleinen Bazar hinein. Und dort würden sie ihn vielleicht erkennen und ihn töten. Dellamain mußte bereits tot sein. Der Bungalow des Statthalters stand neben dem Gerichtsgebäude. Kein Zweifel, der Mob hatte ihn niedergebrannt und den Statthalter getötet. Wohin war Lachman gerannt, wohin die Ayah? Wo waren Simpkin, Anderson, Sanders, Caversham? Wo Isobel, Dotty, Caroline? Ach, es gab zu viele, an die man denken mußte. Kishanpur lag ostwärts, in der Richtung seines Marsches. Kishanpur, wo alle Laster der Welt sich ineinander verstrickten wie eine Herde Schlangen, wo selbst der Schatten der Festung Verderbnis brütete. Sumitra hatte weiches, hingebendes Fleisch und große Augen. Er hatte ein klares Feuer in ihr entzündet, das war lange her! Alles vorbei jetzt, alles was sie ihm vorgespielt hatte? Nein, er konnte sie nicht wiedersehen. Es mußte noch andere Menschen geben. Robin brauchte Schutz und Ruhe. Die Gabelweihen stießen, eine nach der anderen, aus dem verhängten Himmel nieder, der Wind schluchzte in ihren Schwingen. Für ihn gab es keinen Platz.

Er hatte ihr das Leben gerettet. Sie würde ihm helfen. Er hatte keine andere Hoffnung, keine Wahl.

Er betrat die Felder und stapfte weiter, am Rand der Straße nördlich Bhowanis. Flaches, gepflügtes Land, durchsetzt von

Mangohainen und klumpigen Dornbüschen, streckte sich acht Meilen weit vor ihm bis zum Fuß der Sindhyaberge. Dort begann der Dschungel, und im Dschungel konnte er sich verstecken. Der Sack schnitt in die verbrannte Haut seiner Schulter. Ein einsamer Vogel sang laut und flog von Ast zu Ast über ihm.

Einmal begegnete er etwa dreißig Sepoys seines Regiments, die in Marschkolonne von Norden nach Süden zogen. Er lag in einer Ackerfurche, bis sie außer Sicht waren; aber keiner von ihnen sah sich um. Die Halme des Getreides kratzten ihn am Kinn; während er den Sepoys nachsah, wußte er, daß die Welt verrückt geworden war. Wohin marschierten sie so zielbewußt zum Schlag einer einzigen Trommel? Was für eine verrückte Umkehrung aller Werte brachte sie dazu, schwitzend und diszipliniert durch die Zuckerrohrstoppeln zu marschieren und voll Stolz die Uniform der Company zu tragen? Er erhob sich auf die Füße, schwankte, marschierte weiter.

Etwas später stieß er auf einen Leichnam in einem Graben und sah, daß es der ehemalige Subadar-Major Mehnat Ram war, unverletzt, aber steif und tot. Er trug eine altmodische Uniform, das Schwert lag in seiner Hand. Rodney stieß den Körper mit der Stiefelspitze an und knurrte: „Also du auch?"

Zwei Stunden nach Beginn seiner Wanderung war er vier Meilen tief in der Ebene; keine Sepoys mehr, aber genug Anzeichen, daß die Menschen vor einer Katastrophe flohen. Sie vermieden die Hauptstraße, benutzten die Seitenwege, die von der Garnison und der Stadt wegführten und hier auseinanderliefen. Jedes magere Pony, jede wandernde Familie, jeder Lastochse und Büffelkarren zog Staubwolken über die Ebene. Fünfzig Jahre lang hatte es keinen solchen Terror mehr in diesem Land gegeben; aber die Leute wußten, was sie zu tun hatten und waren immer bereit, wenn das Wort sie erreichte. Flucht und Verzweiflung waren untrennbare Bestandteile ihrer Tradition, waren ihnen eingeimpft von Geburt an. Also war auch diese Regierung, wie alle anderen Regierungen, an die sich ihre Väter und Großväter erinnerten, aufgeflogen in einer Wolke von Mord, Meuterei, Brandstiftung und Plünderung. Eher oder später würden sie an der Reihe sein, eher oder später würden sie leiden müssen. Alles hatte so sicher geschienen; aber sie hatten der Sicherheit niemals ganz vertraut — und nun wußten sie, was zu tun war. Rodney stieß mehrmals mit kleinen Gruppen zusammen und fragte sich, wie lange es noch dauern würde, bis sie seine durchsichtige Verkleidung erkannt hatten. Vielleicht verrieten sie ihn für eine Rupie an die Sepoys — vielleicht erhielten sie zwei Rupien, wenn sie ihn selbst umbrachten.

Er wagte nicht, anzuhalten oder auszuruhen. Robins unregelmäßiger Atem war dicht neben seinem Ohr, und er hörte, daß er immer schwächer wurde. Sein Rücken schmerzte, Hautfetzen lösten sich von seiner Hand, die das zusammengedrehte Ende des Sackes hielt. All seine Stärke, sein ganzer Wille, alles konzentrierte sich auf die eine Aufgabe — den nächsten Schritt, den nächsten Schritt, wieder den nächsten . . .

Er stapfte schwerfällig aus einem Mangohain heraus. Viereckige Schatten umtanzten ihn, ein gelber Hund schnappte nach seinen Hacken. Seine Füße rührten Staub auf, er hob die Augen. Er war in der schmutzigen Straße, die durch Devra führte, und er konnte nicht mehr umdrehen. Gegenstände erschienen einen Augenblick lang scharf vor seinen Augen, waren im nächsten Augenblick undeutlich und verschwanden wieder. Er sah eine Bauernfamilie im Schatten eines Brunnens rasten, und es schien ihm, als blickten die Menschen weg, während er vorbeiging; aber er konnte es nicht mit Sicherheit sagen. Er sah eine Gruppe von Menschen unter einem mächtigen Baum: der Dorfbrunnen. Seine Zunge schmerzte, sein Mund öffnete sich. Zwischen den verwaschenen Figuren ein einziger Punkt von silberner Klarheit: ein Sepoy des 60. Regiments, der der Menge am Brunnen zusetzte. Seine Ausrüstung überstrahlte die farblosen Bauerngestalten, die sich vor ihm bückten. Er war einer der Anführer, nüchtern, aber geistesgegenwärtig und scharfäugig; seine Augen blitzten über die kleine Ansammlung. Ein alter Mann murmelte etwas und rief plötzlich laut: „Woher willst du wissen, daß es wahr ist?“ Der Sepoy griff in die Säbeltasche und zog etwas heraus. Er rief: „Hier, schau dir das an. Ist dies nicht das Zeichen des rohen Fleisches, das in der Nacht auch dein Dorf erreichte?“

Es war die linke Hand eines Mannes, verkrampft, am Handgelenk abgeschnitten; sie fiel in den Schmutz der Straße vor Rodneys Füße. Er erkannte den schweren, goldenen Wappenring am kleinen Finger, die roten Haarbüschel hinter dem kräftigen Knöchel.

Die Zuhörer murmelten ängstlich und starrten ehrfurchtsvoll die Hand an. Der Soldat rief über die Köpfe der Menge: „Jai ram, ji, Bruder! He, komm her und hilf mir, diese Bauern zu überzeugen, daß sie jeden Engländer töten müssen, den sie fangen. Ein paar sind entkommen! Und gib mir die Hand des Engländers. Sie gehörte dem fetten Colonel-Sahib.“

Rodney stapfte weiter. Er murmelte, mit abgewandtem Kopf, die übliche Begrüßung: „Jai ram, Bruder.“

Der große Sepoy brach durch die Menge, versperrte ihm den Weg und sagte gebieterisch: „He, nicht so schnell, du! Wer bist du, wohin willst du und was hast du in dem Sack?“ Seine Augen wurden schmal und gefährlich. „Geplündert, was? Und desertiert?“

Rodney trat aus dem Schatten des Baumes in das blendende Sonnenlicht. Sein Gesicht war zu einem schwarzen Bronzeton verbrannt unter dem Schmutz; und aus seinen Augen schoß ein Strahl — uralt, eisigblau, wahnsinnig. Der Soldat sah es, sah das Schußloch im Waffenrock, sah die roten Blutflecke darunter. Er und jeder Dorfbewohner, der den beiden zusah, las in diesen Augen die mörderische Entschlossenheit der Verzweiflung. Der Sepoy erkannte nicht, daß dieses Geschöpf ein Engländer war; er erkannte nur, daß es wahnsinnig war, und er sprach schnell, mit einer veränderten, freundlicheren Stimme: „Bruder ...“

Der Sack auf Rodneys Schulter bewegte sich, eine Kinderstimme weinte leise: „Mummy!“

Erstaunen legte sich über das Gesicht des Sepoys. Rodney zog die Pistole aus dem Koppel. George Bulstrodes geballte Faust lag im Staub zwischen ihnen. Die Pistole bewegte sich, wanderte hoch. Robin stöhnte in dem Sack und Rodney flüsterte, ohne den Sepoy aus dem Auge zu lassen: „Es ist alles in Ordnung, Robin, Liebling! Vati ist bei dir. Es ist alles in Ordnung, es ist alles in Ordnung ...“

Als die Mündung der Pistole auf das geprägte Koppelschloß genau im Mittelpunkt des großen Sepoys wies, zog er ab. Das Koppelschloß verschwand; es war durch ein großes Loch in das Fleisch hineingetrieben worden. Der Sepoy hustete einmal und legte die Hände auf die Wunde. Seine Augen waren verschlossen und verständnislos. Die Stirnfalte vertiefte sich, Blut sprudelte zwischen seinen Fingern hervor. Seine Knie gaben nach, knickten ein, er glitt lautlos zu Boden. Rodney sprach immer noch zärtliche Worte zu seinem Sohn, während er die Pistole wieder ins Koppel schob. Er nahm die Hand des Obersten auf, steckte sie in die Tasche und stolperte weiter. Die Dorfbewohner machten ehrerbietig Platz.

Am Rand des Dschungels angekommen, sah er plötzlich, daß die Bäume um ihn zu stürzen schienen. Der Boden unter seinen Füßen schwankte, Rodney stürzte nieder.

Als er aus seiner Bewußtlosigkeit erwachte, zog er Robin aus dem Sack und legte ihn in den Schatten. Die Sonne stand noch nicht sehr hoch; aber die Temperatur war bereits wieder über vierzig Grad, und der Himmel verfärbte sich schon von seinem strahlenden Blau zu dem Bleigrau, das einen besonders heißen Tag verkündet. Er befand sich an einem flachen Hang des Landes, wo die Dschungelbäume begannen. Er kannte den Platz; hier hatte er oft auf Anstand gesessen, hatte auf das

Wild gewartet, das nachts heraustrat und in den Feldern weidete. Hier hatte er den Nachtläufer mit den Chupattis getroffen. Hier hatte sein Vater unter den Bäumen im Sattel gesessen und auf die schreckensbleichen Dorfbewohner gewartet, die zu ihm hinschlichen und ihm Nachrichten über die Thugs ins Ohr flüsterten.

Er hatte keine Gegenwart und keine Zukunft, nur eine Vergangenheit. Seine Vergangenheit aber reichte weit zurück, über den Tag hinaus, an dem er gezeugt worden war, bis zu dem ersten Engländer, der dieses Land betreten hatte, um für immer sein, Rodneys, Schicksal mit Indien zu verknüpfen. Er legte den Kopf in die Hände und blickte auf die Steine zu seinen Füßen. Sein Blick wanderte aufwärts und nach Westen durch Augenlider, die zu verbrannt waren, als daß er sie schließen konnte. Er besaß kein Geld, keine Lebensmittel. Unzählige Millionen Inder krochen durch das Land, bereit, ihn umzubringen, wo immer sie ihn fanden. Die See war sechshundert Meilen entfernt!

Er knirschte mit den Zähnen, kratzte zwischen den Steinen und begrub Bulstrodes Hand. Erst ausruhen, dann weitermachen. Er konnte hinab ins Dorf kriechen, wenn die Männer bei der Arbeit waren, konnte eine Frau töten, die einsam an ihrem Herd stand, konnte Lebensmittel stehlen und vielleicht einen Ochsenkarren.

Einen Tag, eine Stunde — jedes Ding zu seiner Zeit. Er würde sterben, wenn es ihm nicht gelang, zu schlafen und die Erinnerung zu vergessen. Er spähte über die Ebene und sah die blauen Herdfeuer der Dörfer und Flecken. Ringsumher lag die Ebene in einem bleichen Glast; irgendwo blitzte silbern ein Fluß auf. Hier, in der einsamen Ruhe des Dschungels, klangen die Schreie wieder in seinen Ohren, hörte er Trompetensignale und Hörner, hörte marschierende Männer und roch Blut. Er lag auf dem Boden neben seinem Sohn und starrte nach oben durch die Zweige in den bleifarbenen Himmel.

17. KAPITEL

Er wußte, daß er nicht lange geschlafen hatte — oder hatte er nur mit offenen Augen in einer Art Erstarrung gelegen? Aber es dauerte lange, ehe er erkannte, wo er war und warum er sich hier befand. Er lag auf dem Rücken unter einem Baum in der Mittagshitze und trug weiße Uniformhosen — befand er sich vielleicht in einem Manöver? Der Tschako eines Sepoy lag neben seiner Hand, der Platz roch nach heißem Felsen und trockenem Laub. Endlich sah er Robin, und jetzt konnte er die Augen nicht mehr schließen. Er wußte alles. Sie waren beide alleine und hatten keine Lebensmittel. Glitzern von Metall traf seine Augen. Er riß die Pistole aus dem Gürtel und fuhr hoch, mit gefletschten Zähnen.

Zwischen den Wurzeln des nächsten Baumes standen zwei Töpfe mit Milch, ein Teller voll Reis, eine Schale mit Currygemüse; fünf Mangos lagen auf einem großen schwarzen Blatt. Die Gefäße waren aus gepunztem Messing, die Sonne spiegelte sich in ihnen. Seine Zunge schwoll an, Speichel bildete sich reichlich in seinem Mund und tropfte über sein Kinn. Dann sah er Füße unter dem Baum neben den Töpfen — zwei harte, braune; zwei blutende, weiße — er hob den Blick noch höher...

Links von ihm hockte Piroo, der Schreiner, auf seinen Fersen neben den Lebensmitteln; er mischte etwas in einem Messinggefäß über einem winzigen Feuer. Caroline Langford saß rechts von ihm, gegen einen Baum gelehnt. Sie trug einen billigen Sari; ihr Gesicht war ruhig und erschöpft, ihre Augen waren geschlossen.

Piroo blickte auf: „Leg die Pistole hin, Sahib. Sie ist sowieso nicht geladen. Es muß viel geschehen, wenn ihr drei lebendig entkommen sollt."

Rodney nickte. In Piroos Worten steckte Verstand. Der Mann besaß eine Art stiller Würde, eine Art Autorität — richtig, er war ja Landbesitzer in dieser Gegend. Rodney kicherte bösartig, als der Schreiner Essen und Trinken neben ihn stellte — vielleicht hat die kleine Ratte Gift hineingetan. Er lud seine Pistole mit zitternden Händen; erst als das getan war, nahm er einen Schluck Milch zu sich.

Caroline öffnete ihre Augen. Gleich ihm schien sie aus einem Meer der Vergessenheit herauszuschwimmen und zuerst ihre zerrissenen Füße zu bemerken. Er sah, wie sich ihre Hände verkrampften, als sie gegen die Panik ankämpfte, dann wurde ihr Mund ruhig, ihre Augen stetig. Sie lächelte ihn an, streckte sich und ging zu Robin hinüber. Ihre Füße hinterließen blutige Spuren auf den Steinen; Rodney trank weiter.

Robins Atem kam in kurzen, unregelmäßigen Stößen. Seine Augen lagen tief unter schwarzen Ringen. Sie zog ihm das Nachthemd aus und breitete es über die Erde; legte ihn darauf, Gesicht nach unten, ergriff sein rechtes Handgelenk und ritzte es mit einem scharfen Stein. Helles Blut erschien — erst in spärlichen Tropfen, dann in gleichmäßigem Strom. Rodney hielt die Pistole in der zitternden Rechten und starrte Caroline haßerfüllt über die Mündung an; mit der Linken stopfte er weiter Essen in seinen Mund. Niemand sollte Robin wehtun, dachte er, niemand! Ich werde nie wieder einem Menschen trauen. Eine falsche Bewegung ...

Aber Caroline blickte nicht auf. Sie sah ernsthaft zu, wie das Blut floß — eine Minute, zwei Minuten; dann drückte sie mit dem Daumen die Ader ab und ließ den Blutstrom versiegen. Piroo gab ihr die Messingschale, in der er bisher gerührt hatte, und sie verteilte eine dampfende Salbe daraus über den Schnitt; zerriß mit Fingern und Zähnen ein Stück des Nachthemdes und legte dem Kind einen Verband an. Piroo sagte: „Auch auf den Kopf! Es ist eine gute Salbe!“ Caroline zögerte, warf einen prüfenden Blick in den Salbentopf — dann, ohne das verkrustete Blut abzuwaschen, strich sie eine dicke Schicht Salbe über Robins Hinterkopf.

Des Kindes Wangen waren eingesunken, sein Gesicht nach dem Aderlaß grünlich. Sie nahm es auf ihren Schoß, eine Schale Milch in der rechten Hand. Robin warf sich unruhig hin und her und stöhnte; aber als sie etwas Milch zwischen seine Zähne goß, schluckte er. Immer wieder flößte sie ihm Milch ein, immer mehr schluckte er; nach zehn Minuten mochte es ein Viertelliter sein, den sie ihm eingegeben hatte. Er begann zu brechen, spie die Milch über ihre Knie und hustete schwach. Sie wartete nur eine Minute, dann begann sie ihn wieder zu füttern. Als der Milchtopf leer war, setzte sie ihn nieder und wiegte ihn auf beiden Armen. Eine lange Zeit verstrich, ohne daß Robin brach. Caroline stieß sich mit den Füßen zurück zum Baum, lehnte sich mit dem Rücken dagegen, blickte auf und sah in die Mündung der Pistole.

Er hatte vergessen, daß er die Pistole in der Hand hatte; denn er hatte die ganze Zeit fasziniert ihr Gesicht betrachtet, in dem sich eine unbekannte Weichheit abzeichnete. Er ließ die Pistole sinken, ohne den Blick von ihr zu wenden, und tastete mit der anderen Hand die Schalen ab, die vor ihm standen — alle leer. Er hatte alles aufgegessen. Die Mangosteine lagen zu seinen Füßen, sauber abgenagt; sein Mund war noch voll saftigem Fruchtfleisch. Caroline reichte Robin weiter an Piroo. Rodneys Verstand versuchte, die Vorhänge zu durchbrechen, die vor ihm waren. Er wußte, die Wirklichkeit war auf der anderen Seite der Vorhänge; aber es war eine schreckliche Wirklichkeit, und er war im Grund seines Herzens froh, daß er sie nicht durchbrechen konnte. Er starrte vor sich hin und versuchte zu vergessen. Er sah Caroline an, in der Hoffnung, sie würde den Blick vor ihm senken. Sie tat es nicht. Sie schien entschlossen, den Kampf gegen die Wirklichkeit aufzunehmen. „Legen Sie sich hin!"

Er stöhnte auf, als sie vorsichtig seine Augenlider herunterzog und Salbe daraufstrich. Die Salbe war heiß, roch kräftig nach Kräutern, Würmern und Erde. Er wand sich und biß die Zähne aufeinander; aber Piroos Salbe kühlte schnell ab und wurde fest und hart wie zäher Teig. Langsam verließ der Schmerz seine Haut und schien in sein Inneres zu flüchten. Caroline zog ihm den Waffenrock aus, öffnete seine Hosen und zog sie an den Knöcheln herunter. Er schüttelte den Kopf und murmelte: „Nur die Brandwunden! Sonst fehlt mir nichts.“

Dunkelheit schloß sich immer dichter um ihn. Oh Gott, dachte er plötzlich, sie haben mir etwas ins Essen getan. Gott, Gott, Gott! Sie hatten Gift in sein Essen getan! Sie wollten Robin töten. Caroline war eine eifersüchtige Frau. Joanna hatte es gesagt. Er blickte auf, sah ihr müdes Gesicht über sich und konnte sich nicht mehr bewegen. Lose Haarsträhnen kitzelten ihn an der Stirne. Sie trug einen Sari; sie war gar keine Engländerin — eine verkleidete Inderin! Vielleicht hatte sie das alles geplant. Er griff verzweifelt nach der Pistole — wollte nach der Pistole greifen; aber er konnte die Hand nicht bewegen. Stumpfes Blei füllte seine Adern, unsichtbare Gewichte lagen auf seinen Muskeln. Seine Augen wollten nicht — wollten nicht offenbleiben . . .

Er erwachte zum zweitenmal — diesmal wußte er, wo er war und was sich ereignet hatte. Es war dunkel. Der Sternhimmel blitzte über ihm, der Mond war niedrig — stand er im Osten oder im Westen? Er sah wieder nach den Sternen. Mond im Osten. Zehnter Mai, Mond zwei Tage nach Vollmond, auf dem aufsteigenden Ast; also war es früh in der Nacht. Er erinnerte sich daran, daß er jemand umbringen mußte. Aber seine Pistole war verschwunden. Er setzte sich auf und zitterte. Carolines Stimme kam leise und bestimmt aus der Dunkelheit zu ihm: „Können Sie jetzt wieder weitermachen? Wir wollen fort von hier.“

Der Sari rahmte ihr Gesicht ein, das Mondlicht legte einen friedlichen Glanz darauf; er fand, daß es ein schönes Gesicht war. Sie lehnte in ihrer alten Stellung an dem Baum; Robin schlief in ihren Armen. Piroo stand neben ihr; hinter ihm erschien etwas großes, unförmiges Weißes zwischen den Baumstämmen. Rodney erkannte mit einiger Mühe die Umrisse eines zweiräderigen Ochsenkarrens mit einer Zeltplane darüber. Zwei weiße Ochsen mit großen Hörnern standen im Joch und bliesen durch die Nüstern. Astwerk raschelte, eine leichte Brise fuhr durch sein Haar.

Er sagte: „Ich will meine Pistole haben.“

Piroo gab ihm die Pistole; er schob sie in sein Koppel. Caroline versuchte sich zu erheben und hielt sich schwankend mit einer Hand am Baum, bis ihre Beine wieder gehorchten. Sie mußte unbeweglich dort gesessen haben während der glühenden Nachmittagsstunden, ohne sich zu rühren. Sie hob Robin in den Wagen; Rodney folgte ihr. Decken, Filzmatten und eine Sammlung von Töpfen und Säcken bedeckte den Holzboden des Wagens. Sie legte Robin längs einer Wagenwand nieder und setzte sich neben seinen Kopf; Rodney rollte sich an der anderen Seite zusammen.

Piroo befestigte die Wagenplane vorn und hinten und flüsterte durch einen kleinen Schlitz: „Du kannst hier durchschauen, Sahib! Aber schieß nicht, bevor ich ein Zeichen gebe — unter keinen Umständen!“

Die Achsen quietschten, als Piroo sich in seinen Sitz schwang und sich mit angezogenen Füßen auf das Ende der Deichsel hockte. Sie hörten, wie er die feisten Hinterteile seiner Ochsen mit dem Stachelstock bearbeitete. Der Wagen hob sich ein wenig und rollte wieder zurück, hob sich zum zweitenmal, klomm schwerfällig über eine große Wurzel und rollte stöhnend und quietschend durch den Dschungel.

Eine Stunde später erreichten sie eine Schneise, wandten sich nach links und rollten von jetzt an schneller über einen Dschungelpfad.

Die Nacht verging. Rodney schlief zweimal für kurze Zeit ein und erwachte jedesmal in schrecklicher Panik. Er mußte aufgeschrien haben; denn Caroline hatte ihre Hand durch das Dunkel des Wagens gestreckt und hielt seinen Arm. Jedesmal zwang er sich gewaltsam, nicht mehr zu zittern und schüttelte ihre Hand ab. Zweimal hörte er Robins jammernde Stimme und Carolinens beruhigendes, sanftes Murmeln. Als die Dämmerung kam, reichte sie ihm eine Mangofrucht; er streckte sich lang aus, kaute und beobachtete Robin. Der Junge hatte die Augen geöffnet und starrte zur Wagenplane empor, durch die Licht in den Wagen drang und aus dem Staub einen kalten, tanzenden Nebel machte. Die Augen waren ausdruckslos; zitternd vor Angst kroch Rodney hinüber, küßte die Wange seines Sohnes, murmelte sinnlose Worte in sein Ohr. Die bläulichen Lippen des Kindes bewegten sich; endlich schloß es die Augen und schlief wieder ein.

Der Wagen verließ den Pfad und rollte über felsigen Dschungelboden. Nach einer Weile hielt er. Piroo öffnete die Plane. Sie klommen steifbeinig hinaus in eine Lichtung, wo die Felsen eines ausgetrockneten Strombettes einen Tümpel mit schwarzem Wasser umgaben. Piroo löste die Ochsen und stützte die Wagendeichsel mit einem rechtwinkligen Stück Holz ab, das er in die Erde rammte. Die weißen Ochsen blieben liegen, wo sie waren; er warf ihnen einen Armvoll Häcksel vor. Dann kroch er wortlos unter den Wagen, streckte sich im Schatten aus und war eine Minute später eingeschlafen.

Die Luft war heiß und sauber; es war kein Staub an diesem Platz. Caroline zog eine Decke aus dem Wagen und legte Robin darauf. Rodney lauschte auf die Geräusche des erwachenden Dschungels. Weit entfernt von ihnen knackte ein Zweig, eine Hirschkuh schrie auf, schweigende Vögel raschelten im Laub. Das Lauschen ermüdete ihn; er hätte gerne wieder geschlafen.

Er hörte ihre Stimme: „Piroo wußte, daß sich etwas Schlechtes vorbereitete. Aber er wußte nicht, was es war. Er sagt, er hätte versucht, Sie von Bhowani wegzuholen, hätte Ihnen aber nichts sagen können, was überzeugend klang. Übrigens, selbst wenn er alles gewußt hätte, würde ihm schwerlich jemand geglaubt haben."

Rodney grunzte verächtlich. Natürlich hätte niemand Piroo geglaubt, wenn er am Samstag verkündet hätte, daß der Weltuntergang nahe sei. Er, Rodney, glaubte heute noch nicht daran.

Die Stimme des Mädchens war drängend, bittend: „Wir müssen gesund werden und den Kampf aufnehmen. Wir müssen bald wieder auf eigenen Füßen stehen. Das schulden wir Piroo; er wagt sein Leben für uns. Er fand mich in den Feldern und verschaffte mir einen Sari. Ich versuchte, Isobel bei den van Steengaards zu erreichen. Ich versuchte, Sie zu erreichen. Aber es brannte überall und . . ." Ihre Stimme zitterte. „Ein Ziegenhirt aus Devra sagte uns, wo Sie waren. Wir müssen kämpfen — für Robin!"

Er grunzte wieder, schloß die Augen und fiel in einen tiefen Schlaf.

Eine Rauchwolke kitzelte ihn in der Nase und erweckte ihn. Auch diesmal klopfte sein Herz, und er fühlte eine schreckliche Panik. Piroo hockte am Feuer und kochte etwas; Robin war bei Bewußtsein, Caroline fächelte ihm mit der Hand Luft zu. Rodney legte sich auf die Seite und beobachtete die roten Ameisen, die zwischen den Blättern umherkrochen. Kämpfen? — dachte er; was gibt es hier zu kämpfen? Wir essen und schlafen, und Robin lebt! Wir essen und schlafen und wandern weiter. Wandern! Wohin?

Er hob den Kopf. „Piroo, wohin gehen wir?"

„Bombay."

Rodney dachte nach, obwohl sein Kopf schmerzte. Irgendwas stimmte da nicht — irgendwas stimmte nicht! Bombay war — laß mal sehen: Bombay war achthundert Meilen südwestlich, wenn man sich an die Straßen hielt. Achthundert Meilen in einem Ochsenkarren, zweieinhalb Meilen in der Stunde. Das waren — er versuchte zu rechnen, gab es wieder auf . . . Zuviele Stunden! Er runzelte die Brauen. Zuviele Meilen, zuviele Nachtfalter, die mit schwarzen Schwingen hinter seinen Augen schlugen. Wenn ich nur nachdenken könnte, dachte er — wir würden schon wegkommen!

Bombay! Die einzige andere Möglichkeit hieß Kishanpur! Warum erregte ihn dies Wort so. Kein Grund dazu — oder doch ein Grund? Ein unterirdischer Grund vielleicht — einer, der Jewel veranlaßt hätte, die Haare auf dem Rücken aufzustellen. Jewel war jetzt tot. Erschossen, weil sie ein Hund war! Ein Hundetod ...

Er wagte nicht, Sumitra wiederzusehen. Was für eine günstige Gelegenheit er ihr geben würde, mit ihm abzurechnen, ihm zu vergelten, was er ihr in der Nacht des Holifestes angetan hatte! Sie konnte ihn umbringen lassen, sie konnte machen, daß es wie Zufall aussah. Wer wollte das jemals erfahren? Sie konnte auch Robin umbringen lassen.

Auf was wartete Caroline so angespannt? Wenn man es vernünftig überlegte, gab es gar keine andere Wahl. Der alte Narr Piroo konnte dieses Wrack von einem Ochsenkarren niemals nach Bombay bringen — über ein halbes Dutzend große Ströme, durch ein Land, das in Flammen stand! Und der Monsunregen kam in vier oder fünf Wochen! Außerdem — wer wollte denn sagen, daß die Präsidentschaft Bombay nicht ebenfalls gefallen war? Und Madras, wie stand es damit? Robin konnte eine solche Reise nicht überleben. Nur ein Verrückter oder ein Schuft konnte vorschlagen, nach Bombay zu gehen. Das Ganze war eine Falle.

Er sagte: „Geh nach Kishanpur! Wir müssen nach Kishanpur gehen."

Piroo versuchte, Gründe gegen Kishanpur anzuführen; aber Rodney wurde rasend. Ein trommelnder Schmerz war in seinem Kopf, seine Zähne klapperten, seine Hand spielte unbewußt mit der Pistole. „Kishanpur!" schrie er, „Kishanpur!" Er war bereit, jemand umzubringen.

Caroline sprach in ihrem langsamen, exakten Hindustani: „Er hat recht, Piroo. Ich hasse den Gedanken; ich weiß noch nicht einmal, warum — aber der kleine Junge muß Ruhe haben. Es bleibt uns keine andere Wahl."

Piroo zuckte die Achseln und beendete das Gespräch mit einem kurzen: „Mir ist's schließlich gleich!" Rodney betrachtete seinen Rücken mit mißtrauischen Augen: Dies hier war nicht mehr der unterwürfige Schreiner von Bhowani; dies hier war ein gefährlicher Mann, dem man nicht trauen durfte. Immer eins nach dem andern, sagte er sich. Immer ruhig! Wenn ich meinen Kopf behalte und aufpasse, rette ich Robin und mich.

Nachdem der Entschluß gefaßt war, versank er in eine tiefe Depression; er konnte nicht mehr schlafen, sondern beobachtete den ganzen Tag hindurch die Ameisen und sprach mit sich selbst.

Als die Sonne den roten Staubschleier hinter den Bäumen berührte, stiegen sie wieder in den Karren. Im halben Licht suchten die Ochsen ihren Weg durch den Dschungel. Als es dunkel geworden war, hatten sie den alten Pfad wieder gefunden; die Bewegung des Wagens wurde gleichmäßiger. Die ungefügen Leiber der Bäume glitten an ihnen vorbei, eine schweigende Prozession. Piroos Schattenriß schwankte vor den niedrigen Sternen des Ostens.

Die Nacht ging zu Ende, der Wagen hielt, der zweite Tag verging wie der erste. Diesmal gab es keinen Tümpel zwischen den Steinen; Piroo mußte mit seiner Picke die Erde zwei Fuß tief aufgraben, ehe sie etwas Wasser gewannen.

Als es Abend wurde, bestiegen sie den Wagen, und Piroo sagte: „Wir werden heute nacht die Furt bei den Wasserfällen passieren. Vielleicht sind andere Karren auf dem Weg. In dieser Jahreszeit reisen die Menschen bei Nacht. Ich glaube nicht, daß wir in großer Gefahr schweben; aber haltet euch versteckt! Und denken Sie daran, Captain: Nicht schießen, ehe ich ein Zeichen gebe!“

Andere Karren rollten durch die Nacht. Piroo flüsterte durch die Plane, daß ein Karren unmittelbar vor ihnen fuhr. Der Staub, den seine Räder aufgewirbelt hatten, hing noch zwischen den Bäumen. Zweimal begegneten sie Wagen, die ihnen entgegenkamen. Ein anderes Mal war es eine Gruppe von Männern, die vorbeihastete. Sie hielten sich dicht beieinander und sangen laut, um die wilden Tiere zu verscheuchen.

Neben einem kleinen Tempel stand ein Sepoy; er hatte das Gewehr in der Hand und war offenbar gerade aufgewacht.

Das Donnern der Wasserfälle wurde deutlicher, die Ochsen plantschten in das Wasser der Furt. Rodney spähte aus dem Wagen und erkannte jeden Hügel, jede Senke in dem alten Jagdgrund: Dort hatte Sumitra einen Paradiesvogel gesehen; jener Zweig hätte beinahe Lady Isobels Hut heruntergeschlagen; hier saß der Silberguru neben dem Affenbrunnen und wartete auf den Dewan. Die Affen zeterten und raschelten wieder in den Zweigen. Der Wagen bog vom Weg ab, fuhr durch eine kleine Senke, bis er außer Sicht der Straße war, und blieb stehen. Die Affen wurden wieder still.

Piroo glitt von seinem Sitz und flüsterte: „Sagten Sie nicht, daß der Tschako zu klein für Ihren Kopf ist, Sahib? Jedenfalls sieht er mir so aus."

Er antwortete stumpf: „Ja! Rambir hatte einen ziemlich kleinen Kopf."

Piroo verschwand, und in den nächsten zehn Minuten geschah nichts. Dann hörten sie murmelnde Stimmen und das Rascheln von trockenem Laub. Rodney lugte durch den Schlitz.

Piroo kehrte zurück. Vor ihm ging der Sepoy, den sie vor einer halben Stunde gesehen hatten. Sein schmutziger, grüner Rock zeigte, daß er dem dreizehnten Regiment angehört hatte; er stapfte mißmutig durch das Unterholz, die aufgehende Sonne schien in sein Gesicht, und Rodney erkannte ihn. Es war Shyamsingh von seiner eigenen Kompanie! Shyamsingh, der ruhige Bauer; Shyamsingh, der plötzlich wie ein Hund knurrte. Er stolperte und sah krank aus. Rodney zog die Pistole aus dem Gürtel und zielte auf Piroos Brust. Der erste Schuß für Piroo!

Er sah, daß Shyamsingh den Karabiner auf dem Rücken trug und hörte Piroos klagende Stimme: „Hier ist der Karren, Euer Majestät! Die gebrochene Stelle ist an der anderen Seite, vorne."

Der Sepoy sagte: „Wenn du ihn nicht flicken kannst, Piroo, wie soll ich es können? Du bist ein Schreiner! Nun gut, ich will es mir anschauen.“ Sein Gesicht war das eines verlorenen, ängstlichen Kindes. Getrocknetes Blut und Fleischfetzen hingen immer noch an seinem Seitengewehr, seine Stimme war belegt, seine Gedanken weilten ganz offenbar nicht hier bei dem Affenbrunnen. Er ging weiter, Piroo folgte ihm, immer noch jammernd; beide kamen außer Sicht. Rodney schob sich langsam zur anderen Seite des Wagens, während Caroline eine Hand auf Robins Stirn legte und die andere an seinen Mund hielt.

Die niedrige Sonne warf die Schattenbilder der beiden Männer auf die Wagenplane. Ganz deutlich erschien Shyamsinghs eckiger Körper, der turmartige Tschako, das lange Bajonett; dahinter Piroos kleiner Kopf und sein krummer Rücken. Rodney hob wieder die Pistole.

Piroos Arme bewegten sich plötzlich, flogen hoch und über den Sepoy weg, flogen zurück und waren frei von seinem Schatten. Eine dünne schwarze Linie verband sie mit Shyamsinghs Hals. Es war ein grausiges Schattenspiel. Rodneys Haare standen zu Berge. Die Finger des Sepoys griffen nach der dünnen schwarzen Linie, sein Tschako glitt vom Kopf und fiel in den Staub, sein Körper zuckte krampfhaft. Nach einer Minute tödlichen Schweigens begann er am ganzen Leib zu zittern und die Stiefel wie im Tanz gegeneinander zu schlagen. Sein größerer Schatten tauchte langsam unter, und immer noch hielt die gestreckte schwarze Linie die beiden Marionetten zusammen. Dann bewegte der andere Schatten die Hände, die schwarze Linie öffnete sich in der Mitte und verschwand. Shyamsingh fiel schwer zu Boden, sein Kopf krachte gegen ein Wagenrad.

Rodney riß die Plane auf und sah Piroo, die Stirn voll kleiner Schweißtropfen, der gerade das schwarze Seidentuch zusammenlegte und wieder in den Lendenschurz schob. Shyamsingh lag mit schwarzrotem Gesicht neben dem Wagenrad; seine Augen waren aus dem Kopf gequollen.

Piroo sah zehn Jahre jünger aus, als er sich begeistert an Rodney wandte: „Haben Sie das gesehen, Sahib? Haben Sie es auch gesehen, Miß-Sahiba? Sehr gut, nicht wahr? Natürlich, er kannte mich seit zehn Jahren und vertraute mir; aber immerhin, ich tat es mit einer Hand. Und — lassen Sie mich überlegen — das ist seit fünfundzwanzig Jahren und einigen Monaten wieder der erste. Damals hatte ich vierundachtzig umgebracht. Dies hier ist mein fünfundachtzigster." Er hockte neben der Leiche nieder und löste das Koppel. Dann blickte er auf, und eine Art kindischer Trauer verhüllte sein Gesicht. „Aber nein, eigentlich kann ich ihn nicht zählen; denn wir sind nicht auf einem richtigen Streifzug. Ich bin nicht gesegnet worden, bevor ich ihn umbrachte."

Er zog den Körper an den Armen fort, zum Brunnen hin, schüttelte dabei den Kopf und sprach zu sich selbst. Rodney kletterte aus dem Wagen und legte das Gewehr, das Bajonett und das Koppel hinein. Er fühlte sich jetzt etwas besser; der Anblick von Shyamsinghs Leiche hatte ihm das Wasser in den Mund getrieben. Seine Augen funkelten.

Caroline blickte ihn an; er senkte den Kopf, um ihrem Blick auszuweichen. Sie fragte betroffen: „Was bedeutet das? Wer ist Piroo?"

„Piroo? Ein Thug, ein berufsmäßiger, religiöser Mörder — sozusagen im Ruhestand. Vermutlich machte mein Vater das Geschäft zu gefährlich für ihn, und er stieg aus, als er noch konnte. Übrigens war er Schreiner in meinem Regiment, seit mehr als zwanzig Jahren."

Er lachte ein wenig. Piroo kehrte zurück, und Caroline fragte: „Warum hast du diesen Mann getötet — hierhergelockt und getötet?"

Der Schreiner betrachtete sie erstaunt; „Der Sahib brauchte doch einen größeren Tschako, nicht wahr? Der Vater des Sahibs hätte mich einmal beinahe gehängt, wußten Sie das? Oh, er war ein großer Mann, Savage-Sahib. Ich schuldete es ihm schon, daß ich seinem Sohn einen Tschako besorge.

Es ist eine Auszeichnung für mich. Übrigens auch ein Vergnügen. Nun, beinahe hätten wir die Hauptsache vergessen!"

Er reichte Shyamsinghs Tschako durch den Schlitz der Wagenplane, nahm den anderen und schleuderte ihn achtlos ins Unterholz.

Caroline sagte: „Aber — aber — er hat uns doch gar nichts zuleide getan."

Rodney schnarrte wütend: „Schau her! Siehst du diese Spuren? Das war Allan Torrance."

Er hielt ihr das Bajonett unter die Nase und zeigte auf die schwarzen Flecken. Als sie die Augen senkte, schob er es in die Scheide zurück und rief durch die Plane: „Fahr' weiter, Piroo!" Die Räder mahlten wieder über dem Boden.

Nach einer Viertelstunde Fahrt hielt der Wagen plötzlich; Piroo sprach durch die Plane zu ihm: „Sahib, ich will nicht bis zum Tor fahren! Wir sind nur zweihundert Meter vom Schloß entfernt. Ich gehe zu Sitaparas Haus. Ja, ich kenne sie. Wenn du mich brauchst, kannst du mich bei ihr finden."

Er öffnete die Plane, und Caroline stieg aus, Robin im Arm; Rodney folgte ihnen. Piroo wandte die Köpfe der Ochsen, der Wagen knirschte davon. Die Sonnenhitze schlug von dem Boden zurück in Rodneys Augen. Er kniff sie zusammen und blickte sich um: Dort war das Portal der Festung! Die Schildwachen blickten mißtrauisch zu ihnen hinüber. Dort waren Sicherheit, vier feste Mauern und ein Platz zum Schlafen. Er ging langsam neben Caroline her. Mit jedem Schritt verließ ihn jetzt etwas von der Kraft, die er so verzweifelt aufrechtgehalten hatte. Carolinens Füße bluteten wieder; aber Robin war geborgen in ihren Armen, und sie besaß die Kraft, ihn zu tragen. Die Festung tanzte vor Rodneys Augen; seine Knie wurden weich, er mußte sich auf Carolinens Schulter stützen. Die Schildwachen in ihren primelgelben Jacken versperrten den Eingang, der Havildar der Wache rannte herbei. Rodney kannte den Mann und versuchte, sich aufzurichten, während der Feldwebel ihn anstarrte, als sei er ein Geist.

Er sagte mit belegter Stimme: „Meinen Gruß, Gurbachan! Schicke einen Boten zur Rani. Wir bitten sie um Schutz."

Hinein in den dunklen Gang, schwerfällig, gestützt auf Carolinens Schulter. Der Springbrunnen plätscherte im Innenhof, Caroline setzte sich plötzlich auf den steinernen Rand, wo Julio gesessen hatte, als er Prithvi Chand sein Vogelbuch zeigte. Robin wachte auf und begann zu schreien; sie sprach begütigend mit ihm und streichelte mit den Fingern seine Stirn, während Rodney schwankte. Er mußte jetzt bei ihr bleiben, oder er würde umfallen.

Der Dewan kam und mit ihm drei oder vier Mann des Hofgefolges. Rodney ließ den Kopf hängen. Sie starrten ihn fassungslos an und murmelten etwas. Jemand nahm ihm die Pistole weg. Dann packten sie seine Hände und führten ihn irgendwohin. Er riß sich los und klammerte sich an Carolinens Arm. Er konnte nichts mehr sehen. Langsam, langsam schritten sie durch die dunklen Korridore, in denen seine schlürfenden Stiefel Echos wachriefen und Ströme kalter Luft die Vorhänge an den Wänden bewegten. Aufwärts, aufwärts! Er zwang seine Knie, sich mechanisch zu beugen und zu strecken, und umklammerte immer noch Carolinens Arm. Posten in den Korridoren — für wen standen sie da? Sie salutierten — schlampig wie immer! Ein Posten öffnete eine schwere Tür vor ihnen. Er trat ein. Die Tür knallte hinter ihnen ins Schloß. Drei tiefe Fensternischen waren schräg in die Mauer der Festung gehauen; ein breiter Diwan stand unter dem Mittelfenster. Teppiche aus Isphahan, blaß in den Farben, bedeckten den Fußboden; es war ein lichtes, luxuriöses Zimmer, im oberen Stock des Palastes, und es blickte auf den Fluß hinaus. Er blickte sich um und sah die Feldbetten, die an den Wänden standen, die Kissen und die schmutzigen Lumpen. Er war schon einmal in diesem Zimmer gewesen. Damals stand ein goldinkrustierter Tisch unter dem rechten Fenster, und das Spiel von Licht und Schatten verriet ihm Dellamains wahres Gesicht. Jetzt war ein Geruch von Krankheit und Tränen in dem Raum, und die Menschen darin gingen kraftlos umher wie Puppen, deren Füllung herausgefallen ist. Tränen rannen durch die Bartstoppeln auf seinen Wangen, während er die Gesichter betrachtete — eins nach dem anderen.

Father d'Aubriac stand neben einem Fenster und ließ die Perlen seines Rosenkranzes durch die Finger gleiten. Mrs. Bulstrode saß auf dem Fußboden und starrte auf die Mauer. Louisa Bell hockte verkrümmt auf dem Diwan und stillte gedankenlos ihr Baby; ein schmutziges Nachthemd hing um ihre Hüften und ließ ihre schmalen Schultern und die geschwollenen Brüste frei. Drei Mitglieder der Familie Myers hatten sich um ein Feldbett versammelt; Rachel lag lang ausgestreckt, Mrs. Myers saß neben ihr auf der Kante, Leutnant Myers stand am Fußende. Mrs. Hatch und John McCardle kauerten neben einem anderen Bett, auf dem ein Mann mit einer Binde über den Augen und zuckenden Fingern lag. Rodney erkannte das strähnige Haar: es war Geoghegan. Dellamains Gesicht tauchte vor ihm auf; sein Mund öffnete und schloß sich; aber Rodney konnte kein Wort verstehen. Dellamains Reithosen waren zerrissen, sein fettes Gesicht eingeschrumpft und faltig.

Einer nach dem anderen, so bald er ihn anblickte, hatte gezeigt, daß er ihn erkannte. Father d'Aubriac lächelte, Mrs. Hatch stieß einen lauten Ausruf aus; die anderen aber schwiegen. Eine leichte Bewegung war durch sie gelaufen; aber im nächsten Augenblick fielen sie wieder in ihre alte Stellung zurück, ihre alte Verfassung — weitaufgerissene, trockene Augen, hängende Lippen, straffgespannte Wangen. Sein Kopf nickte, er versuchte herauszubekommen, was sie schmerzte, was ihn selber schmerzte. Nicht Angst! — nur Dellamains bewegliche Augen zeigten Angst. Er blickte sie wieder an; diesmal erkannte er, im Spiegel ihrer Gesichter, seine eigene Schmach — die Schmach des heimatlosen Flüchtlings. Sie waren nackt! Ihr Geist war nackt; Glaube und Vertrauen hatten sie verlassen angesichts des furchtbaren Schlages, der ihren Reichtum, ihre Familien, ihre Stellung vernichtet hatte.

Sie waren nackt — sie wünschten nichts mehr zu sehen und nicht mehr gesehen zu werden.

Er ging langsam auf ein leeres Bett zu und legte sich nieder. Caroline warf einen Blick auf ihn und brachte Robin zu John McCardle. Er hörte, wie sie miteinander sprachen; ihr leises Flüstern dröhnte in seinem Kopf.

„McCardle, können Sie Robin helfen — Robin Savage? Er ist krank!"

„Einen Augenblick noch! Wir wollen erst Mr. Geoghegan fertigmachen." Langes Schweigen. „So, Miß. Nun zeigen Sie mal, was mit dem Kopf des kleinen Mannes passiert ist."

Das Flüstern wurde leiser. Robin schrie auf, und Rodney packte die Seitenwand des Feldbetts, während Schweiß über sein Gesicht lief. Aber er konnte nichts tun, die Decke über ihm schwankte hin und her, die Dunkelheit legte sich wieder über ihn. Ich muß es Caroline überlassen, dachte er und schloß die Augen.

18. KAPITEL

Die Sonne schien flach durch die Gitterstäbe am Fenster und warf geometrische Schattenmuster gegen die Mauer über seinem Kopf. Die Stimmung in dem Raum war nicht mehr so verzweifelt. Sie war weit davon entfernt, fröhlich zu sein; aber er hörte murmelnde Gespräche, und die Flüchtlinge bewegten sich jetzt wenigstens, wie sich Männer und Frauen bewegen, nicht mehr in der Art von kindischen Puppen. Caroline saß an seinem Bett; sie reichte ihm eine kalte Chupatti und Milch aus einem Messingnapf. Er aß und blickte sie unentwegt an; er folgte ihr mit den Augen, als sie aufstand, um Louisa Bell mit dem Kind zu helfen, und als sie wieder zu ihm zurückkehrte. Robin schlief.

Dellamain sprach mit jemand in einer dunklen Ecke; Rodney fing Bruchstücke der Unterhaltung auf. „... schreckliches

Unglück ... viehischen Schweine ... schlimmste ist nun vorüber, meine verehrte Dame ... jeder Grund zu hoffen, daß die Revolution auf Bhowani beschränkt blieb ..."

Die Stimme des Statthalters war wieder sonor und wohllautend; das bedeutete, daß er unsicher war. Er kann ja gar nicht sicher sein, dachte Rodney — was er spricht, ist der reine Unsinn. Er weiß, daß es Unsinn ist.

Rodney kaute ein Stück Chupatti und murmelte zu Caroline, zwischen einzelnen Bissen: „Der Kerl weiß Bescheid, tut aber, als ob er nichts wüßte. Wir werden nie wieder ruhig schlafen. Wir werden nie wieder einer Menschenseele trauen können. Was hat er denn überhaupt gesehen? Oh Gott!" Die schwarzen Nachtfalter schlugen wieder in seinem Kopf mit ihren Schwingen, schlugen das bißchen Vernunft hinweg, das er noch besaß. Er legte die Hände an den Kopf und schüttelte ihn schwerfällig hin und her. „Shyamsinghs Gesicht! Thaman, Vishnu, — das ganze dreizehnte Regiment — und ich!"

Er lachte wild auf. Aber Caroline war da und hielt seine Schultern. Sie wußte alles, sie verstand alles; er blickte zu ihr empor. Sie sah ihn aus ernsten, forschenden Augen an. Wollte sie feststellen, wie stark er noch war, prüfen, ob er zerbrochen war, kindisch geworden durch den Schock? Er setzte sich auf und sagte ruhig: „Nun, was gibt's?"

Irgend etwas lag in der Luft — irgend etwas, was sie ihm nur mit äußerster Überwindung sagen konnte. Er fuhr zusammen und blickte sich hastig um. War Robin gestorben, während er schlief? Nein, die Brust des Kindes hob und senkte sich regelmäßig.

Um das Zittern zu überwinden, kreuzte er die Arme und streckte die Beine aus. Sie beugte sich über ihn; und trotz allem, was ihn verstörte, sah er ihren festen Busen und erkannte, daß sie vollkommene, glatte Schenkel hatte. Er starrte sie an, mit einem Gefühl dumpfer Angst. War es Gottes Strafe, daß sich immer wieder dieses durchdringende Verlangen in alles mischte, was sie miteinander verband? Sie war seine ältere Schwester und seine Mutter; sie würde ihn schützen und lenken. Robin war ihr Kind, nicht seines; denn er und Robin waren gleichermaßen Kinder und gleich hilflos. Sie blickte auf ihn hinunter, und ein Schlitz in dem Vorhang, den sie immer vor ihrer Seele trug, schien sich zu öffnen. Einen kurzen Augenblick lang erkannte er, wie gesund ihre Welt war — und doch, wie kalt, wie schattig! Sie hatte feste, spitze Brüste, er hätte seinen Mund gegen sie pressen können; aber sie schaukelte ihn sanft wie einen kleinen Jungen, dem man eine schlechte Nachricht mitteilen muß. Er sah sie plötzlich, wie er sie noch nie gesehen hatte — er sah sie, wie ein kleiner Junge plötzlich seine Mutter sieht, und das Gewicht ihrer Sorgen erschütterte ihn, und er spürte das Verlangen, sie zu trösten. Fragend berührte er ihre Finger.

Schwester mit dem zerbrechlichen Hals und den blauen Adern auf dem Handgelenk, was soll ich tun? Soll ich dir eine Geschichte erzählen... Vielleicht ein Märchen? Soll ich dich küssen, damit du nicht mehr traurig bist? Einmal war ich ein kleiner Junge — meine Mutter war traurig; ich sah es und versuchte, gut zu ihr zu sein. Damals weinte sie. Ich verstehe das alles nicht.

Endlich sprach sie, langsam, Wort für Wort: „Robin geht es etwas besser. Aber — der Silberguru war im Hof, als wir eintrafen. Er versteckte sich sofort; aber es war zu spät. Ich sah ihn.“

Er fragte stumpf: „Der Silberguru ist entkommen? Ich fürchtete schon, sie würden herausfinden, daß er ein Engländer ist.“

Ihr Körper straffte sich wieder, ihre Stimme klang schärfer. „Hör zu! Ich kann verstehen, daß die Rani mit dem Dewan Frieden schließen mußte. Daß sie sich dazu gezwungen sah, als du den Anschlag gegen sie aufgedeckt hattest. Aber sie hatte es nicht nötig, dem Silberguru zu vergeben. Du kennst sie besser als ich. Sieht ihr das ähnlich? Wenn der Guru also hier ist, dann bedeutet es, daß sie keinen Streit mit ihm hatte. Das heißt, daß die Kanonen nicht für eine Revolution gegen sie bestimmt waren sondern für eine Revolution gegen uns. Oberst Bulstrode sagte auch nicht, daß dies unmöglich sei. Er sagte, es sei phantastisch, da die englischen Truppen mit allen indischen Fürsten gleichzeitig fertig werden könnten."

Rodney kicherte plötzlich.

Sie fuhr fort: „Und nun habe ich das gesehen, was wir niemals sehen sollten! Du mußt dem Geheimnis sehr nahe gewesen sein in jener Nacht des Holifestes, als der Silberguru dich belog. Du hast alle die Menschen gesehen, die angeblich gegeneinander konspirierten — die Rani, den Dewan, den Guru, die Anführer der Sepoys. Es muß ein ungeheuer bedeutendes Treffen gewesen sein; vielleicht ihr letztes! Vielleicht die Versammlung, auf der sie ihre Pläne festlegten. Und du kamst ihnen so nahe! Nur ein paar Minuten später, und du würdest sie zusammen gesehen haben — nicht einzeln. Wahrscheinlich würden sie dich getötet haben, Captain Savage — Rodney! — Wir dürfen nicht weiter blind sein, bitte, bitte, sieh es doch ein! Oh allmächtiger Vater, wir dürfen nicht noch einmal an den Tatsachen vorbeisehen."

Er lauschte auf ihre beschwörende Stimme und kämpfte darum, die Bedeutung ihrer Worte zu verstehen. Er murmelte: „Es ist alles in Ordnung. Silberguru ist Engländer. Genug Gründe, daß er hier ist — rannte vielleicht um sein Leben, wie wir! Kam her, um Frieden zu schließen, um zu predigen! Sumitra wird uns nichts tun. Ich habe ihr das Leben gerettet. Und überhaupt — es ist alles nicht wahr."

Sie hatte den Wunsch, ihm zu glauben. Ihre funkelnden Augen wurden stumpf, nur ein schwaches graues Feuer brannte noch in ihnen. Robin plapperte neben ihm. Rodney fuhr herum. Weiße Binden umhüllten den kleinen Kopf und verbargen das blonde Haar.

Als Rodney sich wieder zu ihr wandte, waren Carolinens Lippen schmal und scharf. Ihr zischendes Flüstern war wie der Schlag einer Peitsche: „Es gibt keine Ruhe. Wir sind erschöpft von dem Grauen. Wir denken, daß wir es nicht mehr aushalten. Wir sind krank vor Scham und Grauen. Mr. Dellamain nützt uns nichts, er steckt selbst in der Falle, er steckt in seiner eigenen Falle und ist blind! Er glaubt, daß er die Rani in der Hand hat; aber die Rani hat ihn in der Hand. Wir sind Gefangene. Vor unserer Tür steht eine Wache. Du und ich, wir sind die Einzigen hier, die genug wissen, um die Wahrheit zu erkennen. Und du wirfst die Flinte ins Korn, wie ein kleiner Junge. Du bist kindisch! Aber ich sage dir: diesmal wirst du nicht auf dem Rücken liegen und warten können, bis es dir besser geht — diesmal nicht! Niemand anders als du ist schuld daran, daß die Menschen in Bhowani sterben mußten. Du hast sie getötet, weil du die Wahrheit über die Rani nicht sehen wolltest! Vielleicht ist Robins Schicksal dir gleichgültig! Aber mich wirst du nicht töten! Steh sofort auf! Selbstzufriedener, dummer Tölpel! Fauler Hanswurst, der nur Weiber im Kopf hat! Kindskopf!"

Die Worte trommelten in seinen Ohren. Sie war seine Schwester, die ihn schalt und zankte, um einen Mann aus ihm zu machen! Nein, sie schmeichelte ihm nicht — sie versuchte verzweifelt, etwas in ihm wachzurütteln. Sie glaubte, er besäße noch den Stolz des kleinen Jungen. Aber er war kein kleiner Junge mehr. Er warf wieder einen Blick auf Robins verbundenen Kopf und wußte, daß sie recht hatte. Aber gleichzeitig erkannte er, welch fürchterlicher Dämon sich hinter dem Vorhang ihrer Seele verbarg. Er schnarrte wütend: „Hör auf! Geh weg! Laß mich in Ruhe!" Er sprang auf und ging ziellos durch den Raum. Verdammt, verdammt — verdammter Verstand! Gefangene! Seine Augen glänzten; die Mauern waren dick, der Raum lag zwanzig Meter über dem Fluß. Ein neues Gemetzel — in diesem Raum? Pfützen von Blut auf den Teppichen? Vielleicht würden sie es auch drunten in den Kerkern machen, wo die Fledermäuse waren.

Vernunft, kalte, klare Vernunft! Er mußte jemand umbringen — einen Menschen — viele Menschen — je mehr desto besser!

Und wenn diese Angst nur Ausgeburt ihrer Phantasie war? Es war möglich, daß die Rani die Flüchtlinge umbringen ließ; aber eine Flucht würde sie alle töten. Denn sie waren ausgemergelt und ausgehöhlt; und während dieser heißen Jahreszeit würde die Hälfte von ihnen sterben, elend verrecken, einschließlich Robin. Krankheit verseuchte die Felder und wanderte auf den Straßen. Im Dschungel verrecken, ohne Nahrung, ohne Schutz.

Die anderen blickten ihn mit ängstlichen Gesichtern an. Er unterbrach seinen Dauerlauf und schrie: „Ich geh jetzt zur Rani."

„Ich komme mit dir."

Erleichterung schwang in Carolinens Stimme. Er drehte an dem Eisenring des Schlosses, riß daran, als die Tür sich nicht sofort öffnete, hämmerte mit den Fäusten gegen das Holz und schrie: „Ihr da draußen! Macht die Tür auf!"

Fußtritte näherten sich gemächlich durch den Korridor, eine Männerstimme fragte durch die Tür: „Was wollen Sie?"

„Öffne sofort die Tür! Ich bin Captain Savage. Miß Langford und ich wünschen sofort mit Ihrer Hoheit zu sprechen."

Riegel glitten zurück, die Tür öffnete sich. Zwei bewaffnete Soldaten standen draußen; er kannte sie, aber sie wichen seinem Blick aus. Sie sagten: „Einen Augenblick bitte, Sahib", und der eine rief über seine Schulter etwas in den Korridor. Rodney setzte sich auf die Bettkante, zitternd, mit düsteren Augen.

Mr. Dellamain näherte sich ihm und sagte mit schwerer Stimme: „Ich möchte mich Ihnen nicht aufdrängen, Captain. Aber als der — sozusagen — dienstälteste britische Vertreter in diesem Raum denke ich, daß die Verbindung mit Ihrer Hoheit über mich gehen sollte. Kann ich vielleicht Ihre Botschaft bei meinem nächsten Zusammentreffen mit der Rani ausrichten?"

Rodney sagte kurz: „Nein“. Der Statthalter blieb eine Weile neben ihm stehen, dann ging er wieder zu den anderen. Alle murmelten miteinander, und er hörte, daß Caroline McCardle etwas zuflüsterte.

Zehn Minuten später kam der Dewan. Seine scharfen, dunklen Gesichtszüge wurden von einem seltsamen Feuer erleuchtet, das hinter der Haut zu brennen schien. Rodney sah ihn an und dachte: Der Mann ist entweder ein Säufer oder süchtig; vielleicht tut er beides — Trinken und Rauschgift nehmen. Das Licht aus den Fenstern fiel über sein verschlossenes Gesicht; die Augen darin waren kleine schwarze Perlen. Seine Zunge schoß einmal heraus und leckte begehrlich über die Lippen, während er einen Blick durch den Raum warf; seine Augen ruhten sekundenlang auf Rachel Myers halbnacktem, reifem Körper. Er sagte steif: „Bitte folgen Sie mir. Ihre Hoheit ist sehr beschäftigt, hat aber die Freundlichkeit, Ihnen eine Unterhaltung zu gewähren.“

Rodney und Caroline folgten ihm schweigend, durch endlose Korridore und über eine enge Wendeltreppe. Schwere gelbe Vorhänge hingen über der Eingangstür des Thronsaales.

Vor dem Eingang blieben sie stehen, und der Dewan rief mit sanfter Stimme: „Euer Königliche Hoheit! Ich melde Miß Langford, und Captain Savage vom 13. Regiment, Eingeborene Bengal-Infanterie, im Dienst der ehrenwerten Ostindien-Company!“

Seine Worte waren geladen mit boshaftem Spott; er warf einen sarkastischen Seitenblick auf Rodney, während er sprach. Caroline schob den Vorhang beiseite, hob ihr Haupt und ging aufrecht hinein. Rodney drückte die Knie durch und folgte ihr.

Die Rani saß auf einem Stoß Kissen, allein in dem Halbdunkel. Ein düsteres Licht, das auf einem runden Ebenholztisch hinter ihr brannte, reichte gerade aus, um die Umrisse ihres schlanken Kopfes zu zeigen. Sie standen jetzt nebeneinander vor ihr und blickten sie an. Aber die Rani sah nur

Rodney an. Keiner sprach; er durchforschte ihr Gesicht nach einem vertrauten Zug. In der Art, wie sie den Kopf hielt, lag Triumph und Stolz. Er konnte nicht genau sagen, was es war. Es war auch schwierig, ihre Züge im Gegenlicht genau zu erkennen. Aber er glaubte, daß wenig Glück in ihrem Gesicht zu finden war, und ihre Augen schienen ihm traurig. Auch sie betrachtete ihn scharf, stellte fest, daß seine Kleider zerrissen waren und sein Gesicht verbrannt. Hatte er sie wirklich einmal in einer Straße der Stadt getroffen, hatte er ihren königlichen Lügen geglaubt? Saß sie einmal auf Kissen wie diesen, neben einem Licht gleich diesem, in einem Zelt neben den Wasserfällen des Flusses Kishan? Er wußte es nicht mehr genau. Sie hatte ihr Gesicht abgewandt und betrachtete Caroline, und ihr Mund schloß sich und wurde hart. Er spürte etwas von dem Willen, der die beiden Frauen erfüllte, von dem wortlosen Kampf zwischen ihnen. Prithvi Chand hat recht gehabt, dachte er; die beiden sind sich wirklich ähnlich!

Schließlich seufzte die Rani und preßte die Lippen zusammen: „Um was handelt es sich?"

Er vergaß, weswegen er gekommen war, was er sagen wollte. Sie war die Frau, die den Aufstand organisiert hatte. Sie hatte den Radjah ermordet — einen ehrlichen, alten Mann, der sich an ein gegebenes Wort hielt; einen Mann, der das Versprechen erfüllte, das sein Vater den Engländern gegeben hatte. Sie hatte ihn ermordet. Er wußte nun auch, über was sie mit den Prinzen gesprochen hatte, während der Tigerjagd; er wußte, warum man sich damals versammelt hatte! Wieviel Prinzen hatten damals wohl Ja, wieviele Nein gesagt?

Ein Triumph für Sumitra, daß er zerfetzt und verwundet vor ihr stand. Und der Haß, den nur eine persönliche Niederlage geben kann, nicht die abstrakte Ablehnung von Verrat, loderte in Carolinens Augen. Sein Gesicht nahm diese Dinge auf und verzeichnete sie. Er selbst verspürte keine Wut. Sie war verschwunden, er konnte nicht mit den beiden Frauen kämpfen. Er sah auch, daß Sumitras Augen voll Mitleid waren und Schutz versprachen, wenn sie ihn anblickte. Nein, er konnte nichts sagen.

Sie wiederholte ihre Frage: „Um was handelt es sich?"

Seine Hände zuckten, er murmelte halblaut: „Es ist nicht so wichtig. Mein Sohn ist schwer verwundet. Wir wollten wissen, ob Sie uns tatsächlich Schutz geben wollen. Aber es ist gar nicht so wichtig."

Sie beugte sich vor. „Wer bezweifelt das? Du, Rodney? Mr. Dellamain?"

„Ich bezweifle es."

Sie riß den Kopf herum und sah Caroline an: „Sie? Wer sind Sie, daß Sie am Wort einer Königin zu zweifeln wagen?"

„Sie sind keine Königin! Sie sind eine Mörderin, eine Hure und eine Lügnerin!"

Sumitra lehnte sich zurück und lächelte ein wenig verzerrt. „Oh — sieh mal einer an. Etwas hat aus unserer kleinen Miß eine Frau gemacht! Sie würden jetzt selber für ihn töten, und es würde Ihnen Freude machen, nicht wahr? Armes, kleines Ding! Du hast nicht den Mut, um für etwas zu kämpfen, was du haben willst. Ja, ich habe meinen Mann getötet — für Indien! Ich tat, als ob ich eine Dirne wäre — für Indien! Ich log — für Indien! Ich bin eine Inderin, vor allem anderen; und dann erst eine Frau! Und du armes Ding, du hast jetzt gerade entdeckt, daß du eine Frau bist, vor allem anderen! Und weiter nichts! Es schmerzt — beim ersten Mal, nicht wahr?"

„Es ist nicht wahr! Das darfst du nicht sagen!"

Rodney hörte kaum, wovon sie sprachen. Sie waren meilenweit entfernt von ihm, sie standen in einem Kampf, den er nicht verstand — einem Kampf, der nichts mit dem zu tun hatte, weswegen sie hierhergekommen waren. Caroline verlor offenbar in diesem Kampf, da sie vor Wut kaum zusammenhängend sprechen konnte. Ein völlig neues Mädchen stand neben ihm; er starrte sie verwundert an.

Nur undeutlich begriff er, daß Sumitra sich wieder ihm zugewandt hatte und daß auch sie jetzt in wilder Wut war. „Und du kriechst herunter zu mir, weil sie es dir befiehlt! Blinder, grausamer, dummer Kerl! Englischer Narr, eingebildeter Mann! Warum sollte ich dich wohl beschützen, oder deinen Sohn, oder diese weiße Ratte da?"

Er wachte auf und machte einen Schritt vorwärts; blanke Tollwut leuchtete in seinen Augen. Er brüllte: „Wenn du ein Haar auf Robins Kopf berührst, breche ich deinem Sohn vor deinen Augen das Genick! Bei Gott, wir werden wiederkehren mit Feuer und mit Schwert. Wir werden Euch schwarze Bastarde über langsamem Feuer rösten! Wir werden Euch vierteilen und am Galgen hängen! Wir werden Euch die schmutzigen Eingeweide mit stählernen Haken aus dem Bauch reißen!"

Er schnaubte vor Wut, fletschte die Zähne und konnte sie nicht mehr sehen. Wie in einer blutigen Vision sah er das Bild vor sich, das er beschrieben hatte — Inder, verkrümmt, vom Schmerz verzogen, und sein eigenes Gesicht lachte verrückt über ihren Folterqualen.

Er biß plötzlich die Zähne aufeinander, zwang sich, ruhig zu atmen und sagte kalt: „Schick uns alle mit einer Begleitmannschaft nach Gondwara."

Der Dewan war mit zwei Soldaten in den Thronsaal gestürzt, als die Stimmen laut wurden. Die Männer standen jetzt dicht hinter ihm; aber die Rani schien sie nicht zu bemerken. Auch sie hatte sich erhoben und starrte aus weitaufgerissenen Augen die Engländer an; sie war rasend vor Wut und spie ihm ins Gesicht.

„Da! Ich bin Sumitra Lakshmi, eine Rawan und die Regentin des siebenundzwanzigsten Radjah von Kishanpur. Und ich sage dir, daß Ihr Engländer nicht zurückkehrt. Ihr seid ein Unkraut, das aus dem indischen Boden ausgerodet wird. Glaubst du Narr, daß du sicher in Gondwara bist? Gondwara wird fallen, wie jede andere Stadt in Indien — wenn wir bereit sind."

Ihre Stimme wurde leiser; sie klang nicht mehr so stolz. Dafür war ein Klang von persönlicher Beleidigung darin. „Was bildest du dir eigentlich ein? Mit welchem Recht stehst du vor mir? Ich hasse dich! Ich möchte alle Engländer tot vor mir sehen; aber dich — dich könnte ich mit meinen eigenen Händen erwürgen."

Sie packte mit den Fingern nach seinem Hals. Caroline schrie auf und warf sich dazwischen. Drei tiefe Kratzer bildeten sich auf der Wange der Rani, Blut lief aus ihnen. Die Soldaten packten Caroline und rissen sie zurück. In dem Schweigen, das darauf folgte, begann die Rani plötzlich hysterisch zu lachen, schrill aufzuschreien und sich auf den Kissen zu wälzen — während die Soldaten Caroline hielten und Rodney die Pistolenmündung des Dewan im Rücken fühlte.

Der Dewan schob sie aus dem Thronsaal; sie marschierten schweigend durch die Korridore und die Treppen hinauf — vorne ein Soldat, dann Caroline, dann ein anderer Soldat, dann Rodney und am Schluß der Dewan.

Zwei Laternen brannten niedrig auf dem Fußboden des Raumes, in dem die Flüchtlinge saßen, und warfen phantastische Schattenbilder an die Wände. Die Augen wandten sich geschlossen Rodney und Caroline entgegen, das halblaute Gespräch schwieg. Rodney wartete nur solange, bis die Tür mit einem dumpfen Knall ins Schloß gefallen war; dann ging er schnell in die entfernteste Ecke des Zimmers und flüsterte dort: „Kommt alle her, schnell! Es ist äußerst wichtig." Sie versammelten sich um ihn. McCardle mußte Geoghegan an der Hand führen. Er betrachtete einen Augenblick ihre Gesichter, eins nach dem anderen. Dellamain hatte die Stirn gerunzelt und sah unzufrieden aus.

Er sagte: „Hört her! Die Rani hat sich mit den Rebellen verbündet. Wenn wir jetzt nicht entfliehen, sind wir monatelang ihre Gefangenen — bestenfalls. Schlimmstenfalls . . ."

„Ermordet sie uns."

Caroline sprach ohne Aufregung; sie stand jetzt neben ihm, sah gleich ihm den anderen ins Gesicht. Rodney suchte Zustimmung in ihren Gesichtern; aber wenn er jemand in die Augen zu blicken versuchte, sah der andere unweigerlich fort oder senkte den Blick.

Dellamain schüttelte ihn am Arm. „Sie sind wohl verrückt", schrie er, „wie können wir denn fliehen? Und wenn wir es könnten, wie wollen wir weiterkommen — ohne Geld, ohne Lebensmittel? Was für eine Chance geben Sie ihrem Sohn, eine solche Flucht zu überleben — oder Mrs. Bells Baby? Sie sind wohl verrückt? Das ist alles Einbildung! Die Rani hat uns gut behandelt und wird uns auch weiter beschützen!"

„Warum werden wir dann wie Gefangene in diesem Zimmer gehalten?"

„Zu unserer eigenen Sicherheit. Der Dewan hat es mir erklärt. Außerdem — augenblicklich wollen wir ja gar nicht hinaus. Wir sind froh, daß wir hier bleiben dürfen. Ich sage Ihnen, Sie sind verrückt. Die Rani dankt alles, was sie hat und was sie ist, den Engländern — nur ein Idiot kann annehmen, daß sie uns umbringen will. Ich kenne sie persönlich, und ich habe Einfluß auf sie." Er wandte sich zu den andern: „Glaubt mir, meine Freunde! Ich bin euer Statthalter."

Caroline sagte empört: „Mr. Dellamain, die Wahrheit kommt ans Tageslicht — auch wenn Sie selbst nicht daran glauben wollen! Sie ließen sich von der Rani bestechen! Sie erlaubten ihr zu schmuggeln, und die Rani arrangierte die ganze Revolution unter der Deckung, die Sie ihr gaben. Sie haben sich selbst die Hände gebunden. Aber das ändert nichts daran, daß Sie ein großes Teil Verantwortung an dem Aufstand tragen. Nun, das spielt wohl keine Rolle mehr. Auch ich fühle mich verantwortlich, Captain Savage war verantwortlich — jedermann. Das spielt keine Rolle. Jetzt müssen wir erst einmal entfliehen."

Rodney fiel ein. „Caroline und ich werden jedenfalls entfliehen. Wer kommt mit uns?"

Mr. Dellamain ging aufgeregt zur Tür und rief: „Ich will sofort zur Rani. Ich werde ihr alles erzählen. Ihr beide seid ja verrückt! Ihr werdet alles verderben, was wir aufgebaut haben!“

John McCardle warf einen Blick auf Rodney und rief: „Bevor Sie gehen, Statthalter — ein Wort von mir.“ Dellamain zögerte. Rodney lief an ihm vorbei zur Tür und stellte sich mit dem Rücken dagegen.

McCardle trat auf Dellamain zu, ein kurzes Skalpell in der Hand. „Hören Sie mich an, Sir: Wenn Rodney und Miß Langford entfliehen wollen, werden Sie sie nicht daran hindern! Setzen Sie sich hin, Sir, oder ich zerschneide Sie mit meinem Skalpell in kleine Stücke. Vorwärts, Rodney, es kann doch nicht so schwer sein — ich komme mit Euch.“

Er wies mit dem Kopf auf die tiefen Fensternischen. Caroline lief von Bett zu Bett, riß die Laken ab und begann, sie in lange Streifen zu zerreißen. Die anderen standen wie eine Herde aufgeregter Hühner beieinander, flüsterten, stritten sich und sahen aufmerksam zu. Rodney rannte zum linken Fenster, klomm in die Nische, packte das verzierte Fenstergitter und zog vorsichtig daran; der Mörtel gab nach. Er richtete sich auf und zog fester. Das ganze Gitter kam heraus und fiel auf den Fußboden. Er spähte aus dem Fenster, hinab in die Tiefe. Sterne wurden von der schwarzen, seidigen Oberfläche des Flusses gespiegelt. Er lehnte sich weiter hinaus, schätzte die Höhe — fünfzehn bis achtzehn Meter!

„Sahib, lehn' dich nicht zu weit hinaus! Es ist gefährlich.“

Die Stimme klang, als ob der Mann in sein Ohr spräche. Er fuhr herum und verdrehte den Kopf. Zwei Soldaten lehnten drei Meter über ihm an der Brustwehr und sahen ihm ins Gesicht. Sie waren bewaffnet; die aufgepflanzten Seitengewehre hoben sich deutlich gegen den Himmel ab. Er bückte sich, kroch in das Zimmer zurück und sprang auf den Boden.

Dellamain lag in einer Ecke, zusammengeschrumpft; sein Gesicht glänzte feucht. Geoghegan hatte McCardle als Wächter abgelöst und hielt den Statthalter an der Gurgel. McCardle arbeitete mit Caroline zusammen; sie knoteten die Leinwandstreifen aneinander. Caroline blickte auf, als Rodney zurückkehrte. Er erhob schweigend den Kopf und deutete auf das Dach. Er dachte verzweifelt nach. Das Badezimmer — das nützte auch nichts. Konnte man die Schildwachen an der Tür übermannen, einen Massenausbruch inszenieren? Nicht genug Gefangene, und keine Waffen!

Carolinens Finger bewegten sich gewandt von Knoten zu Knoten. Sie kniete auf dem Boden und sprach abgehackt mit ihm, ohne aufzuschauen. „Hat man nicht — mitunter — Menschen ermordet — in solchen Zimmern — und die Körper beseitigt?“

„Die Falltüren? Ja, die gibt es in fast allen Schlössern. In Agra habe ich sie gesehen; hier wird es vermutlich nicht anders sein. Aber die sind gewöhnlich in den unteren Stockwerken — nicht so hoch.“

„Wollte man nicht — manchmal — einen Ehrengast — verschwinden lassen — ohne den Körper — durch's Schloß zu tragen?“

„Ja, das ist möglich, aber ...“

Er zuckte die Achseln. McCardle hatte zugehört und unterbrach ihn. „Spar deinen Atem, Mann! Heb die Teppiche hoch, rück' den Diwan beiseite!“

Als das Seil fertig war, machten sich die drei an die Arbeit. Mrs. Bell stieg von dem Diwan herunter, hielt ihr Baby fest und sah ohne Interesse zu. Rodney zog und zerrte; aber er war plötzlich mutlos geworden. Das Ganze kam ihm sinnlos vor. Vielleicht war es richtiger, die Dinge zu nehmen, wie sie kamen. Vielleicht hatte die Rani wirklich die Absicht, sie zu beschützen.

Caroline blickte auf, ihre Augen glühten ihn an. Vor ihrer angespannten Energie fühlte er sich wehrlos, sogar ein wenig schuldbewußt. Man konnte es nicht wissen; vielleicht war wirklich eine Falltüre mit einem unterirdischen Gang unter dem Diwan; vielleicht konnten sie wirklich durch den Gang entkommen. Er warf sein ganzes Gewicht gegen den Diwan, der langsam nachgab.

Sie zogen die Teppiche beiseite, die unter dem Diwan lagen. Zwei eiserne Ringe waren in einen viereckigen Stein versenkt, der jünger aussah als die übrigen Steine. Sie zogen an den Ringen, der Stein gab nach und kam heraus. Rodney blickte hinunter in ein schmales, fast senkrechtes, schwarzes Loch. Es war nicht zu sagen, wie tief das Loch war oder wohin es führte. Seine Seiten waren viereckig und bestanden aus rohbehauenen Steinen. Alle drei knieten jetzt an der Kante und starrten einander an.

Caroline flüsterte: „Das ist unsere letzte Chance gegen die Rani."

Ihre Stimme zitterte; ihre Augen lagen auf Robin, der wach auf einem Feldbett lag und am Daumen lutschte. Rodney schaute wieder in das viereckige schwarze Loch. Wenn irgendwo ein Gitter eingemauert war — möglicherweise unter der Wasseroberfläche? Oder wenn der Gang einige Meter über dem Fluß endete, in dieser trockenen Periode — über Steinen oder Felsen? Wenn die Leintücher rissen? Wer diesen steinernen Gang hinunterrutschte, ungebremst hinunterrutschte, wurde geschunden, zerbrochen, versengt. Diejenigen, die gewöhnlich auf diese Weise befördert wurden, waren tot und kümmerten sich nicht mehr viel darum. Er hörte, wie Caroline sagte: „Ich zuerst, dann Robin, dann Sie, dann Mr. McCardle."

Er wollte mit ihr streiten; aber sie hatte jetzt das Heft in die Hand genommen. Sie fuhr fort: „Ich ziehe zweimal am Strick, wenn ich unten bin. Dann holen sie ihn hoch, binden Robin an und lassen ihn hinunter zu mir."

„Gut!"

„Alles fertig? Halt — noch einen Augenblick! Ich kann diese Leute nicht allein lassen." Sie wandte sich an die andern und erhob ihre Stimme. „Bitte, hört mir noch einmal zu. Ihr seid in größerer Gefahr, als Ihr glaubt. Wir können durch dieses Loch entkommen. Draußen warten Freunde auf uns."

Jung-Myers blickte von seiner Mutter zu seiner Schwester; alle drei senkten die Augen. Mrs. Bell drückte ihr Baby fester an sich. Mrs. Bulstrode kicherte einmal kurz auf. Mrs. Hatch starrte in die schwarze Höhle und fluchte halblaut.

Father D'Aubriac sagte mit seiner sanften, freundlichen Stimme: „Je crois que vous avez raison, mon enfant. Mais ces autres ont le corps et l'âme malades. Meine Platz, sie ist 'ier. Gehen Sie schnell, gehen Sie mit die gute Gott, der ist auch für Sie gestorben ..."

Er schlug das Kreuz mit der Hand. Seine Augen zwinkerten, nichts als Güte lag in seiner Stimme.

Geoghegan wandte den Kopf und krächzte heiser: „Och, ich würde gerne mit Euch kommen; aber ich bin nur eine Belastung ... Glück für Euch — Teufelsglück!" Er grinste gefährlich und packte Dellamains Hals fester.

Caroline sagte: „Dank Ihnen, Father. Dank Ihnen, Mr. Geoghegan. Lebt wohl, alle — und gutes Glück, alles Gute. Jetzt los!"

Rodney befestigte das eine Ende des improvisierten Seils am Fuß eines Bettes und warf das andere hinunter in das viereckige Loch. McCardle stand bereit, um sich gegen das Bett zu stemmen. Caroline fragte: „Wo treffen wir uns, wenn wir getrennt werden?"

„Eine Meile stromaufwärts — an diesem Ufer — mein altes Lager. Bekannt?"

„Jawohl."

„Gut so."

Sie hockte sich auf die Kante des Loches, packte das Seil, rollte sich herum und war verschwunden. Einen Augenblick konnte er noch ihren Schopf sehen; dann schlug die Dunkelheit über ihr zusammen. Zwanzig Sekunden vergingen, vierzig, sechzig. Ein leises Klatschen scholl aus der Öffnung, das Seil tanzte. Er zog es Hand über Hand empor. Offenbar hatte es gerade bis zur Wasserlinie gereicht. McCardle legte zwei Schlingen unter Robins Knie und Schultern — das verkürzte das Seil wieder um fast zwei Meter. Ein Schuß krachte von der Brustwehr über ihnen, der Knall füllte das ganze Zimmer. Wenn die Schüsse Caroline trafen, würde Robin ertrinken. Robins stumpfe Äuglein wurden plötzlich hell, er schrie, weinte und versuchte, sich von dem Loch wegzustoßen.

„Es ist alles gut, Robin! Tante Caroline ist unten und fängt dich auf."

Er durfte nicht länger zögern; deshalb stieß er Robins Schultern mit Gewalt nach unten und zwang die kleinen Finger, sich von der steinernen Kante zu lösen. McCardle fierte weg, Rodney hielt den Atem an, bis das jämmerlich verzogene kleine Gesicht im Dunkel verschwunden war. Aber sein Angstgeschrei scholl noch lange aus dem dunklen Schacht, und Mrs. Bulstrode begann laut zu weinen.

Als das Ende des verkürzten Seils erreicht war, blickte Rodney über den offenen Schacht hinweg McCardle an. Robin hing jetzt wohl zwei Meter über dem Wasser, so daß Caroline ihn nicht erreichen konnte. Sie mußten das Seil losbinden und hinunterwerfen; er und McCardle mußten eine Rutschpartie durch den Schacht machen. Wieder krachte ein Schuß auf der Brustwehr, und in dem Korridor wurden Geräusche laut. Father D'Aubriac stieß zwei Betten gegen die Tür und rief Jung-Myers zur Hilfe. Geoghegan ließ Dellamain los und gesellte sich ihnen zu. Gemeinsam verrammelten sie die Tür, während Dellamain flach auf den Teppich fiel und verzweifelt „Hilfe, Hilfe!" schrie.

McCardle löste das Seil von dem Bett und nickte. Er ließ los. Die letzten Knoten glitten in den Schacht und verschwanden. Wieder klang ein Klatschen herauf.

Mrs. Hatch kam vierschrötig auf sie zu. „So wat hat de Welt doch noch nich jesehn. Ick tu et nich jerne. Aber runter muß ick. Vorwärts."

Rodney und McCardle starrten einander an und blickten wieder hinunter in das Loch. Zwanzig Meter! Mrs. Hatchs Gesicht wetterleuchtete kriegerisch. „Vorwärts, Ihr Brieder. Rollt mr in den Teppich in! Seid 'r denn alle varickt jeworden?"

Sie packte einen Zweimeterteppich, legte sich darauf und rollte sich selbst hinein. Sie schoben sie bis zur Kante des Schachtes und kippten sie hinein. Sie stieß einen ungewollten Schrei aus, der rasch verklang. Dann hörte man nur noch ein dumpfes Rumpeln und Poltern, gefolgt von einem Klatschen, und der Geruch von brennender Wolle kam durch den Schacht empor.

McCardle sagte: „Du als nächster, Rodney — auf die gleiche Weise. Der alte Besen hatte wirklich eine gute Idee." Er rollte Rodney in einen anderen Teppich. Plötzlich brach die Tür auf, die Betten wurden beiseitegestoßen, der Dewan stürzte in das Zimmer, gefolgt von einem Dutzend Soldaten. Eine Sekunde lang wagte niemand, sich zu rühren — der Raum war ein Durcheinander von Schatten und primelgelben Röcken. In diesem Augenblick sah Rodney, der gewaltsam den Kopf gehoben hatte, Dellamains schwächliches Kinn und seine plumpen, nutzlosen Hände. Er sah auch den Dewan in der Tür stehen und die wahnsinnige Mordlust in seinem Gesicht.

Das Bild brach auseinander. Father D'Aubriacs Röcke flogen, als er einen Faustschlag im Magen eines Soldaten landete. Mrs. Bulstrode schlug eine Lampe um; Jung-Myers trat die andere aus; es wurde dunkel.

Er kämpfte gegen den Teppich; er mußte hinaus, er mußte ihnen helfen. Vielleicht konnte er etwas gegen dieses indische Schwein tun; vielleicht konnte er den Dewan töten. Er kämpfte und schrie McCardle an: „Laß mich raus! Laß mich raus!"

Die Soldaten feuerten blindlings in den Raum. Feuerzungen und Explosionen füllten das Zimmer, Kugeln schlugen quer und surrten an den Mauern entlang. Dellamain schrie aus voller Kehle: „Ich werde es dem Generalgouverneur sagen, ich werde alles berichten ..."

Eine gelbe Explosion zeigte McCardles Gesicht, seine Augen, dreißig Zentimeter von Rodney entfernt. Der Arzt sagte mit seiner sanften, schottischen Stimme: „Halt dich fest, Rodney. Good luck! Alles Gute ..."

Das Fußende der Teppichrolle kippte nach unten. Er packte die Teppichkanten vor seinem Gesicht, drückte sie nach oben und zog den Kopf zwischen die Schultern. Sein Magen drängte nach oben, er konnte nicht mehr atmen. Ringsum brüllte der Schacht, lauter, immer lauter. Die Steinwände trommelten gegen seinen Kopf und seinen Rücken — rasend schnell und gleichförmig. Ein kreischendes Pfeifen zerriß ihm fast das Trommelfell — der Geruch von brennender Wolle biß in seine Nase.

Der feste Stein verschwand plötzlich, er wurde ins Wasser geschleudert. Der Schlag des Wassers gegen seine Füße war schmerzhaft, als ob er auf festen Boden gesprungen wäre. Er stieß den Atem aus, versuchte Luft zu holen und schluckte dabei eine ganze Portion Wasser. Endlich gelang es ihm, den Teppich loszuwerden, mit Armen und Füßen um sich zu schlagen und zur Oberfläche des Flusses zu schwimmen. Als er den Kopf in die Luft streckte, verschwand der Druck in seiner Brust; er konnte wieder atmen; und im gleichen Augenblick konnte er auch wieder denken. Vermutlich standen Männer auf der Brustwehr, die auf ihn zielten. Er tauchte schnell und schwamm ein Stück stromabwärts unter Wasser.

Erst als seine Lungen beinahe platzten, hob er vorsichtig wieder den Kopf. Kein Schuß zu hören! Er glitt stromabwärts, auf der Suche nach den andern, und fand Mrs. Hatch zuerst. Sie schnaubte und hustete und wurde von der Luftblase in ihren gewaltigen Röcken über Wasser gehalten. Als sie ihn sah, gurgelte sie: „Hilfe, Hilfe! Ick kann nich schwimmen." Er stützte sie unter den Schultern. Ein Stück vor ihnen schwamm Caroline gewandt an der Mauerkante entlang und sprach mit Robin, den sie im Arm hielt. Sie erreichte das Ufer als erste und wartete im Wasser, bis Rodney herausgeklettert war und Robin an sich nahm. Das Kind war betäubt, erschreckt, sprachlos; seine Augen bewegten sich unruhig von der einen Seite zur anderen; es schien keinen Menschen zu erkennen.

Ein Baumgürtel begann hier, der sich längs des Ufers bis zum Landesteg der Fähre erstreckte; gelbes Licht schien aus der Hütte des Fährmanns. Rodney führte die andern in den Wald, bis sie ganz zwischen den dunklen Schatten der Stämme untergetaucht waren. Sie legten sich hin und lauschten auf ihre Verfolger. Aber es war kein Geräusch zu hören. Die Festung schwieg, das Plätschern des Flusses war weit entfernt. Nur die Frösche quakten, Mrs. Hatch schnaufte schwer, und das Wasser gluckerte aus ihren nassen Kleidern.

Caroline flüsterte: „Was ist los? Wo ist Mr. McCardle?"

„Tot! Die Rani hat sie alle umbringen lassen. Der Dewan..."

Seine Zähne klapperten; aber nicht aus Angst, sondern aus körperlicher Erschöpfung und Kälte. Er spürte jetzt kein Gefühl mehr in sich außer einer großen Müdigkeit. Sein Kopf schmerzte, seine Hände zitterten unentwegt, ohne daß er etwas dagegen tun konnte. Plötzlich holte Caroline entschlossen Luft und sagte: „Sie werden uns hier finden. Wir müssen uns beeilen."

Er erwiderte müde: „Piroo! Ich breche jetzt auf und suche ihn. Ihr bleibt hier, bis ich zurückkehre."

„Piroo ist gut! Aber ich werde ihn holen. Sie sind zu auffällig. Ich nicht in meinem Sari! Außerdem kenne ich den Weg genau. Seien Sie nicht dumm. Wir haben keine Zeit zu streiten. In dreiviertel Stunde spätestens bin ich wieder da. Sagen Sie mir lieber, wohin Sie fliehen, wenn Sie hier aufgespürt werden!"

Ihre Stimme klang leise neben seiner Schulter. Rodney nickte; in den düsteren Gassen der Stadt würde sie in dem Sari für eine Eingeborene gehalten werden. Aber er dachte an ihre verbundenen Füße und zögerte einen Augenblick, ehe er antwortete.

„Wir gehen zum Fluß hinunter und verstecken uns unter dem überhängenden Ufer. Wenn sie uns verfolgen, werden wir versuchen hinüberzuschwimmen. Dann gehen wir stromaufwärts. Der gleiche Treffpunkt wie vorhin ausgemacht; aber auf der anderen Uferseite. Das ist sicherer. Caroline, um Gotteswillen, seien Sie vorsichtig."

Sie war schon fort. Eine Weile noch hörte er dürre Äste unter ihren Füßen knacken, dann wurde es still; sie hatte die Felder erreicht. Mrs. Hatch lag steif vor Angst und Erschöpfung zu seinen Füßen. Er zwang sich aufzustehen, nahm Robin auf den Arm und kroch zum Fluß zurück. Die Uferkante war über einen Meter hoch, und die Grasnarbe an ihrem oberen Teil, verstärkt durch das Wurzelwerk der Bäume, hing über den Fluß hinaus. Das Wasser ging ihnen bis zur Hüfte, der Boden war steinig. Lange Zeit suchte er überall nach einem Stück Treibholz, das ihm helfen sollte, im Ernstfall die beiden über den Fluß zu bringen; aber er fand nichts. Er warf einen abschätzenden Blick auf Mrs. Hatch. Sie war kräftig gebaut. Sicher — er würde alles tun, um sie zu unterstützen, solange sie keine Panik bekam und ihn mit sich hinabzuziehen versuchte. Dann allerdings ... Er drückte Robin fester an sich. Die heiße Nachtluft trocknete sein Hemd, das Wasser schmeichelte kühl um seine Hüften und zerrte ein wenig an seinen Hosen. Plötzlich trat der Halbmond aus dunklen Wolkensträhnen heraus. Er wünschte, seine Zähne würden nicht so klappern; nur Robins Gewicht hielt seine Hände fest. Zwanzig Minuten nach Carolinens Verschwinden begannen die Frösche in Richtung zum Fort aufgeregter zu quaken. Mrs. Hatch packte seinen Arm und flüsterte heiser: „Fußschritte, hören Sie nichts?" Er drückte ihr Robin in den Arm, faßte sie unter den Achseln und machte sich bereit, mit ihr in den Strom hinauszugleiten. Er lauschte, spähte, mit zusammengepreßten Zähnen und steifen Knien — nur ein Mann war zu hören, der vorsichtig dahinschritt; ein Mann ohne Fackel. Vielleicht wollte er zur Fähre gehen. Seine Kiefermuskeln schmerzten, so krampfhaft drückte er die Zähne aufeinander.

Plötzlich rief eine ängstliche Stimme im Wald: „Captain

Savage, Savage-Sahib! Ich bin es, Prithvi Chand. Sind Sie noch da?“

Er antwortete nicht. Leichte Schuhe patschten auf die Erde und raschelten im Laub; der Mann sprach wieder.

„Ich bin es, Prithvi Chand, Ihr Freund! Ich habe eine Botschaft von Ihrer Hoheit. Sie sind sicher, Captain! Die Rani will Sie beschützen.“

Er lächelte grimmig. Es war wirklich Prithvi Chand; er erkannte die Stimme des Dicken.

„Kommen Sie heraus, Captain — kommen Sie Ihres Kindes wegen! Ich habe Ihnen etwas sehr Wichtiges mitzuteilen. Ich bin allein und unbewaffnet.“

Rodney faßte einen Entschluß. Er glitt ein paar Meter stromaufwärts, zog sich vorsichtig am Ufer hoch und blieb ruhig liegen, während das Wasser von ihm strömte. Seine tastenden Finger legten sich um einen kantigen Stein und hielten ihn fest. Prithvi Chand ging vorbei, ein Mondgeist, der mit zitternder Stimme immer wieder die Botschaft verkündete: „Sie sind sicher! Ich verspreche es Ihnen.“

Er sprang auf, holte aus und schlug den Stein gegen Prithvi Chands Schädel. Der schwere Mann fiel in einen Blätterhaufen; Rodney setzte sich auf ihn und flüsterte: „Ein lauter Ruf und ich schlachte dich, du schwarzer Teufel!“

Prithvi Chand stöhnte und kam langsam wieder zu Bewußtsein. Rodney flüsterte: „Still jetzt! Was gibt es? Sprich — aber schnell!“

„Eine Botschaft von der Rani. Sie hat keinen Befehl gegeben, daß die Engländer umgebracht werden sollten. Der Dewan tat es. Oh, mein Kopf, mein Kopf! Der Dewan hörte, wie die Rani sagte, sie wünschte euch alle tot zu sehen — wünschte Sie mit ihren eigenen Händen zu erwürgen. Er dachte — jedenfalls behauptet er das —, daß es ihr Ernst war. Und er nahm eine Handvoll Soldaten und — Ooooh! — Er wollte Sie lebend zu ihr bringen.“

„Und das soll ich glauben?“

„Es ist wahr. Hier!“ Er befreite eine Hand und fuhr damit in die Tasche. „Hier ist der Ring, der Rubinring, den sie Ihnen einmal geschenkt hat. Sie liegt auf den Steinen im Hof des Palastes und hat versucht, sich selbst zu erstechen. Sie sagte zu mir: ‚Gib ihm den Ring und sage ihm, er soll sich an die Nacht erinnern, in der ich ihm den Ring zum erstenmal schenkte!‘ Sahib, niemand verfolgt Sie! Aber eine Menge Soldaten wissen nicht mehr, was sie tun sollen. Sie sagt, daß Sie nur noch in der Festung sicher sind. Aber . . .“

„Aber was?“

„Gehen Sie nicht zurück! Lassen Sie mich die beiden Frauen und das Kind in die Festung nehmen und fliehen Sie. Fliehen Sie nach Gondwara. Jemand muß nach Gondwara gehen — bald! Jemand, dem geglaubt wird. Die Sepoys in Gondwara werden meutern, wie die Sepoys von Bhowani, sobald unsere Armee und die abtrünnigen Regimenter von Bhowani bereit zum Angriff sind. Nicht früher — verstehen Sie mich? Nicht früher! Man wird Ihnen vertrauen, weil sie Befehl haben, nicht zu meutern, bis der Angriff durchgeführt werden kann. Sie werden sogar in den ersten Kämpfen und Patrouillengefechten tadellose Soldaten sein. Sie werden ein paar Männer ihren Offizieren übergeben und sagen, daß es Meuterer sind. Ihr General hat so wenig Truppen hier. Er kann es sich nicht leisten, sie ohne Grund zu entlassen.“

Rodney fuhr ihn wild an: „Auf wessen Seite stehst du eigentlich?“

Prithvi Chand, eine schwammige Masse, lag flach auf dem Bauch unter ihm und stöhnte voll Schmerz zwischen den einzelnen Sätzen. Der Ring in seiner Hand funkelte im Mondlicht wie ein blutiges Auge.

Seine Stimme wurde fester und nahm eine Art Würde an: „Ich stehe auf der Seite Indiens. Ich will, daß mein Land eines Tages groß ist — und frei! Diese Meuterei führt zu nichts. Wir sollten von Euch lernen! Wir sollten über Euch lachen, wie man über ehrgeizige Kinder lacht; sollten Euch als

Gäste behandeln, obwohl Ihr Euch selbst eingeladen habt. Das wäre indisch. Wir könnten sogar zu Freunden werden, später einmal. Vielleicht würdet Ihr alle wieder weggehen; vielleicht würden wir einige von Euch bitten, bei uns zu bleiben. Dies hier — dies ist schrecklich. Ich wußte nichts davon, bis zu dem Augenblick in der Nacht auf Sonntag, als es mir der Dewan erzählte."

Rodney wollte sich erheben. Aber bei der ersten Bewegung hörte er Robins leises Weinen; es vermischte sich auf merkwürdige Weise mit dem Geschrei der sterbenden Joanna, mit Geoffreys sinnlosem Brabbeln, mit den schrecklichen Lauten des Gemetzels in dem oberen Raum der Festung. Er packte den Stein fester mit der rechten Hand. Wut kochte in ihm, bis er zitterte.

Mit den Augen maß er den Abstand zu Prithvi Chands Hinterkopf und sagte, sorgfältig darauf bedacht, ruhig zu sprechen: „Bist du ehrlich gegen uns?"

„Ich habe dir gesagt, Captain-Sahib: Ich bin ehrlich gegen Indien, denke aber . . ."

Rodney schlug mit aller Kraft zu. Prithvi Chands Schädel krachte — er schlug und schlug und stieß dazwischen heraus: „Schmutziges — schwarzes — Schwein! Schwein! Schwein!"

Er hielt inne, tastete nach Prithvi Chands zerschlagenem Schädel, verzog die Lippen zu einem schiefen Lächeln. Einer weniger, dachte er — der hier verrät uns nicht mehr an das mordgeile Frauenzimmer in der Festung. Was hatte Borgia einmal zu Sinigaglia gesagt? „Es ist angenehm, jene zu betrügen, die sich selbst als Meister des Verrates erwiesen haben." Das sollte von jetzt an sein Leitwort in allen Verhandlungen mit Indern sein. Ein ausgezeichnetes Leitwort. Das — und Verachtung!

Er wischte seine Hände am Gras ab, warf Prithvi Chands Körper ins Unterholz und den Ring der Rani hinterher. Dann glitt er wieder in das Wasser neben Mrs. Hatch und murmelte: „Ein Narr weniger! Ich habe ihn getötet."

Er hatte wilde Kopfschmerzen, fühlte sich aber trotzdem leicht und glücklich. Das war schon besser gewesen. Später einmal würde er mit dem Silberguru und der Rani genau so verfahren. Die Gelegenheit würde schon kommen — irgendwo, irgendwann. Der Dewan würde nicht so schnell sterben; dazu würde er schon ein kleines Feuer brauchen. Der Dewan — natürlich, jetzt verstand er, warum das kleine Schwein gern tötete. Es war ein Genuß. Warum blickt Mrs. Hatch mich so merkwürdig an? — dachte er flüchtig; aber seine Gedanken waren schon wieder weitergegangen; sie wanderten durch endlose, roterleuchtete Korridore, gefüllt mit zuckendem Fleisch.

Piroos heisere Stimme erklang über ihnen: „Wo bist du, Sahib?"

Er reichte Robin hinauf, kletterte hinterher, zog Mrs. Hatch hoch und folgte Piroo durch das Waldstück. Der vertraute Karren stand am Rand der Felder. Vielleicht würde er von jetzt in alle Ewigkeit in einem solchen Karren reisen; es war kein ganz unangenehmer Gedanke. Er verstand jetzt alles, was geschehen war, und er kannte alle seine Feinde. Er stieg in den Wagen, lächelte sanft und bog seine Hände. Zwei Menschen kauerten schon darin: Caroline und Sitapara. Jetzt hockten sie alle dicht nebeneinander, und Piroo schloß die Plane. Die Luft war dick von Patschuli und roch scharf nach Betel. Piroo zischte, die Ochsen rissen am Joch. Sie saßen Seite an Seite und schwiegen eine halbe Stunde, während der Karren quietschend durch die Felder zog. Die drei Frauen hatten Angst und lauschten; aber Rodney lehnte sich zurück, entspannt und friedlich; denn er wußte, daß keine Soldaten hinter ihnen her waren. Er konnte Caroline nicht gut erzählen, woher er das wußte, ohne von Prithvi Chand zu sprechen; und dann würde sie ihn anschauen, und er mußte sich schämen. Trotzdem, er hatte es für sie und Robin getan; eines Tages würde sie ihm dafür danken.

Schließlich hielt der Wagen, und Piroo brummte: „Affenbrunnen! Und niemand hinter uns her!"

Sitapara flüsterte: „Fahr doch von der Straße runter.“ Sie neigte sich vor, und die anderen schoben ihre Köpfe näher, als sie französisch weitersprach: „Ich habe Piroo befohlen, Euch nach Chalisgon zu bringen. Dort müßt Ihr Euch ausruhen und warten, bis das Kind stark genug ist. Ich hätte es gerne bei Tageslicht gesehen. Mademoiselle sagt, es ist ein sehr hübsches Kind. Piroo kennt den Weg. Ich habe Freunde dort. Sie werden Euch schützen und für Euch sorgen. Die Rani ist in Chalisgon genau so unbeliebt; Ihr werdet sicher sein!“

Caroline, die ihm gegenübersaß, hielt Robin fest im Arm. Sie sagte: „Ich danke dir, Sitapara. Du bist sehr gut zu uns gewesen. Geh' jetzt zurück — setz dein Leben nicht weiter für uns aufs Spiel! Wir haben ein Gewehr. Gott segne dich.“

„Eine Minute noch! Hier ist Geld, hundert Rupien in Company-Silbergeld. Nehmt, ich habe genug davon. Zahlt es zurück, wann Ihr wollt, meinetwegen mit Zinsen. Mein bester Lohn ist, wenn die Rani gehängt wird. Ich war schon unruhig geworden. Ein fetter Händler aus Kalkutta kam hierher. Ich kenne ihn und ich weiß, daß er Kalkutta nur verläßt, wenn es sich um wirklich große Dinge handelt. Plötzlich, am Ende des Holifestes, ließ mich der Dewan in den Kerker werfen. Sie müssen herausbekommen haben, daß ich Euch eine Botschaft nach Bhowani schickte. Am Sonntag ließen sie mich wieder frei. Hört mich jetzt an: Bleibt in Chalisgon, bis das Kind und alle stark genug sind — oder das Land und die Hitze töten Euch sicherer, als der Dewan vermag. Eile mit Weile! Verlaßt Euch auf Piroo. Er ist gar nicht so ein alter Narr — aber das habt Ihr inzwischen wohl selbst gemerkt.“

Rodney machte eine abwehrende Geste, und Sitapara wurde wild. „Espéce de chameau! Nimm Vernunft an! Du stirbst, wenn du nicht einem Menschen vertrauen kannst. Vertrau mir und Piroo und den Menschen von Chalisgon, und du wirst am Leben bleiben.“

Rodney fuhr mit der Zunge über seine Oberlippe. Shyamsinghs Körper lag verkrümmt im Brunnenschacht der Affenquelle, wenige Meter entfernt; der große Mantelpavian konnte nicht weit weg sein. Dies hier war ein verrufener Platz — Geister und Schlangen lebten auf ihm. Auch Sitapara gehörte hierher. Vielleicht, dachte er, wenn sie aussteigt, um in die Stadt zurückzukehren — vielleicht kann ich zwei Minuten von den anderen weggehen. Es würde leicht sein und Spaß machen. Sicher steckte sie auch in dem Komplott; alles war eine Falle. Auch Piroo mußte verschwinden, selbstverständlich, bevor sie Gondwara erreichten; oder sie würden alle untergehen. Dieser kleine Knirps — man mußte ein Auge auf ihn halten. Er war zu verdammt geschickt mit dem Seidentuch! Ein gefährlicher Bursche, verschlagen wie alle Inder. Nur ein Ding zählte: „Auf dem schnellsten Wege nach Gondwara!" Prithvi Chand hatte die Wahrheit gesprochen; nichts als Wahrheit war in der unruhigen, zitternden Stimme gewesen. Außerdem konnte jetzt kein Inder mehr Rodney zum Narren halten. Er hatte eine übermenschliche Einsicht in die Dinge gewonnen und er spürte es sofort, wenn sie ihn belogen. Sie logen immer. Es war sehr einfach!

Sitapara sagte: „Ich glaube, Ihr seid soweit sicher. Ich bin mitgefahren, weil die Soldaten von Kishanpur nicht wagen würden, einen Karren zu durchsuchen, in dem ich sitze — trotz meiner Verhaftung. Man weiß schließlich, wer ich bin!" Ihre letzten Worte klangen etwas bitter.

Sie war aufgestanden und aus dem Wagen hinaus, ehe Rodney sie hindern konnte. Er wollte ihr folgen; aber Caroline berührte seinen Arm. Er zuckte zusammen, zitterte und sank zurück auf seinen Platz.

Piroo und Sitapara murmelten draußen miteinander; er fing einige Worte auf: „Du weißt genau, was du zu tun hast?"

„Ja. Jai ram, Schwester."

„Jai ram."

Piroo wußte also, was er zu tun hatte. Na, andere wußten

es auch! Er tastete nach seinem Gürtel, nach dem Griff und der Scheide des Seitengewehrs. Der Wagen rollte; er legte die Arme um die Knie und schloß die Augen.

Verräterisches, mörderisches Schwein! Erste und letzte Aufgabe für jeden Weißen war jetzt die Wiedereroberung Indiens. Die Engländer waren Eroberer, nicht Freunde des Landes; es war ein furchtbarer Irrtum gewesen, daß sie es jemals vergessen hatten. Kein Frieden, keine Gnade, ehe nicht der letzte Inder auf dem Bauch kroch. Hundert Jahre später sollten steinerne Gedenktafeln an allen Straßen stehen: ‚Hier wurden englische Kinder lebend in ihren Betten verbrannt! Hier wurden englische Frauen in Stücke geschnitten von den braunen Tieren, die ihr ringsum seht. VERGESST ES NICHT!' Hundert Jahre würden nicht genügen, um diese Schande auszulöschen. Der alte Teufel Sher Dil war sicher nur erschossen worden, als er sich mit andern um die Beute raufte. Lachman und die anderen waren einfach weggelaufen. Wie konnte er jemals so töricht gewesen sein, auch nur einen Gedanken an sie zu verschwenden? Sicher, es würde wieder indische Diener und indische Sepoys geben — aber, bei dem Heiland Jesus Christus, es würde ein Unterschied sein. Die nächsten Monate würden einen neuen Grundstein legen; einen Grundstein aus Granit, roh und kalt. Britische Soldaten würden von Übersee nach Indien strömen. Sie würden erfahren, was in Bhowani und Kishanpur geschehen war, und sie würden es tausendfach vergelten. Rodney würde sie anführen. Oh, er würde schon die richtigen Worte zu finden wissen, um ihnen zu erzählen, was sich in Bhowani ereignet hatte. Sie sollten das Blut sehen, das er gesehen hatte; sollten die Schreie hören, die er gehört hatte; sollten das eisige Grauen angesichts des Verrates spüren, das er gespürt hatte.

Er war ein Kämpfer von Beruf. Rote Wut durfte jetzt seinen Verstand nicht trüben. Erst der Sieg, dann die lange Vergeltung! Kein Sieg — keine Vergeltung! Wenn es keine anderen Länder in der Welt gäbe, würde England, auf sich allein gestellt, dieses Volk über kurz oder lang in die Knie zwingen. Aber es gab andere Länder: Frankreich und Rußland würden überglücklich sein und mit Drohungen arbeiten, so daß England vielleicht nicht seine ganze Kraft in die Wiedereroberung werfen konnte.

Prithvi Chand hatte die Wahrheit gesagt; er spürte das. Wenn aber Gondwara noch nicht verloren war, dann stand wahrscheinlich noch die ganze englische Macht südlich von Gondwara. Die Armeen von Bombay und Madras warteten noch, um festzustellen, wie das Abenteuer in Bengal auslaufen würde. Vielleicht war Gondwara jetzt der Schlüssel zu Indien; wer es halten konnte, hielt damit ganz Indien; die Rückeroberung des Nordens würde nicht so lange Zeit in Anspruch nehmen. Wenn es aber fiel, flutete Aufstand über den ganzen Kontinent; und vielleicht würde England nicht mehr Zeit genug finden, um die gigantische Aufgabe der Wiedereroberung durchzuführen. Es ging ja nicht nur um Bombay und Madras; es handelte sich auch darum, was inzwischen im übrigen Norden geschehen war — was die Sikhs getan hatten, was Lalkot getan hatte. Dutzende von Prinzen standen jetzt sicherlich an den Grenzpfählen ihrer Ländchen und warteten ab, was aus Gondwara würde.

Er überschlug im Kopf die Stärke der britischen Garnison in Gondwara. Sie mußte ausreichen — vorausgesetzt, man entwaffnete die bengalischen Regimenter und erschoß die Sepoys. Wenn man den Sepoys erlaubte, ihre Waffen zu behalten, dann würde es zur Katastrophe kommen. Alle kleinen englischen Gemeinden in Indien würden weggeschwemmt werden. Sir Hector war neu in diesem Land. Er war ein undurchsichtiger Charakter; vielleicht war er so dumm und vertraute den Sepoys; vielleicht hatte er sie auch schon alle vor die Kanonen gebunden und in die Luft geblasen. Das konnte niemand bei ihm voraussagen.

Rodney sah seine eigene Straße klar vor sich. Er mußte seine kleine Gesellschaft nach Gondwara bringen. Er durfte niemand trauen; fuchsschlau und rücksichtslos wie der Tiger mußte er auf jeden Verrat mit doppelter Kriegslist antworten. Wenn er Gondwara erreichte, konnte er Sir Hector die Wahrheit sagen. Nur er allein konnte das tun. Botschaften waren nutzlos — abgesehen von allem andern, wurden sie sowieso nicht überbracht. Es hatte auch keinen Sinn, in panischer Angst wegzulaufen und sich selbst durch Überanstrengung zu töten. Er war schwach, krank und mußte erst stark werden. Die Aufständischen von Bhowani brauchten Zeit, um sich selbst zu organisieren, um Vorräte und Waffen zu sammeln, um sich mit der Armee von Kishanpur zu vereinigen, um nach Süden zu marschieren. Und es gab so viel britische Truppen in Gondwara, daß die Sepoys schon mondsüchtig sein mußten, wenn sie sich erhoben, bevor die Aufständischen vor den Toren waren.

Strategisch betrachtet, würde der Gegner vermutlich versuchen, Gondwara unmittelbar nach Ausbruch der Monsunregen anzugreifen. Die Regenzeit würde die britischen Gegenschläge und Entlastungsoffensiven bis September verhindern. Bis dahin konnten die Rebellen hoffen, ganz Indien in ihren Händen zu haben. Armeen konnten nicht durch den Regen marschieren — Verrat konnte es. Die eingeborenen Armeen in Bombay und Madras übertrafen die Briten an Zahl verhältnismäßig ebensosehr wie in Bengalen.

Er dachte wieder an die Rani — und plötzlich wußte er, daß der hundertste Jahrestag von Plassey ihr sehr viel bedeutete. Am 23. Juni 1757 unterwarfen sich die eingeborenen Herrscher Indiens den Engländern. Dies war der Tag, als Robert Clive durch seinen Sieg über den Nabab von Bengalen den Grundstein zu der Vorherrschaft seines Volkes über die Inder legte. Lag es nicht nahe anzunehmen, daß die Rani versuchen würde, am 23. Juni 1857, genau hundert Jahre später, die englischen Eindringlinge den indischen Fürsten zu unterwerfen? Außerdem paßte dieses Datum ausgezeichnet in die strategischen Pläne, die den indischen Hauptangriff mit dem Beginn der Regenzeit gleichsetzten.

Nur mußte er erst einmal abwarten, wie lange seine kleine Gesellschaft brauchte, um wieder zu Kräften zu kommen; erst dann konnte er seine eigenen Pläne genauer festlegen. Im Augenblick bestand kein unmittelbarer Zwang weiterzulaufen — man konnte vielmehr dem Bedürfnis aller nach Ruhe Rechnung tragen. Ich werde tun, als ob ich Piroo und den Einwohnern von Chalisgon traue, beschloß er bei sich.

Er lehnte sich behaglich zurück und wünschte, Caroline könnte sehen, wie er sie durch die Dunkelheit unter der Wagenplane anlächelte. Das war immer ein dummer Wunsch: Er hätte nicht gewagt, sie anzulächeln, solange er wußte, daß sie ihn sehen konnte. Ihr Knie berührte das seine; wahrscheinlich wußte sie gar nicht, wessen Knie es war in diesem Durcheinander. Mrs. Hatch schlief, obwohl sie von den Stößen des Karrens hin- und hergeworfen wurde; sie schnarchte laut und machte ein schnarrendes Geräusch mit den Lippen, wenn sie den Atem ausstieß.

Ja, dachte er, Caroline ist eine Frau, die ich verehren kann. Ich werde für sie sorgen und sie beschützen; ich werde für sie töten und es ihr niemals erzählen. Erst wenn wir in Sicherheit sind, werde ich ihr ein bißchen von dem erzählen, was ich getan habe — und sie wird stolz auf mich sein.

Er wußte, daß er nichts tun konnte, solange nicht ihr starker Wille hinter ihm stand. Das war das einzige, worauf er sich wirklich verlassen konnte; er würde jetzt klug sein und diese Kraft in der richtigen Weise benutzen — er würde andere töten, damit sie selbst am Leben blieben. Er hatte jetzt oft Visionen! Schauerliche Visionen, von roten Flammen und stinkendem Fleisch. Wenn Gott nur die anderen Visionen von ihm fernhielt, die Gedanken an ihren Körper, damit er nicht noch verwirrter würde. Hatte er nicht schon genug ausgehalten? Nein, er durfte nicht an ihren Körper denken — es würde ihn mit der Zeit verrückt machen. Die Kette zwischen ihnen war nicht die Kette zwischen Mann und Frau, sondern die zwischen einem Sünder und einer Heiligen. Eines Tages würde sie ihn mit ihrer süßen Stimme loben. Alles andere aber war eine Folter. Er bemühte sich, an ihr Gesicht zu denken, wie sie ausgesehen hatte, als sie Robin von Piroos Karren zur Festung trug, auf blutenden Füßen ... und mit der Zeit schlief er ein.

20. KAPITEL

Die Innentüren des Hauses standen offen; Rodney blickte aus dem großen Vorderzimmer, in dem er saß, durch den Gang in das Hinterzimmer. Dort saß Robin auf dem Fußboden und spielte mit einem hölzernen Spielzeugtiger, den ihm ein Bauer geschnitzt hatte. Sein Kopf und seine Hände bewegten sich schnell und mühelos, er war wieder kräftig, seine Wunden waren geheilt; aber er sprach selten und wimmerte ängstlich, wenn Rodney in seine Nähe kam. Versuchte Rodney aber, ihn auf den Arm zu nehmen, um ihn zu streicheln, so wurde der Junge steif und verdrehte schreckhaft die Augen. Dafür liebte er das warme Plätzchen an Carolinens Schulter oder auf Amelia Hatchs geräumigem Schoß. Rodney verzog die Mundwinkel nach unten; er wandte sich ab und sah sich in seinem eigenen Zimmer um. Die Wohnung in Chalisgon gehörte dem angesehensten Mann am Ort, dem Dorfältesten.

Mrs. Hatch saß auf einem niedrigen Holzblock in der Frauenecke neben dem leeren Herd. Sie hatte sich erstaunlich gut von den Beulen und Verbrennungen erholt, die sie sich bei dem Rutsch durch den steinernen Schacht zugezogen hatte. Wieviel Tage war das jetzt her? Dreizehn! Und es war die Nacht des 13. Mai gewesen. Jeden Abend, bei Anbruch der Dunkelheit, schnitzte er eine neue Kerbe in den Schaft seines Gewehrs, das einmal Shyamsingh gehört hatte; heute war der 26. Mai. Die Zeit war schnell verstrichen, während sie aßen und schliefen und wieder aßen und wieder schliefen. In der ersten Woche hatten sie überhaupt fast nur geschlafen.

Inzwischen wußte er genau, daß keine andere Feuerwaffe in dem Dorf war; sonst hätte er die Augen nicht mehr ruhig schließen können. Die Dorfbewohner waren für ihn feige Hunde, die sich vor einem Gewehr fürchteten. Er war fest überzeugt, daß sie nur auf eine Gelegenheit warteten, um die englischen Flüchtlinge beiseitezuräumen, ohne selbst etwas zu riskieren. Aus diesem Grund aß er und gewann seine Kräfte zurück, während er sich stellte, als ob er noch ein kranker, schwacher Mann wäre. In Wirklichkeit war er stark, gnadenlos und völlig Herr seiner selbst; eher oder später würde er es diesen Schweinen schon zeigen. Er war ehrlich genug, um sich einzugestehen, woher diese neue Kraft stammte, die in seinen Muskeln wartete, die Robin fröhlich mit einem Spielzeugtiger spielen ließ und Amelia Hatchs breiten Cockneyhumor zu neuem Leben erweckt hatte. Drei von ihnen hatten geschlafen — aber die vierte hatte nicht geschlafen: sie hatte warme Milch an seine Lippen gehalten, so oft er durstig war, und mit ihren festen Händen seinen Kopf gestreichelt, wenn er nachts in einem Alptraum hochfuhr, schreiend, schreckerfüllt; ihre ewigen Augen schienen allgegenwärtig zu sein. Die drei anderen hatten ihre Kraft verbraucht; jetzt war sie grau, verfallen, hohlwangig, und ihre tiefliegenden Augen brannten wie Feuer. Oh, er wußte alles und würde es nie vergessen. Er würde sie auf einen Sockel von Elfenbein stellen und für den Rest seines Lebens verehren. Er durfte sie niemals enttäuschen.

Auch Piroo war unermüdlich gewesen; aber selbstverständlich gab es auch für seine Kräfte einmal eine Grenze.

Das Vorderzimmer im Haus des Dorfältesten von Chalisgon war viereckig und niedrig. Festgeschlagener Lehm und Kuhmist bildeten einen glatten Fußboden. Außer Mrs. Hatchs Holzklotz und einem Stapel von Pfannen und Töpfen auf der Ecke des Herdes hatte es keine weiteren Möbel. Im ganzen Haus gab es schwerlich Mobiliar, mit Ausnahme eines Schrankes, gefüllt mit Pelzen, der in seinem Schlafzimmer stand, und einigen Borden in dem Raum, wo Robin und die zwei Frauen schliefen. Die Wände und der Fußboden dieses Zimmers waren nackt, Rauch von Holzfeuern hatte die Decke geschwärzt, weil es keinen Kamin gab, schwarze Rußfäden baumelten von den Balken über dem Herd. Der Raum war voller Menschen, wie jeden Abend um diese Stunde, wenn die Honoratioren der Stadt sich versammelten, um gemütlich zu schwatzen und eine Pfeife zu rauchen. Er kannte sie jetzt alle und betrachtete mit kühlen Augen die beiden Hauptgruppen.

In der hinteren Ecke des Zimmers hatten sich die Frauen versammelt: Amelia Hatch, Caroline Langford und das Weib des Hausbesitzers — eine kaffeebraune Ausgabe von Amelia, von ihr unterschieden nur durch den kleinen, goldenen Nasenring und das Kastenzeichen. Alle drei trugen weiße Saris. Mrs. Hatchs Kleid war schon seit vielen Tagen unbrauchbar geworden und völlig zerfetzt; ihre schwarzen Knopfschuhe lugten unter dem Sari hervor; sie paßten durchaus nicht zu ihrer orientalischen Kleidung, sie wirkten etwas protzig und fehl am Platz.

Die Männer saßen im Halbkreis, barfuß, die Schenkel auf den Fersen, um eine verräucherte Lampe herum, die an einem Wandarm hing. Rodney saß mit dem Rücken zur Wand, das geladene und gespannte Gewehr auf den Knien. Neben ihm saß der Dorfälteste, ein vierschrötiger Mann, noch nicht sehr alt, mit einem schweren Gesicht und dunkler Haut. Wie die anderen Männer des Dorfes trug er nur ein weißes Leinentuch, das locker um die Hüften gewunden, zwischen den Schenkeln durchgezogen und vorn mit einem Knoten befestigt war. Auf ihn folgte Karmadass, der Bannia des Dorfes — Großhändler, Bankier und Verkäufer in einer Person — ein dicker, schmalzhäutiger Kerl. Er war der gleiche Typ wie jener Händler, den Rodney in Bhowani und Kishanpur gesehen hatte und von dem Sitapara annahm, daß er in den Aufstand verwickelt sei; alle Bannias schienen in der gleichen Form gegossen worden zu sein. Dann kam der Priester — ein Kahlkopf mit abstehenden Ohren, einem weißen Kastenzeichen auf der Stirn und der heiligen Schnur über den Schultern. Auf ihn folgten zwei verschrumpelte alte Männer, die sich ähnlich sahen wie ein Ei dem anderen; sie waren Zwillinge und hatten beide krumme Schultern und entzündete Augen. Man hätte sie für Piroos ältere Brüder halten können. Piroo war der letzte; er hockte mit dem Rücken zur Wand gegenüber Rodney. Eine Spitze des schwarzen Seidentuches lugte wie immer aus seinem Lendenschurz. Halblaute, murmelnde Unterhaltung füllte den Raum; wenn die Dorfbewohner miteinander sprachen, benutzten sie einen Dialekt, den Rodney kaum verstehen konnte; aber sie sprachen und verstanden auch ein wenig Hindustani. Es war sehr heiß, die Tür zum vorderen Garten stand offen. Von draußen klang das Schnauben, Wiederkäuen und das Stampfen des Viehs herein, als ob die Tiere im Zimmer wären. Die billige Wasserpfeife auf dem Fußboden in der Mitte des Halbkreises bestand aus einem irdenen Wassertopf und einem geraden Bambusrohr, das jedermann zu sich herüberschwang, wenn er an der Reihe war zu rauchen. Das Wasser blubberte in dem Topf; Rodney atmete aus und spannte seine Bauchmuskeln an; er fühlte sich jetzt wieder kräftig. Es war an der Zeit, das Dorf zu verlassen und nach Gondwara zu gehen.

Er nahm einen Zug aus der Hukah und sog den beißenden Rauch durch die geschlossene Faust, damit seine Lippen das Mundstück der Pfeife nicht beschmutzten. Er stellte irgendeine müßige Frage; der geschwätzigere der beiden Zwillinge antwortete ihm, der fette Händler sagte freundlich, in stockendem Englisch: „Sie sprrrechen serrr gutt Hindustani, Sahib-Bahadur.“

Er erwiderte kalt auf Hindustani: „So gut wie du Englisch, hoffe ich, Babu-ji.“

Vielleicht versuchte der Bursche nur, höfliche Konversation zu machen, um sein Englisch zu zeigen. Vielleicht hatte er in diesem Hinterwald noch nicht erfahren, daß es eine Beleidigung war, englisch zu einem Engländer zu sprechen, solange dieser seine Muttersprache nicht zuerst benutzte — weil das bedeutete, daß der Engländer ein Neuling in Indien war oder sich nicht die Mühe gemacht hatte, Hindustani zu lernen. Möglich — es spielte keine Rolle! Höchste Zeit, daß das fette Schwein ein bißchen Manieren lernte. Der Händler sah nicht dumm aus; im Gegenteil — klug und geschickt. Vermutlich war er es gewesen, der Rodney den jungen Burschen nachgeschickt hatte, als er eines Tages auf Jagd ging, um einen Hirsch zu schießen. Die Mahlzeiten waren unglaublich eintönig — Chupattis und Linsen mit Curry — so daß Rodney eines Tages das Gewehr nahm und auf Jagd ging. Irgend jemand mußte ihm den jungen Teufel nachgeschickt haben. Vielleicht war es der Händler gewesen — vielleicht auch der Führer des Dorfes, der jetzt ein unschuldiges Gesicht machte — oder Piroo, der Verschlagene, Piroo, der Thug. Nun, das spielte jetzt keine Rolle mehr; denn der Junge war tot, abgestochen mit dem Bajonett und begraben unter einem Blätterhaufen in einer Bärenhöhle talaufwärts. Sie würden ihn niemals finden, niemals erfahren, was ihm zugestoßen war. Er hatte rotznäsig geheult und um Gnade gebeten und gesagt, er sei ihm nur nachgegangen, um ihm die Wildpfade zu zeigen; — aber er trug eine Axt in der Faust und sah wie ein ausgemachter Verräter aus.

Rodney rieb die Handflächen aneinander und dachte mit unterdrücktem Vergnügen daran zurück. Wie gleichmütig sein Gesicht gewesen war, als er dem Dorfältesten erzählte, daß der junge Mann ihn verlassen hatte, um nach Hause zu gehen; daß er nicht wußte, was ihm danach zugestoßen sei oder wohin er sich gewandt habe! „Vielleicht hat ihn ein Tiger geschlagen," fügte er hinzu, mit einem freundlichen, bedauernden Gesichtsausdruck.

Der fette Händler wurde rot und stammelte eine Entschuldigung. Der Führer des Dorfes sagte freundlich: „Sie sind sicher hier in Chalisgon, Sahib, völlig sicher — bis Sie weiterziehen.“

Rodney antwortete nicht. Diese Worte waren eigentlich Lieblingsworte von Caroline Langford; der Führer des Dorfes machte es ihr nach und wiederholte sie immer wieder, ohne daß ihn jemand danach gefragt hätte. Äußerst verdächtig! Übrigens würde dieses lauwarme Geschwätz dem Kerl nichts helfen, wenn es erst einmal so weit war. Mit halbem Ohr lauschte er auf das unterdrückte Geschnatter der Frauen, das durch das Blubbern des Wassers in der Hukah undeutlich herüberklang. Die Frau des Dorfältesten lehnte sich zurück, hielt sich den Leib mit beiden Händen und strömte halblautes Gelächter aus ihrem Mund. Er sah, wie sie den Kopf vorbeugte und eine andere, eifrige Frage stellte — über englische Kleidung, Dienstboten, Lebensmittel, Parfüm; über Haushaltkosten, weibliche Hygiene, Entbindungen und Kinderpflege. Dieser Katechismus wurde nun seit zwölf Tagen immer und immer wieder durchgekaut — ohne Ende. Und jedesmal, wenn sie eine Antwort erhielt, wollte sie sich ausschütten vor Lachen; vermutlich glaubte sie nicht die Hälfte von dem, was man ihr sagte, und sie lachte vor Bewunderung über die phantastische Erfindungsgabe der weißen Frauen. Übrigens verstand sie Mrs. Hatchs Erklärungen besser als Carolinens Worte, obwohl Mrs. Hatchs Hindustani geradezu miserabel war. Aber Carolinens englische Welt war unverständlich für die Hindufrau — Mrs. Hatchs Welt aber war ihr vertraut. Aus diesem Grund verehrte sie Caroline und behandelte sie wie eine Königin, die inkognito zu Besuch gekommen ist, oder wie eine zur Erde herabgestiegene Göttin. Ihr Verhältnis zu Mrs. Hatch aber war menschlicher, vertraulicher.

Im Augenblick waren sie tatsächlich sicher. Trotzdem würde er bei nächster Gelegenheit Caroline unter vier Augen sagen, daß sie morgen oder übermorgen Nacht abrücken mußten. Seit einiger Zeit sah sie entsetzlich bekümmert aus; sie ließ ihn auch nie mehr aus den Augen und war immer erst zufrieden, wenn er sicher in seinem Raum war; erst dann suchte sie ihren eigenen Raum auf.

Vielleicht lohnte es, diesen Burschen ein wenig auf den Zahn zu fühlen und die letzten Nachrichten zu hören, bevor er seine eigenen Pläne machte. Er fragte beiläufig: „Kommt eigentlich niemals Besuch nach Chalisgon, Dorfältester? Reisende, Steuereinnehmer, Agenten der Rani?"

„Manchmal — aber wir erfahren es mindestens einen Tag vorher, weil es nur einen einzigen Dschungelpfad gibt; außerdem ist der Steuereinnehmer gerade erst dagewesen. Er sagte, es handle sich um eine Sondersteuer, und er ruinierte uns völlig. Bei uns ist nichts mehr zu finden! Warum sollte jemand vor dem nächsten Winter zu uns kommen?"

„Wir könnten hier alle sterben," sagte der Bannia, „der Rani und dem Dewan wäre es gleich — höchstens würden sie bedauern, daß sie keine weiteren Ernten mehr konfiszieren können!"

„In diesem Dorf gibt es sowieso nicht mehr viel, wenn du uns ausgenommen hast, oh Bannia!" knurrte einer der beiden alten Gnomen, während sein Bruder mit den Fingern schnippte und lachte.

Der Bannia bewegte die Hände in würdigem Protest. „Auch ich muß leben und meine Familie ernähren, nicht wahr? Mein Zinsfuß ist nicht wucherisch, oder? . . . Es liegt viel Risiko in dem Geschäft, betrunkenen alten Männern Geld zu leihen; ich könnte einige mit Namen nennen . . ."

Der Dorfälteste unterbrach ihn mit einem Gelächter. „Schon recht, Babu-ji", sagte er, „schon recht! Er machte ja nur einen Spaß. Wie sollten wir in diesem Dorf eine Hochzeit veranstalten, wenn es dich nicht gäbe?"

Der Bannia brummte noch etwas in seinen Bart. Der Priester sagte langsam: „Ich habe Neuigkeiten gehört. Die Armee der Rani und die Sepoys von Bhowani treffen in Kishanpur zusammen. Sie wollen in einer Woche oder zweien gegen Gondwara marschieren."

Ein Moskito sang hell neben Rodneys Ohr. Er schlug nach ihm und tat, als betrachte er das Insekt, um Zeit zu gewinnen und seine Stimme zu beherrschen. Dann, mit sorgfältig abgestimmter Interesselosigkeit, erkundigte er sich: „Glaubst du, daß sie durch Chalisgon ziehen?"

„Man sagt so. Dies ist der kürzeste Weg für sie; der Pfad mündet in die Deccanpike diesseits von Gondwara. Aber keine Angst, Sahib, wir verstecken dich gut."

Rodney schwieg. Er durfte keine Angst zeigen, oder diese Schufte würden vielleicht den Mut finden, sie auf der Stelle abzuschlachten. Er fragte sich im stillen, warum der Priester ihm das Gerücht mitgeteilt hatte. Aber als er eine Weile nachgedacht hatte, kam er darauf: Es war sicherer für den Priester, solange er als Rodneys Freund erscheinen wollte, ihm die Gerüchte, die das ganze Dorf kannte, aus erster Hand zu geben. Es wäre nicht viel Glauben an seine Freundschaft übriggeblieben, wenn Rodney die Nachricht irgendwo im Dorf selbst aufgeschnappt hätte.

Er entschloß sich, noch ein wenig tiefer zu bohren, vorsichtig, geschickt. Er hatte bisher kaum von dem Aufstand in Bhowani gesprochen, und die Dorfbewohner ihrerseits hatten dieses Thema peinlich vermieden. Nun wußte er plötzlich, auf was sie warteten, und fühlte sich stark genug, die Gefahr auf sich zu nehmen; es gab einige Dinge, die er herausfinden und dem General erzählen mußte. Plötzlich merkte er, daß auch die Frauen schwiegen und lauschten.

„Sagt mir, meine Freunde, was hört Ihr von diesem Aufstand? Was haltet Ihr davon? Sagt es mir ehrlich — denn, nicht wahr, Ihr seid ja das wahre Volk Indiens?"

Gut so; seine Stimme hatte warm und interessiert geklungen; außerdem liebten sie es, Freunde genannt zu werden. Freunde — seine Freunde! Der Dorfälteste und der Bannia mußten jedenfalls sterben, wenn er die Stadt verließ; ob der Priester auch sterben mußte, wußte er noch nicht genau.

Der Dorfälteste sagte langsam: „Wir hörten, daß die Sepoys

zu Verrätern wurden und viele Engländer erschlugen; ja, daß die Schändlichen Weiber und Kinder ermordeten. Es lag ein Fluch auf ihnen. Wir haben die Chupattis und die Fleischstücke gesehen, die vorbeigetragen wurden, und wir haben manche Nacht in diesem Raum gesessen und darüber gesprochen. Damals wußten wir nicht, für wen der Fluch bestimmt war. Heute wissen wir es: für die Sepoys. Wir wagen nicht, an die Folterqualen zu denken, die sie eines Tages dafür in einer anderen Welt erdulden müssen. Aber vielleicht werden sie in diesem Leben gewinnen; denn, wie wir gehört haben, sind es Hunderttausende von Sepoys — und nur wenig Engländer!"

Rodney blickte ihn finster an: „Hunderttausende von englischen Soldaten werden über die See kommen. Blut wird mit Blut vergolten werden: Wir werden eine Gallone für jeden Tropfen fordern — und einen Baum verbrennen, wo uns ein Zweig verbrannt wurde." Er erkannte aus ihren Gesichtern, daß Macht auf sie nur Eindruck machte, wenn sie gegenwärtig und sichtbar war. Was wußten sie schon von der See? Er holte tief Luft und sagte ruhig: „Wünscht Ihr etwa, daß die Sepoys siegen? Seid Ihr dagegen, daß die Engländer Indien beherrschen?"

Er benutzte das Wort Hindustan anstatt Indien, weil es allgemein gebräuchlich war. Unter den gebildeten Indern bedeutete Hindustan ganz Indien. Aber an ihren verwirrten Gesichtern erkannte er, daß Hindustan für sie eine viel engere, räumliche Bedeutung hatte — das obere Tal des Ganges.

Er dachte, daß ihn vielleicht der Bannia verstanden habe; aber da sagte schon der Dorfälteste mit überraschter Stimme: „Hindustan, Sahib? Warum in aller Welt sollt Ihr Hindustan nicht beherrschen? Wir haben gehört, daß es viele Länder gibt zwischen uns und dem Himalaja oder dem schwarzen Wasser. Bengalen, Sindh, Pundjab, Carnatic, Deccan, Konkan — wir kennen nicht alle Namen, noch wissen wir, wo sie liegen; aber, soweit wir gehört haben, werden sie alle von

Ausländern beherrscht — von Engländern, Mahrattas, Afghanen, Mohammedanern ... Wir wissen nicht, ob wir dafür oder dagegen sein sollen. Wir wissen nur, daß es so ist.“

Der Bannia nahm den Faden auf. „Sehen Sie, Sahib, es ist so: Uns in Chalisgon ist es gleich, wer herrscht, solange er gut herrscht. In Chalisgon sind alle Männer Ausländer — mit Ausnahme natürlich von denen, die in Chalisgon geboren wurden, wie wir hier. Uns wäre es am liebsten, wenn man uns in Frieden lassen würde; aber das ist nicht möglich, weil die Welt voller Tiger ist und wir arme, verhungerte Ziegen sind. Jemand muß uns beschützen, muß uns Frieden geben.“

Die Zwillinge schnauften gemeinsam verächtlich, als der Bannia sich selbst als eine verhungerte Ziege bezeichnete. Der Geschwätzigere von beiden setzte in seinem schlechten Akzent hinzu: „Jemand muß es tun, und wir beten täglich, daß die Engländer es tun. Die Dörfer jenseits des Kishan — nur dreißig Meilen entfernt — unterstehen dem Statthalter von Bhowani. Dort kann ein Mann nicht rauben und morden, wie er will — selbst dann nicht, wenn der Vetter seines Onkels ein Freund des Dewans ist.“

„Dem Tod und den Steuern kann niemand entgehen“, sagte der Priester; „aber dort sind die Taxen niedrig und können nicht willkürlich geändert werden; und die Schreiber in Bhowani können schon für mäßiges Geld bestochen werden, heißt es.“

Rodney nickte. „Ich verstehe. Ihr von Chalisgon seid gut zu uns gewesen. Was soll ich den Großen sagen — was braucht Euer Dorf am nötigsten? Denn, wenn wir mit der Rani fertig sind, werdet auch Ihr von einem Statthalter regiert werden.“

Der Dorfälteste schwang die Hukah herum, zog ein Gemisch von Tabaksrauch und Kohlenqualm in seine Lunge und sah zur Decke empor. „Wasser!“ sagte er. „Wasser — wie es der große Statthalter Dellamain von Bhowani den Städten und Dörfern jenseits des Flusses versprach. Er ist getötet worden, sagt man. Wer hätte nicht von ihm gehört? Wasser für die Felder. Es gibt einen zerstörten Damm und einen verschlammten See, fünf Meilen von hier stromaufwärts." Er nickte mit dem Kopf in Richtung auf das Hinterhaus. „Der See heißt Naital, die guten alten Radjahs bauten ihn — oh, das ist zweihundert Jahre her, wenn nicht länger. Sie ließen Bewässerungskanäle anlegen, für unser Dorf und die anderen Dörfer weiter stromabwärts; viele Meilen Unland, wo heute der Dornbusch wächst, waren damals fruchtbare Felder. Jetzt ist die Anlage zerstört, wir haben kein Wasser, wenn wir es am nötigsten brauchen. Der Dewan tut nichts; unsere Steuern gehen weg für andere notwendige Dinge, sagt er — für Elefanten und Armeen und für das glänzende Leben der Radjahs von Kishanpur. Es ist gerecht, daß ein Radjah im Glanz und in der Herrlichkeit lebt, so wie Ihr Sahibs auch, mit vielen Dienern — und es ist gerecht, daß wir Wasser für unsere Felder haben. Denn dann würden wir glücklich sein; und dann würden wir uns freuen, wenn der Statthalter zur Tigerjagd käme, oder wenn Ihr Offiziere mit Euren Soldaten zu uns kämt, um Manöver abzuhalten. Wir würden zusehen, wie die Mächtigen dieser Welt sich an ihrer eigenen Macht erfreuen, und wir könnten uns mit ihnen freuen. Dann wären wir wirklich glücklich."

Die anderen bestätigten seine Worte; Rodney lauschte, mäßig interessiert, warf hier und da ein Wort oder eine Frage ein, um das Gespräch im Fluß zu halten und stellte sich, als ob ihre lächerlichen Ideen ihn wirklich interessierten. Die ganze Zeit über dachte er scharf nach und rechnete. Heute war der 26. Mai: Der Monsun würde Gondwara um den 20. Juni herum erreichen. Es war besser, eine Woche zuzugeben und den 13. Juni zum Stichtag zu machen. Der Gegner würde vermutlich am 23. Juni, dem Jahrestag von Plassey, angreifen. Seit seiner Ankunft in Chalisgon hatte er jetzt immer wieder darüber nachgedacht, und die Bedeutung der Schlacht um Gondwara war fast zu einer fixen Idee geworden.

Die Stadt war alt, reich, berühmt, ein bedeutender Wallfahrtsort. Es war die letzte Stadt vor den Grenzen der Präsidentschaft Bombay; außerdem hatte sie einmal den Radjahs von Kishanpur gehört. Ihre Position an einer Furt durch den Nerbuddafluß machte sie zu einem wichtigen militärischen Zentrum während des ganzen Jahres — mit Ausnahme der Monsunzeit. Der Nerbudda hatte, soweit Rodney informiert war, in seiner ganzen Länge keine Brücken; seine übrigen Fähren und Furten waren unbedeutend.

Er blickte auf seine Hände und auf die Waffe in seinen Händen, das Gewehr eines gemeinen Soldaten. Seine Hosen waren zerrissen, sein Hemd schmutzig; er rasierte sich jeden Tag mit einem Stück Glas, das er irgendwo an der Straße gefunden hatte. Er trug kein Schwert mehr, keine Spur von Silberbeschlägen an seiner Ausrüstung. Seine Hände waren genarbt und ausgemergelt, die Fingernägel zerbrochen und schwarz. Aber er ritt auf einer geheimen Mission; wenn je ein Imperium von dem Geschick und Mut eines Mannes abhing, dann das englische von seinem Geschick und seinem Mut. Nein, in seinen kühnsten Träumen hatte er nicht gedacht, daß sein großer Tag einmal so aussehen würde. Unter gerunzelten Brauen schoß er einen Blick über die nackten Wilden, die ringsum hockten, über die Weiber und die rauchgeschwärzten Deckenbalken.

An die Arbeit! Er mußte scharf nachdenken. Chalisgon lag hundertzwanzig Meilen von Gondwara entfernt. Wenn sie morgen Nacht abzogen, also am 27. Mai, konnten sie am 3. oder 4. Juni in Gondwara sein. Dann erhielt Sir Hector eine rechtzeitige Warnung, um die richtige Einstellung gegenüber den Sepoy-Regimentern seiner Garnison zu finden. Der General würde klug daran tun, bis zum letzten Augenblick alles geheimzuhalten; der Verrat mußte mit der Wurzel ausgerottet werden — man mußte sie entwaffnen und sämtlich hinrichten. Es würde eine angenehme Pflicht sein, die Massenexekution zu beaufsichtigen.

Alles lag klar vor ihm. Bei nächster Gelegenheit mußte er Caroline in Kenntnis setzen. Innerhalb des Hauses konnte der Dorfälteste oder seine fette Frau lauschen, durch die dünnen Lehmwände. Er mußte eine Gelegenheit finden, um außerhalb des Hauses allein mit ihr zu sein.

Sie hatte die beiden anderen Frauen verlassen und kam jetzt zu dem Halbkreis der Männer herüber; die Dorfbewohner kannten inzwischen ihre Art und machten ihr Platz. Anfangs waren sie so verwirrt darüber gewesen, daß sie vor Verlegenheit kein Wort mehr herausbrachten. Heute taten sie, als mache es ihnen Freude, ihr zu antworten.

Sie fragte: „Kennt einer von euch den Silberguru?"

Der Priester erwiderte: „Den Silberguru von Bhowani? Aber sicher, Miß-Sahiba. Ich kenne ihn gut. Unser ganzes Dorf verehrt ihn. Er ist ein großer Lehrer und ein heiliger Mann. Ein- oder zweimal im vergangenen Jahr ist er durch unser Dorf gekommen."

Rodney kniff die Augen zusammen. Sie glaubten also wirklich, der Silberguru sei heilig; und sie würden ihm sicherlich folgen, wohin er sie führte. Er hätte gerne herausgeschrien, daß der wunderbare Guru ein Engländer und der schmutzigste Verräter aller Zeiten sei. Aber Caroline erriet seine Gedanken, blickte ihn kurz an und schüttelte leicht den Kopf. Natürlich hatte sie recht; was für einen Sinn hatte es, Menschen bekehren zu wollen, die schon entschlossen auf der Seite des Gegners standen. Es war viel klüger, den Mund zu halten und zu tun, als ob er nichts wüßte.

Er dachte wieder darüber nach, wie er Caroline unter vier Augen sprechen könnte. Endlich wandte er sich höflich an die Männer: „Dorfältester, ich gehe morgen in den Dschungel und schieße ein paar Tiere für das Dorf, wenn es Euch recht ist."

Sie blickten wie versteinert. Aber er hatte keine Lust, ihnen nochmals Gelegenheit zu geben, ihm einen Mörder nachzuschicken, und er fügte schnell hinzu: „Nur die Miß-Sahiba soll mich begleiten. Könnt Ihr ein paar Treiber stromaufwärts schicken, die mir das Wild zutreiben?"

Die Spannung wich von ihnen; der Dorfälteste sagte mit zitternder Stimme: „Gewiß, Sahib, wir werden dir alle dankbar sein." Rodney sah, daß er Caroline einen Blick zuwarf. Caroline sagte mit glatter Stimme: „Mir scheint, das ist eine gute Idee. Ich werde den Sahib den ganzen Tag begleiten."

Kluges Mädchen! Gutes Mädchen! Sie hatte begriffen; in ihren Worten lag eine Warnung für die Dorfbewohner: keine Gelegenheit, den Sahib heimlich beiseitezuräumen, weil sie ihm den ganzen Tag über den Rücken deckte. Sie würden es auch nicht wagen, Robin oder Mrs. Hatch ein Haar zu krümmen, während er im Dschungel war — aus Angst vor seiner Rache, wenn er wiederkehrte. Er war der Besitzer des Gewehrs.

Eine Frau rief aus dem Hinterhof, der Dorfälteste ging hinaus. Rodney wartete und streichelte sein Gewehr. Als der Mann fünf Minuten später zurückkehrte, betrachtete er ihn mißtrauisch. Sie hatten lange miteinander gemurmelt im Hinterhof, und er war argwöhnisch. Der Dorfälteste hockte sich neben den Priester und flüsterte mit ihm. Der Priester zupfte an seinen abstehenden Ohren, runzelte die Stirn und zuckte schließlich mit den Schultern.

Rodney konnte sich nicht länger beherrschen. Er wollte sie so erschrecken, daß sie ihre Schuld auf der Stelle zugaben. Er fragte scharf: „Was ist los? Warum blickt Ihr so ängstlich?"

Der Dorfälteste warf einen Blick auf den Priester, ehe er antwortete: „Cholera, Sahib. Sie begann gestern — in der vorvergangenen Nacht eigentlich. Wir haben es dir bisher verschwiegen, weil wir dich nicht erschrecken wollten. Wir hofften, sie würde nicht ernst werden und schnell vorübergehen. Manchmal tut sie das. Aber diesmal wird sie uns nicht eher verlassen, als bis wir schwer gestraft sind. Drei Dorfbewohner sind schon gestorben, andere schwer erkrankt. Die Frau erzählte mir von einem neuen Kranken — dem Bruder meines Vaters."

Er starrte verzweifelt auf den Fußboden. Der Priester stand auf und kreuzte die Arme. „Es ist besser, wenn Ihr jetzt auseinandergeht. In ein oder zwei Tagen wird es hier gefährlich sein. Dann ist die Luft überall schlecht."

Rodney schob die Unterlippe vor. Ausgezeichnet! Er wußte sofort, daß sie die Wahrheit sprachen; selbstverständlich würde er später Umschau halten nach Leichenverbrennungen und sich überzeugen. Ausgezeichnet! Der Hieb saß! Die armen, abergläubischen Narren glaubten sicher, daß die Cholera eine Strafe für sie sei, weil sie geplant hatten, die Flüchtlinge zu ermorden. Sie würden froh und erleichtert sein, wenn die Flüchtlinge jetzt gingen.

Er sagte leichthin: „Ich fürchte, du hast recht. Cholera ist sehr gefährlich! Aber ich werde trotzdem noch ein paar Tiere für Euch schießen, bevor wir morgen die Stadt verlassen. Nein, nein, sag nichts dagegen. Das ist das wenigste, was ich für Euch tun kann."

„Ich danke dir, Sahib." Der Dorfälteste hatte Tränen in den Augen. Er legte die Handflächen vor sich zusammen, in der Geste, die in Indien die Anerkennung für ein Übermaß an Güte und Freundlichkeit ausdrückt. Rodney zwang sich zu gähnen, obwohl er am liebsten vor Freude gesungen hätte, und erhob sich langsam. Caroline öffnete den Mund, um etwas gegen seinen Entschluß zu sagen. Diesmal unterbrach er sie. Das arme Mädchen sah aus, als ob es ohnmächtig würde. Er glitt an ihr vorbei und sagte halblaut: „Nicht jetzt. Morgen!"

In seinem Raum angekommen, pfiff er durch die Zähne und reinigte das Gewehr beim Licht einer niedrigen Lampe. Er tat alles so, wie er es seit dem ersten Tag in Chalisgon tat. Schließlich pflanzte er das Seitengewehr auf. Es war zweifellos schwieriger, mit einem Gewehr im Arm zu schlafen, wenn das Seitengewehr aufgepflanzt war, als einen Angriff von, sagen wir, einem halben Dutzend Männern abzuschlagen. Er schaute in den großen Kleiderschrank und stieß ein paarmal mit dem Bajonett zwischen die Pelze. Schon am ersten Tag hatte er große Steine von draußen hereingeschleppt; jetzt legte er sie so nebeneinander unter die Bettdecke, daß sie wie ein schlafender Körper aussahen. Er selbst legte sich im hintersten Winkel des Zimmers auf die Erde. Zehn Minuten später schlief er fest.

21. KAPITEL

Die Luft auf dem Plateau war durchsichtig und warm; das Grau des Morgens wurde zu reinem Gold, als die Sonne aufging. Eine rösche Trockenheit lag in der Luft, in den Bäumen, in dem Knistern der welken Blätter unter seinen Füßen. Caroline sprach kein Wort, solange sie bergauf gingen; aber sie blickte zum Himmel auf und zu den Bäumen und zog begehrlich die Morgenluft ein, wie ein Verurteilter auf seinem letzten Gang. Er fand einen Felsenplatz, von dem sie beide Wege überblicken konnten und nach Süden hin gedeckt waren, wo das Wild stand. Er suchte ihr einen flachen Stein zum Sitzen und ließ sich neben ihr nieder. Vor einer Stunde war noch kein Wild zu erwarten, falls nicht eine unerwartete Herde oder ein einzelgängerischer Sambhur mit seinem gewaltigen Elchgeweih den Wald vor ihnen kreuzte. Er hielt den feuchten Finger in die Luft; eine schwache Brise strich vor ihrem Platz den Treibern entgegen. Das war ungünstig; aber gewöhnlich schlief der Wind ein, sobald die Sonne höher stieg. Er blickte sich vorsichtig um — kein Wild in Sicht.

Dann sah er Caroline aus strahlenden Augen an: „Endlich!" sagte er. „Es ist so weit. Sie wagen nicht, uns zu töten, bevor die Armee der Rani kommt; und wir machen uns heute Nacht mit Piroo davon und überlassen sie der Cholera. Sobald wir ein Stück weiter sind und unseren Weg nicht mehr verfehlen können, schieße ich Piroo über den Haufen. Und dann sind wir sicher — stell dir das einmal vor! Sicher in Gondwara, am 3. oder 4. Juni!"

Er lächelte sie freundlich an; sein Herz floß über. Caroline sagte nichts, sie betrachtete ihn nur mit großen Augen. Er verstand sie gut; sie war der Brunnen seiner Stärke gewesen, und nun war sie selbst leer, erschöpft von dem Gedanken an Sicherheit. Sicherheit, Sicherheit! Er schmeckte das Wort mit der Zungenspitze wie guten Wein und sagte zärtlich: „Kopf hoch, Caroline. Du warst so stark — du hast dich wunderbar gehalten — jetzt kannst du bald ausruhen. Alle unsere Feinde sind tot oder werden sterben. Prithvi Chand" — sie drückte die Augen zu und wandte den Kopf ab — „ja, er ist tot. Ich habe ihn getötet. Und der junge Teufel, den sie mir nachschickten, um mich umzulegen: er ist auch tot! Nur Piroo bleibt noch; der Rest stirbt an der Cholera. Gott ist auf unserer Seite, Liebste. Die Zeit der Aufregung ist bald vorbei."

Er hatte sie noch nie zuvor weinen gesehen. Tränen rieselten über ihre Wangen. Aber sie blickte immer noch fort; er sah nur ihre hervorstehenden Backenknochen. Der Sari hing verknittert um ihre Schultern; ihr Haar fiel matt, glanzlos und unordentlich über ihren Hals.

Er konnte es nicht ertragen, sie so einsam und hoffnungslos zu sehen. Zärtlich legte er einen Arm um sie und zog sie an sich. „Komm," sagte er, „komm, es wird ja alles gut!"

Sie zitterte in seinem Arm. Ihre Muskeln wurden steif, sie hörte auf zu zittern. Ihr Kopf hob sich langsam, sie blickte ihn an: „Rodney", fragte sie, „hast du noch nicht begriffen, daß du verrückt bist? Toll? Weißt du, daß deine Augen, wenn du Menschen anblickst, wie die Augen des Dewan sind? Alle blickst du so an, sogar mich und Mrs. Hatch! Alle — außer Robin! Sonst hätte ich dich schon längst erschossen." Ihre Stimme klang schmerzlich, aber sie zitterte nicht. „Du weißt es, nicht wahr? Du siehst Mord und Verrat, wo nichts als Freundschaft ist. Niemand nimmt es dir übel. Es ging mir selbst eine Zeitlang ähnlich. Aber es ist wahr, oder . . .?"

Er ließ den Arm fallen und legte das Kinn auf die Brust. Also auch sie, dachte er — auch sie ist auf den Schwindel hereingefallen. Er mußte sie trotzdem retten — wider ihren Willen. Im Augenblick war es besser, ihre Worte nicht zu ernst zu nehmen. Er hob den Kopf, öffnete die Augen erstaunt und sagte: „Aber, Caroline, das meinst du doch nicht im Ernst! Du weißt selbst ganz gut, daß sie alle Verräter sind — jeder einzelne von ihnen. Du sagst das nur, um mich zu beruhigen. In Wirklichkeit bist du einfach überanstrengt."

Sie legte ihre Hand auf seine. „Nicht, Rodney", sagte sie, „tu es bitte nicht! Verstell dich nicht! Jeder im Dorf weiß, daß du den armen Jungen umgebracht hast. Die Hunde fanden seinen Körper am nächsten Tag. Seine Mutter ist eine Witwe. Sie bat den Dorfältesten, dir nichts zu tun, dir nicht einmal etwas zu sagen! Gott, sagte sie, hat ihn schwer geschlagen, und er kann nichts dafür."

Er packte das Gewehr fester und starrte in den Wald. Diese verdammten Treiber! Warum beeilten sie sich nicht? Die Bäume verschwammen vor seinen Augen. Warum lag soviel Schmerz in ihrer Stimme? Warum war die Stimme so leise?

„Sie riskieren täglich ihr Leben in dem Dorf — für uns! Jedermann und jede Frau, täglich! Sie haben kaum genug Lebensmittel für sich selbst, und trotzdem füttern sie uns, reichlich! Jeder von ihnen könnte reich sein bis zum Ende seiner Tage, wenn er dem Dewan oder den Sepoys unser Versteck verriete. Piroo hat Land und Haus verlassen — für uns! Sitapara wäre unsertwegen gefoltert worden; du wolltest sie trotzdem töten — oh, ich weiß es, in dem Karren, damals. Prithvi Chand war dein Freund. Was hat er dir erzählt, bevor du ihn erschlugst? Oh, Rodney, Rodney, du bist so stark; aber du bist kein Mensch mehr. Sei stärker, Rodney, verstehe endlich, daß es noch Liebe und Hilfsbereitschaft in der Welt gibt ..."

Die Teakzweige über ihm tanzten und rauschten. Er mußte sie niederschlagen, mußte sie mit Gewalt fortschleppen. Er sah ihr mit zusammengekniffenen Augen ins Gesicht — bereit zuzuschlagen. Dunkle, graue Augen; dunkelgrauer Granit, flüssiges Licht, die See, und darunter der Stein. Nein, er konnte sie nicht berühren, solange ihre Augen offen waren.

Heute, nach Sonnenuntergang, würde der richtige Augenblick kommen! Der Karren wartete am Strom, das Dorf lag still unter den Schatten des Todes. Nein, Caroline stand Gott zu nahe, um die sündigen Menschen zu durchschauen. Gottes Glanz blendete sie. Er allein konnte sie retten. Aber noch war die Zeit nicht gekommen, sie anzufassen.

Das Gewehr lag vergessen zu seinen Füßen; die Sonne schien auf den Holzschaft, die Spitze des Bajonetts war im Laub verschwunden. Ein Sambhur röhrte im Dschungel — einmal, zweimal; der Klang wurde durch die Baumreihen herangetragen. Ein großer Rothirsch zottelte über die Lichtung, warf den Kopf in den Nacken, witterte und verschwand.

Sie sagte: „Wir müssen in Charlisgon bleiben und ihnen helfen, die Cholera zu bekämpfen.“

Er unterdrückte rasch seinen Protest. Noch nicht! Sie sollte nichts von seinen Plänen erfahren, bevor es so weit war.

Sie fuhr fort, mit drängender Stimme — knetete die Muskeln seines Armes mit den Fingern. „Ich weiß, wie wichtig es ist, Gondwara zu erreichen, besonders für dich! Aber das ist nur militärische Pflicht — nationale Pflicht, meinetwegen. Der Krieg kann weitergehen, kann sich ausbreiten; fünfzigtausend — oder zweihundertfünfzigtausend — Menschen können sterben, wenn wir nicht rechtzeitig nach Gondwara kommen. Das ist alles ungewiß. Aber was in Chalisgon geschieht, ist gewiß. In Gondwara handelt es sich um einen Sieg, der auf dem Spiel steht. Hier stehen Verständnis und Liebe auf dem Spiel. Sie sind wichtiger! Sie sind auch wichtiger für England, auf weite Sicht. Hier wagen wir unser Leben, wie alle die unbekannten Diener des Herrn an den unbekannten Plätzen der Welt es vor uns getan haben. Hier gibt es keine Auszeichnungen. Niemand wird je davon erfahren. Vielleicht sterben wir alle darüber. Aber wenn wir Indien wirklich einmal besitzen sollen, dann nur wegen solcher Dinge — nicht wegen großartiger Siege oder Dämme oder Telegraphen oder Doktoren. Verstehst du nicht, daß dies die wahrhaft große Aufgabe ist, die uns gestellt wurde? Hier lassen wir etwas Lebendiges zurück — eines Tages, wenn die Kämpfe vorüber sind, wenn aus den Palästen Ruinen geworden sind, wenn wir heimgekehrt sind; ich glaube, daß wir eines Tages heimkehren. Jetzt müssen wir bleiben, müssen für Chalisgon kämpfen. Nicht, weil Chalisgon alles für uns gewagt hat! Wir sind keine Händler! Nein, wir müssen es tun, weil es recht ist."

Er lauschte ihr gleichgültig. Ihre Gedanken waren nicht so, wie ein Mensch denken muß, der am Leben bleiben will. Ja, eine große Aufgabe stand vor ihm — die Aufgabe, in Gondwara zu siegen! Die Bösen zu bestrafen und keine Gnade zu zeigen — das war die wirkliche Aufgabe. Aber nicht das, was sie sagte: namenlos unter Dieben zu sterben. Er erinnerte sich, wie sehr er einmal seinen Sepoys vertraut hatte, und wieviel die Sepoys auf ihn gehalten hatten. Das war gut gewesen; jemand hatte es vergiftet — und wer es auch immer gewesen sein mochte, er mußte bestraft werden. Auch die Sepoys mußten bestraft werden, weil sie weich geworden waren. Der Silberguru war an der Reihe; nur er und Caroline wußten von dem Verrat des Guru. Er mußte bestraft werden; aber er würde ungestraft entkommen, wenn sie nicht Gondwara erreichten. Caroline war eine Heilige, er konnte nicht mit ihr streiten. Heilige fühlen nicht menschlich, lachen nicht, kümmern sich nicht um irdische Dinge — darum werden sie mitunter von Menschen, die keine Heiligen sind, gekreuzigt. Heute Nacht mußte er sie retten. Er sagte: „Na schön! Bleiben wir also!"

Er hörte entfernte Geräusche aus dem Dschungel im Süden und nahm das Gewehr auf. Während er auf das Damwild wartete, dachte er wieder nach und plante. Caroline saß schweigend neben ihm. Piroo mußte den Karren ganz geheim fertig machen. Darin lag eine Gefahr, aber er mußte es riskieren und sich auf die Macht seines Gewehrs verlassen. Caroline und Mrs. Hatch — er mußte ihnen einreden, daß sie angegriffen wurden. Vielleicht würde er das Haus anzünden. Das war keine schlechte Idee. Gewalt oder List, er würde es schon schaffen.

Am Abend dieses Tages zog er sich früh in sein Zimmer zurück, schloß die Tür hinter sich und blieb lauschend im Dunkel stehen. Im Vorderzimmer wurde immer noch gesprochen; aber die Stimmen klangen nicht fröhlich. Dann hörte er Caroline und Mrs. Hatch in ihrem Zimmer verschwinden und lauschte auf die Geräusche, die sie machten, während sie ihr Nachtlager vorbereiteten. Die Nacht war erstickend heiß. Er schlich auf den Zehenspitzen zum Fenster und öffnete die Holzläden — heute Nacht konnten sie offen sein. Kein Lichtschein von Mond oder Sternen erleuchtete den tiefhängenden Himmel. Im Zimmer — außerhalb des Zimmers: überall war es gleich schwarz. Moskitos sangen hell in seinen Ohren und schwirrten in den entferntesten Ecken seines Raumes. Wieder schlich er zur Tür, lehnte sich mit dem Rücken an den Kleiderschrank, lauschte.

Piroos Stimme kam, gedämpft, aber in dieser Stille überraschend verständlich, von irgendwoher: „Ich geh jetzt ins Bett.“ Die äußere Haustür hatte offengestanden, als Rodney sich zurückzog. Sie sollte die ganze Nacht offenstehen. Piroo schlief draußen zwischen dem Vieh und den Ziegen. Wenn ihm sein Leben lieb war, würde er tun, was er versprochen hatte — stilliegen, bis der letzte Besucher gegangen war, noch eine Stunde warten, dann insgeheim die Zugochsen ans Joch schirren und lautlos mit ihnen zum Fluß hinuntergehen. Die Achsen des Wagens waren gefettet; davon hatte Rodney sich selbst überzeugt.

Bald darauf hörte er, wie die alten Zwillinge sich verabschiedeten. Der Priester und der Bannia verließen das Haus wenig später. Eine Zeitlang wanderten der Dorfälteste und sein Weib noch durch das Haus und unterhielten sich mit gedämpfter Stimme. Dann krachten die schmalen Stiegen der Dachleiter unter ihrem Gewicht, als sie ihr Schlafzimmer im ersten Stock aufsuchten.

Dunkelheit und Hitze griffen mit unsichtbaren Fingern nach ihm — Angst hing über ihm, wie das Netz einer Riesenspinne.

Noch nicht, noch nicht! Piroo würde frühestens in einer Stunde abrücken. Es mußte jetzt halb zehn Uhr sein. Ohne Ochsenkarren konnten sie nicht fliehen — wegen Robin! Wenn aber Piroo falsches Spiel trieb? Wenn draußen, in dem schmalen Gäßchen, die Meute auf ihn wartete? Mit Knüppeln und Äxten? Er konnte nicht alle töten! Seine Hände zitterten. Vielleicht war es doch besser, in den Hof zu schleichen und Piroo mit gefälltem Bajonett zu bewachen. Auch war es möglich, daß die Mörder nicht so lange warteten. Vielleicht versuchten sie, dieses Zimmer zu stürmen, die Tür zum Zimmer der Frauen aufzubrechen, durch die Fenster hereinzusteigen. Wenn sie es versuchten, waren sie sicher in der Überzahl. Ein paar konnte er töten. Dann aber würden sie an ihm sein, ihn umschlingen im Dunkeln — Kampf Mann gegen Mann, schweißnasse Arme, schlüpfrige Körper — bis endlich ein Axthieb in den Schädel ihn erledigte. Und das war dann das Ende, das Ende aller Dinge: des Sonnenscheins draußen, Robins Augen, der Kraft in seinen Händen, des Wunders, das Caroline hieß. In seinem linken Stiefel steckte ein kleiner Stein, der gegen seine Ferse drückte.

Eine lange Zeit verstrich, seine Hände hörten nicht auf zu zittern. Er hatte einen Plan entworfen, um Caroline mit Gewalt zu entführen; jetzt war der Plan vergessen. Jetzt mußte er sich auf das Glück verlassen, mußte verschwunden sein, bevor die Mörder kamen. Er wußte auf einmal genau, daß sie kamen. Wenn er nur noch Zeit fand, Caroline zu wecken, ehe die Burschen da waren — sie würde gleich ihm den Mordanschlag in der Luft wittern. Tat sie es nicht, nun gut, dann blieb ihm eben nichts anderes übrig, als sie höflich niederzuschlagen und wegzuschleppen. Stand er erst einmal vor der Eingangstür und kämpfte um ihr Leben, dann brauchte er sie nicht mehr um Entschuldigung zu bitten.

Die samtene Hitze umschlang ihn immer fester; Schweiß durchfeuchtete sein Hemd und seine Hosen. Seine Füße glühten in den Stiefeln. Der Stein unter der Ferse quälte ihn. Er schien jetzt so groß wie eine Walnuß zu sein und wurde immer größer.

Er saß auf dem Fußboden und legte das Gewehr neben sich nieder; es klirrte einmal metallisch auf. Vorsichtig löste er die Schnürriemen. Nur einmal in zwei Wochen hatte er die Stiefel von den Füßen gezogen. Das Leder war steif geworden und hatte sich fest um seinen Fuß gelegt, die Ferse wollte nicht herauskommen. Er kroch in die Ecke des Zimmers, drückte den Rücken gegen die Wand und zog mit beiden Händen am Stiefelabsatz. Der Stiefel ging herunter, er tastete die Sohle ab.

Er kannte das Zimmer jetzt schon so genau, daß er es sofort hörte, als die Tür sich öffnete. Die Frau des Dorfältesten ölte die Angeln alle paar Tage, und es war ihm nicht gelungen, etwas zu erfinden, was die Tür geräuschvoller machte. Aber als er das leise Scharren der Tür hörte, legte er den Stiefel weg und griff nach dem Gewehr. Angst überfiel ihn: das Gewehr war fort! Plötzlich fiel ihm ein, daß er ja in die Ecke des Zimmers gegangen war, um den Stiefel abzuziehen. Die Füße des Mörders glitten, fast unhörbar, über den gestampften Fußboden. Nackter Boden, nackte Füße! War es Piroo, das schwarze Seidentuch wurfbereit in der Hand?

Mit offenem Mund und ausgestreckten Fingerspitzen tastete er umher, hierhin, dorthin. Er konnte höchstens einen Meter weit bis zur Wand gegangen sein. Das Gewehr mußte in der

Nähe sein — hier! — oder hier? Nein, da war es auch nicht. Er schob sich seitwärts über den Fußboden weiter.

Das Geräusch der Füße verstummte, gerade vor seinem Bett. Der Tod auf den leisen Füßen hatte die Steine gefunden. Die Füße bewegten sich wieder, lauter jetzt, achtloser, zurück zur Tür. Er streckte sich lang aus, erwischte das Gewehr, fiel vornüber. Sofort riß er sich zurück, drückte die Schultern gegen die Mauer, brachte das Gewehr in Anschlag — bereit zu schießen, wenn die Tür sich öffnete.

Eine Angel knarrte, Holz stieß dumpf auf Holz. Der Abzug unter seinem Finger zitterte. Es war nicht die Tür, die sich bewegt hatte. Er schlich vorwärts, das Seitengewehr zum Angriff gefällt. Die Spitze fuhr in das Holz der Tür, verfing sich, er riß sie mit aller Kraft zurück. Ein leiser, hohler Aufschrei, wenige Zoll von seinem Ohr entfernt, machte ihn vollends wahnsinnig. Der Tod trommelte und donnerte jetzt ringsum. Er sprang zurück und hob das Gewehr, ohne zu wissen, wohin er feuern sollte. Er stieß mit dem Bajonett wild in das Zimmer, suchte die Stimme, die schrie, traf Holz, riß das Seitengewehr zurück, stieß wieder zu, schlug Funken aus den eingemauerten Steinen. Das Poltern und Klirren der Waffe, das Stampfen seiner Füße und das Schreien der unsichtbaren Stimme bildeten einen Hexenkessel von Geräuschen. Seine Nerven hielten nicht mehr stand; er versuchte die Tür zu erreichen und brüllte aus voller Kehle:

„Caroline, komm raus! Komm raus! Sie sind hinter uns her! Ich komme, ich komme!“

Ein schwarzes, viereckiges Ding, dunkler als das Dunkel ringsum, schwang auf ihn zu und knallte gegen seine Seite; etwas lag zu seinen Füßen und schluchzte. Es war das Schluchzen einer Frauenstimme; er stand jetzt in der offenen Tür und suchte verzweifelt nach einem Schwefelholz. Nackte Füße rannten durch das Haus, patschten auf den Lehmboden. Rufe aus dem Hinterhof, Geschrei vom Dachboden, Geschrei aus dem Raum neben ihm. Als das Licht aufflammte, sah er, daß der Kleiderschrank umgefallen war. Der Schrank bewegte sich, eine weibliche Stimme kam aus seinem Inneren. Er war mit der offenen Seite vornübergefallen und tanzte jetzt über die Erde, während die Gefangene im Innern herauszukommen versuchte. Starr vor Panik starrte er auf den tanzenden Schrank. Menschen erschienen, Fackeln flammten auf. Robin weinte in Mrs. Hatchs Arm. „Was ist los? Was ist passiert?“ Jedermann fragte, jedermann sprach. Rodney sagte nichts.

Das erstickte Geräusch im Kleiderschrank war Carolinens Stimme; er ging benommen darauf zu. Piroo und der Dorfälteste halfen ihm; mit vereinten Kräften hoben sie den schweren Schrank auf. Caroline stolperte heraus und blieb auf dem Fußboden liegen; sie weinte, als ob das Herz ihr brechen wollte. Sie trug nichts als ein weißes Leinentuch, und das hatte sich bei dem Sturz bis zu ihrer Hüfte hinauf verschoben. Ungläubig starrte er einen Augenblick auf die helle, nackte Kurve ihrer Schenkel. Dann besann er sich, beugte sich nieder, schlug das Tuch um sie und nahm sie in seine Arme. Sie hielt sich an seinem Hals fest und weinte verzweifelt an seiner Schulter, während er sanft und ein wenig idiotisch murmelte:

„Du warst im Kleiderschrank, du warst im Kleiderschrank — dann ist ja alles gut.“

Die Zuschauer in der offenen Tür interessierten ihn nicht. Aber Caroline öffnete plötzlich die Augen, blickte auf, sah sie, machte sich frei und glitt aus seinen Armen, immer noch das Leinentuch in beiden Händen. Sie stotterte: „Ich — ich — ich hörte ein Geräusch, ein metallisches Geräusch. Ich hatte Angst, du würdest etwas unternehmen. Ich wollte dich nicht stören . . .“

Robins Augen waren weit geöffnet und voll Angst. Die Frau des Dorfältesten untersuchte den Kleiderschrank. Sie schüttelte den Kopf und brummte ärgerlich: „Wir haben ihn vor zehn Jahren auf der Pike gefunden, als wir mit dem Ochsenkarren vorbeifuhren. Er muß von dem Wagen eines Sahib gefallen sein. Das verdammte Ding — es ist verflucht. Ich muß es verbrennen lassen." Der Dorfälteste versuchte, die abgebrochene Bajonettspitze aus der Tür zu reißen. Piroo betrachtete Caroline und Rodney plötzlich mit klugen Augen.

Rodney fragte leise: „Und was geschah dann?"

„Ich fand Steine in deinem Bett. Ich wollte wieder hinausgehen, schnell. Ich wollte feststellen, was aus dir geworden war, und — und — als ich die Tür öffnete, griffen pelzige Arme nach mir, jemand schlug mich auf die Nase — und dann, und dann . . ."

Sie sah zum erstenmal mit Bewußtsein den Kleiderschrank. Rodneys ängstliches, beruhigendes Gemurmel erreichte ihr Ohr. Ihre Stimme brach plötzlich ab. Sie blickte auf ihre Füße, dann auf ihn, und begann zu lachen. Sie schwankte ein wenig hin und her und hielt sich an seinem Arm fest, um nicht umzufallen. Die Vorstellung, wie sie im Kleiderschrank mit den Pelzen gekämpft hatte, erschien auch ihm auf einmal lächerlich; die Spannung wich auch aus seinem Gesicht. Er lächelte erst, lachte dann, lachte immer lauter. Das war es also gewesen! Die Fanatikerin vom Januar, die unmenschliche Kreuzfahrerin vom Februar, die Heilige vom Mai — sie war auf einmal ein ängstliches, kleines Mädchen, das in einem Kleiderschrank hockte und sich fürchtete! Und er selbst hatte mitgespielt — hatte das ganze Dorf geweckt mit seinem Feuer- und Mordiogeschrei.

Sein Lachen wurde fröhlicher. Die Dorfbewohner füllten jetzt schon das ganze Haus; über ihren Köpfen flackerten qualmende Fackeln und verstreuten unsicheres Licht; fragende Stimmen summten: „Was ist los — was ist los?" Er lachte immer lauter, ohne daß es die anderen verstanden. Sie hatten auch nicht gesehen, wie der Kleiderschrank über den Boden gehüpft war. „Du hast einen Fehler gemacht!" sagte er zu Caroline und lachte immer toller, „du hast einen Fehler gemacht!"

Sein Gelächter steckte die anderen an. Wunderbare, prächtige Leute — auch sie verstanden den Scherz. Caroline war ein dummes Mädchen, die Welt lachte über sie. Ihr Gesicht war immer noch naß von Tränen, sie konnte nicht deutlich sprechen. Endlich hob sie den Kopf.

„Ja, ich habe einen Fehler gemacht — aber nur einen kleinen!"

Piroos Gesicht verzog sich wunderlich, tausend kleine Falten bildeten sich um seine tiefliegenden Augen. Robin hörte auf zu weinen, lächelte und streckte den Leuten die Arme entgegen. Der Dorfälteste lächelte erst scheu, verwundert, dann aber lachte er laut und herzlich, obwohl er den Witz offenbar nicht ganz begriff. Dann begann die Menge draußen zu lachen; die Fackeln tanzten, jedermann schrie, auch die Kühe schrien. Mrs. Hatch betrachtete abwechselnd Rodneys stiefellosen Fuß und Carolinens mangelhaftes Laken. Sie schneuzte sich, wackelte mit dem Kopf und schrie: „So wat hat die Welt noch nich jesehn!"

Sie trug Robin hinaus, zwinkerte mit einem Auge und grinste breit. Die Frau des Dorfältesten begriff die Bedeutung von Mrs. Hatchs Blick; ihr fetter Leib bebte vor Lachen. Schließlich packte sie Rodneys Arm und sagte ihm vorwurfsvoll ins Ohr: „Sahib, Sahib, konntest du nicht ein wenig höflicher sein? Etwas weniger gewalttätig. Jungfrauen sind scheu!"

Der Scherz wurde von Mund zu Mund weitergegeben; das Gelächter draußen verdoppelte sich. Rodney saß plötzlich auf dem Bett und betrachtete Caroline, die an der Tür lehnte und tief atmete. Er betrachtete sie mit seinen alten, humorvollen Augen. Bei Gott, dachte er, das ist das Beste, was seit langem geschehen ist. Ich bin nicht mehr verrückt! Caroline ist manchmal ein wenig dumm! Also gut, bleiben wir und helfen wir den Leuten von Chalisgon. Vielleicht ist es keine angenehme Arbeit; aber ich kann wieder lachen, und ich habe Caroline zum Lachen gebracht.

Er sagte: „Ich bin froh, daß du einen Fehler gemacht hast. Du hast verhindert, daß ich einen schlimmeren machte."

„Oder zwei", sagte sie und glitt mit rotem Gesicht aus dem Zimmer.

Oder drei Fehler, oder vier. Zu viele Fehler hatte er gemacht, und sie war weder ein Standbild noch ein Engel, sondern eine junge Frau — eine sehr sterbliche, junge Frau. Heute zum Beispiel hatte Mrs. Hatch ihn aus dem Zimmer gejagt, in dem Caroline lag, todkrank an Cholera. Mrs. Hatch hatte ihm verboten, vor Sonnenuntergang zurückzukehren.

Er marschierte mit gesenktem Kopf durch das Dorf, durch das eingetrocknete Bachbett und klomm langsam zu dem Plateau empor, wo sie einmal auf das Wild gewartet hatten. Das war lange her! — an einem frühen Morgen in einem anderen Leben. Als er etwa sechzig Meter hoch gestiegen war, lehnte er sich an einen Baum auf der Hügelspitze und blickte hinunter auf das Dorf im Tal. Fettige Rauchwolken wirbelten hoch von der kleinen Plattform neben dem Bach, auf der die Scheiterhaufen brannten. Ein paar Männer hockten daneben; die Abendsonne schien noch auf das Dorf und dämpfte den Feuerschein. Es fiel nicht schwer, sich den Tod als einen leisen Windhauch zu denken, der durch die Baumreihen niederfährt und in der zitternden Luft über den Scheiterhaufen sichtbar wird.

Das Dorf lag zusammengedrängt an dem Hang jenseits der Verbrennungsstätte. Der Qualm seiner Toten trieb über es hinweg; er erkannte plötzlich, daß dieses Dorf keine zufällige Gemeinschaft war, sondern daß diese Menschen zusammengehörten in ihrem Kampf gegen Krankheit, Hungersnot, wilde Tiere und die betäubende Wucht der Sommerhitze. Es war auch sauberer als die Dörfer in der Ebene; die meisten Häuser waren von einem verwitterten Weiß, nur hier und da stand ein Haus mit braunem oder zartrosa Anstrich. Seine vielfarbigen Dächer konnten die Vorstellung erwecken, man habe einen Teppich über das Dorf gezogen — bleiche Vierecke von gestampftem Lehm, schwarze verwitterte Strohgiebel, hellrote Quadrate aus gebranntem Ziegel. Das Haus des Dorfältesten zeichnete sich durch einen höheren Giebel und die größeren Fensterlöcher an den Seiten aus. Das waren also die Fenster, die er einmal so sorgfältig ausgemessen hatte, um sich zu überzeugen, daß auch Mrs. Hatchs ungefüger Leib im Ernstfall hindurchging. Damals war er wirklich verrückt gewesen! Toll — wie Caroline es genannt hatte! Aber selbst wenn all seine fieberigen Träume wahr geworden wären, hätten sie doch nicht das Maß der Gefahr erreicht, in der sie jetzt schwebten. Nach sechs Tagen des Kampfes wußte er, wie stark der Gegner war — und daß alle Waffen gegen ihn nur Spielzeug waren.

Mrs. Hatch hatte darauf bestanden, daß Robin aus dem choleraverseuchten Chalisgon entfernt wurde. Also hatte Piroo den Wagen genommen und war mit dem Jungen fortgefahren, irgendwohin in den Dschungel, stromaufwärts. Sie versteckten sich dort, bis die Pestilenz ihren Lauf genommen hatte und der Kampf vorbei war — oder bis die drei Mitglieder der Gesellschaft in Chalisgon gestorben waren. Einen Augenblick fragte er sich, ob Robin jetzt wohl schliefe? Ob er wohl Angst vor der Einsamkeit des Dschungels hatte? Vielleicht lehrte Piroo ihn die Rufe der Dschungelvögel und schnitzte ihm kleine Tiere, mit denen er spielen konnte. Nun, Piroo konnte ihn notfalls auch allein nach Gondwara bringen.

Sein Sohn war so sicher, wie ein Mensch unter diesen Umständen sein konnte. Die Kinder der Dorfbewohner blieben, spielten weiter, starben. Er konnte zwei kleine, verkürzte Gestalten in einer Gasse zwischen den Häusern sehen; nackte Jungen, die mit Stöckchen Figuren in den Staub zeichneten. Ihr schrilles Geschrei drang mitunter bis zu ihm empor. Ein junges Mädchen wusch Kleider auf einem Stein neben einem Rinnsal des Stromes; ihr Körper schwang rhythmisch hin und her, während sie die Wäsche knetete und klopfte.

Auf dem abgelegenen Hang wucherte neuer Dschungel empor; die Einteilung und der Wuchs des Unterholzes verrieten immer noch, daß das Land einmal bestellt worden war. Eine

Linie, jetzt fast ausgelöscht und nur noch durch den dichteren Schatten des Gehölzes bezeichnet, schwang sich durch den Hang und bezeichnete den alten Bewässerungskanal. Grundmauern von Häusern lagen in dem neuen Dschungel, verstreute, rohbehauene Steinblöcke und viereckige Gruben, die mit Quadern eingefaßt waren. Stromabwärts bot sich überall dasselbe Bild. Eine gute Regierung war untergegangen — und die Dörfer hatten ihren Reichtum den Schlangen, den Reptilien und den räuberischen Monsunwinden überlassen müssen.

Hatten sie sich ergeben? Chalisgon hatte sich nicht ergeben; es war um die Früchte seiner Arbeit betrogen worden — so wie ganz Indien gerade im Augenblick wieder einmal betrogen worden war; von Männern, die Macht, aber keine Liebe besaßen. Weiß oder braun, es machte keinen Unterschied; nichts war ‚fremd' in Indien; denn Indien selbst war ungeheuer mannigfaltig. ‚Fremder', das war immer nur der Mann, der keine Achtung vor der Vergangenheit hatte und nicht für die Zukunft sorgte; ein Fremder war ein Mann, der nichts liebte. Je größer die Fähigkeiten eines Mannes waren, umso weiter mußte sich seine Sorge für andere erstrecken. In diesem kleinen Dorf kämpften die Menschen gegen Trockenheit, Krankheit, Sonne. Sie besaßen weder Muße noch Bildung, um etwas von dem zu wissen, was sich außerhalb ihrer Gemeindegrenzen abspielte — sie konnten der Welt außerhalb ihrer Grenzen weder mit Liebe noch mit Haß begegnen. Sie waren selbst Fremde, wenn sie zehn Meilen weit gegangen waren. Aber er und die anderen Engländer mußten nicht immer Fremde bleiben. Die Aufgabe war einfach — sie hieß: Liebe. Jede Art von Liebe war gut und richtig. Jeder Fehler konnte verziehen werden, solange er aus Liebe geschah. Hier, in diesem Land, wo selbst der Schatten eines braunen Mannes die religiöse Ruhe seines andersgläubigen Nachbarn verletzte — hier war der englische Rassenstolz kein störendes Element. Indien fand sich damit ab, wie es sich mit dem ewigen Hunger seiner Tiger abfand, mit der rücksichtslosen Prachtentfaltung seiner Moguln.

Indien hatte unbegrenzte Geduld, und es war nicht gemein. Wie groß die Bürde der Macht war, wußten hier überhaupt nur diejenigen, die sie erdulden mußten. Solange die Mächtigen ihre Völker nicht liebten, lag diese Bürde der Macht wie eine Feder auf ihrem Gewissen. Ja, es war leichter in Indien, nicht zu lieben. Hier oben, an einem Baum im Vorfeld der Sindhyahügel, erkannte er, daß Gott den Menschen englischen Blutes eine Gelegenheit gegeben hatte, wie sie nur alle tausend Jahre wiederkehrt. Nach zwei Jahrhunderten voll Gier und blinder Selbstsucht war die Stunde endlich gekommen. Von heute an gab es zwei Möglichkeiten: Sie konnten sich selbst vernichten durch blinde Machtgier, und sie konnten Giganten werden, wenn sie Verständnis zeigten — Vorboten einer neuen, dienstbereiten Welt.

Er fand das rohe Abbild dieser Liebe in Mrs. Hatch wieder. An sich eine ausgesprochen englische ‚Fremde', war sie es jetzt, von deren Kraft das ganze Dorf lebte. Sie fluchte und knuffte die Dorfbewohner; denn sie war daran gewöhnt, ihren Gatten mit Flüchen zu überschütten und ihre Kinder zu knuffen. Sie nannte die Eingeborenen Nigger, weil sie kein anderes Wort dafür wußte, und schrie sie auf englisch an, weil ihr Hindustani schlecht war und wohl auch, weil sie glaubte, daß englisch in der ganzen Welt verstanden würde, wenn man es nur laut genug spräche. Die Leute von Chalisgon verstanden das alles ohne Erklärung; sie begriffen, daß Mrs. Hatch das Leben liebte; daß sie alles liebte, was lebte. Ihre Art, sich auszudrücken, war für die Chalisgoner nur eine von Indiens dreihundert Zungen, nicht merkwürdiger als die seltsamen Rachenlaute und verwirrenden Gesten der Pathans, die als Roßtäuscher vor zwölf Jahren durch das Dorf gekommen waren. Mrs. Hatch hatte die Führung übernommen, nicht, weil sie einer überragenden Rasse angehörte, sondern weil ihre Leidenschaft stärker war als die Leidenschaften der anderen. Alle folgten jetzt ihrem Befehl — alle, auch Caroline.

Als er am Morgen nach dem Zwischenfall mit dem Kleiderschrank erwachte, lag er lange auf seinem Bett und lächelte. Endlich dachte er an Mrs. Hatch und faßte den Entschluß, ihr mitzuteilen, daß die kleine Gesellschaft in Chalisgon bleiben müsse. Er hatte erwartet, Angst auf ihrem Gesicht zu sehen — Angst vor der Cholera! Oder Angst vor Piroo und der einsamen Straße, wenn sie etwa darauf bestand, allein nach Gondwara zu fahren. Er hatte sich auf wortreichen, lautstarken Ärger gefaßt gemacht — Ärger über einen solchen Entschluß nach allem, was sie ausgestanden hatte; und das alles nur für eine Horde Heiden! Er hatte sich langsam angezogen und war schweren Herzens zu ihr gegangen.

Als die Unterhaltung beendet war, fühlte er sich ein wenig erniedrigt und schämte sich. Wie wenig hatte er sie verstanden! Vielleicht wäre Mrs. Hatch weniger menschenfreundlich gewesen, wenn Caroline nicht so restlos erschöpft gewesen wäre. Caroline lag neben ihnen, während er mit Mrs. Hatch sprach — ihr Gesicht totenbleich, sanft und ohne Stärke. Das Gesicht sagte deutlich genug: ‚Ich hatte nur eine Aufgabe — dieses Mannes Seele zu retten. Durch einen Zufall ist es mir gelungen. Nun habe ich keine Kraft mehr, und ich bin bereit zu sterben.‘ Angesichts ihrer verfallenen Gestalt wurde Mrs. Hatch groß, ein irdischer Engel des Zorns. Sie brüllte laut, daß sie nichts gutheißen würde, solange Robin nicht sicher im Dschungel sei; sie überschüttete Piroo mit Flüchen, bis die Ochsen angejocht, die Lebensmittel aufgeladen und der Karren abgerollt war. Volle zehn Minuten brauchte sie dazu. Dann konzentrierte sie sich mit der ganzen Wucht ihrer Persönlichkeit darauf, die untätige Melancholie zu vertreiben, die über den Dorfbewohnern hing.

Erst jetzt, als ganz Chalisgon vor ihrer Tatkraft zitterte, erkannte Rodney zum erstenmal die wahre Mrs. Hatch. Sie war nicht mehr jung! Hier gab es auch kein Hennah mehr, um ihr Haar damit zu färben, das jetzt mehr grau als braun schien. Sie war ein fettes Cockneyweib mit plumpen Füßen und rötlichen Schnapsadern auf den Wangen. Sie konnte noch nicht einmal ihre eigene Sprache lesen oder schreiben. Von der ganzen Katastrophe, die hinter ihr lag, schmerzte sie ganz offensichtlich nur der Verlust einer gewissen chinesischen Teekanne. Heute wußte er, daß sie nicht gefühllos war, sondern den häßlichen Mut besaß, den man nur in den Londoner Slums findet. Nicht Mangel an Phantasie, sondern die Weisheit der Enterbten riet ihr, nur dort zu kämpfen, wo der Kampf der Mühe wert ist; keine Kraft gegen die Welt im allgemeinen zu verschwenden, die den zerbricht, der sich nicht beugt.

Zu jener Zeit hatte Amelia Hatch die Befehlsgewalt über jedermann gewonnen; ihm selbst packte sie soviel Arbeit auf, daß er keine Zeit fand, sich überflüssige Sorgen wegen Caroline zu machen. Sechs Tage lang arbeitete er bis zur Erschöpfung, schlief ohne Träume, erhob sich zu neuen Herkulesarbeiten. Wenn seine Gedanken von der Arbeit, die er vor sich hatte, abirrten, dann nur, um sich anderen Arbeiten zuzuwenden, die vor ihm lagen — oder solchen, die hinter ihm lagen, ohne daß er sie zur Zufriedenheit von Mrs. Hatch erledigt hätte.

Am Morgen des sechsten Tages, am 3. Juni, gestern also, wusch er gerade das Gesicht eines sterbenden Mannes, als Caroline aus dem Haus stolperte, das als Frauenhospital diente, und schnell, mit unregelmäßigen Schritten die Straße hinunterlief. Er stand in der Tür und wartete, bis sie zurückkehrte; ihr Gesicht war sehr schmal geworden, die Lippen ein farbloser Strich, die großen Augen brannten tief in den Höhlen. Er rief sie an, aber sie wandte den Kopf ab und verschwand ohne Antwort im Frauenhaus. Hinter ihm stöhnte der sterbende Mann. Er wandte sich wieder um und kehrte zu den üblen Gerüchen und dem Gestank des Männerhospitals zurück.

Selbst hier oben auf dem Hang konnte er den Gestank nicht loswerden. Er hing in seinem Hemd, in den schwarzen Haaren seines Armes, er hatte sogar seine Haut durchsetzt. Mann neben Mann lagen sie da, in dichten Reihen längs der Wände, drei Räume voll. Rauch von den Scheiterhaufen kroch durch die Straßen; Rauch von den Feuern, in denen die Lumpen verbrannt wurden, mit denen die Geschirre der Kranken gereinigt worden waren. Wenn die Kranken hereingebracht wurden, waren sie bleich, aber gefaßt; die Helfer zogen ihnen die Kleider unter dem Gürtel aus und legten sie nieder. Ein Brahmane zum Beispiel, der hereingebracht worden war, schlang noch das Ende seiner heiligen Schnur sorgfältig ums Ohr, damit sie nicht beschmutzt werde. An diesem ersten Tag hatten sie immer noch Kraft genug, hinauszugehen und sich in den Garten zu hocken; die Diarrhoe war noch schmerzlos. Aber das war nur der Anfang! Sehr bald verließ sie Kraft und Wille. Von Stunde zu Stunde verwandelte sich der Durchfall immer mehr in eine blutige Paste; es kollerte in ihren Eingeweiden; schließlich waren sie zu schwach, um sich zu erheben, und entleerten sich, wo sie gerade lagen. Ihre Gesichter verzogen sich schmerzhaft, wenn Krämpfe ihre leeren Eingeweide zusammenzogen. Sie schrumpften vor seinen Augen zusammen; die Substanz ihres Körpers schien sich in blutigen Schleim aufzulösen, der unter Zuckungen ausgestoßen wurde.

Wenig später kam eine Frau angerannt und rief ihm zu: „Die Miß-Sahiba hat es.“ Weiter nichts. Es gab keine Möglichkeit, die Botschaft falsch zu verstehen. Er warf die Lumpen hin und rannte zu ihr. Sie lag auf dem Lehmboden; zum erstenmal, seit er sie kannte, schien sie mutlos. Es ängstigte ihn mehr als irgend etwas in seinem Leben. Er hob sie auf, um sie zur Hütte des Dorfältesten zu tragen. Sie sollte ordentlich gepflegt werden, sollte nicht in dem Gestank und Unrat der Sterbenden liegen. Sie flüsterte: „Hierbleiben — nicht ins Haus!“ Er kehrte sich nicht daran, aber sie strampelte und wiederholte die Worte. Obwohl ihre Stimme leise war, lag immer noch etwas von der alten Stärke darin; die Augen, die ihn anblickten, waren durchaus nicht kraftlos. Er mußte nachgeben und sie im Frauenlazarett auf ein schmutziges Fleckchen an der Wand legen — zwischen ein junges Mädchen und ein altes Weib. Mrs. Hatch kam angerannt, ihre Augen noch schlaftrunken. Sie schickte ihn wieder zu seiner Arbeit.

Die ganze Nacht hindurch, wie in den vorangegangenen Nächten, hielt der Zug der Cholerakranken an. Einige der Patienten waren ihm bekannt; die meisten kannte er nicht. Sie kamen herein, gestützt oder getragen von ihren Verwandten und legten sich nieder. Er ließ sie trinken, stützte ihre Schulter mit seinen Armen; sah, wie sie durstig schluckten; sah, wie sie eine Minute später herausbrachen, was sie gerade getrunken hatten. Er beobachtete die Krämpfe, die sich zuerst in ihren Waden bildeten, dann die dürren Lenden zusammenzogen, schließlich die Eingeweide packten. Viel später erst kamen die furchtbaren Kehlkopfkrämpfe; namenloses Grauen füllte dann ihre Augen. Wenn Rodney dieses Grauen sah, mußte er sich abwenden. Was war es, was diese Männer erblickten? Benommen, entmutigt schleppte er Wasser für einen anderen Kranken heran.

Karmadass, der Bannia, wurde gebracht. Im Verlaufe dieser Nacht wurde seine starke Stimme leise, der Glanz schwand von seinem Gesicht, ließ nur eine stumpfe Maske zurück. Karmadass atmete schwer, um den Schmerz zu unterdrücken; seine vorquellenden Augen versanken in den Höhlen; seine breite Nase wurde spitz, die fetten Wangen schrumpften ein; seine ölige Haut verschrumpelte wie die Haut eines Toten. Schließlich verdrehte er die Augen so, daß man nur noch das Weiße sah, und Rodney kniff ihn ins Gesicht, um seine Pupillen wieder erscheinen zu lassen. Die Pupillen erschienen; aber die Haut hatte keine Widerstandskraft mehr und die Stellen, wo er ihn gekniffen hatte, blieben noch lange sichtbar. Als diese Zeichen erschienen, verspürte der Bannia, wie seine

Leidensgefährten, weder Angst vor dem Tod noch Willen zum Leben. Sein Körper besaß nicht mehr Kraft genug, um sich aufzubäumen, als der Tod an sein Lager trat. Er starb gegen vier Uhr morgens und blieb liegen, bis das Einäscherungskommando kam, um ihn abzuschleppen. Da lag er auf dem Rücken, immer noch warm — Knie angezogen, Arme über den Kopf gestreckt, geballte Fäuste hinter den Ohren, hartgespannte Bauchmuskeln, halbgeschlossene Augenlider, untermalt von dicken blauen Ringen, spitze Nase, dunkelbraune Lippen. Andere folgten ihm. Am späten Nachmittag des Tages kam Mrs. Hatch in das Hospital und fand Rodney stumm und zitternd in der Mitte des Raumes; sie schickte ihn hinaus.

Es wurde jetzt dunkel. Er war lange genug zwischen den klaren Bäumen gewesen. Blauer Rauch hing über der Stadt, Flammenzungen leckten golden aus den Scheiterhaufen empor. Der Einäscherungsplatz glomm orangen in dem stumpfen Braungrün des Abhangs. Er ging den Hügel hinunter, erst langsam, dann schneller, bis er schließlich rannte, sicheren Fußes und mit dem Gefühl der Freude über die Stärke seiner Muskeln. Wie lange würde er sie noch fühlen?

Er erfuhr in dem Dorf, daß sich nichts während seiner Abwesenheit geändert hatte. Er nahm eine Axt auf und begann, Bäume für den Scheiterhaufen umzulegen. Die gesunden Männer reichten nicht mehr für die Arbeit aus; immer noch mußten Kühe gemolken, mußte Land bearbeitet werden — mußte irgend jemand das Essen für die Kinder kochen, die keine Mütter mehr hatten. Hungersnot lauerte immer über diesem Dorf; oft genug verhungerten die Gesunden, die der Cholera widerstanden hatten, nach einer solchen Epidemie. Er schwang die Axt und fluchte bitter, schlug und fluchte im gleichen Takt. Lange nach Einbruch der Dunkelheit machte er endlich eine Pause, lehnte sich auf den Griff der Axt und wischte den Schweiß von seiner Stirn. Ein Licht wanderte hügelabwärts auf ihn zu; das Gesicht des Priesters erschien dahinter. Rodney legte die Hände auf den Rücken und wartete; er konnte nicht sprechen.

Der Priester blieb vor ihm stehen und streckte die Hand aus. „Sage Hatch-Memsahib, sie ihr dies geben! Ist gut!“

Rodney betrachtete den kleinen, schmutzigweißen Brocken auf seiner Handfläche. Opium, dachte er, das einzige Spezifikum gegen Cholera — und, Gott weiß, wie selten und teuer in diesem Teil Indiens. Sicherlich das einzige Opium im ganzen Dorf. Er blickte den Priester an; im Licht der Lampe erschienen seine possierlichen Affenohren größer als sonst. Das Gesicht dazwischen war bleich und grau. Auch der Priester will leben, dachte er weiter — vielleicht hat er die Cholera schon in den Knochen oder bekommt sie morgen! Trotzdem gibt er sein Opium her . . .

Der Mann sagte: „Schneide es in sechs gleiche Teile. Gib ihr alle zwei Stunden einen Teil in warmer Milch. Sie wird etwas davon herausbrechen, aber den Rest behalten. Manchmal können die Menschen danach kein Wasser mehr lassen, und das ist gefährlich — aber meistens hilft es. Mein Freund, es gibt keine andere Hoffnung mehr. Beeile dich!“

Rodney wandte sich ohne ein Wort ab und rannte den Hügel hinunter in die Dunkelheit. Er hätte sprechen mögen, weinen mögen, aber er konnte es nicht. Vielleicht würde sie sterben, trotz des Opiums; aber die Gabe war nicht verschwendet. Nichts war verschwendet — in diesen Tagen, in dieser Stadt! Jeder Gedanke und jede Handlung leuchtete in dunkle Ecken der Vergangenheit und warf Licht in einige Herzen, für alle Zukunft.

Mrs. Hatch kniete neben Caroline, die Frau des Dorfältesten kniete auf der anderen Seite. Die Frauen im Hospital waren, wie die Männer, nackt von der Hüfte abwärts; aber jetzt kümmerte sich niemand mehr darum, weder er noch sie. Mrs. Hatch blickte auf das Opium und schnaufte: „Was ’s das — Gift?“ Die Frau des Dorfältesten riß es ihr aus der Hand und flüsterte: „Wer hat dir das gegeben? Ich hatte keine

Ahnung, daß Opium im Dorf war. Man hätte damit — ach, das ist jetzt auch egal . . ."

Sie brach ein Stück ab, rief nach Milch und zerkrümelte das Opiumstückchen zwischen ihren Fingern in die Schale. Rodney betrachtete Caroline; nach diesen sechs Tagen wußte er genau, wie nahe sie dem Tod war. Nur wenige, sehr wenige hatten sich in letzter Sekunde am Leben festhalten können, waren langsam, Schritt für Schritt, von dem dunklen Abgrund weggekrochen und ins Leben zurückgekehrt. Die meisten aber waren hineingestürzt, mit atemberaubender Schnelle zum Schluß, und hatten ihr Ende auf dem Scheiterhaufen gefunden. Schon war Carolinens Haut verknittert und farblos, ihre Nase spitz; übermenschliche Kräfte kämpften in ihr, hielten sie zurück vom Abgrund. Die Krämpfe ergriffen ihre Kehle und hinderten ihren Atem; aber das Grauen war in den Augen von Mrs. Hatch und in seinen eigenen. Denn sie versuchte zu lächeln, als er zu ihr trat; dann aber wühlte ein Krampf in ihr, und er mußte die Augen schließen. Als sie sich entleert hatte, blickte er wieder hin und sah, daß die Frau des Dorfältesten ihr Milch gab. Sie nahm die Milch nicht gerne; ihre Halsmuskeln hatten sich zusammengezogen; als der erste Schluck im Magen angekommen war, wurde ihr übel. Aber langsam, während der Schweiß auf ihrer Stirne ausbrach, zwang sie sich, Schluck um Schluck, Tropfen um Tropfen zu trinken.

Ein zweiter Kampf begann — der Kampf, die Milch bei sich zu behalten. Er glaubte, den Krampf, der sie schüttelte, in seinem eigenen Gesicht, seinem eigenen Hals zu spüren. Als sie nach zwei Minuten die Milch herausbrach und auf den Boden spie, konnte er nicht länger zuschauen. Er taumelte in den Garten und setzte sich in den Staub, beobachtete die Schatten, die über die Mauern des Hospitals wanderten, und wartete so bis Tagesanbruch.

Endlich trat Mrs. Hatch heraus. Die erste Morgensonne fiel auf ihr Gesicht, sie sagte: „Ick jehe jetzt schlafen, Cäpten, jenau wie sie", und grinste hohl; Rodney wurde ohnmächtig.

Caroline war beinahe die letzte Patientin in den beiden Hospitalen. Drei Tage später verließ die Cholera das Dorf und zog weiter. Der Priester sagte später, sie hätten achtundsiebzig von Chalisgons dreihundert Einwohnern verbrannt; aber niemand konnte sich erinnern, wie viele krank gewesen waren und sich wieder erholt hatten. An dem Tag, als die Cholera vorüber war, übermannte Schlaf das Dorf. Jedermann fiel hin, wo er gerade stand. In der darauffolgenden Nacht aber, wie nach einem Orkan, feierten sie eine ihrer wilden Orgien: es schien ihnen ein Bedürfnis zu sein, sich selbst von ihrem eigenen wunderbaren, wildlebendigen Dasein zu überzeugen.

Vier Gesichter fehlten in der Versammlung, die sich im Vorderzimmer des Dorfältesten traf: Piroo war in den Wäldern, Caroline schlief im Hinterraum, Karmadass und der schweigsame der beiden Zwillinge waren tot. Rodney, der Dorfälteste und der geschwätzige Zwilling ließen die Ziegenhaut mit billigem Branntwein kreisen; der Priester saß auf seinem Platz, trank aber nicht. Mrs. Hatch und die Frau des Dorfältesten kakelten fröhlich in ihrer Ecke am Herd und tranken mitunter aus einem anderen Behälter Branntwein. Trotz der leeren Plätze und der glühenden Dschungelhitze war es ein lustiger, fröhlicher Abend.

Rodney ging durch den strahlenden Mondschein hinunter zum Fluß, um Wasser zu holen. Die Menschen, an denen er vorbeiging, grüßten ihn tief und höflich. Sie grüßten ihn so, wie es einem Mitglied der herrschenden Kaste zustand; aber gleichzeitig lächelten ihre Augen ihm zu; denn er war jetzt einer der ihren. Trommeln schlugen am Rande des Urwalds, Männer sangen in den Hütten am Strom. Zwischen den Baumreihen bewegten sich Frauen, ihre Glieder schwer von Liebe und Verlangen; und die Stimmen der Männer hatten eine neue Klangfarbe, wenn sie mit ihnen sprachen. An anderen Stellen trieben sich betrunkene Männer und Frauen miteinander herum, wälzten sich auf der Erde oder sangen mit rauhen

Stimmen. Sie bewarfen sich nicht mit buntem Pulver, sie waren auch nicht so wild wie die Gläubigen auf dem Holifest in Kishanpur; aber die Atmosphäre war dieselbe, aus dem gleichen Grund: der Holi war das Frühlingsfest des Jahres, diese Orgie aber das Fest eines neuen Lebensfrühlings. Ein Stern im Süden ließ ihn an Robin denken; seine Gedanken wanderten weiter nach Gondwara. Sie mußten jetzt fahren, sobald Carolinens Zustand es erlaubte.

Der Dorfälteste und der Zwilling unterbrachen ihre Unterhaltung plötzlich, als er mit der Wasserkanne eintrat. Beide waren ein wenig betrunken; er setzte den Krug nieder und fragte erstaunt: „Nun, meine Freunde, was gibt's?"

Der Dorfälteste kratzte sich hinter dem Ohr. „Es gibt — nun — hm — es gibt ..."

„Sprich doch schon!" Der geschwätzige Zwilling sog an dem Schlauch und wischte seine Lippen. „Erzähl es ihm! Es ist alles in Ordnung. Kein Grund, es zu verschweigen!"

„Sahib, du warst dabei, als wir von Naital sprachen", sagte der Dorfälteste. „Das ist der Platz, wo früher ein Damm und ein See waren, fünf Meilen stromaufwärts. Nun, wir sind der Meinung, daß das Waffenlager der Rani sich dort befindet: Gewehre, Kanonen, Pulver ..."

Rodney stieß einen erstaunten Ruf aus. Er erinnerte sich deutlich, daß der Dewan bei dem Affenbrunnen zum Silberguru sagte, die Ochsenkarren seien auf ihrem Weg zu ‚dem See'. Er konnte diesen See gemeint haben. Rodney fragte: „Warum glaubt Ihr das?"

„Der direkte Weg von Kishanpur nach Gondwara führt durch Naital. Er läuft nicht weit von diesem Dorf entfernt vorbei, aber tiefer im Dschungel drin. Vor einigen Wochen begab sich ein junger Mann aus unserem Dorf in diese Gegend, um nach einer verirrten Ziege zu suchen. Er sah zahlreiche Wagen, die sich in südlicher Richtung bewegten. Diese Wagen haben niemals Pipalpani passiert, das nächste Dorf an der Straße, zwanzig Meilen entfernt. Ich sprach mit dem Dorfältesten von Pipalpani darüber. Ein weiterer Punkt: Seit sechs Monaten etwa dürfen wir unsere Herden nicht mehr in der Gegend von Naital weiden. Der Befehl, den wir erhielten, nennt als Grund, daß dort ein neues Jagdgebiet für die Rani geschaffen werden soll; aber der alte Lalla Ram, der jetzt tot ist, glaubte nicht daran und schlich eines Tages dorthin. Er sah einige Soldaten, sagte er, nicht eben viele, die sich in einem alten Tempel einquartiert hatten."

„Warum habt Ihr mir das nicht schon früher erzählt? Es war Euch doch schon die ganze Zeit bekannt!"

Der Dorfälteste wiegte schweigend die Schultern hin und her. Lalla Rams Zwillingsbruder sagte an seiner Stelle: „Captain-Sahib, wenn irgend etwas mit dem Waffenlager geschieht, läßt der Dewan dieses Dorf niederbrennen und jeden Einwohner, den er erwischt, foltern. Wir haben Sie beschützt; das war eine Pflicht, die die Götter uns auferlegten, und wir würden Sie nie — glauben Sie mir das: niemals — verraten haben. Die Sache mit dem Waffenlager ist etwas anderes. Wir haben keinen Teil an diesem Krieg."

Rodney lächelte. Kanonen hatten keine Bedeutung in einer Welt, die von Cholera und Hungersnöten regiert wurde. Er sagte: „Warum erzählt Ihr es mir denn jetzt? Nein, habt keine Angst! Ich rühre die Kanonen nicht an! Vermutlich wäre es meine Pflicht, sie zu beseitigen; aber ich kann es einfach nicht mehr — nicht nach allem, was sich inzwischen ereignet hat."

Der Dorfälteste kratzte sich hinter dem anderen Ohr: „Sehen Sie", sagte er nachdenklich, „aber jetzt wollen wir, daß Sie die Kanonen zerstören. Wir kennen Sie jetzt, und wir hatten Zeit nachzudenken. Wir haben viele Nachrichten inzwischen gehört, Blut ist über dem ganzen Land, Feuer, Mord und Totschlag. Die Sepoys hetzen wie die tollen Hunde auf und nieder, vom Ganges bis zum Indus. Was die Zivilisten tun, wissen wir nicht. Wir denken, daß sie den Verfolgten Unterkunft gewähren, so wie wir es getan haben. Wir hören dies und das, wir sprechen darüber, und vielleicht sind wir töricht: aber wir glauben, daß es zu einer großen Schlacht um Gondwara kommen wird. Wenn die Tollheit, die das Land beherrscht, dort nicht mit einem Schlag erstickt wird, wird sie andauern, und das ganze Land wird unter ihr leiden. Wir wollen Ihnen helfen. Aber Sie müssen sich beeilen; denn das Heer der Rani verließ gestern Kishanpur und wird morgen hier sein. Danach ist alles hoffnungslos."

Rodney stand auf und schritt nachdenklich durch den Raum, den Kopf gesenkt unter den Deckenbalken. Als er die vordere Wand des Zimmers erreichte, sah er Caroline in dem schmalen Korridor. Sie lehnte bleich, aber lächelnd, am Türpfosten; er schritt auf sie zu: „Geh wieder ins Bett, Caroline, und schlaf dich aus. Morgen, bei Tagesanbruch, müssen wir losfahren."

Sie erwiderte: „Ich habe alles gehört. Ich lag wach und lauschte auf die Musik und den Gesang unten am Strom. Vor meinem Fenster singt ein Vogel, und dahinter steht ein großer runder Mond — wie damals bei dem Holifest, oder in der Nacht der Meuterei. Und trotzdem ist es eine liebliche Nacht."

„Wir dürfen ihnen keine Schwierigkeiten machen. Wir müssen heimlich verschwinden und sehen, daß wir bald nach Gondwara kommen. Es ist unsere Pflicht — oder wenigstens meine! Was für einen Tag haben wir heute? Den 7. Juni? Es wird ein totes Rennen werden."

Sie hatten englisch miteinander gesprochen; aber die anderen schienen den Tonfall ihrer Stimmen lesen zu können.

Der Priester erhob sich und trat zu ihnen: „Ich gab Euch mein letztes Stück Opium — für die Miß-Sahiba. Ihr alle habt uns mit letzter Kraft geholfen. Nein, wir sind keine Händler, wir rechnen nicht auf, was der eine für den anderen tat. Aber wir wünschen, daß die Kanonen zerstört werden. Der Dorfälteste verläßt uns jetzt und befiehlt dem Dorf, daß es eine Zeitlang in den Dschungel flüchten muß. Übrigens ist das auch gesünder; und ich glaube, die englische Regierung wird uns den Schaden ersetzen, den der Dewan anrichtet. Nicht wahr?"

„Aber vielleicht fängt er einige von Euch, oh Pandit-ji! Und wir können die Toten nicht mehr ins Leben zurückrufen, ganz gleich, wie gut die Sache war, für die sie starben."

Der Priester zuckte die Achseln: „Nein! Unsere Leute verstehen nichts von der guten Sache, Sahib. Der Tod ist für uns immer gleich schwer. Aber sie werden nicht viele von uns fangen. Sie sind mit anderen Dingen beschäftigt."

Der Dorfälteste war bei der Haustür stehengeblieben. „Wir haben zwanzig tüchtige, junge Männer im Dorf. Vielleicht gehen noch ein paar ältere Männer mit. Vermutlich sind sie gerade betrunken, oder sie sorgen für Nachwuchs bei den Weibern — aber ich werde sie herbringen." Er lachte plötzlich rauh auf und schlug sich mit der Hand aufs Knie. „Himmel", sagte er, „heute nacht werde ich ein paar häßliche Worte zu hören bekommen. Aber das spielt keine Rolle. In zwei Stunden sind sie hier und hören sich an, was sie zu tun haben. Sag' es ihnen immer wieder, sag' es ihnen oft; denn ihre Köpfe sind nicht klar — genau wie meiner. Wir wollen dir helfen, aber wir verstehen nichts vom Krieg. Trotzdem glaube ich, daß wir kämpfen können. Weiß Gott, es gibt selbst bei uns genug Schlägereien!"

Er ging hinaus; der Priester und der Zwilling folgten ihm. Seine Frau betrachtete einen Augenblick demütig ihre glänzenden Töpfe, ehe sie begann, einen nach dem anderen in einem Sack zu verstauen. Die drei Engländer standen schweigend nebeneinander und sahen ihr zu.

Nach einer Weile befahl Rodney Caroline barsch, sich niederzulegen, und Mrs. Hatch das gleiche. Sie huschten davon wie verängstigte Mäuse. Er ging in den Hinterhof, setzte sich auf die Mauer und versuchte nachzudenken. Das dunkle Mahlen und Wiederkäuen der Ochsen hüllte seine Gedanken ein; er streckte das Bein aus und kratzte das nächste Tier mit der Stiefelspitze am Rücken. Trübe Wolken begannen, die Sterne einzuhüllen und ihr Licht zu ersticken; Donnerschläge rumpelten, weit entfernt, jenseits des Horizontes. Heute nacht würde es noch keinen Regen geben, auch morgen nicht — vielleicht sogar in den nächsten zwei Wochen noch nicht. Aber der Monsun war unterwegs.

23. KAPITEL

Er lag auf einem waldbestandenen Hügel westlich Naital. Sonnenglühende Felsen brannten unter seinem Bauch und seinen Hüften. Erhitzte Luft flimmerte über dem engen Tal, das unter ihm lag. Heuschrecken fiedelten fröhlich im trocknen Dschungel; wenn ein Mann sich bewegte, knackte ein trockener Ast unter ihm, oder das Laub raschelte. Zweiundzwanzig Dorfbewohner gehörten zu seiner Mannschaft; der jüngste war ein fünfzehnjähriger Knabe — der älteste der grauhaarige Zwilling. Sie lagen dicht nebeneinander hinter der Hügelkante; jeder hatte eine Axt, eine Picke oder einen Stock mit Metallspitze bei sich. Dies war seine kleine Armee, und er war ihr General. Sein Gewehr lag neben ihm.

Ein Blick auf die Sonne: noch eine Viertelstunde, dann mußten sie angreifen. Das Gesicht jedes einzelnen Mannes war eifrig und gespannt; im ganzen betrachtet, war es ein kümmerlicher, zaghafter Haufen. Sein eigener Entschluß stand fest; aber er wünschte, er hätte seine Soldaten nicht so gut gekannt, oder es wären Berufssoldaten. Möglicherweise starben sie alle bei diesem Abenteuer; er konnte es nicht verhindern, daß seine Gedanken mitunter zu der Frau des Dorfältesten schweiften und zu ihren polierten Messingtöpfen. Das war etwas, woran ein Berufssoldat nicht denken durfte. Zum letztenmal prüfte er seinen Plan, versuchte, alles leidenschaftslos vor sich zu sehen.

Die Kampfgruppe hatte Chalisgon noch bei Nacht verlassen. Sie waren, einer hinter dem andern, über Wildwechsel nach Naital gelaufen; als sie gegen sieben Uhr ankamen, trafen sie bereits Piroo und Robin bei dem Ochsenkarren im Dschungel.

Er schickte die Männer in Deckung und rekognoszierte das Gelände mit Piroo. Eine knappe Meile jenseits des Tales lag der Gegenhang. Dichtbewaldet schwang er sich zu dem Hochplateau der Sindhyaberge empor. Nördlich und südlich von ihnen wand sich der Naitalfluß durch eine sechzig Meter tiefe Klamm. Vor ihnen aber trat das Tal auseinander und bildete eine Mulde, an deren hinterem Ende ein Rawan des vergangenen Jahrhunderts den Damm errichtet hatte, der den Naitalsee bildete.

Der Damm mochte etwa zehn Meter hoch gewesen sein — am höchsten dort, wo früher ein Wehr mit Schleusentoren gestanden hatte, durch die das überschüssige Wasser abfloß. Auf der zugewandten Seite bildete er einen Bogen, der immer flacher wurde, bis er in den sanft ansteigenden Hang einmündete; nach beiden Seiten verbreiterte er sich um das Doppelte. Auf diese Weise war an beiden Ufern eine königliche Steinpromenade entstanden, an deren Rand man Schattenbäume gepflanzt hatte. Pavillons, kleine Tempel und andere Gebäude, deren Zweck Rodney unklar blieb, lagen verstreut zwischen ihnen. Die Bewässerungskanäle verliefen in anmutigen Kurven längs der unteren Hügelkante. Die Bauweise schien anzudeuten, daß man zu jener Zeit die Bewässerung und den Wohlstand der Bauern nur als eine angenehme Begleiterscheinung des königlichen Arkadiens betrachtet hatte, das auf einem Granitsockel an den Ufern des Gebirgssees entstanden war.

Die Stadt Naital selbst hatte stromaufwärts, zu seiner Rechten gelegen. Frauen mochten über das Granitpflaster zu dem neuen See hinuntergewandert sein, um ihr Leinenzeug zu waschen. Vieh hatte an den unteren Rändern des Dschungels geweidet, und sicher waren die Felder reich gewesen und die Luft voll von dem Geschrei der Kinder. Der Stausee war etwa einen Kilometer breit und drei Kilometer lang gewesen; Rauch von den Holzfeuern der Dorfkamine hatte ihn abends verschleiert. Wenn immer der Fürst mit seinem Hofstaat kam, wurde die Landschaft zu einem anmutigen Schaubild, wie die Jagdszenen auf den Gobelins in alten Festungen: die Dorfbewohner arbeiteten nicht mehr, sondern säumten ehrfürchtig die Ufer und schauten zu, wie der Fürst seine Jagdfalken auf Wasservögel und Reiher stoßen ließ; jedermann war glücklich über das Vorrecht seiner Stadt, solch einem großartigen Schauspiel beiwohnen zu dürfen.

Dieser König hatte in Sicherheit gelebt; sein Enkel aber hatte die Kraft des Staates zu einem Kampf auf Leben und Tod gegen den Tigerstaat Lalkot verbrauchen müssen. Naital starb dahin; das Wehr brach, die Schleusentore zerfielen. Die wilden Angriffe von einhundertfünfzig Monsunperioden hatten Hunderte von Granitquadern aus ihrem Verband gerissen und das Tal meilenweit stromabwärts mit den Trümmern besät. Und in dem Maß, als die Stadt unterging, schleppten die Männer andere Steinquadern davon, zerschlugen sie mühsam in kleine Stücke und benützten sie dazu, um ihre Häuser und Kuhställe zu reparieren. Endlich waren auch die Häuser und Kuhställe eingefallen; nur die Granitwürfel verrieten noch, wo sie gestanden hatten. Gestreifte Moskitos und riesige Gnitzen summten und weinten zwischen den Schilffeldern, die an Stelle des Sees getreten waren. Von Juli bis November war dort ein unergründlicher Sumpf; jetzt aber war es eine Art von trockenem, säuerlich riechendem Hochmoor, in dem verborgene Weiher aus schwarzem, eisenhaltigem Wasser lagen und durch dessen Mitte sich unsichtbar das Rinnsal des trockenen Sommerflusses wand. Seidenreiher und Zwergreiher, die Paddybirds der Engländer, versteckten sich darin, und ein Pärchen nackthalsiger Antigonekraniche lebte an seinem anderen Ende. Türkisfarbene Eisvögel schossen wie funkelnde Edelsteine durch die Tunnels der Wasserrinnen; bei Nacht aber trat der Tiger aus dem Dschungel und besuchte die Tränke unterhalb des zerbrochenen Dammes.

Gegen halb acht Uhr morgens waren er und Piroo den Hügel hinuntergekrochen, um sich den Damm aus der Nähe anzusehen. Von einem sicheren Versteck aus stellten sie fest, daß neun oder zehn Soldaten in einem der Pavillons zwischen schmutzigen Säcken, Gewehrstapeln, Bettrollen und Kochtöpfen lebten. Er kroch vorsichtig wieder den Berg hinauf, Piroo auf seinen Fersen, und entwickelte seine Pläne.

Der Ochsenwagen stand inzwischen in einer schattigen Mulde unter den Bäumen. Caroline schlief unter der Plane; draußen saß Mrs. Hatch und beschäftigte Robin, um ihn ruhig zu halten. Er trat zu ihnen und befahl zwei Männern mit rauher Stimme, sofort den Wagen zum anderen Talende zu bringen und in der Nähe des Stromes auf ihn zu warten.

Caroline lächelte weich, aber voll Hoffnung, und sagte: „Mach dir bitte keine Gedanken, Rodney. Ich sorge schon dafür, daß Robin nach Gondwara kommt — ganz gleich, was geschieht."

Er starrte sie an, drehte sich scharf auf den Absätzen um und ging mit zügigen Schritten zu dem Hügelkamm zurück. Er hatte noch ein paar Stunden vor sich, um an ihr Gesicht zu denken.

Der Angriff selbst, der mit undisziplinierten Dorfbewohnern durchgeführt werden sollte, war eine verhältnismäßig einfache Sache; er brauchte keine Viertelstunde, um den Plan zu entwerfen. Piroo sollte sich von hinten an den Posten schleichen und ihn beseitigen; die übrigen, unter Rodneys Führung, würden dann einen direkten Angriff aus kürzester Entfernung auf das Wachgebäude durchführen. Für seine gefährliche Aufgabe brauchte Piroo einen günstigen Ausgangspunkt. Zu diesem Zweck mußte er sich im Schutz des Dammes über den Fluß arbeiten, drüben den Damm überqueren und durch das Hochmoor zurückkehren. Eine Stunde nach Mittag, wenn die Soldaten höchstwahrscheinlich schliefen, sollte er den Posten erledigen. Das Schilf, die Quadern von dem zerstörten Damm, die Bäume und die zahlreichen kleinen Hütten mußten ihm genügend Deckung geben.

Etwa zu der gleichen Zeit würde Rodneys Kampfgruppe

den untersten Teil des Hanges erreicht haben und unmittelbar neben dem Damm in Wartestellung liegen. Sobald sie Piroos Angriff auf die Schildwache sahen, oder auch bei einem vorzeitigen Alarm, mußte unverzüglich angegriffen werden. Die Wache mußte von den Angreifern erdrückt werden. Wenn alles gut ging, würden ihnen drei oder vier Stunden Zeit bleiben, um die Vorratslager und Kanonen zu zerstören, ehe die Streitmacht der Rani ahnungslos die staubige Straße heraufkam. Er hätte lieber um Mitternacht angegriffen; aber die Zeit reichte nicht mehr aus. Denn die Truppen der Rani würden spätestens bei Sonnenuntergang eintreffen; und ein Angriff nach ihrer Ankunft war ein hoffnungsloses Unternehmen.

Soweit der Plan — und kein ganz schlechter Plan. Es war jetzt Nachmittag; Piroo war seit langem verschwunden, das Tal zu ihren Füßen träumte in der Hitze. Rodney sah wieder zur Sonne auf und fragte den alten Zwilling mit unterdrückter Stimme: „Alles bereit?“

„Ja.“

„Dann verteilt Euch und folgt mir, wie ich es Euch erklärt habe. Bleibt liegen, wenn ich liegen bleibe — und, um Himmelswillen, macht keinen Krach.“

„Bahut achcha.“

Sie begannen zu kriechen. Zwei langschwänzige, grüne Papageien strichen schreiend von den Bäumen über ihnen ab; dann schlief das Tal wieder in der drückenden, summenden Nachmittagshitze. Die kleine Gruppe bewegte sich langsam vorwärts: erst der rechte Flügel, dann der linke Flügel — dann rückte die Mitte auf; wieder der rechte Flügel — zwei oder drei Mann gleichzeitig. Nach zwanzig Minuten hatten sie das Tal erreicht, die Straße überschritten und lagen auf gleicher Höhe mit dem Damm. Die Pavillons und Gebäude hoben sich scharf von dem grünen Schleier der Wälder im Hintergrund ab. Der Posten saß im Schatten eines Baumes und zeigte ihnen sein Profil. Rodney benutzte die Gelegenheit, um seine kleine Gruppe schnell über eine offene Lichtung zu führen. Zwei Minuten später lagen sie, vierzig Meter vom Damm entfernt, in den dichten, immergrünen Büschen der Gerbermyrthe; die alten Bewässerungskanäle wanden sich dicht unter ihnen vorbei.

Unbestimmte Geräusche des Nachmittags füllten das Tal. Affen schwangen sich durch die Bäume jenseits der Sümpfe. Hinter ihnen und zu ihrer Rechten — dort wo einmal die Stadt gestanden hatte — traten größere Tiere durch das Unterholz. Irgendwo warnte ein Pfau: hauk hauk! Eine kleine Damkuh zottelte aus dem Weidengestrüpp und rannte hurtig über eine Lichtung. Vielleicht hatte sie ein Bär erschreckt, oder sogar ein Tiger — nein, das Tier hatte nicht sehr aufgeregt ausgesehen. Bald darauf erfuhren sie die Ursache: Wildschweine — der Pfau hatte sich geirrt! Der Eber kam zuerst heraus und schnüffelte; seine Familie folgte — drei Säue und ein gutes Dutzend Frischlinge. Sie begannen zwischen den Steinen zu wühlen, in einer Schonung junger Akazienstämme. Die hohe Sonne wanderte unendlich langsam über den Himmel. Auf dem anderen Hügel war ein dichter Schlag von Salbäumen; während die übrigen Bäume in der heißen Periode ihr Laub abwarfen, waren die Salbäume dunkelgrün geblieben und standen wie die Pfeiler in einer Kathedrale. Jetzt, in der tödlichsten Woche des Jahres, vollbrachten sie ein Wunder: sie schoben neue Blattsprößlinge zwischen den alten hervor — zartes, lichtes Grün.

Er konnte wegen des Dammes den sumpfigen See nicht sehen; aber die Zwerg- und Seidenreiher vollführten aufgeregte Tänze im Schilf und kreisten unruhig. Piroo war unterwegs. Die Gesichter der Dorfbewohner waren gespannt, ihre Augen rollten von links nach rechts, von rechts nach links. Er knurrte sie an, ruhig zu sein, und lächelte ihnen dann wieder zu.

Der Wachtposten hatte seine gelbe Jacke aufgeknöpft und das Gewehr gegen einen Baum gelehnt. Der Mann sang friedlich vor sich hin und unterbrach das Lied nur, um eine Zigarette zu rauchen. Stinkender Tabaksdampf kroch langsam auf sie zu und verdarb die saubere, heiße Dschungelluft.

Obwohl er die ganze Zeit über scharf hingeschaut hatte, traute Rodney einen Augenblick seinen Augen nicht, als er einen Kopf über der anderen Seite der Steinpromenade erscheinen sah. Er hatte sich nicht geirrt! Er beobachtete gespannt, aber ohne Ängstlichkeit, wie Piroos flaches, ausdrucksloses Gesicht erschien, wie er unaufhaltsam weiterglitt, die Augen suchend nach vorne gerichtet, ohne Geräusch. Wie eine Schlange glitt er über die Promenade, auf den Baum der Schildwache zu. Endlich war es so weit. Erleichterung füllte ihn.

„Fertigmachen!"

Er beobachtete ein Spiel — das gleiche Spiel, das er in dem Ochsenwagen beim Affenbrunnen gesehen hatte. Damals war es ein Schattenspiel gewesen; Tod und Grausamkeit hatten nur zwei flache Dimensionen gehabt, um sich auszudrücken; möglicherweise war es ihm deshalb so grauenhaft erschienen. Aber diesmal war der Posten ein junger Mann, der ein fröhliches Lied vor sich hin sang ...

Jetzt hatte Piroo endlich den Baum erreicht, zog das schwarze Seidentuch aus dem Lendenschurz und glitt ohne Pause um den Baum. Das schwarze Tuch flog durch die Luft, das Summen erstarb. Piroo hatte seinen rechten Fuß gegen den Rücken des Soldaten gestemmt; das gespannte Seidentuch in seiner Hand sah wie ein schwarzer Stab aus.

Rodney wartete, bis das Gesicht des Postens schwarz war. Er sprang auf. „Angriff!"

Die jungen Männer von Chalisgon stürmten den Damm mit einem einzigen, heiseren Kampfschrei, schwangen Spaten, Äxte und Picken wild durch die Luft und erklommen die Steinplatten. Rodney stürmte vor ihnen her. Dies war endlich der Augenblick! Er hatte es geschafft. Er schwang sich über die Steine und sah die Soldaten vor sich aus dem Wachhaus herauskommen — verschlafen, mit erstaunten Gesichtern und törichten, aufgerissenen Mäulern.

Plötzlich, wie ein Geist aus dem Schatten des Gebäudes auftauchend, stand der Silberguru vor ihnen und hob seinen fleckigen Arm. Rodney hörte den Schrei der Dorfbewohner und spürte, daß sie ihm nicht mehr folgten. Der Silberguru sagte mit sanfter Stimme: „Halt!"

Rodney schrie: „Vorwärts!", riß das Gewehr hoch, feuerte — und verfehlte den Lepraheiligen. Er war jetzt allein; die Dorfbewohner waren stehengeblieben. Er senkte das Seitengewehr zum Stoß und stürmte weiter. Drei Soldaten zielten mit ihren Gewehren auf ihn.

Wieder sagte der Silberguru: „Halt!"

Er blieb stehen und senkte die Waffe. Das Spiel war aus! In dem Augenblick, als die Männer von Chalisgon aufgaben, war das Spiel aus. Es war einer von jenen Plänen gewesen, deren Erfolg von einer einzigen Sekunde abhängt. Und die Sekunde war verstrichen. Ehe er jetzt den Guru erreichen konnte, schossen ihn die Soldaten sicherlich nieder. Immer mehr Soldaten stürzten jetzt heraus, ängstlich, den Finger am Abzug. Der Ruf des Silberguru schützte das Waffenlager besser als eine Armee. Rodney hätte gerne gewußt, seit wann der Guru in Naital war und warum er gekommen war.

Er stand mürrisch still, das leere Gewehr vor sich. Der Guru befahl ihm, die Waffe wegzuwerfen; er ließ sie fallen. Was würden sie den Dorfbewohnern tun? Ihretwegen mußte er kämpfen und die Soldaten ablenken, so daß wenigstens ein paar von ihnen entkommen konnten. Aus den Augenwinkeln überschlug er die Entfernung bis zum nächsten Soldaten. Die Männer von Chalisgon standen stumpf aneinander gedrängt, wie Schafe, an der Ecke der großen Promenade.

Der Guru hob seinen silbernen Arm wieder, hielt ihnen die Handfläche entgegen und sagte freundlich: „Ihr seid treue Männer und werdet belohnt werden! Weder Euch noch Eurem Dorf soll ein Schaden geschehen! Ihr habt mein Wort darauf, und Ihr wißt, wer ich bin: der Silberguru von Bhowani! Geht jetzt friedlich nach Hause, Männer. Seid Eurer Rani treu, die eine Inderin ist wie Ihr — seid ihr so treu, wie Ihr es diesem Engländer wart."

Rodney betrachtete ihn kühl. Der Kerl war ein Verräter, er würde eines Tages den Tod eines Verräters sterben; aber er verstand die Menschen und konnte mit ihnen umgehen. Vielleicht glaubte er sogar, was er sagte. Wenn die anderen Führer des Aufstandes wie er waren, konnte sich möglicherweise das ganze Volk gegen die Engländer erheben. Aber, dachte er weiter, wenn es nur ein paar Männer von seinem Format gegeben hätte, würde Indien niemals die Engländer gebraucht haben; und die Ehrenwerte Ostindien-Company wäre immer noch die kleine Handelsgesellschaft, die sie einmal war. Müßige Gedanken. Alle Fragen von Recht und Unrecht waren längst in einem Blutstrom ertränkt worden; die Worte bedeuteten nichts mehr, der Kampf ging weiter, bis es kein Blut mehr zu vergießen gab.

Die Dorfbewohner schlürften davon. Der alte Zwilling wandte sich noch einmal nach Rodney um und warf ihm einen Blick zu, gemischt aus Verzweiflung, Scham, Wut, Resignation. In der Zwischenzeit hatte ein Soldat die Leiche des jungen Postens gefunden und rief es wütend seinen Kameraden zu. Ein anderer rannte zu ihm, sah die Leiche und hob wütend das Gewehr, um den Dorfbewohnern einen Schuß nachzujagen. Rodney erkannte plötzlich, daß der Guru und die Soldaten glaubten, er hätte mit seiner Truppe den Posten getötet. Piroo war verschwunden. Der Silberguru rief in scharfem Ton: „Schießt nicht! Es sind brave Leute!" Er wandte sich zu dem Havildar: „Laß einen anderen Posten aufziehen und schick mir einen Mann nach, der auf den Sahib aufpaßt. Bitte, Captain, folgen Sie mir. Wir setzen uns in den Schatten und warten, bis die Armee der Rani kommt."

Ohne sich umzuschauen, ging er quer über den Steindamm und ließ sich unter den Schattenbäumen nieder, aufrecht und gerade wie immer. Sein Rücken war dem Stausee zugewandt, seine Augen lagen auf den beiden Tempeln, in denen die Kanonen standen. Rodney sah ihm über die Schulter und erkannte acht Zwölfpfünder — vier in jedem Tempel, umgeben von Munitionskästen und Pulverfässern. Er fluchte innerlich, konnte aber nichts tun; der Soldat stand einen halben Meter hinter ihm, die ganze Wache beobachtete ihn mit argwöhnischen Blicken. Er setzte sich dicht neben den Guru, der ihn mit einem Blick aus seinen grauen Augen aufforderte, etwas mehr Abstand zu wahren.

„Nicht so dicht, bitte. Sie sind ein tollkühner, junger Mann. Wenn die Rani kommt, können Sie uns sagen, wo sich Ihr Sohn und die andern verstecken; wir schicken Sie alle nach Kishanpur. In der Festung sind Sie sicher. Ich glaube, Sie haben genug mitgemacht. Bleiben Sie in Kishanpur, bis der Kampf in Indien vorüber ist. Dann bringen wir Sie zu einem Hafen, und Sie können nach England fahren — falls Sie sich bis dahin nicht entschlossen haben, ganz bei uns zu bleiben."

Er schien menschlicher und friedlicher denn je. Sein Blick lag bald auf Rodney, bald auf den Bäumen; nicht ein einzigesmal starrte er in unergründliche Fernen wie gewöhnlich. Der Denker hatte aufgehört zu denken, der Sucher hatte gefunden. Der Geist, der solange darum gekämpft hatte, Recht und Unrecht zu unterscheiden, war jetzt nur noch ein Mann. Als Mann tat er sein Bestes; denn die Entscheidung war gefallen, der große Orkan hatte ihn gepackt.

Rodney glaubte seit langem schon, daß ihm Prithvi Chand damals die Wahrheit gesagt hatte — daß die Rani unschuldig war an dem Massaker der Flüchtlinge in Kishanpur. Wer aber konnte den Dewan im Zaum halten? Plante er nicht vielleicht schon, die Rani vom Thron zu stoßen? Und wenn er Erfolg hatte — was dann? Caroline, Robin und Mrs. Hatch waren besser dran, wenn sie versuchten, sich nach Gondwara durchzuschlagen. Piroo war sicherlich schon auf dem Weg zu ihnen; er konnte sie führen. In Gondwara würden sie sicher sein. Rodney zweifelte nicht daran, daß der Aufstand früher oder später unterdrückt wurde. Natürlich, Sir Hector würde Caroline nicht glauben, wenn sie ihm erzählte, daß seine Sepoy-Regimenter Verrat planten. Das war der wunde Punkt in der ganzen Geschichte. Ob es den dreien gelingen würde, aus einem neuen Massaker in Gondwara mit heiler Haut herauszukommen? Dreimal entkommt man nicht.

Der Silberguru sagte in Hindustani zu ihm: „Die Company wird Indien in Gondwara verlieren, und das ist nicht mehr als recht und billig. Sie sind ein Anglo-Inder, Ihr Leben und Ihre Arbeit stehen und fallen mit der Company; aber Sie sind zugleich ein Engländer, und die Engländer haben ihre eigene Vorstellung von der Freiheit, wenigstens, soweit es sie selbst betrifft. Wie würde es Ihnen gefallen, wenn Sie in England von einer Meute räuberischer, indischer Kaufleute regiert würden?"

„Die Company wird Indien nicht verlieren", erwiderte Rodney kalt. „Und wenn es so wäre — glaubst du, daß die Inder sich schon selbst regieren können? Daß sie sich selbst schützen können? Es würde ein Jahr Anarchie geben — Bürgerkriege zwischen den einzelnen Radjahs, von denen jeder einzelne Indien beherrschen will. Ich weiß jetzt, warum die Rani mich zum General ihrer Truppen machen wollte. Wer, glaubst du, würde unter diesen Katastrophen am meisten leiden? Das indische Volk! Und wer profitiert? Rußland!"

„Das ist möglich. Aber wenn ein Land einmal gelernt hat, fremde Unterdrücker abzuschütteln, dann kann es das auch zum zweitenmal tun. Wir wollen nicht weiter darüber sprechen! Warum erzählst du mir nicht, wo dein Kind versteckt ist? Du traust dem Dewan nicht? Er steht jetzt unter Aufsicht. Vermutlich weißt du noch nicht, daß die Rani ihm am Tag nach deiner Flucht ein Auge ausstechen ließ."

Rodney sagte ruhig: „Der Dewan ist ein Ehrenmann, verglichen mit dir. Wir haben nicht viele Verräter in England hervorgebracht" — er betrachtete das Gesicht vor ihm, das plötzlich sanft geworden war — „und ich denke, du bist einer der schlimmsten Verräter in unserer Geschichte. Du bist doch Engländer? Wie kannst du glauben, daß wir diesen Krieg — oder den Aufstand, oder die Revolte, wie man es immer nennen will — verlieren werden? Wie kannst du? Es ist mir möglich, wenn ich mich anstrenge, zu verstehen, wie die Erfahrungen der vergangenen Jahre dich immer mehr verdorben haben, bis du dich schließlich in eine Verschwörung gegen dein eigenes Land eingelassen hast. Was ich aber weder verstehen kann noch verstehen will, ist, daß du ernsthaft glauben kannst, wir würden verlieren — ganz gleich, wie schlecht unsere Lage im Augenblick ist! Nur Ausländer können so etwas denken. Wenn du dir übrigens einbildest, daß man dich vergißt, sobald der Krieg vorüber ist, dann täuschst du dich. Wir werden dich an deinen Feigenbaum in Bhowani hängen — ja, das werden wir! Und Generationen englischer Kinder werden deinen Namen lernen — werden lernen, ihn mit Abscheu auszusprechen als den Namen der niederträchtigsten, gemeinsten Ratte, die je England ihr Heimatland nannte."

Ein Schatten fiel über die Augen des Guru, er blickte an Rodney vorbei, hügelaufwärts: „Ihr habt Euch wohl zwischen den Büschen der Gerbermyrthe versteckt gehalten? Kein schlechter Platz! Die Leoparden benützen ihn oft — diesmal waren es englische Leoparden, nicht wahr? Ich hatte meine Blicke nach Norden gelenkt, sonst würde ich Euch bemerkt haben."

Der Guru sprach plötzlich englisch; der Soldat, der Rodney bewachte, tanzte überrascht von einem Fuß auf den anderen, als er die fremden Laute hörte. „Ihr seid eine bemerkenswerte Rasse. Ihr könnt verstehen, daß ein Engländer ein Verräter wird, wenn er ein bißchen verrückt ist. Wenn er aber glaubt, daß England tatsächlich einen Krieg verlieren kann, dann ist er zu verrückt, um noch ein Engländer zu sein. Schön, Sie haben recht, ich bin nicht verrückt. In meinem Land werden die Kinder meinen Namen mit Ehrfurcht aussprechen und an mich als an einen Mann denken, der ihre Schlacht in einem fernen Kontinent führte — für sie.“

„Was ist dein Name?“ fragte Rodney grimmig. „Ich möchte ihn wissen — obwohl ich ihn auch aus deiner Regimentsliste entnehmen kann.“

„Mein Name ist Donegal Sean Shaughnessy!“

Wieder ruhten die grauen Augen auf ihm, warm und freundlich. Nicht Augen aus der Nordsee — nein, Augen aus der irischen See! Eine düstere Wolke, die bis jetzt über Rodneys Gemüt gelegen hatte, erhob sich und trieb davon. Immer wieder, wenn er an den Guru gedacht hatte, war ihm der Verrat des Mannes als unerträgliche Schande vorgekommen. Aber der Guru hatte gelogen, als er ihm in dem Tempel von dem Schmuggel erzählte, und er hatte gelogen, als er sich einen Engländer nannte. Rodney atmete erleichtert auf: kein Verräter, nur ein Feind — ein irischer Junge, der, vom Hunger getrieben, das Handgeld und den roten Rock genommen hatte; der gepeitscht worden war und eine silberne Haut bekam, als Indien ihn berührte. Auf den brennenden, endlosen Straßen, während der neunzehn Jahre unter dem Feigenbaum, hatte der Regen seine Liebe zur Freiheit reifen lassen. Sie war zu einer Frucht geworden, die nun ihren Samen ausstreute.

Der Lepraheilige von Bhowani blickte ihm in die Augen: „Du warst ein Kind, Captain Savage. Jetzt aber bist du groß geworden und wirst immer größer werden. Einmal sagte ich zu der Rani, daß dieser Aufstand, den wir damals erst planten, nichts als Vernichtung und gnadenlosen Haß säen würde. Das war bei unserem ersten Zusammentreffen, nachdem wir gehört hatten, was für Dinge von Osten her unterwegs waren. Ich sagte ihr, daß wir im Grund von niedrigen Gesichtspunkten angetrieben würden — obwohl wir die höchsten Ideale für uns in Anspruch nähmen: Vaterlandsliebe, Freiheit, Religion! Es war richtig, was ich sagte. Das Motiv der Rani war Eifersucht — Eifersucht über die Engländer, die herrschten und

Frieden machten, wo die Fürsten ihrer Art immer nur Kriege führten. Der Dewan suchte Rache und die Freiheit, zu töten; er wollte Frauen haben — viele Frauen — gebundene Frauen, die ihn anblicken mußten, auch wenn sie lieber weggeblickt hätten. Mich selbst trieb der Haß — Haß gegen England, was nicht dasselbe ist wie die Liebe zu Irland. Der fette Kaufmann war der einzige Anständige von uns. Er wollte Geld verdienen und er sagte es auch — aber von dem Kaufmann hatten Sie wohl noch nichts gehört?"

„Damals noch nicht."

„Aha! Ich fühlte mich nicht wohl bei dieser Geschichte. Ich sagte den anderen, daß unsere Hände nicht rein seien. Wir waren nicht groß genug für unsere Aufgabe. Keiner von uns!" Er seufzte: „Übrigens tragen Sie auch Schuld daran. Ihr Engländer seid sehr stolz, haltet sehr stark auf Abstand. Die Vorherrschaft Eures Landes auf dieser Welt — das ist alles, was Euch interessiert! Nur im Vorübergehen sozusagen, aus Irrtum, nicht aus Absicht, arbeitet Ihr für Indien, tut Gutes für die Inder. Übrigens gab es einen Augenblick während jenes ersten Zusammentreffens, als die Rani ausrief: ‚Indien wird frei und groß sein, gut — und einig!' Damals wandten sich die andern von ihr ab — obwohl das wieder etwas war, was dir gefallen hätte. Oh, es war eine traurige Erfahrung. Vernichtung und gnadenloser Haß, habe ich gesagt. Nun, habe ich mich etwa getäuscht? Aber trotzdem, trotz Blut und Untergang, weiß ich jetzt, daß mitunter, in einzelnen Menschen, die Liebe entsteht, die ich vergeblich bei allen Göttern suchte. Damals war ich kalt und eifrig. Heute bin ich warm und ohne Absichten. Ja, ich freue mich, daß es wirklich Liebe gibt — alle Arten, bei den verschiedensten Menschen: bei dir, bei Miß Langford, bei den Sepoys, die mit dir in das brennende Gefängnis liefen — oh ja, man hat mir davon erzählt — bei den Männern und Frauen von Chalisgon, sogar bei der Rani. Ja, ja, auch bei ihr ist Liebe. Armes Ding, sie hätte es sich niemals träumen lassen."

Seine silbernen Hände ruhten an seinen Seiten. Die Zweige des wilden Feigenbaumes schirmten ihn vor der Sonne und warfen ein Muster aus Licht und Schatten über seine Haut. Das Schilf hinter ihm raschelte nicht mehr.

„Du hattest auch noch mit einem andern Wort recht. Wir werden verlieren, unsre Sache wird untergehen. Aber glaub mir, auch wenn ich es gewußt hätte, wäre ich keinen Zollbreit von meinem Pfad abgewichen. Weißt du, was Tragödie ist? Tragödie ist das, was man nicht ändern — dem man nicht ausweichen kann. Mein Leben lang habe ich versucht zu lieben; aber ich wußte die ganze Zeit hindurch, daß ich mit Haß im Herzen sterben würde. Geburt und Sterne bestimmen unsern Weg, stärker, als wir glauben. Ein Mann muß seiner Bestimmung folgen, selbst wenn er Satan mit offenen Armen am anderen Ende der Straße auf sich warten sieht. Prüfe dich selbst einmal, wenn alles Blut abgewaschen ist und die Toten begraben sind. Du bist durch deine Schmerzen hindurch. Um der Liebe Christi willen, erinnere dich und versuche, mich zu verstehen — später."

Rodney hatte Tränen im Auge. Er flüsterte: „Ich werde mich erinnern. Vergib mir, daß ich Schlechtes von dir dachte. Aber auch ich habe einen Pfad, dem ich folgen muß. Frauen und Kinder wurden in Bhowani ermordet. Wer ermordete sie? Die Sepoys? Nein, du warst es! Und du tatest noch etwas viel Schlimmeres. Es gab ein wunderbares Vertrauen zwischen Männern — du hast dieses Vertrauen vergiftet, daß es starb. Ich habe inzwischen begriffen, daß dieses Vertrauen zwischen Männern nicht das einzige und höchste Ding ist; es ist trotzdem ein bitterer Verlust. Es wird lange brauchen, bis dieses Vertrauen wieder neu gewachsen ist. Vielleicht wird es niemals mehr ganz so sein, wie es einmal war. Was ich dir vergeben mußte, habe ich dir vergeben. Aber darüber hinaus glaube ich an die Gesetze; und ich verspreche dir, nichts unversucht zu lassen, um dich vor ein Gericht zu bringen."

Der Silberguru lächelte außergewöhnlich traurig und sagte: „Auf dem Galgen werde ich das sagen, was ich dir jetzt sage. Nur der Henker wird es hören; aber mein Wort ist gedacht für jeden Inder und jeden Engländer, für jeden Soldaten, Priester, Händler, Bauern, Gouverneur — und besonders für dich! Du bist einer der wenigen, die die Kraft haben, sich über Rang, Rasse und Kaste zu erheben. Drum höre, was ich sagen werde: ‚Ich, hinfort der Gefangene meines Herrn, beschwöre dich, daß du wandeln mögest auf dem Pfad, zu dem du berufen bist; bescheiden und demütig, bereit zu leiden, voll Geduld und Liebe zu deinem Nächsten. Um die Einheit des Geistes in der Hörigkeit unseres ...‘ “

Schwarze Seide schlang sich um seinen Hals, Piroos Gesicht erschien einen Augenblick über seiner Schulter — im nächsten waren beide verschwunden. Die unsichtbaren Körper polterten und krachten in ihrem Sturz zwischen den hohen Steinblöcken.

Rodney bewegte sich blitzschnell. Zwar trieb ihn jeder Instinkt an, hinterherzuspringen und den Griff des Würgers zu lösen, den Guru von jenen flachen Augen zu befreien. Aber eine Vision zeigte ihm gleichzeitig Caroline, die einsam im Dschungel verhungerte — und er sprang nicht hinter dem Guru her, sondern warf sich mit aller Kraft rückwärts, überschlug sich und traf mit beiden Stiefelspitzen den Soldaten, der ihn bewachte, in die Magengrube. Der Mann stürzte nieder, die Augen weit offen von abergläubischem Schreck über das, was er gesehen hatte. Im nächsten Augenblick kniete Rodney auf ihm, schlug seinen Kopf hart gegen die Steine und entriß seinen kraftlosen Händen das Gewehr. Die andern, die es gesehen hatten, stürzten auf ihn zu. Er kniete, zielte und feuerte. Der Havildar, an der Spitze der Wache, hustete und fiel hin, die andern suchten Deckung. Kugeln pfiffen vorbei; Rodney sprang über die Kante des Steindamms und in großen Sätzen hinab zum See.

Der Guru lag auf dem Bauch in drei Zoll stinkendem Wasser.

Blut rann aus seiner Nase, Piroo hockte gekrümmt über ihm. Als er Rodney erblickte, löste er die seidene Schlinge und schlug den Guru hart mit der Kante der rechten Hand unter das Ohr. Das Genick krachte. Piroo zerrte wild an dem langen Haar, bog den Kopf des Lepraheiligen weit zurück, bis er in einem unnatürlichen Winkel zum Körper stand, lachte kurz und wild auf und verschwand im Schilf. Rodney folgte ihm.

Eine Sekunde später schlugen Kugeln rechts und links von ihnen in trockene Schilfstengel, surrten Querschläger von der harten Erde weg. Zwergreiher flogen ängstlich auf und kreisten über ihnen; Sumpfvögel schrien schrill und aufgeregt. Die Antigonekraniche klatschten mit den schweren Schwingen und warfen sich in die Luft. Dann wurde das Schießen eingestellt; und während Rodney und Piroo emsig ihren Weg durch Schilfinseln bahnten und die seichten Tümpel durchwateten, hörten sie die Soldaten den Damm hinunterlaufen und ihre schreckensvollen Ausrufe:

„Er ist tot! Er ist tot! Tot!“

24. KAPITEL

Rodney streckte sich ungeduldig in dem Karren aus und rechnete zum hundertstenmal aus, wieviel Zeit ihnen noch blieb. Es war Montag, der 22. Juni, und der Monsun hing dicht über ihnen. Heute endlich sollten sie Gondwara erreichen. Heute mußten sie Gondwara erreichen, wenn es überhaupt noch Zweck haben sollte. Einer der Ochsen war gestorben, einen Tag, nachdem sie Naital verlassen hatten. Der Marsch durch den Dschungel war unendlich langsam, anstrengend und schwierig gewesen.

Jeden Tag ritten die Kavalleriepatrouillen vor der Streitmacht der Rani her, schwärmten aus und kamen in ihre unmittelbare Nähe. Zweimal hatte er mit eigenen Augen die silbergrauen Kavalleristen der ehemaligen 60. Kavallerie gesehen, die in einem Tal unterhalb ihres Ochsenpfades ritten. Hinter der Kavallerie mußte die Armee der Rani herkommen, so schnell sie marschieren konnte. Aber sie wußten nichts Genaueres von ihr. Bis jetzt hatten sie es vermieden, zur Pike hinunterzugehen — heute aber würde es wohl sicher sein: denn General Sir Hector hatte zweifellos seine Vedetten bis hierher vorgeschoben.

Zweiundzwanzigster Juni, lähmende Hitze, tiefer, bleifarbener Himmel voll langsam wandernder Wolken! Schwarze, heiße Wolken, glühend in dem Sonnenlicht über ihnen! Caroline schlief und schwang im Takt des Wagens hin und her; Mrs. Hatch erzählte Robin ein Märchen; Piroo marschierte im Staub neben dem einsamen Ochsen. Rodney rief ihm zu: „Abwärts, Piroo, abwärts! Wir können es jetzt wagen."

Piroo brummte etwas, der Ochse bog ein, der Wagen wurde im rechten Winkel von der Straße heruntergezerrt. Sie verließen das glühende, rote Felsplateau und wandten sich auf halsbrecherischen Serpentinen durch dichte Wälder zum Nerbuddafluß hinab. Am Rand der Böschung mündete der Pfad vor einem zerstörten Wallgraben, der von einer alten Festung übriggeblieben war. Tiefer im Tal trafen sie zwei andere Ochsenkarren, die langsam hügelaufwärts mahlten, mit ungeheuren Strohbündeln beladen. Piroo winselte eine Begrüßung und fügte einige Worte in einem nasalen Dialekt hinzu. Rodney verstand die Antwort des fremden Ochsentreibers: „Sie sind dicht heran, Freund — aber sie sind noch nicht da. Sei trotzdem vorsichtig: die Weißen sind jetzt auch verrückt geworden!"

Aus dem heißen Glast wuchs der weiße Bau eines Tempels vor einem braungelben Waldstück auf. Eine Glocke wurde geläutet; ihre gemächlichen Schläge erschütterten die Luft; Priester hasteten über die Plattform des Tempels. Der Ochse lehnte sich weit zurück, weil der Hang hier steil wurde, spreizte seine Hufe in dem dicken, roten Staub und schlitterte hinab. Caroline fuhr zusammen und wachte erschreckt auf; Mrs. Hatchs Märchen wurde nie zu Ende erzählt. Wortlos saßen sie da, versuchten die trockenen, geplatzten Lippen mit der Zunge anzufeuchten und blickten einander an; nur Robin sprach mit sich selbst und krabbelte über ihre Füße. Rodney hatte das Gewehr in beiden Händen und spielte mit den Fingern an dem Schaft.

Auf der Talsohle angekommen, bumste und knirschte der Wagen wieder gemächlich weiter; das Knirschen wurde härter — sie waren auf der geschotterten Deccan-Pike angelangt, die geradeaus eine halbe Meile weit durch verlassene Felder führte. Rodney spähte durch den Schlitz im Vorderteil der Plane und erblickte eine zweite Festung aus roten Steinen, ebenfalls zerfallen, und hinter ihr ein weites Gewässer neben einer hohen Uferbank. Eine Stadtmauer aus Lehm und eine Anzahl von Häusern erschien. Das Quietschen der Achsen wurde langsamer, das Stoßen des Wagens weniger heftig. Piroo brummte zu seinem Ochsen: „Gora log — lalkurti."

Eine rauhe, englische Stimme schrie: „Halt — roko! Wo kommst du her, Halunke? Wohin willst du, schwarzer Bastard? Laß uns mal in deinen Wagen schauen."

Eine Hand riß unwirsch an der Plane, zwei ziegelrote Gesichter erschienen in der Öffnung. Die Tschakos auf den Köpfen trugen als Abzeichen eine explodierende Granate, darüber die englische Krone, rechts und links flankiert von Zahlen. Die Soldaten waren königliche Füsiliere. Einer riß die Waffe hoch, als er Rodneys zerfetzte Sepoyhosen und sein dunkles Gesicht sah. Dann senkten sie die Waffen wieder langsam; denn die Menschen in dem Wagen weinten, und Robins Gesicht war in jähem Schreck verzogen. Draußen aber stand Piroo, krümmte sich und winselte, und die schwarze Ecke seines Seidentuches sah unauffällig aus seinem Lendenschurz heraus. Die Soldaten riefen etwas über ihre Schultern. Stiefel polterten über den Schotter der Straße, ein halbes Dutzend Köpfe und Schultern versperrte die Aussicht. Ihre

Stimmen dröhnten und klangen gleichzeitig roh und weich. Schweiß tropfte von ihren Stirnen und Händen; Rodney konnte sich nicht länger beherrschen; er weinte, umarmte Robin und schüttelte immer wieder Carolinens Hände. Einer der Füsiliere saß auf, der Wagen fuhr die Pike hinab zum Fluß und in die Furt. Auf der anderen Seite des Ufers erklommen sie die steile Auffahrt und fuhren nach Gondwara hinein.

Die Straßen Gondwaras waren voll Soldaten. Die meisten Einwohner schienen die Stadt verlassen zu haben — sie stank nach Tod. Zweihundert Meter jenseits der Furt bog eine kleine, gewundene Allee links ab und lief zwischen hohen Häusern durch. Außer einem Schild mit abgeblätterter Farbe erinnerte nichts mehr daran, daß dies die Straße der Rawans war, vor langer Zeit berühmt in ganz Indien wegen ihres Reichtums und der Kunstfertigkeit ihrer Handwerker. Unter dem Straßenschild lag ein aufgedunsener Leichnam, glänzend schwarz und reglos unter einer schwarzen Decke geschäftiger Fliegen. Andere Leichen lagen auf der Pike und in den Seitenstraßen: indische Männer und Frauen! Weiße Maden drängten sich um die Wunden, an denen sie gestorben waren. Die Geschlechtsteile der Frauen waren zerrissen und dicht besetzt mit Fliegen. Der Füsilier sagte von dem Wagen herab zu Piroo: „Schau es dir genau an, du! Dasselbe blüht dir, wenn du den Soldaten dieser Stadt ein Haar krümmst.“ Rodneys Gesicht verzog sich gequält. Er erinnerte sich an das, was er auf dem Berg oberhalb Chalisgon gedacht hatte. Hier war die Bewährungsprobe: einmal in tausend Jahren gab Gott die Gelegenheit — und doch, es sah aus, als ob die Gelegenheit zur Bewährung ungenützt vorüberginge.

Soldaten beider Rassen befestigten die Häuser der Straßen. Rodney konnte erkennen, daß die 82. Bengal-Infanterie den linken Straßentrakt innehielt, die Füsiliere den rechten. Die erste Verteidigungslinie lag zweifellos am Fluß; diese Vorbereitungen hier zeigten, an welchem Punkt der General seine Reserven einzusetzen gedachte.

Als Robin die Sepoys sah, verbarg er sein Gesicht ängstlich in Carolinens Schoß; Rodneys Mund wurde trocken, seine Handflächen schlüpfrig vor Schweiß. Caroline lächelte ihm freundlich zu, während sie Robins Kopf streichelte; aber er sah an ihr vorbei auf die Sepoys mit dem Blick eines Kaninchens, das vor der Schlange sitzt. Er las jeden Ausdruck auf ihrem Gesicht, er hörte jeden Ton, jede Nuance in ihren Stimmen. Sie benahmen sich wie Soldaten, die sich mit der Gemütsruhe und dem Geschick erfahrener Handwerker auf die Schlacht vorbereiten. Sie arbeiteten willig, ihre Offiziere mußten sie selten antreiben — aber es war wohl auch alles klar, und sie brauchten keine Befehle. Hatte er das nicht schon alles früher gesehen? Oh ja, er hatte, er hatte ...

Die Nacht zum 10. Mai — Shyamsinghs Gesicht! Rodney ahnte nichts. Er hätte einen Eid abgelegt, daß diese Männer nicht an Verrat dachten; heute wußte er es besser. Was sollte er zu dem kleinen General mit den steinernen Augen sagen? Wie brachte er es fertig, daß der General ihm glaubte?

Piroo stolperte einmal vor Müdigkeit und fiel hin. Der Füsilier trat ihn in den Hintern und schrie: „Steh auf, schwarzes Schwein!“ Piroo raffte sich auf und stolperte ausdruckslos weiter. Rodneys Kopf schmerzte. Vernichtung und gnadenloser Haß ... Die indischen Sepoys arbeiteten, ohne die indischen Leichen in den Straßen eines Blickes zu würdigen.

Ein Reiter galoppierte an ihnen vorbei. Er trug eine dunkelblaue Ulanka, dunkelblaue Hosen mit breiten, goldenen Doppelstreifen, eine schwarze Tschapka mit goldenem Knopf und eine Lanze in der Faust. Rodney erkannte die Uniform eines Regiments der Bombay-Lancers. Ein Sepoy des 82. Regiments rief von einem Dach hinunter: „Was gibt’s Neues, Bruder?“

„Plänkeleien mit dem Feind, zwei Meilen pikeaufwärts — eine Patrouille der Sechziger!“

Der Ulan rief die Worte über seine Schulter, während er eilig weiterritt — Staubwolken und aufgeregte Fliegenschwärme hinterlassend. Rodney vergaß die Leichen und das Grauen in den Straßen. Der Ruf der Trompeten, der disziplinierte Marschtritt der Infanteristen, das Poltern der Artillerie, alles klang zusammen und bildete eine vertraute Symphonie in seinem Kopf. Seine Augen wurden wieder scharf und wach, er begann nachzudenken. Caroline, die sein Gesicht beobachtete, seufzte und entspannte sich; aber er achtete nicht mehr auf sie.

Wenn die feindliche Kavallerie zwei Meilen pikeaufwärts war, dann würde das Gros der Infanterie und Artillerie den Fluß noch vor Sonnenuntergang erreichen. Die Vedetten der Lancer und die Vorposten der Füsiliere und was sonst noch von den Streitkräften des Generals am andern Ufer stand, würde sich vermutlich befehlsgemäß absetzen und den Brückenkopf jenseits des Nerbudda räumen. Neumond, pechschwarze Nacht. Möglicherweise versuchte der Feind, in der Dunkelheit überzusetzen; aber das schien unwahrscheinlich: er würde nur unnötig seine Artillerie verschwenden. Die Schlacht würde hier stattfinden und morgen — einhundert Jahre und siebenhundert Meilen von dem Schlachtfeld von Plassey entfernt.

Der Soldat führte den Karren in den Hof eines großen Gebäudes mit vielen zierlichen Portikos; hagere, weiße Frauen in schmutzigen Kleidern rannten aus dem Haus und umringten sie. Rodney stieg aus und lehnte sich gegen das große Rad; seine Knie zitterten. Der Füsilier stützte ihn, streichelte ihn wie eine Mutter ein ängstliches Kind und sagte leise: „Schon recht, Sir, schon recht. Ruhen Sie sich aus. Keine Sorge, Sir. Morgen früh hauen wir die Schweine in die Pfanne! Keine Sorge, Sir!“

Rodney schüttelte den Kopf und sah zu, wie die anderen Frauen Mrs. Hatch, Caroline und Robin aus dem Wagen hoben. Es war dem General also nicht gelungen, Frauen und Kinder von Gondwara wegzuschaffen. Im Gegenteil, er hatte die umliegenden Garnisonen räumen müssen und ihre Insassen in die Stadt geschafft, als er seine Truppen zum Nerbudda warf. Er sah, daß Caroline und Mrs. Hatch aufrecht und entschlossen gingen, während die anderen zitterten und sich unruhig bewegten; geheime Panik schwang in ihren Stimmen. Sie erwarteten das Schlimmste, wollten es aber trotzdem noch nicht glauben. Angst und ewige Anspannung hatte ihre Gesichter tiefer gezeichnet, als alle Erfahrungen und Katastrophen bei Caroline und Mrs. Hatch vermocht hatten.

Rodney wandte sich ungeduldig zu dem Füsilier. „Bringen Sie mich sofort zum General, bitte!"

„Hier bin ich, Captain Savage."

Sir Hector berührte seinen Ellenbogen; Rodney riß sich zusammen und grüßte. Ein Lächeln zeigte sich auf dem glatten Gesicht vor ihm. „Freue mich, Sie wiederzusehen. Kommen Sie mit."

Der kleine Mann wandte sich um und ging mit langen Schritten durch den Hof, dauernd grüßend; sein zu langes Schwert schleppte auf den Steinen nach. Rodney folgte ihm in einen großen Raum, der dunkel und kühl aussah; der General selbst schob ihm einen Lehnstuhl hin — vermutlich hatten sie dieses Möbel von einer Garnison mitgebracht. Eine Hand ergriff die seine, eine Stimme sagte: „Halloh, Savage — Sie sind doch Savage, nicht wahr? Gottseidank, Sie sind in Sicherheit!" Der Sprecher war George Harris vom 82. B.N.I., Adjutant des Generals und Rodney nur flüchtig bekannt. Er nickte und brummte: „Ja, ich bin weggekommen." Ein anderer Stabsoffizier wartete in dem Raum; Rodney kannte ihn nicht, sah aber an seinen Abzeichen, daß er einem königlichen Regiment, der 26. Infanterie, angehörte. Alle drei blickten ihn verwundert an, und er merkte plötzlich, daß er das Gewehr eines Soldaten aus Kishanpur in der Hand hatte, Seitengewehr aufgepflanzt. Er stellte es zwischen seinen Füßen ab und blickte über die Schulter; ein indischer Schreiber arbeitete an einem Schreibtisch in der Ecke; drei große Karten hingen an der Wand zu seiner Linken; staubige Fußspuren bedeckten den Marmorboden; Licht der Nachmittagssonne schien durch die Vorhänge auf das leidenschaftslose Gesicht des Generals. Rodney wollte sprechen. Er besann sich: Harris war da, Harris vom 82. Eingeborenen Bengal-Infanterieregiment. Und er, Rodney, stand im Begriff zu sagen, daß das 82. Regiment Meuterei plante. Harris würde es nicht glauben, so wenig wie Rodney es damals von seinem 13. Regiment glauben wollte. Harris würde dem General einreden, daß Rodney durchgedreht war, verrückt.

Er räusperte sich. „Kann ich bitte mit Ihnen allein sprechen, Sir? Es ist sehr wichtig!“

Sir Hector wippte auf den Zehen, wölbte die Brust heraus und nickte leichthin. „Jawohl. Meine Herren, würden Sie uns bitte allein lassen? Ehe Sie gehen — sagen Sie bitte, Mr. Harris, sind meine letzten Befehle bereits von allen Kompanieführern abgezeichnet worden? Ausgezeichnet! Und kommt Captain Cable um vier Uhr zu mir? Ausgezeichnet! Alles andere ist wohl klar. Sie wissen, wo Sie mich finden können. Danke sehr.“

Er stand auf der anderen Seite des großen Tisches, die Hände auf den Rücken verschränkt. Rodney riß sich wieder zusammen und erzählte in kurzen Sätzen alles, was er wußte und vermutete. Im Verlauf der langen, unklaren, verwirrenden Geschichte wippte der General unaufhörlich auf den Zehenspitzen und schien immer größer zu werden. Alles klang so phantastisch, so unglaublich — wie der Morgen des 10. Mai. Als er geendet hatte, strich der General über sein Kinn und blickte ihn eine Minute lang durchdringend an, ohne zu sprechen. Rodney bemerkte, daß der kleine Mann auf ein dickes Buch geklettert war, das verborgen hinter seinem Schreibtisch lag.

Schließlich sprach der General: „Das ist eine bemerkenswerte Geschichte, Captain. Ich wünschte jetzt, ich hätte Colonel Bulstrode besser gekannt. Vielleicht hätte ich dann mehr Gewicht auf seinen vertraulichen Bericht gelegt. Ein gewichtiger Mann — wenn auch wohl nicht übermäßig fromm! Ich tat, was ich konnte — schrieb einen Geheimbericht für meine Vorgesetzten. Nichts wurde veranlaßt, soweit ich unterrichtet bin. Haben Sie noch irgendeinen festeren Beweis als das Wort von Hauptmann Prithvi Chand, daß meine Bengalregimenter meutern wollen?"

„Nein, Sir, keinen. Es kann auch gar keinen Beweis dafür geben. In Bhowani überfiel uns der Aufstand wie ein Blitz — schlimmer noch!"

Sir Hector steckte eine Hand in den Busen seines dunkelblauen Schoßrockes, senkte den Kopf und starrte in den Hofgarten, gedankenverloren. Geräusche drangen durch die Vorhänge in das Zimmer; das Haus schien vor Geschäftigkeit zu summen.

Der General sprach im Ton einer höflichen Unterhaltung: „Ich will Ihnen meine Position hier genau umreißen, Captain. Glauben Sie bitte nicht, daß ich Sie um Rat frage. Ich habe hier zwei Regimenter Eingeborene Infanterie von Bengalen — das 82. Regiment unter Oberstleutnant Handforth, und das 97. Regiment unter Oberstleutnant Moray. Ich habe das Ehrenwort beider Offiziere, daß sie die Regimenter fest in der Hand halten und sich nicht der Funken einer Meuterei unter ihnen zeigt. Beide versichern mir, daß ihre Sepoys aufs Äußerste entsetzt über das seien, was sich anderswo in Bengalen zugetragen hat. Beherrsche selbst bedauerlicherweise die Hindustanisprache noch nicht, sonst wüßte ich sofort Bescheid. Soweit ich sehen konnte, stimmt das Benehmen der Männer mit der Meinung ihrer vorgesetzten Offiziere überein. Sie haben verschiedene Deserteure gefangen und ihren Offizieren übergeben, und sie haben sich äußerst tapfer beim Entsatz von Marka vor einer Woche geschlagen."

Rodney senkte den Kopf. Er hatte vorausgesehen, daß es so kommen würde. Er selbst würde nicht anders auf eine solche Botschaft reagiert haben. Handforth und Moray wären keine britischen Offiziere gewesen, wenn sie ihren eingeborenen Truppen nicht unbedingt vertraut hätten. Hatte er überhaupt das Recht, diesen blinden Glauben zu vergiften? War es nicht besser, ihn bis zum letzten Augenblick aufrechtzuhalten — mochte der Strom auch schließlich wieder über den Katarakt in den Abgrund stürzen?

Der General fuhr fort: „Oberstleutnant Handforth hat mir gesagt, daß eine Entwaffnung in diesem Augenblick — immer vorausgesetzt, sie wäre möglich — den Geist der Truppe brechen würde. Er meint, zahlreiche Männer würden sich so darüber kränken, daß sie nach einer gewissen Zeit zum Feind übergingen. Man muß auch damit rechnen, daß die Männer sich nicht gutwillig entwaffnen lassen, weil sie stolz auf ihre eigene Treue sind. Darüber hinaus, Captain, ist Ihnen vermutlich unbekannt, daß meine gesamte Streitmacht an britischen Soldaten aus einem Regiment Infanterie besteht — den Füsilieren — und acht Sechspfünderkanonen von Hauptmann Cables europäischer Truppe innerhalb der Berittenen Bengal-Artillerie. Meine gesamte Kavallerie besteht aus Eingeborenen — einer Schwadron Bombay-Lancers, deren Kommandeur vor Marka fiel. Sie steht seitdem unter dem Kommando eines eingeborenen Offiziers, des Rissaldar Rikirao Purohit."

Rodney fuhr zusammen, seine Müdigkeit war plötzlich vergessen. Eine kalte Hand schien ihn am Hals zu packen, er stammelte: „Ich — ich dachte — Sie hätten ein Infanterieregiment Europäer, Sir — und ein Regiment Dragoner — und eine Kompanie oder mehr Zwölfpfünder."

„Hatte ich." Der General sprach niemals lauter, keines seiner Worte wurde je betont. „Ich mußte das 14. Europäische Regiment mit den Zwölfpfündern nach Jubbulpore schicken, als die Nachricht von dem Aufstand das Hauptquartier erreichte. Die Dragoner waren kurz zuvor nach China abkommandiert worden. Diese Schwadron von Bombay-Lancers traf vor einigen Tagen zu ihrem Entsatz ein — einhundert Hindus für zweitausend Christen. Bitte lassen Sie mich weitersprechen. Ich weiß, daß der Feind über zwei gutbewaffnete und disziplinierte Infanterieregimenter und ein Kavallerieregiment —

sämtlich aus Bhowani — verfügt. Mein Intelligenzdienst hat mir ferner mitgeteilt, daß er etwa drei Regimenter Kishanpur-Infanterie hat, keine besonders schlagkräftige Truppe. Bis zur Stunde hatte ich darauf gezählt, daß der Feind keine Artillerie besäße — außer einigen wertlosen Sechspfündern der Rani."

„Tut mir schrecklich leid, Sir. Ich habe alles versucht! Es gelang mir leider nicht ..."

Sir Hector verneigte sich leicht und lächelte zum erstenmal — ein frostiges Lächeln. „Ihr Mut und Ihre Ergebenheit stehen außer Zweifel, Captain. Sprechen wir von den Tatsachen. Die britischen Frauen und Kinder der alten Garnisonen sind hier — etwa zweihundert an der Zahl. Die Regimenter, die mir weggenommen wurden, ließen ihre Familien zurück, und ich habe nicht das Gefühl, daß meine augenblickliche Lage mir gestattet, sie unter Geleitschutz nach Süden zu schicken. Sie sagen, die Bengalsepoys stehen im Begriff zu meutern; ich weiß, der Feind steht im Begriff, mich anzugreifen. Wenn ich jetzt die Eingeborenen-Regimenter und die Ulanen entwaffne, dann stehen meine Chancen eins zu sechs. Bei Plassey standen sie eins zu sechzehn, und wir schlugen sie trotzdem. Aber die Sepoys von 1857 sind nicht die Lumpenbagage, die im Jahre 1757 hinter Suraj-ud-Dowlah herstolperte. Ich werde jetzt überlegen, was zu geschehen hat, und zu Gott beten, daß er meine Hand leitet. Ohne einen festen Beweis glaube ich nicht, daß Gott für die Entwaffnung der Sepoys ist. Spätestens in einer Stunde müssen sie ausrücken, um ihre Stellungen zu beziehen!"

Rodney starrte auf seine Knie. Schweiß lief über seinen Rücken, seine Hände waren taub und klebrig. Sein Schädel brummte, er wußte nicht, was er sagen sollte. In einer Stunde spätestens wurden die Sepoys im Gelände verteilt und waren damit der Hand des Generals entzogen. Dann konnte kein Mensch sie mehr entwaffnen. Der Allmächtige sollte entscheiden. Es gab nur noch eins, was gesagt werden mußte. Zögernd, schamerfüllt, stammelte er: „Sehr wohl, Sir. Bitte aber eines noch zu bedenken: tote Inder in den Straßen — vergewaltigte Frauen, ermordete Männer! Die eingeborenen Truppen sehen sie. Wenn die Täter noch nicht bestraft wurden, haben wir kein Recht, zu erwarten, daß es unseren Frauen und Kindern besser geht, wenn die Regimenter — ich meine, Sir, kein moralisches Recht — wenn der Kampf . . .“

Er brach ab. Sir Hector erwiderte: „Ich weiß alles. Es ist gemein, es ist schändlich — aber bis jetzt ist mir noch kein Täter gemeldet worden; und die Offiziere und Feldwebel der Füsiliere und der Artillerie weigern sich, mir Täter namhaft zu machen. Ich versuche, meine Aktionen nach dem Wort unseres Heilands zu führen, Captain; aber ich gestehe ein, daß ich zum erstenmal in meinem Leben Zweifel darüber verspüre. Die Täter sind Engländer. Sie haben gehört, was sich in Bhowani abgespielt hat. Ihre Wut ist grenzenlos. Ausgeschlossen, sie zu christlicher Milde und Barmherzigkeit anzuhalten. Als Offizier im Generalsrang, in dessen Hände so viele unschuldige Leben gegeben sind, kann ich mich dem Gedanken nicht verschließen, daß meine reinblütigen englischen Soldaten wie die Teufel kämpfen werden, wenn man ihrer Wut freie Zügel läßt. Trotzdem, ich bin mir über diesen Punkt noch nicht ganz sicher. Ich muß Disziplin aufrechterhalten! Ich muß eine Schlacht gewinnen, und der Sieg hängt von diesen Männern ab! Andrerseits darf ich auch die bengalischen Regimenter in der Stunde der höchsten Gefahr nicht einer seelischen Folter aussetzen.“

Rodney blickte auf, als der kleine General eine Pause machte. Nichts war in Sir Hectors Gesicht zu erkennen. Dieser Mann war härter als Dellamain, obwohl er, wie der Statthalter, mehrere Seelen in seiner Brust trug. Was für Kämpfe mochten sich nächtlich hinter dieser hohen Stirn abspielen? Wie zerrissen mochte er im Grunde sein — beides in einem: ein Donnerer im Auftrag des Allmächtigen, der die Worte der Bergpredigt auswendig kannte, und ein eiskalter, scharfrechnender Napoleon.

Sir Hector trat von dem Buch herunter, ging um seinen Schreibtisch herum und tippte Rodney auf die Schulter. „Ich denke noch an etwas anderes, was meine Entscheidung maßgeblich beeinflußt, Captain. Es betrifft die Eingeborenen-Regimenter. Ich habe es noch keinem Menschen gesagt; ich wagte es nicht. Ein General ist ein einsamer Mann. Eher oder später werden wir diesen Krieg gewinnen. Durch den Sieg aber verdammen wir uns und ganz Indien auf Generationen hinaus zu einem endlosen Haß, der andauern wird, bis irgendwann, irgendwo eine neue Kameradschaft auf den Schlachtfeldern geboren wird, die die alte englisch-indische Freundschaft wieder aufleben läßt. Das Neue wird niemals so gut sein wie das Alte! Denken Sie an Bhowani, sehen Sie sich in den Straßen von Gondwara um. Aber ich weiß, daß es nie kommen wird, wenn es in der Stunde seiner Geburt erstickt wurde, endgültig und für immer. Wenn diese Eingeborenen-Regimenter in Gondwara morgen früh nicht ihre Treue zeigen dürfen — ihre Treue zu sich selbst, Captain. Und solange mir nicht jemand absolute Gewißheit darüber gibt, daß die Sepoys Aufrührer und keine Soldaten sind, muß ich ihnen vor der Geschichte die Chance geben, sich als echte Soldaten zu schlagen."

Es gab nichts mehr zu sagen. Rodney wußte plötzlich, daß er einem wahrhaft großen Mann gegenüberstand. Hätte er an des Generals Stelle gestanden, alle Tatsachen vor Augen wie er — er würde zu Gott gebetet und ihm für den Mut und die vorausblickende Weisheit gedankt haben, die er ihm in dieser Stunde verlieh. Das Todesurteil hatte ihn jetzt, nach so vielen mühsamen Bewährungsproben, erreicht — und er fand es von unerwarteter Schönheit. ‚Ich muß ihnen Gelegenheit geben, sich als Soldaten zu schlagen!' Sir Hector hatte das letzte Wort gesprochen. Es gab nichts mehr zu sagen — gab nur noch etwas zu tun: sich auf die letzten Minuten vorzubereiten und im Kampf zu sterben, wie ein Soldat stirbt — heißblütig, aber ohne Bitterkeit.

Rodney stand stramm, legte die Hand an den Tschako und

ging zur Tür. Er wandte sich um, kam zurück, nahm Gewehr und Seitengewehr auf. Der General warf ihm einen kurzen Blick nach, als er hinausging.

Ein Sepoy ging über den Korridor mit einem Papier in der Hand, seine Hacken knallten gegen die Marmorfliesen. Rodneys Blick glitt über die „82" auf dem Tschako des Mannes und blieb an dem Gesicht haften; es war angespannt und sah krank aus. Er wandte sich ab und ging weiter; dieser Gesichtsausdruck war ihm nicht unbekannt. Der Lichtschein aus der Tür hinter ihm erleuchtete noch einmal das Gesicht des Sepoy. Rodney ging langsam weiter und dachte nach.

Naik Parasiya, auf dem Kinderfest! Samstag nachmittag, den 9. Mai, in Bhowani — der Blick eines verwundeten Tieres.

Rodney konnte plötzlich nicht mehr gehen; er hielt sich mit den Händen an der Wand fest, um nicht umzufallen. Eine Stimme sprach in seinem Ohr. Er lauschte nicht darauf, er kämpfte verzweifelt, um die nebelhaften Bilder in seinem Gedächtnis scharf und deutlich zu machen. Naik Parasiyas Gesichtsausdruck — schon gut, schon gut! Aber der Sepoy, das Gesicht — wo hatte er ihn gesehen? Ein Affengesicht, ein Affenmensch: ‚Geht weg! Kein Sahib ist im Tempel!'

Das Bild vor seinen Augen wurde scharf und klar. Jemand faßte ihn am Arm.

Er fuhr herum und erkannte Sir Hector, der ihm gefolgt war. Was sprach der General? Ausruhen — hinlegen? Unsinn! Die Stimme in seinem Ohr war lauter geworden, das Bild schärfer. Er sprach nach, was die Stimme in seinem Ohr sagte: ‚Schert euch weg, betrunkene Eulen. Hut!' Sir Hector starrte ihn fassungslos an. Der Sepoy war in einem Raum jenseits des Korridors verschwunden; Affenschultern, Affenarme — ja, er hatte ihn erkannt.

Rodney packte den kleinen General bei den Ellenbogen, preßte sie hart zusammen, schüttelte ihn. „Haben Sie den Sepoy gesehen, der gerade vorbeiging? Dieser Mann war in dem Tempel von Kishanpur, in der Nacht des Holifestes, zusammen mit den anderen Anführern des Aufstandes. Sie erhielten dort ihre Anweisungen, machten ihre Pläne. Ich kann es riechen, ich sehe es vor mir: Oh Gott, Sir, jetzt weiß ich, daß eine Meuterei unter Ihren Sepoys bevorsteht!"

Sir Hector trat zurück. Er wippte einmal auf Zehen und Absätzen und blickte nachdenklich zuerst den Korridor hinab und dann hinauf zur Decke. Seine ruhige, leidenschaftslose Stimme sagte: „Sehr gut, Sir. Dies war die Hand des Allmächtigen. Ich bitte Sie, als Adjutant zur besonderen Verwendung in meinen Stab einzutreten. In einer Stunde auf dem Marktplatz der Stadt, wenn es Ihnen gefällig ist — kennen Sie den Marktplatz? Er liegt am Ende der Straße der Rawans. Mr. Harris wird Ihnen ein Pferd besorgen. Ich habe gewisse Dinge zu erledigen, wenn Sie mich jetzt gütigst entschuldigen wollen."

Immer noch atemlos, ging Rodney zu dem Raum, in dem die Frauen untergebracht waren. Überall in dem großen Gebäude bereiteten sich die Menschen auf die Schlacht von Gondwara vor. Caroline kam ihm zur Tür entgegen, er zog sie hinaus in den Korridor. Über ihre Schultern weg sah er Frauen, die Leintücher zu Binden zerschnitten. Er hörte Mrs. Hatchs derbe Späße und ihr brüllendes Gelächter. Die anderen blickten sie fassungslos an. Robin schlief in einer Ecke. Staubiges Sonnenlicht strömte durch die Fenster, Donner rollte in den Bergen des Südens.

Er schloß die Tür und hielt Carolinens Hand an seine Wange. Er sagte: „Nach der Schlacht, Liebste."

„Nach der Schlacht?" Sie schüttelte langsam den Kopf. „Nein, jetzt. Wir sind solange miteinander gereist. Wir lebten in Mißverständnissen, kleinen und großen Irrtümern. Wir waren nicht besser als der arme Mr. Dellamain, der sich selbst für den Fuchs hielt und doch nur das Kaninchen war. Oder als Colonel Bulstrode, der so viel wußte, daß er selbst nicht mehr die Wahrheit glaubte. Es soll mir nicht wieder passieren. Ich weiß, daß deine Frau erst vor wenigen Wochen vor deinen Augen umgebracht wurde, und daß du denkst, du darfst nichts zu mir sagen — aber die Schlacht wird in wenigen Stunden beginnen. Ich liebe dich. Ja, ich habe dich geliebt vom ersten Augenblick an, als ich dich sah. Ich muß es dir jetzt sagen — jetzt, solange ich es noch sagen kann. Ich muß es dir sagen nach allem, was hinter uns liegt. Ich hatte nie viel übrig für weibliche Bescheidenheit; doch ich war einmal stolz, oh so stolz! Aber jetzt — jetzt beginnt eine Schlacht, in wenigen Stunden ..."

„Ich habe einmal geglaubt, du seist hart und selbstsüchtig", sagte er. „Später glaubte ich, du seist gar kein richtiger Mensch — nur an Dingen und Ideen interessiert, nicht an Menschen."

„Oh, ich war eifersüchtig und rasend vor Wut, weil ich mich nicht zwingen konnte, dich zu vergessen. Ich will nichts von dem wissen, was zwischen dir und der Rani war; aber ich hasse sie! Major de Forrest konnte mich nicht verstehen — armer Teufel — es war nicht seine Schuld!"

„Später glaubte ich, du seist eine Heilige."

„Oh, das habe ich immer gefürchtet. Ich sah dich schon in Gedanken, wie du vor mir niederknietest. Und darum war ich so irrsinnig froh, als ich aus dem Kleiderschrank kletterte. War es nicht lächerlich?" Sie lachte sanft. „Aber ich war so glücklich, weil du mich zum erstenmal im Leben als Frau betrachtetest. Irgend etwas hatte dich bis dahin zurückgehalten, irgend etwas Schreckliches. Ich sehnte mich so danach."

„Oh, ich dachte — stellte mir vor, träumte — unaussprechliche Dinge, Caroline."

Sie fuhr mit der Hand durch sein Haar. „Ich bin eine Frau. Weißt du, daß ich nachts vor Sehnsucht zittere — nach dir? Und doch hat mich noch nie ein Mann berührt. In den vergangenen sechs Monaten habe ich alles gelernt, was man über Liebe lernen konnte — außer diesem einen. Ich habe nicht geglaubt, daß es wirkliche Liebe zwischen Männern und Frauen gibt — ich dachte immer, es gäbe nur Herrscher und Unterworfene. Nun habe ich alles erfahren, was es geben kann —

außer diesem. Ich schäme mich nicht. Nimm mich in die Arme, bevor du gehst.“

Er legte seine Hände auf ihren Rücken und küßte ihre Brüste. Er spürte die Erhebungen auf ihnen durch die Baumwolle ihres Sari und fuhr mit seinen Lippen darüber. Sie atmete tief auf und drückte seinen Kopf an ihre Schulter. Nach einer Minute beugte sie sich vor und fragte, atemlos: „Ist es so, Liebster? Ist es immer so?“

Er ritt pikeaufwärts zum Fluß, bis er zur Straße der Rawans kam und bog rechts in sie ein. Marschkolonnen von Soldaten füllten die schmale Straße; alle marschierten in derselben Richtung, bald flott und zügig, bald auf der Stelle tretend, wenn ein Marschblock vor ihnen die Straße versperrte. Staub stieg auf, Ausrüstungsgegenstände klirrten. Wieder erlebte er die ersten Stunden des 10. Mai. Wenn ein Feuer über den Häusern aufglomm, würde er toll werden und seinen Weg freikämpfen zu Caroline und Robin. Die Soldaten blickten sich nicht um nach dem Mann, der sie beiseiteschob; er konnte vom Sattel aus ihr Gemurmel verstehen.

„Was ist denn eigentlich los, Tom?“ — „Der Kleine will 'ne Ansprache halten. Hoffentlich sagt er uns diesmal nicht, daß wir uns wie die Heiligen benehmen sollen.“ — „Was soll denn der ganze Zinnober? Verdammt gefährlich, wenn du mich fragst.“ — „Oh, halt's Maul. Vorsichtig!“

Das waren die Engländer. Jetzt kamen die Eingeborenen: „Weißt du, wohin wir gehen, Bruder?“ — „Zum Marktplatz, denke ich. Der General-Sahib wird uns sicherlich eine Ansprache halten vor der Schlacht. Das ist gewöhnlich so.“ — „Ja, das ist gewöhnlich immer so. Man sagt, der General-Sahib spricht wie ein Löwe. Leider verstehe ich nicht, was er sagt.“

Er lauschte gespannt auf den Klang ihrer Stimmen. Die Worte waren harmlos, bedeutungslos; aber er wußte, was er hören wollte; und er hörte es — unterdrückte Spannung, leise Angst, Erwartung! Sie wußten nicht, wie das Signal lauten würde, aber sie waren bereit.

Die Straße führte vom Westen auf den Marktplatz, der mit Kopfsteinen gepflastert war, und setzte sich an seiner Ostseite fort. Eine andere, noch schmalere Straße trat von Süden in den Platz ein — also von seiner Rechten. Zu seiner Linken stand eine geschlossene Häuserfront. Dicht dahinter floß, wie er wußte, der Nerbudda. Der General, ein kleiner Mann auf einem Riesenpferd, wartete in der Nähe der Ecke, wo die Rawanstraße in den Marktplatz mündete. Er sprach mit zwei Männern. Ein Oberstleutnant mit dem schwarzen Mützenschild der Füsiliere: dies mußte R. C. L. Dempsey sein. Der andere, ein Reiter, hatte eine Tigerhaut unter dem Sattel und trug den Messinghelm mit Roßschweif der Berittenen Bengalartillerie — Captain Cable. Das Zwielicht zeigte Dempseys hartes Gesicht und Cables zusammengepreßte Lippen. Rodney hörte den General sagen: „Nur den einen! Wir haben keine Zeit für lange Untersuchungen. Bitte, begeben Sie sich an ihre Plätze, Gentlemen."

Die beiden salutierten und verschwanden; Rodney meldete sich zur Stelle. Ein anderer Reiter trottete heran und nahm wortlos eine Pferdelänge hinter ihm Aufstellung. Rodney betrachtete ihn: Ein Rissaldar im Dunkelblau und Gold der Bombay-Lancers — ein schlanker, grauhaariger Rittmeister mit hohen Backenknochen, grauen Koteletten und einem schmalen Mund.

Die Infanterie marschierte heran und stellte sich auf. Die Giebel der Häuser begannen undeutlich zu werden, blasse Sterne erschienen am Abendhimmel. Alle Fenster waren geschlossen. Kein Geräusch war zu hören als das dumpfe Marschieren, der helle Klang der Waffen und mitunter das Schnauben des Riesenpferdes, auf dem der General saß. Ganz vorne, zwölf Meter vom General entfernt, standen die Füsiliere; hinter ihnen, Glied um Glied, die eingeborene Infanterie. Die Ulanen des Rissaldar waren nicht anwesend, von den britischen

Kanonieren Captain Cables keine Spur. Offensichtlich fehlten viele englische Füsiliere; ihre Kompanien waren viel kleiner als die Kompanien der Eingeborenen — er schloß daraus, daß die Füsiliere die gesamten Vorposten am Fluß gestellt hatten und die Brückenköpfe an der Furt bildeten. Seitengewehre waren nicht aufgepflanzt. Er blickte auf die verschwommene rote See vor sich, auf die weißen Beine, die schwarzen Köpfe.

Das vorderste Glied der Füsiliere stand reglos vor ihm — Söhne Englands, geboren in den Londoner Elendsquartieren; Männer mit schlechten Zähnen und scharfen, argwöhnischen Gesichtern. Sie murmelten miteinander, gaben eine Botschaft von Mann zu Mann weiter, standen wieder still. Er blickte über sie weg auf die Sepoys — und alles war wieder wie auf der Pike in Bhowani vor Dellamains brennendem Gerichtsgebäude. Er hielt den Atem an und schwankte im Sattel. Die Augen der Sepoys waren unruhig, die Köpfe flogen hin und her; ihre Hände zuckten in unkontrollierten Bewegungen. Offensichtlich erwarteten sie eine Botschaft, ein Signal. Sie hatten Gewehre in den Fäusten, ihre Taschen waren voll Munition. Und die britischen Soldaten wandten ihnen den Rücken zu. Rodney stöhnte auf und wollte seinem Pferd die Sporen geben.

Sir Hector Pierce erhob sich in den Steigbügeln: „Parade — 'stann!"

Rodney riß das Pferd zurück. Dreitausend Mann schlugen die Hacken zusammen. Noch während das Echo des Geräusches von den Häusern zurückgeworfen wurde, dröhnten Kanonenräder und Hufschläge durch die Straße der Rawans hinter ihm. Der General ließ das Pferd zur Seite tänzeln und winkte Rodney, ihm zu folgen. Acht Kanonen rollten nacheinander aus einer schmalen Straße heraus, schwenkten abwechselnd links und rechts ein, polterten über das Steinpflaster und nahmen Aufstellung vor den Füsilieren.

Rodney beobachtete die Gesichter der Sepoys im Hintergrund. Sie waren verzweifelt, sie erwarteten ein Signal — aber kein Signal kam. Sie konnten nicht durch die geschlossenen Glieder der Füsiliere hindurchblicken; aber sie erkannten die aufgesessenen Kanoniere und hörten das Rumpeln der Protzen und Munitionskästen auf den Steinen. Hinter ihnen und zu ihrer Linken erschienen jetzt andere Füsiliere und riegelten den Marktplatz nach allen Seiten ab. Zu ihrer Rechten aber war die geschlossene Häuserfront, durch die es kein Entrinnen gab. Vorher hatte es vor ihnen nur den Schimmer der scharlachroten Röcke und weißen Hosen gegeben. Jetzt leuchtete Metall dazwischen auf, Stahl glänzte durch die Reihen, und das scheidende Licht wurde von Kanonenrohren und Messinghelmen zurückgeworfen.

Cable bewegte sein Pferd zum General hinüber; die Tigerhaut unter seinem Sattel leuchtete. Die Tschakos in den Sepoyregimentern bewegten sich aufgeregt hin und her. Colonel Handforths Gesicht war verblüfft und ungläubig.

Die Artilleristen warfen ihr Gewicht gegen Räder und Lafettenschwänze. Die Eisendorne bohrten sich zwischen die Pflastersteine. Pulver hinein, Stopfer hinterher! Kartätschenladung hinein, Stopfer hinterher! Sieben Kanonen mit Kartätschen geladen, die achte neben ihm mit einer Blindladung. Die Stopfer flogen durch die Luft, die wartenden Kanoniere fingen sie auf. Sie umstanden ihre Kanonen, jedermann an seinem Platz. Stillgestanden. Ein Mann am Ende jedes Rohres hielt die brennende Lunte in der Hand.

Cable murmelte: „Fertig, Sir.“

Der General warf den Kopf zurück und rief: „Paraaade — Präsentiert das Gewehr!“

Die Gewehre der beiden Sepoyregimenter flogen in Präsentierstellung. Die britischen Offiziere zogen ihre Schwerter aus der Scheide, drückten den Griff gegen den Mund und senkten die Spitzen zum Salut. Die Regimenter standen steif und hilflos.

Denn: der Befehl hatte nicht für die Füsiliere gegolten. Sie präsentierten nicht. Auf das Kommando ‚Präsentiert das

Gewehr‘ hatten die Füsiliere ‚Kehrt‘ gemacht, so daß sie jetzt den Eingeborenen in die Augen sahen. In regelmäßigen Abständen traten Füsiliere aus ihren Reihen und zur Seite und machten schmale Gassen frei. Am Ende jeder Gasse stand eine Kanone; die Sepoys starrten in die Mündungen geladener Gewehre, durch die menschlichen Gassen hindurch in Kanonenrohre. Die Lunten brannten düsterrot im Zwielicht, Rauch stieg von jeder Lunte empor.

Die vordersten Glieder der Sepoys begannen zu schwanken. Die einbrechende Dunkelheit verhüllte ihre Gesichter. Der General rief mit seiner hellen Stimme auf englisch: „Die Herren Obersten Handforth und Moray: Bitte freundlichst ihren Männern zu befehlen, daß sie die Waffen niederlegen — auch die Bajonette. Sagen Sie den Männern, daß beide Regimenter beim geringsten Zeichen von Widerstand zusammengeschossen werden. Wenn sie gehorchen, geschieht keinem Sepoy etwas. Bitte lassen Sie Ihre britischen Offiziere links heraustreten.“

Colonel Handforth vor seinem 82. Regiment hob den Kopf und starrte den General über die Köpfe der Füsiliere an. Die kalte Stimme ließ ihn nicht zu Wort kommen: „Bitte gehorchen Sie augenblicklich meinen Befehlen.“

Handforth wiederholte die Worte des Generals in stotterndem Hindustani. Hinter ihm stammelte Moray zu seinem 97. Regiment. Die schwarzen Tschakos beugten sich nieder. Die Sepoys legten ihre Gewehre auf den Boden und richteten sich wieder auf. Die britischen Offiziere bewegten sich nicht. Rodney hatte gehört, wie Handforth ihnen befahl, auf ihren Plätzen zu bleiben. Moray hatte nach einer kurzen Pause den Befehl wiederholt.

Plötzlich küßte Handforth den Griff seines Schwertes und zerbrach die Klinge über seinem Knie. Er schnallte sein Koppel ab und warf es auf den Boden. Er packte die beiden Medaillen auf seiner Jacke, riß sie ab und warf sie neben das zerbrochene Schwert. Alle anderen britischen Offiziere in beiden Regimentern folgten seinem Beispiel.

Einige Sepoys standen immer noch Stillgestanden; einige weinten, andere rissen an ihren Medaillen und Knöpfen wie die Offiziere. Keiner hatte genau gewußt, was er eigentlich tun sollte. Viele mochten jetzt noch nicht wissen, was in der Luft gelegen hatte. Aber was immer es gewesen war — der Wille zum Aufstand, zur Meuterei war verschwunden, und Schande war an seine Stelle getreten. Die Füsiliere starrten über die Gewehrläufe auf die Sepoys. Die Lunten glommen über den Zündlöchern der Kanonen. Sie waren Sepoys der Bengalarmee. Sie und ihre Offiziere standen jetzt schändlich entehrt vor britischen Gefreiten. Die Kanone mit der Blindladung zeigte genau auf Colonel Handforths Magen.

Rodney stieg steif vom Pferd. Die Qual und die vielen Meilen staubiger Landstraße, alles lag jetzt hinter ihm. Seine Arbeit war getan, seine Pflicht erfüllt. Er mußte jetzt zu den Sepoys gehen, zu den Bauern und Freunden; er mußte ihnen zeigen, daß auch er voll Verachtung gegen diese weißen Cockneys aus den Londoner Slums war — wie sie! Er begann zu gehen; seine linke Wange zuckte unaufhörlich.

Der Rissaldar lehnte sich vom Sattel herunter und packte ihn bei der Schulter. „Es ist noch nicht vorbei, Sahib-Bahadur."

Die Lippen des alten Mannes waren fast weiß. In seinen Augen leuchtete Mitgefühl. Rodney stolperte, blieb stehen und wartete; die mageren Finger des Rissaldars lagen wie Eisenklammern über seiner Schulter. Das Pferd stieß seine feuchte Nase gegen Rodneys Rücken; er griff zurück und streichelte es.

Der General stieß einen Befehl heraus. Die Füsiliere marschierten langsam rückwärts, immer noch die Gewehre im Anschlag, wie eine zurückweichende Flutwelle an der Küste — bis sie in Höhe der Kanonen standen. Noch weiter zurück, Schultern gegen die Häuserwände gepreßt, Gewehrmündungen auf den Marktplatz gerichtet. Die Reihe der Kanonen stand nackt und schamlos auf dem Pflaster. Peitschenhiebe ins Gesicht, Dolchstöße ins Herz stolzer Männer. Die Eingeborene

Bengalinfanterie seufzte einmal tief auf, und Rodney erinnerte sich: es war das gleiche Seufzen wie in der Nacht von Bhowani, das jammervolle Aufstöhnen der Menschenmenge.

Eine Gruppe von Füsilieren marschierte die Straße der Rawans herauf, zwischen den Kanonen hindurch bis auf den Marktplatz. In ihrer Mitte war der Sepoy, den Rodney auf dem Korridor gesehen hatte, der Mann von Kishanpur. Hinter ihm kam der Pionierfeldwebel der Füsiliere; er trug die traditionelle Schürze, eine Axt und einen Hammer. Die Gruppe hielt.

Der General sagte: „Colonel Handforth, bitte übersetzen Sie, was ich sage, Satz für Satz, damit es Ihre Männer verstehen: Sepoy Girdhari Lall Pande, 82. Regiment der Eingeborenen Bengalinfanterie, schuldig befunden des Hochverrates . . .“

„Sipahi Girdhari Lall Pande, be-arsi Bengal ka paltan, sirhad ki qasur gunegar hone ki sabab se . . .“

„. . . ist verurteilt, vor die Mündung einer Kanone gebunden und in die Luft geschossen zu werden . . .“

„. . . top phutne se maut ka saza hukm hogya . . .“

„. . . gemäß der alten und eingeführten Strafe für dieses Verbrechen . . .“

„. . . jo issi qasur ka am saza hai . . .“

„. . . das Urteil wird auf der Stelle vollstreckt.“

„. . . yeh saza ek dum karna ka hai.“

Der Feldwebel der Pioniere riß die Knöpfe von Girdhari Lalls Brust. Mit dem Seitengewehr schlitzte er den Rücken der Jacke auf und riß sie in Fetzen herunter. Der große Hindu schwankte von einer Seite zur anderen. Dann nahm der Sergeant seinen Hammer und wollte ihm Fußeisen anlegen; aber Girdhari Lall riß sich los und marschierte aufrecht zu der blindgeladenen Kanone. Er beugte sich zurück und preßte seinen Rücken gegen die Mündung.

Der General rief wieder: „Britische Offiziere, bitte treten Sie links heraus!“

Colonel Handforths Augen zuckten; aber er bewegte sich nicht. Niemand bewegte sich, und der stählerne Griff des Rissaldars lag wieder auf Rodneys Schulter.

Girdhari Lall rief mit lauter Stimme: „Gedenkt an Mangal Pande! Jetzt und für alle Zeit! Erhebt euch! Gedenkt an Mangal Pande! Noch ist es nicht zu spät! Erhebt Euch!“

Der General hob die Hand, machte eine kleine Pause, ließ die Hand fallen. Der Kanonier drückte die Lunte gegen das Zündloch.

Die Luft zerriß, der Donner rollte, die Läden an den Fenstern klapperten. Girdhari Lalls Kopf flog in die Luft — wie ein schwarzer Fußball vor dem orangefarbenen Licht des Abendhimmels anzusehen. Das Vakuum der Explosion sog Fleischstücke und Blut an und besprengte die Kanoniere hinter den Rohren damit. Der Körper des Inders flog auseinander wie ein zerplatzender Wasserkrug — Eingeweide, Knochenstücke und Fleisch regneten auf die Gesichter der britischen Offiziere und der indischen Sepoys nieder. Colonel Handforths Gesicht war eine rote Maske; langsam erhob er die Hände bis zu den Ohren und rollte vom Sattel auf den Boden.

Ein Füsilier wurde ohnmächtig und fiel mit seinem Gewehr um. Auch Rodney wäre umgefallen, hätte ihn nicht die eiserne Hand auf seiner Schulter gehalten. Die Artilleristen blickten geradeaus in grimmigem Schweigen; Blut lag auf ihren Gesichtern. Die Häuser waren nun zu dunklen Wällen zusammengeschmolzen, nur die Lunten glommen rot auf dem großen Platz. Ein Stern nach dem andern erschien hinter den abziehenden Wolken am Himmel. Donner rollte stärker im Süden, quoll über die Mahadeoberge, senkte sich hinab ins Tal des Nerbudda.

Rodney stand lange Zeit in halber Betäubung. Wieder eine neue grausige Erinnerung, mit der er weiterleben mußte — so grausig wie die Erinnerung an die Leichen in Bhowani. Nicht die Erinnerung an Girdhari Lall, den Verräter — nein, an die Gesichter der englischen Kanoniere. Es war ihre

Pflicht, einen Rebellen hinzurichten; aber sie hatten es gerne getan! Die Geschichten waren erzählt worden, sie hatten darauf gelauscht. In Zukunft würden sie wie Tiere sein, würden jeden Inder töten, der ihren Pfad kreuzte, würden das Land von einem Ende zum anderen sengen und brennen, und würden es gerne tun. Vernichtung und gnadenloser Haß!

Aus weiter Ferne hörte er die Stimme des Generals: „82. und 97. Regiment marschieren zurück zu ihren Kasernen, in der genannten Reihenfolge: Britische Offiziere, ich mache Sie dafür verantwortlich, bei Ihren Männern zu bleiben und sie diszipliniert zu halten, bis ich weitere Befehle ausgebe!" Er machte eine lange Pause und sagte dann sanft: „Gentlemen, es geschah im Interesse der Sepoys." Und, plötzlich wieder rauh: „Wegtreten!"

Ein Augenblick tödlicher Pause, dann, von allen Seiten, halblaute unentschlossene Kommandos. Einzelne Marschkolonnen brachen ab — Marschtritt geschulter Infanteristen erklang. Aber etwas fehlte dabei — keine Waffen in ihren Händen, kein Stahl an ihren Hüften. Sie marschierten wie immer, aber der Rhythmus war kalt und tot.

Als Rodney endlich aufblickte, war der Platz schon fast geleert. Eine Gruppe Füsiliere sammelte die Waffen auf und warf sie in bereitstehende Ochsenkarren. Ein Reitknecht neben dem General hielt eine Fackel. Das Gesicht des Generals war rot vom Fackelschein; aber er weinte nicht. Vielleicht, in der Hut seines allmächtigen Gottes, wußte er nicht, wie man weint — kannte die Schmerzen anderer Männer nicht. Aber sein Gesicht war weich, als er sich dem Rissaldar zuwandte und langsam auf englisch sagte: „Rissaldar Sahib, unter dem allmächtigen Gott sage ich dir — Indiens Schicksal liegt morgen in deinen Händen. Möge er dich richtig führen."

Der Mann in der abgetragenen, blaugoldenen Reiteruniform blickte den General an. Er verstand kein englisch, aber er hatte den Sinn der Worte verstanden. Erst jetzt wurde Rodney klar, daß die Bombay-Lancer nicht entwaffnet worden waren.

Das Gesicht des grimmigen, alten Haudegens verriet nichts. Er grüßte, schwang sein Pferd herum und verließ im Trab den Platz. Nach allem was geschehen war, nach den Massakers, den Morden, der Hinrichtung und dem Haß vertraute also der General immer noch den Reitern von Bombay.

Er fragte sie nicht, ob sie England treu waren oder den Feinden Englands. Er forderte sie nur auf, sich selbst treu zu bleiben. Sie waren einfache Männer, die einen Eid geschworen hatten und unter diesem Eid die Waffen ergriffen hatten, die die Company ihnen gab. Dies war nicht der General, der mit Gott, dem Allmächtigen, auf vertrautem Fuß stand; dies war auch nicht der Schatten Napoleons. Dies war ein Mann, der Soldaten liebte.

Es war jetzt ganz dunkel geworden. Sir Hector zog ein kleines Buch aus der Tasche, der Reitknecht leuchtete ihm mit der Fackel. Auf dem fast leeren Platz begann Sir Hector das Kapitel des Katechismus über den Gottesdienst für einen Toten zu lesen. Eine ernste, ehrfürchtige Einfachheit erfüllte seine Stimme; er sang die Worte fast. Die Gruppe der Füsiliere fuhr fort, geräuschvoll Gewehre und Seitengewehre in die Ochsenkarren zu werfen; sie kümmerte sich nicht darum, was der kleine Mann tat. Rodney, betäubt von allem, lauschte auf die Worte, auf das Klirren und Poltern der Gewehre und Seitengewehre und wunderte sich nicht mehr.

Schließlich schloß Sir Hector das Buch und sagte mit seiner gewöhnlichen Stimme: „Kommen Sie, Captain, wir müssen unsere Stellung beziehen. Der Feind greift zwei Stunden nach Tagesanbruch an."

25. KAPITEL

Am Abend vor der Schlacht war er gespannt und aufgeregt gewesen; aber die Spannung verging in den endlosen Stunden dieser Nacht — in der donnernden, von Blitzen durchzuckten, regenlosen Schwärze der Nacht. Alles was ihn seit Wochen antrieb, hatte seinen Höhepunkt am Abend erreicht, als die Exekution Girdhari Lalls vollzogen wurde. Von diesem Augenblick an schien alles fest: Die Zukunft lag im Schoß der Schlacht verborgen; sie mochte gewonnen oder verloren werden — es gab keine Eile mehr. Sicherlich würde der Regen bald ausbrechen! Auch er konnte die Entscheidung nicht mehr beeinflussen. Die war gefallen, so oder so; wenn der Regen kam, konnte er nur noch die Vorhänge über dem Geschehen zuziehen und die gefallene Entscheidung bestätigen — für alle Zeiten.

Endlich kam der Morgen und er konnte über den Fluß auf das andere Ufer sehen, das siebenhundert Meter entfernt lag. Sonnenlicht glänzte auf den Bajonetten, Schwertspitzen, Säbeln und Kanonen. Graues Tageslicht sank wie Blei auf eine Welt, die nach Regen dürstete. So schwer war die Luft, daß der Rauch von den Biwakfeuern des Gegners nicht hochstieg, sondern in blauen, fetten Streifen über der Macchia hängenblieb, mit der das andere Ufer bewachsen war. Niedrige Regenwolken streiften mit ihren Bäuchen über die Giebel von Gondwara und verhüllten mitunter die Standarte der Rani, die von dem zerstörten Bergfried der Festung jenseits des Flusses herunterhing. Das Flußwasser schäumte über die freiliegenden Felsen der Furt und rann ölig glatt über die tieferen Stellen. Es gab keinen Schatten; das Licht war zerstreut von den Schleiern, die sich allenthalben in der überhitzten Luft bildeten.

Er starrte mit zusammengekniffenen Augen über den Fluß und durchsuchte den Glast, der den Feind versteckte. Nach einer Weile erkannte er verwaschene Farbkleckse. Sie formten sich zu undeutlichen Karrees, die in regelmäßigen Abständen hintereinander Stellung nahmen: die feindliche Infanterie wurde zum Angriff aufgestellt. Hier und da schimmerte das Weiß der Hosen durch dorniges Unterholz; die Seitengewehre waren schon aufgepflanzt.

Offenbar stellte der Dewan seine Armee etwas abgesetzt

vom Ufer so auf, daß sie geradewegs auf die Furt zumarschieren konnte — ohne sich durch überflüssige Flankenmärsche vorzeitig dem Feuer der britischen Kanonen auszusetzen. Der Angriff lag zweifellos mit seinem Schwerpunkt auf dem seichtesten Teil der Furt, also in Verlängerung der Deccan-Pike. Hier erwarteten ihn auch die britischen Füsiliere, die in ihrer Lieblingsformation einige dreißig Meter vor Rodney warteten: in Schützenkette, Mann neben Mann mit leichtem Abstand, eine scharlachrote Linie, gedeckt von dem Lehmwall, der den Hochwasserpegel des Flusses markierte. In der Mitte dieser roten Linie war ein Loch, das die Blauröcke und die Messingkanonen der Artilleristen füllten. Hauptmann Cable war bei ihnen. Die Soldaten hatten an dieser Stelle die Flutmauer abgerissen, um der Artillerie Schußfeld auf nächste Entfernung zu verschaffen.

Die Furt lag breit am unteren, westlichen Ende einer Untiefe. Reiter konnten den Fluß auf einer Breite von vierhundert Meter stromabwärts der Furt mit Leichtigkeit überqueren. Vor dieser Untiefe bildete das Ufer einen steilen Hang, von dem die Stadtmauer ein wenig zurückwich. Die Oberkante des Hanges war nicht mit Soldaten besetzt worden; Unrat aus der Stadt, tote Hunde und Abfall säumten ihn. An seinem hintersten Ende erhob sich auf einem freien Platz vor den Stadtmauern ein kleiner Mangohain. Unter den dunkelgrünen Blättern der Bäume warteten, unsichtbar für jedes Auge, die blaugoldenen Bombay-Lancers. Rodney spähte nach ihnen aus, konnte sie aber nicht erkennen; er wandte den Kopf ab und biß sich auf die Unterlippe. Ein Gedanke quälte ihn: Sir Hector hatte die Ulanen des Rissaldar als Flankendeckung dort oben aufgestellt. Gute Männer, zweifellos — aber weder Götter noch Heroen, sondern Mahrattas, Inder, Hindus! Männer aus Fleisch und Blut mit unruhigen Herzen, zerrissenen Geistern und zweifelndem Verstand.

Jenseits des Flusses glänzten jetzt auch die Säbel der feindlichen Kavallerie auf. Der Feind, das 60. Regiment! — man denke! Er lachte kurz auf und biß sich wieder auf die Lippen. Die Säbel glänzten — ein Morgen Land hinter der Infanterie schien mit Diamanten bestreut zu sein. Wie nun, wenn der Dewan sich entschloß, seine Kavallerie zuerst ins Treffen zu führen? Sie im gestreckten Galopp über den kurzen Uferstreifen in die Furt brechen zu lassen — angesichts der wartenden Bombay-Lancers. Die Pferde waren so schnell, daß die Artillerie ihnen nicht viel Schaden zufügen konnte, bevor sie im Wasser waren; und dann mochte es zu spät sein. Was geschah, wenn die Bombay-Lancers das 60. Regiment nicht aufhalten konnten — oder wollten. Warum sollten sie auch? Braune Mädchen lagen allenthalben nackt, mit aufgerissenen Geschlechtsteilen, von Fliegen bedeckt und aufgedunsen in in den Straßen; Mordgier leuchtete aus den Augen der weißen Männer! Was geschah, wenn ein Unwetter von Säbeln und Lanzen die ganze Breite der Flußuntiefe kreuzte und in die ungeschützten Flanken der Füsiliere einfiel?

Trrrrmp, trrrrmp! Er hob erstaunt den Kopf. Nach dem doppelten Trommelschlag setzte die Musikkapelle des aufständischen 88. Regiments schmetternd mit den Klängen des Lillibullero ein; er erinnerte sich noch gut daran, wieviel Mühe und Schweiß es gekostet hatte, den Achtundachtzigern dieses Lied beizubringen. Trrrrmp, trrrrmp, und die schrillen Sackpfeifen! War der Dewan verrückt geworden? Nein, wohl doch nicht. Dies war vermutlich das Signal zum Aufstand für die Sepoy-Regimenter. Nutzloses Signal! Aber der Dewan konnte es nicht wissen. Die Büsche am anderen Ufer bewegten sich plötzlich, leuchtende Farben erschienen zwischen ihnen. In neun Marschkolonnen — drei dunkelgrünen des 13. Regiments, drei primelfarbenen der Kishanpur-Armee, drei scharlachroten des 88. Regiments — marschierte der Feind auf die Uferböschung zu. Aufgepflanzte Seitengewehre blinkten wie stählerne Zäune im flüssigen Licht. Auf dem rechten und linken Flügel leuchteten die weißen Hosen der regulären Sepoys in rhythmischem Marschtritt; die nackten Beine der braunen Kishanpur-Soldaten waren fast unsichtbar gegen die Erde, ihre primelgelben Röcke schwammen wie seltsame Tropenblüten in der Luft. An der Spitze des 88. Regiments hingen die Flaggen steil und reglos an den Fahnenstangen — der Union Jack von Großbritannien auf der rechten, die Regimentsflagge der ehrenwerten Ostindien-Company auf der linken Seite. Es waren dieselben Fahnen, die sonst in der Messe der Achtundachtziger hingen — eingerollt, in Hüllen gezwängt und überkreuz unter dem Bild der Königin Victoria aufgehängt, anzuschauen wie zwei riesige Raketen. Die Kishanpur-Infanterie trug zwei gelbe Standarten vor sich her; neben ihnen ritt ein einzelner Mann. Rodney erkannte den Dewan und hörte nicht mehr die Paukenschläge der Musikkapelle. Er warf seine Zigarre weg und fühlte nach der Spitze seines Bajonetts. Die Marschsäulen erreichten das Ufer und gingen ins Wasser. Die Kavallerie folgte ihnen nicht. Sorgfältig zertrat er den Zigarrenstummel mit dem Absatz und wischte die feuchten Handflächen an der Hose ab.

Sir Hector stand hinter ihm, wohltuend desinteressiert, und wippte auf den Zehenspitzen und Hacken hin und her. Er hatte die Hände auf dem Rücken unter den Schwänzen seines Schoßrockes zusammengelegt und betrachtete das Schauspiel von dem flachen Hausdach. Die Füsiliere hatten ihre Jacken aufgeknöpft und Taschentücher unter den Rand des Tschakos geklemmt, um sich vor den durchdringenden Sonnenstrahlen zu schützen. Schwarze Schweißflecken durchdrangen allenthalben die roten Uniformen; die billige schwarze Farbe ihrer Ärmelaufschläge beschmierte ihre Gesichter, wenn sie sich den Schweiß abwischten. Unter ihrer merkwürdigen Kriegsbemalung sahen sie blaß und gespannt aus, fast häßlich in ihrer konzentrierten Aufmerksamkeit. Piroo hatte sich bequem neben Rodney auf den Hacken niedergelassen und die Finger in die Ohren gesteckt. Hauptmann Cables Kanonen, Rad an Rad nebeneinandergestellt, streckten ihre Mündungen schweigend über den abgetragenen Lehmwall; die Lunten hinter ihnen sahen wie eine Reihe von Straßenlaternen aus. Stromaufwärts war alles ruhig; in dem tiefen Wasser stromabwärts aber sprangen Fische, und ein Krokodil furchte das Wasser unter der Uferbank. Durch die Musik hindurch klang das Platschen und Rauschen der Soldaten, die den Fluß durchwateten. Der General nickte.

Das Bild zerriß plötzlich; waagerechte Schichten klafften auseinander, fügten sich zitternd wieder zusammen. Eine einzige Explosion schlug gegen Rodneys Trommelfelle. Die acht Sechspfünder hatten gleichzeitig gefeuert. Der Luftdruck warf Wellen im Strom auf, und bevor sich die Wellen beruhigt hatten, feuerten die Kanonen wieder und warfen neue Wellen den ersten nach.

Die vordersten Glieder der watenden Infanterie lösten sich auf. Männer fielen da und dort schwerfällig ins Wasser; andere drehten sich um sich selbst, oder sie verloren das Gleichgewicht und stürzten ihren Kameraden nach. Die Flaggen tanzten und wehten wild durch die Luft. Die Musik der Kapelle fiel in schauerlichen Dissonanzen auseinander. Hauptmann Cables Artilleristen feuerten schnell, Schuß um Schuß; sie arbeiteten wild und gleichzeitig genau. In den abgemessenen, regelmäßigen Pausen zwischen den Explosionen hörte Rodney das Wimmern und Brüllen der Armee im Feuer. Er sah das schwarze Pflaster, das ein Auge des Dewans bedeckte.

Das regelmäßige Feuer der Artillerie, die schweigenden Füsiliere, die wie auf dem Exerzierplatz standen, der stille Fluß rechts und links der Furt — alles verlieh der Schlacht die Eigenschaft eines jener alten Stahlstiche, wie man sie in Kriegsbüchern findet. Ein Gemälde, dachte Rodney, nicht Wirklichkeit! Dieses Gemetzel im Wasser, diese stolpernden, nassen Kleiderbündel und Klumpen, die in Wirklichkeit Männer waren — und Tschakos, und Brotbeutel, und abgerissene Beine — diese hellen Farbkleckse, die am andern Ufer auf und nieder rannten!

Er sah einen Rauchpilz aus der Macchia rechts der Pike aufsteigen. Die Granate winselte vorbei und explodierte in einem Tempel hinter der Artillerie. Eine graue Staubwolke senkte sich langsam wieder über den Einschlag. Immer mehr Kanonen eröffneten das Feuer auf der anderen Uferseite, und Rodney zählte sie ängstlich: insgesamt vierzehn oder fünfzehn, einschließlich der Zwölfpfünder. Die Kanoniere des Dewans waren Dilettanten und hatten nicht viel Zeit und Gelegenheit gefunden, sich mit ihren Waffen vertraut zu machen; trotzdem — es war schweres Eisen. Wasserfontänen sprangen im Fluß hoch, Weitschüsse orgelten über sie weg. Aber mit der Zeit schossen sie sich ein.

Die Disziplin der Kishanpur-Infanterie brach zuerst unter dem britischen Artilleriefeuer zusammen. Rodney sah es mit grimmiger Freude. Die Burschen hatten noch niemals etwas Derartiges erlebt und waren auch nicht ausgebildet worden, um solche Feuerschläge auszuhalten. Eine Minute oder zwei hatte es den Anschein, als ob auch die Sepoy-Regimenter weich würden. Aber schon sprangen die eingeborenen Offiziere vor, rissen ihre Männer zusammen, und der Vormarsch der beiden Regimenter wurde fortgesetzt. Furcht und Grauen mischten sich in Rodneys Brust mit wilder Hoffnung: wollte der Dewan tatsächlich den Angriff um jeden Preis durchführen? Dann erkannte er durch den Pulverqualm und über die Wasserfontänen hinweg, daß sich Melder zu den Marschspitzen vorarbeiteten. Befehle wurden gebrüllt, die Sepoys machten eine exakte Wendung, jedermann auf seinem Platz, und die Regimenter pflügten ebenso stetig durch das Wasser zurück, wie sie gekommen waren. Die britische Artillerie fuhr fort, ihre vordersten Reihen zu zerfetzen, die jetzt zur Nachhut geworden waren. Ihre Disziplin war unerschüttert. Die Kishanpur-Infanterie jedoch verwandelte sich in einen heulenden Mob, dessen primelfarbene Röcke überall erschienen — stromaufwärts, stromabwärts, zwischen den grünen und den roten Marschkolonnen und in dichten Haufen auf der entfernten Uferseite. Ein Mann in gelber Uniform, der anscheinend den Verstand verloren hatte, platschte mit wilden Armbewegungen auf das britische Ufer zu und erreichte es unversehrt. Auf einen kurzen Befehl hin trat ein Füsilier vor, strich das Gewehr an der Mauer an und schoß ihn in den Kopf.

Die Granaten des Gegners platzten jetzt in einem steten Crescendo über der britischen Artillerie. Zwei Kanoniere sanken neben ihrer Kanone wortlos nieder. Ein anderer fiel in den Staub und kroch heulend auf Händen und Knien im Kreis umher. Immer dicker wurde die Staubwolke, die in kompakten Schwaden nach Osten über die Front strich. Am anderen Ufer begannen die Regimentskapellen trotzig und laut zu spielen; aber ihr Klang war nicht mehr so gleichmäßig. Der Fluß war wieder still, nichts verriet den Ort, an dem eben noch ein blutiges Gemetzel stattgefunden hatte. Nur ein einzelner Körper hing über einem angetriebenen Baumstamm und wurde von den Strudeln hin- und hergerissen.

Das Artillerieduell begann. Rodney holte tief Atem, seufzte leicht auf und zündete sich eine neue Zigarre an. Die Cheroot würde das Zittern seiner Hand ein wenig dämpfen. Die Entscheidung war aufgeschoben, die Arbeit der Infanteristen verlorene Liebesmüh, das Schicksal sprach jetzt aus toten Kanonenrohren. Die Infanterie mußte stehen und warten, solange St. Barbara von der Artillerie sprach. Ultima ratio regis — letzte Weisheit des Königs: die Inschrift der Kanonen Ludwigs XIV. Er blickte flüchtig stromaufwärts. Das allerletzte Wort würde heute wahrscheinlich von einem alten Mann gesprochen werden, einem verschrumpelten, fast zahnlosen Haudegen der Kavallerie, der auf dem Deccanplateau geboren war: Dem Rissaldar der Bombay-Lancers.

Die Kanonade des Gegners lag jetzt geschlossen auf Hauptmann Cables Artilleristen. Ein Volltreffer machte aus George Harris, der neben Sir Hector stand, roten Matsch. Das Surren der Granatsplitter wurde monoton, die Getroffenen fielen schweigend auf die schmutzige Erde. Risse bildeten sich in den Mauern; die Füsiliere bewegten sich unruhig, wenn Granatsplitter ihre Reihen dezimierten. Sobald ihre Offiziere wegsahen, blickten sie über die Schulter auf den kleinen, aufrechten General. Jenseits des Flusses formierte sich der stahlglänzende Wall der Uniformen erneut. Man konnte deutlich sehen, daß die britischen Granaten tiefe Löcher in die Regimenter geschlagen hatten.

Rodneys Gedanken entfernten sich von der Gegenwart im gleichen Maß, in dem Hitze, Artilleriefeuer und Staub ihn um den Verstand zu bringen drohten. Als er es bemerkte, konzentrierte er sich auf die Asche seiner Cheroot; je länger sie wurde, desto sorgfältiger mußte er darauf achten, nicht zu zucken oder sich zu ducken, wenn die Granaten vorbeiorgelten. Weiß Gott, dachte er, das hält kein Mensch mehr lange aus — nicht mehr sehr lange.

Unerbittlich krachten die Explosionen der Sechspfünder schmerzhaft gegen seine Trommelfelle. Die Füsiliere entspannten sich, wischten den Schweiß von der Stirne und sahen zu, wie die Kanoniere starben; jeder Mann dankte Gott insgeheim, daß der Knochenmann nicht nach seiner Kehle griff. Die Wolken am Himmel wurden dichter und sanken tiefer. Rodney knirschte mit den Zähnen: Durchhalten, durchhalten — ein Jahrhundert lang hatte man es den Sepoys am anderen Ufer eingebläut. Sein Geist wanderte elf Jahre zurück. Er sah sich wieder auf dem Schlachtfeld von Chillianwallah, wo er und die Sepoys Stunden im Kreuzfeuer der Artillerie gestanden hatten. Er entsann sich an den Schrecken, den er damals gespürt hatte, und an Jemadar Narains verständnisvolle Ruhe, die ihm mehr half als Worte. Damals hatten sie zusammen durchgehalten. Er stöhnte. Nicht lange mehr — kein Mann konnte das ewig aushalten . . .

Eine Stunde später war das britische Artilleriefeuer wesentlich schwächer geworden. Blauröckige Kanoniere lagen neben ihren Kanonen und starben wortlos am Hitzschlag. Hauptmann Cables Leutnant kniete am Boden, den Kopf mit dem

Messinghelm gesenkt: aus dem Roßschweif tropfte Blut. Ein Wachtmeister der Artillerie wurde wahnsinnig; er stolperte, sinnlos brabbelnd, an den Häusern entlang, anzusehen wie ein betrunkener Affe, fiel mit schäumendem Mund vor Rodney nieder und verendete. Ein anderer Kanonier warf den Ansetzer nieder, rannte zum Ufer und warf sich kopfüber in den Fluß. Die Toten wurden aus dem Batteriehof gezogen und längs der Munitionskästen regellos aufgestapelt — zwischen zerschlagenen Kisten, verdrehten Eisenstangen und kleinen Pulverhäufchen, die beim Öffnen der Fässer liegengeblieben waren. Volltreffer warfen drei der acht Kanonen um; ihre Rohre zeigten in den Himmel oder staken hilflos in der Erde.

Über dieses Pandämonium hinweg schwangen sich die klaren Töne der Trompetenmusik von jenseits des Flusses. Wütend feuerten die Kanoniere in die feindlichen Musikkapellen und erstickten die fröhlichen Klänge mit ihren Granaten. Die Füsiliere schoben die Schultern heraus und standen jetzt etwas aufrechter, fröhlicher — nicht mehr ganz so ängstlich. Die Musik schwieg.

Zum zweitenmal an diesem Tage öffnete sich das Buschwerk an der anderen Uferseite und spie die Massen der Infanterie über die Uferbank in den Fluß. Die Formation war unverändert. Auch diesmal verlor die Kishanpur-Infanterie jeden Halt, kaum daß sie das Wasser erreicht hatte; immer noch kein Zeichen von der 60. Kavallerie. Langsam drängten die Marschkolonnen dem anderen Ufer zu. Rodney konnte jetzt deutlich die Gesichter seiner Sepoys sehen und fühlte einen Druck im Magen. Als sie genau die Mitte des Flusses erreicht hatten, schrie Hauptmann Cable durch die brüllenden Detonationen: „Artilleriiie — Achtung! Mit Kartätschen laden!" Kurze Pause, die Rohre wurden herumgerissen und bliesen Ströme von orangefarbenem Feuer über die Furt. Nur noch drei Kanonen schossen jetzt, und auch sie waren zu schwach bemannt. Sie schossen jetzt nicht mehr Salven, sondern Einzelfeuer, Schuß um Schuß. Cable stand als Ladenummer an der mittleren Kanone und schrie heisere Kommandos. Bereits nach dem dritten Schuß gab die Kishanpur-Infanterie auf. Rodney sah, wie der Dewan erst mit der flachen Klinge, dann aber mit der Schärfe des Säbels nach den Gestalten schlug, die an ihm vorbei zum rettenden Ufer drängten. Der goldhäutige Junge, der einmal Leutnant der Leibwache von Kishanpur gewesen war, floh kopflos in die Reihen des 88. Regiments und versuchte, sie zu durchbrechen, um den Kartätschenladungen zu entgehen. Ein Havildar des Regiments hob schweigend das Gewehr und schoß ihn nieder.

Die Sepoy-Regimenter marschierten heran, unerbittlich. Eine weite Lücke klaffte zwischen ihnen dort, wo die Infanterie von Kishanpur gestanden hatte. Jeden Augenblick konnten sie jetzt in Reichweite der Infanteriegewehre kommen. Er starrte auf das Wasser und sah im Geist die hundert Reiter der Bombay-Lancers, die schweigend in dem Mangohain warteten. Er glaubte, das verkniffene Gesicht des alten Rissaldars vor sich zu sehen, glaubte die blaugoldenen Uniformen zu erkennen, die Spitzen der aufgerichteten Lanzen. Er preßte seine Fäuste gegen die Mauer und starrte auf die heranmarschierenden Sepoys, die bis zur Brust und zum Hals im Wasser standen, während Hauptmann Cables Kanonen Kartätschenladung um Kartätschenladung in ihre Reihen hämmerten und die wehrlosen Männer wie zerbrochenes Holz in den Fluß streuten. Sechs Kolonnen, scharlachrot und dunkelgrün, stampften unerbittlich näher. Die Füsiliere warteten. Piroo erhob sich und packte entschlossen den Griff eines Handbeils.

Die Kolonnen erreichten eine seichte Bank. Die Kanoniere auf dem Ufer drückten die Kanonen hinunter, soweit es ging, und feuerten wie die Tollwütigen. Die Füsiliere legten an. Durch das Brüllen der Kanonen klangen die exakten Kommandos ihrer Offiziere:

„Feuer! Laden! Ansetzen! Stopfen! Frei! Zünder! Eine

Salve auf einhundert Meter! Fertigmachen! Achtung! Feuer! Laden! Ansetzen! Stopfen! Frei! Zünder! Salve einhundert Meter, fertigmachen! Achtung! Feuer! ... Feuer! .... Feuer!“

Rodneys Herz war bei den angreifenden Sepoys. Er sprach halblaut vor sich hin: „Feuer! Oh, Gott, warum setzt Ihr nicht die Plänkler an, Idioten ... Feuer! ... Vishnu ist getroffen. Die Füsiliere haben noch keinen Beschuß von der Artillerie erhalten. Schmutziges Schwein, Feuer! Geh zurück! Gib den Füsilieren nur eine halbe Stunde Schrapnellfeuer! Versucht es dann wieder mit der Kavallerie! Narain, alter Esel, was machst du hier? Feuer! Streckt euch ein bißchen — Seitengewehr gefällt und Angriff! Feuer! Oh, Heiland Jesus Christus ...“ Er schloß die Augen.

Schließlich marschierten die Sepoys unter dem brüllenden Feuerschutz der eigenen Artillerie zum zweitenmal in voller Ordnung durch das ölige Wasser zurück. Sie brauchten zehn Minuten dazu. Während dieser zehn Minuten schoß die feindliche Artillerie plötzlich genau und riß die englische Linie auf. Trommelfeuer der Granaten zerfetzte die Front der Füsiliere. Eine von Cables Kanonen wurde umgeworfen, Cable selbst getötet. Sir Hector beobachtete den weichenden Feind durch ein Fernrohr, bis die Spitzengruppen das andere Ufer erklommen; dann wandte er sich und rief Oberst Dempsey ein Kommando zu. Die Füsiliere brachen ab und strömten durch die schmalen Gassen in die Stadt zurück. Der General selbst blieb unbewegt auf dem Dach seines Hauses stehen. Wachen der Füsiliere säumten im Abstand von fünfunddreißig Metern die Stadtmauer. Einen Augenblick lang schienen die Kanonen des Gegners keine Kenntnis von der Bewegung zu nehmen. Dann konzentrierten sie sich auf den General.

Sir Hector blickte auf Rodney hinab und rief fröhlich: „Heiße Arbeit, Captain! Hoffentlich verbrauchen sie ihre Munition, indem sie auf mich schießen. Ich bezweifle, ob sie noch sehr viel Munition übrighaben.“

Als ob der Sinn seiner Worte über den Fluß gedrungen wäre, begannen die Kanonen am anderen Ufer zu stottern und dann zu schweigen. Schwarzer Rauch und rosafarbener Ziegelstaub hingen in Wolken um den Standort des Generals. Im nächsten Haus war ein Feuer ausgebrochen. Er sagte zu Rodney: „Komm rauf zu mir, mein Junge."

Rodney stieg auf schwankenden Füßen die schmale Treppe zum Hausdach empor. Oben angekommen, stellte er fest, daß Sir Hector die ganze Zeit auf einer Pyramide von losen Ziegeln gestanden hatte; er stand auch jetzt noch darauf. Der kleine Mann blickte sich um: „Glauben Sie, daß sie nochmals kommen?"

„Ja", erwiderte er trocken. Natürlich würden sie wiederkommen.

Der General sagte: „Sie haben viel Vertrauen zu Ihren Sepoys. Muß sagen, ein großartiges Regiment, Sir."

„Sie wären längst in der Stadt, wenn sie vernünftige Kommandeure gehabt hätten. Was eben gemacht wurde, war der reine Mord", stieß Rodney wild aus.

Sir Hector hob das Fernrohr, blickte stromaufwärts und sagte mit sanfter Stimme: „Ich weiß, Captain, ich weiß. Alles ist jetzt ruhig da drüben — immer noch kein Zeichen von der Kavallerie. Die Lancer haben eine Vedette von zwei Mann am Rand des Mangohains aufgestellt. Ihr Augenblick wird noch kommen. Sieg oder Niederlage wird dort oben entschieden werden — von zwei eingeborenen Offizieren und achtundneunzig Kavalleristen der Bombay-Lancers."

Er schob das Teleskop zusammen, klemmte es unter den Arm, reckte den Hals und versenkte eine Hand im Busen seines Schoßrockes. Er fuhr fort: „In wenigen Minuten, Captain Savage. Vielleicht habe ich Unrecht gehabt mit meinem Vertrauen. Aber" — seine Stimme wurde plötzlich metallisch — „wenn wir keiner Seele im ganzen Land vertrauen dürfen, nach einhundert Jahren unserer Herrschaft, verdienen wir die Vernichtung, die der allweise Vater uns dann sicherlich zumessen wird."

Und Robin? Und Caroline? Muß dein allweiser Vater meine Lieblinge langsam über kleinem Feuer rösten — nur weil wir nicht weise waren?

„Da kommen sie! Alarm! Alarm!" Es war seine eigene Stimme, die die Worte schrie.

Die Marschsäulen des Gegners traten zum drittenmal aus dem Vorhang des Unterholzes heraus und rannten im Geschwindschritt hinab ins Wasser. Immer noch waren es geschlossene Marschsäulen; aber die Reihen waren jetzt weiter voneinander entfernt. Auch waren es nur noch sechs Reihen anstatt neun, und nur Sepoys, keine Kishanpur-Soldaten; die Musikkapellen waren ebenfalls verstummt. Er sah den Paukenschläger des 13. Regiments, zwei Meter groß, der Stolz der Kompanie, jetzt mit einem Gewehr als Flügelmann des Regiments. Der General winkte mit den Armen, Melder rannten, Trompeten bliesen. Füsiliere rannten aus den Straßen der schützenden Stadt hinaus auf ihre Posten. Schlagartig setzte die Artillerie des Gegners wieder ein und legte einen Hagel von Feuerschlägen auf die Ausgänge der Stadt. Die furchtsamen Füsiliere drängten sich zusammen, Tote und Verwundete häuften sich auf. Die Luft war jetzt so dick, daß man sie mit den Händen greifen konnte; man konnte sie schwerlich mehr atmen. Die Sepoys kämpften sich tapfer vorwärts. Undeutliche Gestalten in einem zerrissenen, schwarzgrauen Panorama, durchsetzt von roten Feuerzungen. Ihre Bataillone hatten zwei Drittel der Stärke verloren; aber nun büßten auch die Füsiliere erheblich ein, als sie verwirrt und kopflos zwischen den Einschlägen der Artillerie zu ihren Gräben rannten. Die beiden Sechspfünder brüllten einmal auf. Im nächsten Augenblick bliesen vier feindliche Granaten, die gleichzeitig einschlugen, die Bedienungsmannschaften weg. Munitionsmänner und Reservekanoniere stürzten vor und nahmen ihre Plätze ein. Wieder begann das Spiel der roten Flammenzungen über der gepeitschten Wasseroberfläche des Flusses.

„Feuer! . . . Laden! Stopfen! . . . Feuer! Feuer! Feuer!“

Immer größer wurden die sechs Marschsäulen, die scharlachfarbenen und die dunkelgrünen; näher kamen sie, immer näher! Der Union Jack fiel, ein Sepoy zog ihn aus dem Wasser. Unter dem unausgesetzten Feuerhagel der Kartätschen blickten die Männer aufgeregt umher. Jetzt setzten sich die Plänkler rechts und links heraus, brachen vor und bildeten Halbmonde. Die ungleichmäßigen Salven der Füsiliere schienen keine Wirkung mehr zu haben. Zu viele Ziele, zu viele scharlachfarbene und dunkelgrüne Gestalten direkt vor dem Ufer. Das Angriffszentrum der Sepoys schloß sich zusammen. Das Krachen der Salven stoppte. Dempsey schrie: „Seitengewehre — pflanzt auf!“ Die dünnen Stahlbolzen schnappten in die Rasten.

Sir Hector sprang die Treppenstufen hinunter, zog ein Schwert, das fast so lang war wie er selbst, kletterte behende auf die Mauer vor den Füsilieren, blieb auf der Mauer stehen und starrte hinunter auf den Fluß. Der Mangohain war dunkel und ruhig, das Wasser glatt. Rodney beobachtete ihn, sah, wie der General den Mund öffnete, zögerte und ihn wieder schloß. Die Entscheidung des Tages lag in diesem Augenblick. Nur ein Angriff mit der blanken Waffe konnte jetzt noch die Front der Füsiliere halten. War er erst einmal im Gange, dann gab es nichts mehr gegen die feindliche Kavallerie als die Bombay-Lancers.

Eine Granate krepierte über dem General und nahm seinen Federhut mit. Er hob sein Schwert und sagte mit seiner gewöhnlichen Höflichkeit: „Wir wollen sie mit den Bajonetten angreifen, Füsiliere!“

Rodney klomm über den Wall und rannte über den trockenen geplatzten Lehmboden auf das Ufer zu, gefällte Seitengewehre rechts und links von ihm — ein trockenes, rauhes Hurra in seinen Ohren. Die Sepoys feuerten eine ungenaue Salve und machten sich dann zum Angriff fertig. Sir Hector rannte fünf Meter vor den Füsilieren her; sein kahler Kopf glänzte von Schweiß, er riß die Knie hoch und stampfte die Erde, schneller als irgendeiner seiner Soldaten. Rodney hörte Trompetenmusik, während er rannte, und fühlte die Unsicherheit der Füsiliere neben sich. Er warf einen schnellen Blick nach rechts.

Ein Lichterschein erhob sich über dem dunklen Wasser: eine silbergraue Schwadron der 60. Leichten Bengal-Kavallerie galoppierte in vollkommener Ordnung aus dem Unterholz und hinein in den Fluß. Ihre zahlreichen Trompeten stießen einen wilden, sehnsüchtigen Schlachtruf aus. Oh, Caroline! Caroline!

Er konnte nicht zum zweitenmal hinschauen; trotzdem wußte er, daß Schwadron um Schwadron der Sechziger der ersten folgte. Dies hier war jetzt Wahnsinn — mit dem Kolben nach Sepoy Rupchand zu schlagen, und ‚Hurra' zu rufen, als das Bajonett die grüne Tunika von Naik Mahdev durchdrang, genau unter dem dritten Knopf. Nichts, nicht einmal der Morgen des 10. Mai konnte die elf Jahre auslöschen, die er Schulter an Schulter mit ihnen gekämpft hatte. Wahnsinn! Wahnsinn und Alptraum! Sie erkannten ihn sofort — er war so auffällig in seiner dunkelgrünen Uniform zwischen den scharlachroten Füsilieren. Er lachte toll auf, als er bemerkte, wie einige Männer ihn vermieden und andere die Gewehre herumrissen und voll Absicht auf ihn schossen. Das mußten die Anführer des Aufstandes sein. Und dort war auch Naik Parasiya, jetzt in einer schlechtsitzenden Majorsuniform — Andersens Uniform.

Und zu seiner Rechten — wilde Szenen, die er immer nur aus den Augenwinkeln verfolgen konnte: Wasser kochte unter den Pferdehufen, Granaten schlugen zwischen sie und zerfetzten die vordersten Reihen. Ein Reiter überschlug sich, ein anderer fiel und wurde von den dunklen Wassern hinabgezogen. Eisengraues Licht über Kampf und Schauspiel, immer drückendere Hitze — und keine Bewegung in dem Mangohain.

Dann erblickte er plötzlich, keine zehn Meter entfernt, den Brokatrock des Dewans. Jähe Mordlust packte ihn so plötzlich, daß er alles andere darüber vergaß. Er ging geradewegs auf ihn zu, schlug nach rechts und links mit dem Gewehr und bahnte sich seinen Weg. Niemand achtete mehr auf die Kanonen; die Gewehre schwiegen; der Kampf war jetzt eine Raserei, war Ächzen, Grunzen und erbittertes Fluchen. Er schlug Parasiya nieder, trat ihn mit den Füßen unter Wasser und entriß ihm das Schwert. Ein Keil von Füsilieren arbeitete sich neben ihm vor — die Männer schlugen mit den Gewehrkolben und stießen mit den Bajonetts. Der Dewan zeigte seine Zähne, winkte mit dem Säbel, dessen Griff mit Diamanten besetzt war, und gab seinem Pferd die Sporen. Die Standarten bewegten sich nach vorne. Das Pferd scheute und sprang über Rodney hinweg, der sich mit aller Kraft zurückwarf; der Säbel des Dewan glänzte krumm und silbern vor dem dunklen Himmel. Wie zwei bissige Hunde knurrten sie einander an. Das eine Auge des Dewan leuchtete wild und bösartig. Rodney dachte: Der Hals — wenn ich nur den Hals erreichen könnte — die weiche Stelle gerade über dem Kragen . . .

Tödlicher Schmerz packte ihn am Ellenbogen und fuhr von dort wie ein Blitz durch den ganzen Körper. Das Schwert flog im Bogen davon; er fiel ins Wasser, hustete, schnappte nach Luft, schluckte und spie Wasser.

Hände packten ihn unter den Armen und rissen ihn hoch. Er hörte tausend Meilen entfernt eine wilde, einsame Trompete, die das Signal des Füsilier-Regiments blies, gefolgt von dem Signal ‚Rückzug'. Er stand wieder auf den Beinen. Seekrank taumelte er zwischen zwei bärtigen Gefreiten dahin. Rechts und links von ihm formierten die Sepoys sich zum Angriff und folgten ihnen mit wildem Hurrageschrei.

Sie werden Caroline und Robin finden, dachte Rodney — sie werden alle totschlagen, die in der Stadt warten und beten. Er stöhnte auf, stieß die Soldaten beiseite und wollte wieder angreifen.

Aber niemand bewegte sich. Denn jetzt kam die Hand Gottes aus den Wolken und griff nach ihnen — nach jedem einzelnen. Ehrfürchtig und stumpf standen die Männer, die eben noch gekämpft hatten, und blickten zum oberen Teil des Nerbudda hinauf. Sie warteten mit angehaltenem Atem, reglos wie steife Puppen. Auch die Sepoys im Fluß warteten. Und die Kanoniere auf beiden Seiten feuerten keinen Schuß mehr.

Stromaufwärts erreichte die erste Schwadron der 60. Kavallerie das Ufer. Die Pferde schüttelten sich, wieherten und klommen den Hang hinauf. Die Reiter schrien zu den Bombay-Lancers empor, die in dem Mangohain warteten. Ihre Begrüßungsworte wurden gespenstisch von den Stadtmauern zurückgeworfen.

„Kameraden! Brüder! Gedenkt an Mangal Pande! Kommt zu uns! Im Namen unserer Götter, kommt zu uns!"

Rodney neigte den Kopf. Nicht wieder, betete er, nicht wieder! Oh, Gott! Nicht wieder Bhowani, und Kishanpur, und die Hinrichtungen, und die gespenstischen Arme der Liebe, entstellt, verzerrt, die nachts nach seinem Herz griffen und ihn würgten.

Eine einsame Trompete schrie ‚Angriff'! Er hob den Kopf. Eine blaugoldene Wolke löste sich aus dem Mangohain und galoppierte das Ufer hinunter. Die goldenen Streifen an den Tschapkas glänzten, die Dolmans flogen im Wind und leuchteten gegen den dunklen Hintergrund. Die Pferde machten Hals lang, die Hufe donnerten über den steinharten Lehmboden. Die Lanzenspitzen senkten sich langsam nach vorne, die Fähnlein an den Lanzen wippten rot und weiß; die Reiter legten sich zum Stoß nach vorne und streckten die langen horizontalen Lanzenschäfte dem Feind entgegen, die einsame Trompete schrie und schrie. Die Lanzen zerrissen den silbergrauen Wall, zerfetzten ihn und warfen ihn hinab in den Fluß: die erste Schwadron war abgeschlagen. Der Angriff hatte genau gesessen, der Schock darüber füllte alle Herzen längs des Ufers.

Irgendwo, weit entfernt, wurde eine Kanone abgefeuert. Die Puppensoldaten fuhren zusammen und seufzten tief auf. Die Männer im Fluß bewegten sich. Der Seufzer wurde zu einem Schrei, zu einem erstickten Gebrüll, und Rodney wandte sich wieder seiner eigenen Front zu.

Ein einzelner Regentropfen fiel auf seinen entblößten Kopf, ein zweiter folgte. Riesengroße, lauwarme Tropfen, erst langsam, dann schneller, dichter — auf dem Strom draußen, auf dem gebrannten Lehmboden am Ufer. Er wandte den Kopf und sah den General, der auf der Mauer stand und mit dem Schwert winkte. Zwei schwarze Kanonenmündungen starrten ihn an. Feuerrote Mündungsflammen zischten heraus, eine Lawine von Kartätschensplittern fuhr über seinen Kopf und in die geschlossenen Reihen der Sepoys. Alle Füsiliere, Offiziere und Sergeanten so gut wie die Männer aus Reih und Glied, tanzten im Regen umher, sangen und schrien wie Berserker. Er klomm auf Händen und Füßen zu ihnen empor. Piroo rannte ihm entgegen und zog ihn hinauf.

Und pausenlos trommelten die Hufschläge der Kavalleristen über die Uferbank stromaufwärts — pausenlos wiederholte die einsame Trompete ihre Signale: Angriff! Durchbruch! Rückzug! Sammeln! Angriff! Erst waren es hundert, dann achtzig, dann sechzig, dann nur noch vierzig Lancers. Aber pausenlos: Angriff! Durchbruch! Rückzug! Sammeln! Angriff!

Die beiden Sechspfünder kämmten das Ufer in direktem Schuß ab, mähten wie mit Sicheln Reihe um Reihe der grünen und scharlachroten Uniformen ab, warfen sie ins Wasser, wo sie versanken. Ein paar Sepoys rannten vor und griffen auf eigene Faust an. Andere schwammen in den offenen Fluß hinaus. Die Füsiliere standen und feuerten in wütender Unordnung. Die primelfarbene Jacke des Dewans verschwand irgendwo zwischen Regenschauern. Aber das 13. und 88. Regiment der Eingeborenen Bengal-Infanterie schlossen sich immer wieder zusammen, klommen am Ufer hoch, wurden von

Traubenschüssen und Gewehrsalven hinabgewischt in den Strom und formierten sich wieder — und wieder, und wieder! Die britische Flagge des 88. Regiments fiel in den Fluß und schwamm weg. Die weiße Regimentsfahne, aus Silber gewoben, mit Roßschweifen verziert, glänzend von den Auszeichnungen und Orden, die an ihr befestigt waren, erschien in einem neuen Angriff und flatterte über den Sepoys. Aber die gefräßigen Kanonen verschlangen Fahne und Sepoys, zerhämmerten sie in kleine Fetzen von Fleisch und Haar und Tuch, verstreuten sie über das ganze Ufer.

Die Füsiliere hinter dem zerschossenen Wall beteiligten sich an dem Gemetzel mit rauchenden Gewehren. Ein vierschrötiger Gefreiter neben Rodney feuerte Schuß um Schuß; die ganze Zeit hindurch sagte er vor sich hin: „Ihr schmutzigen, schwarzen Schweine! Bastarde! Wartet nur! Wartet nur!"

Rodney legte den Kopf auf die Mauer und brach in Tränen aus. Die warmen Tränen mischten sich mit den warmen Regentropfen; unbegreiflicher Schmerz zerriß sein Inneres.

Der General sagte etwas. Der fluchende Füsilier legte das Gewehr aus der Hand, schlang seinen Arm um Rodneys Schultern und führte ihn in die Stadt zurück, zu dem Haus, wo die Frauen warteten. Die ganze Zeit über murmelte er und sprach begütigend auf ihn ein.

„Noch ein paar Schritte, Sir, noch ein paar Schritte! Sie waren wunderbar, Sir! Vorsichtig, da kommt eine Pfütze! Sie müssen mindestens hundert von diesen dreckigen Schweinen selbst umgelegt haben, Sir — wenn ich das so sagen darf. Jetzt ist alles in Ordnung, Sir, alles in Ordnung — nur noch um die Ecke da. Machen Sie sich keine Gedanken mehr. Wir schlachten jedes schwarze Schwein im ganzen Land — wir wissen jetzt, was Sie Ihnen angetan haben. Keine Sorge, Sir — gleich sind wir da . . ."

Piroo ging auf seiner anderen Seite und stützte ihn.

Caroline erwartete ihn aufrecht und verschlossen, in der Tür des Raumes, der in ein Feldlazarett verwandelt worden war. Er sah sie schon, als er durch den Hof des Gebäudes schritt — sah, daß sie auf den Kanonendonner gelauscht hatte und eine Pistole in der Schärpe trug. Mit offenen Lippen stand sie und starrte in den Regen. Als sie ihn erkannte, lief sie ihm entgegen, nahm seine linke Hand und blieb einen Augenblick vor ihm stehen. Dann waren sie in dem Gebäude, wo die Dunkelheit alles verhüllte, und Rodney weinte wieder. Caroline führte ihn zu einem Strohbett, flüsterte ihm zu, sich hinzulegen, und schnitt den Ärmel seiner Jacke auf.

Er schluchzte, starrte in das Dunkel und murmelte: „Es ist vorbei! Wir haben gesiegt. Wir haben gesiegt, und ich wünschte, ich wäre tot."

Sie kniete neben ihm nieder und legte ihren Arm unter seinen Kopf; er wandte ihr den Kopf zu und preßte seine Augen gegen ihre vollen Brüste. Sie fuhr vorsichtig mit den Fingerspitzen durch sein Haar. Draußen trommelte und zischte der Regen — kein Geräusch war sonst zu hören. Er wurde immer lauter und verschluckte schließlich alle anderen Geräusche.

In dieser Regenflut schien zuletzt auch der Schmerz, der sich von seinem verletzten Arm ausbreitete, zu ertrinken; nichts blieb zurück als das zarte Streicheln ihrer Fingerspitzen und ein unerwartetes, zögerndes Zurückkehren seiner Liebe zu ihr.

Dann kam der Feldchirurg und beugte sich über ihn. Caroline kniete neben dem Kopfende des Lagers und legte ihre Hände fest um seine Schläfen. Er dachte über diese Hände nach und hörte kaum die entfernte Stimme des Arztes: „Kein Knochenbruch, Captain, aber eine tiefe Fleischwunde. Sie müssen im Hospital bleiben. Wir schlagen Ihnen ein Bett in einem der Zimmer auf."

Carolinens Finger waren wunderbar nahe, viel näher als seine eigene Stimme, die erwiderte: „Noch nicht. Später!"

„In meinem Hospital stehen Sie unter meinem Kommando, Sir."

Wieder hatte er Mühe, den Sinn der Worte zu erfassen, dann sagte er: „Trotzdem habe ich jetzt keine Zeit. Tut mir leid."

Pause! Dann Fußschritte, die sich durch das Tor entfernten. Er öffnete die Augen und sah etwas mehr als bisher im Halbdunkel des Hospitals; drei Sturmlichter waren inzwischen gebracht worden und erleuchteten das Zimmer — ihr Licht spiegelte sich in den Instrumenten und glänzte auf den schwitzenden Gesichtern der Verwundeten, die Mann an Mann auf dem Stroh längs der Wand lagen.

„Du solltest wirklich hierbleiben!" Carolinens Stimme — erstaunt und fragend.

Er legte seine Hand auf ihre. „Nein, ich sollte nicht bleiben. Ich weiß, es wäre dir lieber, wenn ich bei dir bliebe, nicht wahr? Wir wollen immer aufrichtig miteinander sein!"

Er lächelte sie an, mit gutmütigem Spott. „Keine Eile", sagte sein Lächeln, „wir haben jetzt wieder Zeit vor uns — Zeit, die uns allein gehört." Sie senkte den Kopf und nickte, es war nicht genau zu sehen, ob sie rot geworden war. Jedenfalls zog sie ihre Hand zurück. Rodney lachte lauter; er war glücklich darüber, daß sie schwach war, und er sagte, in einer gelungenen Parodie des Befehlstons, den er früher so oft von ihr gehört hatte: „Verbinde meinen Arm. Und mach schnell!'

Amelia Hatch blickte, ängstlich und rot, durch die Tür. Rodney lachte laut. Sie mußte einen ganzen Topf Hennah gefunden haben — ihr Haar flammte wieder, keine Spur von Grau war mehr zu entdecken. In dem halbzerfetzten Sari sah sie unglaublich liederlich aus. Wie eine gutmütige Straßenhure von Bombay im Ruhestand, dachte er. Als sie sah, daß er lachte, kam sie näher und drohte mit dem Zeigefinger: „Ick muß mir ja für Ihnen schämen, Cäpten Savage, wahrhaftich! Und Sie, Frollein Caroline! Händchen halten im Hospital!"

Caroline arbeitete schnell und gewandt mit der Binde und lächelte vor sich hin. Mrs. Hatch schnatterte glücklich weiter, beugte sich plötzlich vor und drückte Rodney einen Kuß auf die Wange. „Eenmal wird's ja jestattet sein", sagte sie.

Rodney hob die Nase und schnüffelte vielsagend; Mrs. Hatch richtete sich schnell wieder auf. „Ick weeß, wat Sie denken", sagte sie. „Irrtum, Captain — kein Tropfen — oder sagn w'r: höchstens einen!"

Sie wandte sich den Soldaten zu. Ihre schmerzverzerrten Gesichter erhellten sich plötzlich, als sie Amelias vertrauten Dialekt hörten. Sie war offensichtlich sehr beliebt bei ihnen. Caroline hatte seinen Arm inzwischen in eine Schlinge gelegt. „Fertig", sagte sie. „Das heißt — wenn du tatsächlich noch einmal hinauswillst!"

„Dank dir, Caroline. Wie geht's Robin?"

„Er ist oben, bei einem schwerverwundeten Artilleristen. Wir glauben nicht, daß der Mann noch lange lebt. Aber er hat gebeten, daß Robin bei ihm bleibt. Möchtest du den Jungen sehen?"

„Ja — nein, ich muß gehen! Ich bin bald wieder da, hoffe ich. Piroo!"

„Sahib!"

„Komm, wir gehen."

Sie folgte ihm bis zum Hof des Gebäudes. Er ging schnell davon durch den Regen, ohne zurückzublicken. Er fürchtete, ihr zu zeigen, was sein Gesicht verriet.

Soldaten kamen an ihm vorbei, achtlos durch tiefe Pfützen watend. Sie trugen verwundete Kameraden auf Tragbahren, die sie aus Bambusrohren und Decken improvisiert hatten. Zwei ledige Reitpferde galoppierten Seite an Seite die schmale Straße hinunter, keilten von Zeit zu Zeit fröhlich nach hinten aus und zwangen jedermann, sich an die Häuser zu drücken. Hinter dem zusammengeschossenen Tempel warteten die Gespanne der Artillerie; ihre Reihen waren durch den feindlichen Beschuß gelichtet, ihre Köpfe hingen zu Boden. Es war jetzt zehn bis zwölf Grad kühler geworden, der Regen weckte kräftige Gerüche, die in der Erde geschlummert hatten. Nicht unbedingt angenehme Gerüche, aber stark und wirklich.

In einer Seitenstraße erblickte er fünf englische Artilleristen, die sich über ein weißgrünes Etwas beugten. Sie traten mit den Stiefeln danach, und er erkannte, daß es ein Sepoy des 13. Regiments war. Der Mann kniete in dem Schlamm. Seine Uniform war zerfetzt, seine Eingeweide hingen aus dem offenen Bauch und schleppten auf der Erde nach. Ein Kanonier hatte ihn beim Genick gepackt und stieß seinen Kopf gegen die Erde. Ein anderer packte seine Haare und stopfte ihm Achsenfett in den Hals. Seine Augenbälle waren so verdreht, daß man nur noch das Weiße sah. Ganz offenbar wußte er nicht mehr, was sie mit ihm taten, und erkannte sie auch nicht als seine Gegner. Rodney rannte vorwärts, versuchte zu schreien, brachte aber kein Wort heraus. Abscheu würgte ihn. Als sie ihn sahen, sagte ein Artillerist mit rauher Stimme zu den andern: „He, jetzt ist's aber genug. Vielleicht ist der Bruder von dem Bastard bei unseren Lancers."

Der Sepoy war tot. Rodney wandte sich ab und ging weiter; die Artilleristen starrten ihm durch den Regen nach; ein Gemisch von Wut, Ärger und Scham auf ihren Gesichtern. Mit dem gesunden Arm auf Piroo gestützt, gelangte er zu seiner Gefechtsstation.

Die schlimmsten Spuren des Kampfes am Ufer waren bereits beseitigt worden. Eine Postenkette von Füsilieren stand an der Mauer, naß bis zur Haut, aber fröhlich und unbekümmert. Sie freuten sich über das Wasser, das ihnen so freigebig vom Himmel über die Tschakos und Gesichter direkt in den Mund lief. Der Regen strömte jetzt gleichmäßig nieder, fiel auf Ufer und Fluß, auf Leichen und zerstörte Häuser. Man konnte nur noch zweihundert Meter weit auf das Wasser hinausschauen. Dann verschleierte sich die Sicht, und alles erstarb im Grau der Regenschleier. Das andere Ufer war unsichtbar.

Sir Hector stand abseits von den andern, wippte, bald auf den Zehenspitzen, bald auf den Absätzen, Regentropfen im Bart und auf der Glatze. Ein Soldat der Bombay-Lancers stand vor ihm, hielt den Kopf seines Pferdes und sprach zu ihm. Auch der Lancer wippte auf den Füßen, als habe ihn der General angesteckt. Rodney kam gerade rechtzeitig, um zu hören, wie der Hindu sagte: „Huzoor sahib, gaonwala-ne khabbar liya kih ...“

Rodney erklärte dem General, als der Mann fertig war: „Er sagt, Sir: Ein Dorfbewohner hat mir berichtet, daß eine kleine Gruppe Inder — fünf oder sechs — sich in der Kohlenbrennerhütte von Harnah versteckt, zwei Meilen stromaufwärts auf dieser Seite. Der Dorfbewohner kennt sie nicht, glaubt aber, daß sie in der vergangenen Nacht mit einem Boot über den Nerbudda gekommen sind.“

Sir Hector betrachtete den Lancer nachdenklich; der Waffenrock des Mannes war zerrissen, die Lanze in seiner Hand zersplittert. Er erwiderte: „Die Männer sind müde und erschöpft — aber es muß sein. Captain, wollen Sie die Güte haben und eine Patrouille von Lancers nach Harnah führen, um festzustellen, was an der Geschichte ist? Ihr Pferd steht immer noch hinter dem Haus. Mein Kompliment an Rissaldar Rikirao, wenn Sie ihn treffen; ich hätte ihn gerne fünf Minuten gesprochen.“

Zwanzig Minuten später erreichte Rodney Harnah an der Spitze einer Ulanenpatrouille, Piroo am Steigbügel. Rauchstreifen erhoben sich aus drei kleinen Meilern. Der Rauch vermischte sich mit dem Regen und wirbelte über eine Lichtung mit zahlreichen Baumstümpfen, wo die Köhler ihre baufälligen Hütten aus Abfallholz errichtet hatten. Der Beritt hielt vor den Hütten; die Pferde schnauften, stiegen und schlugen aus, die Reiter betrachteten die Laubdächer.

Rodney, der sein aufgeregtes Pferd mit der gesunden Hand zu zügeln versuchte, blickte nach der anderen Seite und sah plötzlich die Rani von Kishanpur. Sie stand nur einen Augenblick, barhäuptig und einsam, neben einem Baum im Dschungel jenseits der Lichtung. Ohne Zögern winkte er ihr mit dem Kopf, sich zu verstecken. Sie begriff und glitt hinter den Baum.

Zerstreut befahl er den Ulanen, abzusteigen und die Hütte zu durchsuchen. Er sah ihnen vom Pferd aus zu, ohne zu bemerken, was sie taten. Seine Gedanken waren bei der Rani.

Sollte er sie fangen lassen und zusehen, wie sie hingerichtet wurde? Sie verdiente es sicherlich! Aber als er seinen Mund öffnete, geschah es, um den Wachtmeister zu sich zu rufen: „Irgendwas Besonderes, Daffadar?"

„Nichts, Sahib! Aber jemand muß noch vor kurzem in der Hütte gewesen sein. Sehen Sie, was ich gefunden habe!"

Zerstreut nahm Rodney den Rubinring aus der Hand des Wachtmeisters und schob ihn über den kleinen Finger seiner Linken. Wieder entfernten sich seine Gedanken einen Augenblick von der Gegenwart. Sie haben also den armen Prithvi gefunden, dachte er — und den Ring neben seiner Leiche; vermutlich hat man ihn der Rani zurückgegeben, und sie hat ihn wieder verloren. Piroo war der einzige, der seine Zerrissenheit bemerkte und ihn aufmerksam beobachtete; Piroo kannte ihn jetzt durch und durch — ihm konnte er nichts mehr vormachen. Plötzlich hörte er Carolinens Stimme, wie sie auf dem Hügel über Chalisgon zu ihm sagte: „Rodney, Rodney, du bist so stark! Aber was nützt dir die Stärke, wenn du deine Menschlichkeit verlierst? Du mußt noch stärker werden."

Er sagte in entschlossenem Ton: „Ausgezeichnet, Daffadar. Reiten Sie bitte sofort zurück und melden Sie sich beim General. Ich komme langsam nach; mein Arm schmerzt."

Er errötete bei seinen Worten; mindestens die Hälfte des Beritts war ebenso schwerverwundet wie er. Der Daffadar betrachtete ihn besorgt. „Sollen wir Sie nicht langsam begleiten, Sahib? Es macht uns nichts aus! Wir haben keine Eile."

„Nein, nein. — Der General braucht Sie vielleicht. Piroo kümmert sich schon um mich."

Er ließ sein Pferd im Schritt hinter ihnen hergehen, bis sie im Dschungel verschwunden waren; eine Zeitlang hörte er noch die Schauer von Regentropfen, die ihre hochgestellten Lanzen von den Zweigen stießen. Als alles still geworden war, glitt er vom Pferd, gab Piroo die Zügel und schritt langsam durch den monotonen Regen auf den Baum zu, neben dem er Sumitra gesehen hatte.

Sie kam ihm entgegen, und er blieb einen Augenblick traurig stehen, als er die Pistole in ihrer Hand sah. Vertraute sie ihm nicht mehr? Hatte sie Soldaten bei sich, im Dschungel versteckt, die ihn überfallen würden? Er sah sie aus zusammengekniffenen Augen an und wartete auf den Schuß. Caroline wird die Zusammenhänge schon verstehen, dachte er.

Es fiel kein Schuß. Aber der siebenundzwanzigste Radjah von Kishanpur, drei Jahre alt, kroch aus den Büschen und zog seine Mutter am Rock. Man hatte ihn in das Miniaturbild eines großen indischen Fürsten verwandelt — er trug goldbestickte Pantoffeln, enganliegende weiße Hosen, einen langen, primelgelben Frack, den schwarzen Schlapphut mit Reiherfedern und Diamantenagraffe und einen zierlichen Säbel, dessen Griff mit Juwelen besetzt war. Der Regen hatte seinem prächtigen Aufzug zugesetzt. Im Augenblick war er nichts als ein nasses, ängstliches Kind, das schweigend neben seiner Mutter stand und Rodney aus dunklen, ernsten Augen ansah.

Die Rani sagte mit harter Stimme: „Keine Angst, Captain Savage. Die Pistole ist für uns selbst — für den Fall, daß Sie uns gefangennehmen wollen."

Ihre Augen waren dunkel und vertraut wie immer. Das nasse Gewand klebte an ihrer Haut, unter ihren Brüsten und zwischen ihren Schenkeln; ein welkes Blatt hing in ihrem glänzend schwarzen Haar, Lehm hatte den unteren Saum des Sari beschmutzt.

Rodney sagte langsam: „Hast du nicht gesehen, daß ich die Patrouille weggeschickt habe?"

„Oh, der große englische Sahib will den Ruhm für sich allein haben! Er will ihn nicht mit einem Eingeborenen teilen — nicht einmal mit einem speichelleckerischen Lakaien der Bombay-Lancers! Außerdem ist die Belohnung dann größer, nicht wahr? Kann ich ihn mit einem Rubinring bestechen?"

Ärger trieb ihm das Blut in die Wangen; aber er antwortete nicht. Stattdessen betrachtete er das Kind neben ihr und begann zu lächeln. „Hoheit", sagte er freundlich, „sind Sie nicht hungrig? Sie sind hungrig! Passen Sie auf, wir haben Chupattis und Pferdezucker in der Satteltasche. Der kleine Mann wird Ihnen gerne etwas geben."

Der kleine Junge leckte sich begierig die Lippen und starrte abwechselnd Piroo und seine Mutter an. Das Feuer in ihren Augen erlosch, Tränen rollten über ihre Wangen; sie sagte zu dem Kind, ohne den Blick von Rodney zu wenden: „Ja, lauf hin."

Der kleine Radjah stolperte beim Laufen über den Spielzeugsäbel. Die Rani beugte ihren Kopf tief, führte die gefalteten Hände zur Stirn, beugte sich tiefer und berührte Rodneys Knie und Fuß. Ihre Stimme zitterte. „Mein Lord, Sie sind verwundet?"

Er zog sie empor und sagte freundlich: „Ein wenig, Sumitra. Erzähl mir jetzt, was geschehen ist. Warum seid Ihr beide hier allein?"

Die Tränen hatten alle Leidenschaft aus ihrem Gesicht gewaschen. Sie sprach jetzt nicht mehr wie eine Königinmutter, sondern wie eine verlassene, enttäuschte Frau:

„Wir kamen in der letzten Nacht mit einem Boot über den Fluß — der kleine Radjah und ich, der neue Hauptmann meiner Leibwache und sein Leutnant, der Oberpriester, meine Kammerzofe und eine andere Dienerin. Heute ist der hundertste Jahrestag von Plassey. Es gab seit langem eine Prophezeiung, daß die englische Herrschaft einhundert Jahre dauern würde, um dann auf dem Schlachtfeld gebrochen zu werden. Es ist der erste Tag des neuen Mondes — ebenfalls ein günstiges Vorzeichen. Es ist Vishnus Pilgertag. Es ist der erste Tag der Regenzeit! Niemand glaubte, daß unser Unternehmen mißglücken könnte. Wir kamen über den Fluß in der Absicht, die Sepoyregimenter von Gondwara für ihre Meuterei zu belohnen und die britischen Soldaten in der Nacht gänzlich zu vernichten — es sollten auch Elefanten über den Fluß gebracht werden. Mein kleiner Sohn sollte als erster in die

Stadt einmarschieren, begleitet von Elefanten. Morgen mittag hätte er den Thron bestiegen, als König von Kishanpur, König von Gondwara, Vizekönig von Nerbudda, Prinz der Sindhyaberge, Fürst aller Wasser des Kishan, Ken und Betwa. Alle unsere alten Länder wären wieder in unserer Hand gewesen."

Der Regen hatte Wimperntusche und Rouge verwaschen und in Streifen über ihr Gesicht verteilt. Schlamm quoll über die Ränder ihrer dünnen Schuhe, so oft sie sich bewegte.

„Als die anderen sahen, wie die Schlacht ausging — vor einer Stunde etwa! — nahmen sie das Boot und ruderten zurück, ohne mir etwas zu sagen. Sie wußten, daß ich die Flucht über den Fluß verboten hätte. Verrat, doppelter Verrat — denn auch die Regimenter kämpften gegen uns. Wir wußten von Anfang an, daß unsere Streitkräfte nicht ausreichten, um die Furt zu erobern. Sie sollte uns von den Sepoys geöffnet werden."

„Die beiden Bengal-Infanterieregimenter kämpften auf keiner Seite, Sumitra. Sie wurden gestern abend entwaffnet — und Girdhari Lall von einer Kanone in die Luft geblasen."

Ein Schauer überlief sie. „Wieder du!" sagte sie, „du und das blasse Mädchen! Nur Ihr beiden konntet genug wissen. Aber die Bombay-Lancers . . ."

„Blieben treu!"

„Treu wie Verräter!"

„Treu wie Männer! Aber das spielt jetzt keine Rolle mehr. Sumitra, das Spiel ist verloren! Gib es auf! Deine Armee ist zertrümmert . . ."

„Ich kann eine neue aufstellen!"

„Nur, um noch mehr Witwen zu machen. Lalkot wird dich im Stich lassen. Die übrigen Prinzen werden gar nicht erst anfangen. Die Sikhs haben die Lust verloren — selbst, wenn sie Lust gehabt hätten. Von ihnen hing alles ab — aber das ist dir natürlich so gut bekannt wie mir. Ich nehme an, du besprachst es mit ihnen während der Tigerjagd. Dein Spiel ist verloren! Dein eigenes Volk will dich nicht mehr haben. Die Menschen in den Dörfern helfen uns, so gut sie können. Wie, glaubst du, gelang es mir, mich mit zwei Frauen und einem Kind nach Gondwara durchzuschlagen, durch ein paar hundert Meilen deines Gebiets — hilflos, verhungert, krank, ohne einen Pfennig, geschlagen? Nein, das Spiel ist verloren. Zu viel Blut ist geflossen. Ich weiß nicht, was gut ist für Indien — ich dachte einmal, ich wüßte es. Ich kann keine Entscheidung mehr fällen — zu viele verschiedene Stimmen, zu viele Meinungen. Die armen Leute glauben an das, was Elend und Hunger ihnen einflüstern; du glaubst an die Stimmen deines Ehrgeizes; wir glauben — ach, ich weiß es selbst nicht. Das einzige, was ich fest glaube, ist, daß du mit deiner gefährlichen Gabe, Intrigen anzuzetteln, Meutereien, Verschwörungen, Aufstände, die soviel Blut kosten — daß du und deinesgleichen verschwinden müssen. Du hast deine eigene Armee zerstört; du hast auch mein Regiment sinnlos vernichtet. Komm mit mir, und ich zeige dir, wie meine Soldaten aussehen ..."

„Hör auf, hör auf!"

„Und das ist noch nicht das Schlimmste. Braune Männer, weiße Männer, alle sind jetzt zu wilden Tieren geworden. Der Silberguru sah alles voraus. Indien kann sich von all diesem Haß nicht mehr erholen. Je länger er anhält, desto schlimmer für Indien. Vielleicht beginnen eines Tages neue, bessere Zeiten — Gott allein weiß es. Gib dich freiwillig in unsere Hände, Sumitra! Caroline und ich werden schwören, daß du keinen Anteil an dem Gemetzel in der Festung hast. Kishanpur wirst du nicht mehr regieren. Aber dein Sohn vielleicht, eines Tages — wenn du uns jetzt hilfst, da wir Hilfe brauchen. Wir werden sie nicht mehr lange brauchen."

Unter seinen beschwörenden Worten war sie still geworden; aber er erkannte, daß sie unverändert die alte Sumitra war — daß immer noch Sonnenschein und Schatten, Sturm und Windstille, Liebe und Haß in schnellem Wechsel ihr Gemüt beherrschten, jedes Gefühl gleich stark, gleich wild, gleich rücksichtslos. Plötzlich blickte sie auf und sah ihn fragend an: „Willst du meinen Sohn haben?“ Rodney starrte sie ungläubig an. „Ja, meinen Sohn, den kleinen Radjah dort, der Brot aus den Händen eines kastenlosen Mörders ißt! König von Kishanpur und Gondwara, Vizekönig von ...“

Sie zitterte am ganzen Leib. Rodney überlegte und sagte dann: „Ich werde ihn nehmen, wenn du es willst, Sumitra. Ich werde ihn mit meinem eigenen Sohn zusammen erziehen. Du und ich — wir beide werden einander wohl nie mehr verstehen. Aber vielleicht werden es diese Kinder fertigbringen. Es wäre sehr wichtig für Indien!“

„Versprich es mir! Es gibt keine andere Hoffnung mehr für ihn. Oh, ich weiß, wie recht du mit allem hast, was du über den Aufstand sagst. Du und deine Partei, Ihr werdet gewinnen. Ich und die meine werden ausgerottet. Unsere Sache ging gestern abend verloren, durch dich — und heute morgen durch ein paar Lancers.“

„Die Lancers waren größer als irgendeine Sache“, unterbrach Rodney sie ruhig. „Sie konnten nur tun, was sie tun mußten — damit sie mit ihrem Gewissen in Frieden leben konnten.“

Sumitra streckte die Hände gegen ihn aus. „Aber der Aufstand wird so lange weitergehen, bis ich und alle, die mir folgen, ausgelöscht sind. Mein Schicksal steht fest. Mein Lord, ich kann nicht mehr umdrehen auf meinem Weg, ich kann nicht überleben, wie die anderen, als eine Puppe in Seide und Diamanten. Ich bin das wilde, unzähmbare, das aristokratische Indien. Ich sehe mein eigenes Ende vor mir. Niemand soll mich fesseln und gegen die Mündung einer Kanone binden. Die Augen englischer Soldaten sollen meinen Körper nicht verschlingen! Diese verdammten Augen — weißt du, an was sie mich immer erinnern? Als ob man den Himmel durch einen Totenkopf betrachtet! Deine Augen ...“

Sie brach ab und setzte, fast unhörbar, hinzu: „Ich hasse dich so, und ich liebe dich so!“

Ein tiefer Atemzug hob ihre Brust. Sie öffnete die Arme, taumelte, fiel gegen ihn, umschlang ihn. Ihr nasser Körper preßte sich gegen seinen. „Mein Lord Rodney, verstehst du, was ich gelitten habe? Kannst du es begreifen? Ich bin stolz! Aber du — du liebst dieses blasse Mädchen! Es ist zuviel für mich. Warum erschießt du mich nicht?"

Ein wilder Schmerz fuhr durch seinen verwundeten Arm, als sie sich gegen ihn drückte. Er stöhnte auf und versuchte sich loszureißen. Sumitra sprang wütend zurück, mit funkelnden Augen und feuchten Lippen; sie hob die Pistole, um ihn niederzuschießen. Plötzlich erkannte sie den Grund seiner Bewegung; wieder wurde ihr Gesicht weich, ihre Lippen teilten sich, sie wollte sprechen.

Aber Rodney gab ihr keine Gelegenheit. Er rief: „Piroo, komm her, schnell!"

Er drückte ihm die Zügel des Pferdes in die Hand. Auf einen Wink war ihm Piroo behilflich, sie in den Sattel zu heben. Sie leistete keine Gegenwehr. Er hob das Gesicht Sumitra entgegen, dem strömenden Regen entgegen und schrie: „Vorwärts! Dreißig Meilen stromaufwärts ist eine kleine Furt im Strom, vorwärts! Leb wohl — und ich verspreche es dir!"

Sie blickte zu ihm hinunter und von ihm weg auf ihren Sohn. Der Wallach unter ihr schnaubte, stampfte die Erde und stieg. Plötzlich packte sie die Zügel, schlug die Absätze in die Flanken des Pferdes und trieb es auf den Fluß zu. Rodney schrie auf und wollte ihr in die Zügel fallen. Aber Pferd und Reiterin donnerten an ihm vorbei auf das hohe Ufer zu und über den Hang hinab in das tiefe, gurgelnde Wasser. Einen Augenblick lang sah er durch den Vorhang von Nebel und Regen hindurch ihren schwarzen Schopf auf dem Wasser. Im nächsten Augenblick war er von einem Strudel verschluckt, und er sah nichts mehr als die regengepeitschte Oberfläche des Flusses und hörte nichts als das Zischen des Regens. Er wandte sich auf den Absätzen um und ging fort.

Einen Meter vor ihm ging Piroo, den kleinen, fürstlich

gekleideten Inder auf den Schultern, der ihm mit den Fäusten auf den Kopf schlug und fröhlich schrie: „Holla! Steh auf, Elefant. Ich bin der König! Warum sprang meine Mutter ins Wasser?“

Piroos winselnde Antwort:

„Euer Majestät! Euer Exzellenz ...“

Vielleicht wurde er kassiert, wenn sie herausbekamen, was er getan hatte — vielleicht sogar erschossen. Er mußte dem General eine Geschichte erzählen — und Sir Hector Pierce war kein Dummkopf; er durchschaute die Menschen. Vielleicht trieb das ertrunkene Pferd auf den Untiefen der Furt an — vielleicht auch Sumitra Lakshmi, Rawan, Rani von Kishanpur, Frau aus Moschus und Sandelholz, flammender Mut Indiens.

Er konnte es nicht mehr ändern! Er konnte überhaupt nichts mehr ändern! Er war am Ende seiner Kräfte. Er mußte sich hinlegen und schlafen — mochten die Stürme der großen Revolution von Bengalen über das ganze Land heulen. Er hatte lange genug mit sich selbst gekämpft; und er hatte sich selbst gefunden. Er hatte mit Feinden gekämpft, die seine Freunde gewesen waren, er hatte den Kampf gewonnen und war ärmer dadurch geworden. Er hatte auch mit Caroline gekämpft! Diesen Kampf hatte er verloren — und doch, um wieviel reicher war er durch diese Niederlage geworden. Er wußte, daß sie auf ihn wartete, daß sie seine Niederlage, seine freiwillige Übergabe großmütig entgegennehmen würde. Er wollte nichts mehr weiter auf der Welt, als sich zu ihren Füßen niederlegen und schlafen. Er pfiff wortlos vor sich hin und ging immer schneller in den Regen hinein ...